Gudmund Vindland
Sternschnuppen

Gudmund Vindland

Sternschnuppen

Das Lied für Arne

Roman

Aus dem Norwegischen
von Gabriele Haefs

Galgenberg

Die Deutsche Bibliothek-CIP-Einheitsaufnahme
Vindland, Gudmund:
Sternschnuppen: das Lied für Arne ; Roman/Gudmund
Vindland. Aus dem Norweg. von Gabriele Haefs. - 1. Aufl. -
Hamburg : Galgenberg, 1992
Einheitssacht.: Stjerneskudd ‹dt.›
ISBN 3-87058-116-6

Titel der Originalausgabe: Stjerneskudd, Sangen til Arne
Aus dem Norwegischen von Gabriele Haefs
Redaktion: Kirsten Külker
Titelgestaltung: Angela Dobrick
Lithographieherstellung: Druckerei in St. Pauli
Satzherstellung: Satz + Repro Kollektiv GmbH, Hamburg
Gesetzt aus der Garamond
Druck und Bindung: Spiegel Buch, Ulm
1. Auflage März 1992
ISBN 3-87058-116-6

Mit Dank an Eli Håvard, Ivar,
Øyvind und alle anderen in der Stiftung Stjärnsund

Für meinen geliebten Arne und alle anderen Positiven

Die Feuertaufe

Es war bereits hell. Das merkte ich, ohne die Augen zu öffnen. Dann fiel mir ein, wo ich war und warum, und ich kniff sie hart wieder zusammen, um die unbarmherzige Wirklichkeit so lange wie möglich auszuschließen. Aber die Angst kam von innen. Sie war immer da, wie ein Dorn in meiner Seele, um mich daran zu erinnern, wer ich war; ich konnte niemals ein anderer werden als Yngve Vilde, vierundzwanzig Jahre, Korrekturleser bei der Prawda, erst vor vier Monaten aus Norwegens meistgepriesenem Irrenhaus entlassen – eine Tatsache, die mich dazu brachte, mich hinter meinen zusammengekniffenen Augenlidern nur noch mehr zusammenzukrümmen. Seit Wochen fürchtete ich mich schon vor dem Licht und vor dem Tag da draußen. Es war der Morgen des ersten Mai, und ich würde zum ersten Mal an dem Platz, an den ich gehörte, an einer kommunistischen Demonstration teilnehmen – im Rosa Block. Ich streckte den Arm aus und tastete nach dem einzigen festen Haltepunkt, den es in meinem Dasein gab – nach meinem Liebsten –, und doch, er war da. Øystein Einhorn lag neben mir und schlief den Schlaf der Unschuldigen; er, der mich mit Lockungen und Drohungen dazu gebracht hatte, mich an diesem übermenschlichen Projekt zu beteiligen.

Ich hatte tierische Angst. Ich hatte Menschenmengen und Massenveranstaltungen noch nie ertragen können. Das einzige, womit ich mich zur Not abfinden konnte, wären die Schlangen im Alkoholmonopolladen. Meine größte Leistung in dieser Hinsicht war eine Demo gegen EG und Inflation im Jahre 1972 – und dabei hatte ich einen Mann mit einem großen Löwenherzen kennengelernt –, aber das war anders gewesen. Erstens war mehr als die Hälfte der Bevölkerung derselben Ansicht wie ich. Zum anderen war das vor meinem totalen Zusammenbruch und der darauf folgenden Genesung gewesen. Diesmal aber sollte ich an der kommunistischen Maidemo teilnehmen, die höchstens zehn Prozent des Volkes mit Wohlwollen betrachtete. Außerdem sollte ich öffentlich als Schwuler auftreten – und ich war immer noch äußerst skeptisch denen gegenüber, die behaupteten, daß sich die allgemeinen Ansichten radikal zum Besseren änderten. Ich war davon überzeugt, daß sich die wachsende Toleranz auf die Theorie beschränkte. Ich war sicher, daß es *gefährlich* war, die Leute dadurch zu provozieren, daß wir ganz offen durch die Straßen der Hauptstadt trampelten. Deshalb hatte ich eine Scheißangst davor, unter wehenden und stolzen homopolitischen Fahnen zu marschieren. Aber es half kein Zappeln und kein Schrei'n. Øystein wollte, daß ich dabei war, und da hatte ich im Grunde keine Wahl. Ich hatte an einigen Treffen des Norwegischen Verbandes von 1948* teilgenommen, der sich langsam zu einer starken Kampforganisation für homosexuelle Emanzipation entwickelt hatte, mit immer radikalerer Ausprägung. Natürlich gab es innerhalb des Verbandes starke Gegensätze. Zu ihm gehörten schließlich Mitglieder aller politischen Schattierungen – von Rechten bis zu Marxisten-Leninisten –, und unsere sexuelle Orientierung war unsere einzige Gemeinsamkeit. Aber bisher hatten wir uns auf eine gemeinsame Linie einigen können, die einzige Ausnahme bildeten die Anarchos. Die waren im allerhöchsten Grad mit dem Ausbrechen beschäftigt.

Durch Øystein war ich mit der ML-Fraktion des Verbandes bekannt geworden, die aus etwa zwanzig engagierten Knaben und wenigen Mädels bestand. Sie waren eine sympathische und anregende Gesellschaft, mit der ich mich immer stärker verbunden fühlte, aber ich war doch noch nicht bereit, in die Partei einzutreten und ein vollwertiger Teil der Bruderschaft zu werden. Daß Øystein Mitglied war, war für mich nicht automatisch ein Grund. Ich hatte mich bisher zu einem Dasein als Zaungast entschlossen – aber heute fühlte ich mich gezwungen, vom Zaun herunterzuspringen und an der Demo teilzunehmen. Ich biß die Zähne zusammen, öffnete die Augen und ging in die Dusche.

Wir trafen uns zum Frühstück im Schwulencafé, und ich war so nervös, daß ich am ganzen Körper zitterte – und natürlich war ich

* die norwegische Lesben- und Schwulenorganisation

stocknüchtern. Die Alkoholpolitik in unserer WG war äußerst gemäßigt, und ich hatte seit über einem halben Jahr schon keine beruhigenden Pillen mehr geknabbert. Deshalb fühlte ich mich vollkommen ausgeglichen und hatte Stacheldrahtnerven entwikkelt.

Zu meiner großen Überraschung wurde zum Frühstück Bier serviert, und einen Moment lang spielte ich mit dem Gedanken an eine leichte Notlösung, nämlich, ein bis drei Halbe zu kippen. Aber da griff Über-Yngve ein und bestellte Kaffee. Mein frischrestauriertes Über-Ich ließ sich nicht zu einer Mäßigung seiner strengen Forderungen manipulieren: Wenn ich schon zu einer Demo ging, dann wollte ich das auch mit klarem Kopf erleben und nicht in tranigem Bierrausch herumwuseln. Basta! Leider machte mich der viele Kaffee durchaus nicht weniger nervös, aber zum Ausgleich törnte mich die starke Stimmung beim Frühstück total an. Wir waren mehr als sechzig Schwule und Lesben, die in die Welt ziehen und den Leuten klarmachen wollten, daß wir darauf stolz waren! Wir sangen Kampflieder und hielten Appelle und fühlten uns phantastisch, ehe wir uns zum Grønland-Platz begaben, wo die Demo anfangen sollte. Was danach passierte, registrierte ich mit glasklaren Sinnen, auch wenn ich mich nicht gerade bodennah fühlte.

Überall waren überwältigend viele Leute. In Brugata und Grønlandsleiret wimmelte es von Menschen, und der riesige Platz Grønland war fast voll. Was mir als erstes auffiel, waren die vielen Trachten. Jede dritte Frau schien in Tracht zu gehen, und das ergab für mich keinen Sinn. Ich war zu einer radikalen Arbeiterdemonstration gekommen – nicht zu einem Spielmannstreffen. Ich konnte nicht fassen, daß es so viele radikale Bauerntöchter geben sollte. Erst vor einem Jahr hatte ich persönlich in der Prawda einige Artikel Korrektur gelesen, die sich mit der bizarren Tatsache befaßten, daß sich der Norwegische Bäuerinnenverband mit großer Mehrheit dagegen ausgesprochen hatte, unser königliches Reichserbhofgesetz auch auf Frauen auszudehnen. Jetzt kapierte ich den Zusammenhang überhaupt nicht mehr. Bis wir unsere munteren Mitbewohnerinnen trafen, Ragnhild und Inga, die ebenfalls in Tracht waren. Alle beide. Ragnhild war per Definition

nach dem neuen Gesetz Anerbin, ihre Hedmarkstracht war also in Ordnung. Aber was war mit Inga? Sie war doch trotz allem auf Holmenkollåsen aufgewachsen. Mit Hilfe ihrer energischen Körpersprache, die ihren Silberschmuck lustig klingeln ließ, klärte sie dieses Mysterium auf:
»Du brauchst doch keine Bäuerin zu sein, um eine Tracht zu haben, oder? Alle in meiner Familie haben eine. Ich glaube, auch alle Frauen in meiner Klasse. Das ist einfach so«, sagte Inga Lunde.
Ich traute mich nicht, sie zu fragen, was genau sie mit »Klasse« gemeint hatte, aber mir ging auf, daß die meisten Frauen aus dem guten Bürgertum ihre fleckenlosen Nationaltrachten trugen. Und warum nicht? Sie brachten jedenfalls Farbe in die Menschenmenge, aber ansonsten wirkten sie ein wenig eingeschnürt und schienen in der brennenden Sonne zu schwitzen, die Armen. Und sie waren nicht die einzigen. Bei näherem Hinsehen zeigte es sich, daß ein großer Prozentsatz der demonstrierenden jungen Männer in Anzug und Schlips angetreten war. Das begriff ich einfach nicht, nahm es aber ohne weiteres Nachdenken hin, auf dieser Welt ist eben kein Ding unmöglich.
An jenem Vormittag des ersten Mai war die Folklore auf Grønland mächtig vertreten. Mit Blaskapellen und Rockbands auf Lastwagen und starken Appellen aus unzähligen Megaphonen. Und jeder Zehnte der sechstausend Anwesenden verkaufte irgendein radikales Pamphlet; man brauchte einen Rucksack, um eine kleine Auswahl davon mit nach Hause nehmen zu können. Ich begrenzte mich darauf, einen Anstecker mit wehenden roten Fahnen zu kaufen, der auf meinem bescheidenen Jackenrevers, Marke Levi's Cord, wunderhübsch aufleuchtete. Weiter mochte ich einfach nicht gehen. Ich weigerte mich kategorisch, mir irgendein Schwulenabzeichen anzupappen. Zum Ausgleich klammerte ich mich an Øystein, der Plaketten genug für uns beide hatte. Es war einfach notwendig für mich, körperlichen Kontakt zu ihm zu haben. Ich wußte, daß ich zerreißen würde, wenn ich in dieser lärmenden Menschenmenge auch nur eine einzige Sekunde auf eigenen Füßen stehen müßte.

Der Rosa Block war ungefähr in der Mitte der Demo angesiedelt, und bald wickelten die Enthusiasten Transparente mit stolzen Losungen auseinander:
KEINE UNTERDRÜCKUNG VON HOMOSEXUELLEN MEHR!
HOMOSEXUELLE FRAUEN UND MÄNNER – GEMEINSAM SIND WIR STARK!
SCHLUSS MIT DER GESETZLICHEN DISKRIMINIERUNG VON HOMOSEXUELLEN!
Inzwischen sammelten sich an die hundert kampfesbereite Menschen unter diesen Fahnen. Wir standen in Sechserreihen, bewegt und entschlossen, und warteten auf den Abmarsch, als eine heulende Stimme allen anderen Lärm übertönte und mit gewaltiger Kraft mein inneres Ohr erreichte: »Tutta, Tuttaaa! Maaaine Güte, demonstrierste auch? So was habe ich ja noch nie gesehen! Vom Irrenhaus zur Demo! Halten deine Nerven das denn aus?«
Das *war* Terje, das hörte ich an seiner Stimme, aber ich konnte diese Stimme nicht mit dem Wesen in Verbindung bringen, die sie von sich gab. Vor mir stand nämlich eine Art Sennerin mit zwei langen blonden Zöpfen und rotweißblauen Schleifen. Sie war ganz schön üppig – oder, genauer gesagt, ausgestopft – und trug die fescheste Tracht, die ich an diesem Vormittag entdeckt hatte. Aber anstelle von Silber und Gold hatte die Dame sich haufenweise Plaketten und Anstecker mit den allerfrappierendsten Botschaften an den Busen geheftet, von »Kein Ausverkauf Norwegens« bis zu »Legalize Erdbeereis!« Ihr ganzer üppiger Busen sah aus wie eine Generalissimo-Uniform, was von zwei roten Wangen und einem schwarzgefärbten Vorderzahn noch betont wurde.
Diese freudige Überraschung mußte mir eine Art Schock verpaßt haben, und ich brachte kein Wort heraus. Einerseits wäre ich ihm gerne um den Hals gefallen und hätte ihn herzhaft betatscht, andererseits war mir mit aller wünschenswerten Deutlichkeit klar, daß das hier nicht zum Programm gehörte. Er war einfach knatschverrückt. Wir sollten im Kampf für unsere sonnenklaren demokratischen Rechte durch die Straßen mar-

schieren, und da tauchte Terje, mein bester Freund unter allen Menschen, von nirgendwoher auf – und auf so irrwitzige Weise. Er würde alles ruinieren.

»Das hier ist Ernst«, sagte Øystein und legte mir energisch den Arm um die Schultern. »Das hier ist kein Karneval!«

»O doch, Schwesterchen, das hier ist der internationale *Festtag* der Arbeiterklasse, damit du's weißt, und ich hab mich in meinen feinsten Zwirn gezwängt – genau wie alle anderen Mädels in dieser Gaunerbande! Außerdem steht im Programm, daß alle unter ihren eigenen Prämissen oder so teilnehmen können, und da war's doch höchste Zeit, daß ich die Mottenkugeln aus diesem Prachtwams herausschüttele; das hab ich übrigens von meiner Großmutter aus Homotal geerbt.«

Terje lief mit Speed – daran konnte kein Zweifel mehr bestehen –, und deshalb war er völlig unaufhaltsam, wenn auch nicht total unwiderstehlich. Ich hatte ihn zuletzt im Januar gesehen, als er seinen Job bei der Straßenbahn hingeschmissen hatte, weil er mit einem Porschefahrer nach München gurken konnte, aber jetzt war er also vom Kontinent heimgekehrt, um den großen Tag im Land seiner Mütter zu begehen. Ich versuchte, mich zu konzentrieren, um etwas Nettes und Lehrreiches zu sagen, aber daraus wurde nichts. Terje Falkenauge war natürlich nicht allein. Eine kreischende Volksmenge von mindestens zwölf Personen wälzte sich hinter ihm her – und sie wirkten eher wie zwölf Dutzend. Sie trugen die unmöglichsten Damenkostüme dieses Jahrtausends – Seide und Straußenfedern, Krinolinen und Häubchen –, und sie trugen ein riesengroßes Transparent mit einer goldenen Inschrift auf schockrosa Grund:

SCHWULE SEHEN AUS WIE ALLE ANDEREN!

Ich kann fast mit Sicherheit sagen, daß mich diese Behauptung vor einem totalitären Angstanfall rettete. Schließlich war es komisch! Es war eine so grenzenlose Übertreibung, daß sie dem Großen Ernst, der mich fast bis zum Asphalt hinuntergedrückt hatte, den Stachel brach. Ich trippte turmhoch bei der Erkenntnis, daß *Humor* unsere wichtigste Waffe im Kampf gegen die Große Mehrzahl und ihre festgewachsenen Vorurteile ist. Mir ging auf, daß die Angst der Gesellschaft wie Reif in der Sonne

verdampfen wird, wenn wir sie dazu bringen können, mit uns zu lachen. Ich begriff, daß wir unsere Existenz mit Humor sichern müssen.
Im Jahre 1974 hatten das vor mir zwölf Menschen verstanden und wagten, es zu zeigen. Ich wurde der dreizehnte, Scheiß drauf, in der Hinsicht bin ich wirklich nie abergläubisch gewesen. Leider kapierte das von den restlichen hundert damals niemand. Sie waren wütend. Sie hielten das für eine verdammte Scheißprovokation – und das war es natürlich auch. Ein Wirrwarr von streitenden, gestikulierenden Menschen sammelte sich um diesen durchgetunteten Zuwachs zu unserem Block – und ich beschloß, mich und Øystein aus dem Wortwechsel weit herauszuhalten, mit der Androhung augenblicklicher Desertion, falls er mich losließe. Aber gleichzeitig mußte ich einfach losprusten, und deshalb wußte er nicht so recht, was er machen sollte. Zum Glück beschloß er, daß ich mich wohl am Rande der Hysterie befand – was ja schließlich zutraf – und daß es deshalb seine erste Pflicht war, in diesem ganzen Chaos auf mich aufzupassen. Der Konflikt ließ sich weder durch Vergleich noch durch Richterspruch lösen. Den suffragettischen Mili-Tanten wurde ein Platz in der Demo oder zumindest in unserem Block brüsk verweigert, und sie wurden mit Lärm und Geschrei vertrieben. Terje verschwand zusammen mit ihnen im Gewimmel, und das machte mich ziemlich unglücklich.
»Wir müssen doch Platz für alle haben, Øystein! Und ich fand sie witzig.«
»Ja schon, aber vergiß nicht, daß wir schließlich der Welt zeigen wollen, daß wir – ja, daß wir wie alle anderen sind. Diese idiotischen Anarchos untergraben ja den ganzen Sinn unserer Demo – und jetzt geht's endlich los.«
Ich achtete auf alles, als wir uns in Bewegung setzten und ein Teil der meilenlangen Demo wurden, die in die Innenstadt marschierte. Øystein und ich gingen mitten im Block, und ich ließ seine Hand nicht los. Daß wir uns an den Händen hielten, war an sich schon eine Provokation, aber ich hatte noch mehr Angst davor, mit meiner eigenen Angst isoliert zu sein. Denn unter den Pflastersteinen rummelte die ganze Zeit eine gewaltige Brül-

lende Finsternis, und ich hatte immer noch eine Sterbensangst davor, den Gullideckel in meinem eigenen Kopf hochzuheben. Wir fingen an, Schlagworte zu rufen, laut und rhythmisch.
HOMOS – HETEROS – SOLIDARITÄT!
HOMOS – HETEROS – SOLIDARITÄT!
Das half, fand ich. Zu hören und zu spüren, daß wir mehr als hundert starke Stimmen waren, die zum Chor wurden. Ich war nicht allein!
Als wir in Storgata einbogen, erlebte ich etwas, was ich niemals vergessen werde, wovon ich nicht einmal in meinen positivistischsten Phantasien geträumt hatte. Denn dort drängten sich auf beiden Straßenseiten die Menschen, und ich dachte: Jetzt kommen die Hohnworte, jetzt kommt die Feuertaufe! – Aber sie fingen an zu klatschen! Applaus brach über uns herein. Eine riesige Menge lächelnder, froher Menschen stimmte mit uns ein, daß es durch die Stadt hallte:
HOMOS – HETEROS – SOLIDARITÄT!
Ich mußte glauben, daß das wirklich passierte, denn ich war ja dabei und erlebte alles mit jeder Faser meines Körpers und meiner Sinne – und das brachte mich total hoch! Mitreißende Schwingungen erfaßten uns. Ich spürte, daß die Zuschauer – Hunderte von Menschen – unseretwegen *stolz* waren. Und da war auch ich stolz. Sie gaben ihrer Bewunderung Ausdruck, weil sie uns mutig fanden. Und da ging mir mit einem Freudenschauer auf, daß wir das wirklich waren. Auch ich! Ich war nicht länger Yngve-Jammerlappen, der am liebsten unter einer warmen Decke hinter einer verschlossenen Tür in Embryostellung liegen wollte. Ich war *dabei* ! *Ich* tat etwas. Auch wenn ich nicht auf den Barrikaden stand und mehr als mutig war, so sah ich doch endlich ein, daß es Sinn hatte, wenn ich meine irdische Hülle in einer demonstrierenden Menschenmenge unterbrachte. Denn zusammen manifestierten wir *Willen*. Und die Leute am Straßenrand, die uns so warmen Beifall spendeten, waren *solidarisch* mit uns. Es war ein überwältigendes Erlebnis. Es brachte mir eine große, warme Freude, die mir ihrerseits Stärke und Tatkraft gab. Wir wurden allesamt hochgezogen davon. Ich merkte, daß unser ganzer Block an Kraft und Mut wuchs – und auch an Anzahl, nicht zu verges-

sen. Die verbannten Suffragetten zeigten plötzlich, daß sie wirkliche Mili-Tanten waren; sie sprengten sich genau hinter unserem Block ihren Weg in die Demo, und nun versuchte niemand mehr, sie zu verjagen. Und so bekamen wir doch noch einen humoristischen Schwanz, der nur positiv wirkte, denn *wir* bestätigten ihre Behauptung: Schwule sehen aus wie alle anderen — und *sind* auch wie alle anderen.

Unser weiterer Weg durch Oslos Straßen erscheint in meiner Erinnerung als eine mit Schrecken vermischte Freude, denn wir ernteten nicht nur Applaus von den Zuschauern. Unten am Dom hatte sich eine ansehnliche Bande halb- und ganzvoller Individuen versammelt, die ich mit angeborenem Spürsinn als typische Arbeiterklasse kategorisierte, und von denen war nichts anderes zu hören als Schimpfworte und Drohungen. Aber wir waren viele und stark und übertönten sie rhythmisch:

HOMOS — HETEROS — SOLIDARITÄT!

Keiner von ihnen wagte einen physischen Angriff, und das war sicher nur zu ihrem Besten. Wir hätten sie garantiert zu Brei geschlagen.

Auch Karl Johan wimmelte nur so von Menschen, und wir ernteten positive und negative Reaktionen. Aber inzwischen waren wir so gut zusammengeschweißt, daß wir über jegliche idiotische Kleinlichkeit erhaben waren und nur das Gute aufnahmen. Und als wir vor das Haus der Konservativen Partei kamen, wo der verzärtelte Seidenpöbel stand und in Nazigrüßen und Schmährufen schwelgte, brüllten wir sie einfach in Grund und Boden:

HOMOS — HETEROS — SOLIDARITÄT!

Und plötzlich fand ich mich auf dem Friedhof-Nonsens-Plass beim Rathaus wieder und begriff, daß ich es geschafft hatte. Ich hatte am Langen Marsch durch Oslos Straßen teilgenommen. Zum ersten Mal in der Geschichte hatten wir uns öffentlich als norwegische Lesben und Schwule gezeigt, und es war gutgegangen! Wir waren weder angegriffen noch mißhandelt worden. Sie hatten uns zugejubelt! Und dadurch waren wir allesamt gewachsen. Wir lachten und umarmten uns in einem herrlichen Durcheinander — und dann wurde getanzt. Bis zum hellen Morgen!

Erster Teil
Der Rosengarten

Die Jungen, Lebenden

Wir lagen am Rand des Sprungbrettes und wippten gemütlich auf und ab, mein Øystein und ich. Wir lagen dicht beieinander – nackt – und umarmten uns träge. Øystein lag auf dem Rücken und ich auf seinem rechten Arm. Er war unter der brennenden Sonne eingenickt. Ich lag neben ihm auf dem Bauch und drückte meinen Mund an seinen Oberarm, während ich meine Hand in dem schönen Haarstreifen auf seiner Brust spielen und dann bis nach unten weiterwandern ließ. Ihn anzusehen war ebenso schön wie ihn anzufassen, so, wie er im scharfen Sonnenlicht reflektiert wurde. Kleine Schweißperlen glitzerten in seinen kräftigen Bartstoppeln, und seine glatten, halblangen Haare hatten einen deutlichen blauen Schimmer. Hinter seinen Augenlidern waren auch die Augen tiefblau – wie der Himmel in der Dämmerung. Ich beugte mich vor und küßte ihn leicht auf die Nase, wobei mich seine kräftige Augenbraue an der Wange kitzelte. Ach, das Leben war herrlich.

Ich ließ meinen Blick über den glitzernden Oslofjord wandern, wo ein großes Kreuzfahrtschiff gerade den Leuchtturm zwischen Nesodden und Snarøya passierte. Viele kleine Boote waren schon unterwegs, und drüben vor Asker schien eine Regatta zu laufen, so viele Segel waren dort versammelt.

Ich war fröhlich und fühlte mich ziemlich sicher – aber doch nicht ganz. Meine ewige Angst lauerte immer noch im Hintergrund – und konnte mich in der alleralltäglichsten Situation plötzlich überwältigen. Aber inzwischen konnte ich mit meinen selbstzentrierten, selbstherrlichen Neurosen besser umgehen, weil ich endlich natürliche Hilfe dabei gefunden hatte, beängstigende Situationen zu analysieren und darüber zu sprechen. So lernte ich langsam, Kritik zu üben oder einzustecken, ohne Angst zu haben oder wütend zu werden. Die drei anderen in unserer WG neben Øystein hatten es fast als selbstverständlich hingenommen, daß ich Nervenprobleme hatte – wer hat die schließlich nicht? Kyrre

und Inga und Ragnhild hatten ein handfestes und praktisches Verhältnis zu solchen Phänomenen, aber schließlich hatten sie ja auch die Universallösung zur Hand in Form von Lenins — oder vielleicht Maos? — unsterblichen Worten: Es gibt keine Probleme, es gibt nur Aufgaben. Basta.
Dieses geflügelte Wort hatte mich wirklich weit in die richtige Richtung geführt. Jetzt wohnte ich schon fast ein halbes Jahr auf Nesodden, und ich mußte lächeln, wenn ich an den zitternden Geleeklumpen dachte, der zu Heiligabend hier angetrottet gekommen war. Schon bald danach hatte ich etwas Wesentliches über mein Leiden begriffen: Es ist gesund, sich vor Gewalt zu fürchten. Erst wenn diese Furcht zur chronischen Angst wird, entwickelt sich ein natürlicher Überlebensinstinkt zur Krankheit. Aber diese Erkenntnis in die Praxis umzusetzen, war nicht leicht. Vom Rat bis zur Tat ist es ein weiter Schritt. Deshalb hatte Øystein mich vor einem Monat vor die schwierigste Aufgabe meines Lebens gestellt, als er mich zur siegreichen Maidemo mitgeschleift hatte.
Nach dieser Feuertaufe konnte ich mich als gleichwertiges Mitglied der WG betrachten, und ich hatte jetzt das Gefühl, ebensoviel Einfluß zu haben wie die anderen — mit Ausnahme von Kyrre natürlich. Er war der eigentliche Anführer in unserer Gemeinschaft, was aber keine ausgesprochene Politik war. Es hatte sich einfach in dem Jahr, in dem sie nun schon zusammenwohnten, so ergeben, ehe Øystein mich mit ins Bild gemalt hatte. Kyrre war nämlich *Kader* in der Arbeiterkommunistenpartei (marxistisch-leninistisch). Das war natürlich streng geheim, aber wir anderen wußten es ja und akzeptierten seine Führungsrolle ohne größere Einwände. Vielleicht kam es daher, daß er ein so tüchtiger Anführer war. Es war natürlich für ihn, ohne daß er dominierend gewirkt hätte. Er erteilte niemals Befehle. Statt dessen argumentierte er sich auf Grundlage des Dialektischen Materialismus an eine Lösung heran. Worin diese politische Philosophie eigentlich bestand, war mir immer noch ziemlich unklar, aber mein Unwissen machte mir keine großen Probleme. Für mich war Kommunismus synonym mit Progressivität — und da ich sehr progressiv war, mußte ich einfach Kommunist sein. So

leicht war das – vor allem, wenn Kyrre eine logische Argumentationskette brachte, die interessant und leicht faßlich zugleich war. Ich hatte schon längst beschlossen, mich politisch zu bilden, war nur noch nicht recht in Gang gekommen.
Kyrre Eliassen kam aus Westnorwegen, wo er in einem typisch kleinbürgerlichen Milieu aufgewachsen war, wie er selber mit einem Schnauben erklärte. Nach dem Abitur hatte er aus politischen Gründen mit seinem Vaterhaus gebrochen, und jetzt studierte er in Oslo Soziologie – wozu sein aufreibendes Engagement in der Rot-Front-Leitung im nicht mehr so ehrwürdigen Studentenausschuß dazukam. Er war also ein vielbeschäftigter junger Mann. Er war drei Jahre jünger als ich, und das verwunderte mich oft, denn er hatte eine Selbstsicherheit und eine Autorität, die ich nur bewundern konnte. Hübsch war er auch – und ungewöhnlich charmant. Wir anderen waren insgeheim alle höchst angetan von Kyrre. Nicht nur die Frauen, sondern auch Øystein und ich – obwohl wir eine sehr schöne Beziehung hatten. Ich versuchte, Kyrre als eine Art großen Bruder zu betrachten, aber gleich unter der Oberfläche waren meine Gefühle entschieden inzestuös. Nicht nur, weil er so liebevoll war. Er sah andere mit einem warmen, offenen Lächeln an. Er faßte andere genauso natürlich an, wie das in südlichen Ländern der Fall ist, und das brachte alle in seiner Umgebung dazu, sich zu entspannen und eingefrorene Muskeln und norwegische Hemmungen freizuschütteln. Auf diese Weise waren wir eine äußerst handgreifliche WG. Alle verteilten großzügig Umarmungen und Wangenküsse, aber wenn Kyrre mich fest und lange mit dem jungenhaften Funkeln in den Augen umarmte, konnte ich oft kaum noch Atem holen. Das war ihm durchaus klar – und dann lachte er sein munteres Lachen. Er wollte nicht flirten – ein Wort, das übrigens vor allem in seinem politischen Vokabular auftrat, wenn von Koalitionsversuchen der anderen Parteien die Rede war. Er war einfach so offen, impulsiv und körperlich. Und wenn ich erwähne, daß er noch dazu ziemlich viel mit Christopher Reeve gemeinsam hatte – wenn der nicht gerade im Film Superman spielt –, dann verstehen sicher alle, daß er der natürliche Mittelpunkt unserer WG war. Er war wirklich ein seltenes Prachtexemplar, und das sage ich

ohne Sarkasmus. Kyrre hatte eine warme, starke Ausstrahlung, die ich bei keinem anderen führenden Marxisten-Leninisten je erlebt habe. Wenn diese Darstellung zu einseitig erscheint, dann kann ich beruhigend hinzufügen, daß es durchaus viele Schattierungen in Kyrre Eliassens Strahlenglanz gab. Eine davon gab ein Riesenplakat mit dem Porträt Josef Stalins an der Wand seines Arbeitszimmers wider. Als ich es zum ersten Mal sah, blieb ich stehen und wunderte mich ein Weilchen. Ich hatte nämlich »1984« gelesen, und deshalb wußte ich, daß dieses Porträt George Orwell zufolge in zehn Jahren jede Fassade in Oceania zieren würde – mit der fesselnden Unterschrift: »Big Brother is watching you!« Aber nachdem Kyrre uns zu der Erkenntnis argumentiert hatte, daß Orwell ein »Renegat übelster Sorte« war, der zum »gehorsamen Lakai der Teile-und-Herrsche-Ideologie des Monopolkapitals« geworden war und »dessen Bücher auf den Schuttplatz der Geschichte« gehörten – ja, da machte ich mir keine Sorgen mehr wegen dieses Plakates. Denn Stalin hatte schließlich die junge, heroische Sowjetunion zum vollständigen Sieg über Hitler und den Nationalsozialismus geführt. Doch, Stalin war mir durchaus recht – vorerst jedenfalls. Auch das gehörte zu Kyrre, auch wenn er ein beinharter Politiker war.

Ich lag auf dem Sprungbrett und lächelte vor mich hin. Es war ein so gutes Gefühl, endlich ein Teil des großen Ganzen zu sein, mit der Sicherheit und den Herausforderungen, die das mit sich brachte. Vorläufig konnte ich mit den Herausforderungen gut fertig werden, auch wenn ich mich weigerte, auf der Straße zu stehen und die Parteizeitung zu verkaufen. Dazu hatte ich einfach keine Nerven, und die anderen akzeptierten das ohne saure Gesichter oder irgendwelche Ermahnungen. Sie gingen wohl davon aus, daß ich mich in Zukunft stärker engagieren würde. Aber heute hatten sich alle frei genommen, abgesehen von Kyrre, der wie immer in Oslo bei einer Besprechung war. Es war ein Samstagvormittag Anfang Juni, und es war der erste wolkenlose Sommertag, den wir unten an unserem Strand genießen konnten.

Ich blickte zu Ragnhild und Inga hinüber, die sich weiter hinten auf dem Steg sonnten, ebenso nackt wie Øystein und ich, aber natürlich nicht so eng umschlungen. Inga lebte mit Kyrre in einer Beziehung, die ausgesprochen *in Ordnung* wirkte. Sie teilten Bett und politisches Engagement, und letzteres war das erklärt Wichtigere. Nicht zuletzt von Inga aus, auch wenn es ihr schwerfiel, ein politisch aktives Dasein praktisch durchzuführen. Sie war auf dem Richtigen Hügel geboren und aufgewachsen, und deshalb hatte sie Komplexe. Von unserem Haus aus konnten wir das Haus ihrer Eltern direkt unter Holmenkollen sehen – was manchmal zu heftigen Ausbrüchen führte.

»Der Teufel soll sie holen!« konnte sie dann rufen. »Verdammte Blutsauger!«

Inga Lunde litt unter dem harten Schicksal, aus dem Allerbesten Bürgertum zu stammen, die Arme – vor allem, nachdem sie beschlossen hatte, im Kampf für die Diktatur des Proletariats fast ganz unten zu leben. Auch sie hatte nach dem Abi mit ihren Eltern gebrochen, wenn auch erst, nachdem sie ein Jahr in Amerika verbracht hatte. Die USA Nixons und des Vietnamkrieges hatten sie zur glühenden Antiimperialistin gemacht, und deshalb hatte ihr Weg sie nach ihrer Heimkehr zur AKP geführt, wo sie nun mit aller Kraft – und sie hatte viel – versuchte, sich zurechtzufinden. Sie war sehr blond und norwegisch und hatte eine hübsche Stupsnase in einem runden, munteren Gesicht. Ingas offenkundige Schwäche war, daß sie versuchte, die ihr innewohnenden Widersprüche in einem Sturzsee von Aktivitäten zu ertränken, die sie möglichst alle im selben Augenblick unternahm, vom Anlegen eines Küchengartens bis zum Häkeln doppelseitiger Wandbehänge. Und es ist kein Wunder, daß ein Mensch durcheinander gerät, wenn er gleichzeitig spült, Brotteig ansetzt, Gemüsesuppe kocht, das Rauchen aufgibt, Erdbeeren saubermacht, die Weltprobleme erörtert und außerdem noch in den unglaublichsten Schattierungen Stoff färbt.

Bei Inga kam es dann oft so weit, daß sich ihre gesunde Gesichtsfarbe unheilverkündend verdunkelte, bis sie aussah, als ob sie explodieren würde – und das geschah auch in der Sekunde, in der sie feststellte, daß sie die Übersicht verloren hatte. Dann schlug sie in wütenden Weinanfällen mit blinder Aggression sich selbst und nach allen Seiten. Der einzige, der dann mit ihr fertig wurde, war Kyrre, der mit verbalen Strafmaßnahmen wahre Wunder bewirken konnte.

»Na, hast du's mal wieder geschafft? Was hast du diesmal alles auf einmal versucht? Was ist das für eine Schweinerei, die da qualmt? Das brennt! Und wieso ist unsere Bank grün und lila? Kannst du nicht endlich mal lernen, eins nach dem anderen zu tun?«

Und so weiter.

Nach einigen Minuten beruhigte sich Inga dann so weit, daß sie alles wieder in Ordnung bringen konnte.

Seltsamerweise stellten sich diese Anfälle nur ein, wenn Kyrre im Haus war. Es war natürlich praktisch, daß er zur Hand war, um die anfallenden Aufgaben zu lösen, aber mir ging bald auf, daß hier eine typische Wechselwirkung von Ursache und Wirkung vorlag. Ich hielt es allerdings nicht für meine Aufgabe, eine Analyse zu erstellen, daß Inga durchdrehte, weil sie vor Kyrres abschätzendem Blick Angst hatte. Sollten sie das doch mit ihrem dialektischen Materialismus selber herausfinden! Außerdem hatte ich mich bereits einmal zuviel in ihre Privatangelegenheiten eingemischt.

Das begab sich an einem strahlenden Vormittag im Januar, nur zwei Wochen nach meinem Einzug. Ich hatte Nachtschicht bei der Prawda, und Inga und Kyrre mußten auch erst am Nachmittag nach Oslo. Ich saß allein im Eßzimmer und las die Parteizeitung, als ich plötzlich aus meinem mühsam erkämpften ausgeglichenen Gemütszustand herausgerissen wurde, weil in ihrem Schlafzimmer ein entsetzlicher Schrei ertönte. Ich erstarrte zu Eis und glaubte, in tausend Stücke zerrissen zu werden, als dem Schrei ein noch lauteres Brüllen folgte – und dann kam kurzes gutturales Stöhnen und Heulen. Da oben schien jemand in höchster Not um Hilfe zu schreien, und plötzlich ging mir auf, daß das Inga sein mußte. Aber was um Himmels willen war da oben los? Ob er sie schlug? Konnte Kyrre denn wirklich ein brutaler Chauvi sein, der seine Freundinnen verprügelte? Wieder ertönte da oben ein langgedehntes Brüllen – ganz bestimmt ein Todes-

röcheln, dachte ich –, und ich sprang auf und stürzte die Treppe hinauf, wobei ich rief:
»Inga? Ingaaa! Was macht er denn bloß mit dir?«
Drinnen wurde es einen Moment lang ganz still, dann brachen beide in ein gackerndes, verschwörerisches Lachen aus, das langsam zu immer lauterem Jauchzen wurde. Dann schien jemand an der Innenseite der Tür zu kratzen, die mit einem Krachen aufgerissen wurde und Inga sehen ließ, die unterwegs zum Bad auf den Treppenabsatz gekrabbelt kam. Und als sie mich erblickte, brachen ihr die Arme weg und sie blieb wie ein großer, hellroter Seehund da liegen und heulte vor Lachen, während Kyrre im Zimmer im Bett lag und stolz und munter herumbrüllte.
Und erst jetzt begriff ich, daß es Inga Lunde gekommen war. Sie hatte einen Orgasmus gehabt, so, wie es sich angehört hatte, bestimmt zum ersten Mal. Oder ob sie immer so ein Spektakel machte?
Ach, war mir das peinlich! Ich versuchte, eine Art Entschuldigung herauszustottern, aber nicht einmal das schaffte ich. Ich rannte einfach die Treppe hinunter und mußte erst einmal einen kleinen Spaziergang machen, ehe ich mich zurücktrauen und erklären konnte, daß ich noch nie einen so lauten Liebhaber gehabt hatte. Sie wollten jedoch nichts von Entschuldigungen hören, schließlich hatten sie selten etwas so Komisches erlebt wie meinen Gesichtsausdruck, als mir aufging, was da passiert war.
Und so hatte ich mit meiner Angst ein wenig Licht und Freude in den Alltag bringen können.

In diesem Moment sah ich jedoch, daß Inga hinten auf dem Steg zum Leben erwachte. Sie setzte sich mit einem Ruck auf und rief mit ihrem kräftigen Alt:
»Oooooo, mir ist vielleicht heiß! Ich muß wohl eingenickt sein. He, Yngve, sind wir hier die einzigen Wachen? Kommst du mit ins Wasser?«
»Nein, das ist mir zu kalt.«
»Quatsch! Heute morgen hatten wir fünfzehn Grad – und jetzt sind es sicher siebzehn.«

»Ha! Wenn du noch drei Tage wartest, hast du vielleicht recht.«
»Du bist feige. Verpiß dich! Ich will springen.«
»Moment, Moment, wir müssen doch erst an Land – he!«
»Weg!«
Sie kam wie ein angreifendes Kamikazeflugzeug über den Steg gedonnert. Ich konnte gerade noch Øystein packen und uns platt auf den Boden drücken, ehe sie mitten auf dem Sprungbrett Anlauf nahm und über uns hinweg voll in den Fjord flog. Das Brett wackelte so sehr, daß wir um ein Haar denselben Weg genommen hätten. Aber ich konnte uns festhalten, und ich prustete los, als ich Øysteins Gesicht sah, der auf dem schwankenden Brett erwachte.
»Willkommen im Sommer. Das war die Eröffnung der Badesaison.«
»Himmel, hab ich mich erschrocken. Das war Inga, ja? Jetzt muß sie sich aber wirklich zusammenreißen. Stell dir vor, wir wären reingefallen – ich hätte jedenfalls einen Schock erlitten.«
»Du bist aber nicht reingefallen, mein Murmeltier. Ich wache, wenn du schläfst und schütze dich vor jeder Gefahr.«
»Danke, aber ich glaube, ich ziehe festen Boden unter den Füßen vor. Von jetzt ab gibt's für mich nur noch Beton.«
Er krabbelte rückwärts auf den Steg, und in diesem Moment rief Inga weit draußen in der Bucht:
»Jetzt kommt schon, wir haben mindestens achtzehn Grad!«
»Genau wie in der Tiefkühltruhe!« rief Øystein zurück und setzte sich neben Ragnhild.
Sie lag lächelnd da und stützte den Kopf in die rechte Hand, und sie hinterließ einen selten ästhetischen Sinneseindruck. Sie war brünett, und jedes Männermagazin hätte sicher tief ins Portemonnaie gegriffen, um sie als Titeldame zu bekommen. Aber nicht mit Ragnhild, nein! Statt dessen vergeudete sie ihre ganze vollendete Nacktheit an uns in der WG und an alle anderen Badegäste.
Ragnhild Farmandsen hatte das Aussehen ihrer Mutter und das Temperament ihres Vaters geerbt, und das machte ihr ernsthaft Sorgen. Ihre Mutter war vor vielen Jahren in die Nervenklinik gebracht worden und war nun als unheilbare Patientin abge-

schrieben. Ihr Vater war Großbauer in Hedmarken, und er war es, der die Mutter zum Wahnsinn getrieben hatte. Er hatte schon eine Frau in einer kinderlosen Ehe verbraucht, und als er auf die Fünfzig zuging, hatte er sich noch einmal mit einer jungen Schönheit verheiratet, um es ein bißchen nett zu haben und um einen Erben zu bekommen. Einen Sohn natürlich. Als dann Ragnhild zur Welt gekommen war, war Hermann Farmandsen nicht gerade gnädig gewesen. Er machte sich energisch daran, diesen Fehler zu korrigieren, und bereits elf Monate später wurde der Anerbe geboren. Danach dauerte es zwei Jahre, bis der nächste Sohn erschien – es war immer gut, eine Reserve zu haben, wie Hermann sagte.

Er liebte und züchtigte Weib und Kind nach Art des Alten Testamentes, und er war felsenfest von der Unfehlbarkeit des Strafenden Gottes überzeugt. Ragnhild brannte zu Hause durch, als ihre Mutter weggebracht wurde. Ragnhild war damals sechzehn und wohnte bei einer Tante in Oslo, während sie aufs Gymnasium ging. Jetzt war sie zweiundzwanzig und besuchte die Universität. Sie gehörte zu der Minderheit, die für ihre Fächer lernte und ihre Examen mit guten Noten bestand. Ansonsten war sie ebenso auf der Suche nach eigenem Wert und eigener Identität – politisch, sexuell und fachlich – wie ich. Wir standen beide auf der Schwelle zur ML-Bewegung. Ich war im Grunde von Øystein, meinem rettenden Engel, dort hingestellt worden, während Ragnhild in der turbulenten Uniszene selber ihren Weg gefunden hatte. Die Ideologie sprach sie in vieler, aber nicht in jeder Hinsicht an. Die Ideologie erklärte nämlich klar und deutlich, daß sie sich einen Mann zulegen müßte. Einen richtigen Kommunisten. Das Problem war nur, daß Ragnhild bereits diverse Kommunistenmänner kannte, ohne daß sie mehr waren als eben Genossen. Sie wollte nicht automatisch hinnehmen, daß Verliebtheit und Schwärmerei nur bürgerlicher, individualistischer Kitsch waren, und deshalb weigerte sie sich, mit dem Erstbesten in die Federn zu hüpfen, sie wollte etwas davon haben. Sie hatte es mehrmals versucht, und sie hatte sogar einen Orgasmus gehabt – schließlich war sie nicht frigide, ganz im Gegenteil, aber sie fand es einfach so schrecklich anstrengend. Ich verstand sie gut. Ich war in meiner verlorenen Jugend ja schließlich auch Bettgesell einiger äußerst aktiver Herren gewesen, ohne etwas davon zu haben, aber darüber redete ich nicht sehr oft mit meinen Mitbewohnern. Ich wollte kein mißverstandenes Mitleid auf mich lenken.

Im Gegensatz zu Ragnhild. Sie hatte ganz klare hypochondrische Züge, obwohl sie gesund und munter war – oder vielleicht gerade deshalb. Sie fürchtete sich vor allen möglichen Krankheiten, und sie äußerte immer wieder ihren Respekt vor den Japanern, die bei Erkältungen Mundbinden anlegen. Ansonsten machte ihr ihr Unterleib die allergrößten Sorgen, vor allem ihre Tage waren ekelhaft. Sie dauerten jeden Monat eine ganze Woche und nahmen ihr Kraft und Humor. Dann konnte sie für ihre nächste Umgebung eine Prüfung sein, aber niemand von uns machte ihr deshalb besondere Vorwürfe. Wir sahen ja, wie sehr sie leiden mußte, und ich sah einen ganz klaren Zusammenhang zwischen dieser Angst vor Krankheiten und dem Fehlen einer eigenen Identität. Sie war unsicher und auf der Suche, und damit wurde sie ängstlich. Sie hatte ihren Krankheitshaken gefunden, um sich daran aufzuhängen – genauso wie ich an meinem Haken mit dem Merkzettel »neurotische Angst vor Gewalt« hing. Millionen von Menschen zappeln an ihren eigenen selbstgewählten Haken und bleiben daran hängen, während sie in Wirklichkeit keinen Grund zur Angst haben. Und das ist eher tragisch als komisch.

Aber jetzt waren Sorgen und Kümmernisse ins Meer gejagt, als wir unseren ersten sonnigen Sommertag am Strand genossen. Inga zog sich prustend auf den Steg und schüttelte sich ausgiebigst, damit wir alle begriffen, wie schön das Wasser war. Und es war wirklich schön. Plötzlich hatte auch ich Lust auf eine Runde Schwimmen, und deshalb ließ ich mich, ohne nachzudenken, ins Wasser fallen. Øystein hatte recht, es waren wirklich achtzehn Grad minus. Aber als ich keuchend die Wasseroberfläche durchbrach, schwebte mir Ragnhild, gefolgt von Øystein, bereits entgegen. Es war herrlich!

Als wir wieder an Land gekommen waren, hatte Inga inzwischen ihr neues avanciertes Tonbandgerät aus dem Haus geholt. Sie legte »Satisfaction« mit den Stones ein, daß es nur so über den Fjord schallte – und dann tanzten wir uns trocken. Ich hätte mich niemals getraut, allein unter freiem Himmel so etwas zu machen, aber jetzt war es für uns vier eine Art gemeinsamer Herausforderung, unsere Hemmungen fallenzulassen und die Grenzen von Anstand und Ziemlichkeit zu durchbrechen. Ha! Sollen die Ziemlichen sich doch in ihre langen Winterunterhosen einnähen und darin verschimmeln! Hier kommt die junge, lebendige und emanzipierte Generation, die es wagt, munter mit Ärschen und Titten und Schwänzen herumzuwedeln – hoi!

Ich spürte eine große Freude, die in jedem einzelnen tanzenden Körperteil pulsierte: Ich würde doch nicht jung sterben! Es war fast nicht zu glauben, daß ich wirklich hier war, zusammen mit Inga der Üppigen und Ragnhild der Schönen und Øystein dem Wunderbaren – in einem spontanen Freudenausbruch zum Lob des Sommers und des Lebens. Wer hätte das vor nur einem halben Jahr geglaubt, als ich eingemauert auf der Station für die sehr, sehr Nervösen saß und mich von einem antiseptischen Team von Psychiatern schinden ließ? Aber dann kam Øystein zu Besuch und sagte, er hätte *Lust*, mich gern zu haben. Schlicht und ehrlich. Und genau das brauchte ich, um zu begreifen, daß ich einen eigenen Wert hatte. Und ich packte meinen Rucksack und kam hierher – und jetzt gehöre ich dazu.

Wir ließen uns, atemlos und lachlustig, wieder auf der Decke nieder, und Øystein legte mit einem langen, zufriedenen Seufzer seinen Kopf auf meinen Bauch. Ich legte mich bequemer hin und beschloß, das Gewicht dieses Kopfes zu genießen, der so viele schöne Gedanken und Eigenschaften enthielt.

Øystein Einhorn hatte einen bunten Hintergrund. Sein Vater war Musiker und Komponist – ein Mann, dessen einziges Prinzip war, daß er keine hatte. Prinzipien, meine ich. Er hatte es zur Lebenskunst erhoben, seinen Einfällen zu folgen, und die kamen oft und gern. Wenn er beschwipst war, trug er am liebsten mit großem Pathos Bellman und Taube oder norwegische Volkslieder vor, zur Begleitung irgendeines Instrumentes, das sich zufällig in

Reichweite befand – und zum kopfschüttelnden Beifall seiner lieben Frau. Er hieß Magne, und sie hieß Rita, und sie waren ein ziemlich ungleiches Paar. Er war groß und dünn und schlaksig und hatte blonde Haare, während sie dunkel und fast ebenso groß und kräftig war. Sie war im Laufe der Zeit eine sehr energische Frau geworden – zweifellos, um Magnes viele Einfälle im Griff zu behalten –, aber sie war trotzdem auch munter und positiv. Sie war auf eine Weise überzeugte Christin, die selbst ich respektieren mußte, munter und offen und ohne den großen Missionswahn – und ohne ein Auge auf das sündhafte Tun und Lassen anderer. Gleich bei unserer ersten Begegnung schien sie mich ohne weiteres als Familienmitglied anzuerkennen, während Magne auf einem gründlichen, klärenden Gespräch mit Øystein und mir bestand. Dieses Gespräch gipfelte darin, daß er um drei Uhr morgens mit der Faust auf den Tisch schlug und uns folgenden väterlichen Segen gab:

»Jaja. Wenn ihr das unbedingt so wollt, dann muß ich mich wohl damit abfinden. Aber wenn ich ganz ehrlich sein soll, dann muß ich zugeben, daß sich das ganz schön... spannend anhört! Ich hatte einmal einen Klassenkameraden, mit dem ich... einige Male übernachtet habe, aber ich konnte mir irgendwie nicht vorstellen, damit weiterzumachen, auch wenn... Aber dann habe ich ja Rita kennengelernt, und damit war mein grausames Schicksal besiegelt. Also, Prost, auf euch beide! Willkommen bei uns, Yngve. – Ach, Rita? Du hast doch sicher noch zwei Flaschen Rotwein versteckt, was? Das müssen wir feiern.«

Øystein war der einzige in unserer WG, der engen und offenen Kontakt zu seinen Eltern halten konnte. Ich versuchte das auch mit meinen, aber wir entfernten uns immer weiter voneinander. Meinem Vater paßte es absolut nicht, daß ich mit »Kindern aus besserem Haus« zusammengezogen war, wie er das nannte, und daß ich in einer ML-WG wohnte, fand er noch viel schlimmer. Der solide Arbeiter verabscheute beides. Magne war anderer Ansicht:

»Alles, was sich bewegt, ist gut – solange es links geschieht«, war eine Aussage, die seine Toleranzgrenzen so ungefähr umriß. Er haßte alles, was rechts von der Mitte angesiedelt war – und

die Mitte lag für ihn mitten in der Sozialdemokratie. Ich mußte Magne und Rita einfach mögen.
Øystein war von dieser Szene geprägt und hatte von beiden Eltern etwas. Er hatte Aussehen und Gemüt seiner Mutter, aber auch viel von der künstlerischen Ader seines Vaters. Er hatte sich für Zeichnen und Malen entschieden und steckte voller bedächtiger und wohlüberlegter Einfälle, so seltsam sich das vielleicht anhört. Er hatte eine langsam expandierende Phantasie, die unaufhörlich unter seiner glänzendschwarzen Mähne arbeitete. Außerdem war er von seinem Talent überzeugt; darin hatte er Ritas gesunde Sicherheit geerbt. Während des ganzen Frühlings hatte er Ragnhild und mich in ziemlich vielen Varianten gezeichnet, und jetzt war er gerade an der Staatlichen Handwerks- und Kunstschule angenommen worden. Das hieß, daß er im Herbst seinen proletarischen Gesellschaftseinsatz bei der Straßenbahn aufgeben konnte – worüber er erleichterter war, als er zugeben mochte. Seine Selbstproletarisierung während des letzten Jahres hatte ihm außer Geld auf dem Konto nur wenig gebracht. In dieser Hinsicht war er eher theoretisch als praktisch veranlagt.
Außerdem hatte ihm Rita eine christliche Grundhaltung vererbt – was mich überraschte, als er es mir erzählte. Früher hatte ich die Begriffe »christlicher Sozialist« und »christlicher Homosexueller« als zwei äußerst lächerliche Etiketten betrachtet, die sich höchstens schizophrene Individuen in der mißverstandenen Zwangsvorstellung, daß man einfach alles mitnehmen muß, ankleben konnten. Aber Øystein war alles andere als verwirrt. Er schien körperlich und geistig kerngesund zu sein. Es war ein Mysterium, mit dem ich mich bis auf weiteres abfinden konnte. Ich war ausreichend damit beschäftigt, mit meiner materialistischen Neuorientierung auf der Welt fertig zu werden – und es machte mir auch nichts aus, daß er an Gott glaubte. Außerdem war er kein herkömmlicher Betbruder. Er meditierte jeden Tag eine halbe Stunde, und der WG war es recht. In dieser Hinsicht genossen wir große persönliche Freiheit – solange sie nicht mit unseren gemeinsamen Interessen kollidierte – und waren alles andere als ein marxistisch-leninistischer Musterbetrieb.

Øysteins väterliches Erbe dagegen war komplizierter, als es zunächst den Anschein hatte. Er hatte nämlich einen Großvater namens Kristoffer Gyldenhorn, und der lebte unbescheiden zurückgezogen im avanciertesten elektrischen Rollstuhl, der für Geld zu haben war, und von dort aus lenkte er sein Finanzimperium mit harter und sicherer Hand. Innerhalb der Familie hieß er nur »der Alte« – und in der Familie dominierte er durch seine bloße Existenz. Er schien sie alle zusammen mit unsichtbaren Ketten an sich gefesselt zu haben, und ich ahnte ja nicht, welche Bedeutung dieser alternde Magnat für meine eigene Zukunft haben würde.
Der alte Gyldenhorn war, wie auch Hermann Farmandsen, von der alttestamentarischen Schule. Er hatte seinen Erstgeborenen nach dem großen Kaiser Carl Magne getauft und sein solides und weitverzweigtes Finanzkonsortium mit dem Ziel aufgebaut, daß sein Sohn es übernehmen und zu einem multinationalen Imperium erweitern würde. Und dann wollte der Sohn nicht! Dieser undankbare Waschlappen hatte Aufstand und Salto mortale gemacht und sein Leben der Musik gewidmet. Der Musik! Der Alte hatte gefleht und gedroht, aber das half alles nichts – und zum Schluß blieb ihm nichts anderes übrig, als seine Drohungen wahr zu machen. Der verworfene junge Mann war ohne fünf Öre für Studien oder Lebensunterhalt in die Finsternis des Vergessens gestoßen worden. Aber dank der vielen demoralisierenden Stipendien, die diese widerwärtigen Sozialisten nach dem Krieg eingeführt hatten, um mittellose Studenten zu bestechen, hatte er es trotzdem geschafft. Und dann hatte er auch noch eine Frau gefunden, die viel zu gut für ihn war und die arbeitete und sie beide unterhielt. Eine Schande war das! Worauf dieser undankbare Verräter mit einem einzigen Federstrich das Gyldene in seinem stolzen Familiennamen getilgt und ihn noch vor seiner Hochzeit in »Einhorn« abgeändert hatte – wodurch er seiner Frau und seiner künftigen Nachkommenschaft die offenbare Verwandtschaft mit ihm, Kristoffer Gyldenhorn, raubte – ja! Nein, es war unverzeihlich! Und als Rita diesen ersten Sohn geboren und der Alte *für sie* ein Haus gekauft hatte, war sie so schamlos gewesen, dieses Geschenk anzunehmen. Glücklicherweise. Und

sie hatte auch Carl Magne überreden können, dort zu wohnen. Gott sei Lob und Dank! So hatten sie ein Dach über dem Kopf – und auf dem Dach lag seine Hand. Gut.
Die Tatsache, daß Magne Einhorn sich langsam einen Namen als Komponist machte, ignorierte der Alte einfach. Es kam nie zu einer Versöhnung zwischen Vater und Sohn. Wenn es in Norwegen möglich wäre, seine Kinder ganz und gar zu enterben, dann hätte Magne nicht einmal einen Manschettenknopf bekommen. Von den vier Enkelkindern war Øystein sein persönlicher Augenstern. Zur Konfirmation hatte er zehn Aktien der Norwegischen Creditbank bekommen, und seitdem noch viel mehr – zum Geburtstag und zu Weihnachten – so daß er jetzt Aktien zum Verkaufswert von einigen hunderttausend Kronen besaß. Die einzige Klausel, die der Alte bei diesen Geschenken festgesetzt hatte, war, daß sie in der Familie bleiben sollten. Wenn Øystein sie verkaufen wollte, dann mußte er sie an ihn verkaufen. Auf diese Weise gab der alte Gyldenhorn sich alle Mühe, seinen Enkelkindern die wunderbare Welt des Kapitalismus zu erschließen. Leider fiel seine Saat jedoch auf steinigen Boden – zumindest bei Øystein. Der nahm die Aktien an, weil er den Alten nicht kränken wollte, hatte jedoch durchaus nicht vor, dieses Geld jemals zu benutzen. Er hatte überhaupt ein rührendes Verhältnis zu dem ergrauenden Despoten. An jedem Donnerstag machte er einen Besuch in der mächtigen Schweizervilla auf Vettakollen, wo er aß und sich alle Mühe gab, ein wenig Licht und Freude ins Leben des Alten zu bringen. Ich war im Grunde ziemlich neugierig auf diese Graue Eminenz, und es sollte auch nicht mehr lange dauern, bis ich ihn aus nächster Nähe erleben konnte.
Das Allerbeste an Øystein Einhorn war, daß er mich liebte. Seit ich meine Füße in dieses Haus gesetzt hatte, hatte er sich um mich gekümmert und sich auf seine bedächtige, liebevolle Weise meiner angenommen. Ich hatte keinen Zweifel an seinen ernsten Absichten. Er hatte sich für mich entschieden, und deshalb engagierte er sich voll und ganz in unserer Beziehung. Inzwischen machte ich das auch, auch wenn es manchmal schwierig war. Seine andauernde Aufmerksamkeit konnte durchaus zur Plage werden, vor allem, wenn ich das Gefühl hatte, sie nicht entsprechend erwidern

zu können. Dann schienen unsichtbare Zügel angezogen zu werden – die ich dann konsequent wieder ausdehnte. Unfreiwillige Verkettungen waren das letzte, was ich brauchte, und Øystein schien meinen Unabhängigkeitsdrang zu verstehen – fürs erste jedenfalls. Ich glaube, ihm war klar, daß ich keine traditionelle Ehe wollte, auch wenn ich mich auf eine feste Zweierbeziehung einlassen und soviel wie möglich von mir selber mit ihm teilen wollte – aber nicht alles. Ebenso, wie ich nicht mehr von ihm verlangen wollte, als er geben konnte. Aber Øystein hatte Probleme mit solchen Grenzziehungen. Er hatte übrigens kürzlich erst ein großes Porträt von mir beendet, das diese Problematik sehr gut zum Ausdruck brachte. Auf dem Bild setze ich mein rechtes Bein in ein schönes Messingbett und strecke den rechten Arm aus, als ob ich »Komm« sagen wollte. Statt dessen sage ich ganz deutlich ohne Sprechblase:
»Wenn du jetzt nicht kommst, dann gehe ich eben schlafen.«
Die Veränderungen in meinem Ausdruck hatten sich während der Wochen, in denen er das Bild gemalt hatte, schrittweise ergeben. Ich stand jeden Abend vor dem Schlafengehen eine halbe Stunde Modell, und während dieser Zeit entpuppte Øystein sich als unverbesserliche Nachteule. Nach der halben Stunde war er so vertieft in seine Kunstausübung, daß er nicht einmal antwortete, wenn ich fragte, ob er nicht ins Bett kommen wollte. Und ich wurde sauer und befahl ihm, sein stinkendes Bild aus meinem Schlafzimmer zu entfernen, woraufhin er die ganze Staffelei packte und in seinem Atelier oben im Haus verschwand. Und ich war dazu verdammt, in beleidigter Einsamkeit zu schlafen, und wenn er endlich kam und ich nicht wach wurde, wurde er so verschmust und liebevoll, daß ich trotzdem aufwachen mußte, um ihm zu sagen, daß er jetzt mit Warten an der Reihe wäre. Dann endeten wir in der Regel in schöner Vereinigung – aber der Schlaf litt darunter. Es war der erste kleine Schönheitsfehler, den ich in seinem scheinbar grundsoliden Charakter entdeckte, aber ich schrieb alles der Kunst zu. Er war unverbesserlich, aber er war ein guter Maler.

In einer solchen Nacht versuchte ich, unsere Beziehung nüchtern auf den Punkt zu bringen. Ich sagte:
»Du bist wichtig für mich, aber ich bin immer noch der wichtigste Mensch in meinem Leben. So wie du in deinem.«
»Zement mal! Meinst du, daß das unverrückbar feststeht? Findest du nicht, daß wir uns wenigstens das Ziel setzen sollten, füreinander gleich wichtig zu werden? Daß wir es anstreben sollten, eine Einheit zu werden?«
»Einheit? Wir sind trotz allem zwei Menschen, und jeder hat seinen Körper und seinen Geist. Wir können eine starke Allianz eingehen, ja — aber wir können nicht zu einer Einheit verschmelzen.«
»Du hast das Wichtigste vergessen, Yngve. Du hast die Seele vergessen.«
»Ach, ja. Gut, wir haben auch jeder unsere Seele.«
»Nein, da irrst du dich glücklicherweise.«
»Da siehst du's! Wir werden nie zu einer Einheit!«
»Vielleicht nicht, aber trotzdem haben wir die Seele gemeinsam.«
»Wie bitte?«
»Alle Menschen haben dieselbe Seele, und die ist Gott, wenn du so willst.«
»Meinst du allen Ernstes, ich teilte meine Seele mit Nixon und Breschnew? Und mit Kåre Willoch? Da gibt's jedenfalls nicht viel Einheit. Pfui Spinne!«
»Nein — so etwas läßt sich nicht mit Worten erklären. Ich wünschte, du würdest einmal mit mir meditieren. Dabei versteht man so vieles besser. Hättest du vielleicht Lust dazu?«
»Ehrlich gesagt, nein. Mir reicht's auch so schon.«
»Na gut, ich will nicht nerven. Aber wenn du mal Lust hast, dann sag einfach Bescheid.«
»Ja. Mach ich. Gut' Nacht. Du bist jedenfalls mein Liebster, weißt du.« Sagte ich und lag viel zu lange wach, ehe ich Schlaf fand.

Aber nun lag ich in der Sonne und hatte seinen Kopf auf meinem Bauch und merkte, daß mir dessen Gewicht überhaupt nichts ausmachte, auch wenn er schwer war. So gehörte es sich schließlich in einer guten Beziehung. Wir müssen einander ertragen können und lernen, im Guten wie im Bösen miteinander zu leben — ob wir nun eine gemeinsame Seele haben oder nicht. Alle haben ihre schlechten Seiten. Ich auch — und nicht zu knapp. Ich ließ die Finger durch seine widerborstige Mähne gleiten und lachte los — heimlich, hatte ich gedacht, aber trotzdem wurde Øystein so heftig durchgeschüttelt wie vorhin auf dem Sprungbrett.

»He, was ist denn jetzt los? Gehirnmassage?«

»Ja, die könntest du sicher brauchen. Ich hab mir nur gerade vorgestellt, ich wäre ein entführter Prinz und wäre hier in den Roten Berg verschleppt worden und müßte den Kopf des Trolls in meinem Schoß liegen haben und ihm die Filzläuse ablesen.«

»Filzläuse? Da bist du aber am falschen Ende. Aber so klingt es viel plausibler — daß diese armen Prinzessinnen den Troll untenrum begrabbeln mußten. Wahrscheinlich haben die Märchensammler das einfach verschönert. ›Rapunzel, laß mich in deinen Schoß‹, das ruft der Prinz nämlich ursprünglich.«

»Vielleicht hatte die auch Filzläuse?«

»Ja, kann ja schließlich jedem passieren«, meinte Øystein, drehte sich auf den Bauch und vergrub sein Gesicht in *meinem* Schoß.

»Nein, ich will nicht. Nicht hier!«

»Prinzessin Willnicht?«

»Wenn du darauf bestehst. Frag Prinzessin Ragnhild dahinten.«

Ragnhild hob den Kopf und betrachtete uns aus zusammengekniffenen Augen:

»Ach, bist du jetzt geil, du Superstier? Dann geh doch rauf und fick den Kühlschrank, und dann kannst gleich ein paar Liter von deinem erregenden Eistee mitbringen. Mich dürstet nach einem kühlen Trunk, nicht nach einem Mannsbild.«

»Alles klar. Will sonst noch jemand irgendwas?«

»Ja, bring mir doch ein Schmalzbrot mit — und mein Strickzeug. Ich glaub, das liegt irgendwo im Wohnzimmer.«

»Jawohl. Inga Lunde im sandgeblasenen Isländer mit Schmalzmuster?«

»Das ist kein Pullover, das ist eine Mütze.«

»Eine Mütze? Mittsommernachtsgeschenk für den Schmalzheini?«

»Jetzt hau schon ab. Ich hab Hunger!«
»Ja, beeil dich ein bißchen. Du hast doch so einen schönen Gang.«
Ich zündete mir eine Zigarette an und blickte hinter Øystein her. Ragnhild hatte recht. Er hatte einen schönen Gang – und war gelenkig und schlank und nackt. Aber Nacktheit ist ja eigentlich immer schön – wenn man sich erst daran gewöhnt hat. Jedenfalls in der richtigen Umgebung – und die hatten wir jetzt.

Villa Wolkenwild

Der Weg führte vom Strand in weitem Bogen über zwei Steintreppen zum Plateau, auf dem unser Haus lag. Und es war durchaus kein normales Haus. Es war groß und phantasievoll aus weißgestrichenem Holz gebaut und hatte witzige Giebel und haufenweise Balkons. Es war ein richtiges Krähenschloß, und die anderen hatten es Villa Wolkenwild getauft, lange, ehe ich es zum ersten Mal gesehen hatte. Es stand mitten an einem steilen Hang, der aus einem fünf Hektar großen Grundstück zwischen einer Bergkuppe im Norden und Flaskebekken im Süden bestand. Und ganz unten lag unser kleiner Sandstrand mit Steg und Sprungbrett. Das ganze Grundstück war eine Perle. Und nun soll niemand einen falschen Schluß ziehen und das für die Privilegien der Kinder besserer Leute halten, denn wir hatten das Haus ganz normal gemietet. Inga hatte auf viele Hausangebote in Aftenposten geantwortet, und dieses Mal hatte ihre Geschäftigkeit vollen Erfolg bei einem Zahnarztehepaar gehabt, das seine Pflicht in Nordnorwegen abdiente und das nichts gegen kollektive Ideen hatte, solange die für sie Zins und Zinseszins brachten.

Das Haus war in T-Form gebaut und hatte zwei Etagen. Der Haupteingang lag im Süden, aber wir benutzten nur die Küchentür, weil ich die große Diele besetzt hatte. Die Küche war sehr eng, und deshalb aßen wir im Wohnzimmer, das nun wiederum groß wie ein Saal war und wo Fenstertüren auf den größten der Balkons hinausführten. Von diesem Balkon schaute man nach Westen über den Fjord auf Asker und Baerum. Im Südflügel lag ein noch größeres Wohnzimmer mit Kamin und Doppeltüren, die in meine Diele führten. Im Norden befand sich ein Erker, in dem wir die Glotze untergebracht hatten, und daneben lagen Ragnhilds Gemächer mit Klo und Dusche. Im ersten Stock lag das große Badezimmer neben Ingas und Kyrres Schlafzimmer, Arbeitszimmer und Balkon. Und dann gab es noch einen riesigen Dachboden über dem ganzen Südflügel, den Øystein sich als Ate-

lier eingerichtet hatte. Es sah eher wie ein Hippienest aus und nicht wie der Arbeitsplatz eines malochenden kommunistischen Künstlers – was übrigens für das ganze Haus galt. Kaum etwas an Villa Wolkenwild verriet, daß sich hier die Speerspitze des Proletariats verbarg – abgesehen natürlich von den Plakaten und dem riesigen gemeinsamen Bücherregal, das von Hunderten von Taschenbüchern über Kommunismus und Sozialismus und Frauenbewegung und so weiter dominiert wurde. Ansonsten war das Haus mit sicherem Geschmack modern und praktisch eingerichtet – hoch über Ikea-Standard. Es gab sogar eine Spülmaschine in der Küche, und sie machte einen Lärm wie ein Traktor. Nicht einmal Kyrre war so prinzipientreu, daß er etwas dagegen hatte, geräumig und angenehm zu wohnen – was übrigens nur ich genug zu schätzen wußte. Niemand von den anderen ahnte, was es heißt, in einem Zimmer von zwölf Quadratmetern aufzuwachsen, das zur Hälfte einem unordentlichen älteren Bruder gehört. Also fühlte ich mich sauwohl in den riesigen Zimmern mit ihren hohen Decken, in denen ich dreizehn Meter in eine Richtung gehen konnte, ohne aus dem dritten Stock zu fallen.
Øystein hatte sich ein großes Himmelbett mit goldenen Veloursportieren gebastelt, das oben auf seinem Boden stand. Ich hatte mich zuerst, als ich zu Weihnachten hier hereingeschneit war, dort oben einquartiert, aber dann bekam ich ein Problem, das jeden Tag schlimmer wurde. Ich konnte den Terpentingeruch nicht vertragen, und deshalb war ich nach einer Woche im ansonsten so himmlischen Bett des Barons zum kleinen Rotauge geworden, und überall juckte es mich. Also mußte ich gleich meine erste Aufgabe in diesem Haus lösen. Ich übernahm die Diele, die ansonsten nur zur Zier gedient hatte, und begann, sie nach meinem eigenen Geschmack einzurichten. Es war nämlich so, daß Chlorwegens Gesundheitswesen mir während der Monate, als ich mich bei den sehr, sehr Nervösen in sicherem Verwahr befunden hatte, volles Krankengeld bezahlt hatte. Und da es selten etwas bringt, das Tun und Lassen dieses Wesens zu hinterfragen, nahm ich das Geld an, ohne mit der Wimper zu zucken – und ich möchte mich, besser spät als nie, herzlich dafür bedanken. Auf meinem Konto hatten sich also einige tausend Kronen angesammelt, die in jeder Minute

an Wert verloren. Man kann über die siebziger Jahre sagen, was man will, aber Sparen lohnte sich jedenfalls nicht. Wir konnten uns zwar aus der EG heraushalten, aber die Inflation kam trotzdem. Nicht zuletzt bei Oslos Gebrauchtwarenhändlern und Antiquitätenläden. Die Preise waren so französisch, daß es billiger gewesen wäre, gleich in Paris einzukaufen – inklusive Flugschein. Aber ich brauchte nicht so weit zu fahren, ich kannte nämlich zwei Trödelläden, einen in Toten und einen in Hedmarken, und deshalb lieh ich mir Kyrres VW-Bus und ging mit Ragnhild auf Requisitionstour. In Toten konnten wir, ohne zu feilschen, ein prachtvolles englisches Messingbett für vierhundertfünfzig Kronen kaufen. In Oslo hätte das mindestens zweitausend gekostet. Außerdem erstanden wir zwei blankgesessene Ohrensessel aus rotem Leder, einen Teewagen, einen hübschen Couchtisch mit vier Stühlen, zwei Alabasterlampen, einen soliden Garderobenständer mit Messingbeschlägen – und einen total hinreißenden Kerzenlüster aus gegossener Bronze, der jeweils sechzig Kerzen verbrauchte. Der endete über dem Eßzimmertisch und löste Alarm beim Nordkommando der NATO aus, als sie ihn mit ihrem feinfühligen Radar anpeilten.
Beim Trödler in Hedmarken flippten wir abermals aus und stopften den VW voll mit Teppichen und Gobelins und Schlafröcken und Weinballons – und einer Hütekollektion, bei der Kronprinzessin Sonja mit den Zähnen gefletscht hätte. Ragnhild bekam ein Kostüm samt Sonnenschirm, und ich gönnte mir ein Rauchjackett aus weinrotem Spiegelsamt und eine in Silber eingefaßte Meerschaumpfeife. Am Ende erwarben wir noch zwei gediegene Messingleuchter und eine Landschaftsmalerei mit breitem Goldrahmen – es war fast zuviel für den armen alten Volxwagen. Aber als wir dann endlich nach Hause kamen, brach gewaltiger Jubel aus, und in den folgenden Tagen gingen alle im Hute – während ich mich in meiner Sjøstrandhalle einrichtete, wie ich mein neues Domizil nannte. Und dort war es intim und nobel, und sicher genauso gemütlich wie in der Kammer der Großherzogin von Gerolstein.
Gleichzeitig begab es sich, daß die weitsichtige Redaktionsleitung der Prawda es für angebracht hielt, mit der Zeit zu gehen und die

alten Büromöbel durch neue, funkelnde zu ersetzen, in einem Design, das so entsetzlich war, daß es ein Vermögen kostete. Und so bekamen Ragnhild, Kyrre und ich wunderschöne Eichenschreibtische mit Drehstühlen sowie zwei riesige Aktenschränke aus Birkenholz, in denen Kyrre siebzehn Kartons politischen Sprengstoff unterbringen konnte.
Jetzt hatte ich eine sichere, ungestörte Schreibecke, die ich oft benutzen wollte. Aber das war leichter gesagt als getan. Immer, wenn ich Zeit und Möglichkeit hatte, mich hinzusetzen und zu schreiben, fiel mir etwas anderes ein, was ich statt dessen tun konnte. Es gab wirklich mehr als genug zu tun. Meine Sjøstrandhalle wurde niemals fertig eingerichtet, aber sie war schließlich auch über dreißig Quadratmeter groß. Die Decke war mahagonibraun gestrichen, und auf dem Boden lag ein moosgrüner Teppichboden, deshalb strich ich die Wände weiß und dekorierte sie mit zwei großen Gobelins und ausgewählten Werken von Einhorn und Munch. In der hintersten Ecke stand das Messingbett und funkelte einladend, während der Schreibtisch vor dem Südfenster einstaubte, dort, wo ich einen Zimmerwein dazu brachte, zu wachsen und zu gedeihen. Ansonsten enthielt mein Zimmer noch den roten Teesalon für zwei und eine abgegriffene Truhe anno 1755, die ich als verfrühtes Erbstück von meiner Mutter bekommen hatte. Ich hatte es hell und luftig und schön – und das war wichtig für mich. Ich hatte in meinem ganzen Leben noch nicht behaglich gewohnt, wie so viele andere im prahlerischen Ölnorwegen auch nicht.

Ich setzte mich auf, als Øystein mit eiskaltem Hagebutten- und Zitronentee und einer Ladung von Ingas selten wohlgelungenen Rosinenbrötchen vom letzten Abend den Weg herunterkam. Kyrre war bereits gestern zu seiner Besprechung gefahren, und wir hatten es harmonisch und nett gehabt. Jetzt erwarteten wir ihn und ein größeres Kontingent Rot-Front-Leute, die eine siegreiche Sitzung im Studentenausschuß feiern wollten. Wir aßen Rosinenbrötchen und sammelten Kräfte und diskutierten, was wir am Johannistag machen wollten. Wir standen nämlich

vor einer gewaltigen Veränderung in unserem Dasein, die gründlich geplant werden mußte. Wir würden in vier Wochen in einen griechischen Tempel umziehen.
Unsere Vermieter waren clever genug gewesen, sich das Wohnrecht im Haus während der Sommerferien zu sichern. Dann kamen sie fröstelnd aus dem Eismeer angereist und wollten Sonne tanken und Kohlrabi und andere Südfrüchte essen – und deshalb mußten wir vorübergehend ausziehen. Im letzten Jahr waren alle einzeln verreist, aber in diesem Jahr hatte Inga noch einen Goldvogel geschossen, und zwar keinen geringeren als den Besitzer des Nachbargrundstückes. Auf dem Südufer von Flaskebekken lag nämlich eine strahlende Offenbarung. Ein echter griechischer Tempel. Direkt aus der Antike geholt und mit behutsamer Aphroditehand auf den Felsen des Inneren Oslofjords plaziert.
Unzählige Menschen mußten sich die Augen gerieben und staunend den Mund aufgerissen haben, wenn sie am Tempel vorbeigesegelt kamen, denn man erwartet hier oben bei uns keine griechischen Tempel. Aber er liegt ganz unangefochten oberhalb von drei halbkreisförmigen Balustraden, und ursprünglich waren auf jeder Seite symmetrisch Urnen und Statuen aufgestellt. Ganz oben führt eine breite Treppe mit neunzehn Stufen zum Haus selber, das von vier eleganten symmetrischen Säulen mit erlesenem Kapitell getragen wird. Und es ist durchaus keine Mussolinische Zuckerbäckerei. Es ist eine genaue Kopie eines Tempels in der Ägäis – wenn auch nicht in vollem Maßstab, leider. Das Innere besteht aus einem Wohnzimmer mit grünem Belag, einem schwedischen Kachelofen und schlummerndem Lüster sowie einem neun Quadratmeter großen Eßzimmer und einer noch kleineren Küche mit Elektroherd und fliegenden Ameisen. Im ersten Stock gibt es ein brauchbar großes Schlafzimmer für die Herrschaft mit restlos ramponierten Betten und ein unentbehrliches Mädchenzimmer von dreieinhalb Quadratmetern, in dem eine verrostete Waschschüssel in der Ecke steht.
In ihren Glanzzeiten muß es eine, gelinde gesagt, phantastische Stätte gewesen sein. Soviel ich feststellen konnte, wurde sie Mitte der zwanziger Jahre von einem eher exzentrischen Oberarzt am Ullevaal-Krankenhaus gebaut. Der Mann war so baugeil, daß er

verschiedene Kuriositäten in Oslo hinterlassen hat – unter anderem eine kriegerisch aussehende mittelalterliche Burg in Kjelsås mit Türmen und Schießscharten und allem, was ein nostalgisches Offiziersherz in dieser Hinsicht noch begehren kann. Aber dann vermeldet die Geschichte, daß sich der muntere Baulöwe am Tempel finanziell übernommen hatte. Trotz Jobberzeit und wilden Börsenspekulationen – also genau wie heute – muß er ganz schön aktiv gewesen sein, um genug Geld für einen so großartig angelegten Sommersitz an Land zu ziehen. Aber der gute Dr. Mjøen hatte seinen endlich wahr gewordenen Wunschtraum gerade erst »Miramar« getauft, als er sich nach dem Börsenkrach 1929 davon trennen mußte und die ganze Pracht an einen Marmeladenfabrikanten verkaufte.

Ich verkünde hiermit Frieden über Dr. Mjøens Andenken. Wir hätten mehr Menschen von seinem Kaliber brauchen können. Dann könnte unser Blick vielleicht hier und dort auf etwas Schönem oder Witzigem ruhen – mitten in dem grauen Gedränge von viereckigen Fertighäusern.

Danach ist die Geschichte ihren schiefen Gang gegangen. Durch die harten dreißiger Jahre, als die meisten Leute harschen Tran und schwarzen Sirup auf ihr Rindenbrot schmieren mußten. Aber die Kinder besserer Leute konnten Weißbrot mit Butter und Mors' Marmelade verspeisen, während der Profit aus dem Umsatz des erwähnten Fruchtaufstriches – natürlich in den Tempel floß. Die Welt ist wirklich nicht sehr groß. Denn hier saß die Familie Mors gut und sicher und labte sich an Champagner und Kaviar – und mampfte all die Marmelade, die sie mit Silberlöffeln in sich hineinstopfen konnte. Und so machten sie durch Krieg und Besatzung bis zu den goldenen fünfziger Jahren weiter, als das ganze Volk Arbeit hatte und die Sozialdemokratie so besessen blühte, daß die expandierenden NORA-Konservenfabriken – ein Konzern, der eine Marmelade mit halb soviel Frucht und doppelt soviel Zucker zusammenrührt – die ganze Marmeladendynastie schluckten und verdauten.

Das erzählte mir der alternde Herr Mors M. jr. eines Abends, als wir auf seiner Tempelterrasse saßen und guten alten Rheinwein aus grünen handgeschliffenen Kristallgläsern tranken. Er kam jeden Sommer eine Woche heraus und hing den entschwundenen Träumen nach. Er liebte die Jugend, dieser Mors jr., und nachdem wir einen Vertrag über Wartung und einige dringende Reparaturarbeiten unterschrieben hatten, gab er uns die Schlüssel und bat uns inständig, das Leben zu leben, solange das möglich war. Wir folgten dieser Aufforderung. Wir waren zwar Kommunisten, konnten aber durchaus einen dekadenten Rat von einem gescheiterten Kapitalisten annehmen, der bereits auf dem Schrotthaufen der Geschichte gelandet war, der Arme. Ich mochte Herrn Mors sehr, und ich hoffe, daß es ihm sehr gut geht. Es ist schließlich nicht seine Schuld, daß er mit einem Marmeladenlöffel im Mund geboren wurde.

Aber es war Ingas Verdienst, daß wir bald umziehen würden, von einer Idylle in die andere, wie die Made im norwegischen Speck. Und falls irgendwer denkt, daß wir in einem Traumschloß wohnten, dann muß ich wohl teilweise zustimmen. Obwohl wir alle ausgeprägte Tatmenschen waren, umschwebten uns doch unleugbar einige große und schöne Träume. Über die Revolution. Über ein sozialistisches Chlorwegen. Über volle Gleichberechtigung. Über eine offene und positive Sexualmoral. Kurz gesagt, über eine bessere Gesellschaft. Ich persönlich träumte immer noch vom Ruhm, aber am liebsten träumte ich in Øysteins Armen – seinem Einheitsideal so nahe, wie ich nur kommen konnte.

Die Fähre aus Oslo brauste draußen in der Bucht an uns vorbei, und Kyrre stand an der Spitze des Roten Tornados auf dem Vorderdeck. Er schien an die dreißig Leute mitgebracht zu haben, und Inga rannte ziellos auf dem Steg herum, während sie versuchte, das mentale Kostüm der Perfekten Wirtin überzustreifen – aber sie fand nicht einmal ihren Bikini. Ragnhild versuchte, die Vorstellung abzubrechen.

»Jetzt setz dich doch erst mal wieder, Inga. Die bringen doch Huhn und Salat und Baguettes und Getränke mit, und sie sind schließlich allesamt ans Organisieren gewöhnt, nicht wahr? Wenn sie nicht selber mit allem fertig werden, dann kannst du dir immer noch einen Weg durch den Brei bahnen, aber nicht vorher.«

»Ich kann ja wohl unsere Gäste begrüßen!« antwortete Inga heftig und trampelte den Weg hinauf.

»Ach ja. Friede ist nicht das Beste, wenn man etwas will. Wir sollten uns wohl ein bißchen anziehen, Knaben, sonst halten die uns am Ende für Anarchisten oder Trotzkisten oder Nudisten. Jetzt hält die Schicklichkeit ihren Einzug!«

Ragnhild war, gelinde gesagt, wütend über die neopuritanische Moralwelle, die über die ML-Bewegung hereingeschwappt war. Es wurde im Grunde gefordert, daß sich alle *anständig* benahmen und zu jeder Gelegenheit gute Manieren und passende Kleidung vorweisen konnten. Wenn die Arbeiterklasse in Anzug und Sonntagskleid auftrat, sollten die ML-Leute ihr den Respekt erweisen, daß sie desgleichen taten – was ja eigentlich nicht so umwerfend revolutionär war. Das war einfach normale bürgerliche Höflichkeit, die meine klassenbewußten, arbeitenden Eltern sicher zu schätzen gewußt hätten – aber sie würden deshalb trotzdem nicht AKP wählen. Und hier haben wir den Kern der Sache. Die neue Linie lief eigentlich darauf hinaus, daß die Arbeiter nicht unnötig durch äußerliche Kleinigkeiten provoziert werden sollten, um dann mit ihnen ins Gespräch zu kommen und sie zu Maos

Jüngern zu machen. Wie man weiß, klappte das nicht. Ich selber hatte keinen Anzug und wollte mir auch keinen zulegen. Ich ziehe mich weiterhin lieber bequem und leger an, auch wenn ich es ab und zu witzig finde, im Smoking herumzustolzieren.

Was Ragnhild so empörte, war, daß die AKP anfing, diese neue Linie zu formalisieren. Sie machten es zu einer Regel, daß es *wünschenswert* war, sich Moralbegriffe und Werte der Arbeiterklasse zuzulegen – ohne dem eine qualitative Bewertung zugrunde zu legen. Sie übernahmen ganz einfach alles, und das war so dumm, wie es ein Fehlschlag war.

Sie wollten jedoch weder verstehen noch zugeben, daß sie einen Fehler machten, und deshalb kamen mir die ersten zaghaften Zweifel an der Vernunft dieser Leute. Sie hatten beschlossen, volkstümlich zu sein, sich der Arbeiterklasse zu nähern und sich in deren eigener Sprache mit ihr zu verständigen. Das war die Theorie. Und dann haben wir die Praxis. In der Praxis steigerten sie ihre Volkstümlichkeit bis zur Parodie und machten sich und nicht zuletzt auch ihre Botschaft dadurch lächerlich. Außerdem waren in den unteren Volksschichten nicht wenige einfach stocksauer über diese Grünschnäbel aus dem Westend, die versuchten, Proletarier zu spielen. Damit erzielten sie genau das Gegenteil des Gewünschten. Sie verjagten die Menschen mit dem Mittel, das sie anziehen sollte. Und das wollten sie einfach nicht einsehen.

Leider interessierte die AKP sich in den siebziger Jahren nicht nur für Sprache und Kleidung. An diesem Abend in Wolkenwild wurde mir in dieser Hinsicht eine heftige Lektion verpaßt. Unter unseren feiernden Rot-Front-Gästen befand sich nämlich ein großer dünner Bursche mit Brille und Adamsapfel, der soviel mißtrauische Antipathie ausstrahlte, daß die Hälfte auch als Viertel durchgegangen wäre, um mit meinem Vater zu sprechen. Er schlich im Haus herum und sah sich alles mit kurzsichtiger Skepsis ganz genau an. Als er den Erker erreicht hatte, blieb er stehen und schluckte wie zur Bestätigung mehrmals. Denn dort hatten wir ja die Glotze in die Ecke gestellt und Matratzen auf den Boden gelegt und überall Kissen verteilt. Und ich hatte einen nicht mehr ganz taufrischen Gobelin aus

Hedmarken und sinnliche Vorhänge aufgehängt, um die Abendsonne auszusperren – das Ganze konnte also haarscharf unnorwegisch wirken, um nicht zu sagen, haremssklavisch.
»Du!« sagte Adamsapfel zu mir, als ich an ihm vorbeischlüpfen wollte. »Was meinße denn, was die dazu sagen?«
»Wer sagt was wozu?«
»Arbeiter! Wenn die herkommen und das da sehn, meinen die doch, ihr feiert hier Orgien.«
»Tun wir ja vielleicht.«
»Ach. So einer biste. Scherzkeks, wa? Denkste nich dran, daß ihr dem ganzen Proletariat als gutes Beispiel vorangehn sollt? Ein einfacher Arbeiter würd sich hier nie zu Hause fühlen. Arbeiter sitzen auf *Stühlen*!«
Mir war natürlich klar, daß Genosse Adams sich so ekelhaft aufführen wollte, wie er aussah, aber er gehörte zufällig zu der Sorte Mensch, vor der ich keine physische Angst habe. Und deshalb gab ich dem Drang nach, diesem Nervbolzen ordentlich vor den Latz zu treten.
»Wenn du dich gütigerweise kurz umdrehst, dann kannst du vielleicht hinten den Salon erkennen, wo mindestens acht Menschen auf Sofas und Stühlen sitzen. Das hier ist unser Fernsehzimmer, verstehst du, und da ist es praktisch und bequem, sich hinhauen zu können, wo man will. Gruppensex läuft bei uns normalerweise am Strand.«
»Ja, das glaub ich gern. Aber sieh dir doch das Zimmer mit Glas- und Messingtischen und diesen *niedrigen* Sofas an, das is ja wohl nur was für Leute wie dich, Arbeiter können sich so was nich leisten! Und die würden sich hier nich zu Hause fühlen!«
»Meine Eltern schienen sich hier jedenfalls sauwohl zu fühlen, als sie zu Besuch waren. Mein Vater hat da in der Ecke gesessen und über die Nachrichten geschimpft, genau wie zu Hause.«
»Ich red hier von *Arbeitern!*«
»Mein Vater arbeitet in der Fabrik – am Fließband –, und meine Mutter ist Köchin in einem Altersheim.«
»Ha! Gelogen! He, Genossen, hört her! Wir haben einen Provokateur unter uns! Dieser Typ versucht, dekadente Ideen zu

verbreiten und behauptet auch noch, seine Eltern wären Arbeiter. Jetzt fragen wir ihn doch mal, wie diese Eltern heißen und wo sie wohnen und ob sie im Telefonbuch stehn und ob es die überhaupt gibt.«

Er brüllte so laut und triumphierend, daß alle verstummten, und ich ließ mich ausnahmsweise bis zum äußersten provozieren, ehe ich explodierte.

»Ja, hört, Leute, hört! Hier steht ein Dussel, der so paranoid ist, daß er findet, wir hätten ein unmoralisches Fernsehzimmer und zu schöne Möbel. Und mich hält er für einen CIA-Agenten, weil ich anderer Meinung bin als er und weil mein Vater Eisenarbeiter ist. Wo wollt ihr den denn nach der Revolution einsetzen, zum Teufel? Bei der Gedankenpolizei?«

Das letzte hätte ich mir wohl verkneifen sollen – um meinetwillen. Das gefiel nämlich niemandem. Große Unruhe erhob sich unter dem Himmel, bis Inga sich zu mir durchkämpfte und die Unruhe noch vergrößerte.

»Was soll denn das bloß, Yngve? Du brauchst doch nicht so böse zu werden, weißt du...«

»Geh doch mit diesem kurzsichtigen Frosch ins Arbeitszimmer und zeig ihm, daß Petrus und Maria im Telefonbuch stehen und in Lambertseter wohnen. Und dann kannst du ja bezeugen, daß sie wirklich hier zu Besuch gewesen sind, nicht Kronprinz und Kronprinzessin, die sich verkleidet hatten und Volk spielten.«

»Jetzt reg dich ab! Du auch, Roy. Kommt beide her, dann setzen wir uns zusammen und lösen diesen Widerspruch unter Genossen.«

Roy Adams sah sie verächtlich an und verkündete:

»Glaub ja nich, ich würd auch nur einen Fuß in diesen Puff setzen!«

Nun endlich erlebten meine inneren Spannungen eine willkommene Auslösung in Form eines schallenden Lachens, das die arme Inga nur noch verwirrter machte.

»Was ist denn bloß los mit euch? Ich versuche doch nur, euch zu helfen ... aber dann schlagt euch eben die Zähne ein! Macht schon! Ich werd euch nicht daran hindern, verdammt noch mal!« brüllte Inga Lunde, ehe sie rasch in ihre perfekte Wirtinnenrolle

zurückfand und weiter in der Gesellschaft zirkulierte. Genosse Roy imitierte einen Polizeihundblick und versuchte, unmerklich zu schlucken, ehe er leise, aber durchdringend sagte: »Diesmal hastes geschafft, aber fühl dich bloß nich zu sicher, du. Von jetzt an werden wir dich im Auge behalten…«
Ja, das sagte er tatsächlich, ehe er zwischen den anderen verschwand. Ich zuckte die Schultern und ließ ihn gehen, um mir weitere Idiotien zu ersparen, aber seine Worte hatten bei mir eine Langzeitwirkung, mit der nicht zu spaßen war. Er hatte jedenfalls genug Spürsinn, um mich an meinem schwächsten Punkt zu treffen.
Ich brachte die Sache bei der nächsten Hausversammlung zur Sprache und erklärte, was passiert war und was der Typ gesagt hatte. Kyrre schüttelte den Kopf und versicherte, daß Genosse Roy übernervös war und in jeder Ecke einen Spitzel sah. Er würde ihm auf die Finger hauen. Auf meine direkte Frage, ob die Partei wirklich andere überwachte, antwortete Kyrre wortwörtlich:
»Du glaubst wohl nicht, ich wäre blöd genug, um mit einem Provokateur zusammenzuwohnen?«
Ja, das sagte Kyrre Eliassen, ehe er zum nächsten Punkt auf der Tagesordnung überging. Ich saß da mit meinen unbestätigten Meldungen, die ich wie folgt deutete: Kyrre weiß, daß ich kein Provokateur bin, und deshalb wird er dafür sorgen, daß weder Zeit noch Kräfte vergeudet werden, um das zu beweisen. Und danach beschloß ich, mich sicher zu fühlen, und das gelang mir auch ganz gut – aber nicht vollständig. Orwells Gedankenpolizei zeigte sich immer wieder und überall, vor allem in kleinen alltäglichen Situationen, die ich unter anderen Umständen für einen witzigen Zufall gehalten hätte. Wenn ich zum Beispiel zweimal hintereinander dasselbe Gesicht auf der Straße sah. Oder einen Mann mit einer Zeitung in einem parkenden Auto, der mir bekannt vorkam. Oder wenn es besonders laut im Telefon klickte. Oder wenn zwei Männer in einem Motorboot draußen in der Bucht herumdümpelten und das Haus mit dem Fernglas betrachteten. Wurde man dann überwacht oder nicht? Und wenn ja, von wem?

Und so schaffte es der paranoide Genosse Adams, mir lange und spürbar das Leben zu vergällen. Er streute ganz bewußt Zweifel und Argwohn aus, die leicht Wurzeln schlagen und zu giftigem Verfolgungswahn erblühen konnten. Aber nicht bei mir. Gott sei Dank. Nie mehr! Ich hatte soviel darüber gelernt, wie Menschen sich in solchen geistigen Irrwegen verlaufen können, daß ich den verlockenden Fallen ausweichen konnte. Und obwohl ich Kraft und Aufmerksamkeit aufbringen mußte, um nicht wieder wahnsinnig zu werden, konnte ich doch damit leben – wie mit allem anderen. Also konnte der gedankenpolitische Roy Adams keine bleibenden Schäden anrichten. Bei mir, wohlgemerkt.
Ansonsten wurde mir, soviel ich weiß, noch zweimal in meinem Leben die Ehre zuteil, mich im Brennpunkt seines intensiven Interesses zu befinden. Im folgenden Jahr trotzte ich abermals allem, was Phobie und Noia hieß, nahm höchstpersönlich an der Maidemo in Oslo teil und zeigte mich stolz und *Glad to be Gay.* Und unter den Zuschauern – wo sonst? – entdeckte ich plötzlich einen bebrillten Adamsapfel mit forschender Miene, die sich zu hochmütigem Grinsen verzog, als er mich erkannte. Er war wohl doch nicht so kurzsichtig, wie mir nun aufging, während das, was er gerade begriffen hatte, wie Gorgonzola aus seiner ganzen Gestalt dampfte: »Ach, schwul bist du! Ja, hab ich's mir nich gedacht!«
Zum letzten Mal sah ich ihn mehrere Jahre später ausgerechnet im Café Engebret. Damals zählte es zu Oslos besten Fischrestaurants, und ich hatte drei Schwule aus den USA mitgeschleift, um sie eine bessere norwegische Kabeljaumahlzeit mit viel französischem Rotwein genießen zu lehren. Wir wurden zu einem Fenstertisch geführt, und ich hatte noch nicht einmal den Aperitif bestellt, als ich den Gorgonzoladuft der Gedankenpolizei bemerkte. Am anderen Ende des Lokals hüpfte der Adamsapfel wie ein Yo-Yo auf und ab, während er klebrige Sprechblasen mit folgendem Klartext aussandte: »Aha! Du bist so dekadent, daß du hier verkehrst! Und was sind das für Agenten, diese aufgetakelten Schwulen, die mit dem Geld um sich schmeißen?«

Als der Kellner uns einen Dry Martini brachte, prostete ich ihm mit einem förmlichen kleinen Nicken zu, und dann konnte ich ihn zum Vorteil des Kabeljaus vergessen — der trotz allem ein viel angenehmerer Fisch war.
Hier und jetzt befinde ich mich in der hervorragenden Lage, hinterher klüger zu sein, und deshalb möchte ich gern eine letzte Runde für Genossen Adams schmeißen. Es stellte sich nämlich heraus, daß er allen Grund hatte, sich verfolgt zu fühlen, der Arme. Inzwischen ist gründlich belegt worden, daß Sicherheits- und Überwachungspolizei in den siebziger Jahren ganz schön viel Dreck am Stecken hatten, was abgehörte Telefone und allgemeine Registrierungen von Linksradikalen im Königreich Chlorwegen betrifft. Inzwischen haben sie ja exotischere Jagdgründe aufgetan. Jetzt sind es Phänomene wie dunkle Hautfarbe und grüne Haare — und alles andere, was auf rechte Politiker und ihre weißen Kaninchen anstößig wirkt —, die ausübende Macht und erzieherische Tätigkeit der Bullerei anregen. Aber die Sicherheitspolizei hat die politischen Archive, die sie damals so emsig angelegt haben, sicher nicht zerstört. Sicher haben sie immer noch ein liebevolles und vielleicht ein wenig nostalgisches Auge auf uns. Und wer und wie viele im Großen Erinnerungsbuch einen Ehrenplatz einnehmen — ja, das weiß wohl nicht einmal der König.
Die AKP wußte sicher schon zu Anfang der siebziger Jahre viel mehr als Seine Majestät und gab sich alle Mühe, immer ein oder zwei Schritte vor ihren Überwachern zu liegen. Sie beschäftigten sich fast manisch mit der sogenannten Sicherheitsfrage, und natürlich waren alle Kader auf der Hut vor Spionen und Provokateuren, von denen es sicher eine Menge gab. Und wenn man irgendwelche Zweifel hatte, weil man irgendwas nicht sicher wußte, dann gab es genug phantasievolle Vorstellungen, die Roy Adams and His Apple Bugs schluckten und schluckten und schluckten, ehe sie sie wie eine Viruspest weiterverbreiteten.
Der Sauberkeitsgrad in der ML-Bewegung war deshalb ganz schön hoch, und mitten in dieser trügerischen Wirklichkeit war Genosse Adams mit seinem angeborenen Argwohn gelandet. Im Grunde waren Roy Adams und seine Gesinnungsgenossen sehr zu bedauern, denn die ganze Welt muß ja von seinem kurzsichti-

gen Standpunkt aus in jeder Einzelheit äußerst bedrohlich ausgesehen haben. Viele konnten den Druck, den der Machtapparat auf die ML-Bewegung ausübte, nicht ertragen, und einige sind durch rücksichtslose politische Schikanen einfach kaputtgegangen. Das geschah nicht zuletzt durch unsere Freie und Unabhängige und Wahrheitssuchende Presse, die ein für allemal beweisen konnte, daß die Massenmedien die wirksamste Waffe der Systembewahrer sind. Niemals haben sich so viele Presseleute gegenüber einem so lebensgefährlich bedrohten Machtapparat als so unterwürfig und loyal erwiesen, wie man auf allen ersten Seiten und Kilometern von Spalten nachlesen konnte. Wir müssen schon nach Süd-Korea, um eine ähnlich hysterische Kommunistenjagd zu erleben.

Bloody Lord Nelson!

An diesem Abend in Wolkenwild hob sich der Säuregrad nach Roy Adams' ätzenden Spekulationen über meine heimlichen Agenturen in gefährliche Höhen, bis Kyrre in die Hände klatschte und die volle Aufmerksamkeit aller erheischte. Wichtige Meldung also.

»Wie ihr alle wißt, wohnen Inga und ich jetzt schon über ein Jahr zusammen, und so soll es auch bleiben. Und deshalb können alle, die Lust dazu haben, zu unserer Hochzeit am Mittsommerabend kommen – oder am Johannisabend, wie es hier als christliches Relikt heißt –, in drei Wochen also. Das Fest wird im Nachbarhaus stattfinden – im Tempel, wie wir das nennen...«

Der Rest der Einladung ertrank in Gratulationsovationen. Ich blickte zu Ragnhild hinüber, die nur resigniert den Kopf schüttelte und offenbar genauso überrascht war wie ich, während Øystein zusammen mit allen anderen johlte und applaudierte. Ich verstand nur noch Bahnhof. Gehörte das auch zu den Sicherheitsmaßnahmen? Sollte die Hochzeit geheimgehalten werden?

»Ich weiß, daß das für die meisten von euch überraschend kommt, aber wenn ich die Wahrheit sagen soll, dann haben wir uns auch erst gestern dazu entschlossen«, rief Kyrre freudestrahlend durch das Getöse.

Aber gestern war er doch gar nicht zu Hause gewesen! Um alles möglichst nett auszulegen, ging ich davon aus, daß er vorgestern meinte. In diesem Moment entdeckte ich Inga im Gewimmel, und wenn sie genauso überrascht war wie ich, dann jedenfalls positiv; sie lächelte und errötete und wirkte richtig *glücklich*. Verschwunden war die blödsinnige Wirtinnenrolle, und übrig war eine errötende Braut, die zu glauben schien, daß die Ehe all ihre Probleme lösen würde. Die Umstehenden schienen auch dieser Ansicht zu sein. Also Prost auf das Brautpaar, Genossen!

Welches Recht hatte ich denn aber, so kritisch zu sein? Vorauszusehen, daß Ingas Ehe zu einem unendlichen Hindernisrennen von unlösbaren Aufgaben in einer hitzigen Szene werden würde, wo Freizeit und Ferien Schimpfworte waren, wenn sie nicht Treffen und Lager bedeuteten? O nein. Jung-Vilde hatte keine gediegene Grundlage für seine Skepsis – und bei weitem nicht genügend Gewicht, um sie zum Ausdruck zu bringen. Statt dessen stellte ich mich ins Glied der Gratulierenden und umarmte die Braut und ihren Gam, und dann überließ ich die ganze Gesellschaft sich selber.

Ohne Zögern stahl ich zwei Flaschen Liebfrauenmilch – übrigens der scheußlichste Weißwein, den ich mir vorstellen kann – und ging damit in Øysteins Atelier, wo ich mich in seinen bequemen Sessel setzte und mir in melancholischer Einsamkeit in aller Ruhe einen antrank. Die Alkoholpolitik in unserer WG war, wie gesagt, recht streng, es gab Sauermilch im Alltag, und bei Festen war Maßhalten angesagt, und so war es kein Wunder, daß ich die Gelegenheit ausnutzte, um mich ein bißchen in Schwung zu bringen. Das fand ich immer noch herrlich – von Zeit zu Zeit. Damals war ich mit dem Maßhalteprogramm einverstanden. Ich war wild entschlossen, mich nicht zu Tode zu saufen, und verglichen mit meinen früheren alkoholischen Leistungen waren meine Mitbewohner die besten und gesündesten Freunde, die ich gehabt hatte, seit ich zu Hause ausgezogen war. Eben deshalb war es besonders schön, ihnen für ein Weilchen zu entkommen, und ich kippte den zuckersüßen Scheißwein und konzentrierte mich gewaltig auf alles zwischen Nase und Nabel.

Und es muß mir gelungen sein, ziemlich blau zu werden, denn ich erwachte davon, daß Øystein mein Gesicht leckte und lachte und sich freute, weil ich da war. Und dann schleppte er mich zum Himmelbett und zog mich aus und faselte davon, daß wir auch heiraten sollten und so.

»Aber sicher«, sagte ich. »Natürlich. Im Kölner Dom. Alle müssen ab und zu heiraten, weißt du.«

Und dann brachten wir noch eine verdammt gute Nummer.

Am Montagmorgen klingelte um Viertel vor sechs der Wecker, und Øystein und ich standen sofort auf, um vor Ragnhild im Badezimmer zu sein. Sie brauchte immer sehr lange im Badezimmer und wollte es am liebsten für sich haben. Ich genieße lieber das Frühstück, deshalb war es mir recht, so früh aufzustehen. Wir wollten alle mit der Fähre um sieben Uhr in die Stadt, und ich setzte Kaffee- und Teewasser auf, ehe ich hinter Øystein her unter die heiße Dusche rannte, wo wir uns den gemeinsamen Schweiß der Nacht abspülten. Ich fühlte mich frisch und gut gelaunt und legte eine muntere Haydn-Symphonie auf, während ich helle und luftige Sommerklamotten anzog. Ich mußte der Morgensonne in der Küche zulächeln, während ich fünf Eier viereinhalb Minuten lang kochte und auf dem Tisch im Wohnzimmer ein üppiges Frühstück auftischte. Jetzt erwachte auch der erste Stock zum Leben.

»Wo zum Teufel hast du meinen Rasierapparat gelassen?« brüllte Kyrre.

»Den hab ich überhaupt nicht angefaßt, ich rasier mir die Beine nicht mehr!« antwortete Inga. Die ehelichen Erwartungen hatten sich also schon dem alten Lied angepaßt. Die beiden Auserwählten machten morgens immer ein schreckliches Chaos. Egal, wie früh sie aufstanden, am Ende waren sie immer gräßlich unter Druck und mußten wie die Besessenen nach Sjøstrand hinunterwetzen, um die Fähre noch zu erwischen.

Weiche Eier und selbstgebackenes getoastetes Graubrot waren damals mein Lieblingsfrühstück – vor allem, wenn es dazu noch schwarze Oliven gab –, und auch Øystein mochte es inzwischen gern. Wir genossen das Essen und Haydn und einander, und ich führte mir schon die erste Zigarette des Tages und eine Tasse Kaffee zu Gemüte, als Inga die Treppe heruntergestürzt kam, um Müsli und Pflaumenjoghurt und entrahmte Sauermilch einzuwerfen – und dann erschien Kyrre und stopfte sich in aller Eile zwei Brote mit Ziegenkäse in den Mund. Ich begrüßte beide und konnte gerade noch registrieren, daß jemand fehlte, als Ragnhilds Tür gegen die Wand geschlagen wurde und sie mit dem folgenden erbaulichen Tagesmotto ins Zimmer getrampelt kam:

»*Ich blute!*«

»Naja«, sagte ich und versuchte, aufrichtig mitfühlend zu sein. »Dein Ei wartet schon auf dich...«

»Kümmer dich um deine eigenen Eier! Ich kann jetzt nichts essen. Und du kapierst überhaupt nichts. Ich bin krank. Mir ist so schlecht! Und ich muß zur Uni. Meine Frauengruppe trifft sich. Oooooooo!«
Die gute Stimmung verklang zusammen mit Haydn. Ragnhild tat mir wirklich leid, weil ich ihre Angst in ganz anderen Variationen gesehen und gefühlt hatte. Aber auch wenn ich meine eigenen Angelegenheiten immer besser unter Kontrolle bekam, so hatte ich doch kein Rezept, um ihr zu helfen – außer miteinander über alles zu reden. Im Moment war das ausgeschlossen. Sie bedachte alle, die sich fünf Schritte näherten, mit mörderischen Blicken.
Øystein und ich räumten den Frühstückstisch ab und schalteten die Spülmaschine ein, die ich Schwester Diesel getauft hatte, und die am nettesten war, wenn sie allein zu Hause sein durfte. Als wir gehen wollten, hörte ich Kyrre von oben brüllen:
»Wo zum Teufel ist der rote Ordner?«
Das Boot würde in genau sechs Minuten gehen, und bis zum Anleger waren es mindestens zwei.
Draußen war es noch schöner als drinnen, und Øystein und ich holten tief Luft. Selbst Ragnhild schien etwas milder gestimmt zu sein, als wir sie unten am Hang einholten.
»Ach, es ist beschissen, an so einem prachtvollen Tag zu bluten!«
Ein Hauch von Optimismus also. Unten am Anleger hatten sich zehn, fünfzehn weitere zufriedene Bootpendler versammelt, und dann tutete die gute alte Prinsen, als sie um die Landzunge bog. Das war das allerletzte Signal für Inga und Kyrre. Sie hatten schon einmal erlebt, daß die Fähre ihnen vor der Nase weggefahren war, um den Fahrplan einzuhalten, und wir anderen hatten uns geweigert, weiterhin zu versuchen, die Mannschaft zum Warten zu überreden. Øystein war der letzte, der über die Laufplanke ging – es war Niedrigwasser –, und erst jetzt rief Inga oben am Hang. Die beiden Matrosen schüttelten den Kopf, warteten aber, bis sie sicher an Bord war.
»*Bitte*, nur noch eine halbe Minute, er kommt ja gleich!« bettelte Inga. Aber sie zogen die Laufplanke ein und begannen, zurückzusetzen – und nun kam er. In verzweifelten Sprüngen, in dicker Lederjacke und Winterstiefeln, und seine vollgestopfte Proleta-

riertasche flog nach allen Seiten. Sie hielten das Tor auf, und er konnte sich vom Rand des Anlegers aus an Bord werfen – und natürlich gelang ihm eine elegante Landung an Deck mit einem munteren und volksnahen »Mahlzeit« für jeden einzelnen. Worauf eine leise Salve gegen Inga folgte.
»Was zum Teufel hast du mit meinen Turnschuhen gemacht?«
So war es jeden Morgen, mit kleinen, überraschenden Variationen.
An diesem Tag wurde die Überfahrt jedoch ereignisreicher als sonst. Ostklo-City bereitete sich nämlich auf britischen Marinebesuch vor, und ein ansehnliches Kontingent schmutziggrauer Schiffe aus Her Majesty's Imperial Fleet hatte bereits Tangen passiert und glitt nun langsam durch den Fjord auf Honnørbrygga zu. Aber dorthin wollten wir auch mit unserem kleinen Prinzen, und der Kapitän gab Vollgas und jagte zwischen den Todesmaschinen hindurch, von denen eine größer war als die andere und häßlicher als die dritte.
Wir standen auf dem Achterdeck und betrachteten diese überlegene Machtdemonstration »eines unserer engsten und wichtigsten Verbündeten«, NATO-Verbündeten, wie oben immer in der Öffentlichkeit gebrabbelt wird.
»Ich wette meinen Kopf, die haben Atomwaffen an Bord«, sagte Inga.
»Und vergeßt nicht, was die sich in Nordirland alles erlauben!« fügte Ragnhild hinzu.
Als wir am allergrößten und allerscheußlichsten Schiff vorbeifuhren, das vor Kanonen und Radarmasten und Raketenrampen nur so strotzte, und das Lord Nelson oder Lady Hamilton oder God knows how hieß, hatten sich die feschen Matrosen in einer Reihe an der langen Reling postiert, um sich so richtig zu zeigen, und dieser Anblick veranlaßte Ragnhild zu einem schäumenden Wutanfall. Sie schrie laut und schrill:
»*Hooray for IRA! Hooray for IRA!*«
Und beim dritten und vierten Mal stimmten die meisten auf dem Achterdeck der Prinsen ein und brüllten der verdammten Höllenmaschine, die uns umgab, ihre ohnmächtigen Aggressionen entgegen:

»HOORAY – IRA – HOORAY – IRA – HOORAY – IRA!«
Und so weiter.
Das war die schönste spontane Demonstration, an der teilzunehmen ich je das Glück gehabt habe, um mich gebildet auszudrükken. Es war einfach stark, dazustehen und Teil eines vielstimmigen Menschenchores zu sein, der sich ausnahmsweise einmal einig war und den verdammten Krieg dahin zurückschicken wollte, wo er hergekommen war. Wir waren so viele und brüllten so laut und waren Herrn Nelson so nah, daß das ordentlich aufgereihte Kanonenfutter uns sicher ganz deutlich hören konnte. Und das war das Beste von allem.
Das Zweitbeste war Ragnhild, die endlich einen Auslauf für ihre blutige Frustration und ihre glutige Wut fand. Die restliche Woche sah ich sie nie ohne ein unbewußtes Lächeln, und sie schien trotz allem sehr mit sich zufrieden zu sein.
Sie hatte für eine gute Sache geblutet.

Der alte Adam

Die Tage vor Mittsommer vergingen mit Arbeit und Hochzeitsvorbereitungen für uns alle wie im Flug – wenn ich mich aus den Hochzeitsvorbereitungen auch konsequent heraushielt. Sie durften sich ruhig ohne meinen Enthusiasmus verheiraten. Nicht, daß das eine Rolle gespielt hätte. Alle hatten genug zu tun.
Der folgende Sonntag war aber trotzdem für die allgemeine Planung reserviert, die wir bei dem schönen Sommerwetter an den Strand verlegten. Wir hatten gebadet und geplant und waren weit geschwommen und hatten noch viel mehr geredet, als Inga uns mit der folgenden Tatsache konfrontierte:
»Verdammte Pest, da sitzt so ein verdammter Spanner hinter dem Nachbarsteg. Ich hab ihn eben schon mal gesehen. Ein echter Spanner!«
Wir waren ja wie gewöhnlich nackt, und das hatte wirklich ein neugieriges Gesicht herbeigelockt, das am Nordende des Strandes zu sehen war. Inga erhob sich in all ihrer Pracht und Kraft und rief:
»He, du da! Wenn dich das so interessiert, dann komm doch einfach! Komm her und sieh dich gründlich um. Wie du siehst, sind wir ganz unbewaffnet, und wir beißen auch nicht.«
Und dann geschah das Erstaunliche, daß wirklich ein Typ zum Vorschein kam. Zögernd und unsicher zuerst, dann kam er aber ganz munter über den Strand auf uns zu. Sofort wurde ich innerlich zum Rasierapparat, denn irgendwas stimmte hier einfach nicht. Er trug Shorts und ein T-Shirt, war kräftig und gut gebaut, war in unserem Alter und hatte kurze dunkle Haare. Damals kannte ich niemanden mit kurzen Haaren. Er blieb zehn Meter von uns entfernt stehen und *glotzte*, und jetzt hatte ich keine Zweifel mehr. Mit diesem Menschen stimmte einwandfrei etwas nicht. Inga war immer immun gegen schlechte Vorzeichen gewesen, und sie behielt ihre überschwengliche Einladung einfach aufrecht:

»Setz dich doch zu uns, Genosse, aber dann mußt du dich auch ausziehen. Wir haben hier keine Geheimnisse voreinander, verstehst du?«
Ich konnte gerade noch denken, daß sie vergessen hatte, daß diese Aussage sich auf physische Angelegenheiten begrenzte, als etwas Verblüffendes passierte. Der Junge grinste plötzlich breit und stieß einen gutturalen Laut aus, der zweifellos »vielen Dank für diese nette Einladung« bedeuten sollte. Dann zog er sich sein Hemd über den Kopf, warf die Schuhe beiseite, ließ Shorts und Badehose fallen und erhob sich mit einem entzückenden Lächeln und einer großen, kräftigen Latte, die genau auf uns zeigte. Die Szene hatte etwas Phantastisches. Mir war sofort klar, daß die Frauen jetzt Angst bekamen, aber ich sah ihm gleichzeitig an, daß er nicht gefährlich war. Er stand einfach vertrauensvoll und munter und im wahrsten Sinne des Wortes entblößt da und zeigte uns, was er für uns empfand: Er fand uns einfach toll! Und deshalb war ich dieses eine Mal derjenige, der die Situation rettete – ich prustete los. Jetzt begriff auch Ragnhild, und sie lachte ihr warmes, beruhigendes Lachen, in das unser feuriger Gast mit einer unbeschreiblich hemmungslosen und ohrenbetäubenden Atemübung einstimmte. Er lachte immer weiter, während er die letzten Meter bis zu uns hinter sich brachte, und dann setzte er sich im Schneidersitz mit aufragendem Schwanz auf den Steg und lächelte uns alle der Reihe nach an, ohne auch nur ein Wort zu sagen. Ich musterte ihn ausgiebig, um festzustellen, was ihm fehlte, anzusehen war es ihm nämlich nicht. Er war ein bißchen zu dick und hatte bleiche Winterhaut, aber er hatte ein hübsches Gesicht mit einem strahlenden Lächeln und braune Augen – und jetzt sah ich es. Er hatte einen etwas fremden und verwirrten Gesichtsausdruck. Er gab sich schreckliche Mühe, um zu begreifen, in was für eine Situation er hier geraten war. Ich ertappte mich dabei, daß ich nach dem Wort suchte, dem richtigen Wort, dem Etikett, und endlich konnte ich aus meiner überlegenen Schädelfüllung »Gehirnschaden« herausfischen. Auch Inga hatte die Diagnose gestellt – mit Hilfe ihrer sozialwissenschaftlichen Studien –, und deshalb eröffnete sie das Gespräch mit einer überraschend professionellen Kinderfunkstimme:

»Hallo! Wie heißt du denn eigentlich?«
»Børre!« Wie schön er das R rollen konnte!
»Und wo wohnst du denn?«
»Dahinten.« Er zeigte unsicher so ungefähr in die Richtung, aus der er gekommen war.
»Machst du hier vielleicht Ferien?«
Er nickte eifrig und sagte: »Oma und Opa.«
»Aha. Du machst mit deinen Großeltern Ferien auf Nesodden?«
Er nickte und lachte, zeigte auf sich selber und sagte: »Børre. Sechsundzwanzig.« Dann zeigte er auf Inga, die uns alle der Reihe nach vorstellte: »Inga, einundzwanzig. Ragnhild, zweiundzwanzig, Kyrre, einundzwanzig, Yngve, vierundzwanzig und Øystein, zwanzig. Ja?«
Er tauschte mit uns allen ein Lächeln und Geräusche des Wohlbefindens, ehe er auf Inga zeigte und das umwerfende Kompliment brachte: »Schöne Titten!«
Wir lachten, und sie setzte den Kinderfunk fort:
»Ach, tausend Dank, Børre. Da muß ich dir aber auch sagen, daß du einen hübschen Schwanz hast, ja? Der ist wirklich toll.«
Er gurgelte hingerissen und zupfte stolz an seinem Gerät. Und dann – mit einem einzigen langen Sprung – warf er sich auf sie. Es ging so schnell, daß alle einfach einige Sekunden wie gelähmt dasaßen, dann brüllte Inga los, und alles war nur noch wildes Chaos. Als ich wieder auf die Beine kam, stand Kyrre schon über ihnen und versuchte, den Typen von Inga herunterzuziehen, und Ragnhild schrie, und Kyrre brüllte: »Jetzt helft mir doch, zum Teufel! Der ist stark!«
Øystein war als erster bei ihnen und stürzte sich in das kurze Handgemenge, das damit endete, daß sie Børre von Inga weg- und ein Stück über den Steg zerrten. Inga setzte sich auf und schien einen leichteren Schock davongetragen zu haben, aber dann fand sie die Sprache wieder, und ich kann wirklich garantieren, daß der Kinderfunk unwiderruflich zu Ende war.
»Was zum Teufel erlaubst du dir, du verdammtes Schwein! Bilde dir bloß nicht ein, du könntest einfach herkommen und hier herumgrabschen, auch wenn du noch so schwachsinnig bist! Wir leben schließlich nicht in der Steinzeit!«

Da erlitt ich einen Anfall von totalem Durchblick und sagte: *»Vielleicht sehen wir so aus!«*

In diesem Moment stieß unser spontaner Ehrengast ein herzzerreißendes Geheul aus, und dann riß er sich los und floh in die Richtung, aus der er gekommen war. Und weg war er.

Wir starrten einander stumm an.

»Was ist denn bloß passiert?« fragte Inga.

»Was hast du gesagt?« wollte Kyrre von mir wissen.

»Er hat gedacht, er wäre in der Steinzeit gelandet.«

»Was zum Teufel meinst du damit?« fragte Ragnhild.

»Hört mal. Er sieht fünf nackte Menschen in freier Wildbahn. So was hat er noch nie gesehen – im Heim, meine ich. Dann rufen wir ihn zu uns und laden ihn ein, und er strippt und hat einen stehen, was wir ohne saures Gesicht akzeptieren. Das hat er auch noch nie erlebt, das kann ich euch schwören. Und alles ist nur Lächeln und Idylle. Habt ihr sein Gesicht nicht gesehen? Er hat sich den Kopf zerbrochen, um zu kapieren, was hier eigentlich abläuft. Es war eine ganz neue Erfahrung, versteht ihr? Dann sagt er etwas Nettes über Ingas Busen, und du sagst, er hätte einen hübschen Schwanz – und das hat ihm jedenfalls noch nie jemand gesagt. Also hat er gedacht, es wäre vielleicht erlaubt, einen Versuch zu machen. Armer Teufel!«

»Ach, Gott! Immer soll ich an allem schuld sein!« Jetzt heulte Inga los, und Ragnhild tröstete, und während ich anfing, mich anzuziehen, war Kyrre derjenige, der nickte und meinte:

»Ich glaube, da hast du die richtige Analyse gebracht.«

»Ja«, sagte ich und zog meine Schuhe an. »Aber jetzt müssen wir ihn finden und versuchen, ihm das irgendwie klarzumachen. Er hat ja seine Klamotten und Schuhe und alles hiergelassen. Wir können ihn hier nicht nackt durch die Gegend düsen lassen. Kommt irgendwer mit? Ich geh verdammt noch mal nicht allein!«

Øystein hatte sich schon angezogen, und so machten wir uns auf den Weg, um den armen Jüngling aus der Not zu retten.

Das war nicht so leicht, obwohl wir ihn sofort fanden. Er hatte sich hinter dem Nachbarsteg versteckt. Dort saß er eingequetscht zwischen Beton und Fels, und als er uns erblickte, heulte er gleich wie-

der los. Er blutete an beiden Knien und hatte sich überall mit Blut eingeschmiert, so daß er aussah wie geschlachtet.
»Hallo, Børre. Wir tun dir doch nichts! Wir bringen deine Kleider!« Jetzt veranstaltete ich die Kinderstunde, und ich hatte das Gefühl, mich genauso falsch anzuhören wie die Kinderfunkonkel meiner Kindheit.
Børre heulte und schlug sich die Hände vors Gesicht, aber er schien weder fliehen noch angreifen zu wollen. Er saß einfach nur da und heulte. Ich sah Øystein an:
»Geh den Erste-Hilfe-Kasten holen und bring auch ein Handtuch und einen Eimer mit sauberem Wasser mit. Und Seife. Ich versuche, ihn ein bißchen zu beruhigen. Und sag den anderen, sie sollen uns in Ruhe lassen.«
»Alles klar, ich beeile mich«, sagte Øystein und fuhr mir durch die Haare, ehe er ging.
Ich wandte mich wieder Børre zu, und nun musterte er mich sorgfältig durch seine Finger hindurch, ehe er rief:
»*Ihr schmust!*« Und dann fing er an zu weinen. Ein piepsendes, wehes Weinen, bei dem ich mich innerlich krümmte.
»Aber Børre! Sei doch nicht so traurig. Niemand ist böse auf dich. Es war bloß ein Mißverständnis, weißt du. Ich verstehe das gut. Es ist doch kein Wunder, daß du gedacht hast, das wäre in Ordnung. Und jetzt macht es doch nichts mehr.«
Ich entdeckte zu meiner großen Freude, daß ich mich nicht mehr anhörte wie ein Kinderfunkonkel. Der Junge betrachtete mich durch seine Finger und sagte:
»*Ihr schmust – ich nicht!*« und dann piepste er weiter. Ich setzte mich auf einen Stein und hätte am liebsten mit ihm zusammen geweint. Wie sollte ich sein Vertrauen erwecken, ohne allzu sehr in diese Geschichte hineinzugeraten? Denn ich wollte mit diesem Fall nichts zu tun haben. Meine Aufgabe und meine Verantwortung waren lediglich, ihn zu verbinden und nach Hause zu schaffen. Ich wollte mir kein lahmes Entlein aufhalsen, weil ich wußte, daß mich das binden würde. Ich mußte mich hart machen.
»Hast du denn keine anderen zum Schmusen, Børre?«
»Nein. Sagen Pfui, und ich krieg einen Klaps.«
»Ja, aber was willst du denn eigentlich?«

»Schmuuuuusen!« Ein gequältes Piepsen.
»Børre! Jetzt ist Øystein unterwegs und holt Pflaster und Salbe und so was. Wenn er zurückkommt, dann waschen wir dich und machen dich wieder richtig fein. Das ist doch fast wie Schmusen, meinst du nicht?«
Überraschenderweise schniefte Børre und nickte energisch.
Er gehorchte wie ein guttrainierter Musterpatient, während Øystein und ich ihn wuschen und verbanden. Als ich sein Gesicht wusch, lächelte er wieder und sagte: »Schmuuuus!« Ich setzte ihm einen kleinen Schmatz auf die Wange – worauf seine Latte sich gleich wieder hob. Darum kümmerte Øystein sich und sagte: »Du, Børre? Weißt du, daß wir dich anfassen und so, bedeutet nicht, daß wir Lust haben, irgendwas sexuell mit dir zu tun zu haben, weißt du. Das dürften wir auch gar nicht, selbst wenn wir Lust hätten. Jetzt kriegst du noch Pflaster auf die Knie – mach mal das Bein gerade –, und dann ziehst du dich wieder an, ja?«
Øystein war absolut kein Kinderfunk. Er war eher Volkshochschule. Børre beugte sich mit widerstrebendem Nicken der Autorität, und dann zog er mit unserer Hilfe Badehose und Shorts an.
»Und jetzt noch die Schuhe, und dann bringen wir dich nach Hause zu deinen Großeltern, ja?« sagte ich.
»Neeeein«, widersprach Børre. »Selber gehen.«
»Aber wir bringen dich gern hin. Ich möchte sehen, wo du wohnst, und ich würde auch gerne deinen Großeltern guten Tag sagen und so.«
»Nein, schaff ich selber. Wiedersehn!« sagte Børre und stürzte davon. Oben auf dem Felsen drehte er sich um und rief:
»*Ihr* seid lieb!« Wir ließen ihn laufen, sahen uns an und atmeten auf.
»Wir haben wahrscheinlich noch mehr Grund, froh zu sein, als uns klar ist«, sagte Øystein. Ich nahm seine Hand, und dann schlenderten wir zu unserem eigenen Steg zurück.

Am nächsten Morgen mußten alle anderen in die Stadt, und deshalb hatte ich am Vormittag den Strand für mich. Das Wetter hatte sich definitiv zu einem anhaltenden Hochdruck stabilisiert, und

ich beschloß, mit gutem Gewissen faul zu sein. Also machte ich es mir unten am Steg mit allem gemütlich, was das Herz an Eistee, Lektüre und Mozarts Klavierkonzerten begehrte, legte mich nach einer langen Runde Schwimmen in die Sonne und ließ mich wärmen.
Ich zuckte schrecklich zusammen, als sich plötzlich ein Mensch über mich beugte. Im scharfen Sonnenlicht war ich fast blind, und im folgenden Angstanfall konnte ich nicht atmen. Dann aber sagte die Person:
»Hallo! Mach Besuch bei dir.«
Als ich begriff, daß es Børre war, stieß ich ein erleichtertes Keuchen aus, dem sofort akute Gereiztheit folgte.
»Was willst du denn jetzt schon wieder? Du willst ja wohl nicht jeden Tag zu Besuch kommen? Und du darfst dich nicht so anschleichen wie eben – du hast mir ja einen Todesschrecken eingejagt! Das ist gefährlich, verstehst du?«
»Nicht gefährlich. Børre ist lieb.«
Er setzte sich neben mich und nickte so überzeugend, daß ich es einfach nicht über mich brachte, ihn abzuweisen.
»Ja, ja. Aber wenn du hier sein willst, dann darfst du nicht zuviel quatschen. Ich will meine Ruhe haben und es mir in der Sonne gemütlich machen.«
»Schmuuuusen?«
»O nein! Kein Schmusen. Geh und spring in den Fjord, das kühlt dich ein bißchen ab. Das Wasser ist herrlich.«
Er nickte energisch und zog sich im Nu aus – und tatsächlich prunkte er auch heute wieder mit seiner Latte. Und genau das gefiel mir überhaupt nicht. Er mußte ja schließlich als Kind betrachtet werden, und ich finde nun wirklich, daß Kinder mit ihrer Sexualität in Ruhe gelassen werden sollen.
»Zeig mal, ob du dich traust zu springen. Nimm Anlauf und rein mit dir!«
Er warf mir ein strahlendes Lächeln zu, als er ungefähr wie Inga losrannte und mit einem Riesensprung im Wasser landete. Mir fiel ein, daß ich überhaupt nicht wußte, ob er schwimmen konnte, aber dann sah ich ihn mit kräftigen Zügen davoncrawlen. Im nassen Element war er jedenfalls nicht beschränkt. Ich versuchte, die

Situation abzuschätzen. Natürlich konnte ich ihn verjagen und ihm das Wiederkommen verbieten, aber das wäre einfach herzlos. Er brauchte doch nicht unbedingt eine Plage zu sein, wenn wir lernten, ihn richtig zu behandeln. Er tat ja immer, was man ihm auftrug. Ich mußte ihm eben zu verstehen geben, daß bei uns von »Schmus« nicht die Rede sein konnte – dann würde er vielleicht von selber verschwinden. Ich legte Mozarts Klavierkonzert Nummer vierundzwanzig in c-Moll ein – das gehört zum Schönsten, das ich mir vorstellen kann – und legte mich bequem auf den Bauch. Ich wollte mich jedenfalls von einem zudringlichen Bengel nicht aus dem Gleichgewicht bringen lassen.

Kurz vor Ende des zweiten Satzes kam er aus dem Wasser – und, Gott soll mich schützen, er hatte immer noch einen stehen. Die Großeltern hatten wohl vergessen, ihn mit Salpeter zu füttern, was sie in Pflegeheimen ins Essen mischen, um die Potenz der glücklich Unwissenden zu verringern. Ich wußte, daß das üblich war, und deshalb hielt ich seine Erektion für eine natürliche Reaktion, die ich ihm gönnen mußte. Also lächelte ich und reichte ihm das Handtuch. Er bedankte sich und trocknete sich Haare und Schritt – und dann holte er sich vor meinen Augen einen runter. Das war gelinde gesagt verwirrend. Es war sogar entsetzlich aufregend – nicht nur, weil er sexy und gutgebaut war, wie es in Kontaktanzeigen heißt. Aber ich durfte jetzt nicht die Kontrolle verlieren und mich mit diesem großen Kind einlassen. Reiß dich zusammen, Yngve! Sieh in eine andere Richtung...

»Du auch! Schmuuusen!« sagte er plötzlich. Er hatte wohl mitbekommen, daß ich ein immer mehr zum Bersten bereites Geheimnis ausbrütete.

»Nein, bleib weg. Das mußt du schon allein schaffen.«

Da erschien in seinem Gesicht ein nahezu triumphierendes Lächeln, das ganz deutlich sagte, daß er mich durchschaute und genau wußte, was von mir zu halten war. Und er tat etwas, das ziemlich ernste Folgen haben sollte. Er nahm die Sonnencremetube, gab sich eine große Portion auf die rechte Hand, kniete sich hin und schmierte sich von hinten ein, glatt und routiniert mit zwei Fingern im Enddarm. Mein Gehirn war so blockiert, daß es sich weigerte zu begreifen, was er da machte. Aber dann legte er sich mit gespreizten Beinen auf den Bauch und sagte mit seinem entzückten Lächeln: »Jetzt kannst du schmuuusen. Fikken!«

In diesem Moment schien etwas in mir zu platzen, und nachher begriff ich, daß es Über-Yngve gewesen war, der die Kontrolle verloren hatte. Daß er, den ich als eine Art infantiles und unterentwickeltes Wesen betrachtete, dort lag und sich anbot, machte mich wahnsinnig geil. Es weckte in mir etwas Uraltes und Unwiderstehliches, von dessen Existenz ich bisher nichts gewußt hatte. Es war der *Alte Adam*, dessen sabberndes Grinsen zum ersten Mal in meinem Bewußtsein auftauchte. Daß Børre mich aufforderte, mit ihm zu machen, *was ich wollte*, verschaffte mir die bohrende Lust, in einem wütenden Egotrip über ihn herzufallen. Er machte sich zu meinem Sklaven – und deshalb mußte ich sein Herr werden. Ich versank hilflos in einem Abgrund tierischer Lust, ihn zu ficken,und kniete schon neben ihm, als Über-Yngve es schaffte, mir die große und grundlegende Frage einzuhämmern, die mich wieder in die Wirklichkeit riß: Wo hat er das gelernt? Wer hat ihn bisher *benutzt*?

Damit konnte ich mich losreißen, und im nächsten Moment rannte ich über den Steg und sprang ins Wasser.

Ich schwamm lange und länger als lang in dem Versuch, meine neue Erkenntnis über mich selber abzuschütteln – was natürlich nichts half. Als ich die Treppe zum Steg hochkletterte, hatte ich mich aber doch genügend gesammelt, um mein eigenes Chaos ordnen zu können. Børre saß immer noch da und sah mich ein bißchen ängstlich an, und ich ergriff die Gelegenheit zusammen mit dem Handtuch.

»Was du eben gemacht hast, darfst du nicht tun, Børre! Hörst du?«

Er krümmte sich wie ein gescholtenes Kind.

»Ich bin nicht böse auf dich, aber du mußt doch begreifen, daß du bei anderen Menschen Dinge auslösen kannst, über die niemand Kontrolle hat, und das kann gefährlich sein. Deshalb darfst du es nie wieder tun. Verstehst du das?«

Jetzt nickte er widerwillig, sah aber immer noch nicht auf. Seine Erektion war jetzt verschwunden.
»Dann finde ich, wir sollten beide unsere Hosen anziehen, und dann gebe ich dir ein Glas Eistee.«
»Børre jetzt nach Hause«, sagte er und zog sich an.
»Du brauchst nicht zu gehen, weißt du. Ich will dich doch nicht verjagen.«
»Doch!« sagte Børre mit einem Blick, der alles andere war als kindlich. Es war der Blick eines abgewiesenen und verletzten jungen Mannes. Ich erkannte ihn, weil ich ihn vor nicht allzu vielen Jahren im Spiegel gesehen hatte.
Und dann ging er – und ich hatte zwei neue Lasten auf meinem Gewissen. Nicht genug, daß ich im tiefsten Innersten ein stinknormales Schwein von einem Chauvi war. Jetzt trampelte ich auch schon auf den Gefühlen junger Knaben herum.
Jaja. Wenn ich mit den Neuerwerbungen dieses Tages leben konnte, dann würde ich wohl alles überstehen.

»Hektik« war einfach eine Untertreibung. Die wenigen Tage bis zum Johannistag waren der reine Sturm. Ingas und Kyrres Sommernachts-Traumhochzeit erforderte viel zuviel Planung und praktische Arbeit – und Kyrre hatte absolut keine Zeit, sich daran zu beteiligen. Er hatte auf politischem Schlachtfeld sehr viel Wichtigeres zu erledigen. Aber es gab ja noch vier andere, die sich um die Komplikationen kümmern konnten, die nun massenhaft auftraten.

Wir hatten zum Beispiel mit dem alten Mors jr. verabredet, daß wir am dreiundzwanzigsten Juni »nach dem Lunch« in den Tempel einziehen würden, während die Eismeerzahnärzte erwarteten, daß wir am selben Morgen früh Wolkenwild verlassen haben würden. Aber was sollten wir in der Zwischenzeit mit unserem irdischen Hab und Gut anfangen? Die Lösung war, möglichst viel von unserem persönlichen Besitz zusammenzutragen und einzupacken und zu verstauen; alles, was wir im Tempel nicht brauchten. Es ist einfach unfaßbar, wieviel Schrott fünf Menschen im Laufe eines Jahres anhäufen können. Ich war übrigens der Schlimmste in dieser Hinsicht. Ich hatte nur einige Monate gebraucht, um die ganze Sjøstrandhalle mit mehreren Wagenladungen Tand und Pontifikalien zu füllen, und deshalb mußte ich alles in den Kartons zusammenquetschen und im Vorratshaus stapeln. Außerdem mußte ich noch mit Kyrres Papiermühle kämpfen. Die Aktenschränke, die ich ihm besorgt hatte, konnten nämlich nicht abgeschlossen werden, und er konnte doch die detaillierten Pläne für die Weltrevolution nicht offen herumliegen lassen. Nein, die mußten mit in den Tempel kommen – und ich kann euch sagen, es waren gewichtige Pläne. Meine Güte, was für eine Plackerei!

Wir packten und organisierten und machten alles für die große Umzugsaktion am Johannistag bereit. Aber an diesem Morgen mußten Kyrre und Inga doch nach Ostklo ins Rathaus – und

Ragnhild war natürlich Ingas Trauzeugin –, und plötzlich fügten sich alle Teile wunderbar in das große Puzzlespiel. Denn auf diese Weise fanden Øystein und ich eine vom Himmel gesandte Möglichkeit, aller Welt zu beweisen, daß der Mythos von Schwulen als schwachen kleinen Jammerlappen bedeutend übertrieben ist.

»Na gut«, sagte ich. »Den Umzug übernehmen wir. Alles klar. Aber was ist mit der Hochzeit? Wer soll für hundertfünfzig Gäste den Tisch decken? Was sollen sie essen – und wovon und womit und worauf?«

»Darum kümmere ich mich«, antwortete Kyrre mit Großer-Bruder-Stimme. »Meinst du denn, die Bewegung wäre nicht imstande, *Fünfzigtausend* zu speisen, wenn es sein muß?«

Er hatte wirklich auch Humor, unser Traumprinz.

»Swisch!« sagte er – und damit war der Rote Tornado für den heimlichsten Auftrag des Sommers mobilisiert, der den Decknamen »Shirley Temple« trug. Der erste Trupp erschien Montagmorgen in LKWs und Lieferwagen und war getarnt als chinesische Akrobaten, die hundertfünfzig Mingvasen auf einmal jonglieren konnten. Stühle und Tische stapelten sich zu architektonisch vollendeten Pagoden auf, die bis zur Hälfte des Himmels reichten, und die geschmeidigen Kader liefen lachend und tanzend in den schönsten Formationen hin und her – während die jungen lächelnden Frauen revolutionäre Walzer summten und Blumendekorationen hervorzauberten, die noch beim König selber Ovationen erzielt hätten.

Ja, es war eine Freude.

Ich kam mir vor wie eine Maus im Porzellanladen, als ich Kartons und Kisten mit irdischem Plunder schleppte und stemmte, die ich einfach nicht zum Schweben bringen konnte, und wenn ich noch so viele Mao-Zitate murmelte.

»Wenn wir nur genug sind, dann können wir Berge versetzen!« sagte ich so mahnend, wie das durch zusammengebissene Zähne möglich war. Aber Øystein und ich waren ja in jeder Hinsicht zu zweit, und wir schleppten unseren Berg weiter dahin, mitten in dem eleganten Gewimmel der fliegenden Chinesen mit Augen so blau.

Aber der alte Mao sollte dann doch recht behalten. Wir schafften es schließlich, und als wir endlich all unseren Krempel verstaut hatten, hatte der Tempel sich in einen riesengroßen Hochzeitskuchen verwandelt, für den Mussolini ein ganzes Königreich und drei sizilianische Prinzessinnen gegeben hätte. Es gab hängende Gärten und Springbrunnen und Sonnensegel und Lampions und wandelnde Buffetts. Und unten am Strand war ein strahlendweißes Team von Köchen mit dem Braten von drei sympathischen Schafen beschäftigt. Man konnte kaum atmen.
Und als der Brautzug auf der Prinsen über die klargrünen Wogen geglitten kam, standen wir alle am Anlieger, und die lustigen Musikanten bildeten in ihren farbenfrohen Jammertalstrachten die Vorhut, und während die Brautmärsche über den Fjord kreischten, zogen wir paarweise in stattlicher Prozession zum reichgeschmückten Tempel empor, wo allen ein delikater Willkommenstrunk gereicht wurde, der nichts Geringeres enthielt als — Saft! Kyrre und Inga hatten sich nämlich für ein alkoholfreies Hochzeitsfest entschieden.
Und es blieb kein Auge trocken.
Der Hauptgrund für diese historische und epochemachende Entscheidung hieß Frau Adele Lunde und war die leibliche Mutter der glücklichen Braut.
Anfangs wollte Inga ihre Eltern überhaupt nicht dabeihaben. Sie erklärte vehement, daß diese verdammten Blutsauger auf ihrer Hochzeit nicht das geringste verloren hätten. Sie wären so gemein zu ihr gewesen und hätten ihr das Leben immer so sauer gemacht, daß sie ihr jetzt nicht auch noch ihren großen Tag ruinieren sollten. Außerdem waren sie verdammte Kommunistenfresser, und ihr Vater würde sicher mit halbbesoffenen Anzüglichkeiten um sich werfen. Und ihre Mutter war eine heimliche Säuferin und medikamentensüchtig und hatte schon massenhaft Zusammenbrüche und Selbstmordversuche hinter sich, und sie war aggressiv, unzurechnungsfähig und machte immer Skandale.
»Nie im Leben lad ich die ein! Da lass ich nicht mit mir reden!« erklärte Inga Lunde ein für allemal. Nun räusperte sich ihr zukünftiger Ehemann, dem sie alsbald in Lust und Not Liebe

und Gehorsam erweisen sollte, und faßte die Lage folgenderweise zusammen:
»Mir ist's egal, ob die kommen oder nicht – ich lad meine ja auch nicht ein, weil ich weiß, daß mein Vater nicht kommen würde, aber du hast hier eins vergessen, und zwar, daß sie es sicher für eine Beleidigung halten würden, wenn sie hier mit Leuten, die sie so sehr verachten, zusammen *feiern* müßten. Es wäre doch entsetzlich für sie, sich mit Leuten wie uns vermengen zu müssen – und ganz und gar zu deinen Bedingungen. Überleg dir das mal, Inga!«
»Ja, verdammt, du hast vielleicht recht! Es ist bestimmt ganz schön bitter für sie, wenn sie zusehen müssen, daß ich einen verdammten Kommunisten heirate. Nein, es geht doch nicht. Mams würde sich sicher mit ein paar schrecklichen Szenen im Suff rächen. Ich kenn sie doch!«
»Aber da weiß ich eine Lösung! Wir schenken uns den Alk – total. Ich hab mir das schon lange überlegt. So ein Entschluß würde völlig mit der Enthaltsamkeitspolitik der Partei übereinstimmen. Dann können wir ein wirklich schönes Fest ohne Suff veranstalten – ohne Suff, aber mit viel guter Kultur. Was haltet ihr davon?« fragte Kyrre Eliassen enthusiastisch.
»Nein, ehrlich gesagt, jetzt mußt du...« brachte *ich* heraus.
»*Ja!*« rief Inga Lunde – und natürlich bestimmte sie und keine andere über ihre eigene Hochzeit.
So kam es, daß wir uns im festlichen Kreis versammelt hatten, während nichts Stärkeres als Kefir im Haus war. Das machte mir nichts aus, auch wenn ich es ein bißchen verschroben fand, aber ich sorgte mich, daß es vielleicht ein bißchen zu verkrampft festlich zugehen könnte. Und was war mit dem Ehepaar Lunde? Wenn sie so gern ein oder fünf Gläschen wegknasperten, dann war das eine ziemlich schlaue Beleidigung. Aber ich kannte sie ja nicht – und auf ihre Reaktion war ich geradezu gespannt.
Bald stellte sich heraus, daß niemand Niels Adolf Lunde kannte, und da Inga ihn zu kennen glaubte, hatte sie ihn gröblich unterschätzt. Er und seine Gnädige kamen im größten Cabincruiser an, den ich je aus der Nähe gesehen hatte, und den eine tadellos gekleidete Mannschaft, bestehend aus zwei jungen Herren, die

ich nicht genauer anzusehen wagte, aus Angst, restlos abgelenkt zu werden, unten am Anleger vertäute. Das Boot hatte keinen geringeren Namen als »Seagull« und hatte zweifellos genausoviel Schnaps geladen wie Kronprinz Harald. Ich rede selbstverständlich nicht von SKH, sondern von SMS, der Fähre Kiel-Oslo nämlich.
Mams und Paps Lunde waren im Rathaus erschienen und hatten auf der Ehre bestanden, ihre einzige Tochter und deren charmanten ersten Ehemann in ihrem bescheidenen privaten Fahrzeug zu Wasser nach Nesodden zu bringen – wenn die jungen Leute damit einverstanden waren? Aber das waren sie nicht. Ich war sauer, weil ich nicht miterleben durfte, wie Kyrre seinem Schwiegerpaps klarmachte, daß sie zusammen mit »allen anderen, die sich nicht in soviel dekadentem Luxus suhlen können«, Bundefjordens Dampfschifffahrtsgesellschaft vorzögen. So konnte Kyrre bereits ganz zu Anfang jeglichen Versuch von Klassenzusammenarbeit abbügeln, was Paps aber nicht daran hinderte, noch weitere Versuche zu unternehmen.
Als das Ehepaar Lunde am Anleger des Tempels an Land ging – er im weißen Seglerdress und sie in einem rosa Seidentraum –, brachten sie eine vereiste Magnumflasche Champagner mit, mit einem so blendenden Etikett, daß es im Sonnengeflimmer einfach nicht zu entziffern war. Und damit war es Inga – nicht Adele – Lunde, die die erste Szene des Abends improvisierte. Sie stürzte sich auf ihren Ursprung, daß Silber und Gold an ihrer echten Oslo-City-Tracht nur so klirrten, und informierte sie mit einem Flüstern, das noch auf dem dritten Tempelabsatz zu hören war, über die alkoholpolitischen Maßnahmen des Abends:
»Schafft diesen Dreck sofort wieder an Bord! Hier ist der ganze Abend alkoholfrei – das hat in der Einladung gestanden –, und wenn ich merken sollte, daß ihr versucht, heimlich auch nur einen Tropfen zu trinken, dann jage ich euch sofort wieder auf See. Ist das klar?«
Paps nahm das so jovial hin, als ob ihm gerade ein Millionengeschäft durch die Lappen gegangen wäre.
»Aber liebes Kind, Inga, es war doch nur nett gemeint. Wir würden doch so gern auf dich und deinen Mann anstoßen, das kannst

du dir ja denken, aber natürlich soll alles so sein, wie du willst. Ich stoße auch gern mit Obstsaft an!«

Ich stand auf dem ersten Absatz und beobachtete Mams während dieses Auftritts, und mir fiel auf, daß sie dabei nicht eine Miene verzog. Sie schien unverrückbar guter Laune zu sein. Sie sah auch sonst richtig gut aus, professionell konserviert, mit einer hellblonden Sonjafrisur, die ihr sehr gut stand. Sie sah keinen Tag älter aus als die Kronprinzessin, die damals vielleicht neunundzwanzig war. Und da war es doch umsichtig von Mams gewesen, daß sie ihre gemeinsame Frisur gebleicht hatte, damit niemand behaupten konnte, sie ähnelten einander wie ein Ei dem anderen.

Der Champagner wurde von einem der Matrosenanzüge wieder an Bord gebracht, und Inga schob ihre Eltern die vielen Treppen und Absätze bis zu der großen Terrasse hinauf, wo wir alle mit funkelndem Apfelsaft in garantiert keimfreien Plastikgläsern anstießen. Ich muß zugeben, daß ich ziemlich beeindruckt war, als ich Niels Adolf Lunde die Hand schüttelte. Er hatte eine frische, korkbraune Hautfarbe, die von viel Sonne und Segeln und Golf und so erzählte, und einen strammen, fast unmerklich zitternden Händedruck, der von einer nahezu übermenschlichen Selbstkontrolle zeugte. Inga überließ ihre Eltern sofort Ragnhild und mir. Wir fungierten als eine Art Reservegastgeber, während Øystein sich der kulturellen Belange annahm.

»Ihr habt hier ja wirklich einen phantastischen Ort gefunden«, plauderte Paps und nippte an seinem Saft. »Ist das über Bekannte gelaufen?«

»Nein, Inga hat das alles durch ihre großen Überredungskünste geschafft«, sagte ich, so höflich ich konnte. Mams warf einen langen Blick über den ganzen Putz und kommentierte mit milder Stimme:

»Inga war immer schon wie ihr Vater in bezug auf Temperament und... Geschmack.«

»Ja, die hält wirklich die Ohren steif!« erwiderte Paps. Er war sichtlich zufrieden mit dieser Bemerkung, aber Mams war auch nicht schlecht drauf:

»Du weißt genau, daß sie *meine* Ohren geerbt hat«, sagte sie tatsächlich, ehe sie sich an uns wandte: »Ansonsten sieht sie meiner Mutter als jungem Mädchen sehr ähnlich. Nach ihr ist sie auch getauft.«

»Das hat dein seliger Vater so entschieden, Liebe. Die Mutter meiner Frau ist verwitwete Pröpstin!« erklärte Paps mit klarer Aussprache, und danach sagte Mams lange gar nichts mehr.

»Wie ist denn so das Wohnen in... einer Wohngemeinschaft?« fragte er Ragnhild. Sie trug ein schlichtes meergrünes Kleid, das all ihre Qualitäten betonte – nicht zuletzt auch ihre offene Freundlichkeit, die sie mit ihrem intelligenten Witz kombinierte.

»Es ist ungefähr so, wie ununterbrochen sturmfreie Bude zu haben. Es ist lustig, weil niemand über uns bestimmt, und anstrengend, weil keine Mutter für Ordnung im Haus sorgt.«

Das kam an.

Beide lachten und schienen sich ein kleines bißchen zu entkrampfen. Paps sah sie aufgemuntert an:

»Aber, sag mal, ich hab immer gedacht, bei sturmfreier Bude würden unweigerlich Vaters Barschrank und Weinkeller geleert. Hat meine Tochter sich von den Guttemplern einfangen lassen, oder hab ich etwas Wesentliches mißverstanden?«

»Nein, wir sind keine Antialkoholiker, aber... normalerweise trinken wir ja nichts, aber... also, *unsere* Bewegung vertritt die sogenannte Maßhaltelinie.«

Ragnhild sandte mir eine lächelnde Bitte um Hilfe, während ich ebenfalls lächelte – nicht ohne eine gewisse Schadenfreude – und die Gelegenheit wahrnahm, die halbe Wahrheit zu erzählen.

»Heute ist ein ganz besonderer Abend, weil das Brautpaar gemeinsam beschlossen hat, eine alkoholfreie und kulturelle Hochzeit zu feiern. Wir waren anderer Ansicht, aber heute haben ja schließlich nicht wir zu bestimmen.«

»Es ist ja beruhigend zu hören, daß Adele und ich heute abend nicht die einzigen Dissidenten sind. Und deshalb lade ich euch gleich zu einem Drink auf die Seagull ein, wenn hier die schlimmsten Formalitäten überstanden sind. Denn an Bord bestimme ich, wer was trinken darf. Nicht wahr, meine Schöne?«

Mams' Lächeln war um ein, zwei Millimeter abgesackt, wurde jedoch sichtbar strammer, als sie sagte:
»Du mußt doch einsehen, daß Inga sich das nur ausgedacht hat, um mich zu demütigen – und dich, Nisse!«
»Aber, aber...«
»Ich möchte am liebsten sofort wieder an Bord gehen. Es ist doch offensichtlich, daß diese Menschen uns überhaupt nicht hierhaben wollen. Ach, verzeiht mir, das war unverschämt von mir. Ich meine ja auch nicht euch beide, wirklich nicht. Ich weiß eure Offenheit und Höflichkeit zu schätzen. Ihr seid herzlich willkommen an Bord. Das meine ich wirklich ehrlich.«
»Wir können nicht einfach gehen, meine Liebe. Wir müssen uns wenigstens verabschieden.«
»Sofort, Nisse, sonst *schreie* ich!«
Sie lächelte immer noch genauso steif, aber ein gejagter Ausdruck trat in seine Augen, die er auf mich richtete, während er schnell sagte:
»Dann schlage ich vor, daß dir unser junger Freund Yngve hier seinen Arm bietet und dich aufs Boot zurückgeleitet, meine Liebe.«
»Das ist ein hervorragender Vorschlag, Nisse. Gehen wir!« sagte sie und setzte uns beide elegant in moderate Bewegung auf eine Seitentreppe zu. Nisse wollte offenbar noch eine Weile herumnisseln, denn er nahm ebenso elegant Ragnhilds Arm, um sich herumführen zu lassen.
Frau Adele Lund und der junge Yngve Vilde müssen ein selten schönes Paar gewesen sein, als wir an jenem Nachmittag über die Balustraden des Tempels schritten. Sie sah aus wie ein leichter, flatternder, rosa Schmetterling, während ich ganz in Weiß war, abgesehen von meinem burgunderroten samtenen Rauchjackett aus dem Trödelladen, das Ragnhild für mich geändert hatte. Mir kam das alles etwas unwirklich vor, und auch wenn ich keine besondere Angst davor hatte, daß meine Begleiterin schreien oder explodieren könnte, war ich sehr gespannt, was auf dem Boot passieren würde.
Als Mams die Reling packte, um an Bord zu gehen, sah ich, daß ihr wie aus einem Schwamm der kalte Schweiß über die Stirn

lief, und der Matrosenanzug, der hilfsbereit da stand, erhielt folgenden zitternden Befehl: »Mix vier Dry Martinis. *Tout de suite!* Ich komm allein zurecht.«
Damit schwang sie sich an Bord, irgendwo in ihrer unmittelbaren Nähe machte es »ritsch«, und sie verschwand im Inneren der Seagull wie ein Geist durchs Schlüsselloch. Ich stand auf dem Anleger und war einen Moment ziemlich verärgert, um es so zu sagen, aber dann dachte ich: Jaja, vielleicht ist's besser, sie los zu sein! Nun erschien der zweite Matrosenanzug auf dem Vorderdeck und bat mich mit steinerner Miene, ihm zu folgen – und jetzt begriff ich überhaupt nichts mehr. Denn den, der in diesem Anzug steckte, hatte ich schon einmal gesehen. In einem Schwulenclub. Er konnte sich offenbar auch an mich erinnern, denn er versuchte, mir vielsagend zuzuzwinkern, und sagte dann ganz diskret:
»Du brauchst nicht zu zeigen, daß du uns kennst. Dag und ich arbeiten in dieser Branche, und wir sind für diesen Abend hier gemietet. Hübschen Anzug hast du da an.«
»Danke gleichfalls, Schwester!« brachte ich heraus und konnte sogar fast einen Kicheranfall unterdrücken. »Noch strammer als in der Marine?«
Er führte mich den weiten Weg zum Achterdeck, wo Adele sich gerade einen Dry Martini zu Gemüte geführt hatte – und es war offenbar nicht ihr erster gewesen. Ihr kühles und lächelndes Äußeres war wiederhergestellt, und sie atmete erleichtert auf.
»Meine Güte, wie schön ist das, all diesen Leuten entronnen zu sein. Komm her und setz dich und trink auch etwas, Ingvar. Das hast du ehrlich verdient. Dag, Sie können uns noch eine Runde mixen.«
»Guten Abend, der Herr«, sagte Dag mit servilem Lächeln, während er Beefeater in einen Silbershaker goß. Ich hatte nie mit ihm geschlafen, aber wir waren einmal nahe daran gewesen. Diese Situation kam mir eher absurd als beunruhigend vor, und ich hatte wirklich Lust auf einen Drink.
»Er ist sehr trocken«, erklärte Adele. »So schmecken sie mir«, und sie nippte an ihrem fünften in fünf Minuten. Ich tat es ihr nach, und ich verschluckte mich auch nicht dabei. Ich hatte schon öfter

Golden Cock pur aus der Flasche getrunken. Dag stand neben mir und füllte abermals mein Glas mit größter Selbstverständlichkeit — und nun ging mir auf, daß unsere Nummer damals geplatzt war, weil ich so blau gewesen war, daß er sich verdrückt hatte.
»Du hast wirklich ein leckeres Rezept — und einen... tüchtigen Barmann. Shake it, baby!« sagte ich, und nun konnte Adele endlich natürlich und entspannt lachen.
»Ich hätte nicht erwartet, in dieser Gesellschaft einen — Kenner zu finden«, sagte sie und wurde ein bißchen rot. Sie meinte sicher einen »Gesinnungsgenossen«, aber es ist nicht immer leicht, im rechten Moment das richtige Wort zu finden, das weiß ich. »Kannst du mir nicht ein bißchen über dich erzählen? Das hier wirkt alles etwas erschreckend auf mich, die Politik und alles, was Inga so wichtig ist. Ich nehme an, du teilst ihre Ansichten, wo du doch mit in dieser... Wohngemeinschaft lebst?«
»Ja, wir schwören alle auf die progressive Bewegung, aber ich glaube nicht, daß das ein Grund zur Besorgnis ist. Alle Generationen sind in ihrer Jugend wohl idealistisch und wollen die Welt verändern. War das bei Ihnen nicht auch so, gnädige Frau?«
»Aber mein Lieber, du *mußt* mich Adele nennen. Ich nenne dich ja auch Ingvar.«
»Jaja«, sagte ich und dachte, daß sie das ruhig weiter tun dürfte, die Arme. »Prost, Adele!«
»Prost, Ingvar! Du ahnst ja nicht, wie schön ich es finde, junge Menschen kennenzulernen, die... mit denen man vernünftig reden kann. Ich verstehe ja, daß wir Alten auf euch ziemlich verknöchert wirken können, aber wir haben doch auch unsere *Werte*, die wir uns erarbeitet haben und die wir so gut wie möglich bewahren wollen.«
»Das verstehe ich nur zu gut. Ich hätte auch gerne so einen Cabincruiser zum Rumsausen. Wie heißt er doch noch, Seegold?«
»Naja. Das ist doch das kleine Spielzeug meines Mannes«, sagte Adele. Ich weiß nicht, ob sie aus Höflichkeit meinen Witz überhört hatte oder ob sie überhaupt nicht mehr zuhörte. »Es wäre phantastisch nett, wenn du mich einmal in der Villa besuchen würdest. Da fühle ich mich am wohlsten. Du nimmst doch sicher noch einen?«

Ich hatte Lust, ihr zu erzählen, daß ich immer schon schrecklich gern gesehen hätte, wie die Leute ganz oben in der Hitparade so leben, aber das mit den Drinks brachte mich in eine ziemlich elende Bedrängnis. Ich hatte zwar bei den Feierlichkeiten an Land keine direkten Aufgaben zu erledigen, aber ich fühlte mich moralisch verpflichtet, mich daran zu beteiligen. Ich war trotz allem ein Fünftel der Gemeinschaft. Andererseits hatte ich auch die hohe Verpflichtung auferlegt bekommen, mich um die Mutter der Braut zu kümmern – und das schien mir ja hervorragend zu gelingen. Drittens merkte ich plötzlich, daß die beiden Drinks mir bereits ein prickelndes Lustgefühl in den Beinen verschafft hatten, und das bedeutete, daß Inga und Kyrre meinen Schwips sicher bemerken würden. Das wäre nicht so gut, auch wenn ich es nicht darauf angelegt hatte. Also nickte ich eifrig und unbescheiden, als die schöne Adele mir einen dritten von den Trockenen anbot – mein Kopf sollte mit meinen Beinen um die Wette prickeln. Meine schweigende und ungebrauchte Nummer im Matrosenanzug mußte brav einschenken, und in diesem Moment legten die Musikanten oben auf der Tempeltreppe eine flotte Polka hin. Inzwischen waren sie ans Stromnetz angeschlossen. Wirklich fetzig, die Jungs. Adele hüpfte auf ihrem Kalbsledersessel hoch.
»Meine Güte«, brachte sie heraus. »Das ist ja schlimmer als Ragnarok!« Sie meinte wahrscheinlich das jährliche Rockkonzert auf Holmenkollen – oder redete sie wirklich von der Götterdämmerung, was weiß ich?
Jedenfalls war auf dem Festland der Bär los, und ich mußte mich breitbeinig hinstellen, um die ganze Folklore mitzubekommen. Die drei Martinis führten dazu, daß ich alles erlebte wie einen amerikanischen Musicalfilm in den knallenden Farben der fünfziger Jahre, was die Qualität dieses sinnlichen Genusses aber nicht minderte. Es sah einfach stark aus! Oben auf der Terrasse und auf den Plateaus und den Balustraden wimmelte es nur so von tanzenden, wirbelnden Paaren, und Silberschmuck und Spangen funkelten so sehr, daß ich mich auf ein Volkstanzfest in Delphi halluzinierte – obwohl unser Tempel an diesem Abend das Orakel völlig in den Schatten stellte. Niemals haben sich so viele mit so wenig Promille so amüsiert.

»Aber das ist doch geradezu vulgär!« schrie mir plötzlich Adele ins Ohr. Sie hielt sich krampfhaft an der Reling aus — mindestens — achtzehnkarätigem Gold fest.
»Das ist das ärgste Sammelsurium von Stilarten und Kulturen und Traditionen, das ich jemals erlebt habe! Das ist ja direkt lächerlich!«
Vielleicht hatte sie wie ihre unechte Zwillingsschwester Kunstgeschichte studiert, aber ich fand es taktlos, sie danach zu fragen, und so versuchte ich, ihr klarzumachen, daß sie doch einfach den Film genießen sollte, wo sie nun schon einmal im Kino war. Unglaublicherweise verstand sie genau, was ich meinte, und sofort begann sie unseren gemeinsamen kulturellen Beitrag zum Fest mit einem albernen Backfischlachen, von dem ich sofort angesteckt wurde. Und wir kakelten, was das Zeug hielt.
Auf diese Weise fand ich eine Busenfreundin vom Holmenkollåsen, die ich zwei geschlagene Stunden und bedeutend mehr und steifere Gin-Tonics lang behalten durfte. Ich glaube nicht, daß Adele enge Freundinnen hatte, denn die Arme hatte einiges auf dem Herzen. Sie vertraute mir so viele Seltsamkeiten an, daß ich bestimmt von Holmenkollens Freunden und den Freimaurertöchtern wegen Verleumdung und übler Nachrede vor Gericht gezerrt würde, wenn ich etwas davon verriete. Und dazu habe ich wirklich keine Zeit. Ich hoffe nur, das wird mir verziehen.
Wir vergaßen Zeit und Ort und andere weltliche Dinge wie zum Beispiel Essen. Ich habe nie erfahren, wie die sympathischen Schafe geschmeckt haben. Aber dann wurde ich von anderen lebhaften Klängen in die Wirklichkeit zurückgezwungen. Sie spielten »Zorba«, und ich wollte sehen, was da oben auf dem Hochzeitskuchen ablief. Und richtig: Die Herren Parteispitzen hatten sich, mit Kyrre in der Mitte, in einer demokratisch zentralisierten Reihe aufgestellt und gaben vor, griechischen Volkstanz mit derselben Eleganz zu beherrschen, mit der ihre Untergebenen Mingvasen durch die Luft schweben ließen.
»Komm her, Adele! Das mußt du sehen, wo du Stilrichtungen doch so gern hast! Jetzt tanzen sie griechisch im griechischen Tempel. Sie versuchen, sich zusammenzureißen und Ordnung ins Sammelsurium zu bringen.«

Mams kam an meine Seite geschwankt und mußte sich jetzt mit beiden Händen festhalten. Wir waren beide ziemlich blau, aber mit mir ging's immer noch aufwärts.
»Sieh sie dir an, Adele. Siehst du? Die Buben tanzen, und die Madeln weinen.«
Ach, das saß! Wir krümmten uns vor Lachen — boshaft und gemein — und konnten endlich auch unsere bezaubernde Mannschaft mitreißen, die das alles sicher viel besser begriff als die arme Adele.
Leider wurde das Ganze einfach zuviel für sie. Auf einmal hatte sie jemanden, dem sie sich anvertrauen, mit dem sie sich betrinken und sogar köstlich amüsieren konnte — während ihre Tochter an Land in die kommunistische Partei einheiratete. Plötzlich sah alles schwarz für sie aus, und sie stürzte ab ins Down des Jahres.
»Hilf mir! Ooooo, *hilf mir!* — Ich halt es nicht mehr aus!« jammerte Adele Lunde, und ich begriff plötzlich, daß die Lage äußerst ernst war. Sie stand am Rande eines grausamen Zusammenbruchs, und den wünsche ich niemandem. Ich hielt ihre Hand und versuchte, auf eine rettende Idee zu kommen, aber leicht war das nicht. Dag brachte ein großes Glas Cognac, das wir ihr einflößen konnten, aber sie jammerte immer weiter. Sie heulte noch lange, ehe sie sich langsam beruhigte. Ich war blau und müde und hatte alles satt und versuchte, mich zum Aufbruch zu entschließen, aber sie wollte mich nicht loslassen. Sie umklammerte meine Hand, und dann sagte sie plötzlich klar und deutlich:
»Du mußt mir eine Frage beantworten, Ingvar, und zwar ganz ehrlich. *Glaubst du an das mit der ewigen Verdammnis?*«
Ich wurde ziemlich schnell ziemlich nüchtern, denn das war die schlimmste Frage, die mir jemals gestellt worden war. Ich sah plötzlich Adele Lunde ganz deutlich. Das erstarrte Lächeln für den Festgebrauch verdeckte nicht nur Langeweile und Verwöhntheit — sie hatte Angst. Was hatte Paps noch gesagt? Ihre Mutter ist eine verwitwete Pröpstin. Ergo mußte Adele eine Pastorentochter sein, und Gott und ich auch konnten uns vorstellen, was ihr mit dem Rohrstock eingebleut worden war. Sie

hatte Angst vor dem Tod. Sie hatte Angst vor der Hölle. Ach, die arme Adele.
»*Nein!*« sagte ich so fest und überzeugend, wie ich nur konnte. »Ich glaube nicht an die ewige Verdammnis. Ich glaube überhaupt nicht an die Hölle. Und du solltest das auch nicht tun, damit schaffst du dir doch bloß deine eigene Hölle hier auf Erden, und das macht dich nur kaputt.«
Sie sah mich mit unsicherem, flackerndem Blick an und preßte meine Hand.
»Ich würde dir so gerne glauben. Eigentlich will ich das ja auch, verstehst du. Ich will nicht immer an... an den Teufel und all das denken müssen, aber ich schaffe es nicht. Ich kann mich von meinem Kindheitsglauben nicht befreien.«
»Ich dachte, der Kindheitsglaube sollte licht und froh sein? Daß Jesus auf uns aufpaßt und uns vergibt und so?«
»Aber ich habe so schrecklich gesündigt, verstehst du? Ich habe gegen den Heiligen Geist gesündigt, und dafür gibt es keine Vergebung. Ich bin verurteilt. Ich habe mich selbst zur Ewigen Verdammnis verurteilt.«
In diesem Moment brach eine energische Männerstimme in mein Bewußtsein ein, während eine noch energischere Hand mich von Adele wegzog und in einen Sessel drückte.
»Jetzt ist's genug mit dieser ewigen Frage für heute, meine Liebe. Ich hab dir doch gesagt, daß du dir darüber nicht den Kopf zerbrechen sollst. Du erfährst die Antwort schon noch früh genug!«
Niels Adolf Lunde hatte offenbar große Routine darin, seine Frau zurechtzuweisen, denn sie riß sich augenblicklich mit nicht unbedeutender Kraftanstrengung zusammen.
»Tut mir leid, Nisse. Es war nicht so gemeint. Ich... jetzt geht's mir wieder gut. Jetzt ist alles in Ordnung.«
»Ausgezeichnet, meine Liebe. Meine Güte, jetzt wird mir ein Drink schmecken! Einen doppelten Glenfiddich bitte. Pur. Ja, großer Gott. Was man in diesem Leben aber auch alles erlebt. Und ihr seid gute Freunde geworden, sehe ich. Du hast wohl auch lieber einen Drink als all diese *Kultur*, oder, Yngve? Ja, da sind wir uns wohl alle drei einig. Was trinkst du denn?«

»Er heißt *Ingvar*, Nisse.«
»Was sagst du da? Ingvar? Kann ich mich denn so verhört haben?« Er blickte mich fragend an.
»Ingvar« bestätigte ich mit dem Mund voll von lahmer Zunge, und in diesem Moment stellte Dag noch einen Drink vor mich hin. Ich wollte protestieren, aber das gelang mir nicht.
»Prost, Ingvar, und willkommen an Bord. Ich bin sehr froh, daß wenigstens einer von euch unsere Gastfreundschaft nicht verschmäht. Deine Freundin Ragnhild hat sie eben abgelehnt.«
Ich nahm einen soliden Schluck aus meinem Glas, um etwas nüchterner zu werden, und dieses Mal blieb er mir fast im Halse stecken. Dag hatte Gin und Tonic im Verhältnis vier zu eins gemixt, bestimmt aus purer Bosheit.
»Ach, wie das schmeckt! Ich nehm gleich noch einen«, sagte Nisse, und dann fügte er reichlich grimmig hinzu: »Jaja, meine Liebe. Jetzt steht es ein für allemal fest. Ich habe eine Schlange an meinem Busen genährt.«
Diese Aussage kam mir so aufsehenerregend vor, daß ich mich in meinem Sessel aufrichtete und ihm ins Gesicht sah.
»Oder stimmt das vielleicht nicht?« fragte er mich aggressiv. Es war klar, daß er mehr volkstümliche Kultur auf einmal abbekommen hatte, als ihm guttat – und sicher mehr, als er in seinem ganzen Leben bisher erlebt hatte. Ich hatte gerade einen lichten Moment in meinem Rausch und war Manns genug, um zu verkünden:
»Aber klar doch. *Wir sind die reine Schlangengrube!*«
Da platzte Niels Adolf. Er sprang von seinem Sessel auf und wollte mich wohl am liebsten mit einem einzigen Hieb über Bord werfen. Ich danke der Vorsehung für die feinen Umgangsformen des Bürgertums.
»In diesem Fall, junger Mann, schlage ich vor, daß Sie machen, daß Sie an Land kommen, so rasch Ihre Beine Sie tragen können – falls Sie überhaupt noch gehen können, nachdem Sie sich hier meinen guten Alkohol zu Gemüte geführt haben. Ich will weder Schlangen noch anderes Ungeziefer hier an Bord haben. Dag und Pål! Helfen Sie diesem Herrn bitte an Land. Augenblicklich!«

Hiermit danke ich der Vorsehung auch für diesen letzten Befehl, denn ich hätte ohne die freundliche Unterstützung meiner mitverschworenen Matrosenanzüge niemals mit heiler Haut die Seegold verlassen können. Sie waren richtig lieb zu mir und stellten mich ordentlich auf den Anleger, wo ich mich dann sofort hinsetzte.

Und auf diese Weise konnte ich dann auch noch Paps' avancierte Navigationskunst beobachten, als er zurücksetzte, wendete und mit einem Motorengebrüll wie von hundert verendeten Volkswagen davonbrauste. Und so verschwand leider auch Adele Lunde aus meinem Leben.

Wie auch Dag und Pål. Die beiden Seegoldstücke wurden aus meiner Saga entführt – in intakten Matrosenanzügen.

»Ich kapier einfach nicht, wie man sich so besaufen kann. Kannst du den Blick fixieren, oder hast du die Augen bloß aufgemacht, um dich ein letztes Mal von mir zu verabschieden?«
Das war Øystein. Gott sei Dank. Weder sauer noch böse, sondern mich liebevoll neckend, wie er das so gern tat. Über ihm sah ich blauen Morgenhimmel zwischen viel Grünem, und dann entdeckte ich, daß ich mich aus irgendeinem Grund verpuppt in einen roten Schlafsack unter freiem Himmel aufhielt.
»Hallo, mein Junge. Meine Güte. Wo sind wir denn hier? Ich hab irgendwie das Gefühl, als ob du mich vor einem Schicksal, schlimmer als der Tod, bewahrt hättest!«
»Ja, was hast du eigentlich intus – in der Birne, meine ich? In der letzten Stunde hast du dich hier herumgewälzt und was von Ewiger Verdammnis vor dich hingemurmelt...«
»Ach, Herrgott. Das war Adele. Ingas Mutter. Sie *lebt* in der Hölle. Sie sind weg, ja? Sie ist im Boot geblieben?«
»Aber sicher, im Gegensatz zu dir. Ich hab dich mit Müh und Not hierher bugsieren können, ehe du völlig zusammengebrochen bist. Wir sind im alten Lusthaus, falls du dich daran erinnern kannst, und ich habe sogar dein Festgewand gerettet – o, wenn du wüßtest, was ich danach mit dir gemacht habe! –, aber du hast ja nicht mal gekotzt. Ich habe eine Barfußärztin um Rat gefragt, ob dir der Magen ausgepumpt werden müßte, aber sie hat bloß den Kopf geschüttelt und gesagt, daß du ihr leid tun wirst, wenn du aufwachst. Und das tust du jetzt ja. Was macht denn Ihr Kopf? Sie hat übrigens versprochen, nichts zu verraten, aber das war früh am Abend.«
»Sie wissen also nichts?«
»Nein, kein Grund zur Panik. Außerdem haben nach und nach ziemlich viele ihre Flachmänner ausgepackt, und deshalb mußte Kyrre sein gesamtes Enthaltsamkeitsprojekt aufgeben. Er war am Ende übrigens auch ganz schön beschwipst.«

»Stark! Da haben sie zwei Fliegen mit einer Klappe geschlagen. Sie haben Adele so gedemütigt, daß sie fast einen Zusammenbruch erlitten hätte, und außerdem hatten sie danach noch ein richtiges Fest. Clever.«

»Naja. Du hättest auch deinen Teil an diesen Gütern genossen, wenn du imstande gewesen wärst, noch mehr in dich hineinzukippen. Ich habe mich neulich übrigens auch selber in den Schnapsladen geschlichen, für den Fall, daß wir zwischendurch mal allein sein könnten, so wie jetzt.«

»Stimmt das? Willst du behaupten, ich wäre das einzige Ferkel hier, das dieses Enthaltsamkeitsgefasel ernst genommen hat? Und das dann als erstes den Drinks der Person zum Opfer gefallen ist, die eigentlich als Opfer ausersehen war, oder wie auch immer das zusammenhängt? Herrgott, was für ein Wirrwarr. Und ich hatte da auf dem Kahn ein rabenschwarzes Gewissen, weil ich der Brautmutter Gesellschaft geleistet habe – wie hast du das übrigens gemeint? Hast du noch was zu trinken oder was?«

»Aber sicher. Ich hab hier in der Kühltasche zwei Flaschen Liebfrauenmilch.«

»Neeeinn!«

»Hä? Ich dachte, du trinkst den gern. Hast du den nicht neulich getrunken, als wir es uns so gemütlich gemacht haben?«

»Doch. Schon. Ist in Ordnung. Ach, du bist *mein Liebster!* Hörst du? Ich muß nur schnell pissen und mir ein bißchen Wasser in die Visage spritzen und so. Wie spät ist es denn?«

»Halb fünf morgens. Du bist ja gestern abend schon um halb acht weggesackt, du hast also neun Stunden geschlafen. Ich sitze schon seit einer Stunde hier und meditiere – mit dir, und ich bin kein bißchen müde. Du solltest aber an den Strand gehen, um dich frisch zu machen, wenn du keine Lust hast, dem harten Kern guten Tag zu sagen, der noch immer im Tempel zugange ist. Ansonsten pennen überall haufenweise Leute. Ich hab's geschafft, das Lusthaus zur Privatverwendung abzusperren, damit wir ein bißchen Ruhe haben können.«

»Mein Øystein! Ich komm so schnell wie möglich zurück.«

»Hier ist dein Trainingsanzug. Ich konnte ihn dir gestern abend

einfach nicht anziehen, deshalb hab ich dich in der Unterhose in den Schlafsack gestopft. Und im Moment ist es ein bißchen kühl.«
»Ich hab dich so lieb – aber jetzt muß ich einfach pissen.«

Es war so seltsam, die gute Atmosphäre, in der ich bei Øystein aufgewacht war, zu verlassen. Überall leuchtete die Sommernacht. Der Fjord lag spiegelglatt da und gab den goldenen Nordhimmel und die blauen Ewigkeiten im Süden wieder. Es war wirklich Mittsommernacht, und seltsamerweise war ich nicht besonders verkatert. Ich fühlte mich ein bißchen schwindlig und mitgenommen, aber es half, einen Liter Ameisensäurekonzentrat von mir zu geben und mein Gesicht im frischen Seewasser zu waschen.
Als ich mich unten am Strand umdrehte, erschien mir der Tempel im Gegenlicht wie ein Palast aus Tausendundeiner Nacht, und als ich mich wieder dem Lusthaus näherte, mußte ich einfach stehen bleiben und glotzen. Denn auch dort hatte der Rote Tornado zugeschlagen, ohne daß es mir bisher besonders aufgefallen war. Was vorher ein drei Meter hohes undurchdringliches Dornengestrüpp mit verrosteten Eisenstangen gewesen war, hatten die fliegenden Chinesen – die sicher auch die Landwirtschaftsschule absolviert hatten – in ein richtiges Häuschen mit Wänden und einem Dach aus Rosen und gotischem Portal und kleinen, mit weißem Segeltuch ausgeschlagenen Fenstern verwandelt. Quer über den Eingang hatte Øystein ein breites Band mit dem abschreckenden Wort PRIVAT geklebt, was sogar in dieser Gesellschaft akzeptiert wurde. So anti-individualistisch sie auch sein mochten, sie hatten doch den Respekt vor dem Eigentum bewahrt. Gott sei Dank.
Ich mußte auf die Knie fallen, als ich den Ort, der bald bei mir und Øystein den Namen Rosengarten tragen sollte, zum ersten Mal betrat. Unseren Rosengarten. Øystein wartete dort mit zwei von den grünen Römern des Tempels und einer frisch geöffneten Liebfrauenmilch, die mir niemals besser geschmeckt hat. Als wir einander zugeprostet hatten, gestand er mir leicht verlegen, daß er sich den ganzen Abend nüchtern gehalten hatte, denn wenn er

überhaupt etwas trinken wollte, dann nur mit mir und keinem anderen. Unter anderen Umständen hätte mich dieses Geständnis ziemlich runtergezogen, aber nun konnte ich verstehen, was er meinte, und sagte – ohne Vorwürfe und ohne Vorbehalte: Er wollte nur mit mir zusammen trinken, und danach wollte er mit mir schlafen. Und ich auch mit ihm! Ich war warm und geil, was mir sehr oft im ersten Katerstadium passiert, und wir hatten Zeit und Kräfte für unser Liebesspiel.

Die chinesischen Gartenarchitekten waren so avanciert gewesen, daß sie einen Boden aus mit Schilfmatten bedeckten Isoporplatten gelegt hatten, eine ganz treffliche Unterlage. Vor allem, als ich mit Øystein da lag. Gott, was war er doch gut! Zu allem Überfluß hatte er daran gedacht, meinen Tabak in einer Ecke zu deponieren, ehe er mein Festgewand gerettet hatte, und deshalb konnte ich mir danach eine drehen. Øystein schenkte uns mehr Wein ein und lachte:

»Eine von deinen ganz besonderen Eigenschaften ist, daß du deine Laster *genießen* kannst, so sieht es wenigstens aus. Wenn ich dich so sehe, kriege ich tatsächlich auch Lust aufs Rauchen. Mit Trinken hab ich ja schon angefangen. Prost, mein Liebster!«

»Prost. Das sieht bloß so aus. Richtig genießen kann ich das nicht. Ich rauche schon, seit ich sechzehn war, über acht Jahre also, und deshalb wird's langsam gefährlich. Aber darüber reden wir jetzt nicht, ja?«

»Nein, alles klar. Wie lange bist du schon schwul? Ich meine, wie alt warst du, als dir das zum ersten Mal aufgegangen ist?«

»Ach, das war früh. Mit elf, zwölf Jahren. Als ich mich in Magnus verliebt hatte. Stell dir vor, das ist schon über zwölf Jahre her. Und du?«

»Das weiß ich noch genau. Ich war sechseinhalb.«

»Hä?«

»Es war im Sommer, bevor ich in die Schule gekommen bin. Ich war im Kino und habe ›Peter Pan‹ gesehen – und hab mich Hals über Kopf in diesen phantastischen Typen verknallt. Nicht bloß, weil er fliegen konnte, er war noch dazu so hübsch, weißt du.«

»Aber sicher. Rote Haare und grüne Kleider – er hatte etwas von einem Fuchs, nicht wahr? Und war zäher als der Zar. Ich fand ihn ein bißchen unheimlich – ich war nämlich ein ängstliches Kind. Aber ich weiß noch, daß ich mir so eine kleine Tinker Bell gewünscht habe, die Sternenstaub hinter sich ausstreut. Sie ist einmal fast von einem Fisch gefressen worden, der plötzlich aus dem Wasser schnellte, und ich habe geheult: Paß auf, paß auf! Die beißen!«

»Ja, die war süß. Und außerdem war sie auf diese Tussi eifersüchtig, in die Peter Pan verliebt war. Das war ich auch, konnte sie einfach nicht ausstehen. Aber das war nicht so wichtig, meine Beziehung zu ihm war viel wichtiger. Es war eine total physische Verliebtheit, verstehst du. Ich hab nachts von ihm geträumt, und beim Wichsen hab ich an ihn gedacht. Hab ihn sogar in mein Abendgebet eingeschlossen. Er wurde wichtiger für mich als Jesus, schließlich war er lebendiger. Ich hatte ihn ja gesehen, nicht wahr?«

»Ja, natürlich.«

»Ich hab den Film sechsunddreißigmal gesehen, aber die Entwicklung ist in meiner Birne weitergegangen. Ich habe viele Jahre mit Peter Pan gelebt – bis ich in die Pubertät kam und festgestellt habe, daß ich rothaarige Jungs nicht mochte. Sie waren ja bei weitem nicht so toll wie er. Da waren aber zwei von den anderen, vor allem einer, der Leif hieß und zufällig blonde Locken hatte. Erst da konnte ich mir den Film so weit aus dem Kopf schlagen, daß ich wieder auf dem Boden landete. Und da blieb ich dann auf beiden Füßen stehen, denn dieser süße Leif traute sich nicht. Stell dir das vor: Wir sind drei Jahre lang in dieselbe Klasse gegangen, und er mochte mich genausosehr wie ich ihn, aber er hat uns beiden verweigert, den körperlichen Aspekt unserer Beziehung zu erleben. Er hat sich einfach nicht getraut. Ach, ich habe lange gebraucht, um ihm das zu verzeihen. Der arme Leif. Mit Mädchen war er auch nicht zusammen. Ist immer noch nicht verheiratet.«

»Lebensangst heißt das. Aber was ist mit dir? Warst du mit Mädchen zusammen?«

»Naja, das kann ich nicht gerade behaupten. Zuerst wurde ich zum Mönch. Total abstinent. Ich entschied mich fürs Sublimieren und wollte alle Sexualenergie auf die Schule und aufs Zeichnen und Klavierspielen und so richten. Dann hab ich Heidi kennengelernt und versucht, mit ihr zu schlafen, aber das hab ich nicht geschafft, weißt du. Und dann hab ich dich kennengelernt. Stell dir vor, das ist erst drei Jahre her.«

»Was willst du damit sagen?«

»Daß ich siebzehn war und mich zum Schwulentreff geschlichen habe. Und da saßt du allein hinter einer Flasche Wein und einem Tisch und warst gerade noch nüchtern genug, um mich anzusehen – und mit diesem Blick hast du mich festgehalten.«

»Hab ich das? Aber du bist doch freiwillig mitgekommen?«

»Ja, sicher. Ich hatte in meinem ganzen Leben noch kein Angebot bekommen, und dann hast du gesagt: ›Hei. Ich heiße Yngve. Ich find dich niedlich. Ich hab hier gleich um die Ecke eine Wohnung. Hast du Lust, mit mir zu schlafen?«

»Meinst du das im Ernst?«

»Aber sicher. Das mußt du doch noch wissen? Ich hab nicht einmal nachgedacht. Ich brauchte mir das nicht mal zu überlegen. Ich hab bloß ›alles klar‹ gesagt, und dann sind wir gegangen. Und dann haben wir miteinander geschlafen. Und es war hundertmal stärker als Peter Pan. Und du warst so warm und gut – und viel zu blau –, und du hast mir einen geblasen, bis es mir gekommen ist. Und das war das erste Mal, daß ich mit irgendwem zusammen war.«

»Øystein. Das wußte ich nicht. Das hab ich nie kapiert. Daß ich dein erster war...«

»Das weiß ich. Ich hab's ja nie erzählt. Dachte, ich sollte auf die passende Gelegenheit warten. Und die ist jetzt. Prost!«

»Ach, Prost, mein Junge.«

»Und jetzt frag ich dich – zum dritten Mal – in vollem Ernst und mit den edelsten Absichten: Willst du mich heiraten?«

»Du hast versprochen, damit nicht mehr rumzunerven.«

»Aber warum nicht, Yngve? Du liebst mich doch? Wir leben doch zusammen und sind uns treu? Warum hast du solche Angst davor, ein Versprechen abzulegen, wenn du weißt, wieviel das für mich bedeutet?«

»Hör zu. Jetzt sag ich dir etwas Wichtiges, was ich sicher viel früher hätte sagen sollen, aber ich habe eben auch etwas für eine passende Gelegenheit aufbewahrt. Ich liebe dich, Øystein Einhorn.

Und das werde ich für die überschaubare Zukunft weiter machen, so gut ich kann, mit meinem Kopf und mit meinem Körper. Aber ich kann dir nicht versprechen, daß es bis in alle Ewigkeit so sein wird, denn über die Ewigkeit habe ich keinen Überblick. Den hast du auch nicht. Ich will kein Versprechen von dir, das gelten soll, bis daß der Tod uns scheidet; bis dahin kann es noch lange dauern. Ich hoffe sogar, daß es noch lange dauert. Das bedeutet, daß du mir hilfst, meine Lebensangst zu verjagen, und dafür bin ich dir sehr dankbar, weißt du. Aber gerade deshalb darfst du mich nicht weiter bedrängen. Das ist einfach gefährlich!«

»Aber ich will dich doch nicht zwingen. Ich kann einfach den Gedanken an solche lockeren Bindungen nicht ertragen. Ich will nicht in amerikanischen Verhältnissen landen, mit Dreiecksbeziehungen und Partnertausch und nebenbei jede Woche oder jeden Tag neuen Liebhabern.«

»Wenn du davor Angst hast, dann solltest du mich gut genug kennen, um zu wissen, daß ich davon nie viel gehalten habe und das auch nie tun werde. Obwohl ich immer das Recht der anderen verteidigen werde, genau das zu tun. Du darfst für niemanden außer für dich selber moralische Gesetze aufstellen, Øystein. Und für mich schon gar nicht. Ich will dich unter meinen eigenen Prämissen lieben, und dazu gehört auch das Tolerieren unterschiedlicher Meinungen. Diesmal sind wir uns in der Praxis einig, in der Theorie aber nicht.«

»Du reservierst dir also das Recht zum Ausflippen, falls du irgendwann Lust dazu hast und mit sechzehn Leuten pro Woche schlafen willst? Das läßt sich machen, weißt du. Und es gibt viele, die das tun. Hier, auf dieser Erde. In diesem Moment!«

»Solange die das freiwillig tun, geht das weder dich noch mich etwas an. Aber ich persönlich habe durchaus nicht vor...«

»Du hast doch den Artikel in ›Gay News‹ über die Saunas in New York gelesen? Über den Typen, der damit geprotzt hat, daß er mit über dreitausend – Individuen geschlafen hat? Stell dir das vor! Denk dir doch bloß die Zahl tausend. Das bedeutet zehn Jahre lang zwei pro Woche. Was ist denn das für ein Leben! Was soll das alles? Kannst du mir das erzählen?«

»Nein, kann ich nicht. Aber es heißt Promiskuität und ist durchaus kein neues Phänomen. Don Juan ist doch gerade wegen seiner Eroberungen wie ein Held verehrt worden – also ist offenbar alles in Ordnung, solange man nicht schwul ist.«
»Das sind deine Worte.«
»Nein, das sind die Worte der Gesellschaft.«
»Okay, du hast recht. Es ist klar, daß heterosexuelle Promiskuität genauso destruktiv ist wie homosexuelle.«
»Und mindestens genauso verbreitet. Du hast doch selber oft mit Crosby, Stills und Nash gesungen: ›If you can't be with the one you love, *love the one you're with*.‹ Gott soll mich schützen, aber das ist wirklich kurzgefaßt die ganze große Botschaft unserer Generation. Neunzig Prozent von uns ficken wie die Ratten. Und mir macht das im Grunde nichts aus. Es stört mich nicht, auch wenn ich im Moment versuche, mich aus diesem Rattenrennen herauszuhalten. Während du dich über einen schnöden Artikel über die Schwulensaunas in New York aufregst, der uns zu Sündenböcken stempelt, weil er verschweigt, daß *alle* auf demselben Trip sind.«
»Aber daß die Mehrheit sich falsch verhält, kann doch wohl nicht bedeuten, daß ausgerechnet du sie verteidigst?«
»Erstens verteidige ich die Mehrheit nicht. Ich versuche, uns Schwule gegen die moralinsauren Angriffe von Sexisten in aller Welt zu verteidigen, die sich im selben Tempo wie unser Befreiungsprozeß verstärken werden. Zweitens verteidige ich keine promiskuöse sexuelle Praxis als solche – aber ich will sie auch nicht verdammen! Was zwei oder mehr Menschen aus freiem Entschluß miteinander machen, ohne sich gegenseitig weh zu tun, ist ihre Sache. Solange sie niemandem Schaden zufügen...«
»Aber das ist es ja gerade, Yngve. Sie schaden sich und anderen. Sie nehmen Schaden an ihrer Seele.«
»Wenn es so ist, dann sind sie auch dafür selber verantwortlich. Außerdem möchte ich wetten, daß die meisten von denen, um die es hier geht, nein sagen würden, wenn du sie fragtest, ob sie eine Seele haben – und dann ist die Seele doch wohl von Anfang an schon ziemlich lädiert, oder?«
»Und was ist mit dir – hast du keine Seele?«

»Aber sicher doch. Um die brauchst du dir keine Sorgen zu machen. Ich glaube nicht, daß ich daran Schaden genommen habe, bis jetzt nicht. Ich brauche jedenfalls für keinen meiner Liebhaber Absolution.«

»Wie viele hast du denn gehabt?«

»Ich?«

»Du, ja. Mit wie vielen hast du in wie vielen Jahren geschlafen?«

»Ach, da muß ich erst nachzählen: Magnus, Janne, Wildwein...«

»Zähl in Gedanken!«

»Okay, einen Moment noch. Du bist *Nummer* fünfzehn – das war vor drei Jahren, und inzwischen sind noch vier dazugekommen, von denen ich dir schon erzählt habe. Neunzehn insgesamt. Sagen wir zwanzig, dann zählst du doppelt. In elf Jahren. Das macht im Durchschnitt ein halbes Jahr pro Mann – *keine halbe Stunde*, du Dussel! Ich kann gut zugeben, daß es oft meine Schuld gewesen ist, wenn diese Beziehungen zu Bruch gegangen sind. Aber ich habe wirklich versucht, mein Bestes zu tun. Und das versuche ich jetzt auch, Øystein. Zusammen mit dir. Aus ganzem Herzen. Und wir haben die Zukunft vor uns. Aber nicht in Ketten.«

»So hab ich das nicht gemeint – ich wollte dich nicht mit diesen Amis vergleichen –, aber ich bin froh, daß du mir das erzählt hast. Daß es nicht mehr waren. Jetzt weiß ich das. Und ich will dich nicht binden!«

»Großer Gott, du bist genauso eifersüchtig auf meine Vergangenheit wie damals auf diese Tussi von Peter Pan, die übrigens Wendy hieß und total in Ordnung war. Ohne sie hätte es überhaupt kein *Märchen* gegeben. Keinen Pan. Und du mußt noch etwas kapieren. Im Gegensatz zu ihm bin ich wirklich. Du kannst mich immer noch anfassen. Aber wenn du ein Kapitän Hook wirst, der versucht, mich gefangenzuhalten, dann fliege ich weg.«

»Nein!«

»O doch. Ich kann so leicht wie ein Füllen über alle Berge fliegen.«

»Ja, das hast du letztes Mal ja auch getan.«

»Ich oder Peter Pan?«

»Du natürlich. Nach dem ersten und einzigen Mal wolltest du nichts mehr mit mir zu tun haben.«

»Aber das war doch nicht deine Schuld! Ich wollte mich nicht verpissen. Ich war doch impotent von all dem Dope, das ich damals eingeworfen habe. Das hab ich doch sicher gesagt?«
»Du hast gesagt: ›Geh und such dir einen jungen, *virilen* Typen in deinem eigenen Alter, ich schaff's ja doch nicht mehr!«
»Ja, genau. Und das stimmte damals ja auch. Ich sah keine Lösung für meine eigenen Probleme, und deshalb wollte ich dich nicht an mich binden.«
»Das hattest du doch schon gemacht.«
»Was?«
»So leicht bis du mich doch nicht losgeworden. Ich bin jetzt hier, nicht wahr?«
»Meinst du, daß...«
»Glaubst du, ich wäre deinem leichtfertigen Rat gefolgt? Glaubst du wirklich, ich war damals bloß auf Sex aus?«
»Ja, aber...«
»Ich glaube, du hast intuitiv begriffen, daß ich es ernst meinte – so zugedopt und besoffen du auch warst. Du hast gefühlt, daß du mir vom ersten Blick an im wahrsten Sinne des Wortes wichtig warst, und den Gedanken konntest du nicht ertragen – seriöse Gefühle annehmen und selber zeigen zu müssen. Da war es leicht, alles auf die Potenz zu schieben und zu fliehen – in ein inneres Exil, ja? Hinter Scheuklappen und Spiegelglasbrillen und schlaf in himmlischer Ruh!«
»Øystein, ich...«
»Und wo du schon Parallelen zu Peter Pan ziehst, also bitte: Ich hab dasselbe gemacht wie damals. Ich habe mich fürs Warten entschieden. Aber diesmal wußte ich, daß du erreichbar warst, denn ich hatte dich ja einmal erlebt. Und da habe ich etwas begriffen, was ich eigentlich nicht sagen wollte, aber jetzt bittest du ja geradezu darum! Nicht dein Dope hat dich impotent gemacht, sondern deine Angst vor *meinen* Gefühlen! Ich hatte dasselbe mit Heidi erlebt – daß ich Angst davor hatte, in etwas hineinzurutschen, auch wenn ich Lust hatte. Hör also auf, alles mögliche andere verantwortlich zu machen. Trotz allem bist *du* verantwortlich für das, was du tust, und für das, was dabei herauskommt. Ich auch. Ich habe gewartet. Ich bin ganz schön stur,

weißt du. Ich habe auf die Chance gewartet, dir aus deinem Exil herauszuhelfen. Dann habe ich gehört, du wärst mit Jonas Löwenherz zusammen, und da dachte ich, das überlebst du nicht. Aber ich habe nicht aufgegeben. Ich durfte einfach nicht aufhören, zu hoffen und an das Gute zu glauben. Und dann habe ich erfahren, daß du in Liseberg saßt, und mein Vater war auch dort gewesen, und deshalb wußte ich, daß ich jetzt dran war. Denn dort konntest du nicht im inneren Exil bleiben – nicht in einem norwegischen Verhaltenstherapie-Asyl. Deshalb habe ich dich besucht und dir einen Brief geschrieben – und dann bist du hergekommen. Und du bist immer noch hier. Und du sollst hier sein. Das ist der Sinn von allem. Du bist der einzige, den ich je gehabt habe und jemals haben will. Ich bin nicht auf deine anderen eifersüchtig, da mußtest du eben durch. Aber jetzt gibt es nur noch uns beide. Von jetzt an gibt es nur uns, in alle Ewigkeit, ob dir das nun paßt oder nicht. Das ist unser Karma, Yngve. Es steht in den Sternen geschrieben. Und ich liebe dich auch.«

Später habe ich oft an das gedacht, was an diesem Morgen in unserem Lusthaus passiert ist, denn es war für uns beide eine Schicksalsstunde. Und damals weigerte ich mich kategorisch, an das Schicksal und Gott und den Teufel und diesen ganzen Müll zu glauben. Als deshalb Øystein vom Karma lossülzte, was immer das sein mochte, und von Sternenschrift – als ob die irgendwer deuten könnte! –, war ich äußerst skeptisch und reichlich genervt. Denn ich wußte ja, daß er kein bißchen geistig daneben war. Ich wußte, daß er das, was er sagte, wirklich meinte und glaubte – aber ich konnte diesen Glauben einfach nicht teilen, auch wenn ich im tiefsten Herzen den heißen Wunsch dazu verspürte. Ich beschloß, die Situation aus materialistischer Sicht auszulegen, und natürlich hatte Øystein recht, wenn ich mir die historischen Tatsachen überlegte. Wir hatten uns vor drei Jahren scheinbar durch Zufall kennengelernt, und er war mit mir nach Hause gekommen. Und er hatte meine ganze Situation restlos durchschaut, denn er hatte etwas – eine intensive Zärtlichkeit –, womit ich einfach nicht umgehen konnte. Denn dann hätte ich mich zusammenreißen müssen. Deshalb versuchte ich, ihm kurz ein nettes Erlebnis zu verschaffen, um ihn dann loszuwerden. Aber nein – er hatte also an mir festgehalten, ohne daß ich das wußte, und am Ende war ich derjenige gewesen, der zu ihm gekommen war. Und da sah ich es endlich klar: Ich hatte mich damals auch in Øystein verliebt, aber ich hatte meine Grenzen erkannt. Ich hätte es nicht geschafft, mich zusammenzureißen, und dadurch hätte ich unsere Beziehung zerstört. Sobald ich jedoch reif genug war, um ihn ernst zu nehmen und mich ganz und gar in unsere Beziehung einzubringen, war ich freiwillig gekommen. So einfach war das. Nix mit Magie oder – Karma! Gott sei Dank. Aber sollte ich ihm in dieser Heiratsfrage nachgeben? Er wollte unsere Beziehung wohl vor Gott und den Menschen legalisieren.

»Aber wie sollen wir denn überhaupt heiraten? Vom Standesamt sind wir ausgeschlossen, und du bildest dir ja wohl nicht ein, der Bischof würde uns im Dom trauen?«

»Natürlich nicht. Aber ich kenne einen Pastor, der uns in seiner Kirche trauen würde. Vor unseren Familien und Freunden.«

»Lieber Øystein. Verlang das nicht von mir. Bitte, setz mich nicht unter Druck! Ich habe einfach nicht die Nerven, um eine der Hauptpersonen in einem norwegischen Kirchenstreit über Homosexualität zu werden. Es war schon schlimm genug, an der Maidemo teilzunehmen.«

»Aber wir brauchen es doch nicht öffentlich bekanntzugeben. Natürlich wäre es das beste für unsere Sache, aber wenn du...«

»Jetzt stell dich nicht dümmer als du bist. Vergiß nicht, daß ich bei der Presse arbeite. Ich kenn die Szene. Selbst, wenn es uns gelingen sollte, die Zeremonie geheimzuhalten, dann stehen sie hier am nächsten Tag auf der Schwelle und sind zu allem Überfluß auch noch sauer, weil wir ihnen eine Sensation verdorben haben. Und dann finden sie die beiden frischvermählten Schwulen in einer marxistisch-leninistischen WG in einem griechischen Tempel im Oslofjord! Das ist eine richtige kleine Weltsensation, und die werden sie ausquetschen bis zum letzten – Blutstropfen. Und ich bin verdammt noch mal nicht bereit, für irgendeine Sache zu sterben. Jedenfalls nicht für die Ehe, die habe ich immer verabscheut, und das weißt du genau. Ich will von keinem Pastorrrr gesegnet werden. Nie im Leben. Ich kann mich nicht an den strafenden Christengott wenden – den habe ich auch immer schon verabscheut. Tut mir leid, Øystein. Aber ich verstehe ja deinen Wunsch, unsere Beziehung auf irgendeine Weise zu beglaubigen, und ich habe nichts dagegen, wenn wir das selber tun. Ich werde dir lebenslängliche Treue und Zuneigung versprechen – und wenn du eine Zeugin brauchst, dann können wir unser Gelöbnis doch im Sonnenaufgang ablegen. Wir können die *Allnatur* zur Zeugin nehmen. Weder mehr noch weniger, aber das sollte doch reichen?«

Zwei große blaue Augen waren alles, was ich sehen konnte, und die Verwunderung in ihnen ging in Überraschung und dann in strahlende Freude über.

»Doch. Das reicht aus. Das reicht wirklich ganz und gar, Yngve. Und du meinst das wirklich? Du sagst das nicht, weil du betrunken bist?«

»Kann schon sein, aber ich meine es wirklich – auch wenn ich blau bin. Ich will mein Leben für das Zusammensein mit dir einsetzen.«

»Du verstehst doch, was du jetzt sagst? Vergiß nicht, daß *du* jeden kriegen kannst, den du willst...«

»Ich hab aber schon alle gehabt, die ich wollte. Jetzt will ich nur dich. Komm, wir müssen zum Sonnenaufgang.«

Hand in Hand gingen wir auf den Steg, während die Sonne sich gerade durch die Baumwipfel auf dem Hügelkamm hindurchkämpfte. Øystein trat hinter mich, legte die Arme um mich, und ich faltete meine Hände über seinen. Dann wandte er sich direkt an die Sonne:

»O Allnatur. Hier stehen wir. Wir sind in dir. Wir sind ein Teil von dir. Wie du weißt – und wie wir ahnen können –, kennen und lieben wir uns schon durch viele Inkarnationen hindurch. Jetzt sind wir uns endlich wiederbegegnet, und diesmal lieben wir einander offen und innig, auch wenn wir dasselbe Geschlecht haben. Wir wissen, daß du uns siehst, Allnatur, und daß du unsere Gefühle ebenso ehrst, wie wir selber das tun. Deshalb bitten wir dich jetzt, unsere Beziehung zu segnen. Gib uns den Mut, unserer Liebe freien Lauf zu lassen. Gib uns die Kraft, dem Moralismus dieser Welt zu trotzen. Gib uns die Stärke, im Glück zusammenzuhalten und uns im Unglück gegenseitig zu stützen. O Allnatur. Du siehst unseren Willen, einander zu lieben. Aber du mußt uns auch die Fähigkeit und die Möglichkeit geben, damit wir unser Zusammenleben verwirklichen können.

Und wir unsererseits geloben dir, Heilige Allnatur, einander zu lieben und zu ehren – in alle Ewigkeit!

Ich, Øystein Einhorn, gelobe, dich, Yngve Vilde, bis in alle Ewigkeiten zu lieben und zu ehren. Und jetzt bist du an der Reihe«, sagte Øystein.

»Ich, Yngve Vilde, gelobe, Øystein Einhorn, der mich hier im Arm hält, zu lieben und zu ehren – solange ich lebe.« Sagte ich. Und ich meinte es aus ganzem Herzen.

Eine schrille Frauenstimme, die sich äußerst schockiert anhörte, riß mich aus dem Schlaf.

»Ja, was in aller Welt! Was sehe ich hier? Hier liegen zwei nackte Männer in einem *privaten* Lusthaus und sehen aus, als ob sie sich die ganze Nacht miteinander auf das schändlichste amüsiert hätten. Hallo, hallo! Telegramm für Øystein Einhorn von Else Einkvann vom Wachtturm: *Erwachet!* Hahahahahahahahahahaha...«

Ich starrte in einen Riesenschlund mit vielen großen, starken Zähnen, der in einem runden lachenden Gesicht dominierte. Wenn sie nicht so überzeugend freundlich gelacht hätte, dann hätte ich gedacht, sie wollte uns fressen, als sie durch den Eingang gekrabbelt kam und eine Plastiktüte hinter sich herschleppte. Ich setzte mich auf und klimperte mit den Augen, und das war nun wirklich Wasser auf ihre Mühlen:

»Ach so, ja. So siehst du also aus, wenn du keine vier Promille hast. Ich hab dich gestern auch schon unter die Lupe genommen. Øystein hatte nämlich Angst, du könntest ihm draufgehen. Was hattest du denn bloß intus? Intravenösen Wodka? Øystein, *erwachet!* hab ich gesagt, sonst schnapp ich dir deinen Goldjungen vor der Nase weg und steck ihn in meinen Banksafe! Hahahahahahahaha...«

»Und wer sind Sie, gnädige Frau? Königin Midasa? Von der Lachgasakademie?«

»Hahahahahahahahaha...«

»Nun gut. Sehr erfreut. Sie sollten Ihre Zähne versetzen, dann würden Sie gleich zur vermögenden Frau, Gnädigste!«

»Hahahahahahahaha — das bin ich ohnehin schon — oooohahahahahahahaha...«

»Entschuldigung, hast du für mich vielleicht auch einen Joint? Ich werd so nervös, wenn ich unter freiem Himmel aufwache, verstehste... Ohne Morgenjoint issie Natur bloß noch doof!«

»Oooooooo hahahahahahahahaha – ich hab Bier – hahahaha – viel besser – ooo – eine ganze Tüte! Hahahahahahahahaha...« Die Frau war in ihrem Kater auf Lachtrip gegangen, daran gab's keine Zweifel.
»Ist es das Lusthaus, das so eine Wirkung auf dich hat?« rief ich, und jetzt krümmte sie sich in konvulsivischen Zuckungen und brüllte dermaßen, daß es richtig schlimm aussah. Øystein setzte sich langsam auf und sah sie vorwurfsvoll an, und da ging ihr Anfall in etwas Ernstes und Mehrdeutiges über, das ich lieber nicht aus nächster Nähe miterleben wollte, und deshalb ging ich pissen. Unten am Steg herrschte wildes Badeleben mit Geschrei und Gebrüll. Die halbe Hochzeitsgesellschaft schien über Nacht geblieben zu sein und feierte jetzt mit großer Begeisterung den Mittsommertag. Ich fühlte mich nicht ganz in Spitzenform, und die Lust auf ein Bier war stärker als meine Aversion gegen das Lachtheater, und deshalb ging ich wieder dahin zurück, wo ich hergekommen war. Dort saß die fröhliche Frau Freude und hielt sich die Bierflasche an den Mund und trank lange, ehe sie sich losreißen und sagen konnte:
»Hallo! Ich bin nämlich Else Somebody*. Hahahahaha!«
»Irgendwer also?«
»Genau. Der hat ja auch noch Köpfchen, Øystein. Gratuliere – um den beneide ich dich bodenlos. Apropos, hättest du gern ein Morgenbier? Ich hab kein Hasch – deshalb lach ich also nicht, ich bin einfach so. Hahahahaha.«
»Ja, danke. Deshalb bin ich zurückgekommen – nein, nicht nur deshalb. Mir ist eingefallen, daß ich heute früh geheiratet habe, ich auch. Morgen, mein lieber Mann! Kannst du dich noch an so etwas erinnern?« Øystein lächelte verlegen und mußte ein bißchen rot werden – was ihm übrigens ziemlich oft passierte. »Aber sicher. Herzlichen Glückwunsch. Was ist das für ein Gefühl?« Ich beugte mich vor und küßte ihn auf den Mund. »Es kommt mir ganz richtig vor.«
»Wovon in aller Welt sabbelt ihr da?« mischte Frau Somebody sich ein, während sie mir eine frisch geöffnete Bierflasche hinhielt.

* Einkvann: norw. für »Jemand«

»Ihr seht ja total frisch verliebt aus.«
Ich machte mich über das Bier her und zeigte auf Øystein, der kurz erzählte, daß wir im Sonnenaufgang geheiratet hatten und von nun an genau wie Inga und Kyrre als Paar anzusehen waren.
»Das ist ja wohl das Letzte! Hat's hier eine Doppelhochzeit gegeben, ohne daß irgendwer das gewußt hat? Das ist ja vielleicht eine Frechheit! Wartet bloß, bis die anderen das hören – wir müssen doch heute dasselbe noch mal machen, mit Brautzug und klingendem Spiel und allem...«
»Nein, müssen wir nicht!« protestierte ich. »Es ist ein Geheimnis, eine innere Angelegenheit. Du darfst es niemandem erzählen, ja?«
»Aber es ist doch eine großartige Neuigkeit. Schließlich heiraten nicht jeden Tag zwei Knaben...«
»Nein, aber wir wollen nicht in die Zeitung. Bald bricht die Sauregurkenzeit an, und die Zeitungsschmierer würden uns den ganzen Sommer lang verfolgen, wenn sie Wind von dieser Sache bekämen.«
»Ja, das stimmt. Doch, ich verstehe. Aber kann ich euch nicht wenigstens zu einem kleinen Hochzeitsschmaus zu Hause bei mir einladen? Ganz inkognito? Du kannst mein altes Brautkleid leihen, Øystein. Das würde dir gut stehen. Hahahahahahaha!«
So lernte ich Else Einkvann kennen. Sie war in ihrer ganzen lärmenden Herzlichkeit ein Mensch von seltener Energie, und sie schonte sich nie, weder privat noch bei der Arbeit. Sie war Ärztin und engagierte sich stark für die Altenpflege, ganz abgesehen von ihrem Einsatz in der Frauenbewegung und in der Politik. Während ihres Studiums hatte Else etwas gemacht, das ihr eine gewisse Achtung eingebracht hatte – wenn auch nicht die ihrer Kollegen. Sie hatte sich nämlich für ein Jahr vom Studium beurlauben lassen und als Schwesternhelferin in einem Krankenhaus gearbeitet, um das ganze System von unten zu sehen und zu erleben. Sie wollte – jedenfalls eine Zeitlang – am eigenen Leibe erfahren, wie es unten auf der Rangleiter einer Hierarchie aussah, in der sie sich normalerweise ganz oben befinden würde. Von Selbstproletarisierung im üblichen Sinne konnte keine Rede sein. Es war ganz einfach eine solidarische Handlung, die dem guten Ton völlig wider-

sprach, und die dem Rest der großen weißen Herrscher unerhört vorkam.
Auf diese Weise hatte sie ihre Kommilitonen aller politischen Schattierungen nachdrücklich provoziert. Schließlich konnten nur wenige andere den *Gedanken* ertragen, auch nur für einen einzigen Tag ihres Lebens Hintern abzuwischen und wundgelegene Stellen zu säubern – ganz zu schweigen von einem ganzen Jahr! Nicht wenigen lief es bei dem Gedanken, daß dieses Jahr nach der Revolution sicher für alle Mediziner obligatorisch sein würde, vor Entsetzen und Grausen eiskalt den Rücken hinunter – im Programm der AKP hat das übrigens nie gestanden.
Und als ob das noch nicht genug wäre, so gehörte Else Somebody auch zu den wenigen politisch bewußten jungen Frauen meiner Generation, die sich ein individuelles und charakteristisches Aussehen bewahrt hatten. Sie trug ihre Haare oft in einem festen Knoten. Sie schminkte sich, benutzte Schmuck und trug elegante, oft ein wenig herausfordernde Kleider. Sie wollte sich von der grauen Masse der roten Revolutionärinnen der siebziger Jahre abheben. Das konnten viele junge, progressive Frauen und Männer durchaus nicht ertragen. Aber es war auch nicht so leicht, sie einfach so als Reaktionärin abzustempeln, sie war ja schließlich keine. Sie schwamm gegen den Strom. Ich mochte sie sofort und nahm ihre Einladung zum Essen gern an.
Ansonsten folgte für den Tempel ein Festtag. Überall wimmelte es von Leuten, die sich als eine überwältigende Menge lebensfroher Menschen entpuppten. Inga zeigte sich in ihrer besten Wirtinnenrolle – meistens im nackten freien Fall zwischen Sprungbrett und Wasseroberfläche – und spendierte mir einen spritzenden Salzwasserknutsch in ihrer überschäumenden Dankbarkeit dafür, daß ich Manns genug gewesen war, um Mams und Paps ins Meer zu jagen. Kyrre bewies seine These »Ein Mann, ein Wort« und organisierte ein gemeinsames Essen, bei dem wirklich über hundertzwanzig Menschen gespeist wurden. Ich weiß nicht, wo sie alle hergekommen waren, aber einige von ihnen müssen wirklich schwere Lasten getragen haben.
Das einzig wichtige Ereignis war, daß Øystein und ich beschlossen, dauerhaft ins Lusthaus umzusiedeln. Im Tempel hätten wir

sowieso auf Matratzen schlafen müssen, und solange es nicht in Strömen goß, hatten wir es in unserem Rosengarten zehnmal besser. Wir holten meine große Matratze und zimmerten einen provisorischen Bettkasten, um nicht direkt auf dem Boden liegen zu müssen. Es würde eine gesegnete Sommerwohnung für uns beide werden – mitten in der Allnatur.

Ansonsten ging mir langsam auf, daß jetzt drei Wochen Urlaub vor mir lagen. Ich konnte das Leben und Øystein und den norwegischen Sommer von seinen besten Seiten genießen. Wir wollten zwar Anfang Juli am Rot-Front-Lager auf Tromøya teilnehmen, aber das war ja schließlich auch eine Form von Ferien. Ich freute mich nicht direkt darauf, aber ich war schon ein wenig neugierig, wie sie die Stimmung der Maidemo eine ganze Woche lang am Leben erhalten wollten. Ragnhild und Kyrre hatten Sommerjobs gefunden, aber Inga würde mitkommen – im Badeanzug.

Øystein hatte nur einen Vorbehalt. Er hatte seinem liebenswerten Großvater versprochen, eine Woche auf dessen Hütte in Sikkilsdalen mit ihm zu verbringen. Das Datum wollten sie am Donnerstag festlegen. Und dann begab es sich, daß Jung-Einhorn sich einbildete, eine glänzende Idee zu haben. Er wollte den Alten Gyldenhorn überraschen und seinen Auserwählten zum wöchentlichen Essen auf Vettakollen mitnehmen. Er wollte mich dem Alten höchstpersönlich vorstellen.

»Warum denn?« fragte ich. »Willst du mich vorzeigen?«

»Nein, aber er ist ein bißchen neugierig auf die WG, darauf, wer hier wohnt und so...«

»Hast du ihm erzählt, daß wir zusammen sind?«

»Nein, aber...«

»Dann erwartet er eine Frau.«

»Aber ich möchte es gern erzählen.«

»Mit mir als Anstandsdame? Als Alibi? Als Qualitätsbeweis?«

»Vielleicht letzteres. Er ist nicht so hoffnungslos, wie Magne es darstellt. Auf seine Weise ist er lieb und herzensgut. Ich bin sicher, daß er dich mögen wird.«

»Und wenn nicht? Wenn er nun meint, ich wollte dich verderben?«

»Das tut er nicht. Er weiß, daß ich weiß, was ich will, und daß ich mich zu nichts verlocken lasse – sonst wäre ich doch schon längst Verwaltungsdirektor.«
»Unter einer Bedingung.«
»Nämlich?«
»Daß du jetzt aufstehst und mit mir ins Lusthaus gehst, und daß ich dich dann ausziehen und mit dir machen darf, was ich will.«
»In Ordnung.«
»Jetzt hast du dich zu etwas verlocken lassen.«
»Ja, aber nur, weil ich das ohnehin schon wollte.«

Vettakollen ist die Graue Eminenz unter Norwegens »Successful Hills«. Es spielt sich nicht besonders auf, wie es da bewaldet und ein wenig zurückgezogen im Halbschatten des immer mehr spiegelverglasten Holmenkollen liegt. Aber wer eine kleine Wanderung hinauf in dieses diskret charmante Beverly unternimmt, wird großartige Gartenanlagen mit beeindruckenden Villen zwischen den Baumkronen finden. Leider ist es schwierig, sie aus nächster Nähe zu bewundern, da sie von dichten Bäumen und hohen Hecken gut beschützt werden. Außerdem ist es einer von den Orten, die niemand betritt, der nicht eingeladen ist – und eingeladen werden nicht sehr viele Promille der Bevölkerung.
Ich muß zugeben, daß ich im tiefsten Herzen stolz und dankbar bin, weil ich dieser rein peripheren fünften Promille angehöre. Denn ich habe beim Alten vom Berge höchstpersönlich gespeist!
Er wohnte in einer überdimensionalen Schweizer Villa aus braunem Holz mit Erkern und Türmen und vorwitzigen Drachenköpfen in allen Himmelsrichtungen. Das Grundstück war, so weit das Auge reichte, von Mauern und Metall umgeben, und die elektrischen schmiedeeisernen Tore machten mir klar, daß sich nicht nur die AKP mit Sicherheitsfragen beschäftigte. Der ganze Besitz strahlte eine strenge Atmosphäre von festverwurzelter Macht und Mündigkeit aus.
Øystein hatte mir erzählt, daß der Alte in bezug auf technische Hilfsmittel und Apparate ein wenig exzentrisch war und daß man am schnellsten akzeptiert wurde, wenn man seine vielen Erfin-

dungen bewunderte. Aber obwohl ich beschlossen hatte, so offen und vertrauensvoll wie nur möglich zu sein, machte meine Katzenphysiognomie einen Buckel, als wir den summenden Personaleingang neben dem Haupttor passierten. Das Grundstück wirkte befestigt; die Drachenköpfe sahen aus, als ob sie Maschinengewehrkugeln ausspucken könnten. Oben beim Haus mußte Øystein ein zweites Mal klingeln und sich melden, und jetzt sträubten sich mir sogar die nicht vorhandenen Haare.

»Sonst dauert es nie so lange«, entschuldigte Øystein sich nach einer Minute, aber dann öffnete sich die massive Tür lautlos und offenbarte einen Butler in schwarzer Uniform, der sich leicht verbeugte und sprach:

»Willkommen, Herr Einhorn. Ihr Großvater wird gleich unten sein. Im Salon stehen Erfrischungen.«

»Danke, Oskar. Sie wissen sicher schon, daß ich einen Gast zum Essen mitbringe?«

»Ja. Ihr Großvater hat mich informiert.«

Als die Tür hinter uns mit einem metallischen Klicken ins Schloß glitt, hatte ich das Gefühl, die Wirklichkeit verlassen zu haben, durch eine quantenphysische Sperre gestolpert und in einer Parallelwelt gelandet zu sein, in der alles zugespitzt war. Hart und kalt. Die spiegelblanken Parkettböden signalisierten: »Sperrgebiet«. Die Edelholztäfelungen und die goldbeschwerten Gemälde warnten: »Nicht anrühren und nicht ansehen!«. Die gediegenen Stilmöbel waren von unsichtbaren Laserstrahlen umgeben, die sofort schrillen Alarm geben würden, wenn man ihnen nahe käme. Ich hatte das Gefühl, mich nachts verbotenerweise in einem Museum zu befinden – ohne das selber zu wollen. Es war ekelhaft.

»Möchtest du ein Glas Sherry?« fragte Øystein. An der Oberfläche wirkte er natürlich und wie zu Hause, aber mich konnte er nicht täuschen. Er war total angespannt, und er kleckerte, als er aus der Kristallkaraffe einschenkte.

»Bitte sehr. Prost. Es ist ein bißchen komisch, er ist sonst immer schon unten, wenn ich komme.«

»Wenn du allein bist?«

»Ah, jetzt kommt er – das ist der Lift. Trink aus, dann kannst du dein Glas hier abstellen.«

Aus der Halle war ein Summgeräusch zu hören, und dann sah ich den Alten zum ersten Mal.
Er glitt fast lautlos ins Zimmer, wobei er in einem Rollstuhl thronte, der die Ausstrahlung einer Rolls-Royce-Kühlerhaube hatte. Und der auch ebenso große Kraftreserven zu verbergen schien. Und er paßte perfekt zu dem Mann, der ihn lenkte, denn der stellte aus eigener Kraft sein avanciertes Beförderungsmittel in den Schatten.
Der alte Gyldenhorn knisterte vor Vitalität und Selbstbewußtsein. Dafür, daß er über siebzig war, hatte er sich gut gehalten, hatte kurze graue Haare ohne kahle Stellen, eine frische Gesichtsfarbe und Lachfältchen um die Augen. Er wirkte gut gebaut und schlank und durch und durch gesund. Er hätte genausogut hinter dem Steuer eines Sportwagens sitzen können.
»Ach! Du bist schon hier?« fragte er mit energischer Baritonstimme und einem leicht zögernden Tonfall, der schwer zu deuten war. Er war zwar freundlich, hatte aber einen Unterton von – Berechnung?
»Ja, hier sind wir. Und ich habe vor meinem Freund so viel mit meines Großvaters Haus geprotzt, daß er mitkommen, die Herrlichkeiten sehen und natürlich auch eine schöne Mahlzeit bekommen wollte.«
»So. Das wollte er also?«
Der Alte wandte den Kopf und sah mich zum ersten Mal an – mit einem Blick, den ich nur mit Müh und Not aushalten konnte. Er hob den Kopf, und seine Augen wurden schmaler – und jetzt sah ich, daß sie von Sarkasmusfältchen umgeben waren. Er musterte mich nicht von Kopf bis Fuß, sondern schätzte und wog mich, indem er mir in die Augen starrte. Ich weiß nicht, wodurch ich seinem Blick standhalten konnte. Es mußte eine innere Kraft sein, die einfach einsetzte, ohne daß ich wußte, wie.
»Großvater. Das ist mein guter – mein bester Freund, Yngve Vilde.«
Øystein hatte die Situation nicht erfaßt. Der Alte starrte noch immer. Ich nickte langsam mit dem Kopf, aber nicht tief genug, um den Blickkontakt zu verlieren.
»Ja!« sagte der Alte. »Er sieht jedenfalls nicht wie ein *schlechter*

Mensch aus. Wie geht es dir denn, Øystein? Und wie war die Hochzeit von Niels Lundes Tochter?«
Langsam fuhr er von mir fort, in Richtung Bibliothek, und Øystein ging neben ihm her und erzählte eifrig über die Große Hochzeit. Ich blieb stocksteif mit den Händen auf dem Rücken stehen. Ich hatte keinen Platz für starke persönliche Gefühle, sondern spürte nur einen zähen, trotzigen Widerstand. Gegen diesen verdammten Alten, der entschlossen war, mich fertigzumachen. Warum, war unwesentlich, *wie*, war entscheidend. Ich hatte die erste Probe jedenfalls überstanden — ohne mit der Wimper zu zucken. Und fast ohne nachzudenken. Und das war die richtige Methode: mich nicht überraschen lassen, mir nicht den Boden unter den Füßen wegziehen lassen, nicht ängstlich oder wütend werden, einfach an meiner neuentdeckten zähen Stärke festhalten. Er würde nicht versuchen, mich durch Øystein zu treffen, denn dann könnte der Junge sich ja gegen ihn wenden. Er würde versuchen müssen, mich auf irgendeine Weise bloßzustellen — und das war mein Trumpf. Denn Øystein gegenüber hatte ich keine Geheimnisse — jedenfalls keine, die der Alte herausfinden könnte. Dagegen hatte Øystein ein großes Geheimnis vor dem Alten, das er ihm noch dazu während des Essens mitteilen wollte; das konnte mich schwerlich treffen. Øystein war im Grunde mein Joker, falls ich spielen wollte — und das wollte ich. Mit offenen Karten wohlgemerkt. Ich beschloß, hemmungslos ehrlich zu sein.
Ich stand schon viele Minuten so da, als der Alte endlich seine Stimme hob:
»Aber wo steckt denn dein Freund?«
Øystein drehte sich um und sah verwirrt zu mir herüber.
»Yngve? Nun komm doch schon!«
Langsam ging ich auf sie zu und lächelte den fragend dreinblikkenden Øystein beruhigend an. Ich fühlte mich entspannt und kampfesbereit. Der Alte blickte schräg zu mir hoch:
»Na? Fühlst du dich hier nicht zu Hause?«
»Zu Hause? Nein, diese Umgebung kann ich nicht mit dem Begriff Zuhause verbinden. Meine Eltern wohnen in Lambertseter — und so eine Satellitenstadt ist ja das genaue Gegenteil von dieser Gegend.«

»Ach ja? Ja, apropos Eltern, bist du englischer Abstammung? Vilde ist ja, soviel ich weiß, kein üblicher norwegischer Name.«
»Ach, der ist so norwegisch wie nur möglich. Er stammt von meinem seligen Urgroßvater, der sich um 1880 im wildesten Wald von Totenåsen eine Siedlerstelle gerodet hat. Nach und nach wurde daraus ein kleiner Hof, der eigentlich Wildnis hätte heißen müssen, aber der alte Petter hat ihn lieber *Vilde* genannt – und das freut mich, sonst hieße ich heute wohl Pettersen.«
»Ach ja? Pettersen? Ich hatte eher an das englische Wilde gedacht, mit W...«
»Wie Oscar Wilde? Mit dem bin ich nur geistig verwandt.«
»Ach ja? Ja, der war schon eine mutige Ameise...«
Jetzt wollte Øystein mitspielen.
»›The Importance of Being Ernest‹ gehört zu dem Witzigsten, was ich je gelesen habe.«
»Sicher«, sagte der Alte. »Seine Repliken sitzen wirklich. Er war sogar so beredt, daß er daran gestorben ist. Aber jetzt habt ihr wohl Hunger, Jungs«, stellte er fest und drückte auf einen Knopf an einer Sprechanlage. »Oskar, wir gehen jetzt zu Tisch.«
Er setzte seine Fahrmaschine auf dem unfreundlichen Boden in Bewegung, und wir folgten ihm in einen Speisesaal, der trotz des Sonnenscheins draußen düster und finster war. Er fuhr direkt zu seinem Platz am Ende des acht Meter langen Tisches, wo Øystein mich links plazierte, bevor er sich zur Rechten des Alten niederließ. Es wurde richtig intim, schließlich benutzten wir nur ein Zehntel des Tisches – der Alte nahm es also nicht allzu genau mit der Etikette.
Dann wurden uns der Reihe nach Spargelsuppe, geräucherter Heilbutt und gebratene Ente serviert. Das Essen war erstklassig, aber ich hatte keinen Hunger. Der Alte machte eine große Nummer daraus, daß er und Øystein zum Essen niemals Wein tranken – falls ich das jedoch wollte, dann würde Oskar sicher einige passende Jahrgänge vorschlagen. Ich widerstand der Versuchung, in meinem Trotz ausschweifend zu werden, und bestellte ein bescheidenes Mineralwasser.
»Ich muß schon sagen!« sagte der Alte. »Da hast du dich um einige ungewöhnliche Geschmackserlebnisse gebracht.«

»Ja, das glaub ich gern, aber ich trinke nun mal ungern allein«, antwortete ich.
»Das ist eine sehr gesunde Lebensregel, Vilde. Halte dich daran, dann kannst du vielleicht ein alter und *kluger* Mann werden. Obwohl das nicht so erstrebenswert ist, wie man in der Jugend glaubt. Ach, wenn ich meine Lebenserfahrung mit eurer Jugend kombinieren könnte, dann würde die Welt etwas erleben!«
Ich verhielt mich ganz passiv bei diesem kleinen Blick hinter die Maske, während Øystein den Faden aufgriff und sich nach der Gesundheit erkundigte.
»Ach, darüber gibt's nicht viel zu sagen«, erklärte der Alte, ehe er sich in einem zehnminütigen Monolog über seine grundlegenden Körperteile und deren hinfälligen Zustand ausließ. Ich achtete nicht auf die Worte, sondern nur auf den Tonfall und die Bedeutung dahinter – und dort blubberte ein großer schwarzer Kessel voller eitlem Selbstmitleid, das ziemlich übel roch. Natürlich sprach er ausschließlich zu Øystein und versuchte vergebens, sich ein paar *Adlertränen* abzuquetschen, ehe er sich ganz unerwartet mir zuwandte:
»Was studierst du eigentlich, Vilde?«
»Nichts. Ich arbeite als Korrekturleser.«
»Ach ja? In einem Verlag vielleicht?«
»Nein. Bei der Prawda.«
»Bei der Prawda? Ei der Daus! Ist das nicht eine recht gemäßigte Zeitung?«
»Das kann ich wirklich nicht beantworten. Ich korrigiere nur Druckfehler im Satz. Den Inhalt darf ich nicht korrigieren – zum Glück –, und deshalb registriere ich ihn gar nicht mehr.«
»Ach ja? Das ist ja interessant. Wie machst du das?«
»Ich weiß nicht so recht. Es kommt ganz automatisch.«
»Ach ja? Automatisch? Jaja. Du setzt also auf eine Zukunft in der Zeitungsbranche?«
Ich atmete ruhig und beherrscht und wollte gerade verneinen, als Øystein den gutgemeinten Versuch unternahm, mir zu Hilfe zu kommen.
»Du mußt doch erzählen, daß du schreibst, Yngve.«
»Na, das ist aber auch nicht so recht der Rede wert.«

»Ach ja, du *schreibst*? Darf ich fragen, was?«

»Ich habe einen Entwurf zu einem Roman geschrieben, mit dem ich nicht zufrieden bin und der im Moment im Regal verstaubt. Vielleicht hole ich ihn im Winter wieder hervor, werden sehen. Es ist inspirierend, mit Øystein zusammenzuwohnen und seine Malerei aus der Nähe zu verfolgen.«

»Ja, das ist sicher richtig. Er hat ja Talent.«

»Unbedingt«, sagte ich und lächelte den Mittelpunkt der Unterhaltung an, welcher errötend mit der folgenden Solidaritätserklärung diese Lobesworte quittierte:

»Naja, übertreiben hat ja auch keinen Sinn, aber im letzten halben Jahr habe ich wirklich viel Gutes geschafft. Aber das liegt nur daran, daß ich ein so inspirierendes Modell wie Yngve habe.«

Øystein sah mich mit seinem offenen, verliebten Blick an. Ich erwiderte das Lächeln, fing aber auch einen Blick des Alten auf. Er starrte Øystein mit einem Steingesicht an, das nicht verriet, daß die Patience endlich aufging – in ihrem ganzen Schrecken. Denn es war keine normale Patience: Die Lösung enthielt eine katastrophale Niederlage. Der Alte begriff, daß er dabei war, Øystein ebenso zu verlieren, wie er Carl Magne verloren hatte, und diesmal an einen homosexuellen Kommunistenlehrling, der ihm nackt Modell stand und ihn in die schlimmsten Perversitäten hineinlockte, der dabei war, seinen eigenen Enkel zu verderben, seinen Augenstern, seinen auserwählten Erben! Der Alte Gyldenhorn setzte ein unverwundbares, hauchdünnes Lächeln auf, während seine gewaltige Hirnkapazität mit aller Macht arbeitete, um eine Lösung für diesen Problemkomplex zu finden. Ich spürte seine Vibrationen wie ein Prickeln auf der Haut. Wenn er dazu fähig gewesen wäre, dann wäre ich auf der Stelle verdampft, ohne auch nur einen Flecken zu hinterlassen.

Auch Øystein muß gemerkt haben, daß etwas nicht stimmte, und er beschloß, mit seiner geplanten Erklärung die Luft zu reinigen:

»Es gibt einen bestimmten Grund dafür, daß ich heute Yngve mitgebracht habe, Großvater. Ich habe es dir schon lange erzählen wollen, und ich finde, du solltest jetzt endlich erfahren, daß...«

»Einen Moment, Øystein. Du mußt wissen, daß ich heute ungewöhnlich viel zu tun habe – oben in der Zentrale führe ich wichtige Verhandlungen mit den Staaten –, und jetzt habe ich hier mit euch wirklich die Zeit vergessen. Deshalb muß ich euch leider verlassen, meine Herren, aber ihr bleibt natürlich sitzen und eßt auf. Es gibt sicher einen leckeren Nachtisch. Und übrigens, Øystein. Ich habe alles so arrangiert, daß wir Samstagmorgen zur Hütte fahren – und dann habe ich Zeit für alles, was du mir erzählen möchtest. Vielen Dank für euren Besuch – nein, bleibt ruhig sitzen. Auf Wiedersehen, Herr Vilde. Es war interessant, Sie kennenzulernen.«

Ich war aufgestanden und nickte ihm noch einmal zu, aber er opferte keinen Blick mehr für mich. Øystein begleitete ihn an den Fahrstuhl, und ich hörte, wie er leise fragte, ob die Fahrt zur Hütte nicht um eine Woche verschoben werden könnte.

»Du weißt, wieviel ich zu tun habe, Øystein, und jetzt habe ich alles arrangiert. Kannst du am Samstag um neun oder kannst du nicht?«

Doch. Øystein konnte.

Er kam zurück zum Tisch und zuckte die Schultern.

»Ich kapier nicht, was in ihn gefahren ist. Er benimmt sich doch sonst nicht so. Ich hab es ja nicht mal erzählen können.«

»Er hat es aber begriffen.«

»Nein, meinst du wirklich?«

»Ganz bestimmt. Willst du noch mehr essen, oder können wir gehen?«

»Ja, es hat ja keinen Zweck, hier noch lange rumzusitzen. Ach, das war vielleicht blöd. Jaja, ich kann ja auf der Hütte mit ihm reden.«

»Also gehen wir.«

»Moment noch, wir müssen uns erst von Oskar verabschieden.«

Ich drehte mir eine Zigarette, während wir warteten, aber ich hatte nicht vor, sie im Haus zu rauchen. Es wäre blödsinnig, den Alten unnötig zu provozieren. Denn mit dem war nicht zu spaßen. Tief beunruhigt stellte ich mir ununterbrochen vor, wie er diese Aufgabe wohl lösen würde. Er war womöglich noch materialistischer als Kyrre und zögerte sicher nicht lange, ehe er seine Entschlüsse in die Tat umsetzte. Daß er so plötzlich verschwunden war, bedeutete, daß er eine Idee hatte – und gleichzeitig verhindern konnte, daß Øystein die schicksalhaften Worte sprach.

Aber was würde er tun? Er konnte mich ja nicht einfach eliminieren. Oder vielleicht doch? War seine Macht groß genug? Oder war ich in Rekordzeit zum heulenden Paranoiker geworden?
Endlich erschien Oskar Butler und tat ganz normal, als Øystein sagte, daß wir jetzt gehen müßten. Er ging vor uns in die Halle und öffnete die Haustür mit einem Schlüssel. Wir hätten ohnehin nicht eher gehen können. Wir waren in diesem Adlernest eingesperrt gewesen!
Ach, was war ich froh, als ich wieder frische Luft schnappen konnte. Ich holte tief Atem und machte drei Schritte nach links – dann erstarrte ich. Denn ein Mann in weißem Hemd und Kragen, der eine Heckenschere in der Hand hielt, bog um die Hausecke. Er atmete schwer – er war gerannt –, aber er bremste jählings, als er uns sah und kam dann aufgesetzt gleichgültig auf uns zu. Ich stand wie erstarrt da und glotzte ihn an, während er einen scheinbar uninteressierten Blick auf mich warf – und das hätte mir fast den Atem verschlagen. Es war eine gefühllose, metallische Maske, die mich *registrierte*. Er hatte kurzgeschorene mausgraue Haare, ein durchschnittliches ausdrucksloses Gesicht, war von normalem Körperbau – er war überhaupt auffallend durchschnittlich, ohne besondere Kennzeichen. Abgesehen von seinen Augen, die ganz normal grau waren, die jedoch uninteressant, teilnahmslos, unmenschlich wirkten. Sie erinnerten an Kameralinsen. Ja, genau. Der Mann hatte die Ausstrahlung einer Überwachungskamera. In einer Sekunde hatte er ein Röntgenbild von mir gemacht, dann wandte er sich Øystein zu – und die Maske verwandelte sich zu einem *feuerfesten* Lächeln.
»Na, Øystein. Wie geht's?«
»Hallo, Oudeis! Mir geht's wirklich gut. Fährst du uns am Samstag ins Gebirge?«
Die Maske zögerte einen Moment zu lange, dann antwortete sie:
»Ja, natürlich. Wollen hoffen, daß sich das Wetter hält.«
»Ach, kannst du mich wohl um halb neun an Honnørbrygga abholen? Mit der Bahn dauert es so lange.«
»Kein Problem, Øystein. Halb neun ist abgemacht.«
»Vielen Dank. Dann sehen wir uns.«
Ich konnte mich neben Øystein wieder in Bewegung setzen.

Ohne ihn wäre ich auf dem langen Weg zum Tor irgendwann durch den Asphalt hindurch in die Brüllende Finsternis gesunken. Øystein sah mich an und lächelte, und erst jetzt ging mir auf, daß die Drachenköpfe hinter mir keine Maschinengewehrsalve auf mich abfeuern würden, solange ich in seiner Nähe war. Wir mußten noch einmal schellen, damit das Tor geöffnet wurde, dann standen wir endlich auf der Straße. Ich versuchte, frei zu atmen und mich zu entkrampfen. Øystein sah mich besorgt an:
»Stimmt was nicht?«
»Naja, bin ein bißchen angespannt. Mit wem hast du da eben geredet?«
»Oudeis? Der ist Chauffeur, Wächter und Knabe für alles.«
»Wie heißt er? Oudeis? Was ist das für ein Name? Er ist doch Norweger?«
»Ach, das ist einer von Großvaters Einfällen. Es bedeutet Niemand. Ich glaube, das ist griechisch.«
»*Niemand?*«
»Ja, es ist ein bißchen verrückt, aber der Alte hat vielleicht auf seine alten Tage ein bißchen Spaß daran.«
»Trägt er immer einen Schlips, wenn er die Hecken schneidet?«
»Was?«
»Dieser Typ – Oudeis. Er hat so getan, als ob er die Hecke geschnitten hätte. Aber dann wäre ihm doch der Schlips in die Schere geraten. Er hatte eine Heckenschere in der Hand.«
»Darüber habe ich mir noch keine Gedanken gemacht. Er ist aber wirklich in Ordnung. Er ist schon seit Jahren hier.«
»Wirklich in Ordnung? Aber du weißt nicht einmal, wie er heißt – außer *Niemand?*«
»Nein, weiß ich nicht. Er macht sich einfach nicht bemerkbar.«
»Ach nein? Er hat vielleicht gelernt, so anonym und grau zu sein, was? Ziemlich gut trainiert, nicht wahr? Gute Dressur?«
»Was ist denn jetzt in *dich* gefahren? Du benimmst dich ja genauso komisch wie Großvater!«
»Ja, vielleicht. Du mußt doch verstehen, daß ich verstanden habe, daß der Alte verstanden hat, daß wir zusammen sind. Als du erzählt hast, daß ich für dich Modell stehe. Deshalb hatte er es plötzlich so eilig. Damit du das nicht offen sagen konntest. Und

wenn du am Samstag mit ihm auf die Hütte fährst, dann wird er alles tun, was in seiner Macht steht, um dich seiner Ansicht nach wieder auf die richtige Bahn zu bringen. Er wird alles tun, um uns zu trennen.«

»Nein, Yngve. Jetzt übertreibst du. So verrückt ist er nicht. Und wenn er einen Versuch machen sollte, dann weißt du auch, daß er damit niemals weit kommen würde. Statt dessen werde ich ihm klar machen, daß es das einzig Richtige für mich ist – daß wir beide zusammengehören. Du hast wirklich keinen Grund, dir Sorgen zu machen.«

»Na gut. Ich werde mir keine Sorgen machen – ich werde versuchen, das nicht zu tun. Jetzt weißt du ja, was du tust. Aber ich hatte mich wirklich ein bißchen auf dieses Sommerlager gefreut.«

»Aber du brauchst doch nicht auszusteigen, bloß weil ich das muß. Inga fährt ja auch hin. Und wir hätten uns sowieso wohl nicht sehr viel gesehen. Das Programm ist ja ziemlich dicht.«

»Jaja. Alles ist wohl besser, als allein im Lusthaus zu liegen und an dich zu denken!«

Und deshalb beschloß ich, doch ins Lager zu fahren. Aber ich konnte mir den Alten Gyldenhorn und seine langen Arme nicht aus dem Kopf schlagen. Irgend etwas war mit diesem Oudeis, diesem Niemand. Ich war irgendwo schon einmal auf den Namen gestoßen, aber ich konnte mich nicht genau erinnern. Wenn wenigstens die Rede von Nemo gewesen wäre, dem Kapitän Namenlos. Aber Niemand? Ich wußte, daß es mir früher oder später einfallen würde.

Lea Leichthin

Am Freitag gingen wir inkognito zum Hochzeitsschmaus bei Else Somebody. Sie wohnte im feinsten Frognerviertel und servierte Schabefleisch mit rohem Eidotter als Hauptgericht. Bei jeder Weinflasche, die sie öffnete, schwang sich ihr homerisches Gelächter zu neuen Höhen auf, und wir lachten, bis uns die Kiefer wehtaten. Vor allem, als sie die phantastische Geschichte von Lea Leichthin erzählte, die die Heimlichen Bürgerlichen Laster der Maoistischen Parteispitzen hervorragend entlarvt hatte.
Und zwar so:
Lea Leichthin war gegen Ende der sechziger Jahre eine ungewöhnlich farbenfrohe und vorwärtsstürmende junge Frau in der marxistisch-leninistischen Szene. Sie trat in die Jugendorganisation der Partei ein und nahm an einem Studienkreis für Fortgeschrittene teil, aber dort stellte sich bald heraus, daß ihre emanzipierte Vorstellung von Sexualität als Befreiungsmittel nicht ganz mit den Anschauungen der männlichen Kader darüber übereinstimmte, was die Arbeiterklasse im Kampf für die Diktatur des Proletariates am nötigsten brauchte. Mit den Klassikern in der Hand behaupteten die Herren, daß Sex – wie auch Religion – nichts Geringeres als Opium für das Fußvolk sei.
Das konnte Lea nur schwer akzeptieren, aber sie machte blasierte Miene zum bösen Spiel – und trieb im Verborgenen weiter ihr eigenes kleines Befreiungsspiel. Vor allem richtete sie ihre liebenswerte Leidenschaft auf einen unbewußten Supercharmeur in ihrem eigenen fortgeschrittenen Kreis, und nach einigen Monaten intensiver Pflege fiel er wie eine nicht ganz reife Chiquita vor ihren betörenden Annäherungsversuchen.
Es begab sich an einem kalten, windigen Winterabend in der ungastlichen Hauptstadt des Paradieses Chlorwegen. Die beiden jungen, noch ungeküßten Menschen befanden sich nach einem ihrer geheimen politischen Treffen auf dem Weg durch die Schneewehen, und in einem zentral gelegenen Stadtteil mit

Durchgangsverkehr lud sie ihn zu Glühwein und Gemütlichkeit am Kamin in ihre Wohnung ein. Der unbewußte Jüngling weigerte sich mit revolutionärem Heldenmut, aber da schubste Lea Leichthin ihn in den nächstgelegenen Torweg und nahm die Situation in ihre eigenen Hände.
Der junge Unbewußte war nicht mehr schwer zu überreden, als sie erst Hand an ihn gelegt hatte, aber gleich entstand ein neues Problem. Er hatte wohl schon monate- oder gar jahrelang herumgemöncht, und als sie nun erst einmal in Gang waren, wollte er ernst machen — und das sofort. Das war nicht so leicht, weil Lea es mit ihrer Kleidung nicht so leichthin genommen hatte. Sie trug kniehohe Fellstiefel und enge Jeans — aber freimütig, wie sie war, entledigte sie sich des linken Stiefels und des dazugehörigen Hosenbeins, zog dann ihre Fußbekleidung wieder an und lehnte sich mit dem Bauch an die nächstbeste Mülltonne. Jung-Unbewußt erwies sich zu diesem Zeitpunkt als richtig verheißungsvoll, und deshalb machte er sich sofort daran, dort in der Januarkälte seine erhitzten Wunschträume zu erfüllen, und er hatte sich schon ein tüchtiges Stück von seiner näheren Umgebung entfernt, als er und Lea Leichthin plötzlich hörten, wie eine Tür, die zu ihrem himmlischen Hinterhof führte, zugeschlagen wurde — und dann näherte sich ein großer, dünner Mann mit einem ziemlich mitgenommenen und ausgeweideten Weihnachtsbaum den Mülltonnen, wo die beiden sich gerade wärmten. Der Mann hielt den Weihnachtsbaum vor sich hin, aber als er merkte, daß sich dort jemand befand, streckte er Arm und Baum zur Seite aus — und jetzt sahen sie, daß sie keinen geringeren vor sich hatten als den Parteivorsitzenden, Genossen Sigurd Allern, der sie mit seinem Adlerauge zweifellos sofort erkannt hatte.
»Was zum Henker treibt ihr denn hier?« fragte Genosse Allern.
Und da zeigte der junge, frisch verführte Hinterbänkler auf den Weihnachtsbaum und rief:
»Ha! Ha, Weihnachtsbaum! Das ist *bürgerlich*, Mann! Und Opium fürs Volk isses außerdem!«

Mit dieser Geschichte machte Else Somebody mich zu ihrer allerbesten Freundin und brachte mich dazu, zu singen und einige meiner großartigsten Schwachsinnstexte über dies und jenes vorzutragen.
Wir mußten ein Taxi nehmen, um die letzte Fähre zu erreichen, und danach mußte der arme Øystein noch seinen Rucksack pakken, deshalb war er am Samstagmorgen restlos fertig. Aber er erwischte die Achtuhrfähre zur Stadt, zum Alten und zur Bergtour, und er winkte mir sogar noch vom Achterdeck aus zu.
Ich blieb auf dem Anleger zurück, und in meinem verkaterten Gehirn dröhnte und dröhnte die Frage:
»Oudeis? Niemand? Woher kenne ich diesen griechischen Namen? Was hatte *Niemand* gemacht?«

Am Sonntagvormittag fuhr ich einen überfüllten, lärmenden Volxwagen gen Süden nach Tromøya, neben mir die immer noch jungverheiratete Inga, hinter mir vier sprudelnde Rot-Frontler. Ich hatte beschlossen, nicht mehr an Øystein und den Alten und Niemands Identität zu denken. Sobald ich innerhalb des großen Lagergebietes einen Parkplatz gefunden hatte, erfuhr ich, wie die Sicherheitspolitik der Partei in der Praxis aussah. Als erstes klebte Inga nämlich schon vorher zurechtgeschnittene Pappscheiben auf die Nummernschilder des Wagens. Als ich mich umsah, ging mir auf, daß das auch alle anderen getan hatten. Aber warum?

»Du kannst dir doch vorstellen, daß es hier von Agenten der Sicherheitspolizei nur so wimmelt, und die fotografieren und notieren alles, was sie sehen«, erklärte Inga.

»Und die sind so bescheuert, daß sie sich nicht bei der Einfahrt verstecken und alle Autos knipsen, die hier aus- und einfahren, ja?«

»Es hat jedenfalls keinen Sinn, wenn wir es ihnen leichter machen.«

»Vielleicht tust du das aber gerade; ich weiß wirklich nicht, ob es erlaubt ist, Nummernschilder zu verkleben.«

»Nerv hier nicht rum. Das ist eine Maßnahme, die die Partei beschlossen hat.«

»Ja, dann!«

»Außerdem mußt du noch einiges wissen. Wir benutzen hier Decknamen – du bekommst einen zugeteilt, wenn wir uns anmelden –, und dauernd kreisen kleine Flugzeuge über dem Lager und machen Fotos, deshalb darfst du nicht nach oben blikken, wenn du Flugzeuglärm hörst.«

»Jetzt mach aber mal 'nen Punkt!«

»Aber die machen das wirklich! Die haben so gute Kameras, daß sie jedes Gesicht vergrößern können, das sie aus höchster Höhe aufgenommen haben. Das müßtest du doch wissen, wo du selber fotografierst.«

»Aber wir können doch nicht eine ganze Woche lang den Boden anstarren!«
»Du sollst einfach nicht zu den Flugzeugen hochblicken. Ist das denn so schwer?«
»Ja, aber – ist der kalte Krieg denn so heiß geworden?«
»Ja. Zieh den Kopf aus dem Sand, Yngve. Und vergiß nicht, die Decknamen zu verwenden. Meiner wird wegen meines Nachnamen mit L anfangen und deiner mit V.«
»Vera!« sagte ich.
»Hä?«
»Dann will ich Vera heißen.«
»Ach, hör auf mit dem Quatsch. Das hier ist kein Spiel, das ist Ernst.«
»Echt?«
»Yngve. Bitte! Wenn dieses Lager dir etwas bringen soll, dann darfst du dich nicht wie ein kleiner Trotzbengel aufspielen. Also komm, jetzt gehen wir uns anmelden.«
Wir *wurden* angemeldet. Es war so geheim, daß Inga der grauen Person, die über den Papieren saß, unsere Namen zuflüstern mußte, und die Frau flüsterte ihrerseits ihrer gleichgesinnten Mitschwester »Lisa« zu. Dann wandte Klein-Grau sich an mich, immer noch flüsternd und mit leicht zusammengekniffenen Augen.
»Hei. Du kannst mich Sabine nennen. Du mußt dir einen Decknamen aussuchen, der mit V anfängt.«
»Vera«, sagte ich.
»Varg«, widersprach sie und glaubte, damit den Fall erledigt zu haben.
»Nein, nicht Varg. Das bedeutet Wolf. Ich will Vera heißen – und das wird den Feind doch nur noch mehr verwirren.«
Da ward mir ein ausgesprochen energischer Grayhoundblick zuteil, und sie kläffte:
»Hier heißt du Varg. Alle werden dich Varg nennen. Das ist ein richtig schöner Name, Varg.«
»Jetzt sei doch nicht so bienenhaft korrekt, Sabine. Nenn mich Vera. Ich bin schwul!« brachte ich heraus.
Die graue Sabine und die inzwischen eher rotköpfige Lisa

tauschten Bedauern und Kopfschütteln aus, ehe sie mich notgedrungen zum Zeltaufbauen ins Lager lassen mußten.
Das mit dem Decknamen fand ich wirklich bienenhaft korrekt. Es gefiel mir. Ich hätte mich ja auch Viking Stop nennen können, aber das fiel mir zu spät ein. Außerdem hatte ich mich für Vera entschieden – zum Gedenken der seligen Madame Cruz. Und dabei blieb es!
Das Lagergelände auf Tromøya erstreckte sich mindestens fünfzig Hektar, hatte im Norden ein Haupt- und im Süden ein Hintertor, im Osten ein Waldgebiet und – an der ganzen Westseite eine öffentliche Straße, die zum Badestrand führte. Hier stand ein alter, verrosteter Maschendrahtzaun, der an mehreren Stellen zusammengebrochen war.
In der Mitte des Geländes lagen mehrere alte Baracken der Deutschen Wehrmacht, die als Küche und Speisesaal, als Duschen und Klos, als Büros und Kindergarten fungierten. Alles war selbstverständlich tadellos rotfröntisch organisiert. Im Süden der Baracken lag der alte Exerzierplatz, auf dem nun Sport und Spiel und *andere* Kultur stattfinden sollte.
Hier war auch ein Riesenzelt im militärischen Planwagenstil aufgeblasen worden, in dem das ganze Lager sich jeden Abend unter der diskreten Anwesenheit der Lagerleitung zur Vollversammlung einfand.
Ziel dieser Rot-Front-Lager war es, so viele Menschen wie möglich aus der progressiven Bewegung zu finden und sie politisch zu schulen. Mir ist klar, daß ich das Wort »progressiv« sehr unklar und unpräzise verwende – aber die meisten anderen schafften das Mitte der siebziger Jahre auch nicht besser. Alle, die 1972 gegen die EG gestimmt hatten, waren per Definition progressiv. Alle anderen waren reaktionär. Schwieriger war der Fall für die meisten von uns nicht. Bis vor kurzem bin ich davon ausgegangen, daß die Partei die Begriffe auf diesem Niveau definiert hatte. Sie machten sich sicher keine Illusionen, vierundfünfzig Prozent der Bevölkerung ins Sommerlager locken zu können. Aber daß sie in überschaubarer Zukunft noch mehr Menschen zur Bewaffneten Revolution überreden würden, daran glaubten sie. Das behaupteten sie zumindest, und ich glaube schon, daß sie das ernst meinten.

Aber natürlich war eine norwegische nationale Revolution von der Weltsituation abhängig, so sahen es jedenfalls die strategischen Denker der AKP. Und damals war die Weltsituation zwar für uns normale Sterbliche kein Grund zum Jubilieren, aber sie war *günstig* für die Strategen.
Ihre Welt wurde nämlich dominiert vom Wettstreit der beiden großen Supermächte. Der absterbende spätkapitalistische US-Imperialismus im Westen gegen den aufsteigenden sowjetischen Sozialimperialismus im Osten. Der endgültige Kampf der beiden Systeme um die Weltherrschaft stand unmittelbar bevor, und das war gut, denn Mao hatte gesagt, die Atombombe sei ein Papiertiger, und mitten in diesem chaotischen Kampf konnten wir uns in einem kleinen Land wie Norwegen problemlos von den USA losreißen und nach der Bewaffnung des ganzen Volkes jeglichen Okkupationsversuch von sowjetischer Seite zurückschlagen. Das bewiesen ja schließlich die Vietnamesen.
Ich persönlich muß zugeben, daß ich mich auf eine Zukunft als einfacher Soldat im Norwegischen Nationalen Befreiungsheer im heldenhaften Kampf gegen die USA im Süden und die UdSSR im Norden durchaus nicht freuen konnte. Außerdem muß ich zugeben, daß ich Maos unsterbliche Worte: »Große Unruhe herrscht unter dem Himmel. *Die Zukunft ist licht!*« nicht verstand. Aber gerade in diesem Punkt fand ich im Sommerlager unerwarteterweise Trost und Stütze. Fast niemand von den anderen, mit denen ich mich vergleichen konnte, begriff viel mehr als ich. Einige versuchten wie immer ein bißchen zu bluffen, aber bei Gruppendiskussionen stellte sich bald heraus, daß die allermeisten mit großen Fragezeichen in ihren Bildungslücken herumwandelten. Ich saß also im selben Boot wie viele andere provisorische Decknamen, die in gemeinsamer Pein zueinanderstrebten, als wir unsere unselige Unwissenheit entdeckten. Aber, ehrlich gesagt, das Lehrangebot war ziemlich erbärmlich. Der ganze Kurs setzte voraus, daß man seine politischen Klassiker gelesen hatte — oder, schlimmer noch: daß man das Wesentlichste von Marx und Engels und Lenin und Stalin und Mao und den anderen Knaben kapiert hatte. Und deshalb verwandelte die kommunistische *Terminologie* jegliche Kommunikation in einen Begriffsbrei, der einen wissensdursti-

gen Schöngeist einfach nur verwirren konnte. Sprüche und Abzählreime wie »Diktatur des Proletariats«, »Demokratischer Zentralismus«, »Brandenburger Thesen« – oder verwechsle ich die vielleicht mit der Thesengesellschaft vor der Kirchentür in Wittenberg? – und nicht zuletzt »Dialektischer Materialismus«, das alles schwirrte uns um die Ohren und schuf tatsächlich große Unruhe und Verwirrung unter dem Himmel, worauf aber nicht automatisch die lichte Zukunft folgte.

Nach und nach war diese ganze Phrasenorgie wirklich abstoßend. Sie sprangen auf wie altkluge Leuchtfeuer, der eine Nachwuchskader nach dem anderen, und leierten einen Spruch herunter, der von politischen Fremdwörtern in mathematisch richtiger, aber grammatikalisch zweifelhafter Reihenfolge nur so strotzte, und ich möchte wetten, daß die Hälfte von ihnen nicht einmal ein Viertel von ihren eigenen Reden kapierte.

Ich war politisch von glücklicher Kurzsichtigkeit, aber an einem bestimmten Punkt sah ich, daß die Partei selbstmörderische Fehler machte – ohne mich jedoch zu trauen, meine heldenhafte innere Überzeugung zu äußern. Es war eine Illusion, sich die Königlich Norwegische Arbeiterklasse als potentielle revolutionäre Masse vorzustellen, die nur auf einen Impuls wartete, um aus dem amerikanischen Vasallenstaat die zukünftige stolze Volksrepublik Norwegen zu schaffen.

Ich brauchte kein bißchen hellseherisch zu sein, um zu erkennen, daß das nur hoffnungslose Träume und hilflose Gedankenspinnereien waren. Ich verfügte über die klägliche Weisheit, daß die norwegische Arbeiterklasse heute weit weniger revolutionär ist als das Bürgertum von 1814. Ich wußte, daß es unmöglich sein würde, aus der Generation meiner Eltern auch nur ein Prozent dazu zu bewegen, unter den Prämissen der AKP für bessere Bedingungen zu kämpfen. Ich wußte, daß das ehrenhafte Bild des hungernden und wütenden norwegischen Arbeiters auf den Barrikaden eine Fälschung war. Denn der norwegische Arbeiter sitzt satt und sauer vor seiner Glotze. Und selbst wenn er im Moment nicht so schrecklich sauer ist, so kann er doch Kommunisten keinesfalls ausstehen – und schon gar nicht norwegische.

Damals war das alles in meinen Gedanken nicht so klar, wie ich es jetzt formuliere. Aber ich kannte meine Eltern und ihren ganzen Umgangskreis gut genug, um zu wissen, daß die Revolution in Norwegen schon permanent verschoben worden war, noch ehe sie begonnen hatte. Und, ehrlich gesagt, mir war das recht. Ich fand es erleichternd, von der Aussicht auf einen blutigen Volkskrieg hier oben im Norden verschont zu sein. Mir wurde immer schlecht, wenn einer oder mehrere Revolutionsromantiker sich gegenseitig mit mahnenden Zukunftsvisionen über einen Vietnamkrieg in Fjorden und Bergen und Tälern aufgeilten. Mir sträubten sich die Haare, wenn sie behaupteten, die norwegische Geographie sei *wie geschaffen* für einen Guerillakrieg. Dann sah ich Napalm wie Lava vom Dovregebirge und durch Gudbrandsdalen strömen. Ich sah die Hardangervidda im Osten, die Bergzüge in Telemark und die Hochebenen von Setesdal in Feuer und Flamme. Und davon träumten die! War ihnen überhaupt klar, wovon sie da redeten? Ab und zu schienen manche von ihnen stolz darauf zu sein, von diesen blutrünstigen Unmenschen abzustammen, die sich vor nicht allzu langer Zeit Wikinger genannt hatten — aber das sagten sie nicht laut. So viel hatten sie aus unserer jüngsten Vergangenheit doch gelernt.
Etwas anderes hatten sie auch noch gelernt: daß man Kindern neben dem einseitigen Unterricht der bürgerlichen Schule noch etwas anderes beibringen mußte. Und das war ja nicht gerade ein neuer Gedanke. Das Bürgertum hatte das schon vor Jahr und Tag eingesehen und Sonntagsschulen und Jugendgruppen und Sportvereine ins Leben gerufen — und vor allem die Pfadfinderbewegung. Die Antwort der Marxisten-Leninisten auf das alles waren die »Pioniere«, die die Kinder von der frühesten Kindheit an organisierten und sie zu furchtlosen Jungkommunisten erzogen, die dann später ihrerseits heldenhafte erwachsene Kommunisten werden sollten. Alle aufrecht gehenden Kinder im Lager waren obligatorische Mitglieder der Pioniere, und deshalb hatten sie den ganzen Tag zu lernen, was in dieser Welt wichtig ist. Das war natürlich auch gut, schließlich konnten sie uns Erwachsene deshalb nicht weiter nerven.

Ich erinnere mich nur an zwei Gelegenheiten, wo ich diese Kinder überhaupt bemerkt habe. Einmal ging ich zufällig an einem Fußballspiel zwischen zwei Pioniermannschaften vorbei, als ein Vater von der Seitenlinie übers Spielfeld brüllte: »Jetzt mußt du endlich in deinen Holzkopf reinkriegen, daß du in einer Mannschaft spielst! Ihr spielt zusammen. Also schmink dir deinen individualistischen, reaktionären Egotrip ab, klar?«

Die andere Gelegenheit war schlimmer. Am letzten Lagertag kam das ganze Kinderbatallion in seinen kleinen, süßen Uniformen anmarschiert und gab immer wieder, unaufhörlich und nicht enden wollend, folgenden Kampfruf zum besten:

Wer soll die Jugend führen?
Die Pioniere! Die Pioniere!
Wer soll die Pioniere führen?
Die AKP! Die AKP!

Das Allerschlimmste an dieser festlichen Einlage hatte ich übrigens verdrängt, aber jetzt beim Schreiben ist es plötzlich wieder da: Es waren nämlich die *Erwachsenen*, die die erste und die dritte Zeile riefen – die also die schicksalhaften Fragen stellten. Und so wurden die Kinder zu einer gesichtslosen Masse reduziert, die gnädigst die Erlaubnis erhielt, die richtigen Antworten im richtigen Takt von sich zu geben:

Die Pioniere! Die Pioniere!
Die AKP! Die AKP!

Damals stand ich dort für einen Moment schwankend am Rand eines Abgrunds, bis ich spürte, wie sich Dankbarkeit in mir ausbreitete, Dankbarkeit Maria und Petrus gegenüber, die mich nie zu etwas gezwungen hatten, wozu ich keine Lust hatte – nicht einmal zu den Pfadfindern. Statt dessen hatte ich Theater spielen und *singen* dürfen.

Zusätzlich zu diesem guten Gefühl empfand ich große Erleichterung über mein Schicksal als offener und praktizierender Homosexueller – und damit als definitiv kinderloser Mensch.

Und als ob das alles noch nicht genug wäre, so hatte ein Schwuler im Rot- Front-Lager 1974 noch mehr Grund zur Freude – nämlich die Wandzeitungen. Im besten Kulturrevolutionsstil ließen wir an den Barackenwänden hundert Blumen blühen. Und

obwohl die Lagerleitung und diverse Kader sich alle Mühe gaben, den aufgeblasenen Wortwechsel über Sozialimperialismus und Dritte Welt künstlich zu beleben, so nahm schließlich doch die Große Schwulendebatte vollständig überhand und breitete sich aus über Wände und Pfosten und in alle vier Himmelsrichtungen, daß es eine reine Freude war! Nicht zuletzt, weil die allermeisten absolut dafür waren, Homosexualität und Heterosexualität in jeglicher Hinsicht gleichzustellen. Weit über die Hälfte der Debattierenden setzte sich dafür ein, »sexuelle Orientierung« in den Paragraph 135 A der Verfassung aufzunehmen, der Diskriminierung aufgrund von Sexualität ebenso unter Strafe stellen würde wie Diskriminierung aufgrund von Geschlecht, Rasse oder Religion.
Von mehr als hundert Beiträgen zur Debatte wollten nur fünf Homosexualität verbieten – wie in Albanien. Ich war davon überzeugt, daß eine Meinungsumfrage bei den Parteimitgliedern ungefähr dasselbe Ergebnis erbracht hätte – sagen wir mal, neunzig Prozent für und zehn Prozent gegen Homosexualität? Und das war doch kein schlechter Ausgangspunkt für den Befreiungskampf, an dem ich mich beteiligen wollte. Ich fragte mich, ob ich vielleicht nicht doch ein kleines Fünkchen von Maos lichter Zukunft erblickt haben könnte.
Aber es gibt viele Fünkchen unter dem Himmel. Am Freitagnachmittag fuhr das Gerücht wie ein Blitz durchs Lager, daß eine Frau von einer Bande, die über den verrosteten Drahtzaun gestiegen war, mit Eisenstangen niedergeschlagen worden war. Und das Gerücht erwies sich dann auch als die traurige Wahrheit. Bei der abendlichen Vollversammlung erfuhren wir, daß die Frau mit einem Schädelbruch ins Krankenhaus eingeliefert werden mußte und daß die Situation für uns alle ernst war. Offenbar waren es keine normalen, neugierigen Jugendlichen, die so weit gegangen waren. Es stank nach Neonazismus, und Neonazismus konnten wir nicht ernst genug nehmen. Wir mußten uns auf größere und besser organisierte nächtliche Angriffe vorbereiten. Deshalb wurden die Wachen im Lager verdreifacht, und die Lagerleitung richtete eine Streife aus dreißig jungen und starken Individuen ein, die Angriffe abwehren und eventuelle Eindringlinge verjagen oder unschädlich machen sollte.

Natürlich gehörte Deckname Vera zu den glücklichen Auserwählten, aber ich hatte ja die solide Unterstützung von neunundzwanzig anderen Frauen und Männern, die auf diese Weise ihre ersten zarten Erfahrungen in der komplizierten Kunst des Volkskrieges sammeln konnten. Wir bekamen jeweils eine zwei Meter lange Stange und trainierten eifrig Sturmangriffe, während die Mao-Zitate uns wie fliegende Ameisen umschwirrten. Ja, unser Anleiter hatte wirklich seine Klassiker gelesen, hussa! Warmherzig war er auch, denn wir erhielten den Befehl, niemanden totzuschlagen, solange das nicht unumgänglich wäre. *Abschreckung* war das Motto, und ich kann euch sagen, Abschreckung wurde unsere Stärke! Die Strategie war schlicht und effektiv. Die festen Wachtposten am Lagerrand hatten Trillerpfeifen und einen einfachen Signalcode, so daß wir von der zentral plazierten Sturmtruppe zu jeder Zeit einigermaßen Übersicht über die Lage hatten.

Schon in der Nacht zum Samstag stellte sich heraus, daß die Angriffe auf das Lager nicht koordiniert waren. Sie konzentrierten sich auf das Haupttor, während es am Zaun zu mehr sporadischen Flaschenwürfen kam. Damit war mir jedenfalls klar, daß es sich nicht um eine geplante Neonazi-Aktion handelte. Es war einfach ganz normaler junger rechter Pöbel, der sich auf seine Weise und auf unsere Kosten amüsieren wollte – und sie hatten sicher noch andere junge Leute mitschleifen können, die zu der Ansicht erzogen worden waren, daß Kommunisten gefährliches Ungeziefer waren, das mit Stöcken aus Arendal und Umgebung vertrieben werden mußte. Was sie sich jedoch an den Hut stecken konnten, da wir es schließlich waren, die sie verjagten.

Der erste Angriff war der stärkste. An die fünfzig neugierige und halbbesoffene, aggressive Knaben waren vor dem Haupttor versammelt, und die aufgeklärten Köpfe unter ihnen unterhielten sich und die Menge mit aufreizenden Reden über die Schändlichkeiten des Kommunismus. Es kamen auch einige mit Autos und etliche Leute mit Motorrädern, die auch dazuzugehören schienen.

Als sie anfingen, auf unsere fünf soliden Wachtknaben Steine und leere Flaschen zu werfen, antworteten diese durch ein schlichtes

Signal ihrer Trillerpfeifen, das bedeutete: »Hilfe! Sofort herkommen!« Und schon waren wir unterwegs, und wir waren kein Witz, das kann ich euch sagen. Wir waren nichts Geringeres als Norwegens Antwort auf die Rote Garde – und wir sahen sicher noch gefährlicher aus, als wir zielbewußt in dunklen Trainingsanzügen und mit Mützen auf dem Kopf durch die Nacht trabten, zwei und zwei in Reih und Glied. Als wir zum Ziel kamen, teilten wir uns in der Mitte, um uns dem Tor von beiden Seiten nähern zu können, ziemlich lautlos und unbemerkt. Aber plötzlich waren wir da, ein überwältigend schlagkräftiges Heer! Die vielen jungen Besucher draußen glotzten uns mit offenem Mund an, um diesen Eindruck richtig verinnerlichen zu können, ehe wir unser Berserkergebrüll übers Meer erschallen ließen, während wir durch das Tor strömten.

Ach, wie sie rannten! Zwei Sommernächte lang konnten wir eine ansehnliche Anzahl junger rechter Waschlappen und ihre blöden Alliierten in die wilde Flucht vorm schäumenden kommunistischen Gespenst jagen. Auf diese Weise wurde es auch mir vergönnt, der Revolution in Norwegen den Weg zu bereiten. Damals kam niemand auf die Idee, daß wir vielleicht ein bißchen zu gründlich vorgingen.

Samstagnachmittag stellte sich heraus, daß meine Karriere bei der Ordnungsmacht gerade erst begonnen hatte. Nach irgendeiner unerforschlichen Turnusordnung hatte Deckname Vera nämlich normalen Wachtdienst von zweiundzwanzig bis sechs Uhr. Deshalb mußte ich mich schweren Herzens aus der kräftigen Gemeinschaft in den Reihen der avantgardistischen Roten Garde abmelden und den einsamen Weg zum Büro der Lagerleitung gehen, um nähere Befehle über Spezialaufträge entgegenzunehmen.

Es war nämlich so, daß der Sheriff von Arendal ein Herr von ausgeprägtem volkstümlichem Humor war. Um uns einen kleinen Schabernack zu spielen, hatte er eine unbenutzte Baracke am Rand des Lagergeländes einer soliden Ansammlung von lokalen Stützen der Gesellschaft vermietet – niemand Geringerem als den Herren von Arendals Schäferhundclub, samt Gattinnen. Das ist die reine Wahrheit!

Und das grimme Schicksal fügte es also, daß Klein-Vera der ehrenhafte Auftrag übertragen wurde, in der Nacht zum Sonntag den zentralen Wachtposten des Lagers zu bemannen, zusammen mit einer Nuß von einem kleinen Mädel, das viel zu jung war und noch größere Angst hatte als ich selber. Die Lagerleitung in ihrer Weisheit hatte beschlossen, daß es das Klügste sein würde, in Deckung zu bleiben und so wenig wie möglich zu unternehmen, was die Hundeliebhaber provozieren könnte. Deshalb sollten wir höflich und ausweichend auftreten — und die konsolidierte Avantgarde erst rufen, wenn die Lage für uns direkt lebensgefährlich wurde. Das war sicher sehr klug und richtig, aber trotzdem hatten wir ein wenig Schiß, sowohl ich als auch die kleine Nuß. Mit Maos klugen Worten: »Seid positiv und macht das Beste aus jeder Situation!« munterte ich die Kleine zwar auf, war aber selber fast gelähmt vor Angst.
Der Schäferhundclub machte mit Gebrüll und Flaschenklirren und raus zum Pissen und rein zum Tanzen in der Baracke reichlich Rambozambo, was einem entalkoholisierten Kommunistensproß mit Verantwortung für Massen von Frauen und Kindern durch Mark und Bein ging — denn die Frauen und Kinder sollten das Morgengrauen doch lieber nicht als Leichenhaufen erleben. Die Schäferhunde durften bis vierundzwanzig Uhr feiern, und ich sollte zu ihnen gehen und sie freundlichst auffordern, Feierabend zu machen, wenn sie zu diesem Zeitpunkt noch nicht verschwunden waren.
Das ist die reine Wahrheit!
Und gerade vor dieser Aufforderung fürchtete die kleine Nuß sich so entsetzlich. Sie kam aus einer pietistischen Familie, erzählte sie, und sie hatte gelernt, daß Kartenspielen und Tanzen und Suff und so — ja, daß das alles nicht so gut war.
»Quatsch!« sagte ich. »Ich mach das alles, wenn ich nicht gerade im Sommerlager bin — und ich bin doch wohl nicht gefährlich?« So tröstete ich — und hatte dabei die hübsche Zukunftsvision, in der wir beide an der Laterne bammelten.
»Schäferhunde sind schon in Ordnung«, sagte ich — aber das sind sie leider doch nicht, weder geschmacklich noch charakterlich.

Ich sabotierte unsere Befehle bis drei Uhr, und dann brachen sie Gott sei Dank von selber auf. Die ganze Gesellschaft entpuppte sich als richtig herzliche Schäferhundliebhaber. Der Vortrupp zählte neun Personen, die zu den Nüchternsten gehörten, um es mal so auszudrücken, und sie umringten uns einige Minuten, um mit munteren Rufen in ihrem bezaubernden Akzent politisch zu diskutieren.

»Wann gommt denn endlich eure Revoludsion?«

»Badet ihr wirklich im Blut von jungen Gonservadiven?«

»Gennt ihr nich nach China gehn und diesen unrendablen Gieshauwen uns ieberlassen?«

»Ihr wersteht alles miß, weißde. In Norwegen gibt's geine Grundlache für eine broledarische Revoludsion, dem Broledariat geht's neemlich viel dsu jut!«

Und so weiter.

Ich hätte ja letzterem sehr gern zugestimmt, aber das konnte ich hier ja wohl nicht sagen. Ich sagte überhaupt so wenig wie möglich. Ich stand breitbeinig mit überkreuzten Armen da und versuchte so sicher und unerschütterlich auszusehen wie der Erzengel vorm Paradies. Nach und nach ging mir auf, daß sie nicht wirklich gefährlich waren, nicht einmal direkt böswillig. Sie waren einfach neugierig und beschwipst – worum ich sie natürlich beneidete.

Und dann machte ich aus reiner Intuition etwas Geniales. Einer der kühnen Hundehalter bot mir nämlich einen Flachmann an und fragte, ob ich einen Schluck wollte. Er nahm völlig korrekt an, daß im Lager absolutes Alkoholverbot herrschte, und deshalb war er nicht wenig überrascht, als ich die Flasche an den Mund setzte und drei tiefe Schlucke nahm. Es war sogar guter Schnaps, der zwei Wunder bewirkte. Erstens tat er mir gut, und zweitens verpaßte er mir ein ganz neues Image: Vom suspekten Scheißkommunisten war ich fast zum Helden des Abends geworden. Plötzlich hatten alle eine Flasche in der Hand und wollten sich mit Deckname Vera verbrüdern, so daß es schließlich acht bis zehn Schlucke wurden.

Jetzt traf das Hauptkontingent der Ausgefeierten ein, und einige von ihnen waren, höflich gesagt, ziemlich aggressiv. Aber meine

neuen Busenfreunde sorgten dafür, daß es keine Scherereien gab. Sie übernahmen auf eigene Initiative ganz einfach meinen Posten und lotsten die ganze Herde vom Lagergelände herunter und zum Hintertor hinaus.

Ich blieb kichernd und leicht schwankend zurück – und da kam die Nachhut. Sie bestand aus drei Paaren, die von einer Wolke aus Suff und Ärger umstoben waren.

»Verdammde Scheißgommunisden! Nach Spidsberjen schikken!«

»Ne, nach Sibirjen! Da jehörnse doch hin!«

Und so weiter.

Aus irgendeinem Grunde hatte ich keine Angst mehr – ich weiß es ja nicht sicher, aber es kann am Schnaps gelegen haben –, und ich sah sofort, daß diese Leute so sternhagelvoll waren, daß sie keine ernsthafte Bedrohung darstellten. Einer der Herren kam auf mich zugetorkelt, und seine Dame schrie: »Richtig, Reidar, gib ihm eins in die Fresse!«

Sie kam aus Ostnorwegen, und sie hatte sicher eine gute Hand mit Schäferhunden. Er holte zu einem Schwinger aus, aber ich trat *très élégamment* beiseite. Der Mann sackte zu Boden und blieb liegen.

»Was hast du mit dem Reidar gemacht?« schrie Frau Schäf und versuchte, mich zu treten.

»Nichts, gnä' Frau. Ich glaube, seine eigenen Taten haben ihn zu Fall gebracht.«

»Halt die Fresse, du verdammter Pekinese! Verpiß dich! Kommt und helft mir, ich glaub, der ist ohnmächtig!«

Nun wandte sie sich an die übrige Gesellschaft, aber die waren zum Glück völlig wirr vom Suff und konnten sich kaum auf den Beinen halten.

»Hier geht's lang, meine Herrschaften«, sagte ich so einladend wie ein Staubsaugervertreter und konnte sie zum schwankenden Marsch in Richtung Tor bewegen.

»Laßt uns nich allein!« schrie Frau Schäf und hörte sich an, als ob sie jeden Moment noch hysterischer werden könnte.

»Immer mit der Ruhe, gnä' Frau, dann helf ich Ihnen mit dem Reidar. Wir nehmen jeweils einen Arm...«

»Weg mit dir, du verdammtes Schwein! Faß den nicht an. Ich schaff das sehr gut allein!«
Und das tat sie auch. Die Dame hatte viele Stärken. Sie hob den armen Reidar mit Hilfe eines Feuerwehrgriffes hoch, den sie sicher im Schäferhundkurs gelernt hatte, und dann schleifte sie ihn hinter sich her, wobei sie im Kiesweg eine wunderliche Spur hinterließen. Ich versuchte, meine Erzengelposition wieder einzunehmen, was mir aber nicht so ganz gelang, und dann stand ich da mit offenen Sinnen, um ihren grandiosen Abmarsch zu erleben. Und dann kam's: Als sie dreißig Meter von mir entfernt waren, blieb sie stehen, um den Reidar anders zu fassen, und gleichzeitig drehte sie sich um und schrie:
»*Dir sieht man ja schon aus der Ferne Stalin und Mozart an!*«
Das ist die reine Wahrheit!
Und Deckname Vera mußte sich erst mal hinsetzen.
Gleich darauf stellte ich fest, daß ich ganz allein war. Die kleine Nuß war schon längst nicht mehr bei mir, das ging mir jetzt auf, und das war ja kein Grund zum Lachen. Ich fand sie in einem Gebüsch in der Nähe, fast bewußtlos vor Angst, die Arme.
Jaja. Die Pioniere, die Pioniere!

Ich träume von Lenin

Als wir nach Oslo zurückfuhren, war der Volxwagen vollgestopft mit aufgekratzten und optimistischen Rot-Frontlern. Wir grölten und sangen revolutionäre Kampflieder aus Vietnam und Lateinamerika und Norwegen, und wir waren uns absolut darüber einig, daß auf dieser Welt alles möglich ist. Das Lager hatte mich dermaßen hochgebracht, daß ich mich wirklich als Teil der progressiven Bewegung fühlte. Daß die Schwulenbewegung in Wandzeitungen und Gruppendiskussionen soviel Platz bekommen hatte, gab mir die Überzeugung, daß wir kurz vor einem entscheidenden Schritt nach vorn standen. Wenn die Marxisten-Leninisten in Norwegen einsahen, daß wir nicht nur eine kleine Randgruppe von perversen Abweichlern waren, die man zur Not unter den Teppich kehren konnte, sondern uns als sexuell gleichwertige Individuen betrachten und uns sogar einen eigenen Gesetzesparagraphen zu unserem Schutz geben wollten – ja, dann erschien mir die Zukunft so licht, daß ich Tränen in den Augen hatte. Ich fühlte mich froh und ermutigt durch die überwältigend gute Reaktion, die wir erlebt hatten. Ich wollte schon verkünden, daß ich mich um die Parteimitgliedschaft bewerben wollte, beschloß aber, daß ich erst mit Øystein darüber reden müßte.

Øystein, ja. Mich durchlief eine heiße Welle, wenn ich an ihn dachte. Ach, wie ich mich nach meinem Liebsten sehnte! Es war mir während der ganzen Woche einigermaßen gelungen, ihn zu verdrängen, aber jetzt schlug meine Sehnsucht mit voller Wucht zu. Und im tiefsten Herzen machte ich mir Sorgen und hatte Angst davor, was dieser verdammte Gyldenalte ihm vielleicht in den Kopf gesetzt haben könnte. Natürlich war Øystein selbständig, aber eine ganze Woche zusammen mit diesem willensstarken Despoten konnte bei jedem die Befestigungswerke zum Einsturz bringen. Und dann war da noch dieser unmenschliche Oudeis – Niemand. Schließlich konnte der doch durchaus Experte für avancierte Gehirnwäsche sein...

Und da fiel es mir ein! Mitten auf der Autobahnbrücke bei Drammen wußte ich, wo ich den Namen *Niemand* schon gehört hatte. Oder gelesen. Bei Homer. In der Odyssee. Auf ihrer zehn Jahre langen Rückreise von Troja werden Odysseus und seine Mannen von einem verdammten Zyklopen in einer Höhle gefangen – einem riesengroßen, abscheulichen Biest von einem Heini mit nur einem Auge mitten auf der Stirn – der dann einen nach dem anderen frißt. Aber dann hat Odysseus eine Idee. Er redet dem Zyklopen ein, daß er *Niemand* heißt, und als dieses Vieh eingeschlafen ist, bohrt er ihm einen spitzen Baumstamm ins Auge und blendet ihn. Und der Zyklop brüllt um Hilfe, und als die anderen Zyklopen kommen und fragen, wer das getan hat, antwortet der Blinde: *Niemand* hat das getan! Worauf die anderen die Augen verdrehen und wieder schlafen gehen. So kann der tapfere Odysseus am Ende entkommen – er hängt sich unter den Bauch eines Schafsbockes, damit der clevere Zyklonop nichts merkt, wenn er seine Schafe, die auf die Weide sollen, leibesvisitiert.
So war das. Ha! Jetzt hatte ich es! Aber was sollte das eigentlich bedeuten? Warum hatte der Alte sich für dieses feuerfeste Maskengesicht ausgerechnet diesen Decknamen ausgesucht? Weil er entkommen war, natürlich. Odysseus entkam immer; rettete sich aus allen möglichen und unmöglichen Situationen und trug am Ende den Sieg davon. Und es ist sicher auch praktisch und angenehm, so einen Mann als rechte Hand zu haben. Aber konnte es so einfach sein? War der Alte Gyldenhorn so naiv?
O nein. Ich begriff den Zusammenhang im selben Moment, in dem ich die Frage formulierte. Odysseus war der Liebling der Götter. Das heißt: nicht aller Götter. Ich konnte mich nicht daran erinnern, wer etwas gegen ihn hatte – aber die, die ihn unterstützten, gewannen schließlich. *Er war der stärkste Liebling der Götter!* Gott helfe mir, dachte ich und bedauerte, daß ich die griechische Mythologie nicht richtig gelernt hatte. Denn wenn der Alte sich für einen Götterknaben hielt, welchen Platz nahm dann Øystein in seiner Vorstellungswelt ein? Wie hieß noch der Gott, der seine eigenen Kinder verschlang? Python? O Herrgott!

Auf Rådhusplassen befreite ich den Volxwagen von seinem revolutionären Inhalt, der sauer war, weil ich nicht mit in die Kneipe kommen und die Welt retten wollte. Inga ging mit ihnen, während ich viel zu schnell nach Nesodden fuhr, um Øystein zu retten.

Er war nicht zu Hause. Der Tempel war leer und abgeschlossen, aber ich fand den Schlüssel wie verabredet in der Gipsurne. Im Haus sah es aus, als ob die Rote Armee die ganze Woche zu Besuch gewesen wäre, aber Øysteins Rucksack war nicht zu sehen. Er war also noch nicht nach Hause gekommen! Aber sie hatten doch schon gestern aus den Bergen zurück sein wollen. Ich ging auf die Tempeltreppe, setzte mich voller Angst hin und ließ in der Abendsonne meine Tränen fließen.

»Ach, Gott – Allnatur – mach, daß er zu mir zurückkommt! Mach, daß diese Irren ihn nicht gefangen oder kaputtgemacht oder – gefressen haben! Ach, mach, daß Øystein unverwundet an Leib und Seele nach Hause kommt. Bitte!«

So blieb ich sitzen, bis ich keine Tränen mehr hatte und nur noch eine bohrende Sehnsucht verspürte. Und dann drehte ich mir eine Zigarette, saugte daran und überlegte, weshalb wir rauchen. Nicht, weil wir Lust haben, sondern weil wir niemanden zum Küssen haben und ... *das Lusthaus*! Ich sprang auf und stürmte die Treppe hinunter und an den Balustraden entlang und die letzte Treppe hinunter und vorbei am Steg und durch den Garten... Und dann blieb ich einfach nur stehen und glotzte. Denn das Lusthaus war nicht mehr grün. Es war rosa. Es war mit rosa Rosen übersät, die im goldenen Sonnenschein leuchteten. Und da wußte ich, daß er da war. Vorsichtig schlich ich mich ins Haus. Und da lag er in seinem roten Schlafsack und schlief wie ein Kind, während die schrägen Sonnenstrahlen auf seinen dunklen Haaren spielten. Und dabei hatte ich geglaubt, keine Tränen mehr zu haben!

»Ach, danke, Allnatur, tausend Dank!«

Ich setzte mich in Lotusstellung neben ihn. Jetzt war ich derjenige, der über ihm meditierte, so wie er es bei mir gemacht hatte, als ich die Mittsommernacht verschlafen hatte. Das war erst zwei Wochen her. Aber wie sollte ich meditieren? Wie macht man das

eigentlich? Ich konnte ihn ja nicht wecken und fragen, deshalb beschloß ich, ihn einfach anzusehen und mich über ihn zu freuen und dazusitzen und ihn aus aller Kraft zu lieben.
Genau das sollten alle, die mit irgendwem zusammen sind, ab und zu tun. Es ist nicht dumm, sich darüber im klaren zu sein, daß man jemanden in guten und in bösen Zeiten hat – statt nur sich selber und seine eigenen Sehnsüchte.

Es tat gut, so dazusitzen. Ich wurde ruhig und froh und von Schönheit erfüllt. Ich hatte das Gefühl, Teil einer größeren Einheit zu sein, zur rechten Zeit am rechten Ort zu sein und wirklich mit Øystein zusammenzugehören. Ich fühlte, daß unsere Beziehung im großen Zusammenhang *richtig* war. Alles war schön und friedlich...
Plötzlich stieß Øystein ein gequältes Stöhnen aus, das mich aus meinem seligen Zustand herausriß. Ich starrte entsetzt ein verzerrtes Gesicht an, das nun einen langen Jammerlaut ausstieß – wie ein Mensch in Todesangst.
»Øystein! Du mußt aufwachen!«
»Äääää! O! Was...«
»Hei – du hast bloß geträumt. Ich bin hier. Keine Gefahr.«
»O hei! Aber wie kann er das denn?«
»Øystein, mein Junge! Ich bin's. Yngve!«
»O – o, Gott sei Dank! Ach, komm und hilf mir...«
Er starrte mich aus großen, verängstigten Augen an, und als ich ihn in den Arm nahm, spürte ich, daß er viel zu heiß war.
»Aber du hast ja Fieber! Øystein, hab keine Angst, hörst du? Du hast einen Albtraum – es ist bloß ein Traum. Und jetzt bin ich bei dir.«
»Yngve? Bist du das wirklich? Du hast nicht – du willst mich nicht verlassen?«
»Natürlich nicht, was für ein Quatsch. Ich bin doch gerade zu dir nach Hause gekommen.«
»Wirklich? Wie spät ist's denn?«
»Fünf vor acht, und es ist Sonntagabend. Wann bist du denn gekommen?«

»Ach, mit dem Boot um sechs. Und alles war abgeschlossen, und ich hab mich nicht so gut gefühlt – ach, ich friere ganz schrecklich.«
»Ja, du hast Fieber. Hast du dich erkältet? Warst du auf der Hütte schon krank?«
»Nein, ich weiß nicht, was los ist. Ich hab ein bißchen Kopfschmerzen – und dann friere ich so schrecklich!«
Er fing an zu zittern und mit den Zähnen zu klappern. Ich packte ihn gut in seinen Schlafsack, dann öffnete ich seinen Rucksack und fand einen Pullover, den ich ihm anzog. Dann drückte ich ihn an mich, bis er ruhiger wurde und nicht mehr zitterte. Es war schon ein bißchen feucht in der Luft, deshalb mußte ich ihn in den Tempel bringen und in ein richtiges Bett legen. Sobald wir den Rosengarten verlassen hatten, fing er wieder an zu zittern, und es war sehr mühsam, ihn über all die Treppen und ins Haus zu schaffen, wo ich ihn auf eine der Matratzen im Eßzimmer legte. Ich bezog unsere beste Daunendecke neu, und dann zog ich ihn aus, ehe ich ihn richtig einpackte und mich auf ihn legte. Er zitterte und schüttelte sich und hätte mich fast abgeworfen, und es dauerte fünf Minuten, bis er sich langsam beruhigte. Inzwischen war er glühend heiß und fing an zu schwitzen. Ich hatte keinen Schimmer, wo sich im ganzen Gewühl der Erste-Hilfe-Kasten befand, aber ich brauchte auch kein Thermometer, um zu begreifen, daß die Lage ernst war. Ich wollte gerade zu den Nachbarn gehen und einen Arzt anrufen, als er die Augen aufriß:
»Du darfst mich nicht verlassen – geh nicht weg!«
»Natürlich nicht, Liebster. Ich komm gleich zurück. Ich liebe dich, das weißt du. Ich bin in fünf Minuten wieder da.«
Die Eismeerzahnärzte veranstalteten in Wolkenwild ein Fest, und als ich erklärt hatte, daß ich einen Arzt anrufen wollte, stellte sich heraus, daß sich unter den Anwesenden bereits einer befand. Da hatte ich ja Glück, auch wenn er nicht ganz nüchtern war, und er kam sofort mit, nachdem er seine Tasche aus dem Auto geholt hatte. Ich erklärte ihm unterwegs alles, was ich wußte und bedauerte, daß wir offenbar von Tempelschändern Besuch gehabt hatten. Er sah sich nur um und schüttelte den Kopf.

Øystein hatte sich bloßgestrampelt, und der Schweiß brach nur so aus ihm heraus. Er war nur halb bei Bewußtsein, und ich holte ein feuchtes Handtuch und wischte ihm den Schweiß ab, während der Arzt ihm ein Thermometer einschob und seine Untersuchungen vornahm. Er hatte keine besonderen Schmerzen, nur ein leichtes Kopfweh – und er hatte solchen Durst! Ich stand auf, um ihm ein Glas Wasser zu holen, aber als ich die Tür erreicht hatte, brüllte er:

»Geh nicht weg, Yngve! Du darfst nicht weggehen. Vergiß nicht, wir sind verheiratet. *Was Großvater sagt, stimmt nicht!*«

In drei Sätzen war ich wieder bei ihm und nahm seinen Kopf in meine Hände.

»Das werde ich nie vergessen, egal, was Großvater sagt. Ich liebe dich, hörst du das? Ich bleibe bei dir, solange ich lebe. Was hat dein Großvater denn gesagt?«

»Ach, küß mich, Yngve! Fick mich – mach mit mir, was du willst, wenn du mich bloß nicht verläßt!«

Ich beugte mich über ihn und küßte ihn auf den Mund, die Augen und das ganze Gesicht.

»Øystein! Du bist mein Liebster. Du bist mein Mann. Kümmer dich nicht um deinen Großvater«, versuchte ich so sanft und eindringlich wie möglich zu sagen. Da lächelte er mich an, und ich spürte, wie sich sein ganzer Körper entspannte. Ich küßte ihn noch einmal, dann richtete ich mich auf und drehte mich zu dem Arzt um. Er blickte mir mit einem ziemlich empörten Gesichtsausdruck voll in die Augen, und dann schüttelte er entnervt den Kopf.

Auch das noch! dachte ich und sagte:

»Ja, Sie müssen entschuldigen, aber wir sind aus freiem Willen zusammen, und das müssen Sie einfach respektieren...«

»Ja, natürlich. Du darfst mich nicht mißverstehen. Ich habe mir gerade überlegt, wie übel das sein muß, wenn euch zu allem anderen noch solche Extra-Schwierigkeiten gemacht werden. Wer ist dieser Großvater, welchen Einfluß hat er auf... auf deinen Freund?«

»Er ist... er ist gefährlich. Øystein war eine Woche mit ihm verreist. Dieser verdammte Alte ist wahnsinnig. Er hat Øystein zum

Erben für seine vielen Millionen ausgeguckt – und er haßt mich. Aber was hat er gemacht? Das kann doch kein Gift gewesen sein?«

»Nein, toxisch nicht. Mental aber wohl. Øystein leidet an einem akuten Angstanfall. Psychosomatisch. Früher wurde das als Nervenfieber bezeichnet. Schau her, er hat vierzig Komma drei Grad Fieber. Das gehört zu dem Schlimmsten, was ich je gesehen habe. Ich werde ihm etwas zur Beruhigung geben. Dieser Großvater hat ihn wirklich so verängstigt, daß er Sinn und Verstand verloren hat.«

»Aber wie ernst ist es denn?«

»Na, sterben wird er nicht daran. Das passiert heute nicht mehr. Aber du mußt schon die ganze Zeit hierbleiben. Er sollte lieber nicht erwachen und denken, du hättest ihn verlassen. Wenn du aufs Klo willst oder sonst noch was zu erledigen hast, dann mach das, solange ich noch hier bin.«

Er nahm eine Spritze aus seiner Tasche, und ich rannte aufs Klo und holte dann Øysteins Rucksack. Als ich zurückkam, hatte der Arzt seine Tasche wieder gepackt und war bereit zum Aufbruch.

»Hier ist das Thermometer. Miß in einer Stunde noch mal, und wenn das Fieber über vierzig fünf gestiegen ist, dann mußt du mir sofort Bescheid sagen. Ich bleibe zwei Tage hier. Ansonsten braucht er alle Zuwendung und... Liebe, die du ihm geben kannst, und das kannst du doch gut. Auf längere Sicht mußt du sein Vertrauen zu dir wieder aufbauen. Du darfst ihm niemals irgendeinen Grund zum Zweifeln geben. Und du mußt ihn von diesem verrückten Großvater fernhalten. Weit fern. Jetzt muß ich was trinken. Hast du noch Fragen?«

»Was hast du ihm gegeben?«

»Nur ein mildes Beruhigungsmittel. Er wird bis morgen früh schlafen. Wisch ihm den Schweiß ab, wenn er schwitzt, und wärme ihn, wenn er friert. Das kannst du ja. Okay?«

»Ja, alles klar. Und vielen Dank. Es war so toll von dir, uns zu helfen.«

»Naja. Ich kann ja schließlich nicht jeden Tag etwas tun, was soviel... Sinn hat. Mach deine Sache jetzt gut und beweise Øy-

stein, daß du ihn genauso liebst wie er dich. Dann wird es schon klappen. Viel Glück! Und komm mich holen, wenn es schlimmer wird, aber das halte ich für ziemlich unwahrscheinlich.«
Der gute Doktor drückte mir die Hand und lächelte aufmunternd, ehe er ging. Ich konnte mich nicht einmal an seinen Namen erinnern, obwohl er sich vorgestellt hatte, als ich ihn holte. Ich überlegte mir, daß ich mich auf irgendeine Weise richtig bei ihm bedanken müßte, aber daraus wurde leider nie etwas.
Øystein schlief ziemlich ruhig bis zum nächsten Morgen. Er wurde nicht einmal wach, als Inga und Kyrre mit der letzten Fähre nach Hause kamen und blau und laut waren. Als ich aufstand, war sein Fieber auf achtunddreißig gesunken, und ich wußte, daß die Krise überstanden war. Gleichzeitig war mir klar, daß die richtige Arbeit jetzt erst anfing. Die lange, mühsame Arbeit, eine Brücke über den Abgrund zu bauen, der sich zwischen uns aufgetan hatte. Und diese Brücke mußte wohl von meiner Seite aus gebaut werden.
Er konnte sich an nichts erinnern. Er hatte alles von dem Moment, wo er im Lusthaus schlafen gegangen war, bis zum Erwachen am nächsten Morgen verdrängt. Doch, er erinnerte sich vage an einen bösen Traum, aber die Einzelheiten waren verschwunden – und das war ja nur gut so. Er fühlte sich ein bißchen matt, war ansonsten aber gut in Form.
Wenn es damals in unserem Königreich ein Katastrophenpsychiaterteam gegeben hätte, hätte ich es trotzdem nicht gerufen – auch wenn ich bei Øystein durchaus ein bißchen Hilfe benötigt hätte. Aber nach den Erfahrungen, die ich mit unserer psychischen Obrigkeit gemacht hatte, war jegliche Form professioneller Einmischung ausgeschlossen. Was sollte ich tun? Sollte ich ihm erzählen, wie schlimm alles gewesen war, und sollte ich ihn wirklich fragen, was der Alte gesagt und getan hatte, oder sollte ich es ihn vergessen lassen und ihm statt dessen beweisen, daß er sich auf mich verlassen konnte? Ich hatte Angst, daß die erste Möglichkeit eine neue Krise hervorrufen könnte und entschied mich deshalb für die letzte.
Am Montag ging es richtig gut. Øystein war Rekonvaleszent, und ich versuchte, so natürlich wie möglich, verschmust und kuschelig

zu sein. Ich erzählte ihm vom Sommerlager, der Homodebatte und Stalin und Mozart, und eine Zeitlang war alles wirklich lustig. Als ich ihn fragte, wie es in den Bergen gewesen war, antwortete er: Öde. Punktum. Ich dachte, das wäre schon in Ordnung; ich wollte ihn ja nicht bedrängen – und gleichzeitig erkannte ich, daß ich mich verstellte. Ich konnte die Frage nicht stellen, die mich mehr als alles andere beschäftigte: Was war eigentlich da oben auf der Hütte passiert? Es war ganz schön schwierig.

Am Dienstag hatte er kein Fieber mehr und wirkte gesund. Ich schlug vor, wieder ins Lusthaus zu ziehen, aber er hatte keine Lust dazu, ohne einen Grund nennen zu können. Er setzte sich mit seinem Skizzenbuch auf den Steg und zeichnete den Tempel – und da sah er doch wirklich gesund und zielstrebig aus.

Am Mittwoch stellte er seine Staffelei auf und ließ sich von seiner Kunst verschlingen. Ich schwamm und sonnte mich und gab vor, meine letzten Ferientage zu genießen. Als wir ins Bett gegangen waren, streichelte ich vorsichtig seine Brust, aber er drehte sich zur Wand, sagte, er sei müde, und dann schlief er ein. Ich nicht.

Am Donnerstag wollte ich einen Spaziergang machen, aber Øystein wollte malen, und deshalb ging ich allein. Stundenlang. Es war sicher ein herrlicher Spaziergang mitten im üppigen Hochsommer, aber ich merkte nichts davon. Ich ging einfach nur. Als ich zurückkam, war er nirgendwo zu sehen. Unten am Strand lag Inga und sah aus wie eine Grillwurst mit Haaren – und die Grillwurst sprach wie folgt:

»Øystein ist in die Stadt gefahren. Er kommt mit dem Boot um zehn zurück. Reibst du mir den Rücken ein?«

»In die Stadt? Aber... es ist ja Donnerstag. *Dann ist er beim Alten!*«

Ich sank total in mich zusammen, und wenn Inga nicht eingegriffen hätte, dann wäre ich der nächste mit Nervenfieber gewesen. Statt dessen half sie mir, zu weinen und alles zu erzählen. Es war eine unbeschreibliche Hilfe, meinen ganzen Kummer mit jemandem teilen zu können, und Inga gehörte nicht zu denen, die Probleme unbedingt in Aufgaben umtaufen wollen. Sie war die beste Schwester, die ich je gehabt habe. Sie hatte sogar zwei Flaschen trockenen Weißwein im Kühlschrank, und deshalb konnten wir die Lage entspannt und in schattiger Umgebung diskutieren, ehe Kyrre nach Hause kam. Inga stimmte meiner Strategie im großen ganzen zu. Ich durfte Øystein keinesfalls bedrängen. Außerdem gab sie mir zu verstehen, daß ich bei einem offenen Krieg mit dem Alten Øystein ziemlich sicher verlieren würde. Ich konnte diese Besuche im Diskreten Charme nicht verbieten, und ich konnte auch nicht mitkommen, also mußte ich mich einfach damit abfinden. Ich mußte es aushalten und Øystein beweisen, daß ich das konnte. Aber ich durfte ihm auch nicht, wie in den letzten Tagen, die ganze Zeit am Hemdenzipfel hängen. Ich mußte einfach warten, bis er zu mir kam.

Na gut. Ich nahm sie beim Wort und zog ins Lusthaus.

Øystein kam, wie versprochen, mit dem Boot um zehn und sah nicht merkbar verändert aus. Er sagte bloß hallo und ging sofort zu seinem Bild, wo er sich in seine eigene Welt hineinstarrte. Das Bild wurde übrigens ungewöhnlich gut, aber mir fiel auf, daß die Kunstwelt, in die er floh, ein Bild unserer eigenen Wirklichkeit war. Er malte ja schließlich den Tempel, in dem wir uns befanden.

»Willst du keine Menschen auf dem Bild haben?« fragte ich.

»Was?«

»Auf dem Bild. Es sieht so leer und verlassen aus.«

»Ach.«

»Jaja. Ich geh schlafen. Im Lusthaus.«

»Ja.«

»Also gute Nacht.«

»Nacht.«

Ich wartete bis nach Mitternacht auf ihn. Es war überhaupt nicht nett, allein dazuliegen, aber ich mußte ja konsequent sein. Und ich war so müde und erschöpft, ich würde sicher schlafen können.

»Himmel, wieso liegst du denn hier?«

»Ach, hallo! Also kommst du doch noch?«

»Ich wollte ins Bett gehen, und dann warst du nicht da. Ich hab überhaupt nichts kapiert – ich hatte solche Angst! Warum machst du denn so was?«

»Aber ich hab dir doch gesagt, daß ich hier schlafen wollte, Øystein!«

»Das hab ich jedenfalls nicht gehört.«
»Nein, du hörst nur, was du hören willst, und machst nur, was dir paßt.«
»Warum bist du denn jetzt so böse?«
»Ich bin nicht böse. Ich bin... einsam. Komm jetzt ins Bett, Øystein. Hier ist genug Platz für dich.«
»Aber die Luft ist so kalt und feucht.«
»Nicht hier bei mir unter der Decke. Hier ist es warm und schön.«
Und da, endlich, kam er. Aber es war nicht mehr so wie früher. Er war nicht mehr länger der sichere und starke Junge, der mich dazu gebracht hatte, mich zu öffnen und mich hinzugeben. Jetzt war er der Ängstliche und Zurückhaltende, und ich mußte für uns beide die Verantwortung übernehmen.
Am Freitag malte Øystein weiter an seinem Bild, während ich alle möglichen praktischen Aufgaben erledigte, die längst liegengeblieben waren. Als wir endlich ins Bett gingen, war er fern und müde und wollte nur schlafen. Mir ging auf, daß das noch lange so weitergehen würde.
Am Samstag war Kyrre absolut überströmend und wollte mit uns allen joggen. Øystein wollte malen. Aber ich kam mit zu einem kurzen Lauf, der dann über drei Stunden dauerte. Kyrre war so sprudelnd guter Laune, wie ich ihn nur selten erlebt hatte, und er konnte einen Zipfel von seinem Optimismus auf mich übertragen. Ich schwitzte zwei Liter Grübeleien und Sorgen aus und fühlte mich wie neugeboren, nachdem ich in den Fjord gesprungen war und mich saubergespült hatte.
Danach setzte ich eine Tütensuppenmahlzeit auf, und während die es sich auf dem Herd wohlsein ließ, taten wir auf der Terrasse dasselbe, mit einer Flasche Weißwein, wovon Kyrre plötzlich eine ganze Kiste hatte. Ich rief zu Øystein hinunter, daß das Essen fertig sei, und der antwortete, er werde gleich kommen. Da er das nicht tat, aßen und tranken wir lange und gut, ohne uns von seinen Eigenheiten quälen zu lassen. Aber endlich kam er dann doch mit seiner riesigen Leinwand und wirkte froh und zufrieden. Dazu hatte er auch allen Grund, denn es war ein überraschend gutes Bild. Und mitten im Bild – als zentrales Detail im

jonischen Exterieur – saßen Kyrre und ich quietschlebendig und stießen mit grünen Römern an.
»Das ist toll«, sagte ich. »Das ist das Beste, was du je gemacht hast.«
»Meinst du wirklich?« fragte Øystein errötend und aufgeregt. »Weißt du, ich hab mir zwei Tage lang den Kopf darüber zerbrochen, was hier fehlt – es war irgendwie so leer und verlassen –, und dann seid ihr nach Hause gekommen und habt euch hierhin gesetzt, und dann habe ich es plötzlich *gesehen* – ich mußte einfach ein paar Menschen dabei haben.«
»Wie schön. Daß auch wir etwas zur Kunst beitragen konnten. Möchtest du etwas essen? Die Fischsuppe ist immer noch etwas wärmer als der Weißwein.«
Als wir im Bett lagen, war Øystein müde und wollte schlafen. Es gelang mir, nicht böse zu werden und ihn zur Rede zu stellen, obwohl ich ziemlich blau war und große Lust dazu hatte. Statt dessen starrte ich einfach in die Dunkelheit – und spürte, daß ich langsam *sauer* wurde.

Am Sonntagnachmittag mußte ich meinen Job bei der Prawda wieder aufnehmen, und wie üblich war viel zuviel zu tun. Erst nach drei Stunden ununterbrochener Arbeit konnte ich mir eine Tasse Kaffee holen und ein bißchen quatschen. Ich hatte mich gerade wieder an die Arbeit gesetzt, als der Bote einen dicken, braunen A5-Umschlag auf meinen Tisch warf und mir mitteilte, daß der in der Rezeption abgegeben worden war. Darauf stand in Maschinenschrift: YNGVE VILDE, PRAWDA. Kein Absender. Das gefiel mir nicht. Ich bekam nur ungeheuer selten Post bei der Arbeit, und noch nie war etwas auf diese Weise persönlich abgeliefert worden. Es gefiel mir absolut nicht, aber gleichzeitig war ich natürlich ganz schön neugierig – also öffnete ich ihn vorsichtig am Klebestreifen und blickte hinein. Als erstes sah ich ein weißes Heftchen und nahm es heraus. Es war ein Flugschein. Von der SAS. Ich verstand nur Bahnhof, klappte es auf und drinnen war das eigentliche Ticket. Darauf stand: VILDE, YNGVE, MR. und OSLO – SAN FRANCISCO. OPEN.

Mein erster Gedanke war, daß es sich dabei um einen derben Scherz handeln mußte. Dann wurde mir heiß und kalt, und mein Herz machte einen Sprung, durch den Puls und Blutdruck in die Höhe gejagt wurden. Ich wagte nicht einmal, den Gedanken zu denken, aber ich begriff. O ja. Mit jäher Handbewegung kippte ich den restlichen Inhalt des Umschlages auf den Schreibtisch und starrte und starrte, während meine Haare sich sträubten. Es waren grüne Scheine. Dollarscheine. Hundertdollarscheine. Zehn Stapel zu je zehn Scheinen. Es waren Zehn Tausend Dollar!

Ich hätte gern losgeschrien, aber Über-Yngve gestattete mir nur ein halbersticktes Winseln. Rasch sah ich mich um, aber alle anderen waren in ihre Arbeit vertieft, und ich legte die Scheine wieder auf einen Haufen und wollte sie gerade in den Briefumschlag schieben, als ich einen weißen Zettel entdeckte. Ein Brief, dachte ich. Von... vom Alten! Aber das stimmte natürlich nicht. Mein anonymer Wohltäter hatte nichts Schriftliches beigefügt. Es war ein Antrag auf ein Visum für die USA. Das war schließlich das einzige, war mir jetzt noch fehlte. So ein Pate, der an alles denkt, ist doch wirklich praktisch. Ich steckte alles wieder in den Umschlag und verstaute ihn in meiner Schultertasche, ehe ich die langen Streifen Fotosatz anstarrte, die ich durchlesen und korrigieren sollte. Und dann fing ich vor Aufregung an zu zittern.

Großer Gott! Zehntausend Dollar. Das waren fünfundsiebzigtausend Kronen. Das war ein Jahresgehalt – brutto! Ich konnte mir für das Geld eine Wohnung kaufen. In der besten Gegend Oslos.

Schluß damit. Jetzt wird Korrektur gelesen...

Ich hatte noch nie soviel Geld auf einem Haufen gesehen. Und jetzt steckte es in meiner Tasche. Was sollte ich damit anfangen? Schluß, Schluß, Schluß. Jetzt wird Korrektur gelesen... Fehler finden...

Auf jeden Fall fahre ich nicht in die USA... O pfui, was ist dieser Alte doch für ein gerissener Teufel! Auf irgendeine Weise hat er Øystein einreden können, daß ich ihn verlassen werde, und dann macht er mir ein Angebot, von dem er sicher ist, daß ein charakterloser Schwuler da nicht widerstehen kann. Zehntausend Dollar. Jaja, er findet also, ich wäre ein Jahresgehalt wert? O nein. Das

findet er garantiert nicht. Das ist Kleingeld. Das er in die Gosse wirft, um einen aufdringlichen... Bettler loszuwerden! Aber da ist er schief gewickelt, dieser verdammte Alte. Ich will sein Blutgeld nicht. Ich schicke es ihm zurück. Per Einschreiben. Mit saftigem Gruß. So saftig, daß sein Rollstuhl rückwärts umkippt.
»Die warten schon auf die Korrekturen!« sagte Buddy Holly und stellte einen neuen Korb mit Satzstreifen auf den anderen.
»Kommt sofort«, sagte ich und holte mir ein Mineralwasser aus dem Automaten. Dann überflog ich den Satz, während ich die Zähne zusammenbiß und in meinem Kopf eine Mühle immer wieder dieselben Sätze mahlte: Der kann was erleben! Der wird sich die Finger verbrennen. Verdammter Gyldenlederteufel! Verdammter Goldfinger!
Und so weiter.
Ich war wirr im Kopf und am ganzen Körper wie zerschlagen, als ich das große Zeitungsgebäude verließ. Die letzte Fähre würde erst in über einer Stunde gehen, und ich hatte grausame Lust auf ein Bier oder zwei, um meine Nerven zu beruhigen, beschloß dann aber, es ohne zu schaffen. Ich mußte mir diese absurde Situation so klar ich nur konnte in nüchternem Zustand überlegen, deshalb suchte ich mir eine stille Straße und ging langsam in Richtung Hafen. Aber ich konnte einfach nicht zusammenhängend denken.
Zwei Blocks weiter bemerkte ich ein riesiges Motorrad, das vorbeifuhr und dann fünfzig Meter vor mir am Straßenrand stehenblieb. Als ich es fast erreicht hatte, stieg der Fahrer ab und wandte sich an mich.
»Hallo, Yngve. Wie geht's?« fragte er, und ich erstarrte wie schon einmal, denn da stand plötzlich *Niemand* vor mir. Der Mann trug einen schwarzen Lederdreß und Handschuhe und hatte auf dem Kopf einen von diesen großen schwarzen Helmen mit glänzendem Plastikvisier. Ich konnte nichts von dem Wesen erkennen, das sich irgendwo in dieser Hülle befinden mußte. Mein Organismus setzte sich in Alarmbereitschaft und machte sich bereit zu meiner Verteidigung, aber ich konnte mich nicht bewegen und auch nichts sagen.
»Ich höre, du hast den großen Preis gewonnen. Gratuliere!« sagte er, klappte sein Visier hoch und richtete die beiden stahlgrauen

Kameralinsen auf mich. Sein ausdrucksloses Gesicht wirkte jetzt, wo es in glänzendschwarzes Metall gerahmt war, noch entsetzlicher, aber diese Verwandlung war zu meinem Vorteil, wie sich herausstellte: Es war nicht länger ausdruckslos. Seine ganze Erscheinung triefte vor herablassender Verachtung. Damit hatte ich mich einem konkreten Feind zu stellen – und ich spürte, daß ich wieder reden und mich bewegen konnte.

»Hallo, Odysseus«, sagte ich und dachte: Das reicht, sag jetzt nichts mehr!

Die Kameralinsen wurden sehr viel enger und lieferten einen höchst menschlichen und haßerfüllten Blick. Dann sprach er langsam und eintönig mit ausdrucksloser Tenorstimme:

»Ich habe hier nur angehalten, um dir ein paar gute Ratschläge mit auf die Reise zu geben. Der Flugschein ist zwei Monate gültig, aber ich gehe davon aus, daß du so schnell wie möglich weg willst. Also füllst du den Antrag auf das Visum gleich aus und gibst ihn morgen zusammen mit deinem Paß in der Botschaft ab, dann bekommst du das Visum innerhalb einer Woche. Auf die Frage, ob du öffentliches Ärgernis erregt hast, antwortest du natürlich mit nein, ebenso auf die Frage, ob du in der Sowjetunion gewesen bist – selbst wenn du mal dort warst. Sie werden das nicht überprüfen. Das Geld nimmst du so mit, wie du es bekommen hast. Den Einwanderungsbehörden mußt du mindestens zweitausend vorweisen, dann bekommst du eine Aufenthaltserlaubnis für drei Monate. Aber du willst ja länger bleiben, mindestens ein Jahr, und deshalb haben wir es so eingerichtet, daß du dir am fünfzehnten Oktober im Hauptpostamt von San Francisco einen postlagernden Brief abholen kannst. Der wird einen Scheck über weitere fünftausend enthalten, die du den Behörden vorzeigen kannst, um weitere drei Monate zu erhalten. Dasselbe passiert am fünfzehnten Januar und am fünfzehnten April. Wir machen das, damit du drüben einen guten Start bekommst und dich in Ruhe einrichten kannst. Aber nach dem April ist von unserer Seite aus jegliche Korrespondenz beendet. Wir stellen dir nur drei Bedingungen. Erstens darf Øystein nicht erfahren, wohin du fährst oder warum du fährst. Du hast einfach zu verschwinden. Du hinterläßt ihm einen Brief, in dem du schreibst, daß du nichts mehr für ihn empfindest und daß zwischen euch alles aus ist. Du kannst ihm gerne für eine schöne gemeinsame Zeit danken, aber du mußt klarstellen, daß es für euch keine Zukunft gibt. Zweitens mußt du mindestens ein Jahr in den USA bleiben – ohne an Øystein oder an andere zu schreiben, zu denen er Kontakt hat oder die er kennt. Wenn er etwas erfährt, stellen wir unsere Geldsendungen sofort ein. Und du wirst Grund zur Reue bekommen. Drittens: Falls du irgendwann nach Norwegen zurückkommst, wirst du niemals wieder Kontakt zu Øystein aufnehmen oder ihn treffen, wenn er versucht, Kontakt zu dir aufzunehmen. Die Bedingung ist, kurz gesagt, daß jede Verbindung zwischen Øystein und dir ein für allemal beendet ist. Ist das klar?«

»Ich habe die Bedingungen verstanden.«

»Nimmst du sie an?«

»Das muß ich mir ein paar Tage überlegen.«

»Na gut. Das ist in Ordnung. Ich rufe dich am Freitagabend bei der Arbeit an. Dann will ich auch wissen, wann du fährst. Du brauchst übrigens nur bei der SAS anzurufen und einen Platz zu buchen. Noch Fragen?«

»Nur eine. Was passiert, wenn ich nicht fahre?«

Er bohrte seine häßlichen Augen noch tiefer in mich hinein und sagte folgendes:

»Über eins mußt du dir im klaren sein. Wir tun das alles nicht deinetwegen. Wir tun es für Øystein. Du weißt, daß er sehr an seinem Großvater hängt, aber du weißt nicht, warum. Es gibt viel, was du nicht weißt. Wenn du nicht fährst, dann wird Øystein sich zwischen dir und seinem Großvater entscheiden müssen, und daran wird er – Øystein, meine ich – zugrunde gehen, das verstehst vielleicht sogar du. Und wenn das passiert, wird es dir sehr übel ergehen. Und falls du jetzt mit dem Gedanken spielst, Øystein alles zu erzählen, dann rate ich dir ganz energisch davon ab. Einen solchen Schock würde er nicht ohne Schäden überleben. *Und du auch nicht.* Ich hoffe also, du siehst ein, daß unsere Lösung wirklich die beste ist. Es ist die Lösung, bei der Øystein am wenigsten leiden wird. Und die einzige, die dir etwas bringt. Verstanden?«

»Ich verstehe, was du meinst.«

»Das hoffe ich – nicht zuletzt deinetwegen. Wenn du wüßtest, was du für ein Glück hast, dann würdest du, ohne zu zögern, losfahren. Gut. Viel Glück auf der Reise, junger Mann. Und noch eine Kleinigkeit zum Schluß: Es wäre unklug von dir, die Dollars hier in Norwegen einzuwechseln...«
Sprach Deckname Niemand, alias Odysseus, ehe er die Beine über sein protziges Motorrad spreizte und von dannen dröhnte. Ich blieb eine Weile stehen und sah hinter ihm her. Dann sammelte ich alle Spucke, die mein trockener Mund noch hergab, und spuckte einen eher symbolischen Strahl aus, ehe ich weiter in Richtung Hafen wanderte.

Das menschliche Gehirn ist eine phantastische Einrichtung. Wir benutzen nur sehr selten mehr als zehn Prozent davon, aber unter ganz besonderen Umständen verfällt es dann plötzlich auf die Idee, zwanzig oder gar dreißig Prozent seiner Kapazität in Betrieb zu nehmen. Solche Umstände lagen jetzt vor. Im Laufe der knappen halben Stunde, die die Fähre nach Nesodden unterwegs war, schaffte es meine Birne, den gesamten Problemkomplex, in dem ich gelandet war, zu analysieren. Ich schien mich in einem Labyrinth zu befinden, das ich plötzlich mit meinem inneren Zyklopenauge von oben sehen konnte. Ich wußte, welche krummen Wege ich gehen mußte, um mit heiler Haut wieder in den Sonnenschein zu gelangen – wo mich ein lächelnder Øystein erwartete. Ich hatte sogar zwei alternative Wege, und ich entschied mich für den, der nach links führte.
Øystein war oben im Tempel schon eingeschlafen, als ich nach Hause kam, und ich weckte ihn nicht. Das einzige, worin Maskengesicht recht hatte, war, daß Øystein bei dieser Geschichte zu Schaden kommen könnte, und deshalb hatte ich beschlossen, ihn aus allem herauszuhalten. Ich holte meine Schreibmaschine und fing um null Uhr fünfundvierzig mit meiner großen Erklärung an. Dann schrieb ich innerhalb von drei Stunden elf Seiten voll und war äußerst zufrieden, als ich endlich schlafen gehen konnte.
Am Montagvormittag fuhr ich mit der Fähre um elf in die Stadt und begab mich spornstreichs ins bescheidene Büro der AKP in

Skippergata, wo ich das Glück hatte, zwei der geheimen Mitglieder des Zentralkomitees der Partei zu treffen. Sie bewilligten mir widerwillig fünf Minuten, um meinen Fall vorzutragen, und eine Viertelstunde später glotzten beide äußerst mißtrauisch den Zehntausend-Dollar-Stapel an. Ich ließ sie meine schriftliche Erklärung kopieren und sagte, sie müßten sich entschieden haben, wenn ich am Mittwoch wiederkäme.

Dann fuhr ich mit der Straßenbahn zur Redaktion der Parteizeitung, wo ich die Journalistin antraf, mit der ich reden wollte, und ich überließ ihr die ganze Story gegen einen ganz besonderen Gegendienst. Sie fotografierte mich mit meinem Flugschein in der linken und hundert Hundertdollarscheinen fächerförmig in der rechten Hand. Danach machte ich vier Kopien von meiner Erklärung und sämtlichen Scheinen mit Nummern und Herrn Washington und allem Drum und Dran.

In der Prawda ging ich zum einzigen Journalisten, der so ehrenhaft war, daß ich ihm vertraute, und erzählte auch ihm die ganze Geschichte mit sämtlichen nötigen Details. Er ging auf meine Bedingungen ein und setzte mich in ein leeres Arbeitszimmer, wo ich ungefähr eine Stunde lang einer äußerst gewissen Person hinterhertelefonierte. Dem Betreffenden wurde mein Wunsch ausgerichtet, und er rief mich um acht Uhr bei der Arbeit an, worauf ich mich für Viertel vor elf mit ihm in Andys Pub verabredete. Dort spendierte ich ihm ein Bier und mir ein Mineralwasser und erklärte ihm so wenig wie möglich von der ganzen Sache – aber doch soviel, daß er fast verstummte und überschwenglich Ja nickte. Als ich nach Hause kam, schlief Øystein schon, und das war vielleicht am besten so.

Am Mittwoch tanzte ich munter und geschäftig in Skippergata an, wild entschlossen, die fünfundsiebzigtausend Kronen des Alten dem Marxismus-Leninismus zu spenden. Triumphierend legte ich die Dollars auf den Tisch und sagte: »Bitte schön, meine Herren!« Aber die Vertreter des Zentralkomitees sahen alles andere als glücklich aus. Düster starrten sie erst das kleine Vermögen und dann mich an – und dann schüttelten sie ihre linksverdrehten Köpfe. Ich brauchte mehrere Sekunden, um zu kapieren, wie das gemeint war:

Sie wollten die Kohle nicht!
»Aber... aber – äh – wieso denn nicht?«
»Es stimmt schon, daß die Parteifinanzen auf freiwilligen Beiträgen beruhen«, sagte der eine. »Aber das hier ist doch ziemlich unsauber«, meinte der andere. »Es ist die Politik der Partei, daß wir uns auf unsere eigenen Leute stützen, wir nehmen für unsere Zeitung ja auch keine staatlichen Pressesubventionen in Anspruch«, erklärte der eine. »Außerdem kannst du schließlich nicht garantieren, daß mit der Kohle alles in Ordnung ist. Stell dir vor, wir wollen sie umtauschen, und die Bullerei hat die Registriernummern, weil alle Scheine geklaut sind«, sagte der andere. »Du hast ja selber gesagt, daß der Typ dich davor gewarnt hat, sie hier zu wechseln, nicht wahr? Du kannst also nicht ausschließen, daß die ganze Kiste eine üble Falle ist. Daß die dich nach Amerika schicken wollen, und dann fahndet schon Interpol nach dem Zaster, und du verschwindest schließlich spurlos drüben im spätkapitalistischen Gefängniswesen«, meinte der eine. »Und dann – wenn nicht schon vorher – wirst du schon erleben, wie *wertvoll* es sein kann, schwul zu sein«, erklärte der andere.
»Aber ich fahr doch nicht hin!«
»Nein, aber dein Monopolkapitalist geht davon aus, nicht wahr? Du kannst doch nicht leugnen, daß er dir eine Lektion erteilen will, die weh tut, und zwar hier und drüben.«
»Hört mal: Wenn ich mit geklautem Geld erwischt werde, habe ich den Anspruch, mit jemandem von der norwegischen Botschaft reden zu können – und dann kommt's in die Zeitung. Und das ist das letzte, was der Alte sich wünscht...«
»Hast du dafür eine Garantie? Wenn dieser Alte schon daran gewöhnt ist, Leute zu kaufen, dann kann er sie sicher auch in den Knast bringen. Du darfst nie Vertrauen zu einem Kapitalisten haben, verstehst du?«
Schock. Sie hatten ja sogar recht. Ich hatte wirklich keine Garantie. Ich hatte nur meine eigene Intuition, die mir sagte, daß der Alte und Maskengesicht überzeugt davon waren, daß ich für immer drüben bleiben würde, wenn ich erst einmal das Leben in der Schwulenmetropole dieser Welt gekostet hätte. Für sie war das die einfachste Lösung. Den reinen Nixalsverdrus mit geklau-

ter Kohle und Verhaftungen würden sie nicht riskieren. Was Niemand mir übers Wechseln gesagt hatte, war nur eine leere Drohung. Da war ich mir fast sicher — aber nur fast.
Sie betrachteten mich weltmännisch und mitfühlend, der eine so gut wie der andere, und gaben mir folgenden guten Rat für eine endgültige Lösung dieser komplizierten Aufgabe:
»Du mußt die Kohle zurückschicken. Pack sie in einen Umschlag und schick sie ihm zurück. Das ist die größte Beleidigung, die du solchen Leuten antun kannst.«
Damit hatten sie ja vielleicht recht, aber ich befand mich immer noch im Labyrinth, und jetzt war der Ausweg nach links versperrt. Also machte ich drei schnelle Schritte rückwärts, dann sieben nach rechts — und schließlich abermals sechs nach links.
Als Maskengesicht am Freitagabend anrief, war ich gut vorbereitet. Der Ehrenwerte Journalist hatte mir ein putziges kleines Tonbandgerät geliehen, das mit einem Saugnapf am Telefon angeschlossen werden konnte — und das war 1974 sehr avanciert. Es folgt die Mitschrift dieses Telefonates.
»'n Abend, Yngve. Wie geht's?«
»Überhaupt nicht.«
»Nicht? Dann tut es doch bestimmt gut, mal wegzukommen und ein bißchen von der Welt zu sehen, was?«
»Doch, das wär bestimmt schön, aber ich weiß ja nicht, wieviel ich überhaupt zu sehen kriegen werde.«
»Wie meinst du das?«
»Ja, als wir uns zuletzt unterhalten haben, hast du gesagt, es wäre dumm von mir, die zehntausend Dollar, die du mir geschickt hast, hier in Norwegen zu wechseln. Und inzwischen habe ich mir überlegt: Wenn es dumm ist, sie hier zu wechseln, dann ist es in San Francisco sicher noch dümmer...«
»Nein, da brauchst du dir keine Sorgen zu machen. So war das nicht gemeint. Ich habe gemeint, wenn du sie hier wechseln willst, dann mußt du haufenweise Formulare über Geldtransaktionen und so ausfüllen. Und dann müßtest du ja auch angeben können, woher du das Geld hast, nicht wahr?«
»Ich könnte doch einfach sagen, daß ich die Kohle von Kristoffer Gyldenhorn bekommen habe?«

»Sei jetzt nicht blöd. Yngve. Du brauchst das Geld, wenn du drüben ankommst, nicht wahr? Du sollst es nicht vor deiner Abreise anbrechen. Warst du schon in der Botschaft?«

»Ja, und ich krieg das Visum im Laufe der nächsten Woche, aber ich bin mit deiner Erklärung immer noch nicht zufrieden. Ich fahre erst, wenn ich mit Sicherheit weiß, daß ich das Geld wirklich brauchen kann.«

»Also wirklich. Willst du versuchen, mich zu erpressen?«

»Absolut nicht. Ich will erst am fünfzehnten Oktober in San Francisco neues Geld von Gyldenhorn, wie du am Sonntag gesagt hast.«

»Worauf willst du hier eigentlich hinaus?«

»Ich will wissen, ob ich hier in Oslo in eine Bank gehen, mir hundert Reiseschecks zu hundert Dollar kaufen und mit den Scheinen bezahlen kann, die ich von dir bekommen habe.«

»Ja, natürlich kannst du das, aber dann mußt du das Geld doch deklarieren.«

»Ja und? Kostet das etwas?«

»Nicht direkt, aber du verlierst ja ganz schön dabei, wenn du erst Dollars verkaufst, um dann gleich wieder welche zu kaufen. Du kannst riskieren, daß du an die zehn Prozent verlierst, also sechs-, siebentausend Kronen.«

»Ich glaub, ich mach es trotzdem so«, sagte ich.

»Ja, mir ist's egal, wenn du nur zufrieden bist. Aber diesen Verlust ersetzen wir dir nicht, ist das klar?«

»*Yeah, Boss!*«

»Na gut. Wann fährst du?«

»Das habe ich noch nicht überlegt, wegen dieser Sache mit dem Geld...«

»Aber jetzt, wo du dir über das Geld keine Gedanken mehr machen mußt, kannst du vielleicht ein Datum festlegen?«

»Neeeiin, ich will warten, bis ich die Reiseschecks habe.«

»Aber du mußt doch endlich einsehen, daß du dich auf uns verlassen kannst!«

»Hör zu, Deckname Niemand. Du und Kristoffer Gyldenhorn jagt mich ins Exil. Ihr jagt mich durch üble Drohungen gegen mich und Øystein aus meinem Vaterland – und natürlich mit

einer Handvoll dreckigem Geld. Und dann verlangst du, daß ich mich auf euch verlassen soll!«
»Du machst das wirklich sehr schwer für alle Beteiligten, junger Mann. Nun gut. Ich rufe in einer Woche wieder an. Und dann hast du besser gewechselt – und dich entschieden.«
Klick.
Ich blieb sitzen und starrte den Kassettenrecorder an, ohne wirklich zu begreifen, daß das stimmen konnte. Aber es war die Wahrheit. Maskengesicht war nicht so professionell, wie er aussah. Ha! Jetzt hatte ich sie.

Auf der Nachtfähre ertappte ich mich mehrmals beim Lächeln. Ich war so siegessicher, daß ich mich wirklich freute. Denn jetzt hatte ich einen unwiderlegbaren Beweis dafür, daß meine Geschichte stimmte. Außerdem hatte ich eine Flasche Armagnac in der Tasche, und davon wollte ich das meiste mit Øystein teilen, ehe wir im Lusthaus schlafen gingen.
Aber es ist ein weiter Weg vom Traum zur Wirklichkeit. Kyrre war als einziger noch auf. Er konnte erzählen, daß Ragnhild aus den Ferien zurück war und daß alle vier gut gegessen und den ganzen Abend Wein getrunken hatten. Und er wollte jetzt auch in die Falle.
»Nein, also echt! Das ist der einzige Abend in der Woche, wo ich am nächsten Tag frei habe. Du darfst die Sommernacht nicht verpennen. Kyrre! Du kannst wenigstens einen mit mir trinken, und dann erzähl ich dir vielleicht ein Geheimnis.«
Kyrre strahlte doppelt – er war auf beides scharf. Ich verspürte einen fast unwiderstehlichen Drang, mich ihm anzuvertrauen, meinen süßen Triumph mit meinem jungen Supergroßenbruder zu teilen. Aber es gelang mir, das nicht zu tun – zweifellos aufgrund meiner übermenschlichen Willenskraft. Statt dessen erzählte ich, daß ich zur Zeit an den Knöpfen abzählte, ob ich mich um die Parteimitgliedschaft bewerben sollte. Er lächelte breit, trank mir allerzierlichst zu und nahm einen tiefen Schluck. Dann redete er vier geschlagene Stunden lang, während ich pichelte und mich wohl fühlte und ihn *ansah*. Er war kein schlech-

ter Ersatz für Øystein, auch wenn er nicht zum Anfassen und Befühlen da war. Denn das war mein Liebster ja offenbar auch nicht mehr. Es war ganz deutlich, daß er nicht mit mir schlafen wollte. Aber er würde sicher darüber hinwegkommen. Mit der Zeit. Wenn ich nur diese unglückliche Geschichte aus der Welt schaffen konnte und der verdammte Alte aufgab, würde alles wieder gut werden. Davon war ich überzeugt.

Als Kyrre nach oben ins Bett getorkelt war, war er derjenige, der mir viele Geheimnisse über interne Parteiangelegenheiten erzählt hatte – aber ich hatte ja nicht zugehört. Und das machte wohl nichts, denn diese Geheimnisse sind gewiß immer noch geheim. Eins konnte ich aber doch nicht überhören. Er erzählte, daß das Zentralkomitee an einer »Erklärung zur Homosexualität« arbeitete, die sicher beim nächsten Parteikongreß angenommen werden würde. Das hörte ich gern. Nach der Debatte im Sommerlager konnte ich nicht daran zweifeln, daß diese Erklärung unseren gerechten Befreiungskampf bedingungslos unterstützen würde. Ich freute mich auf die Veröffentlichung dieser Erklärung und beschloß, in die Partei einzutreten, sobald der Alte ausgeschaltet war.

Samstag und Sonntag konnte ich keine fünf Sätze mit Øystein wechseln. Er malte Ragnhild, die in einem Korbsessel auf der Terrasse saß. Er war wie verzaubert. Er malte und malte einfach nur.

Am Montagabend rief mich ein äußerst aufgekratzter junger Mann bei der Arbeit an und erzählte, er sei in der Botschaft gewesen und habe ein Visum erhalten. Ich gratulierte ihm herzlich und verabredete mich für den nächsten Vormittag mit ihm. Er stand auf dem Anleger und hüpfte vor Freude und Erwartung von einem Bein aufs andere, als das Boot anlegte, und dann gingen wir zu Bennetts Reisebüro auf Karl Johan, wo das Ticket problemlos von meinem Namen auf FALKENAUGE, TERJE, MR., umgeschrieben werden konnte. Dann fragte ich, wann es noch freie Plätze gäbe, und die gab es Mittwoch, also morgen, oder nächste Woche.

»Kannst du so kurzfristig fahren?« fragte ich.
»Ja, um Hiiiiiiimmelswiiiillen, ist doch klar! Ich hab schon Ladyshave und Bikiiini in die Kulturtasche gestopft und kann wirklich schon in einer Stuuuunde davondüüüüsen!«
Personal und Kundschaft im Reisebüro starrten dermaßen, daß sie sicher bleibende Schäden davon zurückbehalten haben.
»Ja, dann buch Makronelle doch für morgen, dann sind wir sie los!« sagte ich zu dem jungen Mann hinter dem Tresen – der plötzlich tiefrot wurde.
»Tüdelüüüüü, Süüüßer«, heulte Terje und wir ließen einen Herren in der Reisebranche mit dauerhaft geschwächten Illusionen zurück. Dann gingen wir in die Bank und kauften Dollar für fünfzehntausend Kronen, die Terje von seiner alten, kranken Mutter geliehen hatte, und danach lud ich ihn zu einem besseren Lunch bei Blom ein, der sich hinzog, bis ich zur Arbeit mußte.
Am nächsten Morgen fuhr ich mit der Siebenuhrfähre in die Stadt und brachte ihn zum Flugplatz, wo ich ihn ins Flugzeug zu God's Own Country setzte. Ich war ein bißchen traurig bei dem Gedanken, daß *er* so lange drüben bleiben würde, wie er überhaupt nur konnte. Andererseits träumte Terje schon lange von dieser Reise und hatte doch nie die Möglichkeit gehabt, vom Fleck zu kommen, deshalb gönnte ich ihm dieses Erlebnis von ganzem Herzen. Und drittens hatte der Alte nicht jeden Tag das Glück, einen so vielversprechenden jungen Pfadfinder in die Welt hinauszuschicken. Und noch vor der Abenddämmerung würde er noch viel mehr und ganz anderen Pfadfindern helfen dürfen.
Ich ging sofort zur Bank von Norwegen und sagte, ich würde gern ein paar Dollars umtauschen. Der Mann hinter dem Tresen ließ mich ein einfaches Formular ausfüllen und sagte freundlich, daß ich mich ausweisen müßte. Ich gab ihm das Formular und meinen Paß und hundert grüne Scheine. Er brauchte nicht länger als eine halbe Minute, um sie zu zählen, und er sah erst auf, als er mein Paßbild mit mir verglich. Dann ließ er die Rechenmaschine zehn Sekunden lang arbeiten und sagte, daß ich nach Tageskurs dreiundsiebzigtausendvierhundertfünf Kronen und fünfzig Öre dafür bekommen würde.

»Sollen die auf ein Konto?« fragte er.
»Ja, ich hab eine Überweisung hier, ich muß nur noch den Betrag einsetzen.«
Er gab mir einen Zettel, auf dem der Betrag angegeben war, und ich trug ihn auf der Überweisung ein, auf der bereits folgendes stand:
»An das Solidaritätskomitee der FNL in Norwegen.
Von Kristoffer Gyldenhorn, Beverly 12, Oslo 3.«
Ich rundete den Betrag auf dreiundsiebzigtausendvierhundertsechs Kronen auf und mußte außerdem noch eins fünfundzwanzig als Gebühr blechen.
Der Kassenwolf stutzte einen Moment angesichts von Empfängerin und Absender, dann musterte er mich diskret und fragte:
»Sind Sie... ein Bote?«
»Ja, ich bin Gyldenhorns Laufbursche.«
»Soso — ja, alles in Ordnung«, sagte er beruhigend und ließ sein Girirgerät summen. Dann erhielt ich die beiden Quittungen, die ich ordentlich in meinen Paß legte, dankte ihm mit meinem blendendsten Lächeln und ging in der Gewißheit von dannen, daß der gute Kassenwolf mich noch sehr lange nicht vergessen würde.
Für euch, die ihr 1974 noch zu jung — oder zu bewußtseinslos — wart, möchte ich hilfreich eingreifen und die Buchstaben FNL dechiffrieren: sie standen für Vietnams Nationale Befreiungsbewegung.
Sie hatte damals noch neun Monate blutigen Krieg vor sich, ehe sie die amerikanischen Imperialisten endgültig ins Meer jagen konnte. Ich für meinen Teil hatte nicht soviel Zeit, um einen gewissen norwegischen Kapitalisten zu neutralisieren. Ich hatte es verdammt eilig.
Bei der Parteizeitung hatte meine Journalistin gute Arbeit geleistet. Sie hatte einen starken Artikel über den Fall Vilde gegen Gyldenhorn geschrieben und ihn bereits setzen lassen. Mit Fotos und Überschriften würde der Artikel zwei Zeitungsseiten einnehmen. Ich kopierte Artikel und Bankquittungen und gab ihr eine Kassette, auf die ich Maskengesichts geschwätzige Reden überspielt hatte. Dann setzte ich mich an ihre Schreibmaschine und schrieb folgenden Brief:

Oslo, 16. Juli 1974

Herrn Kristoffer Gyldenhorn.

Mit Hinblick auf den Kontakt, den wir in den letzten zehn Tagen durch Ihren treuen Diener O. I. Odysseus, gehabt haben, möchte ich die Situation durch folgende Tatsachen klären:
1. Ihre zehntausend Dollar sind einem guten Zweck zugeführt worden. Wie Sie den beigefügten Kopien der Quittungen von der Bank von Norwegen entnehmen können, habe ich einen guten Kurs bekommen, und die Adressatin ist Ihnen sehr dankbar.
2. Ihr Flugschein nach San Francisco ist heute von einem jungen Mann aus den unteren Klassen benutzt worden, der sich schon lange nach dieser Reise gesehnt hat. Er ist Ihnen für Ihre wohltätige Großmut äußerst dankbar, und ich überbringe hiermit seine besten Grüße.
3. Beigefügtes Foto des Unterzeichnenden mit Flugschein und Dollarscheinen befindet sich in den Redaktionen zweier ortsansässiger Tageszeitungen, zusammen mit der beigefügten Erklärung des Unterzeichnenden.
4. Beigefügter Zeitungsartikel kann, wie Sie sehen, innerhalb einer Stunde zum Druck kommen, zusammen mit der Abschrift
5. des beigefügten Mitschnitts des Telefongespräches, in dem Ihr treuer Diener alle Tatsachen dieser Angelegenheit bestätigt.
6. Sollte dem Unterzeichnenden in überschaubarer Zukunft etwas Unerwartetes und Unangenehmes widerfahren, so werden diese Informationen augenblicklich in beiden Zeitungen veröffentlicht werden – mit allen Namen und Einzelheiten.
7. Dasselbe wird passieren, wenn Øystein Einhorn etwas Unvorhergesehenes passiert – und dazu zähle ich auch den Fall, daß er bei seinen wöchentlichen Besuchen bei Ihnen oder auf andere Weise etwas von dieser Sache erfährt. Wie Sie verstehen werden, ist auch mir Øysteins Wohlergehen wichtiger als alles andere, und deshalb erlaube ich mir den Vorschlag, daß wir unser Mißverständnis als geklärt und erledigt betrachten und die Dinge so lassen, wie sie bisher waren und jetzt sind. Abgesehen davon, daß es ihm in Zukunft erspart bleiben muß, Sie auf Ihren Ferien zu

begleiten. Nach Ihrem letzten Aufenthalt in Sikkilsdalen litt er an Nervenfieber, aber ich gehe jetzt davon aus, daß sich das, was damals geschehen ist, nicht mehr wiederholen wird.

Mit dem Wunsch nach zukünftigem gegenseitigen Respekt verbleibe ich
Yngve Vilde.

Der Umschlag, den ich nach Beverly schickte, war fast so voluminös wie der, den ich von dort erhalten hatte.
Am Donnerstagmorgen meldeten sich die ersten Zweifel. Øystein sollte beim Alten essen, und ich konnte ja nicht wissen, wie mein zutiefst respektierter Schwiegergroßvater auf meinen genialen Schachzug reagieren würde. Wahrscheinlich gehörte er ja zu der Sorte Spieler, die das Brett umkippen. Und was würde dann passieren? Langsam verkrampfte ich mich völlig vor Angst. Wenn der Alte die Situation so verdrehen konnte, daß Øystein mich verließ, war ich dann bereit, die ganze Geschichte in die Zeitung zu bringen? Daran hatte ich noch nicht gedacht. Ich hatte nur an den Fall gedacht, daß Øystein oder mir nachweislich Schaden zugefügt würde... aber das hatte ich ja auch für ziemlich unwahrscheinlich gehalten. Über welche Waffen verfügte ich eigentlich? Über eine Drohung, die ich niemals in die Tat umsetzen würde! Aber das konnte der Alte ja nicht sicher wissen.
Je mehr die Gedanken durch meine protzige Gehirnkapazität wirbelten, um so nervöser wurde ich, und mein Drang, mit Øystein zu reden, ihn irgendwie zu warnen, wurde immer größer. Aber das war einfach unmöglich, denn jetzt war er wie gefesselt von Ragnhild, die dasaß und schön aussah – barfuß bis zum Hals, um den sie einen lila Seidenschal trug. Er malte und malte und malte.
Bei der Arbeit lagen haufenweise Gurkenzeitnachrichten und warteten auf mich, aber ich konnte mich einfach nicht konzentrieren, nicht einmal auf die idiotischen Ferienreportagen. Ich konnte mich auch nicht über die krampfhaften Versuche der Journalisten ärgern, originelle Einfälle und neue *Herangehensweisen* zu finden, wie sie das so sprachmächtig ausdrückten. Ich dachte nur

daran, daß jetzt – *jetzt* – Øystein mit dem Alten am Tisch saß und wohlerzogen Konversation machte – aber worüber redeten sie? Was sagte der Alte? Ich hätte am liebsten geschrien.
Kurz nach zehn schellte mein Telefon. Ich dachte, es wäre die Setzerei, und deshalb meldete ich mich wie üblich: »Yngve!«
»Guten Abend, Vilde. Hier ist Kristoffer Gyldenhorn.«
Sofort war ich glasklar und konzentriert – als ob ich auf seinen Anruf gewartet hätte. Ich dachte: Jetzt kommt's darauf an!
»Guten Abend...«
»Ich habe mich gerade von Øystein verabschiedet und dachte, ich könnte gleich einige deiner Mißverständnisse klären. Hast du das Tonbandgerät eingeschaltet?«
»Nein, leider habe ich das im Moment nicht zur Hand. Ich hatte erst morgen erwartet, von euch zu hören.«
»Ach ja? Aber du kannst gern eine Kopie meiner Aufnahme bekommen, ich schulde dir ja eine Kassette.«
»Das war ein Geschenk.«
»Aha – sollte das eine Gegenleistung für meine bagatellmäßigen Ausgaben sein?«
»Aber nicht doch – Sie werden sicher eine Postkarte aus Hanoi zum Dank bekommen.«
»Ja, darüber würde ich mich wirklich freuen, Vilde. Die haben da unten Öl auf dem Kontinentalsockel, genau wie hier, und da ist es gar nicht unmöglich, daß deine kleine Geste auf meine Kosten sich für mich lohnen kann. Was sagst du dazu?«
»Ich freue mich über alles, was Øysteins Erbe vergrößert.«
»Ach ja? Ja, das kann ich mir vorstellen. Apropos Øystein, ist es ganz sicher, daß du ihn aus unserem Mißverständnis herausgehalten hast?«
»Natürlich. Es würde ihm nicht guttun, zu erfahren, was Sie und Ihr treuer Diener angerichtet haben. Deshalb schweige ich – ihm zuliebe, nicht Ihnen.«
»Das ist klar. Aber was setzt ihm denn dann nur so zu? Er wirkt unkonzentriert und zerstreut...«
»Ja, so ist es schon, seit er von seiner Hüttentour mit Ihnen zurückgekehrt ist. Ich wüßte ja auch gern, was ihr ihm da oben in Sikkilsdalen eingeredet habt.«

»Ich habe ihm überhaupt nichts eingeredet.«
»Ach nein? Es ist jedenfalls ein erstaunlicher Zufall, daß er mit einer akuten Neurose nach Hause kommt, aus Angst, ich könnte ihn verlassen, und daß ich gleich darauf Ihr fast unwiderstehliches Angebot erhalte. Das ist nichts anderes als avancierte Verhaltenstherapie, Gyldenhorn, und damit sollten Sie keine Experimente machen – jedenfalls nicht an Øystein, der Ihnen doch angeblich so wichtig ist.«
»Meine Güte, ich habe mich wohl in dir getäuscht, Vilde. Du hast ja sowohl Allgemeinbildung als auch Ausdrucksfähigkeit, und beides weiß ich zu schätzen. Nun gut. Wollen wir dabei verbleiben, daß alles bleibt, wie es ist? Øystein – und du – wohnt weiterhin in dieser Wohngemeinschaft, und er ißt jeden Donnerstag bei mir. Und alle Mißverständnisse sind geklärt. Abgemacht?«
»Unter der Voraussetzung, daß keine neuen Mißverständnisse auftreten. Ich schlage vor, daß beide Seiten – und das gilt nicht zuletzt für Ihren treuen Diener – die Gegenseite möglichst nicht erwähnen. Wenn ich entdecke, daß ihr zu Øystein etwas Negatives über mich gesagt habt, dann wissen Sie ja jetzt, daß ich Material genug habe, um Sie ausgiebigst bloßzustellen. Aber dieses Material werde ich niemals verwenden, wenn Sie mich nicht selber dazu zwingen. So ist das.«
»Du bist ja auch noch ein guter Verhandler, Vilde. Du möchtest wohl, daß ich diese Bedingungen annehme, ja?«
»Es ist eine Abmachung mit gegenseitig bindenden Verpflichtungen.«
»Aber sicher. Also nennen wir es so, Vilde – und dann vergessen wir das Ganze, ja?«
»Nein, *das* kann ich nicht versprechen. Aber ich werde nicht darüber reden...«
»Oder in Zeitungen schreiben?«
»Nein. Vorausgesetzt, ich werde nie wieder von Ihrem widerwärtigen Handlanger gequält.«
»Ich verstehe nicht, von wem Sie reden, Vilde!«
»Ich rede von dem Mann, den Sie Oudeis nennen.«
»Was sagen Sie da?«
»*Niemand*, meine Fresse!«

»Genau. Adieu, Herr Vilde. Schade, daß Sie nicht nach Amerika gefahren sind.«
»Ach ja? Aber es gibt noch mehr Flugzeuge, Gyldenhorn...«
Klick.
Verflixt! Er hatte aufgelegt, ehe ich den Satz beendet hatte: »und die haben für Øystein *und* für mich Platz.«
Aber es konnte egal sein – denn jetzt hatte ich gewonnen. Und das wollte ich feiern!
Aber nicht überall und mit irgendwem. Ich wollte mit den Ächten Proletariern feiern, denn jetzt hatte ich endlich Zeit und Möglichkeit, in die Partei einzutreten und mich für die Sache zu opfern!
Also ging ich zur Dovrehalle, in den ersten Stock, wo immer haufenweise einfache Arbeitsleute sitzen und sich jeden Abend vollaufen lassen, wobei sie muntere Lieder singen. Und da kippte ich vier Halbe in Nullkommanix – während ein uraltes Ehepaar noch ältere Schlager zu Klavier und Geige vortrug.
Als sie mit »Ich träume von Elin« loslegten, erlitt ich meinen ersten Lachanfall seit Wochen, und dann grölte ich mit den anderen los, wenn auch mit meinem eigenen spontanen Text: »Ich träume von Lenin!« Von wem auch sonst?

Auf der Fähre prickelte die Freude geradezu in mir. Ich saß draußen auf dem Achterdeck und bebte vor mühsam verhaltener Spannung. Gewinnen ist eine Sache, es keiner lebenden Seele erzählen zu können eine ganz andere. Aber das wichtigste war, daß ich den Alten ausgeschaltet hatte, und deshalb stand jetzt nichts mehr zwischen Øystein und mir. Ich konnte wirklich den Ausgang des Labyrinths sehen – wo er lächelnd mit ausgestreckten Armen stehen sollte.
Und wenn er schon ins Bett gegangen wäre, wenn ich nach Hause kam, dann würde ich ihn persönlich ins Lusthaus tragen und ihm *zeigen*, wofür ich gekämpft hatte – ohne es direkt zu erzählen.

Er war noch nicht ins Bett gegangen. Er saß auf der Terrasse und wartete auf mich, aber er wandte mir die Wange zu, als ich ihn küßte.

»Hallo, *mon homme!* Schön, daß du noch wach bist, sonst hätte ich dich nämlich geweckt.«

»Ja. Wir müssen miteinander reden, und es ist wohl das beste, das gleich hinter uns zu bringen.«

»Ach? Ist es etwas Ernstes? Ich habe schon eine ganze Weile versucht, dich zu erreichen, aber ohne Erfolg...«

»Das weiß ich. Ich hab es ja bemerkt, aber ich hatte über soviel nachzugrübeln. Es... zwischen uns ist es ja nicht mehr so, wie es sein sollte. Ich finde, es wird immer nur noch schwieriger...«

»Was denn? Was wird immer nur noch schwieriger?«

»Ach, Yngve! Du darfst das jetzt nicht persönlich nehmen, das liegt alles nicht an dir, sondern an mir. Ich... irgendwie läuft bei mir überhaupt nicht mehr...«

»Was läuft bei dir überhaupt nicht mehr?«

»Das Sexuelle. Also mein Sexualleben. Ich... ich kann den Gedanken daran einfach nicht mehr ertragen!«

»Den Gedanken woran?«

»Mit dir zu schlafen.«

»Øystein. Jetzt hör zu: Hast du mit deinem Großvater darüber gesprochen? Hat der Alte heute oder letzten Donnerstag etwas über mich gesagt?«

»Hä? Was hat er denn damit zu tun? Warum ziehst du *ihn* mit hinein?«

»Hat er irgendeinen Scheiß über mich geredet, frage ich.«

»Natürlich nicht – nun reg dich doch nicht so auf! Er hat dich überhaupt nicht erwähnt – vergiß jetzt den Alten. Wir müssen über *mich* reden. Über meine Gefühle.«

»Na gut. Und was stimmt nicht mit deinen Gefühlen – mir gegenüber? Hab ich etwas gemacht?«

»Wenn du ein bißchen die Klappe hältst, dann versuche ich, dir alles zu erklären. Jedenfalls das, was ich selber begreife. Okay?«

»Okay.«

»Nicht, daß ich dich satt hätte oder so – ganz im Gegenteil, ich hab dich irgendwie noch lieber als vorher –, aber das ist geistiger.

Du warst doch so lieb zu mir, als ich krank war, und hast mich so gut gepflegt, aber danach... als wir danach miteinander geschlafen haben, unten im Lusthaus, da fand ich das irgendwie nicht richtig. Es war falsch. Ich... ich weiß nicht, was los ist, Yngve, aber ich kann den Gedanken einfach nicht ertragen.«

»Aber... findest du mich jetzt ekelhaft? Widerlich?«

»Natürlich nicht! Das hat nichts mit dir zu tun, das hab ich dir doch gesagt. Mit mir ist etwas passiert. Ich bin irgendwie völlig steckengeblieben.«

»Ach Herrgott... was soll das denn alles...«

»Aber Yngve – nimm das doch nicht so schwer. Das... vielleicht geht das doch vorbei. Ich finde dich nicht ekelhaft! Ich liebe dich ja noch immer – nur eben anders. Ich liebe dich wie einen Bruder...«

»Hör auf! Ich *habe* einen Bruder. Und den mag ich sehr. Aber wenn es auf der Welt einen einzigen Menschen gibt, mit dem ich niemals schlafen werde, dann ist das mein Bruder. Wenn du willst, daß das hier vorbeigeht, dann darfst du mich jedenfalls nicht als deinen Bruder betrachten.«

»Yngve, versuch doch, ein bißchen ruhig zu bleiben. Bitte. Das war dumm von mir. Ich meinte doch keinen leiblichen Bruder, sondern einen geistigen. Können wir nicht eine Weile zusammen sein, ohne miteinander zu schlafen? So eine platonische Beziehung? Nur bis...«

»Hörst du eigentlich, was du da sagst? Meinst du denn, ich wäre aus Plastik? Und könnte alles ertragen?«

»Aber Yngve! Schrei doch nicht so!«

»Erinnerst du dich an die Mittsommernacht? Als du mich endlich dazu drängen konntest, *dich zu heiraten*? Ich hab mich dazu breitschlagen lassen, weil ich eingesehen habe, daß *du* diese formelle Sicherheit brauchtest. Und jetzt hast du sie. Jetzt bist du sicher. Du hast jedenfalls keinen Grund, an mir zu zweifeln! Und jetzt kommst du und erzählst mir, du willst nicht einfach eine Ehe. Du willst eine *platonische* homosexuelle Ehe!«

»Yngve, bitte! Ich kann das nicht ertragen...«

»Und wieviel kann ich ertragen, was glaubst du? Soll ich dich hier jeden Tag sehen müssen, ohne dich anfassen zu können? Muß ich

mich auf dem Klo einschließen und wichsen, wenn meine Sehnsucht nach deinem schönen, platonischen Körper zu stark wird? Und – ja, genau, diese heilige, platonische nur Ansehen-aber-nicht-Anfassen-Ehe soll bis an unser Lebensende weitergehen, nicht wahr? Herr Gott im Himmel! Ich hätte nach Amerika fahren sollen. Ooooooooooooooooooooooooooo!«
»Yngve! Hör auf! Schluß – du bist ja total hysterisch!«
»Ich bin überhaupt nicht hysterisch. Ich dachte bloß, ich hätte gewonnen. Ha, stell dir das vor! Ich saß eben noch auf der Fähre und fühlte mich glücklich, weil ich mir einbildete, ich hätte um dich gekämpft – um dich behalten zu können –, und ich war völlig davon überzeugt, daß du endlich wieder mir gehören würdest. Und jetzt gehörst du nur noch dir.«
»Was faselst du da eigentlich?«
»Wann hast du dich eigentlich dazu entschlossen? Raus damit! Ich will genau wissen, wann dir aufgegangen ist, daß du den Gedanken an diesen widerwärtigen Sex mit mir, mit deinem Bruder, nicht mehr ertragen kannst.«
»Aber Lieber...«
»War es, als wir zuletzt zusammen geschlafen haben? Du hast schon im Lusthaus so empfunden, nicht wahr?«
»Schon, aber alles war so chaotisch. Ich begreif es ja selber nicht, Yngve.«
»Dann kannst du froh sein, daß du es damals nicht gesagt hast. Oder in der Zwischenzeit. Wenn du es Dienstagmorgen gesagt hättest – ja, dann wäre für mich jetzt heller Tag. Jaja. Vielleicht war es das beste, daß du die Klappe gehalten hast. Und jetzt werde ich die Klappe halten. Erzähl mir, wie das in der Praxis laufen soll. Werden wir uns bei den Mahlzeiten und bei den Hausversammlungen treffen? Wir haben ja jeder unser Zimmer, wenn wir nach Wolkenwild zurückziehen.«
»Aber Yngve! Nimm es doch nicht so auf. Sonst machst du uns alle beide kaputt.«
»Wie soll ich es denn aufnehmen? Mit einem unverwundbaren und feuerfesten Lächeln, wie gewisse andere? Nein, vergiß es. Ich hab das nicht böse gemeint. Es war nur eine Reaktion auf etwas, das ich mir eingebildet hatte. Es geht vorbei. Herrgott.«

»Es tut mir so leid, Yngve. Ich kann nichts dafür. Es ist einfach so. Ich bin total impotent. Beim bloßen Gedanken krieg ich schon eine Gänsehaut.«

»Und meinst du, das ließe sich nicht... weglieben? Daß deine Sperren von außen geöffnet werden müssen – von mir – und nicht mit Worten, sondern mit Haut und Haar und allem, was ich habe?«

»Ich weiß nicht. Ich hab Angst davor. Daß du mich anfaßt. Zu intim wirst irgendwie.«

»Na gut. Ich faß dich nicht an. Aber dann darfst du keine Angst mehr vor mir haben. Ich will dir doch nichts Böses. Ach, gibt's eine Flasche Wein im Haus? Ich brauch was zur Beruhigung.«

»Nein, Yngve, das solltest du lassen.«

»Was?«

»Du weißt genau, was ich meine. Du neigst ganz klar dazu zu trinken, wenn das Leben ein bißchen schwierig wird.«

»Jetzt mach aber mal 'nen Punkt. Ich hab kein Alkoholproblem, und in so einer Situation wie jetzt kann ein Glas Wein die reine Medizin sein. Willst du mir das auch noch verweigern?«

»Ich will nur nicht die Ursache dafür sein, daß du aus Kummer zu trinken anfängst.«

»Verdammte Pest, Øystein! Das war wirklich nicht nötig. Das war Salz in meine Wunden. Wenn ich noch weitere potentielle Laster habe, dann spuck sie bitte aus. Bring's jetzt hinter dich – oder willst du sie dir schön einteilen, damit du mich jeden Tag mit der Nase hineinstoßen kannst?«

In mir schien eine tobende Lawine niederzugehen, die mich in Stücke schlug – die mich in einem schrecklichen Weinanfall zusammenbrechen ließ. Ich spürte Østeins Hände auf meinen Schultern und brüllte:

»Geh weg! Faß mich nicht an! Du kannst es doch nicht ertragen, mich zu berühren!«

Er ließ mich los, und ich schlug mir die Hände vors Gesicht und schluchzte weiter. Und jetzt weinte ich über mich selbst. Über Yngve, den Jämmerlichen. Der alles verloren hatte. Der vom Hauptgewinn selber um den Sieg betrogen worden war. Der sich in seinem Stolz verletzt fühlte. Der beschloß, das alles niemals zu verzeihen.

Als ich mir die Augen abgewischt und mir die Nase geputzt hatte, saß Øystein immer noch da und betrachtete mich bekümmert – aber sein Gesicht verriet weiterhin, daß sein Entschluß unerschütterlich feststand. Er brachte mich dazu, mich zu allem Überfluß auch noch zu schämen, und nun verklemmte sich bei mir alles. Ich trampelte ins Eßzimmer, wo Ragnhild schlief, und rollte Decke und Kissen zusammen. Dann trampelte ich wieder hinaus, ging an Øystein vorbei, ohne ihn anzusehen, über die Treppen zum Lusthaus. Er ließ mich einfach gehen, und das machte mich endgültig bitter. Es war kalt und feucht und einsam, und ich rollte mich bibbernd zusammen und gab mich dem bittersüßen Selbstmitleid hin, von dem wir uns unter günstigen Umständen alle gern berauschen lassen. Jetzt entstand daraus ein Entschluß, der auch für mich reichlich überraschend kam. Ich beschloß, mich damit abzufinden; allen sexuellen Kontakt aufzugeben, solange Øystein kniff. Ich beschloß, Mönch zu werden. Und dann beschloß ich, durchzuhalten, trotzig auf ihn zu warten, bis er mich ganz verließ oder mich hinauswarf – denn ich war sicher, daß er nie zurückkommen würde. Ich beschloß, Märtyrer zu werden. Und dann schniefte ich mich in den Schlaf.
Als ich aufwachte, lag Øystein neben mir – eingekapselt und unzugänglich in seinem roten Schlafsack, zweifellos, *um auf mich aufzupassen.* Da beschloß ich, endgültig sauer zu werden.

Die Stimme der Revolution

Ende Juli wurde das Restaurant Metropol in Oslo eröffnet, und das erschien den meisten als Meilenstein in der Geschichte der Schwulenbewegung. Und das war es wohl auch, schließlich konnten wir nach Herzenslust saufen und tanzen und aufreißen – und die Einnahmen aus all diesen netten Tätigkeiten flossen an unseren eigenen Verband zurück. Ich nahm leider an der Eröffnung nicht teil, weil Øystein keine Lust hatte, und ich war schließlich kein schnödes Flittchen, das sich auf eigene Faust amüsierte. O nein. Ich saß treu und vorbildlich zu Hause und stierte in die Glotze, während mein verehrter Gatte oben in seinem Atelier den Musen frönte.

Bisher konnte zwischen uns noch nicht von kaltem Krieg die Rede sein. Es handelte sich eher um einen eiskalten Frieden, der darin bestand, daß wir so wenig wie möglich miteinander redeten und einander nicht ansahen. Unter solchen Bedingungen kann Liebe sich in Haß verkehren. Aber ich war wild entschlossen, nichts zu tun, was die Lage ändern könnte. Øystein hatte uns in diese platonische, falsche Ehe gezwungen, und ich würde aushalten, bis sie durch Selbstzündung explodierte.

Um etwas zu tun zu haben, wenn ich nicht zur Arbeit mußte, fing ich an, viel über Politik zu lesen, allerdings ohne großen Enthusiasmus, und ohne viel davon zu haben. Lenin gehört zu den langweiligsten Autoren, die ich je gelesen habe. Ich konnte auch nicht an den Studienzirkeln der Partei teilnehmen, weil ich abends arbeitete, und ich las die Lektionen ganz allein – ohne zum hervorragenden Autodidakten zu werden. Erst als ich ein Buch *über* die russische Revolution aufschlug, sprang ich auf diesen Stoff an. Politische Geschichte ist ein fesselndes Fach – vor allem, weil sie immer äußerst subjektiv ist. Die Linke vergoldet die Revolution, während die Rechte sie verflucht und schwarzmalt. Von Fakten ist dabei nur selten die Rede. Es geht um die Frage, an welche Darstellung man lieber *glaubt*. Wenn Kyrre sich Genosse Stalin an die

Wand pinnte, dann sagte er klar und deutlich: Ich weigere mich, an die Geschichtsverfälschungen der Reaktionäre zu glauben. Ich beschließe, an Stalin zu *glauben*. Auf diese Weise sah ich widerstrebend ein, daß Revolution und Religion ziemlich viele Gemeinsamkeiten haben – wovon sich die Akteure auf beiden Seiten natürlich entschieden distanzieren. Aber das konnte ich in einer WG, wo Stalin an der Wand sehr viel deutlicher vertreten war als Mozart im Plattenschrank, nicht offen sagen.

Das heißt nicht, daß mir Zweifel am Sozialismus gekommen wären. Im Gegenteil, ich war immer unzufriedener mit mir selber, weil ich die politische Theorie nicht in den Griff bekam, und ich fühlte mich als Versager, weil ich ungeschult war und blieb. »Das Kapital« fand ich schwer und unbegreiflich, aber es war ja meine verdammte Pflicht, es zu lesen. Jeden Abend hatte ich beim Zubettgehen ein rabenschwarzes Gewissen, weil das riesige Biest von einem Buch auf meinem Nachttisch lag und mich anklagend anstarrte. Und im Wohnzimmer gab es eine ganze Wand mit ungelesenen Büchern, die mein schlechtes Gewissen noch mehr belasteten. Es war eine enervierende Zeit; der einzige Trost war, daß Tricky Dick Nixon am achten August in seine eigene Watergate-Grube plumpste. Das freute mich tierisch.

Wir waren schon längst wieder nach Wolkenwild übergesiedelt, als die anderen wieder zur Uni mußten und Øystein an der Kunsthochschule anfing. Ich ging immer noch zur Abendschicht, weil ich ihn *so* möglichst wenig zu Gesicht bekam. Wir sahen uns im Grunde fast nur beim gemeinsamen Frühstück, an dem ich jeden Tag teilnahm, um überhaupt aus dem Bett zu kommen. Vormittags unternahm ich krampfhafte Schreibversuche, sah aber ziemlich bald ein, daß die mir genauso mißrieten wie alles andere auch. Also übernahm ich die Einkäufe und hielt das Haus in Ordnung, um überhaupt etwas zu tun zu haben.

Eines Vormittags passierte dann endlich etwas Schönes. Im Laden sah ich auf einem Zettel, daß jemand in der Nähe Katzenbabies zu vergeben hatte. Ich bin immer schon ein absoluter Katzenmensch gewesen, und jetzt ging mir auf, daß mir genau das gefehlt hatte. Eine weiche und eigensinnige und sture und prachtvolle Katzenprinzessin, die zur Königin über die gesamte WG werden sollte.

Ich verliebte mich auf den ersten Blick in sie. Sie war neun Wochen alt und bildschön mit ihrem gelb-weiß-schwarzen Makrelenmuster und einem dunklen Schönheitsflecken auf dem hellroten Schnäuzchen. Die beiden Kinder, die sie zu vergeben hatten, bekamen jedes einen Zehner, dann trug ich sie zum Königreich Wolkenwild, wo ich sie »Yngves Katte-Kissmus« taufte.
Als ich noch klein war, hatten wir zu Hause im Block immer Katzen. Und deshalb hatte ich mir den uralten Katzenlockruf meiner Mutter aneignen müssen – den sie wiederum von ihrer Mutter gelernt hatte, die Sennerin in Hedmarken gewesen war und die die Luchse aus Finnskogen und die Pumas aus den Anden locken konnte. Jetzt stürzte ich mich in einen Katzenlockrufauffrischungskurs, der hier leider nicht zufriedenstellend wiedergegeben werden kann, aber jedenfalls möchte ich noch sagen, daß meine Miezlaute kosmische Übertöne enthalten, die zu übersinnlicher Verständigung führen.
»Oooomiiischefiiischemuuuuschagiiilllepiiitch« heulte ich. Das bedeutete: Du bist das süßeste Goldviech auf der ganzen Welt. Kissmus nickte.
»Oooooooooowiiiiischketiwiiisch?« fragte ich. Das bedeutete: »Möchtest du Fisch?« Kissmus nickte und strich mir um die Beine.
»OoooooMillleFiiiettcheGrazieMiiiiitchooooBioootifooolll!« sagte ich, worauf Kissmus mir den Rücken hochkletterte, sich auf meine Schulter setzte und schnurrte. Und so wurden wir innerhalb von fünf Minuten zu Busenfreundinnen.
Die anderen waren entzückt von diesem neuen Mitglied unserer WG. Anfangs ging das auch Øystein so, aber nach einigen Tagen ging ihm auf, daß ich das Tier ganz bewußt als Ersatz für ihn benutzte. Ich überschüttete Kissmus mit all der Liebe, die ich Øystein nicht geben durfte, und diese lautstarke Tatsache ging ihm schon bald auf die Nerven. Und zwar mit Spikesschuhen. Er warf mir und der Katze scheele Blicke zu, und wenn ich ernsthaft loslegte, rannte er nach oben und nahm dabei zwei Stufen auf einmal.
»Ooooooooooschaaaahnepriiinsisweeeeech!« heulte ich, und Inga und Kyrre bekamen einen Lachkrampf, während Kissmus

verärgert war, sie hatte gedacht, ich wollte ihr Sahne anbieten, und nun kam keine. Sie kletterte an der Leinentapete hoch und legte sich schmollend auf die Gardinenstange, dreieinhalb Meter über uns. Das wurde übrigens ihr Lieblingsplatz. Wenn jemand von uns zu Hause war, saß sie da oben und jammerte, bis irgendwer die Trittleiter holte und das arme Wuselchen aus seiner Not rettete. Aber wenn ich einen Leckerbissen auf den Boden warf, dann kam es auch vor, daß sie sich vergaß und in drei Sekunden an der Tapete heruntergerutscht kam.

Kissmus wurde das Schmusetier von allen – nur nicht von Øystein, solange ich anwesend war. Er mochte die Katze, aber die Kombination Katze und Yngve konnte er nicht ertragen, am wenigsten den Katzenlockruf. Das fand ich witzig. Manchmal fand ich es sogar zum Totlachen, daß ich ihn in die wilde Flucht schlagen konnte, wenn ich nur ein paar nette Worte zu einer unschuldigen kleinen Mieze sagte. Eine Zeitlang hatte ich den Verdacht, er könnte auf das Tier eifersüchtig sein, aber ich hatte durchaus nicht vor, ihm deshalb Vorwürfe zu machen.

Statt dessen beschloß ich, es als Kompliment aufzufassen, daß er immerhin registrierte, daß ich auf hohem Niveau mit unserer pelztragenden Königin kommunizierte.

An einem Freitag im September kam ich wie immer mit der Nachtfähre nach Hause und hatte mir vier Flaschen guten Rotwein gekauft. Ich war erschöpft und ziemlich deprimiert, und ich wollte mich zusammen mit Kissmus bei einem sanften Rausch und Händels Messias entspannen. Sowie ich den ersten Fuß ins Haus setzte, ließ ich wie immer einen bescheidenen Willkommenslockruf los, bekam jedoch keine Antwort, und als ich ins Wohnzimmer kam, gab es dort weder Mensch noch Tier. Die Katze schlief nachts immer bei mir, und ich dachte, die anderen hätten vielleicht vergessen, sie ins Haus zu lassen, ehe sie schlafen gegangen waren. Ich ging wieder nach draußen und bat sie inständig, nach Hause zu kommen.

»Oooooooo Kisse Müüüüüse FiiiisePiiiieseKooooomssekoooo mssekooomsse! OooooooBuboooooooostisSchweesster MiiitchoFiiitchoSfiiiinximiiinixisso!«

Und so weiter.

Plötzlich landete die Katze in meinem Nacken und krallte sich so nachdrücklich fest, daß ich zusammenfuhr, hochhüpfte und wie ein Kreisel herumwirbelte.
Und dort, mitten in der Küche, stand Øystein in Schlafrock und Pantoffeln und mit zwei hitzigen roten Flecken auf den Wangen eines wütenden Gesichts.
»Himmel!« sagte ich. »Hast du die Katze nach mir geworfen?«
»Jetzt hörst du mit diesem grausamen Geheule auf, ist das klar? Du verpestest ja das ganze Haus. Du schreist hier früh und spät herum und... du hörst dich ja an wie eine alte, kranke Vettel!«
»Ach? Vielleicht fühle ich mich ja so.«
»Ach, halt die Fresse, Yngve. Du heulst hier rum und spielst dich auf und mimst die Supertunte – nur, um mir das Leben unerträglich zu machen. Und fast hast du das schon geschafft! Wenn du nicht mit diesem scheußlichen Quatsch aufhörst, dann kommt die Katze aus dem Haus – und wenn nicht, dann gehe ich!«
»Die Katze bleibt jedenfalls hier, und wenn du gehst, nimmst du vielleicht den Abfall mit?« fragte ich und zeigte auf eine Mülltüte, die niemand hinauszubringen bereit gewesen war. Kissmus sprang auf den Boden, und Øystein sah einen Moment lang aus, als ob er ihr einen Tritt versetzen wollte.
»Und wenn du es noch einmal wagst, mit dieser Katze zu werfen oder ihr sonst etwas anzutun – ja, dann gnade dir Gott, Øystein!«
Er warf mir einen abgrundtiefen mörderischen Blick zu, ehe er sich umdrehte, die Treppe hochtrampelte und seine Tür dermaßen zuknallte, daß das ganze Haus bebte. Auch ich bebte – vor Angst und vor Wut –, aber dann brach in mir der Triumph des Zornes durch, und ich heulte:
»Oooooooooschaaahnepriiiiiinssissauerwaaaaaa?«
Das wirkte auf Kissmus so appetitanregend, daß sie eine Riesenportion Hühnereingeweide verzehrte. Ich meinerseits trank eine Riesenportion Rotwein, ehe ich mich wieder beruhigen konnte. Mir war ganz klar, daß das für uns der Anfang vom Ende war, wenn wir es nicht bald schafften, uns auszusprechen. Aber warum sollte ich immer derjenige sein, der alles in Ordnung brachte? Warum hatte Øystein mich nicht in freundlichem Ton bitten kön-

nen, die Fresse zu halten? Er hätte doch sagen können, daß er meinen Katzenlockruf nicht ertragen konnte. Alte, kranke Vettel, also echt! Mimst die Supertunte. Das hatte ich wirklich schon früher gehört, mehrmals sogar. Er fand mich zu feminin. O, zum Kranich! Wenn er wirklich im Grunde so ein verbissener Geschlechtsrollenidiot war, dann sollte er doch von mir aus... genauso leiden wie ich.

In der Weltgeschichte ist es so, daß der alte Mao es für gut befand, die Volksrepublik China just an meinem Geburtstag zu proklamieren. Deshalb konnten wir beide am ersten Oktober unser fünfundzwanzigjähriges Jubiläum feiern – wenn wir das wollten. Aber ich wollte nicht. Um ehrlich zu sein, wollte ich sogar ganz schrecklich gern, aber das konnte ich nicht einmal mir selber eingestehen. Ich ging ganz und gar in meiner Märtyrerrolle auf, um mich bei solchen besonderen Anlässen in den Schlaf weinen zu können, und gerade an diesem Abend hatte ich zwei schwerwiegende Gründe, um in Einsamkeit zu leiden. Ich war nicht nur einsam – ich fing auch an, alt zu werden.
Beim Frühstück stießen wir mit Tee und Sauermilch auf China an, und dann sangen wir zu Ehren des heroischen chinesischen Volkes die Internationale. Die anderen wollten abends im Studentenausschuß weiterfeiern, und wir wollten uns auf der Nachtfähre treffen. Es war eine Erleichterung, sie endlich aus dem Haus zu haben. Bei der Arbeit hatte ich erst um halb zehn abends das Wichtigste geschafft, und erst dann merkte ich, daß ich schreckliche Lust auf ein Fest hatte. Ich ging schnurstracks zum nächsten Vorgesetzten – der als »Heizer in der Hölle« bekannt war – und fragte, ob ich früher gehen durfte, um meinen fünfundzwanzigsten Geburtstag zu feiern.
»Hast du Beweise?« fragte der Heizer.
»Beweise?«
»Dafür, daß du Geburtstag hast. Einen Führerschein vielleicht?«
»Ja, sicher. Hier.«
»Das stimmt ja sogar, meine Fresse. Nicht schlecht, Yngve. Hier, trink 'nen Schnaps. Ich muß das überprüfen, verstehste. Einer vom

Satz hat zum Beispiel seine Mutter in den letzten beiden Jahren schon viermal begraben. Prost und herzlichen Glückwunsch. Trink nur soviel, daß du morgen um vier schon wieder lesen kannst. Mach's schlecht!«

Der Heizer war wirklich ein Schnuffel.

Damit war ich frei wie ein Nachtrabe, jedenfalls bis die Fähre ging, und ich beschloß, zum allerersten Mal das Restaurant Metropol zu besuchen. Da war es sehr gemütlich. Ich traf ziemlich viele Bekannte, und einer war dermaßen bekannt, daß er sich sogar an meinen Geburtstag erinnerte! Er gab eine Flasche Grand Charme aus, wovon wir in unserer goldenen Jugend soviel getrunken hatten, und im Laufe des Abends bestand er immer mehr darauf, daß ich zu einer Wiederholung in aller Unschuld mit zu ihm nach Hause kommen sollte.

Das war ein verlockendes Angebot. Wenn ich mir das recht überlegte, dann hatte ich schon endlos lange mit niemandem mehr geschlafen. Ich war schon seit zweieinhalb Monaten *monosexuell*! Und wenn ich mit ihm ginge, dann würde niemand davon erfahren. Aber ich wollte mich doch auf der Nachtfähre mit Øystein und den anderen treffen. Und wenn Øystein dahinterkäme, daß ich fremdgegangen war, dann wäre es meine Schuld, wenn unsere Beziehung endgültig in die Brüche ginge.

»Nein, leider, ich habe versprochen, nach Hause zu kommen«, sagte ich, »aber ich habe noch Zeit für einen weiteren Groß-Charmeur — auf meine Rechnung.«

Zumindest war ich verschwitzt vom Tanzen und beschwipst vom Champagner, als ich zum Anleger hinunterstürzte, wo ich das Boot eine halbe Minute vor dem Ablegen noch erwischte. Ich blieb auf dem Vorderdeck stehen und rang um Atem, dann ging ich unter Deck zu den anderen. Die waren nicht da. Dann sind sie auf dem Achterdeck, dachte ich. Da waren sie auch nicht. Sie waren nicht auf der Fähre! Ich spürte einen heiligen Zorn in meiner Brust aufschäumen, überlegte mir aber, daß sie durchaus die vorige Fähre genommen haben konnten, wenn ich das auch stark bezweifelte.

Zu Recht. Bereits draußen in der Bucht sah ich, daß Wolkenwild finster und menschenleer war. Ich war vielleicht sauer! Und enttäuscht und traurig, und ich hatte mich und alle und alles satt. Die anderen waren selbstverständlich noch auf irgendein Fest gezogen, wo sie übernachten konnten. Aber sie waren umsichtig genug gewesen, um dafür zu sorgen, daß ich an meinem Geburtstag einsam und verlassen in einem riesigen leeren Haus sitzen mußte, statt mich im Metropol zu amüsieren und aus alter Freundschaft eine zwanglose, nette Nummer zu schieben. Verdammte Pest, wie ich dieses Pack verabscheute! Und vor allem Øystein! Wenn noch eine Fähre gegangen wäre, dann wäre ich sofort in die Stadt zurückgefahren und eine Woche dort geblieben. Es war ein magerer Trost, daß ich eine Flasche Whisky in der Tasche hatte – aber als ich die Tür öffnete, kam Kissmus mit hochgerecktem Schwanz angerannt, und das war doch eine große Hilfe.

Um fünf vor zwei rief Inga an und erzählte, daß sie tatsächlich in einer WG in Frogner feierten.

»Nett, daß du angerufen hast, und macht's mies!« sagte ich und knallte den Hörer auf die Gabel.

Dann legte ich Mahlers fünfte Symphonie auf – und glaubte, ich müßte vor Kummer sterben.

Draußen war es hell, als ich wach wurde. Ich lag auf dem Sofa und fror unter meiner quergerutschten Decke. Mir war schwindlig, ich schielte, und alles tat mir weh, vor allem Kopf, Nacken und linke Hüfte. Auf dem Couchtisch stand die Flasche mit einem drei Zentimeter hohen Whiskyrest. Es war halb zwölf. Als ich ins Badezimmer wankte, merkte ich, daß es nach Katzenkacke roch. Kissmus hatte auf Ragnhilds Bettdecke geschissen. Ich war im Morgenrock eingeschlafen, und als ich ihn auszog, entdeckte ich einen riesigen blauen Flecken auf meiner Hüfte. Es fühlte sich an, als ob ich den Oberschenkelhals gebrochen hätte. Jaja, so ist es also, wenn man alt wird, dachte ich, und dann kotzte ich ins Waschbecken. Das half ein bißchen. Und duschen half noch mehr. Und als ich drei Glas entrahmte Sauermilch intus hatte, kam das Leben langsam zurück, zusammen mit den Nerven. Herrgott. Ich kippte Waschpulver auf Ragnhilds teure Daunendecke und hängte sie auf die Wäscheleine. Schlimmstenfalls mußte ich ihr eine neue kaufen. Als ich mit meinem eigenen Bettzeug in die

Sjøstrandhalle ging, blieb ich stehen und starrte mein Bett äußerst skeptisch an. Denn dort, wo mein Kissen hätte liegen sollen, lag etwas anderes, das dort nichts zu suchen hatte. Und zwar ein längliches rotes Päckchen mit einer goldenen Schleife. Es war ganz einfach ein Geburtstagsgeschenk. Das irgend jemand dort hingelegt haben mußte — gestern morgen. Unters Kopfkissen. Das gefiel mir nicht. Das konnte schließlich nur Øystein gewesen sein. Ach, das gefiel mir wirklich kein bißchen. Aber ich mußte es wohl aufmachen. Mit zitternden Händen. Zitter, zitter. Starr, starr. Keuch, keuch. Wein, wein. Es war ein Engel! Es war ein dreißig Zentimeter hoher glänzender Marmorengel mit Engelsgewand und Schwingen und zu einem liebevollen Segen gehobenen Armen. Ich konnte ihn beiseite stellen, ohne ihn zu zerschlagen, und dann stolperte ich tränenblind zurück ins Wohnzimmer. Da setzte ich die Flasche an den Mund und leerte sie in zwei brennenden Zügen. Seit über einem Jahr hatte ich keinen Klapperschluck mehr gebraucht.

In den folgenden Wochen fühlte ich mich ziemlich seltsam. Obwohl ich Melancholie und Selbstmitleid pflegen wollte, konnte ich sporadische Anfälle von Optimismus und Hoffnung doch nicht unterdrücken. Es kam vor, daß ich morgens mit dem Gefühl aufwachte, daß das Leben doch nicht ganz so schlimm war, und die lächerliche Erwartung hatte, daß Øystein mich im Laufe des Tages vielleicht anlächeln würde. Und das machte er auch manchmal. Schließlich sogar fast jeden Tag. Ich dämpfte meinen Katzenlockruf auf unter fünfzehn Dezibel und mußte sein Lächeln einfach ein bißchen erwidern. Denn im tiefsten Herzen wollte ich ja, daß alles zwischen uns wieder in Ordnung kam — irgendwann, in der fernen, lichten Zukunft.
An einem Samstagvormittag im November überraschte Kyrre mich mit einer neuen, erweiterten Form von Vertraulichkeit. Er überreichte mir feierlich einen A4-Bogen, der nichts Geringeres darstellte als ein internes Parteidokument, und ich mußte versprechen, es außerhalb dieses Hauses niemandem gegenüber zu erwähnen. Er machte diese Ausnahme von der Sicherheitspolitik,

weil dieses Dokument mich in allerhöchstem Grad anging, und weil er wußte, daß er sich auf mich verlassen konnte. Außerdem wollte er gern meine Meinung dazu hören.
Ich fühlte mich wie eine ungeheuer wichtige Persönlichkeit und setzte mich voller Andacht an die Lektüre.

ENTWURF ZU EINER ERKLÄRUNG ZUR HOMOSEXUALITÄT
AKP (ml) betrachtet Homosexualität vor allem als sexuelle Abweichung, die auf gesellschaftlichen und sozialen Gegebenheiten beruht.
Das stand da. Ich las es noch einmal, aber es stand wirklich da.
Als Kommunisten und Revolutionäre vertreten wir die Ansicht, daß Klassensolidarität und Haltung im Klassenkampf wichtiger sind als die sexuelle Veranlagung eines einzelnen.
Das stand da.
Mir sträubten sich schon längst sämtliche Haare, und ich verspürte einen Übelkeit erregenden Widerwillen gegen das Weiterlesen. Der Rest bestand aus reichlich wolkigem Gefasel, aber zwischendurch leuchtete doch auch die eine oder andere klare Formulierung auf.
AKP (ml) ist weiterhin der Ansicht, daß es nicht Aufgabe der Kommunisten sein kann, Homosexualität zu fördern oder als »wünschenswert« zu propagieren. Die Partei wünscht jedoch auch nicht, Homosexuelle dazu zu drängen, ihre sexuelle Orientierung zu ändern.
Das stand da.
Ich spürte, wie der Boden unter mir zu schwanken begann, die Brüllende Finsternis meldete ihre unerbittliche Anwesenheit.
Vor diesem Hintergrund unterstützt es die AKP (ml) vollkommen, daß einige sozialistische Länder aufgrund anderer historischer und konkreter Gegebenheiten in bezug auf den Umgang mit Homosexualität eine andere Politik betreiben als wir in unserem Land unter dem Kapitalismus, da ihr grundlegender prinzipieller Ausgangspunkt derselbe ist wie unserer.
Das stand da.

Und als ich die Reichweite dieser Aussage begriffen hatte, begann ich, wie ein Amboß durchs Parkett zu sinken – hinunter in das brüllende und glühende Inferno, das mich da unten schon so lange erwartete.

Ich war schon bis zu den Schultern darin versunken und bekam keine Luft mehr, als ich eine vertraute Stimme hörte, die zu mir sagte:

»Mjaaaaurrr?« Und Kissmus leckte mich am Ohrläppchen.

Ich kämpfte mich wieder aus der saugenden Tiefe heraus und merkte, daß ich festen Boden unter den Füßen fand. Ach, Allnatur, segne diese Katze! Damals hat sie mich davor bewahrt, den Verstand zu verlieren.

Denn was zum Teufel war das hier für ein Quatsch? Das war also ein Vorschlag, ausgearbeitet vom Zentralkomitee, für eine Erklärung zur Homosexualität, die die Partei beim nächsten Landesparteitag beschließen sollte. Aber was für eine Erklärung? Stand da etwas über unseren gerechten Kampf gegen alle Unterdrückung? Nein. Stand da etwas über die Forderung, Homosexualität in den Antidiskriminierungsparagraphen aufzunehmen – uns unseren eigenen rechtlichen Schutz zu geben? Nein. Stand da etwas darüber, daß Homosexualität vollgültige menschliche Liebe bedeutet – gleichwertig mit Heterosexualität? Nichts da. Kein Sterbenswörtchen. Statt dessen stand da, Homosexualität sei eine sexuelle *Abweichung* – ach, dieses schreckliche Wort –, die zu *fördern* oder für *wünschenswert* zu erklären nicht Aufgabe der Kommunisten sei. Aber – und jetzt kommt das dicke Zugeständnis – immerhin wollte die Partei Homosexuelle nicht dazu *drängen*, ihre Orientierung zu ändern.

Im Klartext mußte das doch bedeuten, daß es der Partei *wünschenswert* erscheinen würde, wenn alle Homosexuellen sich aufrafften und ihre *unerwünschte, abweichende Orientierung freiwillig* änderten.

Und zu allem Überfluß begrüßte diese Erklärung Chinas und nicht zuletzt Albaniens Umgang mit Homosexuellen. Das war kein Scherz. Offiziell betrachtete China Homosexualität als ein westliches Phänomen, das es bei ihnen nicht gab. Tatsächlich – die sagten, in China gäbe es keine homosexuellen Menschen!

Stellt euch das vor: Unter einer Milliarde von Menschen gab es nicht ein einziges Individuum, das sich in irgendwen vom gleichen Geschlecht verliebte. Das war die Theorie. Aber wie sah die Wirklichkeit aus? Hinter allen lächelnden Beteuerungen? Wenn wir den Prozentsatz der Homosexuellen so tief ansetzen wie ein Prozent, dann bedeutet das, daß es damals in China zehn Millionen Schwule gegeben haben muß. Aber wo steckten die? Waren sie unsichtbar, oder hatte man sie unsichtbar *gemacht*? Darüber schien niemand etwas zu wissen.
Da war es schon leichter mit Albanien, denn da erklärten die Behörden wenigstens offen, daß Homosexualität äußerst unerwünscht und ungewöhnlich strafbar war. Das Besondere war an diesem heroischen kleinen Land, *dem Leuchtturm des Sozialismus in Europa*, daß sie für diese Politik mit einer historischen Begründung aufwarten konnten. Sie behaupteten, daß Mönchsklöster wichtige Stützen des früheren Machtapparates im Lande gewesen seien und daß die alten, feisten und liederlichen Mönche sich aufs gröbste mit unschuldigen, jungen Herren verlustiert hätten. Deshalb stand jetzt Todesstrafe auf Homosexualität! Und just deshalb war der Begriff »andere historische und konkrete Begebenheiten« in die Erklärung aufgenommen worden — um die Todesstrafe in jeder Hinsicht zu rechtfertigen.
Langsam ging mir auf, daß ich auf einen Riesenbluff hereingefallen war — und dabei war ich nicht der einzige. Ich hatte mir eingebildet, die Leitung der AKP sei wirklich daran interessiert, eine breite progressive Front zu bilden, wo alle Platz fanden, die für ein sozialistisches Norwegen arbeiten wollten. Aber da hatte ich mich böse geirrt — daran hatte meine geschundene Seele keine Zweifel mehr. Es gab keinen Platz oder keine Verwendung für unerwünschte Abweichler, die nicht bereit waren, freiwillig ihre Orientierung zu ändern. Und jetzt hatten sie zusätzlich zur guten alten Gedankenpolizei auch noch eine Gefühlspolizei eingerichtet.
So war das.
Und da und dort sah ich den Traum von Lenin wie eine übergroße Seifenblase voller ungesundem Atem und Mundgeruch zerplatzen und nur hier und da einige klebrige feuchte Flecken hinterlas-

sen. Auf diese Weise endete mein organisiertes politisches Dasein, noch ehe es angefangen hatte – und darauf kann das brave Zentralkomitee von anno dazumal wirklich stolz sein: Sie haben es durch ihren genialen Schachzug geschafft, sich von einer bedeutenden Anzahl potentieller Rädelsführer zu befreien.

Das Zentralkomitee, ja. Erst vor guten drei Monaten hatte ich persönlich die Ehre gehabt, den einen und den anderen von diesen gerecht denkenden und korrekt fühlenden Verwaltern historischer Wahrheiten zu treffen. Was hatten sie noch mit ihren revolutionären Stimmen verkündet? Ja, genau! Sie hatten mir prophezeit, daß ich im amerikanischen Gefängniswesen verschwinden und dann jedenfalls herausfinden würde, wie »wertvoll« das Schwulsein sei. Ja, das hatten sie gesagt, ziemlich wortwörtlich. Und damals, im Juli, hatten sie sicher bereits an dieser Erklärung gearbeitet. Sie hatten also im selben Geist gedacht, der sich hier auf diesem Papier niederschlug. Und ich begriff endlich, was sie mit ihrer kryptischen Aussage gemeint hatten: Wenn ich erst ein oder zwei Jahre in einem amerikanischen Knast rund um die Uhr vergewaltigt und durchgefickt worden wäre, dann würde ich es mir möglicherweise zweimal überlegen, ehe ich behauptete, Homosexualität sei »gleichwertig« oder »wertvoll« oder »wünschenswert«. Und wenn ich dann noch ein drittes Mal nachdachte, dann würde ich sicher einsehen, daß es das beste wäre, mir diese abweichlerische Sauerei *freiwillig* abzuschminken – solange sie mir noch Spaß machte.

Ooooooo, Allnatur! Wo ist die Vielfalt? Wo sind Freude und Liebe? Wo sind...

Und dann fiel mir etwas ein. Etwas, das ich vor nicht allzu langer Zeit gelesen hatte. Ich stürzte zum Bücherregal und fing an zu blättern. Es hing mit der neuen Verfassung zusammen, die Lenin in der Sowjetunion schon im Dezember 1917 eingeführt hatte. Es ist eine historische Tatsache, daß alle Strafgesetze gegen Homosexualität damals aufgehoben wurden. Aber davon stand in der Erklärung kein Pieps. Hätte es nicht auch als Beispiel für »andere historische und konkrete Gegebenheiten«

gehört, daß der junge heroische Sowjetstaat damals Homosexualität *legalisiert* hatte? Und nun fand ich auch die Begründung in Form eines Zitates aus einer Broschüre, die das Institut für Sozialhygiene in Moskau 1923 herausgegeben hatte. Dort stand klar und deutlich:
Was Homosexualität, Sodomie und andere Formen sexueller Befriedigung angeht, die in der europäischen Gesetzgebung als Verbrechen gegen die öffentliche Moral betrachtet werden, so werden diese von der sowjetischen Gesetzgebung nicht anders behandelt als der sogenannte »natürliche« Beischlaf. Alle Formen sexuellen Verkehrs sind Privatsache. Nur wenn Gewalt oder Druck ausgeübt werden, kann Anklage erhoben werden, wie in jedem Fall, wenn die Rechte eines anderen Menschen verletzt oder beleidigt werden.
Na, was sagst du jetzt, Zentralkomitee?
So sah Lenin diese Frage, und so lautete die gerechte Gesetzgebung der Sowjetunion bis 1934, als Stalin Verbote und Strafen für Homosexualität wieder einführte...
Bei diesem Gedanken hatte ich das Gefühl, daß mir ein Hammer auf den Kopf schlug und eine Sichel sich um meinen Hals legte. Denn natürlich wußte das Zentralkomitee, daß der alte Lenin in dieser Frage ein wenig liberal gewesen war. Aber das hatte Stalin dann ja ein für allemal korrigiert. In dieser Frage zog die AKP (ml) Stalin Lenin vor!
Endlich begriff ich, daß die Erklärung ganz bewußt im Geist der Moskauer Prozesse geschrieben war. Dieser Windstoß aus den dreißiger Jahren war eine klare Warnung des Zentralkomitees vor moralischer Entgleisung und bürgerlicher Dekadenz in der progressiven Bewegung. Nach den Wandzeitungsdebatten im Sommerlager, wo Unterstützung und Solidarität für die Homobewegung gefordert worden waren, war es nun dringend nötig, alles wieder ins rechte Lot zu rücken:
Homosexualität ist eine unerwünschte sexuelle Abweichung!

Ich setzte mich an den Eßzimmertisch und fühlte mich betrogen und verraten, als Øystein aus seinem Atelier herunterkam. Er blieb stehen und sah mich fragend an, dann entdeckte er die Erklärung, die auf dem Tisch lag. Mit zwei schnellen Schritten stand er am Tisch und riß sie an sich.

»Woher hast du das?«

»Von Kyrre. Und du weißt davon, ja?«

»Kyrre hat dir das gegeben? Aber...?«

»Wie lange weißt du schon davon?«

»Ein paar Wochen.«

»Und warum hast *du* sie mir nicht gezeigt?«

»Weil das ein absolut internes Papier ist, und du bist kein Parteimitglied.«

»Aber das wollte ich doch werden.«

»Ja, genau. Und ich wollte dich bei deiner Entscheidung nicht beeinflussen.«

»Jetzt mach aber einen Punkt, Mann! Hättest du wirklich zugesehen, wie ich eintrete, ohne vorher darüber Bescheid zu wissen? Begreifst du denn nicht, was hier steht – zwischen all dem Gefasel über homosexuelle Arbeiter und homosexuelle Klassengenossen...«

»Natürlich verstehe ich, was da steht – und im großen und ganzen stimme ich damit überein.«

»Was... du stimmst überein? Daß es eine Abweichung ist? Die nicht wünschenswert ist?«

»Hör mal. Das Wort ›Abweichung‹ ist doch eigentlich ein neutraler Begriff, der etwas bezeichnet, das sich vom Üblichen abhebt – vom Normalen. Das bedeutet noch nicht, daß es negativ sein muß.«

»Aber...«

»Und inwieweit Homosexualität wünschenswert ist oder nicht – ja, das ist doch eine Ermessensfrage. Bist *du* so wahnsinnig glücklich darüber, schwul zu sein – wenn du ganz ehrlich bist? Findest du wirklich, daß du ein vollwertiges Liebesleben führst? Meinst du, es ist richtig zu propagieren, daß andere – auch in zukünftigen Generationen – so leben sollen wie wir?«

»Ha! Nein, das wissen die Götter, ich will keinem so übel, um ihm zu wünschen, er sollte so leben wie *wir* – ohne das geringste Anzeichen von Liebesleben, von Sexualleben ganz zu

schweigen. Aber wir sind sicher auch eine ganz neutrale Abweichung von der Norm, ja?«
»Ach, du bist hoffnungslos!«
»Ja, vielleicht. Vielleicht fange ich auch an, die Hoffnung zu verlieren. Zusammen mit dem Verstand? Denn das hier kapiere ich einfach nicht. Wie kannst du so etwas unterstützen und verteidigen?«
»Wenn ich hier auch mal zu Wort kommen kann, dann will ich dir erklären, was ich unterstütze. Hier steht, daß Homosexualität eine Abweichung ist, die auf gesellschaftlichen und sozialen Bedingungen beruht. Das halte ich für eine richtige Analyse...«
»Das ist keine Analyse. Das ist eine unbegründete Behauptung!«
»Weil ich davon überzeugt bin, daß wir durch das Milieu, vor allem zu Hause, beeinflußt werden, unsere sexuelle Orientierung zu wählen... Sei still! Wir sind in einer Zeit aufgewachsen, wo alles sich verändert, wo sich die Geschlechterrollen ändern und wo die Familienstrukturen wackeln. Wir haben uns unbewußt dafür entschieden, uns mit unseren Müttern zu identifizieren und sind deshalb homosexuell geworden – ohne das zu wollen. Wir sind Opfer der ganzen Verwirrungen unter dem Spätkapitalismus. Verstehst du das nicht, Yngve? Wenn wir in einer stabilen und glücklichen sozialistischen Gesellschaft geboren wären, dann wären wir so heterosexuell wie alle anderen. Deshalb gibt es in China keine Homosexuellen! Denn da ist für alle eine natürliche Entwicklung garantiert.«
Er saß jetzt am Tischende und redete eifrig und eindringlich, aber es waren nicht seine Worte, die ich hörte. Ich fragte mich, wo er das alles gelernt hatte; alle diese Ansichten darüber, was natürlich und normal und abweichend und nicht wünschenswert war – das waren doch nicht seine Ansichten, die Ansichten meines Øystein. Plötzlich ging mir auf, daß er genauso verwirrt und außer sich war wie damals, als er aus seinen Ferien mit dem Alten zurückgekommen war. Herrgott! Die Partei und der Alte waren ja einer Meinung! Und Øystein hatte diesen beiden selbsternannten Autoritäten gegenüber keinen Funken von Widerstandskraft. Aber was konnte ich noch machen? Mit dem Alten hatte ich fertig werden können – das Zentralkomitee der AKP war etwas ganz anderes.

Denen gegenüber hatte ich nicht die geringste Chance. Mit dieser Erkenntnis hielt ich es für das beste, Øystein weiterreden zu lassen, vielleicht widersprach er sich dabei ja selber.

Also fragte ich: »Meinst du also, daß wir, die wir schwul geworden sind, diese abweichende Orientierung korrigieren sollten, freiwillig natürlich, um normal und heterosexuell zu werden wie alle anderen? Schlicht und einfach?«

Er blickte mich ziemlich verwirrt an und mußte erst nachdenken, ehe er antwortete:

»Mir ist schon klar, daß das nicht so einfach ist, aber ich bin sicher, daß die, die sich wirklich ändern wollen, das auch schaffen werden.«

»Aha. Aber was ist mit allen anderen? Die nicht wollen, oder die sich nicht genug Mühe geben? Was soll aus denen werden?«

»Ach ja? Jetzt gibst du dir jedenfalls genug Mühe, mich in die Zwickmühle zu treiben, was? Du willst doch nicht behaupten, du glaubtest an all die reaktionäre Propaganda über zukünftige Konzentrationslager auf Svalbard? Du kannst dich jedenfalls darauf verlassen, daß niemand dort hingeschickt wird, weil er schwul ist. Ich will dir sagen, was passieren wird: Nach der Revolution wird die ganze Gesellschaft ganz neu organisiert werden, und wenn erst nach einigen Jahren alles in Gang gekommen ist und funktioniert, dann können wir sicher sein, daß kein Kind sich mehr dafür entscheiden wird, homosexuell zu werden. Die, die das schon sind, werden dieselben demokratischen Rechte wie alle anderen bekommen, aber sie werden ja nach und nach aussterben – nachdem sie ihren Einsatz für die neue Gesellschaft geleistet haben.«

Jetzt hatte er es gesagt. Das, was ich selber nicht zu denken gewagt hatte. Øystein hatte sich vom Gedanken an die Neue Gesellschaft, von der Idee des *Neuen Menschen* verführen lassen. Er wollte gerne denen glauben, die behaupteten, das Paradies auf Erden errichten zu können, indem sie die gesellschaftlichen Voraussetzungen für die Entwicklung der Menschheit kontrollierten; die eine sozialistische Mustergesellschaft schaffen wollten, mit der Freiheit, dasselbe zu tun wie alle anderen, mit der Gleichheit als Norm, um so zu sein wie alle anderen, und mit einer landesumfassenden Bruderschaft, um alle zu überwachen und zu korrigieren, die mit der ihnen zugewiesenen Rolle in diesem großen Musterspiel nicht zufrieden waren.

Mein armer idealistischer und gutgläubiger Øystein hatte sich in den schrecklichsten linken Sektiererismus verirrt, den man sich vorstellen kann – dahin, wo die Partei ein Synonym für Gott ist –, und das nur wegen dieser verdammten Erklärung. Und jetzt saß er da und versuchte mir einzureden, daß es eine große Ehre für mich sein würde, an meiner eigenen Auslöschung und endgültigen Vergessenheit zu arbeiten.

»Was ist mit dir?« fragte ich. »Wohin wirst du nach der Revolution gehören?«

»Ach, das weiß ich doch nicht.«

»Na gut. Aber weißt du, ob du dich bemühen wirst, dich zu verändern – freiwillig natürlich?«

»Nein – wieso willst du das wissen?«

»Ich frage nur, um meine eigene Lage ein bißchen zu klären. Du erinnerst dich vielleicht, daß du, als wir zuletzt miteinander gesprochen haben – über etwas anderes als über das Wetter oder die Katze –, beschlossen hast, daß wir platonisch leben, bis du herausgefunden hast, ob es für dich richtig oder falsch ist, mit mir zu schlafen, ja? Und wenn du jetzt Lust zu dem Versuch hast, heterosexuell zu werden – ja, dann sag das lieber gleich, Øystein, dann ist die Sache ein für allemal geklärt. Ich kann diese Ungewißheit jedenfalls nicht länger ertragen. Diese Situation macht uns beide kaputt. Also mußt du dich jetzt entscheiden. Du kannst unseren Eheversuch vergessen, wenn du etwas anderes versuchen willst – ich werde dir nicht im Weg stehen –, aber jetzt muß ich wissen, ob du dich immer noch für mich interessierst. Für mich als Freund oder als Liebhaber.«

»Aber das weiß ich doch nicht, Yngve – das ist so schwer. Einerseits habe ich das Gefühl, das richtige wäre, wenn ich mir eine Frau suche und heirate und Kinder bekomme. Aber andererseits kann ich den Gedanken an ein Leben ohne dich nicht ertragen!«

»Aber das hast du doch schon! Was haben wir denn für ein *Leben* miteinander? Wir sehen uns beim Frühstück und vielleicht manchmal am Wochenende. Du hast mich seit dem Juli nicht mehr

angefaßt, und ich trau mich nicht in deine Nähe. Es kann so nicht weitergehen, Øystein. Entweder kommen wir wieder zusammen, oder ich ziehe aus, ehe wir anfangen, uns zu hassen...«
»Nein!«
»Doch!« Ich stand auf.
»Yngve, geh nicht! Wenn du mich wirklich noch haben willst, dann mußt du mir bei einer Sache helfen — jetzt sofort.«
»Wobei denn?«
»Komm mit mir nach oben — und dann meditieren wir zusammen.«
»Jetzt tickst du aber wirklich aus.«
»Du mußt! Ich will nur um eine klare Auskunft darüber beten, was ich tun soll. Du brauchst nichts zu tun. Du mußt nur dabeisein und zuhören. Aber du mußt unbedingt dabeisein, verstehst du!«
Er stand mir genau gegenüber — verwirrt und aufgeregt. Er sah aus, als ob er wieder Fieber hätte. Dann nahm er meine Hand und zog mich zur Treppe.
»Also gut«, sagte ich.
In der einen Ecke des Ateliers lag ein schöner indischer Teppich mit Kissen, auf dem in der Mitte ein schlichter Silberleuchter stand. Dort mußte ich mich im Schneidersitz hinsetzen und die Hände mit nach oben gedrehten Handflächen auf die Knie legen. Dann setzte er sich vor mich und zündete die Kerze zwischen uns an, atmete eine Weile tief und ruhig und fing dann leise, aber deutlich an zu reden.
»O Allnatur. Hier sitzen wir. Yngve und Øystein. Wir sind die Seele. Wir sind ein Teil von Dir — von der Kosmischen Seele. Wir bitten Dich jetzt: Gib uns einen Strahl von Licht und Liebe. Laß Dein Licht sich über uns ergießen und dieses Zimmer mit Deiner Liebe füllen. Laß uns beide von Deiner göttlichen Liebe erfüllt werden, damit wir klar und rein sehen und fühlen können, was für uns das richtige ist — was Dein Wille ist. O Allnatur. Du kennst die Probleme, mit denen wir zu kämpfen haben. Du weißt, daß ich im Zusammenleben mit Yngve, dem Zusammenleben, das Du im Sommer für uns gesegnet hast, nicht so sein kann, wie ich sollte. Wir bitten Dich jetzt: Zeig uns, wie wir wieder gut

miteinander leben können. Hilf mir, mich zu öffnen – alles zu lösen, was sich versperrt hat. Und wenn wir nicht zusammen sein sollen, dann zeige uns wenigstens das.
Jetzt konzentrieren wir uns darauf, aus uns selber herauszugehen, mit unserem Bewußtsein unseren Körper zu verlassen. Langsam heben wir uns zwei Meter vom Boden ab und sehen auf uns selber, die da mit der Kerze zwischen sich sitzen. Dann steigen wir langsam durch das Dach nach oben und sehen ganz Wolkenwild unter uns. O Allnatur. Wir sehen, wie Dein Licht hinunter ins Haus strömt und es mit Liebe und Kraft umschließt. Wir bitten Dich, alle zu segnen, die hierhergehören: Ragnhild und Inga und Kyrre und Yngve und mich. Du siehst, wie sehr wir bei unserem täglichen Tun Licht und Liebe brauchen. Du siehst, wie wir uns mit politischem Engagement und Studium und Arbeit abmühen. Du weißt doch, daß wir alle die Welt verbessern möchten. Du weißt, wieviel jeder von uns opfern würde, um ein zukünftiges sozialistisches Norwegen zu schaffen, wo sich niemand mehr auf Kosten anderer bereichern kann; wo alle gleich viel wert sind und in jeder Hinsicht die gleichen Entwicklungsmöglichkeiten haben; wo jeder nach besten Fähigkeiten das Seine beitragen kann und nach seinen Bedürfnissen entlohnt wird. Wir bitten um Mut und Kraft, um weiter auf dieses Ziel hinarbeiten zu können, denn Du weißt ja, daß wir für alle das Beste wollen.
O Allnatur. Jetzt steigen wir höher und können ganz Nesodden und den Oslofjord unter uns sehen und bitten Dich, unseren Freunden und allen, die für das Gute kämpfen, Licht und Liebe zu schicken. Wir steigen immer noch höher und sehen jetzt unter uns den ganzen Norden und ganz Europa. Und jetzt sehen wir, daß das Licht, das dort oben im Norden Wolkenwild überflutet, sich wie Lichtringe in einem funkelnden Wasser verbreitet. Licht und Liebe verbreiten sich in alle Himmelsrichtungen, und nun umfassen sie die gesamte nördliche Halbkugel. Wir bitten um Frieden und Abrüstung zwischen den USA und der UdSSR. Das Licht strömt immer noch über alle Länder, und jetzt sehen wir, daß es den gesamten Erdball umfängt. Unsere ganze Erde ist in ein goldenes Licht der Liebe eingehüllt, und in diesem Licht bitten wir um Frieden in Vietnam und Kampuchea. Mach, daß die Amerika-

ner sich so rasch wie möglich zurückziehen, mach, daß die heroischen Völker Indochinas ihre Länder in Liebe und Optimismus wieder aufbauen. Hilf ihnen, den Haß in ihren Reisfeldern zu vergraben, und sende gleichzeitig den amerikanischen Soldaten, die nach einer Gehirnwäsche zum Töten ausgesandt worden sind, Licht und Liebe. Hilf ihnen, sich selber zu vergeben.
O Allnatur. Wir sehen noch immer unter uns die Erde, eingehüllt in Dein liebevolles Licht, und jetzt zum Schluß bitten wir Dich, unseren armen, gequälten Erdball zu retten. Zeig uns, wie wir die tödliche Umweltverschmutzung aufhalten können. Laß die Machthaber verstehen, daß der Industrialismus der Untergang der Menschheit ist, wenn wir nicht allen giftigen Abfall beseitigen können. Hilf uns, so viele wie möglich zu mobilisieren, um gegen eine kommende Umweltkatastrophe zu kämpfen.
O Allnatur. Hier in diesem himmlischen Licht, das unseren Erdball umschließt, bitten wir Dich auch, Yngve und mich zu segnen. Du hast uns schon einmal gezeigt, daß wir zusammengehören — und nun bitten wir Dich, das noch einmal zu tun — Oooooooooo!«
Was dann geschah, läßt sich unmöglich richtig beschreiben. Ich hatte mich zunächst ziemlich unwillig in Øysteins Meditation hineinversetzt. Aber es war ihm dermaßen gut gelungen, mich in seine Vorstellungswelt hineinzuziehen, daß ich mich schließlich irgendwo im All befand und den ganzen Erdball vor mir sehen konnte. Und der war wirklich in ein überirdisches goldenes Licht eingehüllt, das zum Schönsten gehört, was ich je gesehen habe. Ich sah und fühlte mit meinem ganzen Wesen, daß dieses Licht die Liebe war. Und als Øystein darum betete, uns noch einmal zu segnen, veränderte sich dieses Licht langsam und wurde zu einem kräftigen kreisrunden Regenbogen, der wie eine strahlende Korona die ganze Erde umgab. Ich starrte wie gelähmt diese überwältigend schöne Offenbarung an, und gleichzeitig begann ich, Øysteins Anwesenheit physisch zu spüren — und wir wurden in einem freudigen Sturzflug zur Erde, nach Norwegen, heim nach Wolkenwild, in den Regenbogen hineingesaugt. Und dann stieß Øystein diesen Ruf aus.

Ich riß die Augen auf und sah ihn an – und sah, daß er mich anstarrte –, und ganz am Rande meines Blickfeldes konnte ich immer noch den Regenbogen sehen.
Und Øystein rief:
»Hast du das gesehen? Hast du das sehen können?«
»Sicher. Natürlich habe ich das gesehen.«
»Was denn? Was genau hast du gesehen?«
»Den Regenbogen. Den vollen kreisrunden Regenbogen um die ganze Erde. So etwas habe ich noch nie gesehen...«
»Ich auch nicht. Ach, Yngve! Daß du das auch sehen konntest! Ach, ich bin so froh. Weißt du, was das bedeutet? Verstehst du das?«
»Es kann jedenfalls nichts Negatives bedeuten.«
»Etwas Negatives? O nein. Das bedeutet, daß wir immer noch gesegnet sind. Daß vor uns eine lichte Zukunft liegt. Und nicht nur vor uns, sondern vor der ganzen Welt. Ich glaube, es bedeutet, daß der Sozialismus am Ende doch gewinnen wird.«
»Und daß dann auch für uns Platz sein wird?«
Sein Blick wurde leicht unsicher, und er schlug die Augen nieder, ehe er antwortete:
»Ja. Das muß es doch bedeuten.«
»Also irrt die Erklärung sich?«
»Ja. Vergiß nicht, daß es nur ein Vorschlag für eine Erklärung ist. Sie ist noch nicht angenommen. Viele stimmen dem Inhalt nicht zu.«
»An die neunzig Prozent, möchte ich annehmen – wenn ich von der Stimmung im Sommerlager ausgehen soll.«
»Ja. Sie wird sicher nicht angenommen – zum Glück.«
»Nein«, sagte ich und kniete mich vor ihn. »Aber das setzt ja wohl voraus, daß du dich zusammen mit allen anderen vernünftigen Parteimitgliedern mit Zähnen und Klauen dagegen wehrst.«
»Und was ist mit dir?«
»Ich trete nicht ein. Das steht fest.«
»Na gut. Ich finde das ein bißchen traurig, aber ich kann dich verstehen.«
»Danke. Und was ist mit... uns?«

»Wir werden wieder zusammenkommen – das hast du ja selber gesehen. Aber noch nicht sofort. Ich brauche ein bißchen Zeit, um mich an den Gedanken zu gewöhnen. Aber jetzt will ich das jedenfalls.«
»Ach, Øystein. Spendierst du mir denn wenigstens einen Kuß?«
Langsam erhob er sich – und dann umarmten wir uns. Es kam mir vor wie das erste Mal.
»Weißt du was?« fragte ich. »Bisher habe ich aus purem Trotz auf dich gewartet. Aber von nun an werde ich voller Liebe und Geduld warten – wenn du nur nicht zu lange brauchst.«

An diesem Abend gingen Øystein und ich auf den Steg, um die Andromediden zu sehen. Das ist ein Meteorschwarm, der im November auf die Erdatmosphäre auftrifft und Kaskaden von Sternschnuppen hervorruft. Wir blieben stundenlang unten sitzen und betrachteten dieses kosmische Feuerwerk, das aus der Tiefe des Himmels auf uns zuströmte. Und da wußte ich mit Sicherheit, daß wir gesegnet waren, zusammen mit allen anderen, die einen Fernsehabend für eins der Wunderwerke der Allnatur aufgaben.
Nachts schliefen wir in Øysteins Himmelbett, und ich durfte ihm so nah kommen wie nur möglich – nur Platon lag in der Mitte.

Das Zünglein an der Waage

An einem Freitag im Dezember war plötzlich der zweiundzwanzigste des Monats gekommen, aber niemand wollte das glauben, denn in ganz Oslo oder seiner Umgebung gab es nicht einen einzigen Schneeflecken. Das bißchen graugelber Haferbrei, was gefallen war, war vom Regen weggespült worden. Das Wetter war trist und grau, und Nebel und Nieselregen hingen in der Luft.
Ich fühlte mich nicht so ganz toll, als ich vom Hafen zur Redaktion ging, da wir am Vorabend die Wintersonnenwende gefeiert hatten, als heimliches kleines Vorspiel für das eigentliche Mittwinteropfer, das zu Heiligabend stattfinden sollte. Ich hatte versucht, Øystein betrunken zu machen und ihn dann zu verführen, aber das war mehr als nur ein Reinfall gewesen. Als ich ihm zu weit ging, wurde er wütend und schloß sich in seinem Atelier ein. Deshalb waren meine Nerven leider ausgefranst. Es sah so aus, als ob ich sieben magere Jahre auf ihn würde warten müssen.
In der Prawda herrschte ein solches Vorweihnachtschaos, daß ein Korrekturleser zuviel Dienst schob. Wir losten, wer mit vollem Lohnausgleich früher gehen konnte, und ich war der glückliche Gewinner. Ich beschloß, dem schönen Schein zuliebe noch ein paar Stunden zu arbeiten und korrigierte gerade das große Weihnachtskreuzworträtsel, als mein Telefon schellte.
»Hier Yngve.«
»Ja, du guuuute Güüüüte! Lebst duuuu noch, Tutta?«
»Terje? Wo steckst du?«
»Daheim bei meinem alten Mütterlein. Ich bin heut früh nach Hause gekommen und hab hier erstmal eine Runde gepennt. Meine Güüüte, ich bin ganz durchgedreht auf amerikanisch! Stell dir vor, die haben mich wegen illegaler Einwanderung festgenommen und auf Konsulatsrechnung nach Hause geschickt. Aber zuerst mußte ich eine Woche sitzen – und nie im Leben hab ich soviel Dope und Schwanz gekriegt! Und jetzt bin ich schrecklich trocken im Mund.«

»Mit anderen Worten, du hast Durst?«
»Grausamen Durst! Und bin total abgebrannt – can you spare a dime, Sister?«
»Yes, Mister. Du weißt doch, wo das Metropol liegt, unser neuer Stammladen mit Tiefkühltruhe und Sonderangeboten? Ich kann in einer Dreiviertelstunde da sein.«
»Meine Güüüüte, wie schön! Du kannst dich wirklich freuen, schließlich hab ich mit Liberace und Omar Sharif gefickt und bin Tina Turners Busenfreundin geworden – wart du nuuuuur, daaaaan kriegst du was zu hööööören!«
»Ich freu mich!«
Sagte ich. Aber es sollte noch einige Tage dauern, bis ich ausführlich über Terje Falkenauges San-Francisco-Fahrt unterrichtet wurde. Denn als ich im Metropol ankam, hatte er schon den besten Tisch besetzt – zusammen mit drei dunklen Herren in hellen Anzügen, die sich von meiner lang vermißten Schwester Makronelle auf amerikanisch unterhalten ließen. Weswegen sich nicht vermeiden ließ, daß ich dem lateinischen Botschaftssekretär Giuseppe und seinen zwei VIP-Gästen vorgestellt wurde. Ich nahm mit höflichem Dank ein Glas Henkell Trocken an, und nach dem vierten fühlte ich mich wirklich äußerst wohl. Nicht zuletzt, weil ich die Kunst beherrschte, mich nach meinen früheren Aufenthalten in Rom und Umgebung auf Latein verständlich zu machen, was bei i Signori, die alle so vielleicht Ende der Dreißig waren, große Begeisterung erweckte. Terje gab sich natürlich alle Mühe, mich an lateinischem Geist und Weltmännischkeit noch zu übertreffen, und das hatten sie noch nie erlebt: Zwei junge, charmante norwegische Knaben, die in einem Schwulenclub verkehrten und unterhaltsam und intellektuell ihre eigene drittrangige lateinische Weltsprache von sich gaben. Wenn ich mir das so recht überlege, dann waren wir vielleicht wirklich etwas ziemlich Seltenes – und das mußte gefeiert werden! Dafür waren jedoch viel besser geeignete Räumlichkeiten vonnöten als die ärmlichen Spiegelsäle des Ristorante Metropole, und so wurde uns eine unwiderstehliche Einladung zuteil. Terje rief sich selber zum Arrangementskomitee aus und suchte mit geübtem Griff vier andere junge Hoffnungsvolle aus, ehe wir in drei Taxis davonstoben.

Die norwegische Botschaft in Rom sieht aus wie die Garage der lateinischen Botschaft in Oslo. Ich war zutiefst beeindruckt von Marmortreppen und Säulengängen, als wir durch den Kücheneingang das Haus betraten und über den roten Läufer in den zweiten Stock schritten, wo Giuseppe eine bescheidene Klause von hundertneunzig Quadratmetern bewohnte. Seine Frau war leider über Weihnachten heim nach Rom gefahren, erklärte er, während er die Bar öffnete und die Eiswürfelmaschine anwarf, und deshalb mußten wir uns nach dem Schwimmen mit einem kleinen kalten Büffett begnügen – aber zuerst wollten wir mehr Sekt, was? Und vielleicht ein kleines Pfeifchen?
Mir war völlig klar, was sich hier gerade anbahnte. Ich war bei vollem Bewußtsein, als ich beschloß, mich am Spaß zu beteiligen – bis zu einer gewissen Grenze natürlich. Ich konnte mein Über-Ich so weit in den Staub treten, daß ich zu Hause anrief und erzählte, daß ich Überstunden machen und bei Else Somebody übernachten würde.
Und dann konnte ich endlich lahmen Gewissens mit Sekt anstoßen und meine erste Marihuanazigarette seit Jahr und Tag rauchen. Es ist eine entzückende Mischung, Blubberschlürf und milder Cannabis, und ich wurde wirklich hochgekribbelt und verlegte mich auf allerlei kunstfertige Schnurren. Ich sang ihnen sogar die »Schönheitskonkurrenz« vor, meine beste Glanznummer, und die lateinischen VIPs begriffen jedes Wort meiner Körpersprache. Bravissimo!
Als mir ein Röhrchen und ein schwarzes Brett mit zwei weißen Strichen angeboten wurden, lehnte ich höflich, aber entschieden ab, ohne mich im geringsten davon stören zu lassen, daß die meisten anderen auf den Kokainexpress aufsprangen, einige zum ersten Mal. Ich wollte durchaus nicht als Hüter meiner Brüder auftreten. Dieses Prinzip sollte ich im Laufe der Nacht noch fleißig beherzigen.
Den anderen brachte das Schneewetter einen kollektiven Lachanfall, und dann lud uns Giuseppe mit glänzenden Augen in den Keller ein, um die Aussicht zu bewundern. Wir quetschten uns in einen Fahrstuhl und wurden sehr intim, während die Maschinerie sich jammernd mit ihrer lasterhaften Last auf Talfahrt begab. Ich

war ziemlich gespannt darauf, wo wir nun landen würden. Schließlich konnte sich da unten in der Tiefe durchaus eine aufgemotzte Folterkammer aus den Tagen Caligulas befinden. Aber so war es nicht. Dort unten lag wirklich und wahrhaftig ein riesiges Schwimmbad mit den dazugehörigen römischen Badeherrlichkeiten, inklusive norwegischer Sauna aus Marmor. Far out, man. Wir traten auf eine breite Terrasse mit Sofas und Lacktischen – und mit Aussicht aufs Becken. Von dort kringelte sich eine elegante Treppe nach unten zur Wasseroberfläche. Terje und ich standen am Geländer und sogen diese phantastische Vision in uns ein. Das Becken war aus gelbgeädertem Marmor – und ich fand als erster einen Namen dafür:
»Na endlich, Makronelle, jetzt sitzen wir auch mal da wie die Maden im Speck!«
Das einzige, was ich an den Räumlichkeiten auszusetzen hatte, war das Echo. Es wurde ein bißchen zu laut, wenn alle durcheinander heulten. Aber ansonsten war alles völlig in Ordnung.
Die Garderobe lag einen Stock tiefer, und ich war der erste, der die Fetzen fallen ließ und mit elegantem Kopfsprung die Badesaison eröffnete. Ach, was war das schön! Ich war noch nie angeknallt geschwommen, und ich muß zugeben, daß das Erlebnis dadurch eine andere Qualität erhielt – auch wenn die natürlich künstlich war. Ich machte ein paar lange, weite Züge und tauchte dann die vier Meter zum Boden, ehe ich wieder in die Höhe schoß und wie ein Delphin durch die Wasseroberfläche brach – zum großen Jubel der anderen, die am Rand standen und einander beäugten, was offenbar verlockender war als das feuchte Element. Giuseppe sprang als einziger ins Wasser. Die anderen verschwanden Hals über Kopf in den innersten römischen Herrlichkeiten, und dort blieben sie lange.
Das war mir nur zu recht. Ich hatte beschlossen, unter keinen Umständen an irgendwelchen Sextouren teilzunehmen, auch wenn ich vielleicht ein bißchen Lust dazu hatte. Aber mein unterdrücktes Über-Ich war anwesend genug, um mich daran zu erinnern, daß ich Øystein nie mehr in die Augen schauen könnte, wenn ich ihm untreu wäre. Also stand eins für mich fest: Ich wollte nicht schmusen, ich wollte mich amüsieren.

Natürlich gab es einen Haken an dieser Sache. Er hieß Giuseppe und schlug ein Wettschwimmen vor. Er war ein guter Schwimmer, dieser Botschaftssekretär, und ich mußte mich wirklich arg anstrengen, um ihn zu schlagen, was ich mit einem Meter Vorsprung dann schaffte.
»Gratuliere!« sagte Giuseppe in gutem Norwegisch. »Dann darfst du mich zuerst ficken.«
»Nein, nein!«
»Nicht?« fragte er und strahlte wie ein lateinischer Superlativ. »Du wirst lieber von hinten gefickt? O, amore mio, ich werde es himmlisch für dich machen.«
»Neinneinnein! Tut mir leid, aber ich will nicht mit dir schlafen. Ich kann leider nicht.«
»Kannst nicht? Du bist krank am Geschlecht?«
Da mußte ich natürlich lachen, und das war im Grunde dumm, denn damit hatte ich eine vom Himmel gesandte Möglichkeit verschenkt, die Frage zu bejahen und das Problem los zu sein.
»Nein, nein, ich bin nicht krank am Geschlecht. Aber ich bin verheiratet. Glücklich verheiratet.«
»Amore mio! Das bin ich auch. Das ist doch kein Problem.«
»Ich bin mit einem Jungen verheiratet. Den ich liebe. Dem ich treu bin. Der ist mein amore. Capisci?«
Da lachte der muntere Lateiner so sehr, daß es in der Speckhalle nur so schallte. Und dann versuchte er, mich zu ficken! Aber ich war naß und glatt und schnell, und deshalb sprang ich wieder ins Wasser und schwamm, gefolgt von dem energischen liebeskranken Herren, auf die andere Seite. Ich hatte nicht die geringste Angst. Ich fand es eigentlich ziemlich witzig, weil ich sicher war, ihn austricksen zu können. Ich zog mich auf den Beckenrand, blieb dort sitzen und schubste ihn immer wieder ins Wasser zurück, wenn er herauszuklettern versuchte. Während ich ihn mir so vom Leibe hielt, brachte mir ein winziger philosophischer Anfall folgende Selbsterkenntnis: Nicht nur Über-Yngve war unter meinen nackten Absatz getrampelt worden. Der Alte Adam hatte dasselbe Schicksal erlitten – und das amüsierte mich gewaltig. So sehr, daß ich den Knaben in aller Heimlichkeit Amor Emio taufte und richtig herausfordernd lachen mußte, als ich ihn zum

vierten Mal ins Wasser beförderte. Nicht, daß er zu alt gewesen wäre – im Gegenteil. Er war mitten in seinen besten Dreißigern sehr attraktiv, und ich bezweifelte nicht, daß wir gemeinsam eine richtig prachtvolle Nummer hinlegen könnten. Aber ich spürte mit jeder Faser meines Wesens, daß ich nur mit meinem Øystein schlafen *wollte*, nur mit ihm die Gnadengabe teilen wollte, die die Sexualität trotz allem ist. Ich war monogam, und diese Gewißheit stimmte mich wirklich froh. Außerdem war ich ein verdammt guter Schwimmer, und das brachte mir ein überschäumendes Selbstvertrauen, das mich noch mehr zum Lachen anstachelte.

Der Botschaftssekretär Amor Emio fand es die fünf ersten Male offenbar auch witzig und aufreizend, in corpore von mir abgewiesen zu werden, aber dann dämmerte ihm wohl langsam, daß ich es ernst meinte – und da erlitt er einen eklatanten Anfall von lateinischem Temperament.

»Hör auf, dich so zu zieren! Du kommst her und kriegst Sekt und Schnee und alles was du willst, und dann mußt du auch ein bißchen mit uns spielen – mit uns anderen. Give a little, take a little, that's the name of the game, amore mio!«

»Yes Sir! In dem Fall trete ich sofort vom Spielplatz ab. Ich ziehe mich an und verlasse den fetttriefenden Vergnügungspark, hörst du? Ich bin zum Feiern eingeladen worden, verdammt noch mal, nicht zu einem Massenficken! Danke sehr! Aber bis eben hat's Spaß gemacht, *Duce*!«

Ich stand auf und ging in Richtung Garderobe, aber nun folgte eine ziemlich starke Szene. Giuseppe schwang sich an Land, blieb auf allen vieren liegen und schluchzte wie Romeo vor Julias leblosem Körper. Er hämmerte in klagendem Takt die Handflächen auf den Boden und lieferte überhaupt eine höchst imponierende Vorstellung:

»Du darfst mich nicht verlassen, amore mio! Ich wollte nicht gemein zu dir sein. Ich will dich doch nur lieben!«

»Du willst gar nicht mich! Du willst irgendwen. Kannst du nicht in den Marmorstall da drinnen gehen und dich mit den anderen Sternenschweinen suhlen und mich mit meinen eigenen verdammten Versprechungen in Ruhe lassen? Ich *will* nicht mit dir

schlafen, und auch mit sonst keinem, außer dem Jungen, mit dem ich verheiratet bin, weil er das Wunderbarste auf dieser Welt ist. Kannst du das in deine Birne kriegen?«
»No!« sagte Amor Emio. »Das begreif ich nicht. Wie kann so etwas möglich sein? Du kommst wie ein Sturm in mein Leben, bist intelligent und schön, bello, bello, ich bin so verliebt wie seit vielen Jahren nicht mehr, und dann willst du mein Leben wieder verlassen, ohne mir auch nur einen Arm – einen Arm, wie sagt ihr? Umarmung – zu schenken.«
»Du sprichst sehr gut Norwegisch.«
»Ich hab Mykle im Original gelesen – und natürlich auch Ibsen.«
»Dann schlage ich vor, wir setzen uns auf die Terrasse und diskutieren über Literatur. Hast du Bjørneboe gelesen?«
»Nonono, mein blonder Adonis. Ich bin ein Mann. Ich brauche meine Auslösung.«
»Dann mach, daß du in den Stall kommst und bring's hinter dich – dann können wir es uns danach mit intellektuellen Leckerbissen gemütlich machen. Ich möchte allein weiterschwimmen.«
»Du bist ein seltsamer Junge. Ganz außergewöhnlich. Wie du willst. Aber eins mußt du wissen, Yngve! Eines Tages wirst du zu mir kommen, und dann werden wir beide teilen. Ich verspreche dir, nicht mehr von dir zu nehmen, als du von mir bekommst. Capisci?«
»Das klären wir, wenn die Zeit gekommen ist. Geh jetzt ficken. Eh dir die Lust vergeht. Und beeil dich, sonst sind die anderen total fertig. Was auf norwegisch auch erschöpft bedeutet.«
»Ich weiß, ich weiß. Ich hab ja Mykle gelesen.«
Wir lachten beide, und während er zu den Glücklichen der letzten Stunden hineintrabte, mußte ich Amor Emios diplomatische Fähigkeiten doch bewundern. Ich mochte ihn. Und sein Schwimmbecken mochte ich noch mehr. Jetzt konnte ich es ganz allein genießen, ehe ich in die Garderobe ging, wo ich einen bodenlangen weißen Bademantel mit lateinischem Monogramm auf der Brusttasche fand. Und dann entdeckte ich einen diskreten Kühlschrank, der Sekt im Wert von Tausenden enthielt, und das war genau das, was ich brauchte. Aus dem römischen Bad strömten die Geräusche und Vibrationen einer sehr erregten Volks-

masse heraus, und da ich in meinem Leben ohnehin niemals an einer Sportveranstaltung teilgenommen hatte, erhob ich das jetzt zum Prinzip. Deshalb nahm ich mir eine Flasche Henkell und ein wunderbar vulgäres amerikanisches Sektglas und setzte mich auf die Terrasse, um das Leben und mich selber richtig genießen zu können. Und die Aussicht.

Bald quollen sie hervor, um sich abzukühlen, acht große und kleine Schweine, und machten in dem wogenden Speckmeer einen ohrenbetäubenden Lärm. Ich sah sie an und fühlte mich sauwohl. Sie sahen so schön aus. Sie waren wieder zu Kindern geworden, in ihrer ungehemmten Lebensfreude – die ich auch sehr genoß. Das Ganze hatte etwas Schlichtes und Richtiges und Freudiges. Alle mochten einander gleich gerne. Niemand wurde ausgeschlossen oder heruntergemacht oder angepöbelt. Es war eine wahre Bruderschaft, und noch etwas mehr. Jesus hätte es sicher gefallen, philosophierte ich glücklich über meinem Blubberschlürf, ehe die anderen befriedigten, doch durstigen Männer sich mir anschlossen. Dann fand Giuseppe, daß jetzt ein kleiner Abendimbiß angesagt sei, und deshalb stiegen wir zu einem einfachen kalten Büffett wieder empor.

Oben in der Wohnung fanden wir die reinste Hotelküche mit einem riesigen Kühlschrank, der vollgestopft war mit allem, was ein hungriger Gourmetmagen nach solch umfassenden physischen Anstrengungen nur begehren konnte. Die Delikatessen wurden in großen Schüsseln aufgetragen und auf den Eßzimmertisch gestellt, und die meisten gönnten sich ein neues Röhrchen Schneegestöber, um ihren Appetit noch zu vergrößern. Vor allem Terje. Er hing in den Wolken und fraß wie ein Wolf, bis er eine ganze gekochte Ochsenzunge entdeckte. Worauf er ein aristotelisches Freudengeheul ausstieß, das schwere, blutrote Biest schnappte und sich in die Hose steckte. Es folgten hysterische Szenen, während er trainierte, die Zunge durch seinen Hosenschlitz ein- und auszuführen. Es sah ja nicht unbedingt schön aus, wie er da die Zunge aus dem Fenster hängen ließ. Es war aber so grotesk, daß es gefährlich komisch wirkte – aber nur für mich. Die anderen waren im Circus Maximus – und das war nur die Ouvertüre, denn jetzt hatte Terje die Idee des Jahres:

»Wir gehen ins Pissoir auf Thomas Heftyes Plass. Davon hab ich immer schon geträumt. Ich will meine Zungenspitze auslüften!« Die Idee zündete wie Feuer in trockenem Pot, und bald waren alle bereit für eine kleine Expedition, bei der Terjes stolze Prothese vorgeführt werden sollte. Ich auch. Ich dachte, es könnte interessant sein, die Reaktion irgendeines nichteingeweihten Pissoirschwulen zu sehen, dem plötzlich eine so gewaltige greif- und fühlbare Überraschung zuteil wurde. Und wir fegten los, um einem oder mehreren eine neue Erinnerung zu bereiten.
Wir brauchten von der Botschaft zum Platz des Herrn Heftye nur fünf Minuten, und obwohl es inzwischen schon zwei Uhr nachts war, war da unten offenbar noch der Bär los. Ich hielt mich zusammen mit Giuseppe und einem VIP aus dem Gang der Ereignisse heraus. Ich habe nie Sinn für Pissoirsex gehabt – nicht, weil ich prüde wäre! Ich habe einfach Angst davor, eine dunkle Treppe zu einer noch dunkleren unterirdischen Wirklichkeit hinunterzugehen, wo ich nicht sehen kann, mit wem ich es zu tun habe. Ich sehe ja ein, daß das spannend sein kann, aber meine Art von Spannung ist das nicht.
Kein Zweifel jedoch, daß die Lateiner diese Art Spannung liebten, sie trauten sich jedoch nicht, aufgrund ihrer Stellung in diesem Leben, wegen ihres unzweifelhaften Standes. Die Situation war im Grunde explosiv, und die Angst vor dem Skandal war stärker als ein Superkick in Happeningsklasse. Also stellten wir uns in einem Eingang mit gutem Blick auf das Loch in der Oberfläche auf, in dem einer nach dem anderen unserer Verbrüderten in rascher Reihenfolge verschwand. Ich zählte im Laufe einer Minute dreizehn, was bedeutete, daß es da unten ziemlich voll sein mußte.
Wir standen mit großen Erwartungen draußen, und ich stellte mir wohl vor, daß sich der befreite Homo-Hades zu einer vor Lachen Brüllenden Finsternis entwickelt – und dann kam der Bullenwagen. Er hielt völlig ungesetzlich mitten vor dem Zeitungskiosk an, und dann stieg der Fahrer aus, während der andere sitzenblieb und gähnte. Der, der ausgestiegen war, lief unverdrossen auf den Eingang der Großen Finsternis zu – und da ging mir plötzlich auf, daß der Mann pissen wollte. Ausgerechnet! Wir sahen, wie er

zielbewußt im Eingang verschwand, und dann verstrichen vier lange Sekunden, ehe die winterliche Oslonacht von Entsetzensschreien zerfetzt wurde, die ich niemals vergessen werde. Sie waren gedehnt und schrill, und es kamen immer noch weitere – und dann kamen sie in wildem Chaos herausgestürzt, diese armen in Panik geratenen Menschen, wie irrsinnige Fledermäuse aus der Schwarzen Hölle!
Es war ganz schrecklich. Ich war sofort total down, zusammen mit den Lateinern.
»Let's get the hell out of here!« sagte der VIP und rannte in die Richtung, aus der wir gekommen waren. Drüben schrillte eine Polizeipfeife, und der brave Wachtmeister kam herausgekrabbelt und gestikulierte gewaltig mit einem Arm. Er sah aus, als ob ihn ein Mähdrescher überfahren hätte, der Arme. Was hat ein Polizist doch oft zu leiden!
Wir rannten. Wir hörten Terje hinter uns heulen:
»Wartet auf uns! Wartet, zum Teufel!«
Aber die handlungsfreudigen Uniformierten im Wagen hatten bereits Martinshorn, Blinklicht und die ganze Lasershow angeworfen, deshalb rannten wir, was Leber und Milz nur so hielten. Die Lateiner lagen ganz vorn, mit Angst vor Skandal als stimulierendem Streßfaktor, und ich war gar nicht weit zurück. Aber ich machte mir große Sorgen um die Nachhut – ich mußte ihnen doch helfen, wußte aber, daß ich das allein nicht schaffen würde. Also rief ich: »Kommt nach! Zur Botschaft! Lauft!«
Und sie kamen in gestrecktem Galopp – und hinterher die Bullerei, heulend und johlend und wutschäumend, und das ließ uns allesamt neue persönliche Rekorde im Hindernisrennen für Herren aufstellen. Die Nachhut rannte mitten auf der Straße und hinderte dadurch den Bullenwagen am Vorbeifahren. Ich rief Giuseppe auf Latein zu, er sollte das Tor für uns aufhalten – und das machte er sogar. Amor Emio war kein schlechter Mensch! Er ernannte den VIP zum Torwächter, während er selber weiterjagte und den Haupteingang zum Gelobten Land aufschloß. Und dann kamen wir anderen über den rosa Kiesweg gewetzt und rannten mit hängender Zunge und in chaotischer Unordnung durch die massive Eichentür. Aber die Bullen hatten auf der Polizeischule

gute Noten eingesackt und waren aus ihrem Wagen gesprungen und durch das Tor gerannt, ehe der VIP dasselbe absperren konnte — und nun folgte eine köstliche Szene auf hohem diplomatischem Niveau. Der VIP hatte wohl öfter schon solche Stürme erlebt, denn er ließ die Bullen weiter aufs Haus zu stürmen, während er selber Luft holte und geruhsam hinterdrein spazierte. In der Tür stand Giuseppe breitbeinig mit seinem liebenswürdigsten Lächeln und wandte sich auf englisch an die Uniformierten, mit der Frage, was in aller Welt das hier mitten in der Nacht für ein Krach sei, und ob sie zumindest freundlicherweise die entsetzliche Sirene abstellen könnten, die die ganze Nachbarschaft aufweckte? Der VIP spazierte elegant an den Bullen vorbei, die inzwischen ziemlich desillusioniert wirkten.
»Ich möchte wissen, was hier vor sich geht«, sagte der, der nicht vom Mähdrescher überfahren worden war und noch immer seine Mütze trug.
»Non capisco! English? Français?« lächelte Giuseppe.
»Well, there has been some raid up here, and I think they went in here«, stotterte der beredte Mann. »Wir müssen das Haus durchsuchen.«
»Meine Herren! Ich kann Ihnen versichern, daß hier im Haus alles in schönster Ordnung ist. Ich habe nicht um polizeiliche Hilfe gebeten — deshalb muß ich Sie leider bitten, das Gelände zu verlassen. Sie befinden sich nämlich auf lateinischem Territorium, und hier regiere derzeit ich. Ich danke für Ihren Besuch!« sagte Amor Emio.
Wir standen in der Halle und hörten jedes Wort. Der, der seine Mütze eingebüßt hatte, fing an zu protestieren, aber der andere sah ein, daß die Schlacht verloren war und befahl seinem Kollegen, mit zurück zum Auto zu kommen. Wir erlitten drinnen im Marmor einen Kicheranfall — was Terje eine neue Eingebung brachte. Er hatte nämlich immer noch die fatale Zunge in der Hand, und nun trat er in die Türöffnung und warf die ganze Pracht hinter ihnen her — über Giuseppes Schulter. Zum Glück war er niemals besonders treffsicher gewesen — physisch, meine ich. Und deshalb fiel die Zunge einen Meter hinter ihnen auf den Kies. Der Arm des Gesetzes fuhr herum, stand eine Weile da und

glotzte dieses ekelhafte organische Material an, das ihn fast im Rücken getroffen hatte.
»Was zum Teufel ist das denn?« sagte der eine tief beeindruckt.
»Keine Ahnung, aber das ist sicher auch lateinisches Eigentum«, meinte der andere. Damit wackelten sie zum Tor hinaus, der Überfahrene hinkte übrigens, kletterten in ihr Auto und schalteten die Sirene aus. Danach vertieften sie sich in ihren avancierten Polizeifunk. Giuseppe schlenderte durch den Vorgarten und verschloß hinter ihnen das Tor; auf dem Rückweg hob er noch den Clou des Abends auf. Als er die Marmorhalle betrat, bereiteten wir ihm allesamt stehende Ovationen, weil er uns so effektvoll lateinisches politisches Asyl im Paradies Chlorwegen besorgt hatte. Es stellte sich heraus, daß wir inzwischen vierzehn waren. Wir hatten im Gewimmel fünf unschuldige Pissoirbesucher mitgeschleift – und das war wirklich Grund zum Feiern. Terje trug seine Zunge wie eine Kriegstrophäe durch den Marmor, der an den meisten Stellen mit echtem Gold bedeckt war, bis zu Giuseppes Wohnung, wo wir unsere Plätze am verlassenen kalten Büffett wieder einnahmen. Dort schnitt er die berühmte Delikatesse in sehr dicke Scheiben, aber nur wenige wollten den Clou des Abends kosten. Zum Glück gab es ja genügend andere Leckerbissen. Ente und Gans und überhaupt.
Ich für meinen Teil machte mit Sekt und Marihuana weiter und ließ meine Stimmung zu neuen Höhen aufsteigen. Es war gar nicht so blöd, Freunde in der Diplomatie zu haben, stellte ich fest, und ich küßte Amor Emio auf die Wange.
»Danke fürs Retten, Giuseppe. Ohne dich wären wir übel dran gewesen. Dieser Ausbruch aus dem Hades gilt sicher als Gewalt gegen die Polizei.«
»Ach, das hätte gerade noch gefehlt. Solange ihr hier seid, genießt ihr diplomatische Immunität. Aber ich kann euch nicht in alle Ewigkeit beschützen. Der Botschafter kommt am dritten Januar zurück.«
»Du glaubst doch wohl nicht, ich wollte zwei Wochen hier bleiben?«
»Warum nicht, amore mio? Hier haben wir alles, was wir brauchen – und wir haben einander.«

»Nein. Haben wir nicht – du jedenfalls nicht – ich meine, du hast mich nicht. Aber die anderen kannst du gern behalten.«
Ich gestikulierte zum Rest der Gesellschaft hinüber, wo Terje natürlich im Mittelpunkt stand, mit seiner dramatischen Schilderung der tatsächlichen unterirdischen Vorkommnisse:
»Und dann hat der den Superzungenkuß gekriegt, weisse...«
Die fünf Neuankömmlinge saßen am Tisch und sahen aus wie Hans im Glück, und das waren sie im Grunde ja auch. Die beiden jüngsten hatte ich schon einmal gesehen, die anderen waren völlig unbekannte Gesichter. Erwachsene Männer, die so unterdrückt waren, daß ihre Sexualität buchstäblich in den Untergrund gedrängt wurde. Menschen, die nur an Taten der Finsternis gewöhnt waren, und die sich plötzlich in vollem Rampenlicht zwischen mehr oder minder bewußten Schwulen wiederfanden. Sie schienen sich nicht besonders wohl dabei zu fühlen. Der Älteste, er war so um die Fünfzig und hatte schüttere Haare, sah aus wie ein Nerz im Käfig – kranker Nerz im Käfig –, ein Zustand, den ich sehr gut kannte. Deshalb setzte ich mich neben ihn.
»Hallo, ich heiße Yngve. Hast du so geschrien?« fragte ich so beruhigend wie möglich. Er sah mich verschreckt an und schüttelte den Kopf, wie um zu betonen, daß er nichts Schlimmes getan hatte.
»Ach nein, nein, ich war das nicht. Aber... ich kenne ihn... ja, den, der geschrien hat... und ich mach mir ein bißchen Sorgen... er hat ein schwaches Herz...«
»Aber was ist denn aus ihm geworden?«
»Ja, das weiß ich ja eben nicht. Ich bin so in Panik geraten, ich dachte, irgendwer... würde da unten ermordet, und als ich endlich oben angekommen war – es lag ja auch jemand auf der Treppe –, da war die Polizei doch schon da, und ich rannte und rannte, ich bin zuletzt so gerannt, als ich noch sehr jung war, und dann sind wir hier hereingestolpert – ich kenne hier doch keinen Menschen, ich verstehe überhaupt nichts –, aber da ist mir aufgegangen, daß Alfred derjenige gewesen sein muß, der geschrien hat. Ja, ich bin ganz sicher...«
»Hör mal. Meinst du, daß er... daß Alfred vielleicht noch dort liegt – da unten beim Pissoir – mit einem Herzanfall?«

»Ach, bitte, sag doch nicht so was! Nein, das können wir doch einfach nicht glauben. Und da waren doch so viele. Irgendwer hat ihm sicher geholfen. Und er hat sicher bloß einen leichten Schock erlitten. Mir ist ja klar, daß das Ganze eine Art... practical joke war, nur ein harmloser Scherz. Es gab ja gar keinen Grund, sich so aufzuregen, aber verstehst du, Alfred ist in vielen Dingen so... so *empfindlich*.«
»Hör mal – wie heißt du übrigens?«
»Ach, junger Mann, spielt das denn eine Rolle?«
»Nein, nein. So war das nicht gemeint. Entschuldigung, ich wollte nicht aufdringlich sein. Aber ich mache mir auch Sorgen um den armen Alfred. Ich dachte, wir sollten vielleicht nachsehen, ob er es allein oder mit fremder Hilfe nach Hause geschafft hat – oder ob er immer noch da liegt.«
»Bitte, sagen Sie so etwas nicht, junger Mann. Ich werde so... doch. Vielleicht ist es das beste, einmal nachzusehen. Ach, würden Sie das für mich tun – ich bin so nervös, verstehen Sie. Ich heiße übrigens Ole, es war unverschämt von mir, Ihnen zu mißtrauen – hier haben Sie das Geld für eine Taxe, wenn Sie so gut sein wollen...«
»Immer mit der Ruhe, ich brauche kein Geld. Hast du was zu trinken? Whisky – willst du noch einen? Ich hol dir noch ein Glas.«
Im Aufstehen war ich wild entschlossen, jemanden zu finden, der sich mit mir auf die Suche nach Alfred begab, aber als ich mich umsah, ging mir auf, daß das nicht leicht sein würde. Die ganze Festgemeinschaft war immer noch im Auftrippen begriffen, und vorerst schien der Gipfel nicht in Sicht zu sein.
»Will mir denn niemand helfen, die Reste der Beweislage aufzuessen?« heulte Terje und begann unter dem übermütigen Jubel der anderen mit Zungenschnipseln um sich zu werfen.
Da reichte es mir. Just das war das Zünglein an der Waage. Ich ging noch zur Bar und füllte Oles Glas mit Black Label, und auf dem Rückweg sah ich endlich Giuseppe. Er hatte einen anderen Amore gefunden – zu meinem Glück –, aber zu Alfreds Unglück war er auf dem Weg zum Salon und trug seinen Auserwählten sogar über die Türschwelle. Ich lieferte das Glas ab und

rannte hinter ihnen her, aber als ich das riesige Wohnzimmer erreicht hatte, standen sie schon vor einer der Schlafzimmertüren.
»Giuseppe – warte, ich muß hier raus!«
»Ach, aber ist das nicht mein lieber Yngve? So schnell hatte ich dich wirklich nicht erwartet. Wie du siehst, bin ich im Moment leider beschäftigt – ich hab die Hände voll, sagt ihr das nicht so? Du kannst in einer Stunde noch mal kommen.«
»Ha, vielleicht. Aber zuerst muß ich hier raus. Ich muß weg. Verstehst du?«
»Aber das ist unmöglich. Die Polizei steht immer noch vor dem Tor.«
»Der Mann, der im Pissoir geschrien hat! Er hatte einen ernsthaften Herzfehler. Vielleicht liegt er da draußen im Sterben. Ich muß einfach nachsehen. Das ist doch sicher auch in deinem Interesse? Vielleicht kriegt deine Immunität ja einen Sprung, wenn wir eine Leiche hinterlassen haben.«
Der Botschaftssekretär musterte mich fünf Sekunden lang mit hartem Blick, dann ließ er seine kostbare Last auf den nächstbesten Sessel fallen.
»Woher weißt du das?«
»Der Älteste von den Neuankömmlingen da drin. Das ist ein Freund von dem Herzkranken. Einem Mann in den Fünfzigern mit soliden Gesundheitsproblemen. Wenn er noch da liegt, dann müssen wir etwas tun.«
»Ja. Wir werden tun, was wir können. Es ist nicht sehr viel, aber es ist wohl genug. Du kannst ins Büro gehen und anrufen – das ist ein privater Anschluß. Ruf anonym die Polizei an und sag ihnen, daß da unten vielleicht ein Kranker liegt. Keinen Namen oder Adresse nennen.«
»Aber dann kann er ja verhaftet werden!«
»Vielleicht – aber zuerst kommt er ins Krankenhaus. Das ist die schnellste Möglichkeit, um ihm zu helfen – wenn er noch da ist. Übrigens kannst du davon ausgehen, daß die Polizei auch schon dagewesen ist, um herauszufinden, was eigentlich passiert ist.«
»Ich bin nicht sicher, daß diese Idioten so weit gedacht haben.«
»Polizisten sind in jedem Land gleich, Idioten, ja, aber rachsüchtige Idioten. Sie waren bestimmt da, aber ruf auf jeden Fall an,

damit du deinen Seelenfrieden wiederfindest. Das ist das einzige, was wir tun können. Siehst du, sie stehen immer noch da, jetzt sogar mit zwei Wagen. Du kommst nicht raus, es gibt keinen anderen Eingang – und ich möchte mich ungern dazu gezwungen sehen, dich von den Eisenspitzen des Zaunes zu pflücken. Ruf an, dann hast du getan, was du kannst.«
Zum Glück sah ich ein, daß er recht hatte. Denn auch wenn ich vielleicht über den Zaun klettern und eventuell da unten im Hades den alten Alfred finden könnte, dann müßte ich doch einen Krankenwagen rufen – und dann würde die Polizei auf jeden Fall informiert werden. Also rief ich an.
»Polizei!« antwortete eine schrille Frauenstimme.
»Ich wollte sagen, daß aller Wahrscheinlichkeit nach im Pissoir auf Thomas Heftyes Plass ein Mann mit einem Herzanfall liegt.«
Pause.
»Hallo?«
»Hallo, ja, mit wem spreche ich?«
»Das kann ich nicht sagen. Ich wollte nur Bescheid sagen.«
»Einen Moment. Können Sie das noch einmal wiederholen – die Verbindung ist sehr schlecht.«
»Wahrscheinlich liegt im Pissoir auf Thomas Heftyes Plass ein Mann mit einem Herzanfall. Ihr solltet da mal nachsehen, falls ihr das noch nicht gemacht habt.«
»Und wie war noch gleich Ihr Name?«
»Kapitän Nemo. Von der Kavallerie!« sagte ich und schmiß den Hörer auf die Gabel.
Giuseppe stieß ein lateinisches Lachgebrüll aus – eher aus Erleichterung als aus Belustigung, nehme ich an, dann umarmte er mich von hinten und küßte meinen Nacken.
»O, o, amore mio! Jetzt haben sie nicht nur deine herrliche Stimme, sondern auch deinen sprühenden Witz auf Band. Aber macht nichts. Du hast nur fünfundvierzig Sekunden gebraucht. In so kurzer Zeit können sie das Telefon nicht einpeilen. Ich hätte nach einer Minute sowieso abgebrochen. So, erledigt, das hast du sehr gut gemacht. Was möchtest du trinken? Mehr Sekt?«
»Aus dem kleinen Henkelltöpfchen? Ja, danke. Wenn ich etwas Stärkeres nehme, bin ich bald blau.«

»Ah, dann nehmen wir Cognac!«
»Nichts da! Vergiß nicht den kleinen Schönling, den du im Wartezimmer abgehängt hast. Vielleicht wird der langsam ungeduldig?«
»Soll er warten. Du stehst meinem Herzen am nächsten...«
»Hör auf, mich in den Nacken zu küssen!« sagte ich und prustete hemmungslos los. Giuseppe wieherte entzückt mit.
»Also, dann geh einen Henkell holen, Amor. Ich hab Durst.«
»Wir trinken den im Schlafzimmer, ja?«
»Im Salon, bitte, dann bist du ein angelo.«
»Ach, du mein allerteuerst Erkaufter!« Er verschwand. Er meinte sicher Teuerster, dachte ich und trottete ins Wohnzimmer. Der kleine Schönling war leider verschwunden, deshalb setzte ich mich, um meine Gedanken zu ordnen und mir einen gewissen Überblick zu verschaffen. Das war nicht leicht, denn im Eßzimmer schienen hundertfünfzig hysterische Portugiesen einen Hahnenkampf zu beobachten. Im Vergleich zu dem Höllenlärm da draußen fühlte ich mich geradezu nüchtern, und plötzlich bereute ich, daß ich den Cognac abgelehnt hatte. Und dann konnte ich gerade noch denken, daß ich wirklich alles für Alfred und seinen physischen Kulturschock diesseits des Flusses Styx getan hatte, was ich konnte, als Giuseppe auch schon strahlender Laune zurückkam, bewaffnet mit echtem Champagner und echtem Remy Martin. Dann holte er zwei Gläser, die aussahen wie zwei Goldfischgläser, und zwei hohe Sektgläser mit Gold am Stiel und am Rand. Sodann folgte ein rituelles Cognaceinschenken in aller Würde, ehe er mit virilem Pfuff die Champagnerflasche öffnete. Und nun griff ich ins Geschehen ein. Ich entrang ihm die Flasche und ließ Champagner in mein Goldfischglas schwappen – und dann in seins.
»Neinneinnein! Bist du verrückt? Was machst du denn bloß?«
»Ich mixe zwei Königsbecher.«
»Was?«
»Königsbecher. Das ist eine norwegische Erfindung. Eigentlich soll man Brandy Special und Rhabarbersekt nehmen, aber mit der Plörre hier geht's sicher auch. Prost, Amor Emio! Das hab ich zuletzt mit siebzehn gesoffen!«

»Außergewöhnlich!«
Er glotzte verblüfft zuerst mich an, dann seinen bis über die Hälfte mit sprudelndem Gold gefüllten Ballon und sagte:
»Außergewöhnlich!«
Dann stießen wir mit unseren schweren Erfrischungen an, und er wiederholte:
»Zutiefst außergewöhnlich. Es schmeckt wirklich gut. Wer hat das komponiert, diesen... Königsbecher?«
»Ach, sicher nicht der König, auch wenn er sich ein seltenes Mal einen oder drei davon mixt. Der Erfinder ist einer unserer größten Liedermacher namens Otto Nielsen. Er hat noch einen anderen erfunden, aus Whisky und Sahne, und der heißt ›Bleicher Tod‹.«
»Nein, das ist amerikanisch.«
»Jaja, aber er hat's auf jeden Fall ins Norwegische übersetzt.«
»Ungewöhnlich außergewöhnlich!« sagte Giuseppe und nahm einen tiefen Schluck. Ich auch. Bei diesen Rohwaren schmeckte es ganz einfach wundervoll, und ich hatte die phantastische Wirkung eines Königsbechers total vergessen. Er bringt einen gewissermaßen zum Levitieren, zum Abheben. Extra stark bis in den zweiten Stock.
»Mmmmm – der geht mir doch glatt in die Libido!« sagte der Botschaftssekretär und versuchte, mich mit einem lüsternen Lächeln zu hypnotisieren.
»Nein, fang nicht wieder mit diesem Nervkram an! Das zieht mich runter. Dann geh ich raus und laß mich vom Bullenpack festnehmen.«
»Aber Yngve! Ich mach doch nur ein Späßchen. Ich hab ja begriffen, daß nicht willst. Das werde ich respektieren.«
»Versprichst du das – ganz sicher?«
»Ich verspreche es bei meiner diplomatischen Ehre.«
»Und Immunität?«
»Nonono, amore mio. Verlaß dich auf mein Wort. Was hättet ihr norwegischen *Finocchi* denn heute abend ohne mich und meine diplomatische Immunität gemacht? Ihr wärt verhaftet worden – jedenfalls viele von euch. Ich öffne euch mein Haus und rette euch vor einem entsetzlichen Schicksal, und du bezweifelst meine Redlichkeit.«

»Nein, Giuseppe. Jetzt nicht mehr. Von nun an verlasse ich mich voll und ganz auf dich. Und gleichzeitig möchte ich mich im Namen aller ganz herzlich bedanken. Du hast uns wirklich gerettet. Ich wünschte, ich könnte dich besser belohnen – direkter –, aber das kann ich nicht. Auf dein Wohl, Giuseppe!«
»Und auf deins, Yngve. Ich bin fast froh darüber, daß wir platonisch sind – vorläufig. Ficken kann man ja mit allen, aber nur mit wenigen kann man gemütlich plaudern.«
»Das hat doch wohl kaum Oscar Wilde gesagt?«
»Neinnein. Das ist nur meine eigene schlichte Erfahrung. Prost.«
»Prost! Auf den Erfahrungsaustausch auf intellektueller Ebene.«
Damit war die Idylle beendet, denn als es endlich ein bißchen nett wurde, kam Terje fauchend wie die Lokomotive des Marrakesch-Expresses aus der Küche gebraust.
»Hier sitzt ihr und munkelt und schunkelt, während wir draußen bei den niederen Klassen ohne auch nur ein Kofferradio verschmachten! Wir wollen Musik! Wo ist die Anlage – meine Güüüüte, was sauft ihr'n da? Königsbecher, was? Yngve du ungeräucherter Luxusschellfisch, sitzt du hier, hast dir die Gastgeberin untern Nagel gerissen und zu allem Überfluß auch noch das Beste von allem anderen – gib mir'n Schluck!«
Er riß mein Glas an sich und kippte es wie Selters in Marokkos Wüste.
»Ooooo, war das gut! Hab ich nich mehr gekriegt, seit ich noch innen Windeln lag. Aber wo ist nun die Anlage?«
Und dann explodierte die Gesellschaft wie ein Feuerwerksladen. Ich versuchte anfangs, mich ein bißchen im Hintergrund zu halten, aber schließlich mußte ich einfach auch tanzen – ziemlich hemmungslos, wie mir deutlich schwant. Das letzte, was ich noch weiß, war, daß ich um acht Uhr morgens an Schneewittchen und Amor Emio immer noch Körbe verteilte und mir statt dessen noch einen Königsbecher mixte. Und dann wurde es dunkel.

Aber es war äußerst hell draußen, als ich durch einen scheußlichen Albtraum, den ich im Aufwachen sofort verdrängte, aus dem Schlaf gerissen wurde. Denn jetzt war ich Hans im Glück, genauer

gesagt, Hans im Botschaftssekretärsbett, und ich war nackt – bis auf die Unterhose. Unglaublicherweise hatte er mir die Unterhose gelassen. Aber das konnte ein diplomatischer Kniff sein – nein, Gott sei Dank! Er hatte mich nicht von hinten gefickt. Mir brach der kalte Schweiß aus. Aber mir tat nichts besonders weh, nicht einmal mein Kopf. Ich war allein im Zimmer. Das Zimmer war groß und schön. Irgendwer hatte neben mir geschlafen. Giuseppe. Aber er hatte nicht... hatte mich nicht gefickt. Dank und Dank. Das Schlafzimmer hatte sein eigenes Badezimmer, und ich saugte Zahnpasta aus der Tube, ehe ich unter die Dusche ging. Dort versuchte ich, alle Kräfte zu sammeln und konnte etwa zehn Prozent davon ausnutzen. Das müßte für eine Weile reichen. Die *heiße* Dusche half auch. Ich habe diese norwegischen Norweger mit Wikingerkomplexen, die auf »kalte Abreibungen« schwören, nie verstanden. Das müssen Masochisten sein.
Meine Kleider lagen überall an den Wänden entlang verstreut, und das fand ich ziemlich putzig, hatte aber keine Kapazitäten mehr frei, um mir das genauer zu überlegen. Ich zog sie einfach an und öffnete die Wohnzimmertür. Das Wohnzimmer war dicht besiedelt. Es sah aus, als ob es ziemlich lange Schusterjungen geregnet hätte. Sie lagen überall – auf den Sofas und auf dem Teppich. Terje und ein VIP fehlten, aber es gab ja noch ein Schlafzimmer. Ich stieg über das gefällte Ensemble und begab mich in die Küche. Dort saß der kleine Ole immer noch auf demselben Stuhl, hinter einem leeren Whiskyglas. Hatte er vorher ängstlich ausgesehen, so war er jetzt noch dazu verhuscht. Und sein Gesicht war verdreckt vor Müdigkeit.
»Du hältst noch aus?« fragte ich morgenfrisch, ehe ich den Kühlschrank öffnete und mir ein Bier nahm.
»Äh, ja, vielleicht. Doch, danke. Das war sehr nett von Ihnen.«
»Ich heiße Yngve, und mir wär's lieber, wenn du *du* zu mir sagen würdest, ich sage ja auch du zu dir; hast du eine Uhr?«
»Ja, sicher. Es ist halb drei – vierzehn Uhr dreißig.«
»Oioioi! Na, es könnte schlimmer sein. Ich muß zu Hause anrufen – sind wir immer noch von der Außenwelt abgeschnitten?«
»Ja, es ist wirklich schrecklich. Dieser große, grüne Gefängnisbus steht da schon seit heute morgen. Sie sind sehr geduldig. Der Bot-

schafter ist vor einer Stunde hinausgegangen, um mit ihnen zu reden, und ist noch nicht zurückgekommen. Ich habe... ja, ich habe meine Familie anrufen und sagen müssen, daß ich verhindert bin. Es ist... nein, das hier ist wirklich nicht gut.«

»Nein. Das erinnert mich an die chilenischen Flüchtlinge letztes Jahr in der Botschaft in Santiago.«

»Ach, das dürfen Sie nicht sagen!«

»Ich heiße Yngve. Warum nicht? Prost!«

»Wir leben trotz allem in einem demokratischen Land... äh, Prost!«

»Von hier aus sieht das weiß Gott nicht so aus. Hast du gesehen, daß Giuseppe mit ihnen geredet hat?«

»Ja, sicher. Er stand mehrere Minuten lang dort... ja, er hat so südeuropäisch gestikuliert. Aber er ist ja auch ein sehr... diplomatischer Botschafter, finde ich.«

»Ja, meine Fresse.«

»Er hat mir heute nacht sogar ein eigenes Schlafzimmer angeboten, aber als ich hinkam, war es leider... besetzt.«

»Ach ja? Terje war also vor dir da?«

»Ist das der mit... der Zunge?«

»Ja. Das ist der mit dem Zünglein an der Waage – prost! Heute kann ich mich auch nicht so recht für ihn begeistern. Der wird noch zu hören kriegen, was er gestern – heute nacht – angerichtet hat. Wenn das dir ein Trost sein kann?«

»Ja, das ist es sicher. Und du kannst ihm sagen, daß er mich in eine äußerst peinliche Situation gebracht hat – aber was ist aus Alfred geworden?«

»Das weiß ich leider nicht. Ich konnte ja nicht raus, deshalb habe ich die Polizei angerufen und sie gebeten, festzustellen, ob er noch da war, und ihn eventuell ins Krankenhaus zu bringen...«

»O mein Gott!«

»Vergiß nicht, daß die Polizei zu diesem Zeitpunkt wahrscheinlich schon alles untersucht hatte...«

»Aber Alfred ist so sensibel, so *fein*fühlend...«

»Ich weiß, was das bedeutet, aber hast du versucht, ihn anzurufen?«

»Was?«

»Hat Alfred kein Telefon?«
»Doch sicher. Da sagst du was! Nein, auf die Idee bin ich noch nicht gekommen.«
»Jetzt hast du *du* gesagt.«
»Wie beliebt?«
»Nichts. Ruf ihn jetzt an. Nimm das Telefon im Büro, ja?«
»Ja. Sicher. Tausend Dank.«
»Aber bitte sehr.«
Frühstücksbier gehört zu den besten Dingen dieses Lebens. Jedenfalls, wenn es nötig ist. Es bringt gewissermaßen alles an seinen Platz. Ich mußte zu Hause anrufen. Bei Øystein. O Gott, wie ich mich nach ihm sehnte. Peinliche Situation? Jaja, so konnte man das wohl auch nennen. Was sollte ich Øystein sagen? »Ich habe in der lateinischen Botschaft in Oslo vorübergehend politisches Asyl.« Außerdem wurde das Telefon sicher abgehört. Immer mit der Ruhe. Keine Panik. Noch ein Bier? Ja, bitte. Es ist keine Katastrophe. Du kannst alles erklären. Zusammenhängend. Du hast mit keinem geschlafen. Bist nicht untreu gewesen. Braver Junge. Tüchtiger Junge...
»Bist du schon auf, amore mio?«
Ich fuhr auf und verkleckerte Bier auf dem Tisch, als ich auf meinem Stuhl herumfuhr. Giuseppe lächelte breit, ohne zu verhehlen, daß er genervt und gestreßt war. Er nahm sich auch ein Bier und ein Glas, ehe er sich setzte.
»Ihr habt gutes Bier hier in diesem Land, aber eine schreckliche Polizei. Sie verlangen eine Erklärung für die Vorkommnisse von letzter Nacht, und sie wollen wissen, wer hier ist und warum. Sie werden erst weggehen, wenn sie die Antwort haben. Wir sind wirklich eingesperrt, mein guter Yngve. Was sagst du dazu?«
»Ich dachte immer, jede Botschaft mit Selbstachtung hätte einen geheimen unterirdischen Notausgang!«
»Ja, den könnten wir jetzt gut brauchen – einen, der im Pissoir da oben endet, was? Aber wir haben offenbar den fatalen Fehler begangen, Norwegen für ein freundlich gesonnenes Land zu halten.«
»Das ist es noch nie gewesen. Nicht zu meinen Lebzeiten jedenfalls. Nicht solchen wie uns gegenüber. Sie wissen ja, daß die mei-

sten aus dem Hades gekommen sind und daß bei den Zusammenstößen ein Polizist verletzt worden ist, wie sie im Radio immer so treffend sagen. Jetzt werden wir übrigens bald erfahren, ob noch mehr gegen uns vorliegt, ob sie eine Leiche gefunden haben; Ole ruft nämlich gerade bei seinem Kumpel mit dem großen Herzen an.«

»Ach, wie klug. Das war sicher deine Idee? Ich muß übrigens, wo wir schon dabei sind, sagen, daß ich deinen Mut und deine Tatkraft bei dieser Gelegenheit bewundere. Du hast ein goldenes Herz!«

»Ach, überhaupt nicht. Ich habe bloß ein schlechtes Gewissen!«

»Ach? Aber du hast jedenfalls ein phantastisches Schlafherz, amore mio. Du bist nicht einmal wach geworden, als ich mit bloßen Fäusten deine Ehre verteidigt habe.«

»Hä?«

»Da siehst du. Du kannst dich an nichts erinnern.«

»Wovon redest du? Nun sag schon!«

»Heute morgen, als das Fest langsam zu Ende ging, fiel mir plötzlich auf, daß du nicht mehr dabei warst und daß auch meine beiden italienischen Gäste verschwunden waren. Ich schöpfte Argwohn und sah zuerst im Gästezimmer nach. Aber da waren dein Freund Terje und mein guter Freund Benito auf intimer Basis beschäftigt. Also bin ich in mein eigenes Schlafzimmer geeilt — wo ich vorher den Schlüssel abgezogen hatte, damit es mir niemand stehlen konnte —, und da lagst du splitternackt auf dem Bauch im Bett, während mein ehemaliger guter Freund Umberto — dieser schamlose *Ricchione! Mascalzone!* — sich zur Penetration anschickte. Ich brüllte ihn an, und er brüllte zurück, du hättest es ihm erlaubt, aber du warst ja total weggetreten, sagt ihr nicht so? Also mußte ich ihn niederschlagen, um deinen kostbaren Hintern zu retten. Denn du hattest es ihm doch sicher nicht erlaubt?«

Ich fühlte mich wie eine angegriffene Katze, und viele Haare sträubten sich an meinem Rückgrat. Ich konnte nichts sagen — nur entsetzt den Kopf schütteln.

»Gut. Dann hat er seine Strafe verdient. Ich habe ihn im Mädchenzimmer eingeschlossen. Er wird noch mehr bestraft werden. Ich kann nekrophile Männer nicht leiden. Du warst doch wie tot. Ich

konnte dir die Unterhose anziehen, aber nicht das T-Shirt, deshalb mußte ich dich so unter die Decke stopfen. Es war warm und gut, dich in den Arm zu nehmen, amore mio. Du hast keinen Schaden genommen. Noch ein Bier?«
»Ja, danke. Und danke für... fürs Retten.«
»Ach, keine Ursache. Es hat einfach Spaß gemacht, Umberto zu verprügeln. Darauf hatte ich schon lange Lust. Prost! Und jetzt glaubst du sicher endlich, daß ich mein Wort halte?«
»Ja. Jetzt glaube ich dir.«
»Bravo! Sieh mal, hier kommt unser Freund Ole. Setz dich und trink ein Glas Bier mit uns. Wie geht's deinem Freund? Er ist zu Hause, ja?«
»Ja, Gott sei Dank. Er ist zu Hause. Aber es geht ihm nicht gut. Ich mußte dreimal mit unserem Signal anrufen, ehe er ans Telefon gekommen ist. Er hat da unten einen argen Schock erlitten, der arme Alfred. Er hat über Schmerzen in Brust und Kopf geklagt – er ist ja so empfindlich.«
Endlich konnte ich aufatmen. Es schien wirklich eine Last von meinen Schultern genommen zu werden.
»Hatte er es denn allein nach Hause geschafft?« fragte ich.
»Aber sicher, das mußte er doch, der Arme. Als er sich aufgerappelt hatte, waren alle weg. Die Polizei hat uns ja verfolgt, das weißt du sicher noch...«
»Ja, genau. So müssen wir das machen. Wir können das wiederholen!«
»Hast du einen neuen guten Einfall, mein Lieber?«
»Ja, ich glaub schon. Wir warten, bis es dunkel wird, und dann schleichen wir uns alle zusammen zum Tor. Dann schlüpfen ein oder zwei hinaus und rennen in die Innenstadt – als Locktauben, versteht ihr? –, und dann werden die Bullen die verfolgen, und dann können alle anderen in die andere Richtung laufen und sich so schnell wie möglich trennen, ehe sie Verstärkung holen können. Schlicht und einfach!«
»Na, na, vielleicht ein bißchen zu einfach. Was ist mit den Locktauben? Du mußt damit rechnen, daß eine davon verhaftet wird, vielleicht sogar alle beide.«
»Nicht unbedingt. Gleich hinten bei der Kreuzung gibt es einen

Tunnel unter der Eisenbahn, und weiter rechts kommt eine Brücke über die Schnellstraße. Ein guter Läufer kann ihnen da sicher entkommen. Sie müssen ja erst aus dem Auto steigen und dann ins Laufen kommen. Dahinter führt eine ewig lange Treppe nach Frogner hoch; da oben gibt es genug kleine Seitenstraßen, in denen man sich verstecken kann. Wir brauchen zwei gute Läufer und ein bißchen Schwein, dann klappt das schon.«

»Ach, amore mio! So etwas liebe ich: jugendliche Kraft und Mut und Phantasie. Welchen Weg willst *du* nehmen? Denn du läufst doch bestimmt so gut, wie du schwimmst, nicht wahr?«

»Nein!« sagte ich, aber ich sah im selben Augenblick ein, daß mir natürlich nichts anderes übrig blieb. Ich würde mich glücklich schätzen können, wenn einer von den anderen noch mehr als nur kriechen konnte und noch dazu bereit war, sich als Köder für die Bullerei herzugeben.

»Doch, sicher. Ich bin nordischer Meister im Tausendfünfhundertmeterlauf für Herren.«

»Dann wirst du laufen. Aber es wird erst in über zwei Stunden dunkel, und so lange können wir es uns doch gemütlich machen. Möchtest du noch ein Bier? Nein, Frühstück natürlich. Du mußt ja Kraft zum Laufen haben.«

»Ja, danke, aber zuerst muß ich zu Hause anrufen, und dann brauche ich wohl eine Runde Schwimmen, um mein System ein bißchen zu reinigen.«

»Ausgezeichnet, Yngve. Und danach essen wir. Ich habe auch Hunger.«

Nun lebte der kleine Ole auf und hatte etwas gefunden, wo er sich engagieren konnte.

»Entschuldigung, aber wenn ich dabei behilflich sein kann, dann gerne. Ich könnte vielleicht einen einfachen Lunch zubereiten. Ich... ich koche gerne...«

»Ah, exzellent, mein guter Freund! Hier ist der Kühlschrank, sieh dir alles an. Geh anrufen, amore mio, während ich Ole die Küche zeige.«

Ich stieg über das ganze Fallobst und ging ins Büro. Dort holte ich tief Luft und schluckte hart, ehe ich die Nummer wählte.

Dann schellte es einmal, ehe ich seine angespannte Stimme hörte:
»Hier ist Øystein.«
»Hallo, mein Liebster.«
»*Wo steckst du denn?* Was *treibst* du denn bloß?«
»Das ist zu kompliziert, um das hier und jetzt zu erklären. Ich erzähle dir die ganze Geschichte, wenn ich heute abend nach Hause komme – falls ich nicht vorher verhaftet werde...«
»Was sagst du da? Ich hab überall rumtelefoniert, und jetzt wollte ich dich gerade bei der Polizei vermißt melden...«
»*Nein!* Das darfst du nicht. Alles ist in Ordnung – an und für sich –, aber ich bin in einer absolut unglaublichen Klemme gelandet...«
»Bist du betrunken? Was hast du genommen?«
»Nein, nein, nein! Ich erkläre alles, wenn ich nach Hause komme. Und wenn ich verhaftet werde, dann rufe ich dich an und bitte dich zu kommen. Bleib also zu Hause, bis ich anrufe oder komme, hörst du? Und ich liebe dich!«
»*Yngveeeee...*«
Ich legte auf. Herrgott, was für eine Sache. Kein Wunder, daß er mir nicht glaubte. Aber jetzt würde ich schwimmen gehen, wie die Made im Speck.
Das brachte mich hoch, und das hatte ich auch nötig. Giuseppe war nur Kumpel und unternahm keine weiteren Versuche. Er konnte mich wegen meiner heldenhaften Initiative nicht oft genug loben, und er gab offen zu, daß ihn die Aussicht, die träge Menschenmenge loszuwerden, sehr erleichterte. Ich schwamm mir eine Menge Nervosität weg und lehnte entschieden weiteren Blubberschlürf oder Alkohol in irgendeiner anderen Form ab – schließlich sollte ich noch ein bißchen laufen.
Oben in der Wohnung hatte Ole auf einem Backblech im Backofen ein riesiges Omelett kreiert, ansonsten krümmte sich der Tisch wie schon letzte Nacht unter den vielen guten Dingen. Ich setzte mich ziemlich konzentriert zum Essen hin, während Giuseppe Leben ins Lager im Wohnzimmer brachte. Er jagte sie hoch und ins Badezimmer, ehe er sich zu Ole und mir setzte, und wir saßen sehr gemütlich da, als einer nach dem anderen angewackelt kam. Ich habe selten so viele verkaterte und angeknallte Herren

auf einmal gesehen. Sie zitterten und sahen geschrumpft und zerknittert aus, als sie sich auf schweren, müden Beinen herbeischleppten. Nur drei von ihnen wollten etwas essen. Die anderen wollten Bier oder Schnaps oder...? Aber Amor Emio bedauerte sehr. Der Weihnachtsschnee war zu Ende. Terje kam ausnahmsweise einmal als letzter. Er war brillenlos, grüngesprenkelt — und auch er schien geschrumpft zu sein.

»Hier kommt Gyda Schrumpfbalg — guten Morgen, gnä' Frau. Darf's ein bißchen Frühstück sein?« brachte ich zustande und fühlte mich zusehends besser.

»Einen Magenbitter und zwei Striche, bitte«, konnte er während eines Zitteranfalls herausbringen. »Hat irgendwer meine Brille gesehen? Ohne bin ich doch blind!«

Da überraschte der kleine Ole mich zum zweiten Mal in einer Stunde:

»Die mit den dicken Gläsern und Goldgestell?« fragte er freundlich.

»Ja, hast du sie gefunden? O wie toll. Blind sein ist total ungeil.«

»Doch, ich hab eine Brille gefunden, aber dann hab ich sie irgendwohin gelegt, wo ich sie ganz bestimmt wiederfinde, und jetzt hab ich vergessen, wo das war...«

»Das kannst du doch wohl nicht vergessen haben, du besoffener Trottel! Ich muß meine Brille haben, und einen Drink, einen starken!« quengelte Terje in höchstem Selbstmitleid. Giuseppe ging zur Bar und schenkte einen Whisky ein.

»Willst du Eis?« rief er.

»Nein«, antwortete Terje.

»Ja, stimmt!« sagte Ole. »Jetzt weiß ich, wo ich sie hingelegt hab.« Dann öffnete er das Gefrierfach und nahm die Brille mit Daumen und Zeigefinger heraus.

»Ich hatte sie auf die Filets gelegt, weil die ein bißchen an Zunge erinnern, von der Form her, meine ich«, erklärte er, während er zu Terje trippelte und die Brille vor ihn auf den Tisch legte. Unterwegs bildete sich auf den Gläsern eine dicke Reifschicht.

Gleichzeitig brachte Amor Emio das Whiskyglas und rief:

»Ja, jetzt versteh ich, warum du kein Eis wolltest — du willst wohl deine Brille ins Glas stecken?«

Das löste die erste Lachsalve des Tages aus, die sich noch verstärkte, als Terje seine Brille aufsetzte. Er konnte ja nicht *sehen*, daß sie tiefgefroren war, und es fiel ihm erst auf, als sie seine Nase berührte. Er schrie wütend:

»Ääääää! Was macht ihr da mit mir? Yngve, hilf mir!«

»Stups das Glas mal mit der Zungenspitze an, Schrumpfmaus, dann kapierst du, wer was mit dir macht.«

»Aber was ist denn das für eine Verschwörung? Hab ich was falsch gemacht oder was?«

»Jetzt trink erst mal langsam deinen Whiskey, während deine Brille auftaut. Und schweig still. Ich muß euch etwas Wichtiges mitteilen.«

Ich berichtete so kurz und bündig wie möglich über meinen Plan und fragte, ob sich irgendeiner freiwillig als Bullenköder zur Verfügung stellte. Das tat aber niemand. Dann jedoch ging Giuseppe zum kleinen Schönling und flüsterte ihm sehr lange ins Ohr — was den immer fröhlicher aussehen ließ , und er hob dann eine Hand und erklärte sich bereit. Er sah jung und fit aus, und deshalb nahm ich ohne Zögern an. Mir war's egal, ob Amor Emio ihm Gold und grüne Scheine versprochen hatte, wenn wir nur rauskamen.

Leider war es leichter gesagt als getan, diese Reisegesellschaft abmarschbereit zu machen. Sie waren ja so krank, die Ärmsten, und bei vielen »saß« der Morgendrink nicht richtig, und deshalb mußten sie ins Badezimmer und kotzen — und dann noch einen Versuch starten. Giuseppe beteuerte immer wieder, daß es wirklich kein Milligramm Kokain mehr gäbe, bot statt dessen aber jedem, der das wollte, fünf Milligramm Valium an. Ich wollte nicht! Ich wollte jetzt unbedingt los und die Sache hinter mich bringen, und es war ja klar, daß es immer schwieriger werden würde, die anderen gesammelt zum Tor zu führen und sie in der schneelosen winterlichen Dunkelheit verschwinden zu lassen, je länger sie ihren Rausch durch Alkohol kurieren durften.

Um sieben hätte ich vor Gereiztheit und Adrenalin platzen können und sagte laut und deutlich, daß ich in einer halben Stunde loslaufen würde, und wer wollte, sollte sich dann bereithalten. Die anderen konnten von mir aus so lange hier bleiben, wie sie wollten.

»Von mir aus nicht, leider«, teilte Giuseppe mit. »Die Polizei hat gesagt, daß sie die Überwachung nicht einstellen wird, und das ist eure einzige Chance, hier herauszukommen, ohne verhaftet zu werden. Ich meine schon, daß alle jetzt mitmachen sollten. Aber gleichzeitig schlage ich vor, daß wir uns später, heute abend, im Metropol treffen – es ist doch Samstag – und die gelungene Operation feiern, denn es geht bestimmt gut.«

Die meisten drängten sich an der Bar zusammen, um ein letztes Glas zu kippen, während der Botschaftssekretär den Schönling und mich zur Sonderbehandlung in sein Schlafzimmer zog. Die Sonderbehandlung bestand aus einer Pillendose aus verschnörkeltem Gold voller weißer Tabletten, von denen wir unbedingt jeder vier nehmen sollten – denn dann würden wir wie zwei kleine Schnellzüge laufen, wie er sich so bildreich ausdrückte. Klein- Schöni warf seine stehenden Fußes ein, während ich mich natürlich weigerte.

»Jetzt habe ich mich den ganzen Tag nüchtern halten können und fühle mich wirklich in Form für ein langes Rennen, und dann versuchst du, mir irgendeine dubiose Speedgeschichte aufzuschwatzen. Nein danke, ich ziehe meine eigene Nebennierenrinde vor. Was da produziert wird, ist für den Augenblick mehr als genug.«

»Wie du willst«, sagte Amor Emio und nahm zwei. »Aber wartet noch einen Moment, ich hab noch mehr für euch. Da die Polizei euch sehr wahrscheinlich aus nächster Nähe sehen wird, hab ich eine einfache Verkleidung für euch herausgesucht, ja?«

Und auf dem Bett lagen zwei schwarze Schnurrbärte, zwei ganz normale Herrenhüte und zwei graue Plastikregenmäntel. Mein Diplomat hatte wirklich schon in allerlei Klemmen gesteckt. Als wir die Gesichtszier angelegt und alle Haare unter den Hut gesteckt hatten, waren wir nicht wiederzuerkennen, und nachdem wir uns die Regenmäntel unter unseren Jacken um den Leib gebunden hatten, sahen wir beide direkt beleibt aus. Sowie wir außer Sichtweite der Bullerei waren, sollten wir Schnurrbärte und Hüte wegwerfen und die Regenmäntel anziehen.

»O mein Pappa war eine wunderbare Clown... das klappt immer. Aber wenn ihr nach eurer Verwandlung angehalten werdet, dürft ihr nicht kurzatmig sein – ihr müßt gleichmäßig Luft holen, ja?

Hier habt ihr Handtücher, um euch den süßen Schweiß abzuwischen. Gut, daß ihr beide Turnschuhe habt, und zu tragen habt ihr nichts, oder? Ausgezeichnet. Das geht ganz bestimmt gut. Ich wünschte, ich könnte mit euch laufen, aber ich muß die anderen ja in Marsch setzen und das Tor abschließen. Ich hab Flutlicht und alle Lampen im Garten eingeschaltet, deshalb kommen wir im Schatten der Hecke bis zum Tor. Und dann sehen wir uns im Metropol, ja?«

Als wir in die Küche kamen, erlitten die anderen einen eher nervösen Lachanfall. Offenbar hatte niemand Lust zu gehen – jetzt, wo wir es so gemütlich hatten –, aber Giuseppe machte kurzen Prozeß.

»Jeder holt seine Kleider. Wir gehen über die Hintertreppe hinaus, und dann geht einer nach dem anderen an der Hecke auf der linken Seite entlang. Alle müssen ganz still sein, bis die *Bullerei* hinter unseren beiden Tauben hergefahren ist – und dann müßt ihr davonstürzen wie der Leibhaftige. Es war sehr nett mit euch allen, vielen Dank.«

Er kam zu mir und gab mir seine Visitenkarte:

»Paß auf den Schnurrbart auf, amore mio, damit du den beim Laufen nicht verlierst. Und wenn sie dich erwischen, dann ruf hier an. Ich besorg dir dann sofort einen Anwalt. Du mußt alles abstreiten. Wenn nicht, dann sehen wir uns im Metropol, ja? Und früher oder später kommst du zu mir, Yngve, vergiß das nicht!«

»Nein, das vergeß ich nicht. Mach's gut, Giuseppe. Wir sehen uns später.«

Ich küßte ihn auf die Stirn – wegen des Hutes –, und dann begann das Leichtathletikturnier. Zuerst kamen hundertzwanzig Meter Hürdenlauf, an der Hürde entlang. Dann kamen die Mäuschenstillwinterspiele 1974. Und dann sollten der Schönling und ich zum Bockspringen antreten.

Aber natürlich gab es auch hier wieder einen Haken an der Sache. Am Tor fiel mein Blick aufs Gesicht des jungen Schönlings, und das war nicht sehr locktaubenhaft, nein. Er sah aus wie ein untrainierter Hühnerhund, der Witterung von etwas Großem und Wildem genommen hat. Er war so zu vom Speed, daß ihm der Schaum in den Mundwinkeln stand. Ich konnte nicht mehr nach-

denken, denn schon hatte Giuseppe das Tor einen Spaltbreit geöffnet, und damit schlüpfte der Schönling vor mir hinaus – und er bahnte sich wirklich gründlich einen Weg durch den Brei. Ich stand gerade erst auf der Straße, dann rannte er schon am Streifenwagen vorbei und schlug schallend mit der Hand auf die Motorhaube. Dann überzeugte er sich davon, daß sie uns auch wirklich verfolgten. Diese kleine Überraschung hatte glücklicherweise eine gute Wirkung auf mich und meine nüchterne Physik und Chemie. Der Knall schaltete meine sämtlichen Verteidigungsmechanismen auf hundert, und ich stürmte davon, während mir das Adrenalin in sämtlichen Poren hämmerte und sich längs meiner Wirbelsäule ein kleiner Streifen Katzenhaare sträubte. Leider hatte seine kleine Geste auf die Bullerei ungefähr dieselbe Wirkung, was dem kleinen Schönling aber schnurz war. Er war ja vierfach zugespeedet, und deshalb konnte er vor dem Dopingtest jedem davonrennen. Schon nach sechzig Metern, die ich in sieben null zurücklegte – mein Rekord! –, lag er auf der anderen Straßenseite weit vor mir, und hinter uns hatte die Bullerei endlich ihre Musikbox angeworfen und kam im zweiten Gang hinter uns hergescheppert. Ich rannte so schnell, daß ich zu platzen glaubte, aber als das Auto mich eingeholt hatte, bezwang meine Vernunft meine Angst: Solange ich rannte, würden sie mich nicht anhalten können. Jetzt mußten sie sich zwischen Schöni und mir entscheiden – von dem ich übrigens nur noch Hut und Hintern sah –, und schließlich hatte doch er das Auto angegriffen – ja, ganz richtig, Leute!
Sie donnerten weiter hinter dem her, der vorne lag. Sie hatten ihn fast erreicht, als er plötzlich nach rechts abbog und in den Fußgängertunnel hinunterwetzte. Die Bullerei mußte eine Vollbremse hinlegen und streifte einen Laternenmast, ehe sie ihr Auto zum Stehen brachte und hinter ihm her brüllte. Ich war gerade auf ihrer Höhe – wenn auch nicht auf Höhe der Situation –, als sie unten stehenblieben, und ich hörte den einen laut und deutlich rufen: »Du fährst weiter und schnappst dir den anderen!«
Ich hatte mein Tempo ein wenig drosseln können, weil ich es ja doppelt so weit hatte, aber nun ging es von selber wieder los. Ich rannte vielleicht! Ich mußte ja die Treppe erreichen – die Treppe

— *die Treppe* ! Unten hörte ich dröhnendes Motorengebrüll, das Martinshorn kam deshalb aber nicht näher. Er konnte nicht drehen! Ha, die konnten ja nicht mal Auto fahren! Aber ich konnte laufen, und jetzt sah ich hundertfünfzig Meter vor mir das Haus — das Haus vor der Kurve! —, und hinter dem Haus führte links die Treppe bis ganz nach Frogner hinauf, die lange Treppe... Und nun hatte er hinter mir wenden können, und die VW-Motoren kreischten im ersten Gang so sehr, daß sie das Martinshorn fast übertönten. Ich konzentrierte mich bis zum Gehtnichtmehr aufs Laufen und merkte, daß ich noch große Energiereserven hatte. Ich flog über den Asphalt. Ich schwebte im Affenzahn davon — aber dieses entsetzliche Geheule hinter mir holte jetzt im zweiten Gang auf... Und da sah ich die Rettung! Die Große Rettung in Form einer blauen Goldfisch-Straßenbahn mit Anhänger, die um die Ecke und auf mich zu gewackelt kam — auf meiner Straßenseite, wie die reine Endstation Sehnsucht, und noch einmal schlug die Weltliteratur zu! Der Straßenbahnfahrer bremste resolut mit schrillem, metallischem Geräusch, während er verbittert mit all seinen Glocken bimmelte, und dann blieb er direkt vor der Treppe stehen, die ich fünf Sekunden später erreicht hatte.
Und dort konnte ich zum ersten Mal in meinem Leben levitieren. Ich hob vom Bürgersteig ab wie ein Musterschüler von Karlsson vom Dach, und ich stieg in einem gleichmäßigen Winkel von vierzig Grad nach oben — während ich hörte, was sich unten auf der Erdoberfläche zutrug: zuerst die kreischenden Bremsen, die deutlich aus Martinshorn und Gebimmel herauszuhören waren, danach einen kleinen Knall — keine Frontalkollision, aber immerhin — und dann eine hitzige Polizeipfeife und eine noch hitzigere Männerstimme — in Fistel umgeschlagenen Baß —, die schrie: »He da! Stehengeblieben!« Aber über solcherlei impertinente Annäherungsversuche war ich bereits weit erhaben. Denn ich konnte fliegen!
Ich drehte mich erst um, als ich elegant auf dem Gipfel gelandet war, und nun sah ich mehr, als ich erwartet hatte. Von oben hatte ich ja die ganze Situation auf Drammensveien im Blick — und die war ernst. Die Straßenbahn stand immer noch da und bimmelte wie besessen, und Menschen, die vergeblich versuchten, sich die

Ohren zuzuhalten, quollen aus ihr heraus – sie hatten einfach zu viele Weihnachtsgeschenke in den Händen. Auf dem Trottoir stand quer der Polizei-VW mit voll aufgedrehtem Blinklicht und Martinshorn. Mehrere Personenwagen und ein Reisebus hatten in gebührendem Abstand am Rand dieses Stillebens angehalten. Der Bulle stand immer noch unten auf der Treppe und winkte mir enthusiastisch zu, aber er war jetzt winzig klein. Ich winkte nicht zurück. Aber ich bin ganz sicher, daß ich lächelte, ehe ich mir den kürzesten Weg zu Else Somebody überlegte – und da hörte ich ein weiteres Martinshorn, und noch eins. Nun gut. Sie konnten zwar nicht Auto fahren, aber immerhin konnten sie mit ihren Funkgeräten umgehen, und sie mußten angenommen haben, daß ich die Treppe nehmen würde, denn das eine Martinshorn näherte sich bedrohlich rasch. Was sollte ich tun? Ganz einfach, das, was Amor Emio mir aufgetragen hatte. Weg mit Schnurrbart und Hut – ach, war das schön! –, ins Gebüsch damit, hoch mit der Jacke, runter mit dem Regenmantel – ach, das war schwierig –, so, ja, an mit dem Regenmantel – jetzt! – und dann ganz gemächlich *in* Fahrtrichtung spazieren, also durch *die* Straße, ruhig durchatmen und den Schweiß abwischen.

Zum Glück hatte der Regenmantel Taschen, deshalb konnte ich das Schweißtuch in der Hand halten und meine Jacke offenlassen, so daß mein Körper Luft bekam. Aber mein Schweiß troff nur so, und obwohl wir keine Minusgrade hatten, bildeten sich bei jedem Ausatmen Dampfwolken. Ich hatte Blutgeschmack im Mund und fing an, vor Aufregung zu zittern. Jetzt kam unten am Ende der Straße der Streifenwagen in Sicht, hielt an und schaltete das Martinshorn aus. Sofort wurde ich trocken und kalt und atmete leicht und ruhig, während ich zielbewußt, aber ohne auffällige Eile, auf sie zuging. Als ich noch dreißig Meter von ihnen entfernt war, kurbelte der Fahrer das Fenster herunter und *sah* mich an. Ich erwiderte seinen Blick und versuchte, ganz gleichgültig zu wirken.

»He du, hast du hier irgendwo einen Mann mit Hut und Steppjacke gesehen?«

Ich schüttelte den Kopf.

»Einen rennenden Mann mit Hut und Schnurrbart?«
»Nein, ich komm gerade erst aus dem Haus.«
Er würdigte mich keines Blickes mehr, sondern schaltete und kreuzte leise weiter. Ich konnte es fast nicht glauben. Gott segne Giuseppes Pappa! Als ich auf die Uhr schaute, begriff ich noch weniger. Es war sieben nach halb acht. Noch vor sieben Minuten waren wir oben in der Wohnung des Botschaftssekretärs gewesen. So war es also, ein hektisches und strapaziöses Leben auf gesellschaftlich hohem Niveau zu führen. Jaja. Ich hatte nicht vor, das zur Gewohnheit werden zu lassen.

Terje läutet das Christkind ein

Else Somebody reagierte sofort, als ich auf die Klingel gedrückt hatte, und als ich den ersten Stock erreichte, stand sie zum Ausgehen bereit da.
»Jetzt kommst du also! Die meistverlangte Person des Jahres! Das Telefon hat den ganzen Tag nicht stillgestanden. Øystein ist fast hysterisch!«
»Ich weiß – ich hab mit ihm geredet. Ach bitte, kannst du fünf Minuten und ein Glas für mich opfern? Ich bin gerade der halben Polizeibelegschaft von Oslo weggelaufen, und jetzt habe ich schrecklichen Durst.«
»Himmel, du zitterst ja. Komm, setz dich – ich hab Zeit genug. Whisky?«
Es schmeckte. Ich kippte die ersten beiden in einem Zug, dann saß ich da und wiegte mich hin und her und spürte, wie sich der Schnaps im Affenzahn in meinem Körper verteilte und aufsässige Nerven lähmte.
»Haben sie dich gestern abend hopsgenommen? Bist du aus dem Knast ausgebrochen, Yngve? Du siehst wirklich so aus.«
Ich erklärte ihr kurz, was in den letzten vierundzwanzig Stunden passiert war, und versuchte, das dritte Glas zu genießen. Sie lachte fast ununterbrochen ihre schallende Lache und mußte am Ende energisch mit mir anstoßen.
»Und in diese verrückte Geschichte bist du einfach so reingerutscht? Meine Güte, schwul sein muß doch tierischen Spaß machen?«
»Das kannste wohl sagen. Am witzigsten ist es hinterher, wenn alles gut überstanden ist. Stell dir vor, sie hätten mich erwischt! Und stell dir vor, sie erwischen Klein-Schöni oder einen von den anderen! Die können doch wegen Gewalt gegen die Polizei angeklagt werden...«
»Na ja, wenn die Sache je vor Gericht aufgerollt wird, dann müßtet ihr ganz gut dastehen. Es ist nicht verboten, mit einer Zunge in

der Hose spazierenzugehen. Und der Bulle ist einfach durch höhere Gewalt zu Schaden gekommen. Aber wie kannst du herausfinden, was aus den anderen geworden ist?«
»Alle wollen sich heute abend im Metropol treffen, aber ich glaube, das schenke ich mir. Ich will zu Øystein nach Hause – mein Gott, der Whisky hat vielleicht gutgetan – danke!«
»Nimm noch einen. Bitte sehr. Ich kann dir zwei Vorschläge machen.«
»Ja?«
»Ich bin eigentlich bei einer Freundin eingeladen, die mir erklären will, warum sie meine Wohnung nicht für ein Jahr übernehmen kann, während ich in Trondheim arbeite, aber ich hab viel mehr Lust, in die Stadt zu gehen und deine Wiedervereinigung mit dem Rest dieser Fußballmannschaft zu erleben.«
»Aber ich muß zu Øystein nach Hause!«
»Ruf ihn an und sag ihm, er soll hierher oder ins Metropol kommen. Dann wird ihm auch gleich bestätigt, daß du ihm die Wahrheit sagst.«
»Ja. Keine schlechte Idee.«
»Natürlich nicht. Den anderen Vorschlag mache ich, weil ich in Trondheim ganz kurzfristig so einen wichtigen Job bekommen habe, und ich finde niemanden, der solange hier wohnen will. Ich muß die Wohnung ja mit allem Drum und Dran untervermieten, und dann sollten doch lieber Bekannte hier wohnen, damit ich auch mal zum Wochenende nach Hause kommen kann. Du brauchst nur die normale Monatsmiete zu zahlen. Hättest du Lust dazu? Zusammen mit Øystein natürlich?«
»Aber wir wohnen doch auf Nesodden...«
»Es muß doch verdammt nervig sein, jetzt im Winter hin und herzufahren. Von hier aus bist du in zehn Minuten bei der Arbeit.«
»Na gut. Danke für's Angebot. Ich werde Øystein fragen – aber jetzt muß ich ihn anrufen.«
»Schlag ihm vor, daß wir uns im Metropol treffen. Ich *will* heute abend ausgehen!«
Diesmal klingelte es lange, ehe er abnahm.
»Hallo, hier ist wieder Yngve...«

»Herrgott, was machst du denn bloß?«
»Jetzt ist alles in Ordnung, Øystein. Ich bin der Bullerei weggelaufen.«
»Wo bist du?«
»Ich bin bei Else und mache eine Verschnaufpause.«
»Da bleibst du auch, bis ich dich holen komme.«
»Aber sie dachte, wir könnten uns im Metropol treffen, wenn du die nächste Fähre nimmst...«
»Die geht jetzt gleich. Ich hab Jespers Boot geliehen, ich bin in einer halben Stunde bei Else. Und wenn du nicht da bist, wenn ich komme, dann ist es aus.«
Jetzt war er derjenige, der den Hörer auf die Gabel schmiß. Immerhin war das eine klare Mitteilung. Aber alles würde wieder gut sein, wenn ich ihm den Zusammenhang erklärt hätte. Und ich würde alles, absolut alles erzählen... fast.
»Was hat er gesagt?«
»Er hat das Speedboot vom Nachbarn geliehen, und er ist in einer halben Stunde hier. Er glaubt mir wohl immer noch kein Wort. Und ich bezweifele, daß er irgendwohin mitkommt.«
»Immer noch hysterisch? Komm und trink noch einen. Er hat dich sehr lieb, weißt du.«
»Ja, schon. Aber es gefällt ihm nicht, wenn ich trinke. Ich glaube, ich sollte erst mal nichts mehr nehmen.«
»So schlimm ist es also?«
»Wie meinst du das?«
»Daß du dich anstrengen mußt, ihm zu gefallen. Tun, was er will. Hast du auch Angst vor ihm?«
»Nein, nein, so ist das nicht, versteh das nicht falsch. Aber gestern habe ich mich gebunden gefühlt. Deswegen bin ich wohl auch mitgegangen – um mich ganz unschuldig mal ein bißchen auszutoben. Und heute habe ich ein schrecklich schlechtes Gewissen und Angst, ihn zu verlieren. Denn ich bin doch irgendwie untreu gewesen. Nicht körperlich, aber...«
»Ich finde, du solltest das nicht so sehen. Versuch, es positiv zu finden, daß beide Teile auch getrennt etwas erleben. Etwas Witziges, das sie einander erzählen und worüber sie dann gemeinsam lachen können. Mit Verboten und Zwängen und Abrech-

nung im stillen Kämmerlein würdet ihr ganz schnell stagnieren. Das Modell schafft niemand lange.«

»Nein, das weiß ich. Ich muß mich nur mit ihm aussprechen, und dann kann ich meine eigenen Regeln aufstellen. Hast du eine Tasse Kaffee — und eine Gästezahnbürste? Ich möchte mich gern ein bißchen präsentierbarer machen.«

Um Viertel vor neun schellte er unten an der Haustür — nur fünf Minuten verspätet. Ich stand in der Diele und wappnete mich, als er die Treppen hochgerannt kam. Dann standen wir uns von Angesicht zu Angesicht gegenüber, und in einem langen Moment sah ich all die widerstreitenden Gefühle, die in ihm wüteten. Er war verängstigt und wütend, besorgt und sauer, und vor allem war er froh, mich wiederzusehen. So froh, daß er ein sehnsüchtiges Jammern ausstieß, als wir uns umarmten und einander festhielten. Jetzt war er derjenige, der vor Anstrengung und Erleichterung zitterte. Seine Haare und Kleider waren naß, und sein Mund schmeckte nach Schweiß und Tränen.

»Ach, ich liebe dich!« sagte ich und habe wohl niemals etwas so ehrlich gemeint.

»Du darfst mich nie mehr verlassen — ohne Bescheid zu sagen!« sagte Øystein. Und erst da begriff ich, daß er das Schlimmste geglaubt hatte; daß ich entführt, ermordet, für immer fort sein könnte. Ich blickte in sein starkes Gesicht und suchte nach einem erlösenden Wort, aber in diesem Moment glotzte er wütend über meine Schulter und erstarrte zu Stein, als ein Blitzlicht alles zerriß. Øystein ließ mich los und hielt sich die Hände vor die Augen, während Else Somebodys schallendes Lachen das Dasein noch unerträglicher machte.

»Hähähähä! Eure Wiedervereinigung hat sich so heftig angehört, daß ich finde, sie sollte eingerahmt werden. Ich hoffe, das macht nichts. Kommt jetzt rein und trinkt ein Glas. Und dann gehen wir los und amüsieren uns ausnahmsweise mal. Ich lad euch ein...«

Øystein sah mich durch seine Finger hindurch an und fragte gefährlich langsam:

»Hattet ihr das abgesprochen?«

»Was?«

»Nein. Ist auch egal. Wenn du mit nach Hause willst, dann zieh dich jetzt an und komm mit. Ich hab im Parkverbot angelegt, und das Boot ist nicht abgeschlossen. Wir müssen sofort los.«
»Na gut. Ich komme. Ich muß mir bloß noch die Schuhe anziehen.«
»Dann warte ich draußen.« Øystein verließ die Wohnung. Ich setzte mich, um die Schnürsenkel auf- und wieder zuzubinden und hörte, daß Else im Wohnzimmer eine Supremes-Platte auflegte: »Keep falling in and out of love.«
»Ja, tu das!« rief ich, warf meine Jacke über und knallte hinter mir die Tür zu.
Øystein trat unten von einem Fuß auf den anderen.
»Wir nehmen den kürzesten Weg. Da oben bei der Kirche soll es eine Treppe geben, aber ich bin auf Drammensveien wohl falsch gegangen und mußte den Umweg über Thomas Heftyes Plass machen.«
»Ich weiß, wo die Treppe ist, aber... ach, können wir nicht hier langgehen und dann nach rechts? Das ist fast kein Umweg.«
»Ich will nicht noch mehr Quatsch. Warum denn, wenn ich fragen darf?«
»Ich bin da vor einer Stunde, von der Bullerei verfolgt, hochgelaufen, und vielleicht suchen die mich noch immer.«
Øystein fuhr herum und packte mich an den Schultern.
»Jetzt hörst du auf mit deinen Spinnereien! Du hast gesoffen, was? Du stinkst nach allem möglichen. Ich will keine weiteren idiotischen Entschuldigen hören, spar dir also den Atem, bis wir zu Hause sind. Und dann will ich die Wahrheit, ist das klar?«
»Øystein, du mußt mir glauben, ich kann es beweisen. Okay, wir gehen hier lang und dann die Treppe runter, denn da oben, in dem kleinen Park, da liegen ein Hut und ein künstlicher Schnurrbart, die hatte ich auf der Flucht an und hab sie ins Gebüsch geworfen. Das ist wirklich wahr! Du mußt mir doch glauben, wenn ich einen braunen Hut und einen schwarzen Schnurrbart finde?«
»Hüte und Schnurrbärte, Herrgott! Hattest du auch ein Clownskostüm an?«
»Nein, nur einen Regenmantel, aber der liegt noch bei Else.«

»Schluß. Wir haben keine Zeit.«
Ich sah ein, daß weitere Erklärungen hier nutzlos sein würden, denn jetzt war er wütend und nichts als wütend. All seine Sehnsucht und Liebe hatte Else, diese blöde Kuh, mit ihrer Kamera beiseite gefegt. Ach, was für ein idiotischer Einfall!
»Warum hast du gefragt, ob wir das mit dem Foto abgesprochen hätten?«
»Nur so. Vergiß es – und komm. Wenn irgendwer das Boot klaut, dann bin *ich* dafür verantwortlich.«
Ja, natürlich. Er opferte alles, um mich zu retten, vor... mir selber. Herrgott. Am liebsten hätte ich mich einfach hingesetzt und losgeheult, aber ich biß die Zähne zusammen und ging so schnell wie möglich neben ihm her. Denn wenn wir erst den Park erreicht hätten, dann würde er schon sehen! Ich hatte mein Kostüm einfach nach rechts ins Gebüsch geworfen. Den Schnurrbart zuoberst. Ich lief die letzten Meter und schlug mich in die Büsche. Es war kaum Licht dort, und ich trampelte gebückt herum und tastete – fand aber nur Büsche mit scharfen Dornen.
»Du hast noch zehn Sekunden, dann geh ich!« rief Øystein.
»Ja, geh doch!« brüllte ich und spürte, wie die Wut in mir losbrach. Ich richtete mich auf, während die Tränen liefen, und versuchte, klar zu denken. Hier hatte ich den Hut weggeworfen. Ich hatte ihn dort landen sehen. Aber jetzt war er weg. Irgendwer hatte ihn gefunden. Die Bullerei? Sicher. Die hatten wohl Taschenlampen. Und Hunde. Die Ärsche! Ich wischte mir die Augen und putzte mir in Giuseppes Taschentuch die Nase, das immer noch schweißnaß war und nun blutrot wurde. Dann steckte ich die Hände in die Taschen und kam wieder aus der Ecke heraus. Øystein wartete.
»Hast du jetzt genug Zeit weggeworfen?«
»Ja.«
»Und da lag kein Hut? Oder Schnurrbart?«
»Halt die Fresse. Sonst geh *ich*. Zurück.«
»Mach, was du willst. Ich werde dich nicht mehr daran hindern.«
Meine Augen flossen vor Tränen über, aber ich brauchte ihn nicht anzusehen, um zu wissen, daß er sich hart stellte, während auch er innerlich weinte. Deshalb fing ich an, die Treppe hinunterzugehen

und die Stufen zu zählen, aber dann wäre ich fast gestolpert und mußte mich mit der linken Hand am Geländer anklammern. Meine Hand war warm und klebrig und tat schrecklich weh. Ich biß die Zähne zusammen und wischte mir noch einmal die Augen. Terje konnte natürlich bestätigen, daß ich die Wahrheit sagte. Und wenn er Terje nicht glaubte, so waren ja noch genügend andere dabei gewesen. Diese Party würde in der Schwulenszene zur lebenden Legende werden. Aber vorläufig war es wohl das beste, die Fresse zu halten.
An die Fahrt nach Nesodden erinnere ich mich nur wie im Nebel. Wie in einem eiskalten, nassen, beißenden Nebel. Aber sie dauerte nur zwanzig Minuten. Øystein war immer noch stumm, als er das Boot an unserem Anleger vertäute, und obwohl es eine Erleichterung war, wieder zu Hause zu sein, so geriet ich doch beim Gedanken an die bevorstehende Auseinandersetzung ganz schön in Panik. Ich ging schon mal vor nach Wolkenwild, wo ich mich auszog und zum Auftauen gleich unter die Dusche ging. Meine Hände sahen aus, als ob ich mich mit einer Wildkatzenmutter und ihren acht Jungen gerauft hätte. Ich schmierte sie mit Wundcreme ein und machte mir einen Verband aus Klopapier. Einfach und wirksam – aber es tat schrecklich weh.
Als ich wieder zum Vorschein kam, saß Øystein im Bademantel auf einem Eßzimmerstuhl und las die Parteizeitung.
»Himmel – sitzt du hier und wartest darauf, daß das Bad frei ist?«
»Ja!« sagte Øystein energisch und verschwand im Badezimmer. Ich stand da und wurde zum aussätzigen Neurotiker – und in meinem Gedärm saugte sich die Angst wie ein Vakuum fest. Punsch! dachte ich. Jetzt koch ich uns einen Punsch, dann können wir uns ein bißchen beruhigen. Ich hatte acht Flaschen Rotwein für die Süße Weihnachtszeit gekauft. Und nun machte ich Wein und Rumaroma heiß, während ich Rosinen heraussuchte und Mandeln und Haselnüsse hackte. Ich rührte in dem dampfenden, heißen Topf, als Øystein in die Türöffnung trat und mich mit einem Blick voller Abscheu ansah.
»Punsch«, sagte ich. »Damit wir uns ein bißchen aufwärmen können, während wir... uns aussprechen?«

»Willst du die ganzen Feiertage über weiter rumsaufen?«
Dieses eine Mal reagierte ich spontan und unüberlegt. Ich hob den Topf in hohem Bogen vom Herd und kippte den Inhalt ins Spülbecken, daß es über Spülstein und Wand und Boden nur so spritzte. Und dann schrie ich. Völlig unkontrolliert. Ich verlor die Herrschaft über Yngve Vilde, und ich weiß nicht, wie lange das dauerte. Jedenfalls kam ich erst zu Bewußtsein, als Øystein mir eine schallende Ohrfeige verpaßt hatte, und danach brach ich auf dem Wohnzimmersofa zusammen.
»Yngve! Bist du da? Nun sag doch was! Sprich mit mir!«
»Jaaaa...«
»O Gott sei Dank! Ach, mein Junge. Das darfst du nie mehr wieder tun. Du kannst einem ja einen Todesschrecken einjagen. Tut mir leid, daß ich dich geschlagen habe. Ich wollte nicht... ich wußte nicht, was ich machen sollte. Ich hab das nur im Film gesehen – daß man dann schlägt. Wie geht's dir?«
Er hielt mich im Arm und streichelte meine Haare.
»Doch. Geht schon. Aber ich hab solche Kopfschmerzen...«
»Möchtest du ein Aspirin? Drei? Alles klar, leg dich ein bißchen hin, dann hol ich sie dir.«
Gleich war er wieder da mit Tabletten und einem Wasserglas, und dann rannte er die Treppe hoch und kam mit einer Flasche Schnaps und zwei Schnapsgläsern wieder.
»Ich hab das nicht so gemeint – das mit dem Punsch und der Sauferei und so. Du mußt mir verzeihen. Ich hab mich wie ein Arsch benommen. Aber ich war so außer mir. Ich hatte so schreckliche Angst um dich, und dann fühlte ich mich fast... verraten, als ich festgestellt hab, daß du einfach bloß auf der Rolle warst. Aber darüber brauchen wir nicht mehr zu reden. Prost, mein Junge! Ach, ich bin so froh, daß du wieder zu Hause bist. Und danke, daß du nicht gegangen bist, als ich gesagt habe, mir wär das egal...«
»Prost, mein Mann! Auf uns, so lange wir leben – in guten wie in bösen Zeiten. Und egal, was du über den Schlamassel denkst, in den ich gestern reingerutscht bin, du brauchst auf jeden Fall nicht daran zu zweifeln, daß ich dir treu geblieben bin. Ich hab mit niemandem geschlafen, den Gedanken kannst du dir sparen.«

In diesem Moment war er so schön, mein Øystein. Er strahlte voller Vertrauen und Zuneigung und Liebe. Er setzte sich neben mich und nahm mich in den Arm, und dann mußten wir beide ein bißchen weinen. Wir lagen auf dem Sofa und hatten es lange zusammen gut. Die anderen waren in einer anderen WG auf einem Fest, und wir hatten das ganze Haus für uns. Øystein machte im Kamin ein Feuer und holte eine Decke, während ich Mozarts siebenundzwanzigstes Klavierkonzert in B-Dur auflegte. Wir sprachen nicht sehr viel. Wir waren einfach wieder ohne irgendwelche Vorbehalte zusammen, und das war lange nicht mehr so gewesen.

»Wollen wir oben bei dir schlafen – im Himmelbett?« fragte ich um halb zwölf. In diesem Moment schellte das Telefon. Øystein nahm ab, und dann hörte ich ihn sagen:

»Doch, er ist zu Hause. Einen Moment. Das ist Terje, er ruft aus dem Metropol an. Er will unbedingt, daß du noch kommst.«

Und da kam mir eine restlos bescheuerte Idee, und ich war zu allem Überfluß auch noch blöd genug, sie in die Tat umzusetzen. Ich überlegte mir, daß Terje sicher berichten würde, was aus allen anderen geworden war – und wenn Øystein bei unserem Gespräch zuhörte, dann würde er die Bestätigung dafür bekommen, daß meine ganze unglaubliche Botschaftsgeschichte eben doch stimmte. Deshalb bat ich ihn, am Nebenanschluß in Kyrres Arbeitszimmer zuzuhören.

»Nein, ist nicht nötig. Ich glaub dir doch«, sagte Øystein.

»Aber hör es dir trotzdem an, dann erfährst du von meiner großen Rettungstat.«

»Na gut.«

Damit nahm ich munter und vergnügt das Telefon.

»Hier ist der frischgebackene Weltmeister im Kartoffel- und Eierlauf für Herren...«

»Meine Güüüüüte, und dann hockst du zu Hause! Hier haben wir uns fast alle versammelt und warten nur darauf, daß du kommst, um unserem großen Helden und Retter zu huldigen – und dann ist die Alte aufs Land gereist.«

»Ja, ich wollte mich nach meinem Prunklauf ein bißchen ausruhen. Was macht der Schönling – der andere Laufbursche?«

»Der ist bei bestem Wohlbefinden – hat nicht mal den Schwanz von einem Bullen zu Gesicht gekriegt. Und jetzt sitzt er auf Giuseppes Schoß und trinkt Schampus. Du mußt einfach kommen! Unsere Gastgeberin hat dir ein Riesengeschenk mitgebracht – wie war der denn überhaupt? Meine Güüüüte, dieser Umberto ist auch hier – dein süßes Betthupferl –, mit einer Sonnenbrille über seinem Veilchen, weißte, und deshalb hab ich keine Ruh geben, bis Giuseppe die ganze Geschichte erzählt hat – meine Güüüüte, Tutta, muß das schööön sein, wenn ausgewachsene Mannsbilder sich um deine gnädige Gunst schlagen...«
»*Nein, so war das doch gar nicht!*«
»Spiel dich bloß nicht so auf, du kleine Schlampe! Giuseppe sitzt hier und wartet auf dich mit Riesengeschenk und allen Schikanen und er sabbert vor lauter Verliebtheit – habt ihr vielleicht nicht im selben Bett gepennt oder was?«
»Sei still!«
»Er hält sich jedenfalls für frischverheiratet, du mußt also kommen...«
Da hörte ich ein scharfes Knallen im Telefon, das mich einen Moment lang lähmte, bis mir aufging, daß ich sein Echo aus dem ersten Stock gehört hatte. Und dann wurde Øysteins Tür zugeknallt, und ich hörte nur noch Terjes gedehntes Geheul.
»Himmel, was 'n das für Quatsch? Ich werd ja ganz taub im rechten Ohr, Mensch! Bist du noch da? Tuttaaa! Hohoooo! Biiitte määäääälden!«
»Ja, ich bin noch dran. Und was du gehört hast, war nur ein kleiner Vorgeschmack dessen, was dich erwartet, wenn ich dich zu pakken kriege. Denn dann werd ich dir persönlich deine giftige Judas*zunge* mit einem scharfen Tranchiermesser aus dem Schlund schneiden!«
Sagte ich und knallte den Hörer mehrmals auf den Tisch, ehe ich die Treppe hochrannte.
»Øystein! Mach auf! Das war gelogen! Er hat alles mißverstanden. Ich habe wirklich mit keinem geschlafen. Du mußt mir glauben! Ich würde dich doch nicht anlügen...«
»Gestern abend hast du gelogen!« antwortete Øystein laut, aber beherrscht.

»Ja, aber das war gestern... ach, verzeih mir doch! Ich wollte dir ja alles erzählen, aber... gut, es ist wahr, ich habe im selben Bett geschlafen wie Giuseppe – das ist der Botschaftssekretär, aber es ist nichts passiert...«
»Ist mir scheißegal, was er ist. Wichtiger ist, was er hat. Syph oder Tripper? Oder beides? Vorne und hinten?«
»Øystein! Bitte mach auf.«
»Nein, kommt nicht in Frage. Du kommst hier jetzt nicht rein. Ich will allein sein und versuchen, in meinem eigenen Chaos Ordnung zu schaffen. Geh auch ins Bett – du mußt doch erschöpft sein nach soviel... Laufereien.«
»Øystein. Kannst du mir denn nicht einfach glauben?«
»Das sage ich dir morgen. Wenn ich das überschlafen habe. Und außerdem brauchst du dir nicht so schreckliche Sorgen zu machen, Yngve. Ich bin dir nicht böse. Was geschehen ist, ist geschehen. Es ist nur nicht so leicht, sich an den Gedanken zu gewöhnen.«
»Aber es ist *nichts* geschehen!«
»Na gut. Dann reden wir morgen weiter. Gute Nacht. Schlaf gut.«
»Jaja. Gute Nacht, Øystein. Ich liebe dich, und ich bin dir treu geblieben. Sonst wäre ich nicht nach Hause gekommen.«
Er gab keine Antwort. Also trottete ich nach unten und ging ins Bett, und ich glaube, ich bin sofort eingeschlafen.

Am nächsten Morgen um halb neun kam Inga so sprudelnd morgenmunter wie immer in mein Zimmer getrampelt.
»Guten Morgen, Yngve. Jetzt mußt du aufstehen. Wir haben in einer Stunde eine außergewöhnliche Hausversammlung, und es wäre wirklich toll, wenn du oder Øystein zuerst die Küche saubermachen könntet, draußen ist alles total klebrig. Wir sind so darauf gespannt zu hören, wie ein Topf mit Punsch dermaßen explodieren kann – es war doch Punsch, oder nicht?«
»Doch. Sollte es wenigstens werden. Ich mach's gleich weg.«
»Schön. Dann halten wir die Hausversammlung beim Frühstück ab. Ich muß die Fähre um zwei nehmen. Gleich gibt's Tee.«

Ich setzte mich auf. Meine Hände boten keinen schönen Anblick, mit ihren langen Krusten und eingetrockneten Klopapierwürstchen überall, aber zumindest war keine der Wunden vereitert. Ich beschloß, sie in der Dusche nicht wieder aufzuweichen, und dann fiel mir ein, daß ich ein Paar dünne Rallye-Lederhandschuhe hatte, die mir mein Scherzkeks von Bruder einmal geschenkt hatte, und die nun endlich Anwendung finden könnten. Ansonsten fühlte ich mich erstaunlich gesund und war wild entschlossen, mich so bald wie möglich mit Øystein auszusöhnen.

Die Küche sah weitaus schlimmer aus, als ich mir das vorgestellt hatte. Alles war mit klebrigen roten Flecken übersät, und Kyrres solide rote Fußstapfen führten die Treppe hinauf. Ich ersetzte Kalbsleder durch Gummihandschuhe und machte mich für eine halbe Stunde mit Schrubber und Schmierseife ans Werk, bis es überall wieder strahlend sauber war – inklusive meiner eigenen Hände. Aber Schmierseife tötet immerhin Bakterien – und Wundsalbe und Rallyehandschuhe wirken Wunder.

Inga bestand darauf, ein Weihnachtsomelett mit allem Drum und Dran herzustellen, deshalb konnte ich in aller Ruhe den Tisch decken und das restliche Frühstück machen. Ragnhild wirkte ernst, aber nicht sauer, als sie kam und sich setzte. Und dann kam Kyrre zum ersten Mal seit meinem Einzug *langsam* die Treppe herunter und sah absolut verkatert aus. Øystein tauchte erst auf, als Inga ihr Ömmelchen serviert und ihn mehrmals gerufen hatte. Er schien einen wichtigen Entschluß gefaßt zu haben, und ich spürte sofort, daß der nicht zu meinem Vorteil ausgefallen war. Er wich meinem Blick aus.

Als ich mit Kaffee und Zigarette dasaß, eröffnete Kyrre die Hausversammlung mit einer interessierten Frage in aller Freundschaft:

»Ich hoffe, man darf fragen, wer gestern abend in der Küche was geschlachtet hat?«

»Ich hab mich am Punschtopf verbrannt, und dann hab ich ihn überm Spülstein fallenlassen«, sagte ich und hielt meine behandschuhten Hände hoch.

»So schlimm ist das?« fragte Kyrre.

»Ja. Aber ich kann immerhin damit leben.«
»Du hast also nicht versucht, einen Arzt anzurufen?«
»Nein...«
»Ich hab nämlich gedacht, der hätte nicht kommen wollen, und deshalb wärst du so wütend geworden, daß du mein Telefon in Stücke geschlagen hast.«
»Das war ich!« erklärte Øystein. »Tut mir leid. Ich kauf ein neues.
Und ich muß Yngve leider korrigieren, weil er schon wieder mit seinen Notlügen um sich wirft! Er hat den Punsch ins Becken gekippt, weil ich ihn bis über den Siedepunkt hinaus gereizt habe, und ich hab danach das Telefon zerschlagen, weil ich auch die Beherrschung verloren hatte.«
»Darf ich fragen, worüber ihr euch gestritten habt?« fragte Inga über ihrem ewigen Strickzeug. Ich sank bei der Aussicht auf eine ausführliche Darstellung meines Verhaltens während der letzten Tage resigniert in mich zusammen, aber Øystein kam mir ganz unerwartet zu Hilfe.
»Es ist nicht so ernst, wie es vielleicht aussieht. Wir hatten einige Probleme, aber ich glaube jetzt, daß wir sie selber lösen können. Aber wenn nicht, dann werden wir euch um Rat fragen, okay?«
»Nicht ganz«, sagte Ragnhild. »Ich wüßte gern, warum Yngve uns hier Lügen auftischt.«
Alle sahen mich an, und ich mußte schlucken, ehe ich antwortete.
»Gestern abend hatte ich einen sogenannten hysterischen Anfall. Ich kann mich an nichts erinnern, nur daran, daß Øystein mir eine reingehauen hat, damit ich wieder zu mir kam. Das ist mir noch nie passiert – und ich hoffe, es wird auch nie mehr passieren. Es war ein ziemlich erschreckendes Erlebnis.«
»Aber du kannst nicht garantieren, daß du in Zukunft nicht mehr mit kochenden Töpfen um dich werfen wirst, oder?«
»Danke für die Frage, Ragnhild, ich hatte nämlich Angst, daß ihr genau diese Schlußfolgerung ziehen würdet. Ihr müßt euch also gründlich überlegen, ob ich zurechnungsfähig genug bin, um weiter hier im Haus zu wohnen. Heute ist es übrigens genau ein Jahr her, daß ich meinen Rucksack hier angeschleppt habe, und

da habt ihr doch eine gewisse Grundlage für eure Einschätzung.«
Øystein lief tiefrot an, der Arme. Er hatte unseren Tag vergessen, was ihm überhaupt nicht ähnlich sah. Aber er brauchte nichts dazu zu sagen, das übernahm Inga Lunde:
»Aber dann habt ihr ja Jubiläum, du und Øystein! Ich gratuliere euch beiden – und natürlich wollen wir dich hier haben! Du bist in der WG genauso wichtig wie wir anderen, nicht wahr, Kyrre?«
»Aber sicher. Und in Westnorwegen gehen wir davon aus, daß zu solchen Gelegenheiten wie Weihnachten ein bißchen Punsch fließt. Und damit finde ich, die Sache ist ausdiskutiert. Yngve hat alles saubergemacht und Øystein besorgt ein neues Telefon. Also, Ragnhild, du wolltest doch heute eine Hausversammlung?«
»Ja«, sagte sie und warf mir einen kurzen anklagenden Blick zu, ehe sie zu ihrer großen Proklamation ansetzte: »Ich habe einen Entschluß gefaßt, der wohl für den Rest meines Lebens ziemlich schicksalhaft ist, und der euch auch bis zu einem gewissen Grad angeht. Ich werde Bäuerin«, sagte Ragnhild Farmandsen.
Alle glotzten sie dumm an.
»Ihr wißt doch, daß ich nach dem neuen Gesetz die Anerbin bin, und das bedeutet, daß ich den Hof übernehmen kann, wenn mein Vater in den Ruhestand geht – und das macht er irgendwann nächstes Jahr. Vor einer Woche habe ich einen Brief von ihm bekommen, in dem er mir allergütigst diese Tatsachen mitteilte, und für ihn ist es das Wichtigste, daß Odd, mein jüngerer Bruder, den ganzen Hof bekommt. Aber da können sie lange drauf warten, alle beide! Ich hab nämlich beschlossen, mein Recht geltend zu machen! Zuerst mache ich im Mai mein Examen, und dann gehe ich nach Hause nach Hedmarken und werde die erste selbständige Bäuerin im Dorf seit über hundert Jahren. Die letzte war eine kinderlose Witwe, die sich einfach nicht noch einmal verheiraten wollte und die sie deshalb am Ende erschlagen mußten. Und deshalb will ich jetzt unserem gesamten reaktionären Reichsnährstand zeigen, daß ein Frauenzimmer mindestens genausoviel taugt wie die ganzen selbstherrlichen und lahmärschigen Mannsbilder.«

»Du ziehst zum Sommer also aus?« fragte Kyrre.
»Ja, mach ich. Und ich muß die Mittwinterfeier hier heute abend leider absagen, weil ich zu meiner Familie nach Hause fahre und die wunderbare Neuigkeit erzählen werde...«
»Das hättest du aber auch früher sagen können«, meinte ich.
»Ich habe mich erst gestern abend entschieden. Es wird Krieg geben, verstehst du, und ich eröffne mit einem Sturmangriff.«
Inga verstand, was ich meinte und warf in aller Eile ein:
»Ich muß auch kurz in die Stadt und meiner Großmutter frohe Weihnachten wünschen, aber ich komme heute abend nach Hause, spätestens mit der Neunuhrfähre.«
»Ich muß auch in die Stadt«, erklärte Øystein. »Ich wollte den Alten und die anderen gestern besuchen, aber das... das hab ich nicht geschafft.«
Kyrre blickte sich genervt um und wandte sich dann an mich:
»Möchte sonst noch jemand eine mehrere Monate alte Verabredung brechen?«
»Nein«, sagte ich. »Ich bleibe zu Hause. *Hier* also.«
»Aber wir kommen doch nach Hause, das hab ich doch gesagt!« rief Inga.
»Ja, sicher. Sonst noch was?«
»Ja. Bleibt bitte sitzen!« sagte Ragnhild. »Ich bin nämlich erst bis zur Hälfte gekommen. Und jetzt möchte ich euer aller volle Aufmerksamkeit, denn das ist wichtig für mich. Ihr wißt, daß ich schon lange versuche, einen Mann zu finden. Einen, den ich gern mag und mit dem alles gut klappt. Aber es sieht nicht so aus, als ob es für mich so einen Mann gibt, und deshalb habe ich beschlossen, mir nicht mehr solchen Streß zu machen. Wenn ich irgendwann mal einen treffe, der in Frage kommt, dann freue ich mich, und wenn nicht, dann komm ich trotzdem zurecht, auch wenn ich keine Lesbe werde. Aber es gibt eins, ohne das ich nicht glücklich sein kann, nämlich ein Kind. Ich will eine Tochter – und zwar so schnell wie möglich. Wenn ich auf den Hof zurückgehe, dann will ich so schwanger sein, daß man es sehen kann, und dabei könnt nur ihr mir helfen – einige von euch. Ich will auf ganz unverbindlicher Basis einen anonymen Samenspender, und ich will die Erbmasse von Kyrre oder von Øystein.«

Am Tisch wurde es sehr still – sogar Inga hatte aufgehört, mit ihren Stricknadeln zu klappern. Um Kyrres Mund spielte ein ganz kleines Lächeln, das einen Anflug von Stolz nicht verbergen konnte, während Øystein die Augen niederschlug und abermals tief errötete. Wie ich aussah, weiß ich nicht, jedenfalls war ich erschüttert. Inga brach das Schweigen:
»Was verstehst du unter unverbindlicher Basis?«
»Daß ich mich weigern werde, den Namen des Vaters anzugeben. Ich werde sagen, ich hätte in der fraglichen Zeit mit niemandem geschlafen – und das stimmt ja, wenn ich eine künstliche Befruchtung vornehme. Ich brauche nur eine Portion frisches Sperma, dann erledige ich den Rest selber.«
»Der Samenspender soll also keinen Unterhalt zahlen oder sonst irgendwelche Verantwortung übernehmen?« fragte Kyrre.
»Nein, gar nichts. Als ledige Mutter habe ich dann ja Anspruch auf volle Sozialhilfe. Das ist zwar nicht viel, aber zum Leben wird's schon irgendwie reichen.«
Jetzt richtete Øystein sich auf und räusperte sich, immer noch mit roten Flecken auf den Wangen:
»Bedeutet das auch, daß... daß der Spender nichts mit dem Kind zu tun haben darf? Zu Besuch kommen und Babysitten und so?«
»Lieber nicht«, erklärte Frau Farmandsen.
Da drehte ich durch; es brach einfach so aus mir heraus:
»Das ist das Übelste, was ich je gehört habe! Hier sitzt du und planst so übervernünftig, daß du eine Tochter willst – die genausogut ein Sohn werden kann –, und dann verurteilst du dieses Kind, das du offenbar für dein Privateigentum hältst, dazu, ohne Vater aufzuwachsen, obwohl der Vater sich bei bester Gesundheit befindet. Wer bist du überhaupt, daß du dir einbilden kannst, so was einem kleinen Menschen antun zu können, der in zwanzig Jahren erwachsen wird?«
Alle sahen mich an, während ich Ragnhild anblickte, die mich wiederum funkensprühend und feindselig anstarrte. Dann sagte sie:
»*Dich hat nun wirklich niemand gefragt!*«
Giftig, giftig. Sie verwandelte sich in eine angreifende Kobra, die einen Strahl tödlichen Serums über den Tisch spie, der mich im

Auge traf und mich sofort mit brennendem Schmerz blendete. Ich schob meinen Stuhl zurück, sprang auf und stürzte in mein Zimmer. Dort blieb ich sitzen und schlang mir die Arme um den Leib, um nicht bei all den entsetzlichen Visionen, die vor meinem inneren Auge vorbeizogen, allzusehr zu zittern. Niemand kam mir nach und versuchte, meine Schmerzen ein wenig zu lindern, und deshalb fühlte ich mich in die schlimmste Finsternis gestoßen. Und dann wußte ich mit Sicherheit, daß sie mich nicht mehr bei sich haben wollten. Sie hatten im voraus verabredet, daß das die beste Art war, mir zu verstehen zu geben, daß ich in der WG unerwünscht war. Daß ich ausziehen sollte. Diese Erkenntnis ließ mich wieder *sehen*. Klar und deutlich. Das Gift war nicht tödlich, wenn es mir nur gelang, die Bindungen an dieses Haus, an diese Menschen zu zerschneiden. Ich sah mich in der Sjøstrandhalle um, die nicht mehr mein Zimmer war. Dort standen noch ein Paar Turnschuhe, und in der Truhe lag ein dicker Wollpullover, und beides zog ich an, ehe ich mich zu meiner eigenen Haustür hinausschlich, ohne daß die anderen das entdeckten. Dann ging ich in den Wald.

Eine Quelle der Begierde

Nesodden ist ein interessantes geologisches Phänomen, das irgendwann in Urzeiten durch Verwerfungen entstanden ist. Es ist eine zwanzig Kilometer lange spitze Halbinsel, die sich von Drøbak aus nach Norden erstreckt und den runden inneren Oslofjord teilt. Das Gelände ist steil und unwegsam, die Natur ändert sich dramatisch von steilen Hängen und Schluchten zu idyllischen kleinen Seen, umgeben von schönem Mischwald.
An diesem Heiligabendvormittag joggte ich zielbewußt zu einem kleinen versteckten Plateau, wo ich bisher erst einmal gewesen war. Kyrre und ich waren bei einer Runde Joggen im letzten Sommer fast darüber gestolpert, und jetzt zog es mich instinktiv wieder dorthin, weil es ein guter Ort war, um sich zu verkriechen; eine ungestörte Stelle, weit weg vom nächsten Wanderweg, mit einem kleinen Weiher und Aussicht über den Bunnefjord. Ich habe mich immer stark zu einigen sehr abgelegenen Orten hingezogen gefühlt, die ich als *meine* Orte betrachte. Schon in meiner fernen frühen Jugend haben mir zwei heilige Stellen in Østmarka gehört; ein Wasserfall namens Sündenfall und ein riesiger Felsblock mit einer längst vergangenen Schutzhütte. Sie waren heilig, weil sie einst die Himmlischen Vorhöfe für mich und einen Jüngling waren, der damals Magnus hieß, jetzt aber namenlos war – ein Fremder in einer anderen Welt. Gott segne sein Andenken.
Jetzt lief ich in gleichmäßigem Rhythmus zu einer neuen kleinen Naturperle, um sie zu meinem, nur zu meinem Eigentum zu machen. Diesen Ort würde ich mit niemandem teilen.
Nach einer Stunde war ich fast angekommen und mußte durch eine steile Geröllhalde klettern, um das Plateau von Norden her zu erreichen. Dann war ich angekommen – und ich blieb stehen, während das Blut in meinem ganzen Körper brauste, und ich versuchte, die fast übersinnliche Wirklichkeit in mich aufzunehmen, die sich vor mir offenbarte. Ich war so damit beschäftigt gewesen, allem Schlangengift der Welt und aller menschlichen Gemeinheit

davonzulaufen, daß ich überhaupt nicht daran gedacht hatte, wie meine Umgebung aussah. Aber jetzt sah ich endlich, daß sich über mir ein hellblaues Himmelsgewölbe erhob, und daß im Südosten eine strahlende Sonne stand. Und sie wärmte unglaublicherweise mein Gesicht, obwohl die Sonne erst vor zwei Stunden aufgegangen war und die Wintersonnenwende – der kürzeste Tag des Jahres – drei Tage zurücklag. Während des bisher milden Winters war noch kein bleibender Schnee gefallen, der Boden des Waldes aber war von glänzendweißem Reif bedeckt, und an einigen Bäumen hingen Eiszapfen in prächtigen Formationen, die bisweilen in allen Farben des Regenbogens das Licht brachen. Die Laubbäume am Ufer des vereisten Weihers hatten schon längst ihre Blätter eingebüßt, und deshalb konnte die Sonnenwärme dem Boden und den Nadelbäumen leichten goldenen Dampf entlokken. Ich fühlte mich klein und demütig – als ob ich unerwartet in ein unantastbares Heiligtum hineingeplatzt wäre –, aber dann wuchs in mir ein Jubel, eine Gewißheit, daß ich in dieses Bild gehörte; daß ich immer ein Teil davon gewesen war. Endlich hatte ich meinen Ort gefunden; Yngves Weiher.
Nach dem Laufen war ich warm und verschwitzt, deshalb zog ich Pullover, Hemd und T-Shirt aus und hängte die Klamotten zum Trocknen an einen nackten Ast. Das Eis auf dem Weiher war glasklar und glatt wie ein durchsichtiger Spiegel, und ich betrat es voller Andacht, ohne den geringsten Zweifel daran, daß es mich tragen konnte. Die Oberfläche war nur zwanzig mal zehn Meter groß, aber der Weiher war so tief, daß ich seinen Boden nicht sehen konnte. Und während ich da stand und mich umsah, ging mir langsam auf, daß kein Bach in ihn mündete. Es gab nur einen, der aus ihm herausfloß. Es war kein normaler Weiher.
Dieser Weiher war eine große Quelle hier oben auf dem Felskamm. *Yngves Quelle.*
Die Luft war seltsam mild, und die Sonne trocknete meinen Körper, ohne daß ich zu frieren anfing. Ich stand da, drehte mich langsam um und wurde von einer großen, ruhigen Freude erfüllt; einer Sicherheit und einer Zärtlichkeit, die nicht nur mich erfaßte, sondern die ich auch auf die anderen aus der WG, und auf alle anderen, die ich kannte, übertrug. Mir wurde klar, daß dieser Ort

meine unerschöpfliche Quelle zur Liebe war, und gleichzeitig wußte ich, daß sie in keiner Hinsicht mein Eigentum war. Alle, die hierher fanden, hatten dasselbe Recht wie ich, sie *ihre* Quelle zu nennen – denn der ganze Ort war erneuernd. Heilend.

Ich ging zum Auslauf, wo das Wasser glitzernd über blankgewaschenen Fels sickerte, und löschte meinen Durst an diesem echten Aqua vitae. Dann ging ich zu einer üppigen Tanne, die in der Sonnenwärme schon getrocknet war, und brach vier, fünf Zweige ab, aus denen ich mir an einem schulterhohen Felsen einen schönen Sitzplatz machte. Dort setzte ich mich mit überkreuzten Beinen hin, und nun begriff ich, daß ich meditieren sollte. Es mußte über drei Monate her sein, daß ich Østein auf diesem seltsamen Trip begleitet hatte, wo ich das Licht um die Welt gesehen hatte. Seither hatte ich dieses Erlebnis erfolgreich verdrängt, wann immer die Erinnerung daran sich gemeldet hatte, aber nun verspürte ich Sehnsucht danach, dasselbe noch einmal zu erleben – und zu versuchen, die Bedeutung dessen zu verstehen, was ich vielleicht sehen würde.

Ich setzte mich bequem hin, schloß die Augen in der wärmenden Sonne und dachte laut: »Wir sind die Seele. Ich bin ein Teil der Seele.« In diesem Moment sah ich die Szene am Eßzimmertisch klar und deutlich vor mir. Ich sah sie von draußen, von oben, und verstand sofort: »Wir sind alle ein Teil der Seele.« Das Bild stellte sich auf Ragnhild ein, die sich für uns öffnete, die uns zu ihren natürlichen Vertrauten machte und uns über die wichtigste Entscheidung ihres Lebens informierte. Sie wollte Bäuerin werden und auf bodennaher und praktischer Ebene ihren Kampf gegen die Männergesellschaft führen. Sie fühlte sich mutig und stark genug, aber gleichzeitig fürchtete sie immer noch, es nicht zu schaffen. Sie hatte Angst davor, sich auf sich selber und ihre eigenen Fähigkeiten zu verlassen. Deshalb kam sie zu uns und bat um Unterstützung und Hilfe – und was hatte ich ihr gegeben? Widerstand und Mißtrauen. Nicht, weil sie ein Kind wollte. Nicht, weil mir das vaterlose Dasein des Kindes Kopfzerbrechen machte – weit gefehlt. Es gab Millionen von Kindern, die es bei ihren ledigen Müttern sehr gut hatten. Nicht, weil ich eifersüchtig auf Kyrre und Øystein war, die als potentielle Väter gefragt worden waren, nein. Sondern *weil niemand mich gefragt hatte* ! Ich fühlte mich tief verletzt, weil ich aus einer so wichtigen Angelegenheit herausgehalten worden war. Und als Ragnhild genug Durchblick gehabt hatte, um ihren Finger genau auf den wunden Punkt zu setzen – da hatte ich wie eine beleidigte Katze reagiert und war in den Wald geflohen. So war das. War es wirklich nur so? Nein, es gab noch mehr. Sehr viel mehr!

Während meines ganzen erwachsenen Lebens, seit ich ein bewußt sexuelles Wesen geworden war und mich für die Homosexualität entschieden hatte, dachte und sagte ich immer, daß wir doch zumindest den Vorteil hatten, uns über Verhütungsmittel keine Gedanken machen zu müssen, und, besser noch, daß uns Dreck und Nervkram bei der Erziehung eines oder mehrerer undankbarer Gören erspart blieben. Ich hatte fanatisch behauptet, daß wir aufgrund unserer sexuellen Orientierung von dieser Geißel der Menschheit, die Familie weiterzuführen, befreit waren. In all den Jahren hatte ich enthusiastischen Beifall für meinen Standpunkt geerntet – und jetzt sah ich endlich die Wahrheit.

Ich hatte immer einen tiefliegenden Kummer verspürt, und ich hatte immer gewußt, daß der mit meiner eigenen Kindheit zusammenhing. Jetzt sah ich deutlich, daß dieser Kummer eigentlich eine Sehnsucht war. Nicht nach etwas, das mir als Kind gefehlt hatte – man kann nichts vermissen, was man nie gehabt hat. Ich wünschte mir ein Kind, dem ich all die Liebe weitergeben konnte, die ich selber bekommen hatte. Ich hatte ein tiefes Bedürfnis danach, Vater zu werden und die Verantwortung für ein Kind zu übernehmen. Ich war voll von uneingelöster Elternliebe.

Diese Offenbarung meiner innersten Gefühle erfüllte mein ganzes Wesen mit einer gewaltigen Freude, die allen Kummer und alles Selbstmitleid davonspülte und mich aus mir selber heraushob. Ich hatte das Gefühl, daß die Quelle, neben der ich saß, mich hochhob, so daß ich mich selber da unten sitzen sehen konnte; und vor meinem Gesicht schwebte *ein Schlüssel*. Ein großer, schwerer Bronzeschlüssel – und im Auge des Schlüssels funkelte ein rosa Stein. Ich sah ihn ganz deutlich; das goldene, warme

Leuchten des Metalls funkelte im Sonnenschein, und vom Stein aus verbreitete sich helle rote Farbe um mich und um die ganze Quelle, so daß ich in einer großen Glocke aus wunderbarem Licht saß.
Plötzlich verspürte ich einen überwältigenden Drang, das Bild zu fassen – den Schlüssel zu packen und mit beiden Händen zu halten. Ich griff in die leere Luft, und mir entrang sich ein »Nein!«, als mir bestätigt wurde, daß dieses Symbol nicht von dieser Welt war. So riß ich mich selber aus der Meditation, aber als ich mit klimpernden Augen in die Sonne sah und den Kopf umdrehte, sah ich immer noch den Schatten des Schlüssels auf meiner Netzhaut. Ich sah seinen Abglanz noch lange. Und da wußte ich, daß der Schlüssel ein Symbol war; ein Geschenk an mich von... der Allnatur. Mir waren Fähigkeit und Möglichkeiten gegeben worden, mich für etwas zu öffnen, irgend etwas Wichtiges zu befreien – aber was? Es hatte etwas mit Liebe zu tun. Aber wo? In mir selber? In meiner Beziehung zu Øystein? Zur ganzen WG? Ja, ja und ja. Und sicher ging es noch weit darüber hinaus.
Ich holte mehrmals tief Luft und merkte plötzlich, daß ich fror. Ach, es war ja kalt! Ich stand auf und befühlte T-Shirt und Hemd, die immer noch naß waren. Aber mein Pullover war warm und trocken, und es war wunderbar, ihn anzuziehen. Ich fühlte mich müde und gut, wie nach einer Ejakulation, und ich setzte mich wieder an meinen Stein – und dann schlief ich ein.
Ich weiß, daß ich etwas Wichtiges träumte, an das ich mich nach dem Aufwachen sofort hätte erinnern sollen, aber als ich die Augen aufschlug, wurde der Traum von der Gewißheit verdrängt, daß ich nicht allein war. Ich hatte keine Angst und war auch nicht sauer – im Gegenteil, ich freute mich, Gesellschaft zu bekommen –, und als ich mich umsah, saß Kyrre mit geschlossenen Augen in der Sonne links von mir auf einem Stein.
»Nein, wie nett!« sagte ich. »Bist du schon lange hier?«
»Nein, fünf Minuten vielleicht. Unglaublich, daß es am Heiligen Abend noch so mild sein kann, was?«
»Ja, ist das nicht schön? Wie hast du mich übrigens gefunden? Wie konntest du wissen, daß ich hier bin?«
»Na, ich brauchte doch bloß deinen Fußspuren im Reif zu folgen

– du bist übrigens gut in Form für so einen Suffkopp, aber ehrlich gesagt, ich dachte sofort an diesen Weiher, als wir entdeckt hatten, daß du verschwunden warst. Ich war ganz sicher, daß du hier bist.«
»Himmel. Gehört zum dialektischen Materialismus auch Intuition?«
»Ja, wenn es darum geht, die richtigen Dinge in Verbindung zu bringen. Weißt du noch, daß wir im Sommer hier waren? Wir sind geschwommen...«
»Ja, stimmt. Das hatte ich total vergessen.«
Kyrre war so ausgelassen gewesen – ja, ganz einfach geil und verrückt –, daß er sich vor lauter wilder Lebenslust mit mir im Gras herumgerollt hatte. Ganz kameradschaftlich, natürlich, aber doch reichlich intim.
»Du warst wirklich... froh an dem Tag?«
»Aber sicher. So sollte man jeden Tag sein. Aber du warst ja auch nicht total unglücklich – so wie jetzt? Oder bist du das gar nicht?«
»Nein, nicht mehr. Das ist vorbei. Und gerade ist mir etwas eingefallen, was Ragnhild einmal gesagt hat: Wenn sie Kinder bekommt, dann am liebsten welche mit dunklen Haaren; wenn sie einen blonden Mann kriegt, dann kriegen die Kinder mausfarbene Haare wie ihre Brüder. Sicher wollte sie deshalb die Erbmasse von dir oder Øystein.«
»Ha! Meinst du, sie hat sich das so genau überlegt? Aber sie muß schon ohne meine Haarfarbe zurechtkommen. Ich glaube nicht, daß ein uneheliches Kind mit Anerbenrecht in Hedmarken mein Stil ist. Aber warum bist du dann abgehauen?«
»Ach, im ersten Moment war ich schrecklich verletzt, fühlte mich irgendwie beiseite geschoben.«
»Da warst du nicht der einzige. Du hättest Inga sehen sollen, als sie zur Fähre gegangen sind. Sie wäre bestimmt auch gern weggelaufen. Ich glaube nicht, daß sie heute noch nach Hause kommt.«
»Ist Øystein auch weg?«
»Aber sicher. Und er sah ernst und nachdenklich aus – aber ich glaub nicht, daß das deinetwegen war. Er hat gesagt, er würde bei seinen Eltern oder bei dem Alten Rockefeller übernachten.«

»Nein, hol ihn der Henker!«
»Also bleiben nur noch wir beide auf der Walstatt zurück, Yngve, und ich finde, wir sollten das Beste daraus machen. Ich habe geräuchertes Hammelfleisch und Bier und Aquavit gekauft, und deshalb brauchen wir weder zu verhungern noch zu verdursten.«
»Siehst du den Bach dahinten? Trink mal davon. Das ist Aqua vitae – Wasser des Lebens.«
Er trank lange, während ich aus meinem Hemd und meinem T-Shirt ein Bündel schnürte. Dann lachte er mich an und sagte: »Du hast ganz recht. Das ist das beste Wasser, das ich auf dieser Seite der Hardangervidda je getrunken habe.«

Ich ging sofort in die Dusche und mußte mich arg abmühen, um die Wundsalbenhandschuhe ausziehen zu können. Beide Hände waren geschwollen und brannten noch schlimmer als vorher. Die tiefen Dornenkratzer klafften ekelhaft weit auf und schienen in der allernächsten Zukunft nicht verheilen zu wollen. Ich biß die Zähne zusammen und fing an, mich einzuseifen – und da bekam ich Gesellschaft von Kyrre. Das war eine ziemliche Überraschung, denn wir hatten noch nie zusammen geduscht. Ich hatte immer gedacht, daß er davor eine Grenze zöge.
»Ich dachte, du wolltest mir vielleicht den Rücken waschen«, lachte er.
»Aber klar – wenn ich das mit meinen neuen proletarischen Arbeiterfäusten überhaupt schaffe.«
»Aber was zum Teufel hast du denn angestellt? Das sind doch keine Brandwunden!«
»Nein, ich hab sie in einem Rosenbusch aufgekratzt, glaube ich.«
»Weißt du nicht, wie das passiert ist?«
»Doch, aber es war so dunkel – ich hab nach einem Hut gesucht. Ach, ich erzähl dir nachher alles. Halt jetzt still, dann seif ich dich ein.«
»Ich kann mich um deine Wunden kümmern, während du erzählst. Der Erste-Hilfe-Kasten steht oben bei mir. Sie müssen ordentlich saubergemacht und getrocknet werden. Aber erst wirst du ein bißchen abgelaugt!«

Es ist eine Sache, einem Mann, der einfach bloß ein Kumpel ist, den Rücken zu waschen. Da kann man sich sehr gut auf diese Aufgabe konzentrieren. Es ist etwas ganz anderes, wenn sich der Kumpel ganz dicht neben dich stellt und dir die linke Hand auf den Bauch legt, während er dich gründlich mit seiner freundlichen Rechten vom Nacken bis in die Arschfalte hinein einseift. Es ist wirklich sehr verwirrend, vor allem, wenn einem dann noch einfällt, daß es lange, sehr lange her ist, daß man mit einem geschlafen und abgespritzt hat.
»Vielen Dank. Jetzt ist's genug«, sagte ich und drehte ihm den Rücken zu. Da lachte er herzlich, unser Goldjunge, und versetzte mir einen äußerst freundlichen Klaps auf den Hintern, der keinen Zweifel mehr daran ließ, daß er wußte, was er hier machte. Das verwirrte mich dermaßen, daß sich meine keimende Erektion gleich wieder legte. Und deshalb konnte ich auch mit ihm lachen:
»Hast du nicht gelernt, daß du dich vor älteren Herren hüten sollst? Jedenfalls darfst du sie nicht über Gebühr in Versuchung führen.«
»In Westnorwegen gibt es die gute alte heidnische Sitte, daß sich die Mannsbilder vor dem Mittwinteropfer gegenseitig einseifen. Aber da nehmen wir Waschzuber.«
»Und die entleert ihr dann in Hektolitermuschis?«
So kann man sich aus einer verzwickten Situation herauslachen. Kyrre hatte einen Erste-Hilfe-Kurs für Fortgeschrittene gemacht, und deshalb hatte er Alkohol zum Wundenreinigen in seinem Verbandskasten. Ich verlangte einen inwendigen Aquavit, ehe ich äußerlich eingeschmiert wurde, und er spendierte gleich drei Raschgekippte, ehe er meine rosa Wunden mit behutsamer Hand und Wattebäuschen säuberte. Dann bestreute er sie mit Wundpuder und legte leichte Verbände an.
»Jetzt hast du den Salat«, sagte ich. »Wie soll ich denn in dieser Verpackung noch praktische Arbeit leisten können?«
»Du kannst doch wohl ein Glas halten?« fragte Kyrre und schenkte unsere Gläser nochmals voll. »Prost! Und das Rezept für geräuchertes Hammelfleisch kannst du ja sowieso nicht. Hast du das schon mal gegessen?«

»Nein, aber ich hab davon gehört. Und es klingt gut.«
»Ach, es ist das Zweitbeste, was es gibt, aber in diesem Landesteil sind Schafsköpfe ja nicht aufzutreiben.«
»Diese marinierte Geschichte mit Augen und Hirnmasse?«
»Das ist eine Delikatesse, die bloß wir und die Franzmänner zu schätzen wissen. Aber jetzt komm, dann kannst du einiges über westnorwegische Cuisine lernen.«
Kochen konnte er auch, unser Stalinist, und das hatten wir anderen nicht gewußt. Auf die Frage, warum er dieses Talent verborgen habe, antwortete er, daß vier Köche in einem Haus schon genug Chaos anrichteten. Außerdem hatte er Wichtigeres zu tun, als den ganzen Tag im Kochtopf herumzurühren – und darin gab ich ihm natürlich recht. Während Kartoffeln und Steckrüben kochten und wir einige Gläser kellerkaltes Bier genossen, erzählte ich Kyrre Eliassen von meinem diplomatischen Ungemach in der Lateinischen Botschaft – mit allen Details bis zu meiner Ankunft bei Else Somebody. Ich habe selten einen so aufmerksamen Zuhörer gehabt. Er nahm alles mit seinen fünf Sinnen auf und ich erkannte, daß dieser erwachsene Junge von einundzwanzig Jahren in seinem Leben wahrscheinlich nicht viel mehr als politischen Aktivismus erlebt hatte. Seiner klaren roten Farbentscheidung zum Trotz war er in bezug auf persönliche Erfahrungen ziemlich grün. Plötzlich empfand ich für ihn eine tiefe, warme Zärtlichkeit, wie er sich da von meiner phantastischen Erzählung mitreißen ließ – mit strahlenden Augen, hicksend vor Lachen und mit seltsamem, oft wechselndem Mienenspiel in seinem reinen, schönen Gesicht. Er war einfach toll! Als ich das Ganze mit Hut und Schnurrbart und Bullerei und Sirenen beendet hatte, war er außer sich vor Begeisterung und mußte mich so ganz unter Genossen knutschen und küssen.
»Ich hab wirklich nicht gewußt, daß du soviel Mut hast, Yngve!«
»Hab ich auch nicht. Jedenfalls nicht, solange es nicht unbedingt nötig ist – und dann ist es wohl eher Notwehr.«
»Egal, wie du es nennst, wenn es nur ein Ergebnis bringt.«
»O nein! Was sagt denn Deng Hsiao Ping vom Schrotthaufen der Geschichte? ›Egal, welche Farbe die Katze hat, solange sie Mäuse fängt?‹«

»Nein, heute abend bitte keine Politik. Dieses eine Mal will ich von meinem Ganztagsjob befreit sein – und jetzt hab ich Hunger! Ich mach Rübenpüree, während das Fleisch dampft, und du kannst sicher auch als Behinderter den Tisch decken – wenn du noch ein stärkendes Schlückchen kriegst?«

Ich holte das Porzellanservice und das Silberbesteck, das Inga von ihrer Großmama als Hochzeitsgeschenk bekommen hatte, samt Kristallgläsern und Kerzenhaltern aus derselben Quelle. Als Kyrre die Kartoffeln brachte, protestierte er lauthals gegen die Zumutung, von solchem Idiotenprotz essen zu sollen, aber ich bestand darauf, daß er sich an den Gedanken zu gewöhnen hatte, jetzt mit Norwegens oberen Zwölfhundert verschwägert zu sein.

»Vergiß nicht, daß Schwiegermams und Schwiegerpaps jetzt in diesem Moment sicher Fasanenzunge in Schneckensoße auf Goldtellern serviert wird.«

»Ach, halt den Mund! Verdirb mir nicht die beste Mahlzeit des Jahres. Jetzt wollen wir gut und lange essen und trinken – und danach trinken wir noch mehr.«

»Na gut. Von jetzt an werde ich so still sein wie eine Hektolitermuschi. Im Zuber!«

Geräuchertes Hammelfleisch schmeckt wirklich gut. Ich mag solch altmodisches Essen, wo die Konservierungsmethode dem Essen einen besseren Geschmack liefert, als die Rohware hatte. Ich überfraß mich total – und Kyrre fraß noch mehr, und als wir fertig waren, konnten wir gerade noch zu unseren Sesseln wanken und vor dem Kamin eine Stunde schlafen.

Als ich aufwachte, war es erst halb acht, wir hatten den Abend also immer noch vor uns. Ich holte eine Flasche Rotwein und legte Beethovens viertes Klavierkonzert in G-Dur ziemlich laut auf, ehe ich mehr Kienholz auf das Feuer legte. Als ich mich hinsetzte, um die Flasche zu öffnen, lag Kyrre zurückgelehnt in seinem Ohrensessel und betrachtete mich mit einem Mona-Lisa-Lächeln, das ich noch nie an ihm gesehen hatte.

»Guten Abend, Towaritsch Eliasowitsch. Möchtest du Rotwein?« rief ich, um Ludwigs brausende Schicksalsschwangerschaft zu übertönen. Er schüttelte Kopf und Zeigefinger, setzte sich auf und antwortete:

»Warte noch damit. Ich hab eine Überraschung!« Er blieb eine Weile weg, dann kam er mit einer Flasche Larsens Cognac und zwei Senfgläsern zurück. Ich ging entschlossen zum Buffett und nahm mir zwei ordentliche Cognacgläser, die ebenfalls aus den Successful Hills stammten. Sie waren zum Glück bei weitem nicht so umfangreich wie Giuseppes. Sie hatten eine angenehme Größe.
»Herrgott, muß ich denn in alle Ewigkeit dafür bestraft werden, daß meine Frau aus diesem kapitalistischen Elsternnest stammt?« brüllte Kyrre, als er die Gläser erblickte. Jetzt war ich derjenige, der lachte, während ich Beethoven leiser stellte.
»Hast du dir jemals überlegt, was ihr mit all den Millionen anfangen wollt, an dem schönen Tag, an dem Inga die halbe Pracht erbt?«
»Ha! Wenn die Schweine sterben, dann sind sie genauso eigentumslos wie wir anderen alle. So lange dauert's nicht mehr bis zur Revolution.«
»Aber den Cabincruiser könnt ihr vielleicht behalten – wenn Paps ihn nicht vorher noch schnell versetzen kann?«
»Den kriegst du. Wir bauen ihn zum Torpedoboot um, und dann kriegst du das Kommando übertragen – wenn du jetzt nicht aufhörst, mich zu verarschen.«
»Wie viele Matrosen hab ich dann... unter mir?«
»Ja, das wär vielleicht die Lösung? Daß wir euch alle zur See schicken? Und daß du Admiral der gesamten Revolutionären Schwulenflotte wirst?«
»Pfui! Der Kreuzer Baldachin mit Mann und Hektolitermuschi gesunken? Witwen und Waisen sind dabei nicht zu vermelden.«
»Nein. Jetzt geh ich den Kaffee holen.«
Kyrre zeigte sich hier von einer neuen und erfreulichen Seite. Ich hatte bisher noch nicht einmal die Andeutung eines Scherzes über die Revolution gehört, und jetzt wies alles darauf hin, daß er doch nicht so beinhart und kleinkariert war, wie er sich den Anschein gab. Die Rückenwäsche wies in dieselbe Richtung, aber die konnte ich wohl nicht ernst nehmen.
Er servierte Kaffee in Teetassen und vermied es, das Millionärsglas zu benutzen, indem er seinen Cognac direkt in die Tasse goß. Ich genoß die erlesene Flüssigkeit in langen Inhalationen und gro-

ßen Schlucken, und bald waren wir beide richtig high. Beethoven war schon längst fertig, aber als ich dabei war, Nummer fünf – Klavierkonzert, meine ich – aufzulegen, wollte Kyrre unbedingt die Musik aussuchen. Er entschied sich für das Unentbehrlichste bei einem altmodischen Mittwinteropfer, nämlich die Woodstock-LP, und während John Sebastian sang: »I had a dream last night«, wetzte er nach oben und kam mit der rockigsten Schmalztolle aller Zeiten zurück. Die stand ihm auch; er hatte Ähnlichkeit mit Paul Anka in seinen besten Jugendjahren. Und als Sha-Na-Na mit »At the hop« losfetzten, sprang er auf und tobte wie die schlimmste Spastiker-Lisa, die je auf freiem Fuß gewesen ist, durch das Wohnzimmer – mit beiden Beinen in der Luft! Ach, was für eine Show! Da ich nicht klatschen konnte, mußte ich mit den Füßen trampeln und im Takt grölen – und das gefiel ihm am allerbesten. Als wir zu The Who und »We're not gonna take it« kamen, mußte ich mit dem Hintern wackeln, und als das Hauptthema einsetzte, stand Kyrre vor mir. Und ich hatte eine meiner starken Visionen. Er wurde der personifizierte Tommy – schließlich war er ja nicht umsonst mein privater Kommunistenführer –, und ich sang lachend aus voller Kehle den Text, während ich versuchte, ihm tief in die Augen zu sehen.

Listening to you I get the music
gazing at you I get belief
following you I'll climb a mountain
I get exited at your feet.
Right behind you I see the millions
on you I see the glory
from you I get opinions
from you I get the story.

Ich glaube, Kyrre begriff erst, daß ich ihn besang, als ich zum drittenmal »I get exited at your feet!« erklärte. Ich sank auf die Knie und küßte seinen nackten rechten Fuß, und erst jetzt kam ihm der Verdacht, daß ich mir einen kleinen Witz erlaubte. Er versuchte, sich loszureißen, aber ich hielt fest, bis er meine Schultern packte und mich in die Luft hob, wo er mich zwei Sekunden lang festhielt, während er mich tiefernst musterte. Dann ließ er mich auf sich fallen, und wir verschmolzen im ersten Kuß unserer gemeinsamen Welt. Ich hatte die Arme um seinen Hals gelegt, und er hielt mich um die Mitte gefaßt, so daß ich den Boden immer noch nicht berührte. So blieben wir lange stehen – bis Joe Cocker schrie: »*Aaaaa! Lord, how I want you!*« und der Chor im Falsett verkündete: »*I get by with a little help from my friends!*« Erst jetzt lokkerte er seinen Griff, und dann tanzten wir eng, bis die Platte zu Ende war.

»Möchtest du mit mir raufkommen?« flüsterte Kyrre mir sanft ins Ohr.

»Ja. Wenn du sicher bist, daß du das willst.«

»Weißt du noch, wie Ragnhild heute gesagt hat, daß sie ganz bestimmt niemals Lesbe werden würde? Ich hätte sie so gern gefragt, ob sie das schon mal ausprobiert hat – aber dann ist mir eingefallen, daß ich das doch auch nicht versucht habe... mit einem Jungen, meine ich, und jetzt finde ich, die Zeit ist reif.«

»Ja. Sieht so aus – Gott sei Dank!« sagte ich und küßte ihn noch einmal.

Es ist seltsam, aber ich hatte Øystein gegenüber nicht die Spur von schlechtem Gewissen, als wir die Treppe hochgingen. Ich hatte das Gefühl, daß das, was ich jetzt tun würde, so richtig war, daß Øystein es einfach hinnehmen mußte. Ich hatte durchaus nicht vor, es geheimzuhalten oder irgendwie wegzudiskutieren. Es war ein notwendiges *Gut*! Ich zog mich ruhig aus, während Kyrre an seinen Klamotten herumriß und zerrte – und dann standen wir da, ohne mehr zu verbergen als das, was in unseren Sinnen ablief. Aber es stellte sich heraus, daß wir auch dort übereinstimmten. Es war ein unbeschreibliches Gefühl, etwas zu erleben, von dem ich in meinem tiefsten Innersten seit einem ganzen Jahr geträumt hatte, das ich aber konsequent als unerfüllbaren Wunschtraum ohne Grundlage in der Wirklichkeit abgetan hatte. Ich habe selten etwas so Wirkliches erlebt wie Kyrre in jener Nacht. Er war so lebendig und fordernd – aber er gab noch mehr. Zu irgendeinem Zeitpunkt prustete er los und sagte:

»Das ist ja witzig – hier gibt's ja überhaupt keinen Leistungszwang!«

Und den gab es auch nicht. Es war ein Heiliges, Normales Spiel, wie André Bjerke den Beischlaf so klug getauft hat. Aber es war doch auch anders als sonst, weil meine oberen Extremitäten dermaßen behindert waren. Deshalb gab es etliche praktische Übungen, die ich Kyrre mit Worten erklären mußte, statt sie ihm zeigen zu können, und das war entweder schrecklich komisch oder schrecklich erregend oder beides. Ich drückte mich ja auch nicht gerade wie ein Rundfunkmoderator aus. Schließlich ist ein Schwanz kein Spaten. Ein Schwanz ist ein Schwanz, und es ist befreiend, das zu sagen!

Später am Abend hörten wir unten das Telefon schellen, ließen uns aber nicht davon stören. Erst als es gleich darauf noch einmal losplärrte, lief Kyrre nach unten und nahm ab. Ich hatte Lust auf eine Zigarette und ein Glas, deshalb tanzte ich hinterher und hörte, wie er in strahlender Laune Inga versicherte, daß es nur in Ordnung war, wenn sie in Oslo blieb.

»Uns geht's wirklich gut. Wir haben gefressen und getrunken, und jetzt machen wir's uns so gemütlich, wie zwei frauenlose Heinis das eben schaffen.«

Ich zog meinen Bademantel an und legte im Kamin nach, ehe ich neuen Kaffee aufsetzte. Ich hatte überhaupt keine Lust, diese Weihnachtsnacht zu verschlafen. Kyrre ging in sein Arbeitszimmer und holte sein Weihnachtsgeschenk für mich. Ich hatte ihn auch nicht vergessen, und wir tauschten Geschenke und Umarmungen aus. Er war noch immer genauso geil und noch schöner anzusehen. Und er hatte eine Kiste mit fünfzig Zigarren für mich springen lassen! Mir war das fast peinlich, ich hatte nämlich nur einen rotgoldenen Lenin-Anstecker von meinem ersten Besuch in Moskau für ihn, aber der war ein Volltreffer.

»So einen hab ich mir immer schon gewünscht! Außerdem will ich in ausgelassenen Situationen wie jetzt in Zukunft auch Zigarren rauchen. Du hast recht, ich muß mich zusammenreißen, damit ich mithalten kann – mit Schwiegerpaps!«

»Ja, aber mach mich dann nicht dafür verantwortlich. Ich will nicht daran schuld sein, daß du dir schlechte Gewohnheiten und einen dekadenten Lebensstil zulegst.«

»Nein, das ist meine Verantwortung – was macht der Kaffee?«

Ich konzentrierte mich so sehr aufs Kaffeeholen und Einschenken, daß ich erst am nächsten Tag wieder an seine Worte dachte,

und vorerst war es ja auch erst zehn Uhr abends, am Heiligen Abend, und ich genoß das Leben, den Kaffee, den Cognac und Kyrre. Er saß mit überkreuzten Beinen auf dem Sofa und erinnerte mich an die kleine Buddhastatue, die ich für Øystein gekauft hatte. Ich beschloß, sie unter sein Kopfkissen zu stecken – und dann beschloß ich, Øystein für die nächsten zwölf Stunden zu vergessen. Jetzt war er derjenige, der mich verlassen hatte. Aber es war nicht so einfach, ihn aus meinen Gedanken zu verbannen.
»Wie hast du deine Hände denn bloß so übel zurichten können?« fragte Kyrre und schenkte mir mehr Cognac ein.
»Das war später, als ich Øystein beweisen wollte, daß ich die Wahrheit gesagt hatte. Er wollte mir doch kein Wort glauben.« Ich erzählte ihm die ganze hoffnungslose Geschichte, und Kyrre hörte mir aufmerksam zu.
»Am Ende hat er dir also geglaubt – als er sich endlich in etwas Negatives verbeißen konnte?«
»Ja, genau. Jetzt ist er davon überzeugt, daß ich ihm untreu gewesen bin, und das kann ich doch nur sehr schwer widerlegen.«
»Vor allem morgen. Aber warum ist Treusein so wichtig? Das ist in euren Kreisen doch nicht so ganz üblich?«
»Nein, aber wir haben ja geheiratet. Ich habe ihm ewige Treue geschworen, aber... und jetzt breche ich dieses Versprechen zum ersten Mal, und habe überhaupt kein schlechtes Gewissen. Das ist eine Ausnahme. Du gehörst ja schließlich zur Familie. Wir mögen uns doch allesamt.«
»Könntest du es ertragen, wenn ich mit Øystein zusammen wäre?«
»Ja, unbedingt. Das würde ich euch gönnen.«
»Schön — nicht, daß davon die Rede sein kann. Aber was ist mit Ragnhild?«
»Was soll mit ihr sein?«
»Na ja, das war wohl, als du schon abgehauen bist. Ich bin ziemlich sicher, die beiden werden noch ein... Paar.«
»*Was?*«
»Ganz ruhig, sicher weiß ich das doch auch nicht. Aber was du selber gesagt hast – ja, das schien auf fruchtbaren Boden zu fallen. Øystein hat nämlich klipp und klar gesagt, wenn er je Vater wird,

dann aber auch richtig. Dann will er mit der Mutter und dem Kind zusammen wohnen und sich an der Erziehung beteiligen, genau wie du gefordert hast. Und Ragnhild schien diesem Gedanken durchaus nicht so ablehnend gegenüberzustehen, wie es zu Anfang ausgesehen hat. Prost!«
»Aber...«
Absturz! Ich verbarg mein Gesicht in den Händen und sah sie vor mir: Øystein und Ragnhild plappern mit einer kleinen rosa Nuß. Im alten, schönen Wohngebäude eines Herrensitzes in Hedmarken. Einem Haus mit unzähligen Zimmern. Aber würde es dort auch für mich ein Zimmer geben? O nein. Selbst wenn Øystein mich wider Erwarten dabei haben wollte, so würde es doch nicht gutgehen. In dieser Welt ist nicht alles möglich. Es wäre idiotisch, anzunehmen, daß Ragnhilds Familie es hinnehmen würde, wenn sie erst den Hof übernahm und dann auch noch zwei Schwule anschleppte. Herrgott. Das bedeutete, daß ich wirklich dabei war, ihn... zu verlieren. Und es war meine eigene Schuld – wie alles andere.
Ich versuchte, mich zusammenzunehmen, atmete ruhig und gleichmäßig – nahm einen großen Schluck Larsen –, und da saß Kyrre und musterte mich.
»Ist das *so* schwer?« fragte er.
»Ach, ab und zu hab ich mich so satt. Ich will einfach nicht einsehen, was ich *habe*, bis ich alle Chancen verspielt habe und... es verschwinden sehe.«
»Ich hab dich nicht satt!«
»Ach, Kyrre. Dann hilf mir. Halt mich fest! Ich hab solche Angst!«
Sofort war er bei mir und zeigte mir, daß ich ihm wichtig war. Ich weinte an seiner nackten Schulter, und er hielt mich fest und ließ mich weinen. Dann küßte er mein Gesicht und meinen Hals – und ich erlebte das seltene Phänomen, daß Verzweiflung direkt in Lust übergeht, in forderndes und unwiderstehliches Begehren. Ich streichelte seinen Rücken und legte die Hände um seine festen, starken Arschbacken, während ich vor ihm auf den Teppich sank und seinen schönen Schwanz zwischen die Lippen und in den Mund nahm. Er stöhnte vor Wollust und Freude und sagte:

»Ach, das ist so schön! So was Gutes hab ich noch nie erlebt!« Und da beschloß ich, daß er mich ganz und gar haben sollte. Ich stand auf und küßte ihn und nahm ihn mit in mein Messingbett, wo ich ihm beibrachte, wie zwei Jungen in liebevollem Ernst miteinander schlafen. Daß wir unsere Körper mit ebenso großer Lust und Freude und Zusammengehörigkeit teilen können wie Männer und Frauen. Er kam in mir mit jubelndem Schrei und blieb auf mir liegen und küßte und leckte mein Gesicht.
»Ach, danke, danke, Yngve. Das ist das Schönste, was ich je erlebt habe. Ich hab nicht gewußt, daß das so phantastisch sein kann.«
Dann zog er sich heraus und bückte sich – und dann blies Kyrre Eliassen zum ersten Mal einem Mann das hohe C. Und dafür werde ich ihm ewig dankbar sein.
Danach tranken wir noch mehr Cognac und tanzten nackt miteinander vor dem Kamin. Einen frohen und zärtlichen und schönen Tanz. Diese Nacht schien aus dem großen geschichtlichen Zusammenhang herausgelöst zu sein. Diese stille Christnacht war einzigartig in der endlosen Reihe anderer dunkler Nächte. Diese Nacht war erfüllt von Licht und Liebe und Freude.

»Wach jetzt endlich auf, Yngve! Wir haben verpennt. Es ist schon halb zwölf. Inga kann mit der nächsten Fähre kommen. Du mußt aufstehen! Sie darf dich hier nicht finden.«
Ich lag im ersten Stock im Doppelbett und Kyrre schüttelte mich durch.
»Hallo!« sagte ich. »Danke für gestern.«
»Hoch mit dir! Die Dusche ist frei. Ich muß das Bett machen.« Seine Haare waren naß, und als er sich anzog, wandte er mir den Rücken zu – und mich traf es wie ein Schlag ins Gesicht: es war ein kalter, abweisender Rücken. Ich stieg aus dem Bett, ging die Treppe hinunter und in die Dusche. Die Verbände hingen in Fetzen herunter, aber meinen Händen ging es viel besser. Jaja. Da war er wohl gestreßt. Denn er konnte doch unmöglich auf mich sauer sein? Wir waren doch beide beteiligt gewesen – und *er* hatte das meiste... vom Handwerk erledigt. Ich versuchte, meine

Sorgen abzuschütteln, aber sie hingen wie Kletten an meinem verkaterten Bewußtsein. Es würde ein harter Tag werden. Ich merkte schon, daß ich ein Bier brauchte.

Als ich ins Wohnzimmer kam, tobte Kyrre herum und räumte fieberhaft auf, ohne ein Wort zu sagen. Ich ging in mein Zimmer und zog saubere Klamotten an, wobei ich versuchte, mir zu überlegen, wie wir uns über unseren gemeinsamen Seitensprung aussprechen sollten. Ich freute mich über das, was geschehen war, aber ich wollte die Beziehung von Inga und Kyrre nicht kaputtmachen. Also holte ich tief Luft und ging wieder ins Wohnzimmer. Kyrre saß mit einer Tasse Kaffee und einigen Broten am Eßzimmertisch. Er sah mit ernstem und pedantischem Gesicht zu mir auf:

»Komm, setz dich. Ich muß dir etwas sagen.«

»Ja, sofort. Krieg ich ein Bier von dir?«

»Jetzt willst du Bier trinken?«

»Ja, bitte. Ich bin so verkatert.«

»Jaja, mach, was du willst. Das ist dein Leben.«

Er hörte sich fast vorwurfsvoll an. Geradezu beleidigt. Ich holte mir eine Flasche Bier und ein Glas und setzte mich ihm gegenüber an den Tisch.

»Prost. Du möchtest wohl ein bißchen über letzte Nacht reden?«

»Ja. Über das, was hier passiert ist. Ja, so was darfst du nie mehr wieder tun, Yngve. Hast du das gehört?«

»Hä?«

»Wenn wir weiter zusammen wohnen wollen, dann mußt du auf Ehre und Gewissen versprechen, daß du mich nie mehr in sowas mit reinziehst. Ich bin verheiratet.«

»Aber das bin ich doch auch.«

»Dann mußt du dich an Øystein halten.«

»Also echt, Kyrre! Bilde dir bloß nicht ein, daß du dich aus allem rausmogeln und mir die ganze Schuld zuschieben kannst. Wir wollten das verdammt noch mal beide.«

»Ich hätte nie mitgemacht, wenn du dich nicht dermaßen angeboten hättest.«

»*Ich mich angeboten?*«

Schock. Es war ein Schock zu entdecken, daß er die Wirklichkeit dermaßen verdrehen konnte. Aber noch lähmender war die Erinnerung, die jetzt auf der Leinwand meines innersten Gruselkabinetts aufleuchtete. Ich sah mich selber im vergangenen Sommer unten auf dem Steg. Ich hörte mich selber genau dasselbe zu einem kriechenden und verständnislosen armen Würstchen namens Børre sagen. Aber was ging hier jetzt eigentlich vor sich? Ich war einfach nicht imstande, diese Situation zu analysieren. Das einzige, was mir klar wurde, war, daß Kyrre alles auf den Kopf stellte und mir Børres Rolle zuteilte. Ich fühlte mich erniedrigt und mit Füßen getreten – und das nahm ich nicht hin!

»Was zum Teufel bildest du dir ein? *Du* hast doch schon unter der Dusche angefangen, mich zu betatschen! *Du* hast mich hochgehoben und geküßt und *gefragt*, ob ich mit dir schlafen wollte. Wenn du jetzt mit schlechtem Gewissen hier sitzt, dann mußt du deine Dialektik anwenden, um es aufzuheben – aber versuch nicht, mich dafür verantwortlich zu machen. Du hast wohl endlich den Alten Adam in dir entdeckt, was? Ha! Jetzt hab ich dich. Es hat dir gefallen, was? Du hast Lust auf mehr, du Schwein!«

Sein Gesicht war weiß, er preßte die Zähne aufeinander und starrte mich mit einer furchtbaren Mischung aus Haß und Entsetzen und Flehen um Hilfe an.

»Ach, Kyrre, verzeih mir. Laß uns das mal ruhig durchsprechen. Ich rede aus Erfahrung. Es ist kein Grund, um uns zu zerstreiten. Im Gegenteil – du hast keinen Grund, dich vor mir zu fürchten. Ich werd das hier niemandem erzählen. Und für mich braucht es doch nicht mehr als eine Episode zu sein, mit der wir beide fertig sind. Aber du darfst mir keine Vorwürfe machen, schließlich hast *du* die Initiative ergriffen. Heute nacht hast du sogar behauptet, du hättest nie etwas Schöneres erlebt. Hast du das denn nicht ehrlich gemeint, Kyrre? Meinst du wirklich, daß das, was wir getan haben – das, was du mit mir machen durftest –, daß das dekadente Schweinerei war?«

Er schlug die Augen nieder und schluckte hart, ehe er mich mit seinen ehrlichen, aber verlegenen Augen ansehen konnte.

»Nein, das meine ich nicht, Yngve. Das, was ich gesagt habe, war wahr. Etwas Schöneres habe ich selten erlebt. Und ich danke dir, weil ich jetzt weiß, wie es ist. Aber *ich kann nicht homosexuell werden!* Ich habe Verantwortung. Ich habe die Partei – ich habe eine Aufgabe! Meinst du nicht, ich hätte genug zu tun? Ich kann mich nicht noch dazu mit der Schwulenbewegung abmühen! Ich kann nicht mehr, Yngve! Ich bin doch auch nur ein Mensch!«

Ich sah ihn nur an. Ich konnte auch nicht mehr.

»Aber dann sind wir uns einig, daß wir vergessen, was passiert ist — daß wir nie mehr darüber reden?«

»Ich verspreche dir, daß ich es nie mehr erwähnen werde. Aber ich werde es nicht vergessen.«

»Na gut. Dann ist das in Ordnung. Ich danke dir. Jetzt will ich joggen. Du bist hier nicht der einzige Verkaterte. Ich bleib zwei Stunden weg.«

Sagte Kyrre Eliassen und verschwand aus dem Zimmer. Aus dem Haus. Aus meinem Leben. Ich trank mein Glas leer und ging zum Telefon, wo ich eine Nummer aus meinem Adreßbuch wählte.

»Ja?«

»Hallo, Else. Hier ist Yngve.«

»Himmel, was ist denn vorgestern aus euch geworden? Ich wußte ja nicht mal, ob ich sauer sein oder mir Vorwürfe machen sollte.«

»Keins von beiden. Øystein war einfach verschnupft. Aber hör mal, besteht dein Wohnungsangebot immer noch?«

»Aber sicher. Ich packe gerade. Wie toll! Kommt Øystein mit?«

»Das bezweifle ich stark. Aber jetzt muß ich auch packen, wenn ich die Fähre um eins noch erwischen will. Mach's gut so lange!«

Ich stopfte das, was ich am dringendsten brauchte, in zwei große Koffer. Fünf Minuten, ehe ich gehen mußte, fiel mir mein Rotwein ein, aber für den hatte ich keinen Platz mehr. Statt dessen steckte ich den Buddha unter Øysteins Kopfkissen und konnte auch die Geschenke für Inga und Ragnhild noch hinterlegen. Ich schrieb keinen Zettel. Ich schloß nur hinter mir die Tür ab und schleppte die Koffer zum Anleger, wo die Prinsen wie immer pünktlich kam.

Und dann stand ich auf dem Achterdeck und sah Wolkenwild und den Tempel und den Rosengarten und alles zusammen mit dem Kielwasser verschwinden. Ich hatte keine Lust zu weinen, auch wenn ich eine tiefe Trauer empfand. Aber dann fiel mir meine Quelle ein. Auch die ließ ich jetzt zurück. Und Kissmus!

Und da weinte ich.

Zweiter Teil
Der eine kommt, der andere geht

Only Sixteen

Ich verließ den beschissenen Schwulenclub mit dickem Depri und allzuviel Alk. Ich konnte diesen verfickten Fleischmarkt einfach nicht mehr mit ansehen, auch wenn es noch früh am Abend war. Es hatte genug Angebote gegeben, aber ich war nicht auf einen Einmalfick scharf; auf eine Nach-Gebrauch-Wegwerfen-Nacht mit irgendeinem Gottweißwer, der sich bloß auf meine Kosten amüsieren wollte. Ich wollte das nicht, auch wenn ich geil und einsam war und der Frühling schwer in der Luft hing. Genau. Ich wollte wieder einen Liebsten haben. Es war so lange her, und im tiefsten Herzen hatte ich die Hoffnung nicht aufgegeben, eine Beziehung aufbauen zu können, die hielt. Lange. Ach, ich sehnte mich danach, mich wieder zu verlieben. Ich wollte etwas Neues! Draußen auf der Straße sah ich mich nach möglichen Gefahren um. Bedingter Reflex. Keine Gorillabande mit Springmessern und Ketten auf Schwulenhatz? Ich würde die Angst, niedergeschlagen und in Stücke getrampelt zu werden, nie überwinden, die war für den Rest meines Lebens in mich eingehämmert. Aber jetzt bedrohte mich niemand. Ich war ganz allein.

Ich holte tief Atem und hatte gerade fünf Schritte in Richtung Parlament zurückgelegt, als ich einen Meter zurückschrak und Verteidigungshaltung annahm. Er mußte aus einem Hauseingang gekommen sein. Aber er sah mich nur an – und dann begann unsere Beziehung so schlicht und geradeheraus, wie das nur möglich ist. »Hei!« sagte er, ein bißchen keß vielleicht, aber absolut freundlich. Ich versuchte, entspannt »Hei« zu antworten, während ich sein Aussehen registrierte. Er hatte helle, glatte, schulterlange Haare, war schlank, trug einen Jeansanzug und war genauso groß wie ich – auf Plateausohlen allerdings –, und er trug einen roten Seidenschal um den Hals. Er war hübsch. Und sehr jung.

»Willst du was?« fragte ich und hörte mich sicher abweisend an. Seine hellen Wangen mit dem blonden Flaum wurden rot, und er wurde merkbar unsicher.

»Ja, verstehst du, ich wollte da rein, aber die haben gesagt, wenn ich kein Mitglied wäre, dann müßte ich mit jemand zusammensein, und da hab ich gedacht, ich könnte versuchen, irgendwen zu fragen, und jetzt steh ich schon eine Weile hier, und – und ich fand, du siehst nett aus, und...«

»Wie alt bist du?«

»Ich bin wirklich sechzehn! Kuck mal, hier hab ich Schülerausweis und Monatskarte und alles mögliche. Bin letzte Woche sechzehn geworden.«

»Hör mal, der Laden ist erst ab achtzehn frei. Du kommst nicht rein, und wenn du dir doppelt so hohe Plateausohlen kaufst. Du mußt schon noch zwei Jahre warten.«

»*Achtzehn Jahre?* Aber es gibt doch so ein neues Gesetz – und dadurch ist das – das – gesetzlich erlaubt, wenn man sechzehn ist. Stimmt das denn nicht?«

»Was denn? Was soll dann gesetzlich erlaubt sein?«

»Also, tu nicht so blöd. Du weißt, was ich meine, Du warst doch selber da. Ist das denn kein Club für...«

»Schwule? Doch, sicher. Bist du denn schwul?«

»Ach, ich finde dieses Wort so fies. Ich dachte, das heißt heute – homosexuell.«

»Ja, so nennen wir uns selber. Aber was sagt zur Zeit die Jugend? Wie nennen die dich?«

»Mich? Niemand nennt mich irgendwie. Schließlich weiß niemand, daß ich – homosexuell bin.«

»Aber bist du das denn wirklich, ohne daß du das irgendwem erzählt hast oder mit irgendwem zusammen gewesen bist?«

»War ich doch. Aber der war so alt und blöd und – der wird jedenfalls nicht darüber klatschen. Wie alt bist du denn?«

»Ach, viel zu alt – über fünfundzwanzig –, und ich bin sicher auch verdammt blöd. Also, viel Glück, *junger* Mann. Wenn du lange genug hier wartest, findest du sicher einen, der versucht, dich mit reinzulotsen. Aber ich bezweifle, daß du dir zwei Jahre auf den Buckel schwindeln kannst. Mach's gut. Ich will nach Hause, schlafen.«

»He, wart doch mal! Du brauchst doch noch nicht zu gehen! Ich hab das mit alt nicht so gemeint – *du* siehst nicht alt aus –, alte

Leute sind über dreißig. Und ich muß – ich muß heut nacht irgendwo schlafen.«
»Ach so. So ist das also? Und wieviel kostet das, mein Junge? Wieviel nimmst du für eine Nacht, he?«
»Also verdammte Pest. Du bist vielleicht ein Arsch! Genau deshalb – dieser andere, der wollte bezahlen, und deshalb hab ich gesagt, ich komm nicht mehr, und deshalb war der doch blöd! Und jetzt bist du genauso blöd, verdammt noch mal!«
»Ja, aber, was soll ich denn sonst glauben?«
»Ich hab den ganzen Winter Zeitungen ausgetragen und hab selber Kohle – komm allein zurecht – brauch von niemand Hilfe!«
»Jetzt reg dich doch nicht so auf! Du hast gesagt, du wüßtest nicht, wohin, richtig? Das ist eine ganz einfache Methode, um zu sagen, daß man auf den Strich geht, weißt du. Aber okay, ich will dir glauben. Nur eine Frage. Wohnst du denn nirgendwo?«
»Doch, aber ich hab Knatsch mit meinen Alten; ich will heut nacht nicht nach Hause. Die sind total bescheuert. Meinen, ich werf Stoff ein – dabei werf ich bloß Zeitungen in Briefkästen!«
»Und wo? Wo wohnst du?«
»In Rykkinn. Dem Arschloch der Welt. Und du?«
»Frogner, dem Nabel der Welt.«
»Ha! Wohnst du auch zu Hause oder was?«
»Sicher wohn ich zu Hause, aber nicht bei meinen Eltern, wenn du das meinen solltest. Ich hab von einer Bekannten eine ganz gute Wohnung gemietet. Ich bin mit achtzehn zu Hause ausgezogen, kurz vorm Abi – in welche Klasse gehst du denn?«
»In die neunte. Bin in einem Monat fertig.«
»Neun und sieben ist... Du bist also wirklich sechzehn?«
»Ja, hab ich dir doch gesagt. Hier ist mein Schülerausweis. Ich raff aber wirklich nicht, wieso du so'n Schiß hast! Ich bin doch... ich bin jedenfalls in Ordnung. Wie heißt du?«
»Yngve heiß ich. Und du heißt Truls – Einherje*? Heißt du wirklich so? Und du bist Mai 59 geboren?«
»Ja. Tag, Yngve. Kann ich mitkommen?«
»Komm, wir nehmen ein Taxi.«

---

* Einherje: mythologische Heinis aus den Nordischen Göttersagen

Beim Grandhotel bekamen wir sofort ein Taxi. Der Fahrer war fett und in den Dreißigern. Der Arme, der ist ja alt, dachte ich und lächelte das junge Wesen schief an, das Truls hieß und das sich neben mich setzte. Er erwiderte mein Lächeln, und erst jetzt spürte ich das Zittern im Körper, nach dem ich nun schon monatelang gesucht hatte. Denn der Junge war ja wirklich schön. Und attraktiv. Und alles Schöne, was sich über Menschen sagen läßt, die man noch nicht kennt, aber auf die man langsam — Gott soll mich schützen — *Lust* bekommt. Und dann stellte sich heraus, daß er auch noch guten Geschmack hatte. Wir waren noch keine sechzig Meter gefahren, als er sagte:
»Du, Fahrer? Kannste nicht richtige Musik auflegen, statt deinen Country & Western-Mist da?«
Der Fahrer glotzte uns im Spiegel an — zuerst überrascht, dann sehr bald mißtrauisch —, und dann wandte er sich mit energischer Hoffnung in der Stimme an mich:
»Erst mal den Chef fragen!«
Wodurch der arme alte Knabe mir die willkommene Gelegenheit bot, meine ausgefeilte Meinung über Country & Western, die ich schon vor langer Zeit ausgeheckt hatte, zum besten zu geben:
»Ich finde, C & W ist das genaue Gegenteil von W & C — mit anderen Worten, ein Klo im Rückwärtsgang.«
Diese Erklärung ruft oft starke Reaktionen hervor. Truls lachte laut und hingerissen, während der Nashvillesexuelle hinter dem Steuer nur bitter und verschlossen wurde — und vielleicht noch einen Tick älter. Er stellte einfach die gesamte Anlage aus und brauchte sehr lange, um Frederik Stangs Gate zu finden, während er uns ausgiebig in seinem Klatschspiegel musterte. Ich gab ihm fünf Kronen Trinkgeld und dankte für eine interessante Stadtrundfahrt.
Dann waren wir zu Hause. Bei mir.
Truls stand im Wohnzimmer und schaute sich um.
»Himmel! Hier ist's ja super! Wohnst du hier allein oder was?«
»Nein, aber Else ist in Trondheim und kommt erst in ein paar Wochen wieder nach Hause.«
»Wohnst du mit einer Tussi zusammen? Bist du verheiratet oder was?«

»Seh ich so aus?«
»Nein, aber meine Güte, ich bin ganz nervös geworden.«
»Warum denn? Ich hab die Wohnung von Else gemietet – und wir sind nur gute Freunde, wie man so sagt.«
»Ach so. Bist du denn mit... mit anderen zusammen?«
»Nein, Truls. Auch das nicht. Möchtest du einen Drink oder eine Cola – nein, hab ich nicht, aber ich habe Bier...«
»Und was trinkst du selber?«
»Einen Whisky mit Eiswasser. Eigentlich müßte das reichen, was ich schon intus habe – ich muß morgen früh zur Arbeit –, aber es wäre ja nett, ein bißchen zu... plaudern?«
»Ja, Himmel. Dann nehm ich auch so einen Whisky. Kann ich eine Platte auflegen?«
»Aber gerne, nur nicht so laut. Die Leute unter uns sind taub, aber die Anlage hören sie. Stehen sicher auf einer Trittleiter und halten ein Stetoskop an die Decke. Ich mach uns eben die Drinks...«
Und in der Küche stellte ich fest, daß meine Hände zitterten, als ich die Eiswürfel aus der Form fischen wollte. Herrgott. Der Junge war sechzehn. Und wunderbar. Und kein Stricher. Und auch nicht dumm. Aber ist es zu verantworten, sich mit einem so jungen Menschen einzulassen? Was erwartet er vom Leben? Was kann ich ihm geben – und zurückbekommen? Sex? *Ja.* Und den kann er auf gute Weise bekommen. Wir werden gleichrangig geben und nehmen. Er wird nicht mit zusammengebissenen Zähnen daliegen und auf etwas Besseres hoffen müssen. Was sonst noch? Liebe? Kaum. Er braucht wohl seine Jahre, um sich auszutoben, will sicher die Runde drehen wie die meisten anderen in unseren Reihen und auch immer mehr in den üblichen Heteroszenen. Also – wieviel soll ich in ihn investieren? Himmel, Yngve! Du bist ja jetzt schon verknallt.
Ich mußte mich zusammenreißen, ehe ich mit einem Tablett mit Gläsern und Wasserkanne ins Wohnzimmer zurückging. Der Junge hatte »Bookends« von Simon und Garfunkel aufgelegt. »Old friends...«
»Meine Fresse, du hast ja tolle Musik. Stimmt das, daß Simon und Garfunkel – daß die auch schwul sind?«

»Tja, schwer zu sagen. Soviel ich weiß, haben sie das nie öffentlich verkündet, aber viele von ihren Texten hören sich ja so an. Sie gefallen dir, was?«
»Aber klar. Vor allem das nächste Lied, über den Typ, der an einer Kante sitzt, und dann fliegt er einfach los, einfach so über die Köpfe der Erwachsenen weg. Ha. Das wäre wirklich spitze!«
»Ich dachte, du wärst schon durchgebrannt? Aber du würdest also lieber fliegen? Hier ist dein Whisky.«
»Ich hab letzten Winter mal Drachenfliegen versucht, weißt du, am Slalomhang. Das war spitze; hab tierisch Lust, mir so einen zu kaufen, aber die sind so tierisch teuer im Moment, und alle sagen, man sollte noch zwei Jahre warten.«
»Hast du dir deinen tierisch durchtrainierten und scharfen Körper am Slalomhang zugelegt?«
»Hä! Himmel ich – Prost! Und danke dafür, daß ich herkommen durfte.«
»Prost! Und danke fürs Mitkommen. Das ist übrigens dein eigenes Verdienst. Wenn du nicht so sauer auf mich geworden wärst, dann hätte ich dich da stehen lassen.«
»Aber warum denn bloß? Ich hab gedacht, alle – Schwulen interessieren sich für Jungs, oder?«
»Ja, bei den meisten ist das wohl so...«
»Bei dir auch?«
»Bei mir auch. Aber nicht genug, um dafür bezahlen zu wollen. Und das dachte ich ja – tut mir leid –, ich hoffe, ich kann das irgendwie – wieder gutmachen. Du verstehst doch sicher, daß man zwischen den Leuten nicht auf den ersten Blick einen Unterschied sehen kann?«
»Kannst du das denn jetzt?«
»Hab ich schon im Taxi. Ich – mag dich, Truls. Aber für mich ist das auch nicht so leicht, verstehst du. Himmel, ich bin neun Jahre älter als du; ich hab ganz schön viel sogenannte Erfahrung – ich war schon mit vierzehn mit Jungen zusammen...«
»Mit *vierzehn*? Aber das war doch verboten – damals –, das ist doch jetzt noch verboten – Himmel!«
»Schon, aber als ich vierzehn war, war ich mit einem anderen Vierzehnjährigen zusammen, weißt du. Das hast du doch sicher auch

gemacht? Und so lange beide unter diesem künstlichen sexuellen Mindestalter sind, ist das in keinem Fall strafbar. Aber Herrgott, ungeheuer viel Heulen und Zähneknirschen kann das trotzdem geben. Na ja. Auf deinen sechzehnten Geburtstag. Wann war das denn?«

»Letzten Freitag. Am achten Mai.«

»Am Befreiungstag, meine Fresse! Und jetzt bist du so befreit, daß du keine Woche später schon vor dem Metropol antanzt. Herzlichen Glückwunsch, Truls. Und was ist das für ein Gefühl, in die Reihen der Erwachsenen einzutreten?«

»Meine Fresse, sagen die das nicht bei der Konfirmation?«

»Genau.«

»Ich bin nicht konfirmiert. Wollte nicht. Mein Alter hat mir fünftausend Eier angeboten, weißte. Aber ich wollte lieber Zeitungen austragen und selber was verdienen.«

»Ganz richtig! Ich bin leider mit der großen Hammelherde gegangen, aber ich bin mit achtzehn aus der Staatskirche ausgetreten.«

»Werd ich auch machen. Darauf trinken wir! Meine Fresse, ich glaub, wir haben ganz oft dieselbe Meinung. Was machst du übrigens? Studierst du?«

»Nein, ich arbeite. Bin Korrekturleser bei der Prawda.«

»Ist das denn witzig?«

»Doch, im Grunde schon. Ich verdien ganz gut, und wenn ich Abendschicht hab, find ich Zeit zu allem möglichen anderen.«

»Ich weiß nicht, was ich werden soll. Glaub jedenfalls nicht, daß ich Bock hab, sofort aufs Gymnasium zu gehen. Im Herbst, mein ich. Aber ich weiß, worauf ich jetzt Lust habe.«

»Ach ja?«

»Noch so 'nen Whisky. Der war tierisch gut.«

»Ja, aber wir wollen uns hier nicht besaufen, klar? Wir müssen spätestens um sieben aufstehen — und du mußt doch sicher in die Schule?«

»Nein, morgen hab ich frei.«

»Ist in der Schule jetzt die Viertagewoche eingeführt?«

»Nein, wir haben einen Studientag. Bald sind ja Prüfungen.«

»Dann mußt du doch sicher lernen?«

»Nix da. Ich hab nichts mehr zu lernen – in der Schule, mein ich. Ich möcht gern reisen. Mich auf der Welt umschauen.«
»Kannst du denn dafür genug Ausländisch?«
»Yes Sir, and I like you very much. Do you mind if I come and sit beside you on the... sofa?«
»Well. Young man. Like the saucer said to the teacup: I am your dish! Hast du den verstanden? Das ist eine von den kleinen Spitzfindigkeiten von Mae West. Die hat übrigens eine noch witzigere: Is that a gun in your pocket – or are you just happy to see me?«
»I am very happy to see you... Ach, kannst du mich nicht anfassen?«
»Ach, Truls. Ich weiß nicht, ob ich mich traue. Ich gehöre zu dem Typ Menschen, der andere sehr gern haben kann...«
»Aber ich doch auch! Sei so lieb!«

Doch. Ich war so lieb. Zu ihm und zu mir selber. Und er war nicht weniger lieb, mein Truls. Mit seinem weichen, gelenkigen Körper. Seinem schönen, offenen Gesicht mit hellem Flaum auf Oberlippen und Wangen. Mit den großen graugelben Augen, umkränzt von hellen Augenwimpern und Augenbrauen – die ein langes, junges Leben darauf gewartet hatten, jemanden so offen und wahrhaft ehrlich anstrahlen zu dürfen, und die endlich in der Finsternis zwei andere Lichter sahen. Mit dem jungen, suchenden Mund – und seinem Kinn, seinem Hals und seinen Ohren. Gesegneter Truls! Er war so ausgelassen und geil, daß er mich auf dem Sofa umwarf und zu einem langen, saugenden Kuß, bei dem er meinen Kopf umklammert hielt, auf mir liegenblieb. Ich schob sein Hemd hoch und streichelte seinen Rücken, und da steigerte er den Rhythmus seiner Bewegungen, rieb sich an mir, und dann kam es ihm! Er explodierte in der Hose mit einem Freudenstöhnen, ohne daß ich seinen Schwanz auch nur berührt hatte. Und wie lange das anhielt! Ich hatte ganz vergessen, wie unendlich intensiv es ist, sechzehn zu sein und einen normal entwickelten Geschlechtstrieb zu haben. Er lag immer noch auf mir und klammerte sich an mich, warm und stark mit keuchendem Atem, dann sah er mich leicht verlegen an und sagte:

»Entschuldigung, aber – ich bin einfach so. Bei mir kommt es immer so schnell. Und jetzt war ich schon so lange mit keinem mehr zusammen. Schon über vierzehn Tage nicht mehr!«
Da mußte ich lachen – und Truls verstand das durchaus nicht falsch. Er erkannte das Komische an dieser Situation sofort. Wir sahen uns an und lachten. Wir umarmten uns und lachten. Wir lachten zusammen und fanden Vertrauen zueinander. Er setzte sich auf.
»Ich muß bloß schnell aufs Klo, meine Hose ist so tierisch naß geworden.«
»In der obersten Kommodenschublade im Schlafzimmer sind saubere Unterhosen. Du kannst meinen Bademantel nehmen. Der wird dir gut stehen.«
Ich saß mit einer Zigarette auf dem Sofa und erlebte, wie meine Sehnsucht ihren Charakter veränderte. Sie richtete sich nicht länger auf etwas Undefinierbares – irgendeinen, den ich gernhaben konnte –, sondern bezog sich nur noch auf eine warme und lebendige und höchst nahbare Person, nämlich auf den Jungen, der sich jetzt gerade im Badezimmer wusch. Ich, der in schwarzen Momenten befürchtet hatte, daß mir dieses Unglaubliche nie mehr wieder passieren würde, der gedacht hatte, es wäre zu schön, um wahr zu sein, saß jetzt hier und spürte mit jeder Faser meines Wesens, wie gut das war – und es war so wirklich, daß ich am ganzen Körper zitterte.
Dann stand Truls in der Türöffnung. Entzückend verpackt in den guten weinroten Samtschlafrock, den meine Mutter mir zu Weihnachten geschenkt hatte. Und er lächelte und strahlte und war so schön, daß mir die Tränen in die Augen traten.
»Weißt du, daß du wie ein Engel aussiehst? Bist du wirklich, oder bist du nur eine von meinen üblichen Halluzinationen?«
»Kriegst du vom Whisky Hallus? Du hast mir übrigens noch ein Glas versprochen.«
»Alles klar. Ich glaube, ich nehme selber auch noch eins. Wir haben doch einen Grund zum Feiern, findest du nicht?«
»Ich finde, wir sollten die ganze Nacht lang feiern!«
Er fing an, mir einen sehr starken Drink zu mixen, und ich hielt ihn zurück und goß mein halbes Glas in seins.

»Du willst mich hier doch wohl nicht besoffen machen? Ich schaffe im Suff überhaupt nichts – Konstruktives, und außerdem habe ich im Moment für andere Stimulanzien außer dir kein Interesse – und du bist ja nicht mal künstlich. Aber trotzdem, Truls, Prost – und willkommen bei mir!«
»Prost, Yngve! Ich wünschte, ich hätte dich schon längst kennengelernt.«
»Ach nein, du. Vor einer Woche warst du fünfzehn, und für Leute wie mich war es ungewöhnlich streng verboten, mit dir zusammen zu sein, und deshalb finde ich den Termin höchst geschickt gelegt. Wie lange weißt du schon, daß du Jungs magst?«
»Lange. Auf diese Weise hab ich mich jedenfalls nie für Mädchen interessiert. Aber mit den anderen Jungs, Kumpels und so, ist das so schwer, die wichsen vielleicht mal ganz gern im Verein, aber immer, wenn ich versuche, etwas Persönlicheres hinzukriegen, dann weichen sie aus. Und dann erzählen sie diese scheußlichen Schwulenwitze. Das ist zum Kotzen, weißt du. Zwei von denen, die bestimmt zusammen wichsen, haben mich auf dem Kieker und versuchen, die anderen aufzustacheln, damit sie mich alle anpöbeln und so. Ab und zu hasse ich sie fast. Die sind so falsch wie der Teufel!«
»Vielleicht haben die einfach Angst.«
»Angst? Das würde man aber nicht glauben, wenn die mit ihrem ewigen Mösengefasel loslegen. Du solltest die mal hören! Protzen und schwindeln, daß der Rotz bloß so fließt!«
»Ja, aber das zeigt doch gerade, daß sie unsicher sind und Angst haben und versuchen, sich einem Geschlechtsrollenmuster anzupassen, das ihnen gar nicht gefällt – oder mit dem sie jedenfalls nicht fertig werden.«
»Jetzt versuch nicht, die Arschlöcher auch noch zu verteidigen! Meinst du vielleicht, ich hätte keinen Schiß? Meinst du, ich hätte nicht gebibbert, als ich vorhin vorm Metropol stand, oder was?«
»Doch, sicher, Truls. Wenn du keine Angst gehabt hättest, dann müßtest du Superboy oder so was sein, aber du warst eben da. Das ist der Unterschied. Du hast dich dahin getraut, du hast dich getraut, mich anzusprechen...«

»Und jetzt bin ich hier... und darüber bin ich tierisch froh!«
Ach! Dann küßte er mich – und er war so warm und lebendig und geil wie ein *Kind*, um das ganz offen zu sagen. Er war verspielt und liebevoll gleichzeitig. Er knöpfte mein Hemd auf und fing an der Hose an, aber da beschloß ich: Wenn wir schon miteinander schlafen würden, dann aber auch richtig im Doppelbett im Schlafzimmer, und deshalb liefen wir hinüber und rissen uns die Klamotten vom Leib. Er hatte einen so schönen Leib! Schlank und schön und mit entzückender Latte. Ach, Himmlische Vorhöfe! Endlich war ich wieder dort.
Truls erinnerte mich daran, wie es ist, sechzehn zu sein – und auch vierzehn oder fünfzehn. Er lockte die wilde Leidenschaft und Freude hervor, die ich einmal in der Ewigkeit mit Magnus geteilt hatte, ehe das sündhaft wurde. Er ließ mich einsehen, daß ich mich in all diesen Jahren schuldig gefühlt hatte. Ich hatte mich eingeschränkt und mir selber Hemmungen auferlegt, mein Leben zu genießen – die wenigen Male, wo sich dazu überhaupt eine Gelegenheit bot. Ich hatte mich minderwertig und sündhaft gefühlt.
Truls sah wie ein Engel aus, auch als er kam. Er strahlte vor reiner und heiliger Ekstase. Er war so weit von Niedrigkeit und Bosheit entfernt, wie das überhaupt nur möglich ist. Er lehrte mich, wieder zu lächeln. Er lehrte mich, wieder zu *lachen*. Und alle, die das ausgelassene, befreiende gemeinsame Lachen im Bett erlebt haben, wissen, was ich meine. Truls hat mir neues, junges Leben eingehaucht.

Ich hatte einen elektrischen Remington-Wecker, der sich anhörte wie eine Zugentgleisung. Er war unerträglich wirksam und riß mich am nächsten Morgen um sieben aus dem Bett. Zu meiner großen Überraschung reagierte Truls überhaupt nicht auf dieses Spektakel. Ich setzte Kaffee auf und ging in die Dusche. Es war Freitag, und ich mußte bis drei arbeiten, aber was sollte ich mit dem Engel in meinem Bett anfangen? Augenblicklich war ich so überwältigend geil, daß ich mit dem Gedanken spielte, die Arbeit sausen zu lassen. Ich hatte schon lange nicht mehr blaugemacht, und es war immerhin ein ganz besonderer Anlaß. Aber die Samstags- und Nationalfeiertagsausgabe mußte gedruckt werden, und wenn ich mich drückte, würden die anderen eine ganz elende Abendschicht haben. Deshalb siegten Pflicht und Ehre – oder König, Vaterland und die Ehre der Fahne, worauf die Jungs in der Garde schwören müssen. Amen.

»Guten Morgen, Truls! Nimmst du Milch in den Kaffee?«

»Nngöff... hä? O, hallo! Ach, ich hab so komisch geträumt. Ich konnte fliegen, und es war Nacht, aber es war Vollmond, und der war riesig groß und ganz aus Silber, und ich konnte weit sehen, in alle Richtungen, aber dann sah ich plötzlich meinen Schatten, stell dir das vor! Ich sah meinen eigenen Schatten über Erde und Meer segeln, aber dann, dann stimmte irgendwas nicht, irgendwas stimmte nicht mit meinem Schatten...«

»Hast du geträumt, daß du richtig fliegen konntest? Wie eine Sternschnuppe am Himmel?«

»O ja. Das träum ich in der letzten Zeit oft. Das ist wirklich stark. Aber diesmal hat irgendwas nicht gestimmt...«

»Aber jetzt kannst du in aller Ruhe weiterträumen und die Sache klären, ich muß jetzt nämlich leider arbeiten. Hier sind Reserveschlüssel. Du bist übrigens der erste, der sie leihen darf. Wirf sie in den Briefkasten, wenn du weggehst. Aber dann hinterlaß mir einen Zettel mit Telefonnummer und Namen und so, damit ich weiß, wie ich dich erreichen kann, ja? Meine Nummer steht auf dem Telefon.«

»Du, Yngve, kann ich heute nicht einfach hierbleiben?«

»Ich hab gehofft, daß du das fragen würdest.«

»Geht das denn?«

»Ja, natürlich. Wenn du mit der Wohnung genauso gut umgehst wie mit mir. In der Küche ist was zu essen, und ansonsten mußt du selber sehen, wie du zurechtkommst. Ich bin spätestens um vier zu Hause. Aber jetzt muß ich fliegen – ich meine natürlich laufen, oder, genau gesagt, radeln.«

Truls sprang aus dem Bett, küßte mich und sagte:

»Ich freu mich darauf, daß du nach Hause kommst!«

Und ich kam um vier Uhr nach Hause, schwer bepackt mit Seelachs und Gemüse und Balaton Riesling, weil ich meine eigene Bouillabaisse Norvégienne kochen wollte, aber es roch im ganzen Treppenhaus gewaltig nach Pizza, und als ich die Wohnungstür aufschloß, konnte kein Zweifel mehr daran bestehen, wo gekocht wurde. Truls kam aus der Küche gestürmt und knutschte mich ab, noch ehe ich meine Tüten abstellen konnte.

»Hoffentlich hast du Hunger, ich hab nämlich mein Lieblingsessen für dich gekocht.«

»Himmel, ich wußte ja nicht, daß ich einen Pizzafreak im Haus habe: Cola und Softeis und Pizza, was?«

»Pizza? Kuck lieber mal!«

Es war keine Pizza. Sondern Spaghetti – für eine ganze Kompanie. Er hatte eine riesige Familienpackung genommen und mindestens ein Kilo Hack mit Champignons und Tomaten gebraten.

»Und Knoblauch und Paprika und Bambussprossen und...«

»*Bambussprossen?*«

»Ja, die gab's da unten im Delikatessenladen. Sehr delikates Essen, wirklich. Und natürlich massenhaft Gewürze.«

»Das riech ich. Jaja, dann frieren wir meine Plastiktüten solange ein. Vielleicht können wir nächsten Freitag Fischsuppe essen – wenn wir das hier bis dahin auf haben.«

»Findest du, das ist zuviel?«

»Ja! Aber es sieht tierisch gut aus. Wir sollten vielleicht Rotwein dazu trinken. Soll ich schnell noch welchen kaufen?«

»Was hast du denn gekauft? Nur Whisky?«

»Nein, einen brauchbaren Weißwein. White wine with the fish, James.«

»Ist das denn so schlimm? Ich hab noch nie Weißwein probiert. Wir können den auch zu den Spaghetti trinken, oder?«

»Tja, dann sollten wir wohl auch Spenol* statt Ketchup nehmen?«

»Igitt!«

»Das essen die in Nordnorwegen. Spaghetti mit Klippfisch und Spenol. Nordnorwegens Antwort auf Mutters Frikadellen.«

* Spenol: ursprünglich eine bei Kühen beliebte Salbe zur Euterpflege, heute auch das übliche Sonnenöl der norwegischen Ökofreaks

»Hähähä! Das wird mein Alter zu hören kriegen. Der ist aus Tromsø.«
»Ach ja? Wir brauchen Eiswürfel für diesen temperierten Weißwein. Wie ist er denn, wenn er gerade mal keinen Klippfisch mit Spenol ißt – in Ordnung?«
»Hast du schon mal 'nen Bullen getroffen, der in Ordnung war?«
»Ist er bei der Polizei?«
»Das kann ich dir flüstern. Wenn er erfährt, daß ich – schwul bin, dann trifft ihn der Schlag. Aber dann wären wir ihn ja los!«
»Du hast zu Hause also nichts erzählt?«
»Nein, spinnst du? Ich könnte das meiner Mutter vielleicht sagen, aber die macht sich bloß über alles mögliche Sorgen, vor allem über mich. Sie sieht immer alles voraus, was dem Alten auf den Keks gehen kann, und dann schreit sie mir die Ohren mit allem voll, was ich nicht sagen oder tun darf. Die Frau ist einfach übernervös. Total hoffnungslos.«
»Hast du keine Geschwister?«
»Nein, ich hatte eine kleine Schwester, aber die ist überfahren worden. Sie war erst acht. Und mein Alter ist total ausgetickt. Hat behauptet, das wäre meine Schuld und so – daß sie auf die Straße gerannt ist. Und dann hat er beschlossen, daß ich nie Motorrad fahren oder den Führerschein machen darf oder so, solange ich zu Hause wohne. Und er selber fährt wie eine gesengte Sau. Uff, nein – essen wir, oder was?«

Die Spaghetti à la Truls waren außergewöhnlich scharf – zwar ohne Curry, aber das war auch das einzige, was fehlte. Ich fraß im Schweiße meines Angesichtes und brauchte viel Weißwein und Mozarts dreiundzwanzigstes Klavierkonzert in A-Dur. Es war genug zu essen für ein ganzes Fest, und das erinnerte mich an morgen.
»Möchtest du heute abend irgendwas unternehmen – abgesehen von einem Verdauungsschläfchen?« fragte ich und spürte sofort einen eisigen Hauch aus der Vergangenheit. Ich erinnerte mich an damals, als ich bei Robert Ranke wohnte, wo der Mittagsschlaf obligatorisch war. Aber ich war trotz allem kein berechnender

Arsch. Ich hatte jedenfalls nicht vor, den Jungen mit Geschenken und Schecks zu korrumpieren.
»Von mir aus können wir den ganzen Abend lang verdauungsschlafen«, sagte Truls mit einem Lächeln, das mich froh und geil und zärtlich machte.
»Sollen wir vorher oder nachher Kaffee mit avec trinken?«
»Nachher!« sagte Truls.
Ich weiß nicht, was ich alles Gutes über meinen Truls sagen soll – doch, übrigens: Er war zu schön, um wahr zu sein.
Später am Abend standen wir auf und duschten wunderschön zusammen, und dann tranken wir Kaffee mit Armagnac, der nicht hoch genug gelobt werden kann. Truls nahm einen tiefen Schluck und mußte husten.
»Solche edlen Tropfen sollen in kleinen Schlucken genossen werden. Du mußt sie durch die Nase inhalieren und das Aroma genießen. Deshalb wird es in solchen Ballongläsern serviert.«
»Ach, das ist zu stark für mich. Kann man das nicht verdünnen?«
»Doch, alles ist möglich. Mit Eiswasser ist es am besten. Hol doch einfach eine Kanne.«
»Trinkst du immer soviel?«
»Soviel?«
»Ja. Whisky und Wein und so was mit avec und alles mögliche. Ich bin an so was nicht gewöhnt. Mein Vater ist Antialkoholiker.«
»Rede mir bloß nicht ein, du hättest noch nie Alkohol getrunken. Gestern abend hast du nach Whisky gequengelt, wenn ich das nicht geträumt habe, und jetzt geht mir langsam auf, daß ich das nicht getan habe, Gott sei Dank.«
»Nein, hast du nicht – und ich auch nicht. Und du hast recht. Ich hab ziemlich viel getrunken bei – dem anderen, aber da hab ich bloß Wodka und Cola gekriegt. Und einmal ist mir schlecht geworden, und ich hab total gereihert, weißt du. Alles hat sich nur noch gedreht, und dieser Roger war stocksauer, weil ich auf seinen echten Perverserteppich gekotzt habe.«
»Ach, du meine Güte. Der konnte sicher auch fliegen. Der Teppich, meine ich.«
»Ja. So hat sich das jedenfalls angefühlt, als ich drauf lag und mich rumwälzte. Dieser Roger war ein Scheißbonze. Hatte massenhaft

Antiquitäten, und *die* Superanlage, weißt du, aber er hatte bloß Scheißmusik, Jim Reeves und Cliff und italienischen Pop und so. Total daneben. Und dann hat er mir Opern vorgespielt. Wagner hieß das, glaub ich. So ausgetickte Tussis, die rumschreien und sich ganz scheußlich anhören. Nein, der war einfach blöd. Und er ist Steward bei der SAS und fliegt um die ganze Welt und so. Hat mir versprochen, ich könnte im Winter mit ihm Ferien auf Hawaii und in Australien machen, weißt du. Als ob ich ihm das abgenommen hätte!«

»Ach? Der ist Steward bei der SAS? Dann wirst du – nein, du wirst ihn wohl nicht wieder treffen? Schön. Aber wenn du das tust, so per Zufall oder so, dann sag ihm folgendes: Du bist auch nichts Besseres als eine männliche Serviererin in der Luft.«

»Haha! Hast du dir das ausgedacht, oder was?«

»Nein, der ist alt. Und es gibt viele männliche Serviererinnen in der Luft. Apropos servieren, du hast mich in eine kleine Klemme gebracht. Morgen abend bin ich zum Essen bei einem Freund eingeladen, der Eugen heißt, mit Betonung auf der letzten Silbe, aber die meisten nennen ihn Eulalia. Heute morgen habe ich beschlossen, lieber mit dir zusammen zu sein, aber andererseits ist es immer ziemlich lustig da – und es besteht doch die Möglichkeit, daß du mitkommst.«

»O ja. Darauf hab ich tierisch Lust. Ich kenn doch außer dir fast niemanden... kommen da bloß Schwule?«

»Ja, das ist das Problem. Ich kenn dich doch noch keine vierundzwanzig Stunden, und eigentlich ist es total verrückt von mir, dich mitzunehmen. Denn da kommen haufenweise junge Männer, die viel netter und hübscher und geiler sind als ich – vor allem zwei –, und die werden alles tun, um dich zu kriegen. Denn du bist der netteste und hübscheste und geilste von allen, verstehst du, und ich will dich jetzt nicht wieder verlieren – es ist nämlich noch nicht lange her, daß ich jemanden verloren habe –, und jetzt mag ich dich mit jeder Stunde lieber...«

Truls unterbrach mich mit einer heißen Umarmung, ehe er mich ernst ansah und vorsichtig fragte: »War das der mit dem Bild da? Der, den du – verloren hast?«

»Ja. Er heißt Øystein. Aber jetzt bin ich fertig mit ihm.«

»Er ist also nicht tot?«
»Für mich schon. Er ist jetzt mit einer Frau zusammen.«
Ich hatte das Bild von Øystein und mir aufgehängt, das Else an jenem schicksalhaften Abend vor Weihnachten aufgenommen hatte. Er starrte mit dem nacktesten Gesicht, das ich je gesehen hatte, in die Kamera – mit einem Ausdruck unsäglicher Erleichterung und Freude darüber, daß er mich endlich wieder in den Arm nehmen konnte; eine Sechzigstelsekunde, ehe er mit Schock und Abscheu auf den grellen Blitz reagiert hatte. So wollte ich mich an ihn erinnern. Ich hatte mich von dem Bild nicht trennen können.
»Hast du ihn sehr lieb gehabt?«
»Ja. Aber dich hab ich noch lieber.«
»O! Das hat mir noch nie einer gesagt, Yngve. Und ich bin froh, daß du das gesagt hast, denn ich hab so auf dich gewartet, mich richtig nach dir gesehnt, verstehst du. Ich hab mich gefreut. Du brauchst keine Angst zu haben, ich könnte mit einem anderen abhauen. Prost! Himmel, ich glaub, ich hab einen kleinen Schwips.«
»Prost, mein Schönster. Dann gehen wir morgen aufs Fest. Aber du mußt damit rechnen, daß die anderen mich schrecklich beneiden werden, wenn sie dich sehen – und vielleicht alle möglichen lustigen Vorschläge machen. Aber darüber brauchst du dir keine Gedanken zu machen. Sie sind trotz allem meine Freunde, und sicher wird alles sehr witzig. Aber ich verlaß mich auf dich, ja?«
»Ja. Und ich verlaß mich auf dich?«
»Ich würde dich um nichts in der Welt im Stich lassen. Du bist das Beste, was mir seit Jahr und Tag passiert ist. Ich hab nicht mal Lust, mich vollaufen zu lassen. Ich hab bloß Lust, dich zu trinken...«
»Ach, dann komm, das kannst du doch...«

Truls hatte gelbe Sterne um die Pupillen, und dieses Muster schien zu leben. Engel und Schmetterlinge schienen dort in ihrem goldenen Universum zu schweben. Es war so schön, einfach dazuliegen und in diese großen schönen Augen zu blicken – voller Freude und Verwunderung.
Und Glück? Ach ja. Wir wissen nie, wenn wir glücklich sind. Wir wissen nur, wann wir glücklich *waren*.

Schaumwogenwalzer

Eulalia von Guldbarre hatte sich in einer sehr mondänen Gegend im Allerbesten Westend eine neue Superwohnung gekauft. Da das Einweihungsfest am Vorabend unseres Nationalfeiertags stattfand, sollten alle sich diskret nationalistisch kleiden – eine dezente Aufforderung zu den groteskesten Übertreibungen. Ich verkleidete Truls mit einem altmodischen Flohmarktsmoking, der ein wenig zu groß war, aber wenigstens waren die Beine mit Hilfe von Hosenträgern und Plateausohlen kurz genug. Außerdem bekam er die Königliche Verdienstmedaille in Silber meines seligen Großvaters (die hatte er für fünfzig Jahre treuen Dienst als Brotausfahrer erhalten) sowie eine rotweißblaue Halsbinde. Ich kaufte eine Schachtel Sonja-Pralinen und machte schnipp-schnapp, und dann konnte ich unsere geliebte Kronprinzessin an mein eigenes Seidenrevers heften – worauf ich mich feierlich gestimmt und im Einklang mit dem Sinn des Lebens fühlte. Die Pralinenschachtel mit dem Loch packten wir ein, um sie der Gastgeberin zu schenken. Da ich nun im Besten Westend wohnte, brauchten wir eine ganze Viertelstunde für den Spaziergang ins Allerbeste, und deshalb kamen wir einige Minuten zu spät, als Eulalia die Tür aufgleiten ließ und sich selber mit ihrem diskreten Nationalismus offenbarte. Der bestand aus einer Kreation aus entsetzlicher rotweißblauer französischer Unterwäsche mit Netzstrümpfen und Straps und allem Zubehör – alles spielerisch leicht und luftig. Auf dem Kopf trug sie einen Freiheitsstatuenkopfputz in den richtigen Farben und in der rechten Hand eine entsprechende Fackel mit batteriebetriebener Flamme und Strohhalm – sicher im Dunkeln und im Trockenen sehr praktisch. Ihre Schminke war eher ägyptische Trikolore.

Ich hatte vorher angerufen und erzählt, daß ich eine Überraschung mitbringen würde, und ich nehme deshalb an, daß Eulalia nicht spontan, sondern geplant auf die Knie fiel und flüsterte: »Mon dieu! Un petit prince!«

Und dann beugte sie sich in den Staub, um die Schuhe des Prinzen zu küssen, und fiel augenblicklich völlig aus der Rolle.
»Aber großer Gott, der hat ja einen Klumpfuß! Nein, zwei! Er hat *Klumpfüße* ! Was ist denn das für eine Frechheit, Yngve! Hier habe ich ausschließlich schöne Menschen eingeladen, und dann bringst du einen... Aha! Du bist verwandt mit Somerset Maugham, natürlich – are you into *Human Bondage* too, my dear? Scratch – scratch!«
Truls sah mich reichlich fragend an – als ob er mich des weißen Sklavenhandels verdächtigte –, aber als er sah, daß ich lachte, ließ er sich von dieser französisch-amerikanischen Auerhenne durch die *Lobby* und in die Cocktail Lounge schleifen, wo die anderen schon versammelt waren.
»Seht, was für eine Opfergabe Tulutha für mich und meine neuen Gemächer bringt!«
Das Zimmer hallte von enthusiastischem Beifall nur so wider, als ich eintrat und mit Hilfe eines einfachen Judogriffes Truls gegen die Pralinenschachtel eintauschte.
»Nimm mir das Geschenk nicht weg, Schwester! Er kann tagsüber Küchenmädchen und abends Tanzmamsell sein – aber dann müssen wir wohl vorher amputieren –, und nachts kann er auf einer riesengroßen Erbse liegen...«
Es waren einfach alle da. Wir konnten uns einen rotweißblauen Willkommenstrunk aussuchen, und dann mußten wir eine Runde drehen und Pfötchen geben.
Schockdoris Day und Transvestittelidie hatten das Nationalistische auf schlichten Federschmuck an Kopf und Schweif beschränkt, ansonsten hatten sie sich aber in bezug auf Gold und edle Steine nichts versagt.
Sie betrachteten Truls mit geblähten Nüstern und ließen wohlmeinende Worte hören.
»Nein, Gott, du hast dir aber einen feschen neuen Kavalier zugelegt, Yngve. Darf man den anfassen?«
»Ja, ich hab's ja schon immer gesagt, immer beklagen sich alle über die heutige Jugend, aber dann sag ich denen glatt, daß wir noch nie so hübsche, fesche junge Knaben gehabt haben wie heute. Das sag ich denen glatt!«

Das war zuviel für Truls. Er prustete los, nutzte aber die Gelegenheit, um sich vor den Damen zu verbeugen.
»Da hast du's! Höflich sind sie auch. Hab ich das nicht immer schon gesagt? Gute Manieren...«
Ich ging, um mehr zu trinken zu holen, und Truls folgte mir.
»Der – die – hört sich ganz genau an wie meine Tante aus Hønefoss, Tante Rigmor. Sind die so, oder tun die bloß so?«
»Tja, sowohl als auch, glaube ich. Gefällt es dir hier?«
»Aber klar. So viele verrückte Leute. Der eben – die Gastgeberin – war ein bißchen streng, aber dann das mit dem Klumpfuß!«
»An so was mußt du dich gewöhnen. Versuch zurückzuschlagen. Frag, warum Madame bei der Französischen Revolution das Kleid und nicht den Kopf verloren hat. Du brauchst dich hier vor nichts zu fürchten – vor allem nicht davor, dich lächerlich zu machen. Sag einfach, was dir einfällt, aber sei vorsichtig mit den Getränken. Das hier ist ein Dry Martini, und der geht sofort in die Krone.«
»Ja, das merk ich, aber hier will ich nicht nach Soda fragen. Ist das eine Art Fichtennadelabsud?«
»Fast. Wacholder, aber es gibt auch schwächere Sachen, wenn du nicht auf den Teppich kotzen willst. Tittelidie hat übrigens nicht übertrieben, du bist wirklich hübsch und fesch.«
Truls lachte und küßte mich auf die Nase, dann drehten wir weiter unsere Runde und begrüßten den Damenflor und auch manche anderen, die genau wie wir Hose und Jackett trugen.
Dann waren aus der Lobby schrille Schreie zu hören, und dann stürzte Terje full speed in seiner unvergleichlichen Sennerinnentracht herein, während er einen grellen Kuhlockruf heulte. Er zerrte und zog eine abscheuliche Phantasiekreatur an einem Strick hinter sich her, die als Norwegisches Buntvieh mit weißen Hörnern, Glocke, blauem Euter und Brille verkleidet war. Der Betreffende sah übrigens äußerst erschöpft aus.
»Komm, Kuuuuh. Muh. Sag endlich muh. Muuuuuuh – wenn du jetzt nicht muhst, dann komm ich dich melken. Ah, endlich eine Meierei – gebt mir sofort was zu trinken, sonst wird die Milch sauer. Himmel, was für eine Strapaze – wir sind den ganzen Weg von Gyldenløves Plass gegangen, weil der Taxifahrer uns rausge-

worfen hat, als der Rücksitz anfing zu brennen... aber Himmel, was ist das denn? Blaue Chartreuse? Blausäure? Mmmmm – Pisse vom Konservativen Frauenverband – nein, Blut der jungen Konservativen! Ha, wartet bloß, bis ihr mein Geschenk seht! Komm Kuuuh, sag Muh, dann kriegst du was Blaues.«

Ich kannte Terje in dieser Stimmung. Auf die Dauer kann er für alle, die nicht auf Speed fahren – und das sind ja doch die meisten –, ziemlich anstrengend sein. Aber vorläufig war er ein phantastischer Anblick! Er hatte seine blonde Sennerinnenperücke zu Pipi-Langstrumpf-Zöpfchen geflochten, und ansonsten war die ganze Tracht, vor allem die Schürze, direkt verdreckt. Er schien sich hier und dort und sonstwo gewälzt zu haben – und das hatte er sicher auch. Natürlich hatte er ein Geschenk für Eulalia, nämlich eine große runde Holzschüssel, bemalt mit Bauernmalerei in den traditionellen Kotzfarben, mit einer Inschrift am Rand, die augenblicklich zur Hauptparole auch noch des nächsten Tages wurde:

Kein Verwässern von blauem Blut,
Sonja, los, nimm deinen Hut!*

Dieser Erfolg ließ Terje dann endgültig ausflippen. Er triezte seine erschöpfte Kuh bis zum Gehtnichtmehr, bis sie sich auf einem Klo einschloß. Und dann entdeckte er Truls.

»Hallo, du Lichtelf, was grabschst du hier an meiner besten Freundin rum, eh? Aber ich kann dir sagen, das wird auf die Dauer langweilig, also kannst du auch gleich mit mir kommen. Ich kenn ein nettes Labor im Westflügel, da können wir klonen!«

»Und sollen wir dich dann vervielfältigen?« brachte Truls heraus.

»Aber sicher doch. Stell dir mal dreißig hübsche kleine Sennerinnen auf dem Tisch vor, die mit Käseschachteln und Schnapsgläsern herumschwirren und Bibibibibibi-brrrrrr sagen...«

»Bitte zu Tisch!« bat Eulalia mit Pathos, und wir schritten in den Speisesaal, wo der Tisch üppig für achtzehn gedeckt war. Terje wollte unter keinen Umständen Truls loslassen, deshalb mußte die Sitzordnung geändert werden. Ich versuchte, mich zwischen

---

* Im Jahre 1968 heiratete der damalige norwegische Kronprinz revolutionärerweise eine Bürgerliche. Kein Protest half, Sonja ist heute Königin von Norwegen.

sie zu setzen, aber nein: Truls hatte in der Mitte zu sitzen, da gabs keine Diskussion. Es wurde eine unvergeßliche Mahlzeit. Zuerst wurde echte Schildkrötensuppe in großen Porzellanterrinen serviert, von zwei Sklaven aus der Kochschule, die die Gastgeberin für diesen Abend gekauft hatte und die sich ausgesprochen wohl zu fühlen schienen.

»Meine Güüüte, so gute Bouillon hab ich nicht mehr gegessen, seit ich auf Lambertseter überwintert habe!« Terje schlürfte und schmatzte, und die Suppe spritzte. Er war offensichtlich unterwegs zu einem akuten Freßtrip und bat die Boys lauthals um mehr Bouillon. Aber beide waren damit beschäftigt, den anderen Gästen zu servieren, und als Terje aufging, daß er mindestens eine Minute warten mußte, machte er sich solange über Truls' Teller her. Truls gefiel das nicht, und er versuchte, ihn wegzuschieben, aber Terje legte sich über den Tisch und saugte die Suppe direkt vom Teller in sich hinein. Dann richtete er sich mit triumphierendem, fettglänzenden Gesicht auf und rülpste mehrmals saftig – ehe er nach Truls' Haaren griff, um sich den Mund abzuwischen. Truls konnte Terjes Zopf packen und zog daran – und dann hatte er die ganze Perücke in der Hand, worauf ein kurzes heulendes Handgemenge folgte. Ein Boy kam mit der Suppenterrine herbeigeeilt, in der die Perücke selbstverständlich mit einem Platschen landete.

»Hilfe, ich hab mein Haar in der Suppe!« schrie Terje und sprang auf – und der ganze Tisch brach vor Lachen zusammen. Denn was er unter der Perücke hatte, war die traurigste Wahrheit, die ich je gesehen hatte. Seine eigenen Haare waren eine verstörte Versammlung von strähnigen, fetten Büscheln, die einen frappierenden Kontrast zu seiner Tracht bildeten. Wir lachten und lachten, und unglaublicherweise muß das Terje runtergezogen haben, denn plötzlich nahm er dem Boy die Terrine ab und trampelte hinaus. Eulalia heulte hinter ihm her:

»Ja, richtig so, geh lieber duschen. Und nimm ruhig die Suppe mit, die hast du mit deinem unappetitlichen Zopf ja doch ruiniert!«

Und so konnten wir dann endlich ein bißchen in Ruhe essen, und Ruhe brauchten wir, um all die Leckerbissen genießen zu können, die aus der Küche gebracht wurden. Nach der Suppe gab es kalten

Lachs mit Senfsoße und wunderbarem Kartoffelmus. Truls war zuerst recht skeptisch, weil sein Vater gesagt hatte, diese Sorte Lachs würde vierzehn Tage auf dem Friedhof vergraben, aber nachdem er gekostet hatte, kam er auch auf den Geschmack. Es ist unglaublich, was Eltern ihren Kindern alles einreden können. Of course there was white wine with the fish, James, und zu diesem Zeitpunkt stieg Truls auf eigene Initiative auf Limonade um.
Vor dem Hauptgericht hielt Eulalia eine wunderbare Rede – aber ich weigere mich, näher darauf einzugehen. Es gibt gewisse Grenzen. Auf jeden Fall lief alles darauf hinaus, daß sie für uns alle eine große Überraschung hatte. Wir waren nämlich noch nicht im Ostflügel gewesen, um die Badezimmer zu besichtigen – wie Gnä' Frau sich so präzise ausdrückten.
Nachdem alle auf Gourmetweise sich langsam hungrig gegessen und getrunken hatten, wurde das Hauptgericht offeriert. Es handelte sich um nichts Geringeres als um norwegische Schneehühner in französischer Sahnesoße, so delikat angerichtet, daß es auch an des Königs Tafel Aufsehen erregt hätte.
»Aber ich bin doch satt!« klagte Truls.
»Dann mußt du dich eben mit *einem* Schneehuhn zufrieden geben, mein Lieber, damit du noch ein Loch für den Nachtisch hast. Schlimmstenfalls kannst du ja die Hosenträger etwas lockern.«
Ach, wie schön haben wir da gefressen! Es wollte einfach kein Ende nehmen – vor allem nicht, als die Boys mit Teewagen hereingeschwebt kamen und anfingen, Crêpes Suzettes zu flambieren. Eulalias Gastmahl war fürwahr eine mächtige Mahlzeit.
Wir bekamen im Salon Kaffee und Napoleon und verdauten und plauderten vergnüglich, als Terjes hysterisches Geschrei uns abermals einholte. Die Gesellschaft konnte noch einstimmig stöhnen, dann brach das Unwetter auch schon über uns herein, nackt und klitschnaß und schäumend:
»Hilfe, er ist weg! Er ertrinkt! Helft mir!«
Eulalia versuchte als einzige, den Ernst der Lage zu erfassen:
»Was hast du denn jetzt schon wieder angestellt? Hast du mein Badezimmer kaputtgemacht?«
»Ja, aber ihr müßt mir helfen kommen, ich kann ihn nicht wiederfinden! Yngve!«

Die Gastgeberin und ich rannten hinter Terje her und hatten dabei alle anderen im Schlepptau, und im Badeflügel wurde uns ein nicht nur festlicher Anblick zuteil. Eulalias Überraschung konnte sich durchaus mit Giuseppes lateinischen Herrlichkeiten messen. Es gab einen in den Boden eingelassenen Whirlpool in einem großen Raum mit erwärmten Marmorfliesen, aber für den Augenblick verbarg das Becken sich hinter einer Wand aus Schaum, die fast bis zur Decke reichte und langsam, wie ein weißer Lavastrom, auf die Tür zugeflossen kam.

»Er ist irgendwo da drinnen!« schrie Terje. »Er ist verschwunden, als ich in der Sauna war. Helft mir doch, er ertrinkt.«

Jetzt erkannte auch ich den Ernst der Lage: Es ist bestimmt schwer, in dichtem Schaum zu atmen. Eine Annahme, die ich gleich darauf bestätigt bekommen sollte. Ich riß mir den Smoking vom Leib, und Truls tat desgleichen, zu gesetzten Ovationen der übersättigten Zuschauerschar, die zu Mißfallensäußerungen wurden, als wir unsere Unterhosen anbehielten. Denn jetzt widmeten wir uns dem Schaumwellenwalzer. Terje mußte alles Seifenpulver im ganzen Haus in den kochenden Kessel gekippt haben. Der Schaum hatte eine ölige, widerspenstige Konsistenz, und die Luft war von einem betäubenden Parfümgeruch gesättigt. Wir wateten hinein, bis der Schaum uns bis zum Hals stand, dann gingen wir seitwärts in verschiedene Richtungen und tasteten uns mit den Füßen voran. Ziemlich bald trat ich auf etwas Unidentifizierbares und Großes. Da sich der Schaum nicht beiseite schieben ließ, tauchte ich notgedrungen hinein – und tauchte mit einem roten Kuhfell und zwei weißen Hörnern wieder auf. Gleich darauf fischte Truls ein blaues Euter aus dem Schaummeer, und damit war ich jedenfalls überzeugt davon, daß sich auch der Rest der Kuh irgendwo hier befinden mußte. Ich holte Luft, machte zwei lange Schritte – und fiel selber ins Schaumbad. Es war tief und schrecklich, und ich war voller Panik. Ich schlug viel zu lange um mich und inhalierte massenhaft Schaum, ehe eine Hand mich packte und Truls mich an die frische Luft zerrte. Ich hustete dermaßen, daß ich fast gekotzt hätte. Schaumbad in Luxusmischung ist so ungefähr das schrecklichste Dessert, das ich je gekostet habe!

»Hast du ihn?« schrie Terje, womöglich noch hysterischer.
»Nein, im Becken ist er jedenfalls nicht. Hol einen langen Besen, dann können wir die Ränder untersuchen. Lassen sich diese verdammten Blasen wenigstens abstellen?«
»Ja, natürlich, das wäre vielleicht eine gute Idee. Ich bin ja so froh, daß ich heute abend auch Lebensretter eingeladen habe!«
Eulalia wackelte zu einem Schalter an der Wand und drehte die Luftzufuhr ab. Truls und ich bekamen jeder einen Besen und konnten den Schaum so weit zusammendrücken, daß unsere Köpfe darüber hinausragten. Dann untersuchten wir den Beckenrand, jeder mit demselben Ergebnis: hier war niemand. Truls bestand darauf, noch einmal im Becken nachzusehen, und während er mit einem Besen als Bindeglied zu mir dort unten herumwühlte, kam Transvestittelidie angewetzt:
»Wenn ihr einen langen ausgelaugten Schellfisch sucht, dann liegt so einer im Wasserbett der Hausfrau und kotzt. Wasserspeier gehören nach Notre Dame, wenn du mich fragst.«
Terje brachte sein definitives Crescendogeheul und verschwand – und das war wohl auch das beste. Wenn nicht, dann hätte ich ihm höchstpersönlich einen überschäumenden Tod durch Ertrinken beschert. Ich zog Truls aus dem Schaum, und als ich ihm die Lage erklärt hatte, waren wir plötzlich allein, die anderen sahen sich den Wasserspeier an. Und mir kam eine meiner besseren Ideen.
Ich habe immer schon eine Schwäche für ausgelassene Badeszenen in trauter Zweisamkeit gehabt – und Truls und ich waren ja schon mit beiden Beinen *into it*, ja, sogar bis weit über beide Ohren. Wir fanden einen schönen azurblauen Wasserschlauch in einem Schrank, und während Truls ihn anschraubte, konfiszierte ich die Schlüssel beider Klotüren. Eulalia war natürlich auf einen freisinnigen Abend mit Politik der offenen Tür aus gewesen, aber ich schloß uns beide ganz schnell ein – und das war herrlich.
Wir fanden schließlich Öffnungs- und Schließmuskel des Bekkens, spülten allen Schaum weg und ließen neues Wasser einlaufen. Und dann brachten wir eine donnernde Wellennummer, während die anderen an die Türen donnerten und jammerten und unbedingt mitmachen wollten.

Eulalias Stimme übertönte alles wie ein schriller Schleifstein: »Hallo, ihr da drinnen? Esther Williams und Flipper? Das ist *echte* Sodomie! Und ich wollte euch für Carnegies Heldenmedaille mit Eichenlaub vorschlagen! Aber daraus wird garantiert nichts, wenn ihr jetzt nicht sofort aufschließt. Warum werden wir immer ausgeschlossen?«
Wir stöhnten und schmatzten und platschten so übertrieben wie nur möglich – und das war wirklich ganz schön aufgeilend. Am Ende gaben sie auf und gingen – während wir kamen –, und als wir endlich aufschlossen, saßen die meisten in der Sauna, wo es ziemlich heiß herging, wenn wir vom Gejohle ausgehen sollten.
»Himmel, machen die Gruppensex?« fragte Truls mit kugelrunden Augen.
»Ja. Aber nur für Fortgeschrittene. Halt dich da raus, sonst wirst du genauso geschunden wie Terjes Tiefseekuh.«
»Sind die gemein, oder was?«
»Nein, so hab ich das nicht gemeint. Aber weil du so jung und hübsch und neu bist und so, haben sicher ziemlich viele Lust, alles mögliche auf einmal mit dir zu machen. Und das kann leicht zuviel sein, weißt du.«
»Himmel. Hast du so was schon oft mitgemacht?«
»Oft genug, um es überhaupt nicht zu mögen. Man hat einfach keine Zeit, jemanden gern zu haben, und dann finde ich, das Wichtigste fehlt. Und ich möchte dich so gern für mich haben.«
Truls umarmte mich und drückte mich fest an sich.
»Ich hab *dich* so lieb, Yngve.«
»Ich dich auch, mein Junge. Sollen wir in den Salon gehen und uns nach all den Strapazen ein wohlverdientes Glas gönnen?«
»Ja. Weißt du was? Ich hab noch nie Sekt getrunken.«
»Aha, das müssen wir feiern. Aber zuerst müssen wir unsere Kleider finden. Sieh mal in der Halle nach, dann hole ich uns trockene Unterhosen und Strümpfe.«
Eulalia hatte eine riesige Schublade mit amerikanischer Jockeyunterwäsche in Seide ohne Spitzen, und den Rest unserer Festkleidung hatte eine freundliche und ordentliche Seele aufgehängt. Deshalb waren wir wieder äußerst präsentabel und nahmen den menschenleeren Salon ein, um Sekt zu trinken.

»Das paßt gut – erst Blubberbad und jetzt Blubberwasser. Wollen mal sehen, welche Sorte Eulalia zur Feier des Tages spendiert hat. Gay Mousse – das ist französisch und bedeutet Schwulenschaum.«
»Hä?«
»Nein, nein. Das heißt einfach lustiger Schaum, aber gay bedeutet ja schwul, jedenfalls auf Englisch. Es ist doch lustig, wenn ein altes Schwein wie Frank Sinatra singt: ›When I was young and *gay*‹. Aber es kann ja auch tragisch sein – für die, die versuchen, nicht länger schwul zu sein.«
»Gibt's denn solche Leute?«
»O ja, mehr als du denkst. Ich kenne mindestens zwei. Aber jetzt wollen wir richtige Gayboys sein, ja? Lustige, nette Jungs? Prost, Truls.«
»Prost, Yngve. Oho!«
»Na, kriegst du eine Gänsehaut?«
»Ach, ist das sauer! Scheiße, ich hatte gedacht, das schmeckt wie ganz tolle Zitronenlimonade oder so. Lach nicht über mich! Findest du das denn wirklich lecker?«
»Na ja, wenn du das schon sagst – ich war beim ersten Mal auch ziemlich enttäuscht. Aber vergiß nicht, es sind trotz allem gegorene Trauben – und die Wirkung ist das Wichtigste. Du kriegst einen total wirren Kopf davon...«
»Na dann. Prost!«
»Prost! Aber jetzt müssen wir uns ernsthaft unterhalten, ehe wir uns dem Schwips hingeben können.«
»Ernsthaft?«
»Stell dir vor, du wärst da draußen im Blubberschlürf ertrunken – was hätte ich deiner Familie sagen sollen? Wissen die, wo du bist?«
»Sicher, ich hab gestern angerufen und mit meiner Mutter gesprochen, als du bei der Arbeit warst, und ich hab gesagt, daß ich übers Wochenende wegbleibe. Da brauchst du dir also keine Gedanken zu machen. Prost! Ich finde, das schmeckt langsam schon besser!«
»Gefährlich, gefährlich. Hast du in der Sonntagsschule nicht von all den Leuten gehört, die schon nach dem ersten Schluck Bier zu

Alkoholikern wurden? Mit Blubberschlürf ist das sicher zehnmal schlimmer – vor allem intravenös. Da kriegt man Flöhe im Blut – und jetzt würd ich gern tanzen. Kannst du das, Süßer? Mit den Füßen?«

»Nicht so altmodischen Kram, Walzer und Tango und so, aber...«

»Dann müssen wir eben was Modernes suchen, um den Kreislauf hochzubringen. Komm mit zum Plattenschrank. Eulalia hat eigentlich ziemlich gute Musik – jedenfalls für eine Dame von Adel. Ha! Sieh mal, was da liegt. You're just too good to be true von Engelbert Humperdinck. Ich kann dir sagen, das ist Musik für alte Tanten und sentimentale Schwule. Rümpf du nur die Nase, Pussi, jetzt leg ich die Scheibe für dich persönlich auf – und ich meine jedes Wort!«

Und damit ließ ich Herrn Humperdincks von Gefühlen strotzende Liebeserklärung auf der quadrophonischen Anlage losbrüllen, und sie ist wirklich ziemlich stark – vor allem für Leute in glücklichem Sektrausch.

Truls konnte auch tanzen, mit ausgelassener Körperfreude, und wir erwischten noch eine frohe Runde Lebensentfaltung in Zweisamkeit, ehe die anderen aus BadenBaden geströmt kamen und mitspielen wollten. Eulalia eilte zur Anlage und legte die »Nudistpolka« von Cornelis Vreeswijk auf – was zu einer einzigartigen Vorstellung führte, die unter dem Titel »Die Schwestern Sodoma« hätte verfilmt werden sollen. Stellt euch ein gutes Dutzend heulender Polkaschweine vor, die einander an Charme und Eleganz zu übertreffen versuchen und sich zuletzt zu einem gelungenen Cancan vereinen. Ach, wie wunderbar ist so eine nackte Polka. Wir heulten vor Lachen.

Danach pilgerte die ganze Bande in Eulalias innere Gemächer und durchstöberte ihre Garderobe. Sie kamen nach und nach in den entzückendsten Scheußlichkeiten zurück. Terje hatte seine Sennerinnenperücke zu fast einem halben Meter Höhe toupiert und ein wirklich übles rosa Baby Doll gefunden. Und so wurde er zu The Cowgirl Minnesota Minnie – und so weiter.

Es wurde also ein richtig munteres und schmuckes Fest. Keine Messerstechereien, niemand kotzte unter den Tisch. Richtig nett war auch, daß die beiden Boys aus der Kochschule nach dem Spü-

len noch nicht gehen wollten und für den Rest des Abends von allen anderen bedient wurden.
Gegen Mitternacht ließ Eulalia sich stellvertretend für Seine Majestät und Unser Teures Vaterland mit Sekt huldigen, und dann folgte noch eine kühne, polkabeeinflußte Polonaise zu Griegs Holbergsuite – was Holberg sicher gut gefallen hätte. Bei Grieg war ich mir da nicht so sicher.
Das Beste Westend äußerte sich nicht, nicht einmal, als wir von der Terrasse aus Raketen hochjagten und bis morgens früh um sechs unser sündiges lärmendes Unwesen trieben. Das ist so nett bei den Mondänen – sie sind so sehr mit ihren Angelegenheiten beschäftigt, daß sie sich weder um ihres Nächsten Haus, Hof, Kuh, Esel noch alles, was sein ist, kümmern.
Als Truls und ich uns endlich auf den Heimweg machten, waren wir glücklich und albern und benahmen uns wie zwei verliebte Knaben. Mitten auf Gyldenløves Plass küßten wir uns heiß, zur nationalgestimmten Ignoranz der Passanten – was uns dazu anregte, die stolze Parole des Tages verbissen und rhythmisch vorzutragen:
Kein Verwässern von blauem Blut,
Sonja, los, nimm deinen Hut!
Nun schüttelten mehrere ihre Westendköpfe. Wir torkelten zufrieden nach Hause, legten uns ins Doppelbett und liebten uns durch den ganzen Festzug hindurch, ehe wir einschliefen.

Ich war ein bißchen mitgenommen, als wir am Nachmittag aus dem Haus wackelten, aber Truls war in strahlender Form und machte uns ein spätes Frühstück, ehe wir bei schönstem Wetter einen Spaziergang durch Frognerparken machten. Es war jetzt wirklich unwiderruflich Frühling, und die ganze Welt sprudelte über vor Lebensfreude und Lust. Selbst die Menschen im Nationalschmuck sahen eher froh als gestreßt aus – aber alles kommt ja auf die Augen an, die sehen. Denn ich war selber auch sehr froh. Und glücklich und optimistisch. Denn durch Truls fing ich an, die Möglichkeit eines Lebens vor dem Tode zu ahnen, das etwas mehr war als nur eine Existenz im ewigen Kampf gegen eine unbezwingbare Supermacht.

»Warum sind die so fett?« fragte Truls.

»Die Statuen? Ja, gute Frage. Vigeland war wohl selber ganz schön beleibt, als er sie gemacht hat, könnte ich mir denken. Unten im Museum hat er einige schlanke, dünne Ausgaben, das sind sicher Jugendarbeiten. Alle Künstler haben doch gern sich selber zum Modell, die meisten wenigstens. Denk doch bloß an all die Selbstporträts und Autobiographien...«

»Ist ja auch egal. Ich komm einfach über das Schaumbad gestern nicht hinweg. Und dieser verrückte Terje! Ziemlich stark von ihm, ein Rad zu schlagen, als er so blau war und alle dagegen gewettet hatten...«

»Ach, nüchtern wäre das schwerer gewesen. Ich kann mir nicht vorstellen, daß er geturnt hat, seit er mit Tina Turner getanzt hat.«

»Stimmt das? Kennt er die?«

»Ich glaube, da solltest du lieber sie fragen. Aber es kann durchaus wahr sein. Er ist ja um die ganze Welt gereist und hat noch nie ein Nein ernst genommen. Er erschimpft sich fast alles.«

»Ja, er hat übrigens gesagt, er wollte morgen bei dir einziehen und mir Französisch-Küssen beibringen.«

»Nein! Das hat er gesagt? Na ja, dazu gehören immer noch zwei – nein, drei. Ich hatte gedacht, wir könnten heute anfangen, ein bißchen die Zukunft zu planen. *Unsere* Zukunft? Du mußt doch morgen sicher wieder zur Schule, und was ist eigentlich mit deinem Zeitungsjob?«

»Den hab ich vorerst an einen Kumpel weitergereicht, der ihn gern übernehmen möchte, und wenn es dir recht ist, dann laß ich den ganzen Scheiß sausen.«

»Für mich?«

»Ja, damit ich... zu dir ziehen kann. Willst du das denn nicht?«

»Doch, natürlich will ich das, aber was ist mit deiner Familie und der Schule? Hast du dann morgens nicht einen sehr langen Weg?«

»Nicht länger als eine halbe Stunde – und ich kann doch im Bus lernen und so.«

»Du hast ja wirklich an alles gedacht. Aber was sagt deine Familie? Was ist mit deinem Vater?«

»Mit denen rede ich morgen. Dann geh ich nach der Schule nach Hause und sage Bescheid. Wenn sie mir das verbieten wollen, lauf ich weg. Die können mich schließlich nicht einsperren.«

»Nein, aber du solltest ein bißchen vorsichtig sein, wenn du ihnen erzählst, was anliegt. Es ist nicht so leicht für Eltern zu akzeptieren, daß ihre Söhne plötzlich schwul geworden sind. Vor allem für Väter, für die das ein Schimpfwort ist. Mein Vater ist total zusammengebrochen, als ich ihm das erzählt habe. Ich glaube, er ist immer noch nicht darüber hinweg. Er traut sich nicht mehr, ernsthaft mit mir zu reden, und tut nur so, als ob das Problem, also mein Gefühlsleben, überhaupt nicht existierte.«

»Aber das ist doch in Ordnung? Wenn sie das nicht kapieren können, dann ist es doch das beste, wenn sie das vergessen?«

»Ja, aber dann verlierst du auch vollständig den Kontakt zu ihnen, und für sie ist das am schlimmsten. Dann können sie uns leid tun.«

»Ich hoff ja bloß, daß mein Alter so reagiert. Daß er sich einfach nicht mehr in meine Angelegenheiten einmischt. Vielleicht wirkt das? Vielleicht kriegt er so einen Depri, daß er nichts mehr mit mir zu tun haben will? Ach, das wäre wirklich spitze!«

»Jaja, aber was ist mit deiner Mutter?«
»Ach, meine Mutter. Die muß selber sehen, wie sie fertig wird. Schließlich hat sie ihn doch geheiratet. Aber sie ist total abhängig von ihm. Die reine Sklavin. Und ich kann doch nicht für den Rest meines Lebens Rücksicht auf sie nehmen?«
»Du sollst Vater und Mutter ehren, weißt du...«
»Ach ja? Ich kann auch den Rest: Damit es dir wohl ergehe und du lange lebest auf Erden, heißt das. Das muß doch bedeuten, daß ich sie *meinetwegen* toll finden soll, was? Aber das kann ich mir wirklich verkneifen. Ist ja auch nicht sicher, daß ich Lust habe, so lange auf dieser Scheißwelt zu leben.«
»Auch nicht mit mir?«
»Nein, so hab ich das nicht gemeint. Ich kann bloß nicht raffen, was das für sie für eine Ehre wäre, wenn ich plötzlich mit Frauen vögeln würde.«
»Du willst also keine Kinder – irgendwann in der Zukunft?«
»Kinder? Was soll ich denn damit? Soll ich meinem Alten etwa noch eine Generation vorwerfen, die er tyrannisieren kann? Nein, verdammt! Nie im Leben. Wieso fragst du überhaupt soviel? Du stehst aber auch immer auf der Gegenseite, Mann!«
»Überhaupt nicht. Ich bin auf deiner Seite, keine Panik, aber es ist immer clever, die Probleme von so vielen Seiten wie möglich zu sehen – und normalerweise gibt's mehr als zwei.«
»Wieso denn?«
»Ja, nimm zum Beispiel meine Seite in diesem Fall. Wenn du zu mir ziehst, muß ich deine Familie doch treffen, nicht wahr? Du kannst nicht einfach von zu Hause verschwinden, ohne eine Adresse zu hinterlassen. Und wenn deine Darstellung von ihnen zutrifft, was sicher der Fall ist, dann werden sie mich wohl nicht gerade innig lieben, was?«
»Nein, stimmt. Aber ich glaube nicht, daß du sie so dringend kennenlernen mußt. Mein Alter braucht sicher ein paar Tage, um sich zu beruhigen – wenn er dich überhaupt je kennenlernen will. Uff, vielleicht macht er einen Höllenärger.«
»Ist er denn so gefährlich?«
»Ja. Wenn er wütend wird. Und dann schlägt er. Als ich klein war, war er ziemlich streng. Ich weiß noch, ich hab mir einen Hund ge-

wünscht, als ich neun wurde, aber er hat einfach nein gesagt. Und ich hab wochenlang immer wieder gesungen: Ich will einen kleinen Hund! Ich will einen kleinen Hund! Meine arme Mutter wäre fast verrückt geworden, aber ich wollte einfach so ein Vieh. Und eines Abends ist mein Alter ausgetickt. Er hat mich so geschlagen, daß ich eine Gehirnerschütterung hatte, und ich bin ganz sicher, daß meine Mutter mir damals das Leben gerettet hat. Und nachher hat er so getan, als ob ihm das leid tun würde, und er wollte alles wiedergutmachen, und deshalb hat er einen kleinen Schäferhund mitgebracht, den ich ein Jahr behalten durfte – und mit dem sollte ich trainieren, der sollte nämlich Polizeihund werden. Ich bin in meinem ganzen Leben nicht so enttäuscht gewesen! Und ich wollte überhaupt nichts mit diesem Schäferhund zu tun haben. Und dann ist meine kleine Schwester mit ihm spazierengegangen, und dabei ist sie überfahren worden. Und daran war ich dann auch noch schuld. Seitdem hab ich mit meinem Alten so wenig wie möglich geredet – eigentlich ist er eben einfach ein Arsch. Und vielleicht ist es am besten, wenn ich zuerst mit meiner Mutter rede!«

»Wird das denn nicht ziemlich schlimm für sie?«

»Doch, aber das wird es doch auf jeden Fall. Außerdem kann sie noch am besten mit ihm umgehen. Außer ihr kann ihn niemand beruhigen.«

»Na gut. Dann solltest du wohl zuerst mit ihr reden, dann sehen wir ja, was sie sagt. Aber jetzt möchte ich ein kaltes Bier.«

»Und du hast gesagt, wir könnten heute ins Kino gehen, weißt du noch?«

»Some like it hot. Genau. Den müssen wir sehen – und dann sehen wir ja, wie heiß es für uns wird, wenn in deinem Vater die Bestie erwacht.«

»Das ist wirklich kein Grund zum Witzereißen!«

»Entschuldigung. Komm, wir trinken einen, ja?«

In der Kneipe interessierte niemand sich dafür, wie alt Truls war. Sie hatten genug damit zu tun, die immer verkrampfteren Nationalisten am Riemen zu halten, und deshalb bekamen wir sogar

zwei Bier. Danach gingen wir ins Kino und sahen uns den witzigsten Film der Welt an. Truls hickste und gurgelte über Jack Lemmon und Tony Curtis auf Tuntentour als Daphne und Geraldine. In der Schlußszene, als Jack Lemmon die Perücke abnimmt und gesteht, daß er ein Mann ist, und der alte Millionär sagt: »Well, nobody's perfect!« lag Truls vor Lachen aufgelöst auf mir, und niemand im Publikum schien etwas dagegen zu haben, daß wir uns in aller Öffentlichkeit anfaßten.
Das war eine ganz neue Erfahrung für meinen Truls. Daß es möglich war, eine intelligente und witzige Komödie über Geschlechtsrollen zu machen, hatte er sich nie vorstellen können. Nicht nur er übrigens. Sicher sind recht viele Menschen leicht verdutzt, wenn sie sich von Männern in Frauenkleidern bezaubern lassen.
Danach schlenderten wir heimwärts und aßen Spaghetti à la Truls, die ganz hervorragend schmeckten, nachdem sie zwei Tage gestanden hatten. Als wir es uns danach mit einem Glas gemütlich machten, wußte ich mit bohrender Gewißheit, daß ich seit zehn Jahren nicht mehr so verliebt gewesen war.
So groß war mein Glück, daß ich noch einmal zu einem Menschen »Ich liebe dich« sagen – und es aus ganzem Herzen meinen konnte.

Am Montagabend saß ich zu Hause und trank Tee und wartete auf einen Anruf von Truls. Aber er rief nicht an.
Am Dienstagabend saß ich zu Hause und trank Tee und wartete auf einen Anruf von Truls. Und ich wurde langsam nervös. Er rief nicht an.
Am Mittwochabend brauchte ich einfach ganz dringend ein Gläschen und mußte ihn eigentlich unbedingt anrufen, aber ich konnte beides unterdrücken. Ich hatte versprochen, nicht anzurufen.
Am Donnerstag kam ich mir innerlich vor wie ein Rasierapparat und hatte bei der Arbeit arge Konzentrationsprobleme. Ich widerstand der Aufforderung, mit in die Kneipe zu kommen, und radelte sofort nach Hause.

Und da war er. Endlich! Schön und gut und liebevoll – und scheinbar völlig in Ordnung. Aber das sah nur so aus.
»Warum hast du nicht angerufen? Stimmt etwas nicht?«
»Aber nein. Doch, im Grunde schon. Es wird schwieriger, als wir gedacht hatten.«
»Du hast also mit ihnen geredet?«
»Nur mit meiner Mutter, aber das war schlimm genug. Sie wollte alles wissen, hat herumgenervt und gebohrt, und dann hab ich ihr alles erzählt.«
»Ja?«
»Sie ist ausgetickt. Ich hab sie nie so verängstigt gesehen. Nicht mal, als meine Schwester gestorben ist. Sie hat nicht mal losgeheult.«
»Aber was hat sie gesagt?«
»Sie hat gesagt, wenn mein Alter davon erfährt, dann bringt er mich um – und dich sicher auch.«
»O Gott!«
»Keine Panik, noch ist das nicht gefährlich. Ich hab nicht erzählt, wo du wohnst oder wie du heißt, obwohl sie das wissen wollte. Und sie wird meinem Alten sicher nichts erzählen. Das hat sie versprochen, aber...«
»Aber?«
»Dafür mußte ich versprechen, dich nie mehr wiederzusehen.«
O Jesus! Was tun die Menschen einander bloß an? Truls brach auf dem Sofa zusammen und weinte und weinte. Als ob alles hoffnungslos wäre. Ich versuchte, ihm zuzureden, aber er war einfach untröstlich.
Etwas zu trinken, dachte ich. Jetzt brauchen wir Alkohol! Also machte ich für Truls eine Armagnac-Soda und holte ein feuchtes Handtuch, um ihm das Gesicht abzuwischen. Ich brauchte lange, um ihn so zu beruhigen, daß er ein paar Schluck trinken konnte, aber am Ende war er dann ruhiger, und wir konnten weitersprechen.
»Bist du ganz sicher, daß er so *gewaltsam* reagieren würde? Vielleicht bildet deine Mutter sich das nur ein?«
»Nein. Du kennst ihn nicht. Ich hätte das von vorneherein wissen sollen, aber ich war so... ich hatte dich schon so lieb, Yngve, daß

ich der Wahrheit einfach nicht ins Auge blicken wollte. Aber so ist das, und jetzt weiß meine Mutter Bescheid, und die wird er auch umbringen, wenn er erfährt... daß sie etwas gewußt hat.«

»Na gut. Das bedeutet also, daß wir keine andere Wahl haben, als zu tun, was sie will. Wir dürfen uns nicht mehr treffen. Aber sie kann das doch nicht für immer meinen? Nie mehr?«

»Doch, sie meint das so, ich aber nicht. Ich werd es jedenfalls so hinkriegen, daß ich jede Woche einen Abend kommen kann – bloß mit dem Übernachten wird es schwer. Ich muß so gegen neun nach Hause.«

»Ach Truls. Das bringt doch bloß Lügen und Ärger. Wir werden immer Angst haben, wir könnten entdeckt werden. Auf einem gebrochenen Versprechen aufzubauen ist kein Weg. Wir müssen uns etwas anderes überlegen. Ich finde, du solltest versuchen, so bald wie möglich von zu Hause auszuziehen. Wenn du im Herbst aufs Gymnasium oder eine andere Schule gehen kannst, oder einfach einen Job findest, kannst du dir doch ein Zimmer suchen. Nicht hier, wenigstens nicht offiziell, aber dann bist du jedenfalls dein eigener Herr, und niemand kontrolliert, ob du kommst oder gehst und wo du bist und was du tust. Früher oder später mußt du ja doch zu Hause ausziehen, nicht wahr, warum also nicht früher?«

»Aber ich kann das noch nicht. Ich hab so schlechte Noten! Ich bleib bestimmt hängen! Das steht schon lange fest. Aber ich mochte das nicht sagen, Yngve! Ich muß noch ein Jahr zu Hause wohnen.«

»Ach so. Das war also die ganze Wahrheit, ja? Gut. Danke, daß du sie gesagt hast. Jetzt wissen wir genau, woran wir uns halten können. Und das ist leider nicht viel. Denn da sieht es ja wirklich so aus, als ob wir noch ein Jahr warten müßten.«

»Nein! Das schaff ich nicht, Yngve! Ich hab doch das ganze letzte Jahr schon gewartet. Ich will nicht länger so ein verdammter Wichsmönch sein!«

»Nein, das versteh ich gut. Ich will das doch auch nicht, das mußt du mir glauben! Deine Mutter hat nicht zufällig vorgeschlagen, daß du zu einem Psychologen gehst oder so?«

»Zu einem Psychologen? Nein, spinnst du?«

»Tja, vielleicht. Das ist nämlich der Punkt, verstehst du. Wenn dich deine Familie zu irgendeinem Seelenklempner geschleift hätte, dann hättest du eine gute Chance, daß er sich auf deine Seite stellt. Jetzt sehen die meisten von ihnen nämlich ein, daß Homosexualität ganz üblich ist – und daß sie daran jedenfalls nichts ändern können. Wenn das also passierte, dann müßte der Psychologe sich um deinen Vater kümmern. Der ist ja schließlich krank, nicht wahr?«
»Aber sicher. Bloß haßt er auch Psychologen. Wenn jemand freigesprochen wird, weil er im Moment der Tat verrückt war oder so, dann ist er total wütend. Der würde mich nie zum Psychologen gehen lassen – und auf keinen Fall würde er selber mit einem reden.«
»Herrgott! Was für ein Mistkerl! Was macht er denn eigentlich bei der Polizei?«
»Der ist bei der Kriminalpolizei.«
»Ja, wo sonst! Mit anderen Worten, wir haben gegen ganz schön viel zu kämpfen.«
»Ja. Aber ein paar von seinen Kollegen sind ziemlich in Ordnung.«
»Und könntest du mit einem von denen reden? Einen von der Arbeit dazu bringen, sich ein bißchen um ihn und seine Familie zu kümmern?«
»Glaub ich nicht. So gut kenn ich sie auch wieder nicht.«
»Vielleicht würde es sie interessieren, wenn du ihnen erklärtest, daß sie bald zwei neue Morde ermitteln können, in ihrem eigenen Ressort, wenn sie jetzt nichts unternehmen.«
»Aber mein Alter erfährt doch nichts. Das hat meine Mutter ja versprochen.«
»Und du hast versprochen, mich nie mehr wiederzusehen. Ist sie genauso zuverlässig wie du?«
»Ich hab ihr gesagt, daß ich heute zu dir will, um... mich zu verabschieden. Ach, Yngve!«
Was machen wir Menschen unter Druck? Gibt es ein gemeinsames Muster, nach dem wir reagieren, oder ist alles ganz individuell? Das könnte vielleicht einer der Sachverständigen erläutern, die damals nicht konsultiert worden sind. Ich war jedenfalls völlig

außer mir, als mir aufging, daß ich jetzt zum letzten Mal mit Truls zusammen sein durfte – für ein ganzes Jahr! Wie sollte ich das durchstehen? Würde ich das durchstehen – wenn er mich heimlich besuchte und sein Vater mit angriffsbereiter Hundestreife auf der Lauer lag? Ich habe immer Angst vor der Polizei gehabt. Ich weiß, daß die Polizei weitaus öfter Gewalt anwendet, als die Polizei erlaubt. Damals auf Frogner hatte ich die Wahl, aufzubegehren oder mich der gesamten uniformierten Obrigkeit zu fügen. Ich entschied mich dafür, zusammen mit Truls zu weinen. Und dann blieb uns nur noch eins übrig. Wir landeten im Doppelbett und liebten uns. Hart und verzweifelt. Ein letzter Schluck Oasenwasser vor der langen Wüstenwanderung. Ein Jahr. Wo bin ich in einem Jahr? Und was wird dann mit Truls geschehen sein? Nicht daran denken. Nimm ihn in den Arm, solange du kannst. Liebe ihn – denn bald muß er gehen.
»Ich bleibe heute nacht hier«, sagte Truls. »Dann gehe ich morgen von hier in die Schule.«
»Hast du das mit deiner Mutter verabredet?«
»Nein, aber das muß sie ja wohl verkraften können.«
»Truls. Das geht nicht. Das kannst du nicht! Stell dir vor, sie verliert die Beherrschung und sagt alles deinem Vater.«
»Das traut sie sich nicht.«
»Da kannst du nicht sicher sein. Wir können mit dieser Sache kein Glücksspiel betreiben. Wenn du die Wahrheit gesagt hast, dann ist dein Vater gefährlich.«
»Na gut, dann geh ich eben. Du ziehst ja ganz schön schnell den Schwanz ein!«
»Sei nicht blöd. Ich zieh nicht den Schwanz ein, aber wir müssen doch vorsichtig sein!«
»Verzeihung. Das war nicht so gemeint. Aber ich weiß einfach nicht mehr, was ich glauben oder machen soll. Ach, ich will nicht nach Hause. Da ist es so scheußlich!«
»Lieber Truls, jetzt hör mir zu. Wir verabreden vorläufig, daß du kommst, wann du kannst. Und dann müssen wir es so geheimhalten wie möglich. Du bist sicher, daß deine Mutter nicht weiß, wo ich wohne? Sie kann dich also nicht aufspüren, meine ich?«
»Nein. Sie weiß, daß du Yngve heißt, aber das ist auch alles.«

»Na gut. Kannst du am Wochenende wiederkommen? Ich hab nächste Woche Abendschicht, und dann bin ich frühestens um elf zu Hause.«
»O verdammt! Ich muß Samstag und Sonntag mit dem Alten das Boot klar machen. Ich kann erst am nächsten Donnerstagabend, wenn ich nicht die Schule schwänze.«
»Aber das darfst du auf keinen Fall!«
»Ist doch egal. Ich muß ja doch 'ne Ehrenrunde drehen.«
»Hör mal. Ich kann versuchen, die Abendschicht nächsten Donnerstag zu tauschen. Ruf mich nächste Woche irgendwann vormittags an, dann verabreden wir uns genauer, okay?«
»Okay. Jaja, dann muß ich wohl gehen. Aber erst mußt du mir noch eins versprechen.«
»Was du willst. Soweit es möglich ist.«
»Du darfst mich nicht fallenlassen, Yngve.«
»Truls. Ich liebe dich. Wenn ich dich fallenlasse, dann lasse ich mich selber fallen. Was auch passiert, das weißt du jedenfalls sicher – ich werde dich nie im Stich lassen.«
»Alles klar. Dann ruf ich am Montag an.«
»Mach's gut, mein Schönster. Wir schaffen das schon.«

Als ich die Tür wieder geschlossen hatte, fühlte ich mich leer und blöd, und deshalb machte ich mich daran, mich vollaufen zu lassen. Nach zwei Glas Armagnac konnte ich wieder klar denken und versuchte, die Situation zusammenzufassen.
Da ich eine Beziehung zu Truls eingegangen war, hatte ich auch eine bindende Verantwortung für ihn übernommen. Und die ging in hohem Grade seine Eltern an. Auch, wenn ich nach den Paragraphen des Gesetzes nichts Strafbares getan hatte, so hatten sie doch noch über ihn zu bestimmen, bis er achtzehn war. Und aller Wahrscheinlichkeit nach würden sie ihr Äußerstes tun, um zu verhindern, daß ich ihn in den nächsten beiden Jahren träfe. Aber dann würde ich eben warten! So wie ich mich selber kannte, war Ausdauer eine meiner wenigen Tugenden – wenn wirklich eine zwingende Notwendigkeit vorlag –, und zwei Jahre waren keine Ewigkeit. Ich war schon früher Mönch gewesen. Schlimmsten-

falls würde sein Vater zu drastischen Mitteln greifen – aber wie sollten die aussehen? Ein norwegischer Polizist kann doch nicht so verrückt sein, daß er hingeht und... Aber woher wollte ich das wissen? Hatte ich denn eine Garantie dafür, daß die Polizei nur aus lieben Freunden und Helfern bestand? Ganz im Gegenteil. Vielleicht sollte ich mein Judo auffrischen? Er war doch wohl nicht so blöd, mich einfach umzunieten?

Ich versuchte, mit einem neuen Armagnac den Verfolgungswahn abzuschütteln, aber das half nicht viel. Statt dessen hatte ich ein dringendes Bedürfnis, mit jemandem zu reden, mich einer freundlichen Seele anzuvertrauen. Ob ich ins Metropol gehen sollte? Nein, ich mußte am nächsten Morgen arbeiten. Wenn ich wenigstens wüßte, wo Terje steckte – aber der war sicher im Speed versackt. Und obwohl ich viele andere gute Freunde hatte, beschloß ich, mich dem Gesetz der Neurose hinzugeben. Ich machte einfach weiter, versteckt wie ein verletztes Tier, bis ich die Flasche geleert hatte. Aber danach konnte ich immerhin schlafen.

Mutter aller Schmerzen

Es ist absolut möglich, verkatert Korrektur zu lesen – bis zu einer gewissen Grenze. Wenn die überschritten ist, dann fragt man sich, wie schwierige Wörter wie »selten« und »festlich« geschrieben werden. Und deshalb war ich Freitagabend ganz schön kaputt, hatte aber immerhin bis Sonntagnachmittag frei. Also ging ich mit ein paar Leuten von der Zeitung ausgiebigst auf den Zwutsch und fand einfach kein Ende. Auf der Piste muß es Freitagnacht ziemlich lustig gewesen sein, denn am Ende landeten wir im Downtown und dann bei einem Typen namens Petter, der eine riesige Wohnung hatte. Dieser Herr Petter war sowohl witzig als auch geistvoll. Vor allem am Samstagvormittag, als irgendwer es vor Ladenschluß geschafft hatte, uns genug Schnaps herbeizuholen, um unsere Gehirnschäden zu flicken. Herr Petter saß in seinem tiefen Ohrensessel, leerte in drei Zügen ein Bierglas voller Wodka und verkündete alsdann:

»Ost, West – weit weg ist's best!«

Das saß! Und löste eine Kaskade von schwarzem und rücksichtslosem Humor aus, die eine ganze Stunde weiterging – bis alle am besten und weit weg waren. An etwas anderes von diesem Samstag kann ich mich nicht erinnern. An nichts!

An den Sonntagvormittag dagegen erinnere ich mich besser als an die meisten anderen Vormittage – denn da stürzte meine Welt ein. Ich kämpfte mich aus einem Albtraum heraus und bedauerte das, sobald mir aufging, daß ich es geschafft hatte aufzuwachen. Das Zugunglück zeigte zwölf Uhr siebzehn, und mein Kopf tat so weh, daß ich erst nach einer Weile entdeckte, daß es meinem restlichen Körper auch nicht besser ging. Mein Puls war erschreckend hoch, und ich war krank und elend. Ich schleppte mich in die Küche und trank zwei Glas kalte, sprudelnde Salztabletten, ehe ich kotzte. Das half mir immerhin unter die Dusche, wo ich sehr lange stehenblieb und mir selber leidtat. Das Schlimmste war, daß ich um sechzehn null null zur Arbeit mußte und die härteste

Abendschicht der Woche vor mir lag. Und heute konnte nicht die Rede davon sein, einen anderen Klapperschluck als aufgelöste Acetylsalizylsäure zu mir zu nehmen. Ich zwang mich zu einer eiskalten Abreibung im Friedhof-Nonsens-Stil und kaute vier Beruhigungstabletten, ehe ich mich abtrocknete.
Und da schellte es. *Truls*, dachte ich sofort, aber nein, der hatte doch einen Schlüssel und mußte außerdem das Boot klarmachen... mit seinem Vater – er konnte es also nicht sein. Ich versuchte, mich zu beruhigen, während ich meinen Bademantel anzog, und wünschte mir wirklich, Terje käme zu einem Vormittagsbesuch. Damit öffnete ich die Wohnungstür weit – und glotzte völlig verständnislos.
Vor mir stand eine Frau und starrte mich streng und fragend an, ehe sie sagte:
»Sind sie Yngve Vilde?«
»Ja. Das schon, aber ich glaube nicht, daß wir...«
»Ich bin Frau Einherje.«
»Entschuldigung, aber ich brauche nichts...«
»Ich bin Truls' Mutter.«
Mein Herz! Es überlebt die unglaublichsten Zumutungen. Obwohl es zweimal aussetzte, konnte ich es doch mit einem unterdrückten Schluchzen und einer motorischen Geste, die bedeutete: »Bitte, treten Sie doch ein, gnädige Frau« wieder in Gang zwingen. Sie trat mit resolutem Schritt in die Diele und sah sich um, während ich die Tür schloß. Nun geschah das Seltene und Willkommene, daß Über-Yngve einsprang und die motorische Steuerung der zersplitterten Person Jung-Vildes übernahm. *Er* streckte die Hand aus, und sie drückte sie förmlich, aber unwillig. *Er* erklärte, daß er gerade geduscht habe, aber wenn sie sich einen Moment setzen und warten wolle, dann werde er im Nu angezogen sein. Als er sie ins stickige Wohnzimmer führte, öffnete er erst zwei Fenster, während er eiskalt den Couchtisch registrierte, auf dem eine leere Armagnacflasche, zwei schmutzige Gläser und ein überfüllter Aschenbecher standen, die er mit größter Selbstverständlichkeit zusammenraffte und in die Küche brachte, wo er den Kaffeekessel ausspülte, ehe er frisches Wasser hineinlaufen ließ, sechs

Kaffeelöffel grobgemahlenen Kaffee hineingab und die Platte andrehte, dann ging er ins Badezimmer, kämmte sich – was er sonst nie tat – und begegnete im Spiegel seinem eigenen Blick...
»Schnapp!« machte es. Ich sah ganz entsetzlich aus. Aufgedunsen und fett und mit Dreitagebart. Nein, wieder an mit der Motorik: klick.
Er rasierte sich rasch und effektiv mit seiner Guillotine II und rieb sich das Gesicht mit Paco Rabanne Herrenparfüm ein – wobei ihm völlig klar war, daß dieser Duft Anstoß erregen konnte –, ehe er ins Schlafzimmer ging und saubere, schöne Kleider anzog. Dann ging er in die Küche, arrangierte Tassen und Untertassen und Zucker und Sahne auf einem Tablett, ging lächelnd ins Wohnzimmer und wischte den Tisch mit einem feuchten Lappen ab, ehe er die Tassen verteilte und sagte:
»Der Kaffee ist gleich fertig. Sie nehmen doch ein Tröpfchen?«
Sie musterte ihn, dann nickte sie bejahend, fügte aber hinzu: »Das kann ja wohl nicht schaden.« Nur um zu betonen, daß es sich hier nicht um einen normalen netten Höflichkeitsbesuch handelte. *Er* holte Kaffee, schenkte ein, setzte sich und sagte:
»Bitte sehr, Frau Einherje. Sonst kann ich Ihnen leider nichts anbieten. Ich habe niemals Plätzchen im Haus.«
Sie zeigte die Andeutung eines verständnisvollen Lächelns, nahm sich aber sofort wieder zusammen. Während sie am Kaffee nippte, registrierte sein glasklares Über-Ich, welchen Eindruck sie versuchte, ihm von sich zu vermitteln:
Sie war durchaus älter als neunundzwanzig, aber immer noch keine neununddreißig. Sie war mittelgroß und viel zu dünn, und sie hatte mittelblonde Dauerwelle. Unter dem hellen Frühlingsmantel, den sie neben sich aufs Sofa gelegt hatte, trug sie ein beiges Frühlingskostüm aus Crimplen und einen dazu passenden kleinen Frühlingshut. Sie trug Zuchtperlen um den Hals und in den Ohren – und am linken Ringfinger. Am rechten steckte ein großer breiter Trauring. Sie war diskret geschminkt, mit blauem Lidschatten, der die Resultate vieler schlafloser Nächte und großer Sorgen dämpfte, aber nicht tilgte. Ihre Gesichtszüge waren angespannt und verkrampft von einer

übermenschlichen Selbstbeherrschung, die eine unbekannte Menge von Nervosität und innerer Empörung verdeckte. In diesem Zustand hatte sie keine auffällige Ähnlichkeit mit ihrem Sohn.

Über-Yngve lächelte sie höflich an und eröffnete die Konversation.

»Truls hat mir recht viel von Ihnen erzählt, Frau Einherje. Er war am Donnerstagnachmittag hier, um mir mitzuteilen, was Sie in bezug auf die Situation entschieden haben, die sich ergeben hat – eine Entscheidung, der ich übrigens nicht zustimme. Er hat sich leider jeglichem Versuch meinerseits widersetzt, mich mit Ihnen oder Ihrem Mann in Verbindung zu setzen – und da ist es ja besonders erfreulich, daß Sie auf diese Weise die Initiative ergreifen. Ich bin froh, daß Truls Ihnen meine Adresse gegeben hat.«

Sie sah ihn mit verkniffenem Gesicht an, dann holte sie rasch Luft und gab *ihre* Einleitung zum besten.

»Ich will lieber ohne alle Umschweife zur Sache kommen. Ich bin nicht meinetwegen hergekommen, sondern einzig und allein nur wegen Truls. Er weiß nicht, daß ich hier bin. Er macht mit seinem Vater das Boot klar. Ich hab gestern abend in seiner Brieftasche nachgeschaut, und da hatte er Ihren Namen und Ihre Telefonnummer notiert. Und obwohl Sie nicht im Telefonbuch stehen, hat mir ein Bekannter von meinem Mann Ihre Adresse besorgt...«

»Ach ja?«

»Ich gebe gerne zu, daß das nicht ganz richtig war, aber ich sah einfach keinen anderen Ausweg mehr. Ich hoffe, daß Sie das respektieren und Truls nichts verraten – falls er noch einmal zu Ihnen kommen sollte, meine ich.«

»Ich werde versuchen, daran zu denken, wenn er am Donnerstag herkommt.«

»Bedeutet das, daß Sie ihn nicht gutwillig aufgeben wollen?« fragte sie scharf, während ihr Gesicht in heftiger Empörung aufflammte.

Über-Yngve registrierte diesen Ausbruch mit einer gewissen Überraschung, ehe er nüchtern und entwaffnend antwortete:

»Aber liebe Frau Einherje. Sie können doch nicht annehmen, ich würde Ihre einseitige Boykottmaßnahme einfach so hinnehmen?

Sie wollen Truls daran hindern, herzukommen, nicht ich. Sie haben mir keinen einzigen Grund gegeben, warum ich ihn aufgeben sollte, aber wenn ich das richtig verstanden habe, dann ist wohl eher Ihr Mann das eigentliche Problem in dieser Sache?«
»Ha! Was Sie nicht sagen! So kann man das natürlich auch verzerren und verdrehen. Begreifen Sie denn nicht, Herr Vilde, daß mein Mann Sie hinter Schloß und Riegel bringen wird?«
»Und wie, wenn ich fragen darf, will er mich wegen einer dem Gesetz nach völlig legalen Beziehung verurteilen lassen?«
»Legal? Also wirklich – was sagen Sie da, Mann? Der *Junge ist doch gerade erst fünfzehn geworden!*«
Jesus! Hilf mir! Das kann einfach nicht wahr sein!
Verschwunden war der übermenschliche Über-Yngve. Das war wohl doch ein bißchen zu hart für ihn. Übrig blieb Yngve-Käfignerz. Klein und verängstigt und zitternd. Mit offenem Mund vermutlich – ohne einen Pieps herausbringen zu können. Sie mußte meine totale Verwirrung und entsprechende Verwandlung erkannt haben, denn als sie weitersprach, hatte sie die Anredeform geändert:
»Du willst doch wohl nicht behaupten, du hättest das nicht gewußt?«
Und da war ich ganz sicher, daß meine Saga beendet war. Daß das hier die letzte Strophe war. Ich sah vor mir einen großen düsteren Gerichtssaal, wo ich im Sittlichkeitsprozeß des Jahres auf der Anklagebank saß – wie es in der Regenbogenpresse heißen würde:
Minderjähriger Polizistensohn von Homosexuellem mißbraucht!
Ich sah meinen Truls klar und deutlich vor mir, wie er sich im Zeugenstand wand. Ich sah den Richter mit dem Hammer auf den Tisch schlagen, und ich sah das darauf folgende Blitzlichtgewitter – wie umgekehrte Sternschnuppen aus der Hölle.
Ach, Jesus. *Das ist nicht auszuhalten!* Aber als ich diese Worte gedacht hatte, reagierte ich ebenso korrekt literarisch wie Frau Alving. Mit gewaltigem Kraftaufwand gelang es mir, das Unvermeidliche hinzunehmen und gleichzeitig die letzten Reste meiner Ehre zu retten.
»Nein. Das hab ich nicht gewußt. Tut mir leid.«

»Aber du mußt ihn doch gefragt haben, wie alt er ist – oder interessiert euch so was nicht?«
»Doch. Das schon. Aber leider trägt Truls dafür die Hauptverantwortung. Er hat gesagt, er wäre am achten Mai sechzehn geworden. Und er muß seinen Schülerausweis gefälscht haben, denn darin steht 1959 als Geburtsdatum.«
»Und das soll ich dir glauben? Ich muß schon sagen!«
»Moment noch. Überleg dir das doch mal richtig. Ich weiß nicht, was du von mir denkst, aber ich bin im Grunde so, wie du mich hier siehst. Ich wohne gut. Meine Arbeit gefällt mir. Ich bin frei und ungebunden, und damit bin ich recht zufrieden. Meinst du wirklich, ich würde das alles – ja, meine ganze Existenz – aufs Spiel setzen, um einen sogenannten Minderjährigen zu verführen? Ich bin homosexuell – das ist kein Geheimnis –, aber das heißt doch nicht automatisch, daß ich auf... illegale kleine Jungs scharf bin. Ich habe wirklich versucht, zu Truls eine einigermaßen gleichberechtigte Beziehung aufzubauen – du mußt doch zugeben, daß er ziemlich erwachsen für sein Alter ist? *Er* hat den ersten Schritt gemacht – er hat mich vor dem Restaurant Metropol angesprochen, und ich wollte seinen Ausweis sehen, ehe ich ihn mit hergenommen habe. Himmel, ich will doch Truls in keiner Weise schaden. Im Gegenteil, ich möchte behaupten, daß ich verstehe, warum er ein falsches Alter angeben mußte. Er ist wirklich homosexuell. Er hat sich doch schon dafür entschieden, zu...«
»Sei gefälligst still! Ich weigere mich, mir so was anzuhören! Du läßt die Finger von meinem Sohn, ist das klar? Er ist nur ein Junge von fünfzehn, und wenn sein Vater von der Sache etwas hört, dann gnade dir Gott!«
»Ja, ich hoffe wirklich, daß er das macht – Gott meine ich –, aber es kommt ja auch ein bißchen auf dich an. Wenn *du mir gnadest*, dann verspreche ich dir, Truls nicht mehr zu treffen – bis er sechzehn ist. Aber keine Sekunde länger, Frau Einherje. Denn dann bestimmt er und niemand sonst, mit wem er ins Bett geht!«
»Ach du meine Güte! Du glaubst wohl, das kannst du so einfach machen, ja? In diesem Land, wo bald absolut alles möglich sein wird! Das ist doch krank! Das Ganze ist... und daran sind die Sozialdemokraten schuld, so ist das!«

»Da ist dein Mann sicher ganz deiner Ansicht?«
»Ja, stell dir vor, so ist das!«
Da, dachte ich. Da hab ich sie. Wenn ich jetzt meine Arbeiterklassenbridgekarten richtig ausspiele, dann gewinne ich: Und deshalb griff ich zu einer schleimigen Kreuzsieben.
»Hör mal. Ich verstehe ja gut, daß du empört und verwirrt bist – und sicher ziemlich verzweifelt. Ich will versuchen, das alles mit deinen Augen zu sehen. Für dich kann das ja auch nicht leicht sein...«
»Nein, da sagst du endlich ein wahres Wort!«
»Aber bitte, glaub mir, wenn ich sage, daß ich wirklich davon überzeugt war, daß Truls sechzehn war. Sonst wäre ich doch nie... mit ihm zusammen gewesen.«
»Und das soll ich einfach so glauben?«
»Du könntest doch noch mal einen Blick in die Brieftasche deines Sohnes werfen und nachsehen, was in seinem Schülerausweis steht?«
Das war ein leiser Herztrumpf, und sie kroch mir auf den Leim:
»Ich finde, wir sollten versuchen, Truls so weit wie möglich aus der Sache herauszuhalten. Ich bin trotz allem für ihn verantwortlich und will nur sein Bestes.«
»Dann mußt du mir eben glauben.«
»Dieser Ton gefällt mir nicht, Herr Vilde! Du hast kein Recht, hier einfach Forderungen zu erheben, weder an mich noch an...«
»Ich verlange nur, daß mir geglaubt wird, Frau Einherje. Ohne ein wenig gegenseitiges Vertrauen werden wir niemals eine Lösung finden.«
»Ach, meine Herrn, die Lerche! Na gut, sagen wir das so – ich glaube dir. Aber dann mußt du mir auch auf Ehre und Gewissen versprechen, jede Verbindung zu Truls abzubrechen – und ihn niemals wiederzusehen.«
Jetzt hatte sie mit Herzzehn überspielt, und ich mußte ein winziges Lächeln unterdrücken, während ich meinen Buben bereit machte.
»Noch ein Täßchen, Frau Einherje?«
»Nein, danke. Ich habe genug.«
»Aber ich muß dich leider enttäuschen. Denn ich kann und will etwas so Gemeines Truls – oder dir – gegenüber nicht verspre-

chen. Es wäre von meiner Seite aus eine glatte Lüge – und jetzt will ich genauso ehrlich sein wie du: Ich verspreche dir, Truls ein Jahr lang nicht mehr anzurühren – aber dann muß er vor allem um seinetwillen selber entscheiden können. Er ist zu alt, um sich zu ändern, auch wenn er ein sogenannter Minderjähriger ist. Er hat seinen freien Willen, und *der* hat sich schon für mich entschieden – ob dir das nun paßt oder nicht –, und das bedeutet jetzt erst einmal, daß ich ihn so bald wie möglich treffen will – nicht, um mit ihm zu schlafen, sondern um diese unglückselige Geschichte richtig durchzusprechen...«

»*Für wen hältst du dich eigentlich, du mieser*... sitzt hier und fühlst dich ganz toll und meinst, du könntest *mich* rumkommandieren! Ach, ich hab wirklich Lust, das zu tun, was ich schon längst hätte machen sollen: zu meinem Mann gehen und ihm die ganze Wahrheit sagen! Der ist nämlich bei der Kriminalpolizei – das hast du sicher nicht gewußt, was? Ha, und der wird dich wie eine Laus zerquetschen! Jawoll. Der wird dafür sorgen, daß du für ein paar Jahre im Knast verschwindest. Also bild dir bloß nicht ein, du hättest hier was zu sagen!«

Hiermit gestehe ich, daß in mir ein kleines Spielteufelchen sitzt, das seinen Kopf hervorstreckt, sobald Über-Yngve sich verpißt – so wie jetzt. Da lag der Herzkönig, ihr großer Triumph, und nahm den ganzen Tisch ein. Während ich das As in der Hand hatte, die ganze Zeit schon, ohne es auszuspielen. Also verpaßte ich der blöden Gans, was sie verdiente.

»*Ja, dann mach das doch!* Geh doch zu deinem großen starken Mann und sag ihm die Wahrheit: Dein minderjähriger Sohn fickt ganz freiwillig mit einem erwachsenen *Schwulen*! Mach das doch einfach, Frau Einherje – dann werden wir sehen, was passiert. Dann kommst du zuerst an die Reihe, nicht wahr? Und dann Truls. Meinst du, er kann sich genügend beherrschen, daß Truls mit dem Leben davonkommt? Und dann kommt er her. Das hast du dir doch vorgestellt, daß er den ganzen Saft aus mir rausprügelt. Aber laß ihn nur kommen, du, denn in diesem Haus gewinnt er nicht – das kannst du mir glauben! Ich werde bis zum Letzten gehen – mit Prozeß und allem Scheiß und Starverteidiger und einer verdammten Heerschar von Psychologen und Sozialwis-

senschaftlern, die auf meiner Seite stehen. Und davor hast du Angst, oder? Du hast eine Heidenangst vor dem Skandal und der Schande und dem ganzen Dreck. Aber du vergißt Truls. Kannst du ihn dir im Zeugenstand vorstellen, wo er erzählen muß, was ich mit ihm gemacht habe und wie oft? Wenn du Angst hast, ich könnte ihn kaputtmachen, dann kannst du jedenfalls davon ausgehen, daß er dabei restlos kaputtgemacht wird. Außerdem kannst du dich auf nichts verlassen. Denn Truls wird auf meiner Seite stehen, verstehst du? Du tust ihm zwar leid – aber seinen großen starken Vater verabscheut er. Und er hat mich verdammt gern. Ich habe also große Chancen, die ganze Sache zu gewinnen – und freigesprochen zu werden. Und was machst du dann?«
Herrgott, was bin ich blöd, was kann ich gemein sein, wenn ich mich bedroht fühle. Warum hab ich das alles gesagt? Wenn ich mich beherrscht hätte, dann hätte ich zwischen uns vielleicht eine Art Verständigung herbeiführen können. Sie war einfach eine verängstigte und gestreßte Hausfrau mit größeren Problemen, als die meisten anderen haben, die Arme. Auch sie brauchte Hilfe. Jetzt hatte ich sie dagegen zur Verliererin gemacht – mit dem Haß und der Verachtung der Geschlagenen einem triumphierenden Sieger gegenüber. Sie starrte mich mit verzerrtem Gesicht an und fauchte:
»*Du bist ein absoluter Widerling!*«
»Wenn das so ist, dann bist du daran schuld, gnä' Frau. Du kommst her, provozierst mich und drohst mir... aber na gut, tut mir leid. Ich bitte hiermit um Entschuldigung dafür, daß ich wütend geworden bin – aber dir muß auch ganz klar sein, daß Truls auch mir wichtig ist. Wir sollten aufhören, uns zu streiten, wir wollen doch beide nur sein Bestes.«
»Das ist das Übelste, was ich je gehört habe! Wieso soll es denn sein Bestes sein, wenn du... wenn du...«
»Jetzt mußt du mir zuhören, Frau Einherje. Ich tu ihm nichts Böses. Ich mag Truls sehr gern, und er mag mich sehr gern. Ich finde, du solltest es nicht so wichtig nehmen, was wir beide im Bett machen. Wir sind gern zusammen. Ich nutze ihn in keiner Hinsicht aus. Wenn ich es nicht wäre, dann wäre es ein anderer – was übrigens schon passiert ist, aber das kann ja egal sein. Truls ist

schon seit Jahren geschlechtsreif, und jetzt hat er herausgefunden, wie er dieses *Geschenk* benutzen will. Er will es so, und wir sitzen trotz allem hier und reden über *sein* Leben und *seine* Zukunft, und deshalb sollten wir doch lieber überlegen, was für *ihn* das Beste ist, nicht wahr?«

»Ich glaub dir kein Wort. Mich legst du nicht rein!«

»Aber um Himmelswillen! Ich will dich doch nicht reinlegen! Ich bin so ehrlich, wie es überhaupt nur möglich ist, und um das zu beweisen, verspreche ich dir, im nächsten Jahr nicht mit Truls zu schlafen. Dir zuliebe und deinem Mann zuliebe – und mir zuliebe, weil er zu jung ist. Wir haben doch aus unterschiedlichen Gründen gemeinsame Interessen. Aber es ist *nicht* die beste Lösung für deinen Sohn. Du wirst einsehen müssen, daß er sich für ein aktives Sexualleben mit anderen Jungen oder Männern entschieden hat – er interessiert sich nicht für Mädchen –, und wenn ich mich zurückziehe, dann wird er sich andere Partner suchen. Ja, schüttel du nur den Kopf – du wirst bald feststellen, daß ich die Wahrheit sage. Und dann, wenn das endlich in deinem Schüttelkopf festsitzt, dann mußt du aufhören, ihm das Leben schwer zu machen. Du wirst die Tatsachen akzeptieren müssen, und Truls zuliebe mußt du auch deinen Mann dazu bringen, sie zu akzeptieren. Wenn nicht, dann werdet ihr ihn von euch wegjagen – zu etwas viel Schlimmerem als mir –, und das kann doch nicht dein Wunsch sein?«

»Bist du jetzt fertig?«

»Ja, vorläufig.«

»Ach, dann geh ich jetzt, aber vorher möcht ich auch noch kurz etwas sagen, wenn du gestattest, ja?«

»Bitte sehr.«

»Du sagst, ich muß das verstehen und ich muß jenes verstehen – du redest und predigst wie ein Pastor! –, aber jetzt mußt *du* eins begreifen, nämlich, daß Truls *mein* Sohn ist. Er ist das einzige, was ich habe – das einzige, was mir geblieben ist –, und wenn du – oder sonst einer von euch – noch einmal versucht, ihn mir wegzunehmen, dann geh ich sofort zu seinem Vater. Das mach ich! Denn dann hab ich nichts mehr zu verlieren. Verstehst *du* das?«

»Sicher. Ich hab dir doch versprochen...«
»Das ist nur gut für dich! Und jetzt will ich dich nicht länger stören.«
»Frau Einherje. Du vergißt eins...«
»Nein!«
»Ich muß ihn noch ein letztes Mal sehen!«
»Nein, hab ich gesagt!«
»Bitte!«
»Nein! Nur über meine Leiche. Und deine!«
»Aber liebe Frau Einherje! Jetzt machst du einen schrecklichen Fehler.«
»Laß mich sofort hier raus!«

Gehaßt zu werden kann ich nicht ertragen. Es macht mich krank. Als ich mich von der Wohnungstür fortwandte, sah ich mich selber im Spiegel und erkannte, daß ich dabei war, in den Zustand zurückzuverfallen, aus dem ich mich hatte herauskämpfen wollen – Nerz im Käfig nämlich. Also stürzte ich in die Küche, wo noch ein dicker Whiskyrest vorhanden war, den ich direkt aus der Flasche kippte. Während ich auf die Wirkung wartete und froh war, daß er nicht wieder hochkam, fiel mir ein, daß ich um vier bei der Arbeit sein mußte. Was war das nun für eine Idiotie? Was hatte ich denn da zu suchen? Die alte Wanduhr zeigte neun nach zwei, aber das konnte doch nicht stimmen, und deshalb rannte ich ins Schlafzimmer, wo die Remington vierzehn Uhr dreizehn verkündete – was vielleicht wahrscheinlicher war. Daraufhin erlitt ich einen manischen Aufräumanfall und erledigte im Affenzahn Spülen und Wäschewaschen und Putzen – bis ich eine ganze Flasche Tio Pepe entdeckte, die einfach im Bücherregal stand und aus der ich gierig den Korken herauszog. »Sherry with the soup, James!« hörte ich mich sagen, und damit war ich mit zitterndem Schaudern wieder in der Wirklichkeit. Ich brauchte drei solide Glas, ehe sich das Zittern legte. Inzwischen zeigte die Uhr fünfzehn Uhr sechzehn, und das war noch wahrscheinlicher, deshalb rief ich bei der Prawda an, um zu erzählen, daß der Kroräcktuhrlöser unter die Nerze gefallen war.

»Der Heizer persönlich!« sagte mein Chef.
»Hallo, hier ist Yngve. Ich bin krank.«
»Unfug! Du kannst doch anrufen und reden. Sonst noch was?«
»Ich kann nicht kommen. Ich bin total verkatert und...«
»Das ist psychosomatisch und zählt nicht.«
»Aber ich kann einfach nicht mehr!«
»Du hast dich sofort in ein Taxi zu setzen und herzukommen, dann kriegst du von mir persönlich einen Schnaps. Und wenn du ein braver Junge bist, dann kriegst du jede Stunde noch einen leichten dazu. Also komm jetzt in die Puschen – wir spielen hier ja schließlich nicht Käseblatt!«
Und so begab es sich, daß Jung-Vilde vor dem Nerztod gerettet wurde – und daß die Prawda am Montag einen neuen Dreckfuhlerrekord aufstellte.

Aber das war nicht der größte Fehler, der am Montagmorgen das Licht der Welt erblickte. Ich erwachte mit einer Angst, wie ich sie nicht mehr erlebt hatte, seit ich in die Berg- und Talbahn für Nervöse eingewiesen worden war – es war also sehr schwer, mir einen klaren Gedanken abzuquetschen. Das Konstruktivste, was mir gelang, war, daß ich mit dem Trinken aufhören mußte – aber daß ich das nicht ohne ein Hilfsmittel schaffen würde. *Valium!* dachte ich und ließ alle meine guten Vorsätze in bezug auf den Dope-Expreß verdampfen. Aber woher nehmen und nicht stehlen? Meine guten Freunde unter den Medizinstudenten kamen nicht in Frage. Sie waren allesamt kerngesund und fanden, alle anderen sollten sein wie sie. Theoretisch hätte ich zu Dr. Fiinbeck gehen können, praktisch aber nicht. Dafür hatte ich keine Nerven. Und so kam mir die glänzende Idee, ein Ferngespräch nach Trondheim zu führen, wo mich die Vorsehung ohne Widerrede zu Else Somebody durchstellte.
»Einkvann.«
»Hallo, hier ist Yngve!«
»Hähähähähähähähähähä! Himmel, wie sieht's denn da im Süden so aus, Mann?«
»Else, hör mal. Mir geht's sauschlecht. Ich krieg garantiert einen

Zusammenbruch, echt! Ich brauch was zur Beruhigung. Wie komm ich an Valium?«
»Kannst du rausgehen? In die Apotheke um die Ecke?«
»Wenn das unbedingt nötig ist, ja.«
»Gut. Ich ruf sofort bei denen an. Die kennen mich. Du kannst dein Valium in einer Viertelstunde holen. Kannst du darüber reden?«
»Ach, Himmel – ich war mit einem Minderjährigen zusammen – und sein Vater ist bei der Kripo –, und jetzt drohen sie mir mit Anklage und Knast und allem – und ich muß mit dem Trinken aufhören...«
»Alles klar. Hab schon verstanden. Keine Panik, Yngve. Du hast doch mich. Du hast viele Freunde. Wir halten zu dir, egal, was passiert – und wir sorgen auf jeden Fall dafür, daß du in keinem Gefängnis landest. Jetzt muß ich leider davonstürzen, aber ich ruf zuerst noch in der Apotheke an – und dann klingel ich später am Tag bei dir durch. Okay?«
»Ach, vielen, vielen Dank, Else...«
»Kopf hoch. Das geht schon gut! Bis nachher!«

Mein Herz flatterte wie ein Sperling in meinem Hals, als ich gleich darauf zur Geierapotheke ging, wo mir ohne Leibesvisitation oder Verhör Dritten Grades ein großer Krug Sinn-Salabim ausgehändigt wurde. Nach zehn Milligramm von diesem überirdischen Stoff legte sich eine weiche und milde Decke über mich und meine unmittelbare Umgebung. Ich konnte die Wirklichkeit wie durch eine Filmkamera sehen, deren Linse der Fotograf mit Vaseline eingeschmiert hat. Alles in meiner Nähe war schön und unklar, die Peripherie wurde zur hellgelben Grütze. Es war angenehm so. Urgemütlich.

Am Dienstag fühlte ich mich ein bißchen besser, und am Mittwoch entdeckte ich im Spiegel ein blödes Lächeln. Ich erinnerte mich sogar daran, daß Truls am nächsten Abend kommen wollte, aber seine Mutter würde ihm das sicher verbieten, und er wollte vorher anrufen, oder wie immer das nun sein mochte. Ich mußte auch zur Arbeit. Ich würde ja sehen.

Am Donnerstagmorgen schüttelte irgendwer mich wach, und als ich zu mir kam, saß er lächelnd auf der Bettkante. Nicht mehr und nicht weniger – und wenig war das ja nun nicht.

»Himmel, du bist ja vielleicht ein verpenntes Stück! Es ist halb neun, und ich hab schon Kaffee aufgesetzt.«

»Hä? Aber – hei – wieso bist du denn hier?«

»Ich bin gerade gekommen – hab mir einen freien Tag bewilligt, und den will ich zusammen mit dir genießen. Willst du den Kaffee am Bett serviert haben, oder willst du erst duschen, oder darf ich gleich zu dir in die Federn springen?«

»Hä? Meine Fresse, ich glaub, ich geh erst duschen, ich bin so verschwitzt und...«

»Dann mach ich inzwischen Frühstück. Weiches Ei?«

»Hä? O ja, danke.«

Während ich ins Badezimmer ging, hatte ich das bohrende Gefühl, daß irgend etwas nicht stimmte, und je mehr der Valiumschlaf von mir abgespült wurde, um so mehr verstärkte es sich. Und dann schlug meine Erinnerung plötzlich mit aller wünschenswerten Klarheit zu: Er war hier. Mein Truls. Morgens früh. Schwänzte die Schule. Wollte mit mir schlafen. Nein o nein o nein! Das durfte nicht passieren. Verbotene Frucht. Ein Jahr warten. Alles erklären. Mich wappnen. Eine Pille nehmen? Nein! Mich zusammenreißen. Zähne putzen. Hinsetzen und kacken. Bademantel anziehen. So, ja. Und jetzt geh raus und sprich mit ihm – zum letzten Mal!

Ich ging langsam durch den Flur zum Schlafzimmer, um mich anzuziehen – und dann kam ich einfach nicht mehr weiter. Denn im Wohnzimmer stand Truls im funkelnden Sonnenschein und deckte den Eßtisch – und ich hatte das Gefühl, ihn zum ersten Mal zu sehen. Er trug ein rotes Hemd und verwaschene Jeans – und seine frischgewaschenen Haare leuchteten um seinen Kopf wie ein Glorienschein. Er blickte auf und lächelte mich an – mein Schönster –, so offen und lieb, daß ich aufkeuchte. Und damit stürzte ich in den tiefsten Abgrund. Ich hatte mich ja dazu verpflichtet, ihn vor die Tür zu setzen. Ich mußte es tun. Jetzt! O Maria! Mutter aller Schmerzen!

»Jetzt setz dich doch. Ich hab Graubrot getoastet, und die Eier haben auf die Sekunde genau viereinhalb Minuten gekocht, und ich hab eine Dose Sardellen aufgemacht...«

Ich stapfte zu ihm hinüber und versuchte vergeblich, mich zusammenzunehmen. So schön ist er auch wieder nicht. Ich hab Vaseline auf der Linse. Er *muß* raus, sonst...

»Was ist denn los mit dir? Du siehst ja ganz krank aus!«

»Aaaach, mir geht's so schlecht...«

»Komm her – jetzt setz dich, so, ja. Möchtest du irgendwas nehmen? Hast du einen Kater oder was?«

»Nein, aber – ach, was ist mir schlecht!«

Er half mir ins Badezimmer, wo ich bitteren Schleim hervorwürgen konnte, während ich wie Espenlaub zitterte.

»Du bist ja richtig krank. Willst du wieder ins Bett?«

»Nein. Das sind bloß die Nerven. Das ist gleich vorbei.«

»Die Nerven? Wieso denn?«

»Hol mir ein Glas entrahmte Sauermilch. Das hilft.«

Ich schleppte mich zum Sofa und trank die Milch, ohne mich noch einmal erbrechen zu müssen.
»Iß du doch ruhig, solange es noch warm ist. Ich muß noch ein bißchen warten.«
»Dann warte ich auch. Nun sag schon, was los ist.«
»Ach Truls. Das ist so schwer. Nun gut. Es geht um dich. Ich hab Besuch gehabt. Von deiner Mutter.«
»*Was?* Wieso denn das?«
»Hat sie dir das wirklich nicht erzählt? Nein, das hab ich dir ja gleich angesehen. Sie wollte nicht, daß du das erfährst. Aber ich hab ja keine andere Wahl, als die Karten auf den Tisch zu legen, und das mußt du nun auch.«
»Aber wie hat sie dich gefunden? Ich hab ihr überhaupt nichts gesagt, Ehrenwort.«
»Sie hat deine Brieftasche durchsucht und meine Telefonnummer gefunden, und dann hat ihr ein Kollege deines Vaters die Adresse besorgt.«
»O verdammte Scheiße!«
»Genau. Sie ist am Sonntagvormittag gekommen, während du mit deinem Vater unterwegs warst – ich stand gerade unter der Dusche, und hier war das totale Chaos. Das hätte aber sowieso nicht viel ändern können, sie hatte sich schon im voraus ihre Meinung gebildet. Aber kannst du raten, was sie mir erzählt hat?«
»Ach so.«
»Ach so? Warum um Himmelswillen hast du mich angelogen?«
»Ach, Yngve. Das wollte ich doch nicht. Ich... ich mochte dich einfach so gern!«
»Und ich dich. Aber das hilft uns jetzt nicht im geringsten, Truls. Ganz im Gegenteil: Jetzt wird es hundertmal schlimmer, daß wir uns trennen müssen...«
»Das müssen wir doch nicht! Jetzt bin ich doch jeden Abend zu Hause und helf dem Alten und so, und niemand hat irgendeinen Verdacht. Meine Mutter ist jetzt auch wieder froh.«
»Ja, das ist sie wohl – bis auf weiteres. Was, glaubst du, passiert, wenn sie herausfindet, daß du Schule schwänzt?«
»Nein, das tut sie doch nicht.«

»Sei nicht so blöd, Truls! Meinst du, sie hat den Nerv, herzukommen und mir mit deinem Vater und Anzeige und Prozeß und Knast zu drohen, ohne das ernst zu meinen – und ohne sich weiter um die Sache zu kümmern? Du kannst ganz sicher sein, daß sie dich im Moment mit Argusaugen überwacht, und in dem Moment, wo ihr aufgeht, was du machst, geht sie sofort zu deinem Vater...«

»Nein, das macht sie nicht! Sie traut sich nicht. Meinst du vielleicht, ich kenne meine Mutter nicht, oder was?«

»Nein, ich glaube wirklich, daß du sie nicht kennst. Du hättest sie mal hier erleben sollen! Willst du wissen, was sie gesagt hat? Das war wirklich kein Witz! Sie hat gesagt, das *du* das einzige bist, was ihr auf dieser Welt etwas bedeutet, und wenn ich dich ihr wegnehme, dann hat sie nichts mehr zu verlieren. Und dann interessiert sie nur noch, wie sie mich in den Knast bringen kann.«

»Verdammt noch mal, nein. Das wagt sie nicht.«

»Doch, das tut sie. Deine Mutter ist verzweifelt, Truls. Sie ist lebensgefährlich – vor allem, weil sie das verdammte Gesetz auf ihrer Seite hat. Und schuld an allem ist, daß du mich belogen hast. Zuerst hast du über dein Alter gelogen, dann über die Schule – denn du kommst doch erst in die neunte Klasse, nicht wahr? –, und dann hast du in dieser Sache gelogen. Denn sie hat nicht direkt damit gedroht, daß dein Vater jemanden umbringen könnte...«

»Doch, das hat sie gesagt, echt!«

»Na gut, aber sie hat sicher auch gesagt, daß sie mich anzeigen und in den Knast bringen würde, nicht wahr? Und das wäre ja wohl kaum möglich, wenn ich tot bin.«

»Na gut, das hat sie auch gesagt – aber das konnte ich dir doch nicht erzählen!«

»Wieso nicht? Wieso mußtest du weiterlügen?«

»Aber ist das nicht klar? Wenn du erfahren hättest, daß ich erst fünfzehn bin, dann hättest du mich doch sofort fallengelassen? Meinst du, das hätte ich nicht gerafft? *Du* würdest dich doch nie trauen, etwas Ungesetzliches zu tun!«

»Trauen? Was sagst du da, redest du da für einen Scheiß? Findest du mich nicht mutig genug, oder was? Findest du es so toll, soundso viele Jahre Knast zu riskieren, bloß weil du so geil bist, daß du nicht auf dem Teppich bleiben kannst?«

»Jetzt ist das wohl alles meine Schuld, ja? Und ich hab die ganze Zeit bloß dich gefickt, hä?«

»Nein, Truls. Das behaupte ich doch gar nicht. Aber du mußt doch zugeben, daß ich darauf bestanden habe, daß wir alles teilen. Ich hab dich nicht ausgenutzt, oder?«

»Nein, und gerade deshalb...«

»Aber wenn ich gewußt hätte, daß du noch keine sechzehn bist, dann hätte ich dich gebeten, ein Jahr zu warten!«

»Da hast du's! Das hab ich doch gewußt! Also hatte ich keine Wahl – kapierst du das denn nicht? Ich mußte doch lügen!«

»Himmelarsch, an was für einem Kurzschluß leidest du denn? Hier hängt der Knast wie ein Damoklesschwert über mir, und du willst verteidigen, daß du mich in diese Gefahr reingelockt hast. Kapierst du denn nicht, daß ich dann einfahre, nicht du?«

»Reg dich doch ab! Das passiert nicht, Yngve. Du wirst nicht eingebuchtet. Niemand traut sich, etwas zu sagen...«

»Nein, jetzt kann ich nicht mehr! Erwartest du, daß ich mich dadurch beruhigen lasse – wo unsere ganze Beziehung auf verdammten Lügen beruht? Wie soll ich mich denn überhaupt noch auf dich verlassen können?«

»Jetzt hör aber auf. Ich dachte, du liebst mich?«

»Ja, schon. Und wie! Aber erst in einem Jahr. Ich liebe dich als *Sechzehnjährigen*! Das sind meine Prämissen – nein, das sind die Prämissen der Gesellschaft, die ich akzeptieren muß. Und du auch. Ich kenne den fünfzehnjährigen Truls Einherje nicht einmal. Nie von ihm gehört. Aber den sechzehnjährigen will ich nächstes Jahr am neunten Mai vor dem Metropol treffen. Und das müßte in den Sternen stehen. Also lebe wohl, Truls. Ich freue mich darauf, dich kennenzulernen.«

»Hör auf mit dem Scheiß!«

»Das ist bitterer Ernst. Ich kann nichts anderes tun. Komm in einem Jahr wieder, dann werden wir wirklich...«

»*Du feiges Schwein!*«

»Bitte sehr.«

»Du meinst, du könntest mich einfach auflesen und mit mir schlafen und mir zeigen, wie toll das alles ist, und mich dann einfach auf den Müll schmeißen, wenn du keine Lust mehr hast!«
»Jetzt argumentierst du genau wie deine Mutter!«
»Vergleich mich ja nicht mit diesem Arschloch! Ich will mit keinem von denen noch was zu tun haben!«
»Du wirst noch ein Jahr da wohnen müssen...«
»O Scheiße! Du stehst ja auf ihrer Seite! Du bist ja viel schlimmer als die...«
»Jetzt reg dich ab...«
»Ich zeig dich selber an, jawohl. Verdammter Sexualverbrecher!«
»Ach, scher dich zum Teufel, du verwöhnter Rotzbengel!«

Das hätte ich wohl nicht sagen sollen, was? Ganz schön übel von mir, oder?
Er war so schnell, daß ich überhaupt nicht mehr reagieren konnte, und hatte mir im Nu den Arm auf den Rücken gedreht und mich aufs Sofa gedrückt. Es tat so weh, daß ich dachte, er würde ihn mir brechen, aber statt dessen sprach er mit total verzerrter Stimme:
»Jetzt hast du dich verraten, du feiger, alter Schwuler! Und jetzt zeig ich dir, was solche Rotzbengel wie ich mit solchen Arschlöchern wie dir machen!«
Mit diesen Worten schob er meinen Bademantel hoch, bis ich mit nacktem Hintern dalag – und dann hat er mich gefickt.
Natürlich tat es weh und war erniedrigend und ekelhaft, aber das alles ging unter in den furchtbaren Kräften, die auf mich losgelassen waren. Ich lag wie gelähmt vor Angst da und ließ mich von der brutalen, gierigen Wut bezwingen, die Truls ritt. Er kam mit heiserem Brüllen und befreite sich sofort aus mir. Dann wischte er sich an meinem Bademantel ab und ließ meinen Arm los, als er sich aufrichtete.
Ich blieb liegen und kämpfte um Atem, während ich denken konnte: Als er zuletzt hier auf dem Sofa gekommen ist, war alles ganz anders. Aber vielleicht war das die Lösung? Jetzt hat er

Rache und Genugtuung gehabt – und seinen Orgasmus –, und jetzt kann er mit erhobenem Kopf als *Sieger* dieses Haus verlassen? Ach, wenn das doch nur so wäre!
Ich setzte mich vorsichtig auf und untersuchte meinen Arm. Dann hob ich langsam den Blick. Er stand mitten im Zimmer und starrte mich an. Sein Gesicht war weiß und hart wie Marmor – wie eine Jugendarbeit von Vigeland. Mit dem Titel »Der Rächer«.
Mein Tabak lag auf dem Tisch, und ich drehte mir eine Zigarette. Und nun sprach er, angestrengt und abgehackt:
»Weißt du noch, die erste Nacht, als ich hier geschlafen habe? Als ich geträumt hab, ich könnte fliegen? Jetzt weiß ich, was nicht gestimmt hat. Mit meinem Schatten. Er hatte keine Flügel. Ich bin ohne Flügel geflogen.«
Ich zündete meine Zigarette an und sah aufmerksam zu ihm auf. Er stand noch immer mit diesem intensiven Blick da. Ich wollte etwas sagen, konnte es mir aber verkneifen. Besser, er kann in Ruhe alles loswerden, dachte ich.
»Jetzt weißt du's also, Yngve. *Ich bin kein Engel.* «
Langsam ging er durch das Zimmer. In den Flur. Zog Jacke und Schuhe an. Heute trug er weiße Turnschuhe. Dann stand er in der Türöffnung. Ich schluckte. Immer noch schien die Sonne auf ihn – aber jetzt lächelte er nicht. Er zog etwas aus der Tasche.
»Hier sind die Schlüssel. Danke fürs Leihen. Mach's... mach's gut. Es war...«
Er beendete diesen Satz nicht. Leise glitt die Wohnungstür hinter ihm ins Schloß.
Ich saß da mit einer erloschenen Zigarette in der Hand. Dann fuhr ich zusammen und sagte laut:
»Truls. Das mit den Flügeln ist nicht schlimm. Es war ein schöner Traum. Menschen brauchen keine Flügel zum Fliegen, verstehst du. Mein Schönster!«
Dann stürzte ich zum Bücherregal. Denn dort stand die Tio-Pepe-Flasche und war noch lange nicht leer.

Dritter Teil
Dunkle Quellen

Circus Maximus

Das Metropol war bis an den Rand mit Partypsychopathen gefüllt, als ich gegen halb elf abends endlich Einlaß fand. Es war der siebenundzwanzigste Juni, und zum ersten Mal war der Internationale Lesben- und Schwulentag in Oslo nachmittags mit einer Demonstration begangen worden. Ich hatte nicht daran teilgenommen, obwohl ich jede Möglichkeit dazu gehabt hätte. Es war meine erste Ferienwoche, und ich hatte ansonsten überhaupt nichts zu tun. Ich hatte sowieso keinen Finger gerührt, seit Truls aus meinem Leben geflogen war, abgesehen vom Valiumfressen und zur Arbeit gehen und mich in den Schlaf trinken. Nein, das stimmte nicht. Ich hatte drei ungeöffnete Briefe verbrannt, zwei von Øystein und einen von Inga. Ich war seit dem Ersten Weihnachtstag nicht mehr in Wolkenwild gewesen und konnte den Gedanken, irgendwen von ihnen zu treffen, nicht ertragen. Und das galt auch für andere, mit Ausnahme der Leute bei der Arbeit, die nun mal unumgänglich waren. Aber jetzt hatte ich blöderweise plötzlich Ferien, noch dazu auf eigenen Wunsch, wie ich feststellen mußte. Ich hatte wohl irgendwelche Pläne mit Truls gehabt. Aber der war ja nicht mehr da. Er war seiner Wege geflogen und hatte ein Vakuum hinterlassen, das jeden Tag größer wurde – vor allem nachts. Ich saß allein in einer fremden Wohnung, in der es immer weniger Luft gab, obwohl die Fenster offenstanden. An diesem Abend war mir endlich aufgegangen, daß ich an der Phobie *Horror vacui* litt, und das ist kein Witz, wenn man in einem Vakuum wohnt. Also hatte ich zwei Tassen Kaffee getrunken, um mich aufrecht halten zu können und war in den Schwulenclub gezogen. Und da stand ich jetzt, trank meinen dritten Whisky und erkannte, daß ich zu allem Überfluß auch noch an Populophobie litt. Mein einziger Trost war, daß ich mich in der festkranken Menschenmasse einigermaßen verstecken konnte. Ich wollte keine Bekannten treffen. Ich hatte nichts zu sagen, konnte nichts Positives beitragen. Ich fühlte mich wie eine Maus unter Hermelinen.

Ach, warum hatte ich mich hierher verirrt? Was hatte ich hier zu suchen? Nicht weit entfernt stand ein Typ, der eigentlich ziemlich brauchbar aussah, aber als ich zum dritten Mal seinem Blick begegnete, spürte ich meine einstige Libido wie einen verknoteten Schmerz im Unterleib. Ich hatte keine Lust auf Sex. Ich hatte keine Lust auf Gesellschaft. Ich hatte auf überhaupt nichts Lust. Doch. Auf eins. Was mir seit Jahr und Tag nicht mehr passiert war. Ich hatte Lust zu sterben. Aber das würde ich mich wohl auch diesmal nicht trauen. Oder vielleicht war die Zeit endlich reif? Jedenfalls brauchte ich Luft. Und zwar sofort!
Die lange enge Bar wirkte unendlich, als ich mich in einer schrillen Kakophonie aus lärmenden Stimmen durch die alternative Männergesellschaft hindurchzwängte – im lähmenden Geruch von tausend verschiedenen After-shaves und Deodorants. Als ich endlich die Treppe erreicht hatte, die ins Restaurant hinunterführte, blieb ich stehen, um nach Luft zu schnappen – und da sah ich ihn im selben Moment, in dem er mich erspähte. Er stand mit einigen anderen zusammen, aber nun hob er sein Glas, und ein warmes, stolzes und siegreiches Lächeln verbreitete sich in seinem Gesicht. Und in diesem Moment wußte ich, daß ich doch auf eins Lust hatte, auf eine gute Sache, die ich verdrängt hatte. Ich hatte Lust auf eine Runde Schwimmen.
»Amore mio! Endlich!« rief Giuseppe triumphierend. »Du bist zu mir zurückgekommen!«
Ich glaube, ich lächelte, als ich die Treppe hinunterging und mich nach allen Regeln der lateinischen Kunst umarmen ließ. Ich entdeckte, daß es gut tat, wieder einmal umarmt zu werden, und küßte ihn auf die Nase.
»Ach, du kannst was Besseres, mein lieber Yngve – oder bist du noch immer durch die heilige Ehe gebunden?«
Er hatte die Arme um meine Taille gelegt und musterte mich mit seinen großen, glänzenden Bambi-Augen, und ich spürte mit einem Schmerzensstich, daß sich etwas in mir löste; daß mein Blut meine eingefrorene Begehrensfähigkeit auftaute.
»Nein, Giuseppe, jetzt bin ich frei wie – ein Delphin im Mittelmeer?«
»Amore mio! Ti voglio! Ti desidero pazzamente!«

»Ja, das merk ich. Aber doch wohl nicht hier?«
»Nonono – wir wollten gerade zu mir nach Hause gehen. Wir wollen zur Feier des Tages ein bescheidenes Bacchanal veranstalten. Der Botschafter ist verreist. Hehe! Wußtest du, daß der römische Senat im Jahre 186 *vor* Christus wegen ihrer unsittlichen Ausschweifungen die Bacchanalien verboten hat? Aber komm her, mein Schöner. Du mußt die anderen kennenlernen.«
Ich mußte einer großen Anzahl von Bacchusanbetern die Hand schütteln, und mir fiel besonders eine Meute von vier englischen Jetsettern auf, denen die Zungen schon aus dem Hals hingen. Und dann brachte ein Taxikonvoi uns nach Skarpsno zur Botschaft.
Als ich zum zweiten Mal die Marmorhallen der lateinischen Botschaft betrat, erfüllte mich eine prickelnde Erwartung. Denn jetzt wußte ich, was mir bevorstand, und selbst wenn ich nicht ganz glücklich war über das, was mich erwartete, so war ich doch wild entschlossen, alles mitzumachen – und sei es auch nur aus purem Trotz. Beim letzten Mal hatte Øystein ja vortrefflich als moralischer Anstandswauwau fungiert – als Keuschheitsgürtel –, und was hatte mir das gebracht? Das Leben ist eine Hühnerleiter, fiel mir ein, vor lauter Mist kommt man nicht weiter. Aber jetzt sollte Øystein doch draußen auf Nesodden auf der untersten Sprosse herumgammeln – und laut aus der Erklärung vortragen. Es war seine Schuld. Während ich schuldlos war! Und diesmal sollte niemand mich daran hindern, das Süße Leben in allen Varianten ausgiebigst zu genießen.
Giuseppe ließ den Sekt über Gerechte und Ungerechte hinwegsprudeln, über Junge und nicht mehr ganz Junge. Und als er mir das schwarze Lacktablett mit den weißen Strichen anbot, war ich geistreich genug, um die Parole »Kokain für die Knutschekna-ben« zu lancieren, ehe ich den allerersten Sniff meines Lebens tat. Das war vielleicht stark! Meine Güte! Es war ein Festfeuerwerk, das in meinem Gehirn als Kaskade aus Licht und Lust und Glück explodierte. Die Supersternschnuppen! Hoi! Ich spürte, wie aller triviale Schrott verschwand; Sorgen und Kummer und Neurosen und Phobien verdampften im Glanz meiner eigenen inneren Stärke und vollkommenen Ausstrahlung. Ich wurde geradezu

übermenschlich, als ich da herumschwebte – aber gleichzeitig wuchs mein vergangener Geschlechtstrieb zu einer Stärke heran, die ich seit der Pubertät nicht mehr erlebt hatte.
»Wie geht's, amore mio? Fühlst du dich wohl?« fragte Giuseppe und verdrehte seine funkelnden Bambiaugen.
»O, Bambino mio! Ich steh hier und werde wunderbar *libidinös*!« verkündete ich – und dann prusteten wir zum ersten Mal an diesem Abend los. Die meisten anderen waren an die Gemeinschaftsantenne angeschlossen, und bald jubelten wir alle in einem kollektiven Glücksrausch, der immer stärker wurde. Nicht zuletzt, als wir in die Tiefe sanken und die absoluten Maden im bacchanalischen Speck waren. Ich stand eine Weile auf der Terrasse, während die anderen an mir vorbei zur Garderobe tobten. Es war seltsam, wieder hier zu sein und zu wissen, was mit mir geschehen würde. Mir war völlig klar, daß ich immer noch meinen freien Willen hatte, aber ich wollte jetzt nicht mehr zurück.
»Es spielt keine Rolle, wenn ich schwarze Flügel bekomme – solange ich fliegen kann!« sagte ich laut zu mir selber und stieß ein tiefes, schwarzes Lachen aus, das sich bis in meine Lenden fortpflanzte. Dann zog ich mich an Ort und Stelle aus und schwebte langsam die Treppe hinunter.
Es war ein bemerkenswertes Erlebnis. Denn obwohl das Schwimmbad in weißgelb-geädertem Marmor gehalten war, erlebte ich bei jedem Schritt ganz andere, starke Farben. Ich schien mich durch die Schichten eines Regenbogens zu bewegen, während um mich herum die Farben wechselten, von Rot, Orange, Gelb, Grün zu einem so prachtvollen Azurblau, daß ich stehenbleiben und meine eigene Vision anstarren mußte. Der nächste Schritt wurde zu einer sternhellen Winternacht in Rondane, die zu Mood Indigo wurde, und als ich ganz unten war, sah ich, daß das Wasser im Becken violett war wie tausend unbegangene Sünden. Und da wußte ich, daß dieses Wasser *meine dunkle Quelle* war. Ich nahm Anlauf und warf mich kopfüber hinein.

Ich will aber mein Publikum nicht mit allzu vielen unwesentlichen Details über die Vorgänge auf einem internationalen römischen

Bacchanal langweilen. Ich habe meine diesbezüglichen Gebrenzungen erkannt. Ich kann mich auch gar nicht mehr an viele kleine Einzelheiten erinnern, nur noch an ein paar ganz große. Alles erscheint mir als ein unendliches Gewühl von Fleisch und Lust, das mit Hilfe von moussierenden Weinen und fluoreszierendem Pulver in den vierzehn Tagen seiner Dauer immer neue und ungeahnte Höhen erreichte. Leute kamen und gingen, um es so zu sagen, während ich mit Giuseppe und den japsenden englischen Settern den harten Kern darstellte – und einem stotternden Franzmann, den ich »Franz von Aphasisi« taufte. Und Terje natürlich, nicht zu vergessen. Er kam einige Tage später, als wir im Metropol waren, um weitere Auserwählte zu Bacchus' Himmlischem Gastmahl zu bitten, spät, aber mächtig.
Ich habe keine Ahnung, wie viele insgesamt dabei waren, aber als ich langsam – und übrigens völlig unverdient – wieder zu mir kam, mußte ich meine Meritenliste widerwillig von zweiundzwanzig, inklusive Truls, auf irgendwas zwischen sechzig und achtzig korrigieren. Alles in allem bedeutete das in etwa eine halbe Stunde für jeden.
Die erste Woche war im Grunde Lust und Freude. Obwohl die Aufwachphase jeden Nachmittag härter wurde, wirkte das weiße Pulver in einem zitternden Wrack doch Wunder. Ich achtete darauf, daß ich auch etwas aß – alle müssen ab und zu ein wenig speisen, wißt ihr –, um wirklich in den Freuden des Bades schwelgen zu können. In der zweiten Woche war es wesentlich schwieriger, Yngve zu sein. Kopf- und Brust- und Magenschmerzen – sowie wund in Nase und Arsch. Das Aufwachen war schrecklich, vor allem, weil das Botschaftsvalium erst wirkte, wenn der Brechreiz nachgelassen hatte. Aber Giuseppe wußte immer Rat. Er zerstieß die Tabletten und mischte sie in temperiertem Weißwein, den wir anal zu uns nahmen, als Klistier. Und nach zwei langen Strichen Kain & Co folgte eine neue Runde Ludi circenses im Circus Maximus. Ich begreif ja nicht, wie die alten Römer das aushalten konnten – aber schließlich haben sie's ja auch nicht geschafft.

Eines schönen Juliabends saßen neun verhuschte Herren im Salon und versuchten, einigermaßen zu sich zu kommen, als es an Giuseppes Wohnungstür schellte. Er ging öffnen und redete leise eine Weile mit irgendwem, dann kam er zurück und verkündete, daß das Fest leider beendet war.
Der Botschafter wurde für den nächsten Morgen zurückerwartet. Aber das war durchaus keine schlechte Nachricht, denn es bedeutete, daß Giuseppe sich einige Tage freinehmen konnte. Und falls irgendwer gerne mitkommen wollte – er verfügte über einen kleinen Landsitz an der Südküste.
»Ihr seht allesamt aus, als ob ihr Urlaub gut brauchen könntet – bei mir ist das jedenfalls der Fall«, sagte Giuseppe, der die ganze Zeit für die Botschaft verantwortlich gewesen war. Er verfügte über gewaltige Energiereserven, il mio Bambino, er hatte sogar zwei Autos zu seiner Verfügung, seinen eigenen silberglänzenden Mercedes MCMLXXV und einen nachtschwarzen BMW, den ich fahren sollte, weil ich mich schließlich auskannte. *Ich!* Ich konnte ihm endlich erklären, daß ich im Moment nicht einmal einen Tretwagen fahren konnte, und deshalb wurde ein deutscher Schleimi mit Dobermannaugen zum Chauffeur ernannt, während *Terje* als Kartenleser fungieren sollte – Terje, der nicht mal Norwegen und Dänemark auseinanderhalten konnte! Wir brauchten eine Stunde, um die Wagen mit Valium und Getränken und prick-prick-strich-strich zu laden, dann bekam jeder ein Amphetamin oder zwei, um die Reise zu verkürzen. Und das klappte auch. Swuusch, machte es, und schon waren wir in Drammen. Das lag aber nicht nur am Speed, denn Giuseppe bretterte mit hundertvierzig über die Autobahnbrücke – mit Vorliebe auf der entgegenkommenden Spur –, dicht gefolgt von dem Geehrten Herrn Dobermann. Ich saß neben Giuseppe und bediente die Stereoanlage, während Aphasisi-Franz und zwei von den Jetsettern auf dem Rücksitz lagen und sich in einem James-Bond-Film wähnten. Ich spielte immer wieder »Love the one you're with«, stundenlang, während wir alle mitgrölten und snifften und Amphetamin knabberten und Autofahrt und Himmelfahrt ineinander übergingen.

Gegen drei Uhr morgens hielten wir irgendwo, um zu tanken und unsere Blasen zu leeren, und als ich zum Auto zurückkam, hatte Giuseppe meinen Platz eingenommen. Er hatte sich einfach in den Kopf gesetzt, daß niemand außer mir fahren sollte, und da ich mich zu diesem Zeitpunkt phantastisch in Form fühlte, war ich wohl nicht mehr so schwer zu überreden. Ich setzte mich hinters Steuerrad, stellte den Sitz richtig ein und fuhr nett und ruhig auf die E 18. Da kam Herr Dobermann in seinem schwarzen Hechtschlitten und düste in einer scharfen Linkskurve an mir vorbei, und das wollten sich weder der Botschaftssekretär noch die Filmhelden auf dem Rücksitz bieten lassen.

Vorhang auf für ein olympisches Wagenrennen zwischen Deutschlands führenden Fahrzeugproduzenten über Alles – mit mir in der Hauptrolle als heldenhaftem, todesverachtendem Rennfahrer.

Anfangs machte es Spaß. Ich bin immer gern Auto gefahren, ohne jedoch zu schnell zu werden, aus Angst vor Radarfallen und Zivilbullenwagen. Jetzt war jedoch meine Autoritätsangst auf eine lächerliche Hemmung reduziert, und der Mercedes schaffte problemlos hundertachtzig im fünften Gang. Der BMW auch, wie sich herausstellen sollte. Es war einfach unmöglich, ihn auf den geraden Strecken zu überholen, deshalb mußte ich in einer unübersichtlichen Rechtskurve, wo der Dobermann blöd genug war, langsamer zu werden, zur Tat schreiten. Die anderen heulten vor Freude, als ich die Führung übernahm, aber nun mußte ich sie ja auch behalten – und das war schwieriger.

Dieses irrwitzige Tempo hatte eine ganz unerwartete Wirkung auf meinen überstimulierten Organismus, und ich wurde von der Straße total hypnotisiert. Der endlose Asphaltstreifen drängte sich langsam, aber sicher in meinen Körper, durch die Augen hinein und durchs Gedärm hinaus – und ich hatte das ekelhafte Gefühl, leergesaugt und von innen her weggeätzt zu werden. Außerdem saß ich ja angeschnallt in einer engen Zelle, zusammen mit vier johlenden Irren, die nichts rafften. Die nicht kapierten, daß das hier... der Tod war. Nur ich erkannte ihn, wußte, daß wir jetzt alle sterben würden. Diese Tatsache ging mir auf, während ich meine neugewonnene Todesverachtung restlos auskostete.

Denn es gab ja keinen Grund, mich zu fürchten. Meine Stunde war gekommen, und ich konnte froh sein, in vollem Bewußtsein dessen, was geschah, von hinnen wandern zu können. Die anderen hatten ja keine Ahnung. Aber dann kamen die Fragen. Wollte ich das denn überhaupt? War das Selbstmord? Ein Selbstmordvertrag mit Kain & Co? Kam jetzt Mephisto und forderte seinen Anteil am Vertrag? Gab es einen faustischen Notausgang?
Wir erreichten eine lange, gerade Strecke, wo der Dobermannhecht immer mehr aufholte. Ich klammerte mich an das Steuerrad und drückte das Gaspedal nach unten, während der entsetzliche Asphalt in Augen und Hals brannte. Er zog mir inwendig die Haut ab. Ich kam mir vor wie ein brennender Jetmotor. Giuseppe ließ noch einmal volles Rohr »Love the one you 're with« laufen. Der Hecht lag jetzt neben uns. Der Geschwindigkeitsanzeiger zeigte hundertfünfundneunzig bis zweihundert. Die Jetsetter kurbelten das Fenster nach unten und versuchten, Terje im BMW mit einem Sektkorken zu treffen. Er bewarf uns mit leeren Flaschen. Ich konnte weit vor uns die nächste Kurve mit den Warnschildern erkennen – und ich wußte, daß da, genau *da* in wenigen Sekunden Yngves Saga ihr Ende finden würde. Ich biß die Zähne zusammen und spürte, wie sich mein ausgebrannter Körper hinter dem Lenkrad verkrampfte. Ich wollte jedenfalls nicht durch die Windschutzscheibe geschleudert werden...
Ich glaubte, einen gewaltigen elektrischen Stoß zu erhalten. Eine Kaskade von Sternschnuppen leuchtete auf – und vor mir sah ich ganz deutlich das nackte Gesicht Øysteins, der mir zubrüllte: »Nicht, Yngve! Das ist ein ungewollter Selbstmord! Hör auf!« Da nahm ich den Fuß vom Gas und bremste so hart ich konnte. Und die ganze Welt wurde zum irrwitzigen Inferno von ohrenbetäubendem Lärm und bebendem Schütteln, das sich einfach nicht legen wollte. Ich klammerte mich weiter am Lenker fest und stand auf der Bremse – und es dauerte und dauerte endlos lang –, bis wir mit einem Ruck zum Stehen kamen und alles drei Sekunden lang totenstill war, ehe der Rauch ins Auto quoll. Schwarzer Rauch. Verbranntes Gummi! Feuer! Irgendwer schrie. Viele schrien. Ich befreite mich vom Sicherheitsgurt und fiel kopfüber zur Tür heraus – aus dem Circus Maximus – auf den Asphalt.

Asphalt! Ich hatte den Wagen auf der Straße halten können. Aber ich konnte durch den Rauch nichts erkennen. Verbranntes Gummi. Ich kroch davon. Mußte kotzen. Kroch weiter. Ach, frische Luft! Licht! Straßenrand. Kotz! Ooooooo!
Irgendwer schrie ganz schrecklich. Heulte und schrie ununterbrochen. Ich gab eine Menge flüssigen ätzenden Asphalt von mir, ehe ich mich aufsetzte und mich umsah. Das Auto stand auf der Straße. Zwar auf der linken Spur, aber trotz allem auf der Straße. Es qualmte immer noch, aber ich konnte keine Flammen sehen. Die Räder qualmten – ja, natürlich, die Mäntel. Aber platt waren sie nicht. Auto und Reifen hatten den Absturz ohne Totalschaden überlebt. Jaja. Über Alles. Ich saß auf der rechten Straßenseite auf der Böschung. Ich mußte um das Auto herumgekrochen sein. Ich konnte die anderen nicht sehen, hörte sie aber auf der anderen Seite. Irgendwer heulte international, und andere trösteten und schrien auf Englisch herum. Dann hörte ich über allem anderen Giuseppes schallende Stimme: »Aber wo ist Yngve? Er ist ja nicht hier! Wo ist er? *Amore mio! Wo bist du?*«
Der Waldrand war vierzig Meter entfernt, und es dauerte bestimmt zehn Sekunden, bis ich zwischen den Baumstämmen verschwunden war. Denn ich wollte mich nicht noch einmal in diese rauchende Todesmaschine setzen. Ich wollte niemanden von ihnen wiedersehen.

Déjà vu. Ich hatte das Gefühl, das alles schon einmal erlebt zu haben, als ich in dieser Julinacht durch den Wald ging, aber ich konnte mich nicht erinnern, wann oder wo. Meine Erinnerung war überhaupt unklar – verdrängt von einem brodelnden Strom seltsamer Bilder, einigen schönen und frohen, aber immer mehr tötenden und entsetzlichen. Ich erreichte einen kleinen See und hätte gern gebadet, aber dann bildete ich mir ein, daß sich dort große schwarze Hechte tummelten – und ein silberglänzender Riesentintenfisch –, und deshalb machte ich einen Bogen darum. Ich ging nach Norden. Nach Oslo. Ich mußte nach Hause nach Oslo. Um fünf Uhr erreichte ich eine Landstraße, der ich bis zur E 18 folgte, und dann machte ich mich erst richtig auf den Weg. Aber

es war weit, und ich wollte nicht trampen. Ich wollte mich nie mehr wieder in ein Auto setzen. Aber der Depri meldete sich immer deutlicher. Die Entzugserscheinungen kamen in zermalmenden Wogen. Die Brüllende Finsternis fing an, im Asphalt zu dröhnen. Ich zitterte und bebte, obwohl die Morgensonne wärmte.
Um sechs erreichte ich eine sanfte Steigung mit einem Rastplatz am Straßenrand, und nun erlitt ich noch einen entsetzlichen Anfall eines Déjà-vu-Erlebnisses. Die Angst klebte an mir und umschloß mich wie eine Zwangsjacke. Der Asphalt dröhnte und begann zu blubbern – *und dann wußte ich es*. Ich war schon einmal hier gewesen. Vor sechs, sieben Jahren. Als ich ein verkommener, desillusionierter Achtzehnjähriger gewesen war. Auf der Flucht vor einem Arsch namens Robert Ranke. Der mich mit einem blauen Samtanzug gekauft und bezahlt hatte! Mein Gott und Vater! Damals war ich ganz unten gewesen – und jetzt war ich wieder hier. Ich war im Kreis gegangen – nein, ich hatte drei Schritt vor und... *fünf* zurückgemacht! Denn damals hatte ich nicht gewußt, wo der Boden war. Wie tief man sinken konnte. Wie tief ich mich selber versenken würde. Aber jetzt, endlich, war ich ganz unten angekommen. Oder vielleicht doch nicht? Wie konnte ich das wissen? Wenn ich nun... in sieben Jahren... noch einmal in dieses Depriloch komme... wenn ich dann noch lebe... wie seh ich dann aus... *wie wird es mir dann gehen* ?
Ich spürte den Asphalt unter mir beben, als er sich zu einem glühenden Abgrund auftat – und ich wurde von der Brüllenden Finsternis verschluckt.

Ich war ein Nerz im Käfig. Das wußte ich. Ich erkannte ihn wieder. Der Käfig war weiß, und viele weißgekleidete Menschen standen um mich herum und schüttelten ihre weißgetünchten Köpfe, weil mir kein Pelz wuchs. Kein Nerzpelz. Ich wollte nicht. Ich hatte Katzenhaare auf dem Rücken, aber das konnten sie nicht sehen. Ich konnte schreien und pissen, aber das wollte ich auch nicht. Denn dann würden sie mich in ihrem weißgescheuerten Klosett hinunterspülen.

Der große weiße Nerzhändler versuchte, so leise wie Schnee zu dem weißen Schwan mit den roten Albino-Augen zu sprechen, aber mit meinem Nerzgehör verstand ich jedes Wort.
»Vier Tage — kein Wort gesagt — starke Entzugserscheinungen — Syphilis und Gonorrhöe — keine Papiere — Schockzustand — nicht gesucht — vielleicht nicht mal Norweger — Fall für die Polizei.«
Plötzlich entblößte er ein gelbweißes nerzfressendes Gebiß und versuchte, mir die Pisse aus dem Leib zu quälen:
»Na, junger Mann, wie geht's uns denn heute?«
Wenn ich Tollwut gehabt hätte, dann hätte ich ihn gebissen.
»Sie sind jetzt schon vier Tage hier, ohne sich vorzustellen. Sie müssen doch einsehen, daß wir gerne wissen möchten, wen wir hier im Krankenhaus von Arendal die Ehre haben zu bedienen? Du you speak English, Sir? Parlez-vous Français? Sprechen Sie Deutsch? Nicht? Na gut. Wir müssen die Polizei verständigen und angeben, daß Sie gesund genug für ein Verhör sind, und dann werden wir ja sehen, ob diese Blödis mehr aus Ihnen herausholen können als wir. Die machen wohl zuerst ein Foto und suchen ihn über die Presse. Er kann jetzt langsam etwas essen — Haferschleim...«
Ich war stumm. Ich konnte nicht sprechen. Nerze können nicht sprechen. Aber ich wollte nicht in die Zeitung. Ich hatte doch bei der Zeitung gearbeitet.
Und ich wollte auch nicht in die Klauen des Sheriffs von Arendal und seines Schäferhundclubs geraten. Samt Gattinnen. Frau Schäf im Nerz!
»Nein!«
»Ei der Daus! Haben Sie also doch nicht die Sprache verloren, junger Mann?«
Ich schüttelte den Kopf. Und dann machte ich mit der rechten Hand Schreibbewegungen.
»Ach? Wir kriegen's schriftlich? Schwester Bekken — Papier und Bleistift für unseren mitteilungsbedürftigen jungen Freund.«
Ich bekam Block und Bleistift und schrieb mit Großbuchstaben folgende Nachricht:

ØYSTEIN EINHORN ANRUFEN
NESODDEN 02 – 91 20 47
ER SOLL KOMMEN UND EINEN NAMENLOSEN HOLEN,
UND DEN HÄTTE ER NIEMALS AUS DEM ASYL LOKKEN DÜRFEN.

Eisrosen

Draußen war es kalt. Reifrauch stieg aus den Fjorden auf und setzte sich überall fest. Auf den Bäumen, im Gras, an den Fenstern. Wolkenwild lag wie ein mattes Eisschloß unter dem perlgrauen Septemberhimmel. Der Frost war viel zu früh gekommen. Ich hatte mit Kissmus einen Spaziergang gemacht – diesem wunderbaren Geschöpf. Sie war die seltsamste Katze der Welt. Sie war absolut entzückt gewesen, als ich vor drei Wochen mit meinem Katzenlockruf nach Hause gekommen war, und jetzt schien sie mich nicht mehr aus den Augen lassen zu wollen. Sie begleitete mich auf langen Waldwanderungen, genau wie ein Hund, und ab und zu sprang sie auf meine Schultern und ließ sich allergnädigst von ihrem dankbaren Diener befördern. Sie war wirklich eine Königin geworden.

Ich machte einen Abstecher zum Steg und zum Tempel; alles war still und gefroren. Das Meer lag schwarz und leblos da und gab die letzten Reste Wärme in Form von weißem Frostdampf von sich. Oben im Garten stand eine wilde Skulptur aus wuchernden Rosenzweigen und gefrorenem Wasser; ein Denkmal für ein Lusthaus, das einmal vor langer Zeit Licht und Liebe und... Glück beherbergt hatte. Konnte ich das überhaupt behaupten? O doch. Das konnte ich. So groß war mein Glück, daß ich mit meinem Øystein die Liebe erlebt hatte. Ich hatte zwischen den Rosen das Lied der Leidenschaft gehört – ehe alles zu Eis gefroren war.

Es war ein seltsamer Gedanke, daß ausgerechnet die Marxisten-Leninisten den überwucherten Rosengarten aufgeräumt hatten, vor der Hochzeit von Inga und Kyrre. Die blauäugigen Chinesen von der Landwirtschaftsschule hatten aus tausend starken wilden Trieben unser Lusthaus geschaffen. Während die Parteileitung in ihrem Büro saß und an einer Erklärung über die absolute Unerwünschtheit der Homosexualität schnitzte – und damit Øystein kaputtgemacht hatte. Die Herren haben's gegeben, die

Herren haben's genommen, und der Name des Zentralkomitees sei ewig verdammt.
Kissmus sprang auf meine Schulter und wollte in die Wärme, und ich brach einen Zweig mit zwei gefrorenen Knospen ab und ging zurück zum Haus.
Es war schön, wieder auf Nesodden zu sein. Ich fühlte mich, als ob ich heimgekehrt wäre. Das war das letzte, was ich erwartet hatte, als Øystein auf der Nerzfarm in Arendal aufgetaucht war. Er sah noch verstörter aus, als ich mich fühlte, und wollte mich sofort mit nach Hause nehmen. Aber das war ja unmöglich. Das begriff sogar ich – auch wenn ich sonst nicht viel kapierte. Zum Beispiel, was er mir zu erklären versuchte. Über Ragnhild und sich selber; über Inga und Kyrre; über Wolkenwild. Ich begriff das alles ganz einfach nicht. Dann wurde ich in meinen alten Lieblingsrummel verlegt – Liseberg- und Talbahn für Nervöse –, und erst nach sechs Wochen mit gutem altem Verhaltenstherapeutischem Exerzieren begriff ich so ungefähr, wo ich war – und daß ich wegmußte, ehe ich den Verstand verlor. Aber es dauerte noch weitere vierzehn Tage, ehe ich der modernen Klapsmühle entrinnen konnte.
Øystein holte mich in einem roten Honda ab, den ihm sein Großvater zum Geburtstag geschenkt hatte. Er war leicht verlegen, als ich ihm zu diesem Neuerwerb gratulierte, und er murmelte, daß der Wagen nicht das einzige Geschenk gewesen sei.
»Aber jetzt mußt du mir alles erzählen, was inzwischen passiert ist, Weihnachten ist ja schon über neun Monate her – und weißt du, ich hab deine Briefe nicht gelesen. Ich hab sie verbrannt. Tut mir leid, aber ich konnte einfach nicht...«
»Macht nichts. Kommst du mit nach Hause – nach Nesodden, meine ich –, dann erzähl ich dir unterwegs alles.«
»Ja, sicher.«
Und damit wurde mir die ganze Geschichte in kleinen Häppchen serviert, und nach und nach konnte ich mir ein Bild der Ereignisse machen.
Zu Weihnachten hatte Øystein wie immer vom Alten einen hübsch eingepackten Plastikordner bekommen. Er rechnete mit neuen Bankaktien, aber als er den Ordner öffnete, stellte sich her-

aus, daß darin ein Grundbrief steckte. Für ein ganz besonderes Haus mit Strand. Der Alte Gyldenhorn hatte Wolkenwild gekauft! Er hatte die Eismeerzahnärzte aufgespürt und ihnen sicher für die ganze Pracht samt Innereien ein unwiderstehliches Angebot gemacht. Die weißgetünchten Dentophilen hatten das Geld nicht der FNL vermacht. Und Øystein hatte es nicht übers Herz bringen können, nein zu sagen. Und deshalb war er jetzt ein vermögender Grundbesitzer ohne Schulden.

»Gratuliere«, sagte ich. Øystein errötete – und dann errötete er noch mehr, als er zur wirklich großen Neuigkeit ansetzte.

»Zu Weihnachten ist ja sehr viel auf einmal passiert. Du weißt doch sicher noch, daß Ragnhild gesagt hat, sie wollte ein Kind und alles?«

»Eine Tochter, ja.«

»Ja – und um's kurz zu machen, jetzt sitzt sie hochschwanger in Hedmarken und erwartet das Baby Mitte Oktober.«

»Gratuliere! Denn ich kann doch davon ausgehen, daß nicht Kyrre der glückliche Samenspender ist?«

»Nein, ich bin das«, sagte Øystein und errötete bis in seine schönen Ohrläppchen – die ich nie mehr wieder küssen würde. »Aber das ist noch längst nicht alles. Ich ziehe jetzt auch auf den Hof, sobald alles mit dem Haus in Ordnung ist. Ich will da malen und... mich ein bißchen um das Kind kümmern und so. Ragnhild übernimmt ja den Hof, und da hat sie sicher genug mit am Hut.«

»Du wirst also Ganztagspapa? Jaja, auch dazu herzlichen Glückwunsch. Ich will versuchen, es dir zu gönnen – aber ich werde das Kind sicher beneiden. Aber sag mal – heißt das, daß der Alte in der Praxis das Haus für Inga und Kyrre gekauft hat? Ha! Das muß doch wirklich als Ironie des Schicksals bezeichnet werden, oder?«

»Nichts da. Inga und Kyrre sind weggezogen. Nach Westnorwegen. Der Alte hat in der Praxis also das Haus für *dich* gekauft!«

»Hä?«

»Das hatte ich dir im letzten Brief geschrieben, als feststand, daß Kyrre und Inga ausziehen würden. Ich kann das Haus doch nicht verkaufen, und vermieten würde ich's auch nur ungern, weil ich jeden Monat zwei Tage zur Schule will, und dann möchte ich lieber nicht bei meinen Eltern wohnen – oder beim Alten. Er nervt

in der letzten Zeit ganz schön rum, seit ich ihm von Ragnhild erzählt habe. Er will eine Superhochzeit arrangieren, aber wir wollen doch überhaupt nicht heiraten. Wenn du also willst, kannst du das Haus gratis haben, wenn du es in Ordnung hältst und Strom und Wasser und so bezahlst.«
»Aber ich kann da doch nicht allein wohnen – in dem Riesenhaus!«
»Nein, aber du kannst doch dazunehmen, wen du willst. Du kannst eine neue WG aufmachen, wenn ich bloß mein Atelier behalten darf.«
»Nein, das kann ich nicht annehmen, Øystein. Das ist zuviel. Und außerdem hab ich doch Elses Wohnung...«
»Nein, ich hab mit Else gesprochen, weißt du. Sie hat einen neuen Job in Oslo und kommt zum neuen Jahr zurück. Sie sagt, sie könnte gern ihre Wohnung mit dir teilen, und das ist ja kein schlechtes Angebot, aber für die Katze wär's traurig.«
»Für die Katze? Für *Kissmus*?«
»Ja. Auf dem Hof gibt's schon eine Katze mit Jungen, und ich glaub nicht, daß Kissmus sich in einer Stadtwohnung wohlfühlen würde. Aber wenn ich vermieten muß, übernehmen die neuen Leute sie vielleicht. Wenn nicht, müssen wir sie einschläfern lassen...«
»Nie im Leben!«
Øystein konnte ein geradezu triumphierendes Lächeln nicht unterdrücken:
»Dann gratulier ich dir, Yngve! Zu Haus und Garten und – neuem Boot!«

»Oooooooowischktiewiiiischk?« fragte ich, als wir nach dem Spaziergang in die Küche kamen. Die Katze war völlig wild auf die Fischlein, die ich einem Fischer draußen in der Bucht abgekauft hatte. Sie bekam Seelachs, und ich nahm eine Flasche Bier aus dem Kühlschrank. Es war Samstagvormittag, und ich mußte erst am Montag wieder arbeiten.
»OoooooBiiiils?« heulte ich die Treppe hoch, unterwegs zum Wohnzimmer. Terje war in Ingas und Kyrres Turmzimmer eingezogen und wollte offenbar lange schlafen.

Ich wohnte nun schon seit drei Wochen hier, und fast alles ließ sich sehr gut an. Ich hatte einen neuen Korrekturjob in einer Fotosetzerei bekommen, wo ich meine Arbeitszeit selber einteilen konnte. Ich fuhr jeden Freitag mit den fertigen Korrekturen in die Stadt und holte neue Arbeit ab. Meistens handelte es sich um Fachliteratur, aber ab und zu bekam ich auch mal einen Roman, den ich gern las, und dann war das Geldverdienen richtig nett. Und ganz wenig verdiente ich auch nicht. Ich verdiente fast doppelt soviel wie bei der Prawda, und bei meiner Routine arbeitete ich nur selten mehr als vier Stunden pro Tag. Miete bezahlte ich auch nicht, deshalb wuchs und gedieh mein Bankkonto. Im Gegensatz zu mir!

Natürlich ging es mir gut. Ich konnte mich nicht beklagen. Ich hatte einen Zusammenbruch überlebt und war körperlich und geistig wieder ein wenig über den Nullpunkt geklettert. Ich hatte mir geschworen, nie mehr irgendwelche Drogen anzufassen — abgesehen von Valium. Aber auch das hatte ich auf ein Minimum reduziert. Ich nahm nur ein paar Milligramm, wenn ich verkatert war — aber auch dann zog ich meistens Bier vor, so wie jetzt. Ich holte mir noch eine Flasche und legte ein Beethovenkonzert auf. Auf die Plattenhülle hatte Inga ihren Namen geschrieben. *Inga Lunde.* Sie hatte sie wohl vergessen, die Arme. Ach, sie fehlte mir. Ich versuchte, mich damit zu trösten, daß es ihr an ihrem neuen Wohnort sicher gut ging, aber das half nichts. Denn ich glaubte nicht daran.

Kyrre hatte nämlich sowohl sich als auch seine Frau dermaßen selbstproletarisiert, daß sie beide ihr Studium abgebrochen hatten und jetzt in Vestreisa in der Fabrik arbeiteten. Vestreisa ist ein koksgrauer Industrieort am letzten Ende eines Blinddarms von einem Fjord, der schon damals von Schwermetall-Emissionen so verdreckt war, daß man nicht einmal gläubiger Kommunist sein mußte, um übers Wasser zu radeln. Ich war einmal durch Vestreisa gefahren und bekam schon beim bloßen Gedanken daran Triefaugen und Atemnot. Von allen elenden Löchern der Welt hatte Kyrre sich ausgerechnet Vestreisa als Basis für den weiteren Kampf im Dienste der Revolution ausgesucht. Für ihn war das sicher gut. Mit seinem glühenden Engagement und seinem unver-

wundbaren Lächeln konnte Kyrre sich überall anpassen. Aber Inga? Die nicht. Auch wenn sie sich mit Kampfeswillen und Tatkraft an ihre Aufgabe machte, würde sie nie an der Tatsache vorbeikommen, daß sie ein umgekehrter Snob war; daß sie nicht in die Arbeiterklasse gehörte; daß sie in jeder Fabrik ganz einfach unerwünscht war. Vor allem, wenn sie politische Agitation betrieb – und dazu war sie ja schließlich da. Aber sie würde immer das Ei bleiben, das den Hähnen Eierlegen beibringen will. Vielleicht würde es ihr guttun, die Wirklichkeit aus dieser Warte zu erleben. Sie würde sicher manche Illusion über Reinheit und Geradheit und Heldenmut und den ganzen Quatsch loswerden – aber was wäre dann noch von Inga übrig? Sie konnte entweder eine illusionslose, gescheiterte Fabrikarbeiterin werden oder drei Schritte zurückgehen und eine illusionslose Millionenerbin mit *erstarrtem*, unverwundbarem Lächeln werden – angefroren nach dem Gesichtsliften. Jaja. Inga Lunde tat mir leid. Aber vielleicht sollten mir alle zusammen leid tun.
Terje kam die Treppe heruntergestapft und hustete Guten Morgen, ehe er in der Dusche verschwand. Auch er hatte zu spüren bekommen, daß harte Gebote gelten, wenn man Das Süße Leben lebt. Er hatte noch drei Wochen nach meinem Absprung am Kokainexpress gehangen, und als ich ihn dann endlich gefunden und in Wolkenwild untergebracht hatte, sah er aus wie ein Kater nach der Läufigkeitsperiode – abgemagert und räudig und verletzlich. Wir hatten beschlossen, ein neues Leben anzufangen, ohne andere Drogen als die bereits erwähnten – und vielleicht ein seltenes Mal ein Pfeifchen. Alle brauchen mal eine Entspannung, wenn es nur nicht zuviel des Guten wird, so wie bei Giuseppe. Terje konnte berichten, daß il mio Bambino meinen Verlust so tief betrauert hatte, daß er einfach keine Kraft gehabt hatte, zu seiner Arbeit zurückzukehren. Damit hatte er sich einen soliden lateinischen Rüffel zugezogen und war nach Rom in die Besserungsanstalt geschickt worden. Jaja. Also mußte mir wohl auch der arme Giuseppe leid tun. Aber das geht ja vorbei. Im Laufe der Zeit geht alles vorbei.
Vorerst lebte Terje von mir, ich hatte ja Kohle genug, aber ich hatte große Pläne, ihm Korrekturlesen beizubringen. In der Setzerei

waren sie so zufrieden mit mir, daß sie meinem Freund auch gern Arbeit gaben, wenn ich für gleiche Qualität garantierte. Ich hatte am Vortag mit dem Chef gesprochen, und er wollte gern eine feste Zusammenarbeit zwischen uns und seiner Firma arrangieren. Das wollte ich auch, solange ich mir die Arbeit selber einteilen konnte und kein Geld verlor – und das sei jedenfalls kein Problem, versprach er.

Terje kam in seinem zerlumpten Bademantel und einem kunstfertigen Handtuchturban aus der Dusche. Ich mußte lachen.

»Du siehst aus wie Katharine Hepburn in ›Ein Löwe im Winter.‹ Möchtest du vielleicht ein Frühstücksbier?«

»Und du siehst aus wie der Sohn von Peter O'Toole – dieser schielende Froschprinz, der so schön sabbert.«

»Gyda Schrumpfbalg! Jetzt hüten's aber Ihre Zunge!«

»Und du solltest mit Ata gurgeln – Arschloch!«

»Erst wenn du deine Dose mit Plumbo scheuerst – Schlampe!«

»Bluthure!«

»Na gut, na gut – ich geb auf. Es steht eins zu null für dich. Aber gestern hab ich gewonnen.«

»Bloß, weil ich an diesen Lars geraten bin. Ha! Der hatte vielleicht 'ne Stange – eine von den größten, die ich je gesehen habe, und ich hab doch wirklich schon etliche Kilometer gesehen.«

»Ach ja? Zunge zwischen den Beinen?«

»Ja, so ungefähr – und weißt du, wie ich ihn getauft hab? Ha! XL-Extra-Lars.«

»Und was warst du im Vergleich? Hänschenklein?«

»Du hältst die Fresse – du Rattenpimmel!«

»Es steht eins zu eins, und ich habe eine wichtige Mitteilung: Du mußt Korrekturlesen lernen und selber Geld verdienen, Schrumpfmaus. Ich kann doppelt so viele Aufträge kriegen, und das ist auch für dich genug. Ich dachte, wir könnten eine Art Korrekturbüro aufmachen, dann können wir die Arbeitsmenge auf lange Sicht planen und uns ab und zu kleine Ferien im Süden gönnen – jedenfalls mindestens jeden dritten Monat. Wir werden in Geld schwimmen, verstehst du, also kannst du deinem Goldhühnchen ein bißchen Ruhe gönnen.«

»Kümmer dich um dein eigenes Lotterloch. Ach, wie sollen wir uns nennen? Wir brauchen doch einen fetzigen Namen. Wir wär's mit: Korrektionsbüro Vandal & Ødeland – korrigiert Sie, während Sie warten.«
»Zwei zu eins für dich. Prost – Kollege Ødeland!«

Am ersten Oktober wollte ich leicht verspätet meinen Geburtstag feiern. Wir hatten viel zu viele Leute eingeladen und diverse Expeditionen zum Alkoholmonopol in Oslo unternommen, mit Rucksäkken und Riesentaschen. Außerdem hatte ich zehn Liter sechsundneunzigprozentigen Schwarzgebrannten gekauft – damit auch ja niemand mit der Nachtfähre nach Hause fahren konnte. Ich weckte Terje um neun Uhr mit einem Gay Mousse auf der Bettkante, danach stellten wir fünfzehn Liter Elchgulasch her. Je länger der Tag wurde, um so breiter wurden wir, und unsere Punktrechnung stand schon zehn zu zehn, als gegen drei Uhr das Telefon schellte. Ich zündete mir eine Zigarette an, ehe ich hinging.
»Vandal & Ødeland Korrektionsinstitut und Delikatessenküche, bitte sehr!«
»Yngve?«
»Speaking.«
»Hei, hier ist Øystein. Herzlichen Glückwunsch.«
»Großer Gott. Du hast mich also auch dies Jahr nicht vergessen können?«
»Nein, nie im Leben. Aber ich hab das schönste Geschenk der Welt für dich – ich ruf aus dem Krankenhaus an, und du... du bist Pate geworden!«
»Hä?«
»Du bist *Pate* geworden. Ragnhild hat vor einer Stunde einen Sohn bekommen.«
»Kannst du mich nicht in sechzehn Jahren wieder anrufen?«
»Was? Die Verbindung ist so schlecht – was hast du gesagt?«
»Kannst du... ach was. Nein, wie schön, Øystein! Ach, ich gratuliere – ehrlich. Jetzt freust du dich sicher, was? Wie geht's Ragnhild? Was sagt sie dazu, daß sie einen Sohn bekommen hat und keine Tochter?«

»Sie ist überglücklich. Er ist zwei Wochen zu früh gekommen, aber alles ist gut gelaufen. Er ist so schön.«
»Ja, das glaub ich gern.«
»Um welche Uhrzeit bist du geboren worden? Weißt du das?«
»Ja, halb zwei, wenn ich mich richtig erinnere – das hat Maria gesagt, meine ich.«
»Ach, da war er hier schon unterwegs. Weißt du, wie er heißen soll?«
»Nein, woher soll ich das wissen?«
»Hast du einen Vorschlag?«
»Aus dem Ärmel schütteln kann ich gerade keinen.«
»Er soll Yngve heißen. Das haben wir gerade beschlossen. Du bist jetzt ein echter Pate!«
»Ach, aber... Herrgott... ach, Øystein! Ich weiß nicht, was ich sagen soll. Findest du das denn wirklich richtig?«
»Aber sicher finden wir das. Dir kommt doch auch ein Teil der Ehre zu – du hast schließlich gesagt, er müßte auch einen Vater haben –, und für dich ist es ja auch nicht schwer, an seinen Geburtstag zu denken, oder?«
»Ja? Was wünscht er sich denn heute? Goldlamée-Windeln? Einen Sportwagen?«
»Er will bloß einen Kuß auf die Wange. Kriegt er den?«
»Ja. Gib ihm Licht und Liebe von mir, Øystein. Und die gibt's auch für Ragnhild und dich. Jetzt hast du mir wirklich eine Freude gemacht.«
»Ich mag dich so sehr, Yngve, das weißt du.«
»Und ich dich. Ich danke dir.«
»Feiert nicht zuviel!«
»Nichts da! Jetzt haben wir doch endlich einen richtigen Grund!«

Es wurde ein selten nettes Fest. Ich war so froh, wie ich meines Wissens noch nie gewesen war, und das griff wohl auch auf die anderen über. Ich glaubte, den Sinn von allem zu begreifen; es war *richtig*, daß Øystein und Ragnhild zusammen waren und daß das ein so phantastisches Ergebnis erbracht hatte. Einen lebendigen kleinen Jungen! Der noch dazu Yngve heißen sollte. Ach, ich war so dankbar – nicht zuletzt auch, weil Øystein meinen idiotischen Spruch, er sollte in sechzehn Jahren noch mal anrufen, nicht mitbekommen hatte. Er hätte mir das sicher nie verzeihen können. Ich beschloß, hinfort mein loses Maul zu hüten – in mancherlei Hinsicht. Für den Rest des Tages trank ich nur noch Mineralwasser und wurde ausnahmsweise einmal nicht betrunken. Und zu allem Überfluß landete ich auch noch mit einem Jungen namens Svein im Messingbett, und es war wunderschön, mit ihm zu schlafen. Im Gesicht war er nun gerade nicht so schön, aber mir war das nur recht. Ich war für immer mit den leidenschaftlichen Verliebtheiten in bildschöne und kapriziöse Neurotiker mit Vätern bei der Kriminalpolizei oder Großvätern auf dem Millionenhügel fertig. Wieviel besser war doch so ein redlicher Vögelkumpel, der ohne viel Hin und Her geben und nehmen konnte. Wir erwachten am nächsten Vormittag mit einem prickelnden Kater und gönnten uns eine ausgedehnte alberne Extranummer, ehe wir ins Bad gingen, wo ich im Spülkasten eine Reserveflasche Sekt versteckt hatte. Das Fest dauerte noch einen weiteren Tag, und am Sonntag waren noch genügend Freiwillige für den Hausputz übrig.

Frankenschwein

Svein kam aus Nordnorwegen, der Arme. Dort war er vor zwanzig Wintern zur Welt gekommen, während die guten Feen alle irgendwo anders bei einem kleinen Glückskind beschäftigt waren. Deshalb war Svein nicht gerade Schönheit in die Wiege gelegt worden. Die böse Fee hatte ihm eine schiefe Nase, eine Hasenscharte und einen Neandertaler-Unterkiefer mit äußerst unregelmäßiger Zahnstellung verehrt, die immer wieder sehr umfassende Regulierungsmaßnahmen erforderte. Alles zusammen machte seinen Anblick eher abstoßend – nach unseren konformen Normen für Schön und Häßlich. Trotzdem war er munter und humorvoll – und hatte eine blonde Mähne und lächelnde graue Augen. Ansonsten verfügte er über einen schlanken und verdammt attraktiven Körper, der sein unglückseliges Gesicht absolut ausglich. Er lachte oft und ungehemmt und schien sich dabei von Herzen zu freuen. Das fand ich äußerst faszinierend. Wie war es möglich, so häßlich und gleichzeitig so munter auf dem Jahrmarkt der Schwulen Eitelkeiten zu sein? Die allermeisten von uns leiden doch an irgendeinem heimlichen Gebrechen, über das wir uns fast alle zu Tode grämen – vor allem in unseren jungen Jahren. Wenn es nicht die Geschlechtsorgane sind, die zu klein oder zu groß oder zu sonstwas sind, dann sind es Zehen oder Knie oder das Sichtbarste – Nase oder Mund. Viele leiden wegen ihrer absolut reizenden Nasen die grausamsten Qualen. Aber bei Svein war das offenbar nicht der Fall, und das konnte ich einfach nicht begreifen. Ich mußte dieses Mysterium genauer erforschen. Und das machte ich mit meiner großen Klappe – auf die ich übrigens recht stolz war.

Schon am ersten Vormittag, als wir zusammen wach wurden, kam ich auf die Idee, uns »The Beauty and the Beast« zu nennen. Svein lachte sein befreiendes Lachen und schien sich köstlich zu amüsieren, aber als ich uns danach der Gesellschaft vorstellte, sah ich einen Moment lang, daß es ihn auf irgendeine Weise getroffen hatte. Obwohl er mit den anderen lachte, vermied er es, mich anzusehen – und nun hätte ich begreifen müssen, daß er etwas Wichtiges verbergen wollte. Aber ich wollte nicht begreifen. Innerhalb weniger Tage kannte die ganze Stadt unseren neuen Namen, und Svein schien das hervorragend vertragen zu können, als es erst einmal offiziell war.

Nach einigen Wochen nannte ich ihn an einem ansonsten schönen Tag dann plötzlich »Frankenschwein«. Svein war natürlich nicht dabei, aber Terje und ich krümmten uns vor Lachen über diese auserlesene Bosheit. Uns war beiden klar, daß sich mein schwarzer Humor irgendeiner Gefahrengrenze näherte – das machte es ja gerade so unwiderstehlich komisch –, aber keiner von uns kapierte, *wie* gefährlich es war. Wir hatten ja unter uns einen ziemlich groben Umgangston entwickelt und gingen wie selbstverständlich davon aus, daß alle anderen eine ebenso hohe Toleranzschwelle hatten. Natürlich ist es nicht nur in der Schwulenszene üblich, den Leuten Spitznamen zu verpassen, aber bei uns ist das ganz besonders verbreitet. Die allermeisten Schwulen bekommen früher oder später einen Spitznamen, der an ihnen hängen bleibt, ob ihnen das nun gefällt oder nicht, und die meisten finden sich mit der ihnen zugemessenen Portion Gemeinheit ab. Der selige Montgomery Clift zum Beispiel wurde »Miss Tinymeat« genannt. Aber es kommt auch vor, daß der Hühnerhof alle Hemmungen verliert – und dann wird wirklich schikaniert.

Der Begriff Frankenschwein war in wenigen Stunden stadtbekannt, denn Terje machte einen Ausflug ins Metropol und alle freuten sich tierisch über meinen eleganten Witz – alle außer Svein. Er erfuhr lange nichts von seiner neuen Identität, weil niemand ihm davon erzählte. Und ich schon gar nicht. Weder die kleine blinde Edith noch die Königin vom Hügel Gunda Seemusch brachten es über sich, Svein direkt mit Frankenschwein anzureden, obwohl wir hinter seinem Rücken alle lachten. Aber nach und nach fing ich an, mir wegen seiner Reaktion Sorgen zu machen, schließlich wollte ich ihn nicht verletzen. Ich mochte ihn doch gern! Aber es war eine Art Spiel mit dem Feuer, eine Besessenheit, die mich weitertrieb, nach dem Motto: Geliebtes Kind

hat viele Namen. Schließlich spuckte ich den endgültigen Spitznamen für den armen Svein aus, nämlich »Der Glöckner von Norderland«. Danach fiel keinem mehr etwas ein. Das Lachen blieb uns irgendwie im Hals stecken.
Eines Tages rief Svein an und fragte, ob er nach Wolkenwild kommen könnte, statt wie verabredet mit mir ins Kino zu gehen. Er wollte mit mir reden. Ich war allein zu Hause, als er kam, und ich wußte sofort, daß die Stunde der Abrechnung geschlagen hatte. Sein schwieriges Gesicht war so ernst. Ich fragte, ob er etwas trinken wollte, aber er wollte lieber Tee. Dann fragte er:
»Was willst du eigentlich von mir, Yngve?«
»Mit dir zusammen sein. Mit allem, was dazu gehört.«
»Und was gehört für dich dazu?«
»Dich mögen. Immer lieber.«
»Und wie gern magst du mich also?«
»Himmel, Svein! Was soll das? Glaubst du mir nicht?«
»Ich weiß nicht, was ich glauben soll. Hast du gehört, daß die anderen mir inzwischen einen seltsamen Spitznamen geben — viele seltsame Spitznamen sogar?«
»Ja, Svein. Und ich hab mir auch schon lange überlegt, daß ich mit dir darüber reden müßte, aber ich hab es immer wieder vor mir hergeschoben.«
»Weißt du, woher diese Namen stammen?«
»Ja. Sie kommen aus diesem Haus hier — aber du mußt versuchen zu verstehen, daß das nicht böse gemeint ist...«
»Von wem hier im Haus?«
»Himmel! Von mir! Ich hab mir wohl die meisten ausgedacht.«
»Auch das mit Frankenschwein?«
»Schon, aber...«
»Und Zwerg Nase?«
»Svein. Das liegt doch daran, daß ich dich mag. Irgendwie...«
Ich wäre schrecklich gern vor seinem Blick aus dem Haus geflohen. Er sah aus wie ein *rächender* Børre. Dann sagte er leise:
»Ja, auf das *wie* kommt es eben an, wissen Sie.«
»Svein. Verzeih mir! Ich dachte wirklich, so was wär dir egal. Ich dachte, du hättest eine ganz lockere Einstellung... zu deinem Aussehen.«

»Komm nicht näher, Yngve! Versuch nicht, mich anzufassen! Weißt du, ich hatte angefangen zu hoffen, daß du nicht so wärst wie *alle* anderen. Weißt du noch, wie du angefangen hast, uns ›The Beauty and the Beast‹ zu nennen? Da hab ich eine Zeitlang ziemlichen Schiß gehabt, aber dann hab ich beschlossen, daß der Scherz nicht allein auf meine Kosten ging. Ich dachte, es wäre auch ein bißchen Selbstironie dabei, wenn du uns zusammen als ›*Schönheit* und Bestie‹ vorgestellt hast. Hast du eigentlich je so weit gedacht?«

»Nicht ganz, nein. Aber Svein...«

»Dann brauch ich ja auch gar nicht erst zu fragen, in welche Tiefen du mit deinen anderen Einfällen vorgedrungen bist. Bleib sitzen! Ich bin noch nicht fertig. Ich werde dir etwas erzählen, worüber du dich sicher köstlich amüsierst, Yngve – wo du doch solchen Sinn für menschlichen Humor hast. Als ich in der Schule angefangen habe, haben sie mich vom ersten Tag an ›Schweinefresse‹ genannt, und im Laufe der Jahre hab ich unzählige Variationen gehört. Arsch mit Ohren. Votzengesicht. Im Gymnasium hieß ich bloß Schleimvisage, weil ich aus purem Trotz lernte und gute Noten bekam. Dann bin ich zum Studium nach Oslo gekommen. Der Name ist mir gefolgt. Nicht offen, sondern in Form von scheelen Blicken, Lächeln und Kichern hinter meinem Rücken. Du kannst dir also vorstellen, wie gern ich in den Spiegel sehe. Ich bin in mehreren Krankenhäusern gewesen und so einigermaßen zusammengeflickt worden. Aber mein Fall ist zu kompliziert für Norwegen. Hier können sie nicht mehr für mich tun. Ich muß in die USA, und ich hab nicht genug Geld. Eines Abends bin ich trotzdem ins Metropol gegangen. Ich hab mich nicht getraut, aber ich hab's trotzdem getan. Und da hab ich schnell festgestellt, daß meine Fresse komischerweise nicht das Wichtigste ist. Mein Körper zählt viel mehr. Mein Hintern und mein Schwanz, und wie ich mit beidem umgehe. Und da mußte ich lachen – denn das ist doch ziemlich komisch, nicht wahr? Jetzt bin ich schon fast ein Jahr in der Szene und hab mit ziemlich vielen geschlafen. Aber du bist der erste, der sich für mehr als nur für die ewige Fickerei zu interessieren schien. Ich dachte... daß du dir hinter der Maske wirklich etwas aus mir machst. Aus *mir*, dem diese scheußliche Maske

über den Kopf gestülpt worden ist. Diese verdammte Visage, die ich nicht loswerden kann! Ehe ich dich kennengelernt habe, wollte ich eine Bank überfallen und nach Amerika fahren und mir ein neues Gesicht kaufen. Oder mich aufhängen. Aber dann kamst du und sagtest, du wolltest eine Beziehung, und da hab ich gedacht, ich würde die Million nicht stehlen, solange du es mit mir aushältst. Ich wollte lieber weiter sparen. Aber es würde noch Jahre dauern, bis ich genug Geld für die Operation hätte. Aber jetzt mach ich doch den Bankraub. Meine Pläne stehen fest, verstehst du. Himmel, fast bin ich froh darüber!«
»Nein, Svein! Jetzt hör auf mit dem Quatsch. Bankräuber werden erwischt und landen im Knast.«
»Meinst du, das hätte ich mir nicht überlegt? Siehst du denn nicht ein, daß der Knast der einzige Ort auf der Welt ist, wo es ein Vorteil ist, so auszusehen wie ich? Was auch passiert, da werd ich's besser haben als jetzt.«
»Nein, wirst du nicht! Du mußt doch einsehen, daß du nicht mal im Gefängnis einen Vorteil daraus ziehst, solange du nicht anfängst, dich auch so zu benehmen wie du aus...«
»*Wie ich aussehe*? O mein Gott! Sehe ich denn wie ein Mörder aus? Tu ich das, Yngve? Wenn du findest, ich sehe aus wie ein Mörder, dann werd ich jetzt einer!«
Er war aufgesprungen und stand drohend über mir. Ich sprang ebenfalls auf und schlang die Arme um ihn. Zog ihn an mich und küßte sein Gesicht. Er kämpfte wie besessen, um sich loszureißen, aber ich hielt ihn fest. In der Not bin sogar ich stark. Da schrie er, mein unglücklicher Svein. Er brüllte dermaßen, daß ich fürchtete, der ganze Junge könnte platzen. Ich hielt ihn fest und ließ ihn brüllen. Ließ seine Hysterie in krampfhaftem Weinen ihren Auslauf nehmen.
Dann ließ ich ihn langsam los und ließ mich von ihm umarmen. Erst da begriff ich, wie gern ich Svein Ungemach inzwischen hatte, und daß ich auch mich mit meiner Frotzelei auf die Probe gestellt hatte. Aber es war Svein, der die Kraft hatte, sich der Probe zu stellen und dafür zu sorgen, daß wir sie gemeinsam bestehen konnten.
»Jetzt setzen wir uns – und dann trinken wir endlich einen.«

»Ja, ich geh mich nur eben waschen – in der Visage.«
Svein war wirklich ganz schön tapfer. Ich holte Eiswasser und schenkte uns zwei solide Upper Ten ein. Dann tranken wir und schwiegen eine Weile, bis ich etwas sagen wollte.
»Jetzt will ich so ehrlich wie möglich sein. Ich lüge nicht oft bewußt, aber es kommt schon vor, daß ich Dinge auslasse, die ich lieber hätte sagen sollen. Über die ich in meiner Beziehung zu dir sicher hätte sprechen sollen, zum Bleistift.«
»Gut. Wenn es noch mehr Spitznamen gibt, über die ich Bescheid wissen sollte, dann raus damit.«
»Ach Svein. Kannst du nicht versuchen, diese ganze unselige Geschichte zu vergessen? Vergiß diese dummen Namen und verzeih mir, daß ich das Ganze in Gang gesetzt habe, ja?«
»Das soll ich vergessen? Kannst du auf Kommando vergessen? Ich kann versuchen zu verdrängen – und das wird wirklich keine leichte Aufgabe –, und ich kann dir sicher auch verzeihen, das möchte ich wenigstens – aber ich werde nie vergessen, daß du mich... Frankenschwein genannt hast! Das ist so gemein, Yngve! Woher nimmst du so was? Du, mit deinem Gesicht? Mit deinem ganzen Wesen?«
»Herrgott! Wir haben ja wohl alle solche gefährlichen Elemente in uns. Ich will das Gute, tue aber das Böse – sogar Paulus hatte damit Probleme.«
»Ja, und er hatte auch einen Pfahl im Fleische, der nicht näher beschrieben wird. Ich habe mich oft gefragt, ob das ein echtes Handicap war. Jedenfalls war es etwas, das ihn gequält hat – dessen er sich geschämt hat. Hast du dir mal überlegt, daß ich meine Schande ganz offen zeigen muß? Alle, die mich sehen, wissen sofort, was mit mir nicht stimmt, wohin sie ihren Finger legen können.«
»Aber ich begreif nicht, wieso du dich deshalb schämst, Svein! Wir können doch alle nichts dafür, wie wir aussehen – wie wir geschaffen sind!«
»Oder mißraten!«
»Aber du bist doch nicht mißraten, Mensch! Ich finde dich toll.« Er packte meinen Arm und drückte zu.
»Das stimmt nicht. Jetzt hast du gelogen, Yngve!«

»Ich habe nicht ›hübsch‹ gesagt. Ich habe nicht gesagt, du wärst bildschön. Du hast von meinem Wesen gesprochen, aber hast du dir je Gedanken über dein eigenes gemacht? Du strahlst vor Lebenswillen und Tatkraft. Und außerdem hast du eine *Freude* in dir, wie ich sie noch nie erlebt habe. Sie spiegelt etwas Unbezwingbares wider, das ab und zu auffunkelt – und dann bist du *einfach toll*!«

»Na gut. Das hab ich nicht gewußt. Aber ich muß dir wohl glauben. Übrigens weiß ich, was das ist, dieses Unbezwingbare. Es ist die Hoffnung, meine Schande wegoperiert zu bekommen. Die Gewißheit, daß das möglich ist. Weißt du, wovon ich in meinen Tagträumen phantasiere? Ich stelle mir vor, was ich für eine Nase haben möchte. Wie mein Profil aussehen soll. Ach, Yngve, ich hasse meine Fresse! Kannst du mir nicht helfen, sie loszuwerden? Weißt du, wo ich sechshunderttausend Kronen hernehmen soll?«

Er war so verzweifelt. Er machte ein so flehendes Gesicht. Ich schüttelte langsam den Kopf, weil ich endlich seinen Kummer begreifen konnte, aber vor allem, weil ich keine sechshunderttausend hatte.

Da hörten wir in der Diele Getrampel, und herein kam Terje mit seinem begabten Extra-Lars im Schlepptau. Beide waren ziemlich blau, und als Terje uns sah, wuchs in seinem hübschen Gesicht ein manisches Grinsen, ehe er heulte:

»Na so was! Haben wir den Glöckner von Norderland höchstpersönlich zu Besuch?«

Dann brachte er noch ein infames gackerndes Hexenlachen und steuerte den Barschrank an. Ich drehte mich zu Svein um, um etwas zu sagen, brachte aber keinen Ton heraus. Er starrte erst Terje, dann mich und dann wieder Terje an, mit einem Gesichtsausdruck, der zwischen Ungläubigkeit und grausamer Gewißheit wechselte. Er erhob sich mit einem gequälten Wimmern und ließ dann sein Glas an der Kaminmauer zersplittern. Im nächsten Moment hatte er das Haus schon verlassen. Ich war total gelähmt. Als ich die Türschwelle erreicht hatte, sah ich ihn oben am Hang verschwinden. Ich stand da und wußte, daß alles meine Schuld war – und das habe ich mir niemals verzeihen können.

Es wurde der härteste Winter meines Menschengedenkens. Terje und ich glitten in ein Routinedasein hinein, in dem nur selten etwas Zufällen überlassen wurde. Wir standen gegen zehn auf und teilten uns zum Frühstück zwei Flaschen Bier. Dann rissen wir uns zusammen und lasen bis fast drei Uhr Korrektur. Danach ging einer von uns einkaufen, während der andere etwas Eßbares zum zweiten Frühstück produzierte. Nach dem Essen entspannten wir uns mit der Regenbogenpresse und dem ersten *Irish* des Tages. Der bestand normalerweise aus Kaffee, Zucker, Sahne und einem Schuß neunzigprozentigem Schwarzgebrannten, aber wir waren auch oft so erschöpft, daß wir Pulverkaffee und heißes Wasser aus der Leitung nahmen – und Magermilch, wenn uns die Sahne ausgegangen war. Wir nahmen es nicht mehr so schrecklich genau. Später am Nachmittag beruhigten wir unsere Nerven mit guter Musik und Kartenspielen, wie ich es persönlich von der betörenden Effi Marconi gelernt hatte, der Verlobten von Dickie Dick Dickens. Es war eine Variante des Spiels Skaramusch, mit ungeahnten Möglichkeiten für Witz-Sonderpunkte und gegenseitiger Schikane, wobei je nach Laune abwechselnd Terje oder ich führten. Terje hatte die amerikanische Variante von The Game auf seiner stürmischen USA-Tournee gelernt. Das Spiel ist übrigens ein beliebter Zeitvertreib bei den zickigsten Schauspielerinnen in Hollywood und Umgebung.
Wir zogen unser eigenes Pot – im Blumenpott, natürlich –, aber dafür gab es keine Punkte. Es brachte uns ab und zu einen leichtfüßigen Extrarausch, inklusive Lachanfall und Inflation in der Punktrechnung. Wir erzielten bis zu tausend Punkte für die billigsten Wortspiele aller Zeiten – und die fielen wie Bleischrot bei der Schneehuhnjagd. Ich habe fast alles vergessen, was wir uns abquetschten – und darüber solltet ihr froh sein! Skaramusch ist wirklich das zynischste Spiel der Welt – gleich nach Waffenhandel und Fay Weldon.

Dann schliefen wir gern ein Stündchen, ehe der Fernsehabend anfing. Ich hatte nämlich mit der Begründung, daß sie ja doch ab und zu mal was Gutes brachten, eine Farbglotze angeschafft, und nun gaben wir uns bedingungslos der staatlichen Traumfabrik hin, die wir so innig verachteten. Wir sahen fast alles, was gesendet wurde, und wir kamen nur noch selten ins Kino – von Theater oder Konzerten ganz zu schweigen. Aber da gab's ja schließlich weder Wein noch Irish, also war's uns egal.
Jeden Freitag standen wir früh auf und fuhren zur Druckerei, zu der wir langsam eine hervorragende Beziehung aufbauten. Denn wir lieferten gute Arbeit. Das schafften wir gerade noch. In Oslo aßen wir im Theatercafé oder bei Blom feudal zu Mittag, dann bunkerten wir beim Alkoholmonopol Proviant. In einem Bergan-Rucksack haben vierundzwanzig Weinflaschen Platz.
Am Wochenende kam meistens Besuch, der Bridge spielen konnte – und wir spielten Bridge und tranken, was wir nur konnten, und Terje und ich steigerten uns ins Spiel, daß die Fetzen nur so flogen. Die Fetzen der Gäste. Schließlich fanden wir nur noch mit Mühe Spielpartner.
Es war zum Sterben öde.

Der Grund, warum wir dieses Kokondasein aushielten, war schlicht und einleuchtend. Wir verdienten so gut, daß wir daraus entfliehen konnten. Alle brauchen ab und zu mal eine Flucht, wißt ihr. Jeden zweiten Monat bewilligten wir uns zwei oder drei Wochen im Süden. Ich stellte eine nette Frau an, die während unserer Abwesenheiten die notwendigen Korrekturen erledigte, und das ging gut. Auf diese Weise gönnten wir uns zahllose wunderbar lustige Ferien – aber darüber gibt's nicht viel zu erzählen. Natürlich könnte ich berichten, wie Terje einmal austickte und Kreta für die Fähre nach Kopenhagen hielt. Oder wie ich austickte und Madeira mit Voksenkollen verwechselte und glaubte, der Alte sei König und sitze auf einem Rollstuhlthron aus Gold mit eingebauten Maschinenpistolen, mit denen er mich entzweischoß – aber eigentlich ist das nicht so komisch, wie es sich im ersten Moment vielleicht anhört.

Ich hatte ein angenehmes Gefühl von Geborgenheit, nach Wolkenwild zurückzukommen und nach solchen schwungvollen Ausflügen wieder in den alten Trott zu fallen. Es war fast befreiend, sich einen Irish brauen und wieder vor der Glotze aufs Sofa sinken zu können. Und da saßen wir dann. Wir saßen und lasen Korrektur. Wir saßen und spielten Karten. Wir saßen und schauten in die Glotze. Wir saßen im Flugzeug und im Straßencafé. Und so blieben wir sitzen.

Zehn Jahre lang.

Im ersten Jahr nahm ich fünf Kilo zu. Das machte nicht viel aus, auch wenn es sich vor allem in meinem Gesicht zeigte. Mir war es egal, weil ich den Gedanken an einen neuen Liebhaber aufgegeben hatte. Als Svein weggelaufen war, hatte er meine gute Stimmung mitgenommen, und mit ihr war auch die Lust auf vieles andere verschwunden. Ich hatte auch früher schon über lange Phasen als monosexueller Wichsmönch überlebt, das war also nichts Neues. Ich hörte auch auf zu schreiben, aber es störte mich nicht. Statt dessen stahl ich dem alten Kåre Kivijervi sein Motto und machte es zu meinem eigenen:

»Eigentlich bin ich Workaholic – und ihr ahnt ja nicht, welche unmenschlichen Leiden ich jeden Tag durchmachen muß, um dieses entsetzliche Laster zu unterdrücken!«

Im zweiten Jahr nahm ich sieben Kilo zu. Das gefiel mir so wenig, daß ich aufhörte, mich zu wiegen, als ich die Achtzig-Kilo-Grenze überschritten hatte. Auch Terje wurde langsam schwammig, aber bei weitem nicht so schlimm wie ich. Eines Tages setzten wir uns hin und beschlossen, jetzt aber abzunehmen. Wir blieben sitzen.

Øystein kam einmal im Monat zu Besuch, aber wir waren ja oft verreist, und ich traf ihn vielleicht sechsmal pro Jahr. Ich nahm mich jedesmal schrecklich zusammen und setzte ein zufriedenes Valiumlächeln auf, das sogar meine eigene Mutter täuschte – wie ich bei mehreren Gelegenheiten feststellen konnte. Ich wirkte erfolgreich und ausgeglichen und schien keine anderen Probleme zu haben als ein leichtes Übergewicht, weil ich im Sitzen arbeitete.

Der stolze Vater wirkte anfangs froh und glücklich, aber als Ragnhild nach zwei Jahren endlich ihre Tochter bekam, setzte eine langsame Veränderung ein. Er lächelte nicht mehr so oft. Er wirkte abwesend und reizbar. Er bekam Sorgenfalten auf der Stirn und scharfe Gesichtszüge. Aber Øystein war keiner, der sich beklagte. Statt dessen erzählte er immer weniger über sich und sein Leben – genau wie ich –, und am Ende hatten wir kaum noch Gesprächsstoff, abgesehen von Klein-Yngve, der das schönste Wunderkind der Welt war. Das war er wirklich.

Als das Jahr des Herrn 1984 verstrich, hoffte ich auf den nahe bevorstehenden Untergang der Welt – nicht wegen erneuter Paranoia. Ich hatte längst gelernt, meine Angst ziemlich geschickt unter Kontrolle zu halten. Es kann tröstlich sein, sich das Allerschlimmste vorzustellen – um dann zu einer nicht ganz so elenden Wirklichkeit zu erwachen. Nur kam meine Wirklichkeit mir schlimmer vor als alles, wovon ich träumen konnte. Ich wog fünfundneunzig Kilo. Ich verabscheute meinen eigenen Körper. Ich sah aus wie das Bildnis des Dorian Gray. Ich schleppte eine schmerzhafte Fettleber mit mir herum. Ich hatte das Leben satt. Ich traute mich nicht zu sterben.

Außerdem war ich mit dem besten Roman der Welt schwanger und hatte keine Lust, ihn zu schreiben. Ich würde ihn nie schreiben, und das machte mich aggressiv und deprimiert. Terje fing an, seinen Korrekturanteil montags und dienstags in Mammutschichten zu erledigen, dann fuhr er in die Stadt und blieb für den Rest der Woche dort, weil er es nicht ertragen konnte, mit mir in einem Haus zu sein. Mir war das nur recht, ich konnte seine Visage einfach nicht mehr ausstehen. Ich konnte überhaupt niemanden ausstehen, außer Kissmus, die aber langsam alt und sauer und eigen wurde, genau wie ich. Auch Øystein verschwand. Ich glaube, er war im Frühling einmal da und erklärte, ich müßte mich zusammenreißen, und da schloß ich mich ein, bis er wieder weg war.

Deshalb hoffte ich auf den Weltuntergang oder, genauer gesagt: darauf, daß die Menschheit sich selber ausrottete. Das war die ein-

zig vernünftige Lösung für die Katastrophe, die dem Erdball bevorstand. Ich hielt den Menschen für eine unerwünschte Abweichung in der Allnatur und fand, wir sollten so bald wie möglich denselben Weg einschlagen, den die Dinosaurier gewandert waren, als ihre Zeit vorbei war.
Als es im November zu schneien anfing, war ich so sauer, daß ich wie ein toller Hund losheulte. Ich konnte mich nicht mehr erinnern, wann ich eine nüchterne Sonne gesehen hatte, und ich hatte den Verdacht, daß sich meine Bauchspeicheldrüse am Rande eines Totalkollapses befand. Außerdem gab es keinerlei Anzeichen für eine unmittelbar bevorstehende Götterdämmerung. Ganz im Gegenteil schien das geschäftige Menschengeschlecht erst noch absolut jegliches andere Leben ausrotten zu wollen, ehe es in seinem eigenen Dreck erstickte.
Ach, ich war so sauer, daß ich ein Extra-Valium und einen Wodka mit Eiswasser brauchte. Das half immerhin so weit, daß ich mir noch einen mixte, ehe ich mich an meine abscheulichen Sisyphos-Korrekturen setzte. Ich korrigierte gerade ein medizinisches Lexikon, das mit Fremdwörtern und Ärztesprache dermaßen vollgestopft war, daß es meine volle Aufmerksamkeit erheischte – ganz zu schweigen von meinen fünf Sinnen. Als ich bei »Aggressiver Paranoia« angekommen war, überkam mich die unwiderstehliche Lust, das ganze Haus zu Klump zu schlagen, aber statt dessen schellte das Telefon – und das war ein seltenes, willkommenes Ereignis. Mich riefen nicht mehr viele an.
»Hier ist der Vandale persönlich!« schrie ich in die Sprechmuschel.
»Hähähähähähähähähähähä! Du lebst also noch, du ausgelaugte Speckwurst?«
»Else? Wie schön. Ich wollte gerade das Haus zu Klump schlagen.«
»Laß das, das macht viel zuviel Dreck. Geh lieber Skilaufen, oder ziehst du vielleicht Schneeteller vor?«
»Wenn du auf körperliche Ertüchtigung aus bist, dann bist du bei der falschen Nummer gelandet. Hier ist der Feinschmeckerdienst des Alkoholmonopols. Heute können wir Irish Coffee mit Sauermilch empfehlen.«

»Hähähähähähähä! Wo wärst du ohne deine gute Laune!«
»Genau. Was willst du eigentlich? Passiert irgendwas Nettes?«
»Das weiß ich nicht so recht, aber eigentlich bezweifle ich das.«
»Hör mal, wenn du schlechte Neuigkeiten hast, halt lieber die Klappe. Ich kann im Moment nicht mal mich selber ertragen.«
»Dann solltest du dich wappnen, ich glaube, es ist ziemlich wichtig. Gestern abend hat hier eine Dame angerufen und nach dir gefragt. Ich wollte ihr deine Nummer nicht geben, aber sie gab mir ihre, und ich soll dich bitten, sie so bald wie möglich anzurufen...«
»Und wer war diese geheimnisvolle Kameliendame?«
»Sie heißt Bodil Einherje.«
»*Was?*«
»Einherje. Sagt dir das was?«
»O Jesus Maria! Ich dachte, ich hätte den ganzen Scheiß verdrängt. Weißt du nicht mehr, 75? Als ich fast wegen Verführung Minderjähriger hopsgenommen worden wäre? Mit Truls? Das ist seine Mutter.«
»Himmel!«
»Diese Geschichte ist erst in einem halben Jahr verjährt, Else. Jetzt krieg ich wirklich Paranoia!«
»Laß das. Brauchst du wirklich nicht. Sie wollte garantiert keinen Ärger, davon bin ich überzeugt. Sie wirkte traurig und... ja, kleinlaut. Demütig. Aber sie hat nicht gesagt, worum es geht. Du solltest sie anrufen. Du hast nichts dabei zu verlieren.«
»Als ich zuletzt mit ihr gesprochen habe, hätte sie mich fast zu Tode erschreckt.«
»Aber darauf ist sie jetzt nicht aus. Ganz bestimmt nicht, Yngve. Meine medizinische Spürnase sagt mir, daß sie Hilfe braucht — und dabei geht es sicher um den einstmals so heiß umkämpften Jüngling.«
»Herrgott. Damals war er fünfzehn, also ist er jetzt gerade mal vierundzwanzig. Während ich schon fünfunddreißig bin. Ich sterbe bald an Altersschwäche und Aphasie und protestierender Prostata und...«
»Ich habe im Moment leider keine Zeit mehr. Aber du kannst gern einen Termin bei mir bestellen, du alte Schabracke. Komm

am Freitag gegen Mittag vorbei, okay? Und jetzt kriegst du ihre Telefonnummer.«

Gibt es Leute, die gern ein bißchen Abwechslung im grauen Alltag haben? Mir ging es ganz anders. Ich konnte nicht einmal den Schatten von Über-Yngve mobilisieren. Statt dessen mixte ich mir einen Wodka mit Eiswasser und wählte aus purer Gemeinheit die Nummer.

»Ja, hallo?« meldete sich eine zaghafte Frauenstimme.

»Hier ist Yngve Vilde. Ich bin gerade gebeten worden, Frau Einherje unter dieser Nummer anzurufen...«

»Ja, stimmt. Ich bin ihre Schwester...«

»Ach – dann bist du vielleicht Tante Rigmor aus Hønefoss?«

»Ich muß schon sagen... doch, das stimmt. Aber... Ja, meine Schwester ist leider im Moment nicht hier, aber ich habe die Vollmacht, Ihnen etwas von Truls auszurichten.«

»Ach ja. Und was bitte?«

»Truls liegt im Ullevaal-Krankenhaus und möchte Sie gern sehen, Herr Vilde. Er liegt im Sterben. Er hat... das, was AIDS genannt wird.«

»Was sagst du da?«

»Es tut mir leid, aber es ist die reine Wahrheit. Truls hat nicht mehr lange zu leben, und er bittet Sie zu kommen und... Abschied zu nehmen, wenn ich das richtig verstanden habe. Er hat wohl noch etwas mit Ihnen zu klären.«

»O Gott!«

»Ja, *den* könnten wir jetzt gut brauchen – wir alle. Seine Mutter nimmt das alles sehr schwer. Sie ist jeden Tag im Krankenhaus. Meinen Sie, Sie könnten ihn besuchen?«

»Reicht es, wenn ich morgen vormittag komme?«

»Das klingt gut. Es ist sehr nett von Ihnen. Ich werde Bescheid sagen. Ich glaube, daß meine Schwester vielleicht zuerst ein paar Worte mit Ihnen reden will. Ich sage Ihnen noch schnell Station und Zimmernummer...«

Hat schon irgendwer aufgehört, mitten im Anfang eines dringend nötigen Rausches mit Trinken aufzuhören? Das habe ich. Aber nicht ohne Valium und Musik. Ohne Musik hätte ich nicht überleben können.
Zuerst hörte ich Griegs Konzert in a-moll. Das ist der schönste kontrollierte Depri, den ich kenne. Wie Sternschnuppen in drei Sätzen. Danach hörte ich die Kareliensuite von Sibelius in vollster Lautstärke – und dann verlor ich endlich die Kontrolle. Wenn ich an die Urschreitherapie geglaubt hätte, dann hätte ich sicher alle Fensterscheiben im ganzen Haus zum Bersten gebracht. Aber statt dessen schaffte ich es zu weinen, und so rettete Sibelius mich vor der Brüllenden Finsternis. Ich weinte um Truls, und ich weinte um die Menschheit, aber vor allem weinte ich um mich selber. Und das half.

Am nächsten Morgen versuchte ich auf der Fähre zusammenzufassen, was ich eigentlich über AIDS wußte. Sehr viel war das nicht. Ich hatte die Greuelpropaganda der Zeitungen über »die neue Pest«, mit der Gott so passend die verlotterten Homosexuellen strafte, übersprungen. Es ging mich nichts an. Und ich war einfach nicht auf die Idee gekommen, irgendwer sonst von meinen Bekannten könnte von dieser Schweinerei betroffen sein. Mir brach vor Scham der Schweiß aus bei dem Gedanken, daß Terje und ich vor zwei Jahren im Metropol in einen aufklärenden Vortrag über AIDS und Ansteckungsgefahr hineingeplatzt waren. Wir waren natürlich schon am Vormittag total angeknallt, und nach fünfminütigen Aufforderungen, doch Kondome zu benutzen, schlug ich einen Ganzkörper-Taucheranzug vor – mit Maske und Schnorchel. Woraufhin wir regelrecht hinausgeworfen wurden. Und danach hatten wir das neue Gericht Aidsburger kreieren wollen. Jetzt fühlte ich mich genau wie das Arschloch, das ich schließlich war.

Er lag nicht auf der Isolierstation. Er lag ohne gelbe Flaggen auf einer normalen Station, und darüber war ich froh. Aber er hatte

ein Einzelzimmer, worauf alle Sterbenden einen Anspruch haben sollten. Auch darüber war ich froh. Als ich mich im Stationszimmer meldete, wurde sofort Frau Bodil Einherje geholt, die mir im Flur entgegenkam. Darüber war ich nicht so froh. Ich hätte sie fast nicht wiedererkannt. Beim letzten Mal hatte sie wie Mitte Dreißig ausgesehen – was sie vor neun Jahren wohl auch gewesen war. Jetzt schien sie durchaus über sechzig zu sein, aber ihre Stimme war immer noch von Willensstärke und Selbstkontrolle geprägt, als sie mich begrüßte:
»Es ist nett, daß Sie gekommen sind, Herr Vilde.«
»Es ist nett, daß Sie mir Bescheid gegeben haben, Frau Einherje. Ist er... sehr krank?«
»Ja, er hat Lungenentzündung – und jetzt geht es wohl aufs Ende zu. Aber er hat heute einen ziemlich klaren Tag, glaube ich, deshalb sollten Sie wohl sofort zu ihm gehen, ehe es ihm wieder schlechter geht. Versuchen Sie, sich nichts anmerken zu lassen, falls Sie schockiert sein sollten, und versuchen Sie zu verhindern, daß er sich aufregt. Er hustet Blut. Klingeln Sie nach der Schwester, wenn etwas sein sollte. Ich warte hier. Und seien Sie lieb zu ihm. Jetzt können Sie hineingehen.«

Das Krankenzimmer war weißweißweiß, aber ich konnte alle Assoziationen mit Nerzkäfigen verdrängen. Denn das, was dort in dem großen Bett lag, war das kleinste und zerzausteste Vogeljunge, das ich je gesehen hatte. Er starrte mich aus zwei riesigen graugelben Augen in einem abgemagerten Gesicht unter einer kurzgeschorenen strähnigen Haarmähne an:
Er erkannte mich nicht.
»Hallo, Truls«, sagte ich und versuchte vergeblich zu lächeln. »Ich bin's, Yngve.«
Er sah mich lange an, ohne mit der Wimper zu zucken, dann schluckte er mühsam und sagte mit heiserer Stimme:
»Meine Güte, du bist aber fett geworden!«
»Ja.«
»Ich nicht, was?«
»Nein.«

»Ich könnte dir glatt zehn, fünfzehn Kilo abnehmen, was?«
»Ja, Himmel. Sogar fünfundzwanzig. Wenn das möglich wäre.«
»Aber das ist es nicht, weißt du.«
»Nein. Das ist es wohl nicht.«
»Macht nix. Komm, setz dich. Schön, daß du gekommen bist.«
»Schön, daß du mich darum gebeten hast. Ich wußte nicht, daß du... krank bist.«
»Nein. Das weiß niemand. Außer meiner Mutter. Und meinem Alten – aber der kommt nicht. Der kennt mich nicht mehr. Und das ist mir nur recht.«
»Wie lange bist du schon hier?«
»Ein paar Wochen. Aber ich bin schon ein paar Monate in Norwegen. Bin aus Kopenhagen nach Hause geschickt worden. Aber da hab ich mir das nicht geholt. Hab mich in den USA angesteckt. In New York oder San Fran oder L.A. Weiß nicht so recht, wo oder wann.«
»Du hast also die Welt gesehen – so, wie du dir das gewünscht hattest?«
»O ja. Aber nicht so, wie ich mir das vorgestellt hatte. Hab bloß rumgehurt. Mit viel zu vielen geschlafen. Ich weiß nicht mal, ob ich mich bei einem Kerl oder an einer Fixe infiziert hab. Zu viele Schüsse, weißt du. Ist ja auch egal. Und du?«
»Ich? Ach, ich kann nicht gerade prahlen. Ich versuche, mich zu Tode zu saufen, aber bisher ist mir das noch nicht gelungen – wie du siehst. Wie heißt es doch im Lied? Vorher war ich ein kleiner, dummer Junge, jetzt bin ich ein fetter, dummer Mann.«
»Ha! Das kannte ich noch nicht. Aber das stimmt nicht. Für dich jedenfalls nicht. Du bist nicht dumm. Das warst du früher jedenfalls nicht. Wie lange ist das her? Daß wir zusammen waren?«
»Über zehn Jahre, Truls.«
»Kommt mir viel länger vor. Aber es sollten bloß acht sein, weißt du. Dann wären wir vielleicht... immer noch zusammen?«
»Ja, vielleicht. Aber es hat keinen Sinn, sich darüber den Kopf zu zerbrechen.«
»Läßt sich aber nicht vermeiden, weißt du. Wenn man hier liegt. Ach, ich bereue das so sehr, Yngve. Hab ich schon die ganze Zeit getan. Hab dich nie vergessen, weißt du. Hab dich so übel behan-

delt. Am Ende. Wußte einfach nicht, was ich tat. War so verzweifelt, verstehst du?«
»Das weiß ich. Ich hab das damals schon begriffen. Ich bin auch nie sauer auf dich gewesen. Du hattest ja schließlich recht. Es war nicht deine Schuld, daß du erst fünfzehn warst. Aber es war meine Schuld, daß ich mich nicht getraut habe, für dein Recht, schwul zu sein, zu kämpfen. Es auszuleben. Zusammen mit dir...«
»Nein, nein. Was du gemacht hast, war richtig. Als mein Alter das entdeckt hat – ein halbes Jahr später –, daß ich in Pissoirs und auf den Strich gegangen bin und so, hätte er mich fast umgebracht. Echt. Meine Mutter hat mich gerettet. Zum zweiten Mal. Sie hat gesagt, sie hätte das schon lange gewußt, und er müßte sich damit abfinden. Und dann hat er sie auch geschlagen. Und ist ausgezogen. Hat sich scheiden lassen. Seitdem hab ich ihn nicht mehr gesehen. Und das ist gut. Dieser Arsch. Hat Mutter kaputtgemacht. Ich auch. Bin abgehauen. Zurück zu dieser Serviererin in der Luft, weißt du noch? Und mir war alles scheißegal.«
»Ach, Truls! Du hättest zu *mir* kommen sollen!«
»Weiß ich. Aber ich hab mich nicht getraut, verstehst du. Hab mich so geschämt. Weil ich dich... vergewaltigt habe... verzeih mir, Yngve!«
»Hör zu: Du brauchst deshalb kein schlechtes Gewissen zu haben. Ich habe das doch alles verstanden. Du mußtest deinen Zorn loswerden und mir auf irgendeine Weise weh tun. Damals hab ich dich gern gehabt, und das hat sich auch nicht verändert – *mein Schönster*!«
»Ach, ich danke dir. Traust du dich, meine Hand zu halten? Willst du das?«
»Ja, das ist doch klar.«
Herrgott, die Hand war nur Haut und Knochen. Ich nahm sie zwischen meine Hände und küßte sie vorsichtig. Er fing an zu weinen – ganz still –, und dann sagte er mit einer gewaltigen Anstrengung:
»Yngve. Ich liebe dich. Aber ich muß dir etwas erzählen...«
Und dann fing er an zu husten. Schrecklich. Ich riß an der Klingelschnur und versuchte, seinen Kopf zu stützen. Sein Nacken war so mager, daß sein Kopf fast nicht mehr fest daran saß. Blut quoll

aus seinem Mund. Seine Mutter erschien mit Waschlappen und einer Stahlschüssel, dann kam etwas Weißes, Flatterndes, und dann war kein Platz mehr für mich. Ich rannte auf den Flur und ließ mich in einen Sessel fallen.

»Jetzt geht es besser. Es war kein schlimmer Anfall. Aber er hat wieder das Bewußtsein verloren. Heute wird er nicht mehr sprechen können.«

Frau Einherje saß neben mir und sah zutiefst erschöpft aus: »Ich will nicht fragen, worüber er reden wollte, aber ich hoffe, er hat sein Herz ein bißchen erleichtern können? Er hat in der letzten Zeit so gequält gewirkt... seelisch, meine ich.«

»Ja, das ist mir klar. Und ich glaube, er hat sein Herz erleichtern können, er hat gesagt, was er sagen wollte.«

»Gott sei Dank. Wir wissen ja nicht, wieviel Zeit ihm noch bleibt. Höchstens... eine Woche, sagen sie.«

»Ja, ich kann nicht sagen, wie traurig ich das alles finde. Ich weiß nicht, was ich sagen soll, Frau Einherje. Aber ich fühle mit dir.«

»Ich muß Ihnen sagen, daß ich Ihnen wirklich glaube, Herr Vilde...«

»Bitte, nenn mich Yngve.«

»Dann mußt du mich Bodil nennen. Und was ich sagen wollte, ist, daß ich mich für unsere letzte Begegnung entschuldigen möchte. Verstehst du, im Grunde habe ich dir auch damals geglaubt, aber ich *wollte* es nicht wahrhaben. Ich konnte es nicht hinnehmen. Aber es hat ja nicht lange gedauert, bis mir die Augen aufgegangen sind – aber da war es schon zu spät. Ich konnte es nicht wiedergutmachen, verstehst du.«

»Das verstehe ich. Aber ich hab auch verstanden, daß du deinem Mann nichts von mir erzählt hast. Und dafür möchte ich dir danken.«

»Ach, ich hätte das dem Willy doch nie erzählt! Das war bloß eine Drohung. Du mußt mir verzeihen... Yngve. Ich hätte euch nicht trennen dürfen. Das hab ich schon wenige Tage nach meinem Besuch bei dir begriffen. Truls kam nach Hause – und dann stand er in der Küchentür und *sah* mich einfach bloß an. Und da hab ich

wirklich Angst bekommen. Denn nun hatte ich begriffen, daß er mich haßte. Daß ich etwas getan hatte, was nicht wiedergutzumachen war. Und daß ich selber dafür gesorgt hatte, daß ich ihn für immer verlor. Und jetzt hast du das Ergebnis gesehen. Das Elend da drinnen, das, was von ihm noch übrig ist, das ist mein Sohn. Das ist Truls. Und jetzt muß er sterben.
Ach, ich hätte auf dich hören sollen! Aber ich war nicht erwachsen genug. Ich war total von Willy abhängig, verstehst du. Ich hatte einfach keine selbständige Meinung im Kopf. Aber dann hat er mich verlassen. Und seitdem habe ich alles mögliche begriffen. Während du schon damals alles verstanden hattest. Darüber habe ich viel nachgedacht. Daß du mich gewarnt hast. Daß alles genauso gekommen ist, wie du gesagt hast. Daß du prophezeit hast, daß Truls hier enden würde.«
»Nein, nein, Bodil. Das hab ich wirklich nicht. So etwas, so etwas Schreckliches – hätte ich mir einfach nicht vorstellen können. Und wenn ich das gekonnt hätte, dann hätte ich alles getan, um das zu verhindern. Aber in all diesen Jahren hab ich nie mehr von Truls gehört. Natürlich hab ich an ihn gedacht und mich gefragt, was er wohl macht und so, aber ich hatte ja keine Ahnung...«
»Nein. Ich auch nicht. Ich hab meinen Jungen zuletzt gesehen, als er sechzehn wurde. Einmal habe ich eine Karte bekommen. Aus Amerika. Mit einem Bild der Freiheitsstatue. Und auf der Karte stand: Jetzt bin ich endlich frei. Und: Ich hoffe, dir geht's schlecht! Und so war es auch. Die ganze Zeit. Aber da, verstehst du, gerade da hätte ich dich fast angerufen. Das ist die heilige Wahrheit. Aber dann fiel mir unsere letzte Begegnung ein, und dann hab ich mir gedacht, daß du den Jungen im großen Amerika bestimmt nicht finden könntest, auch wenn du dir alle Mühe geben würdest. Und ich hatte ja auch kein Geld. Und deshalb habe ich es nicht getan.«
»Jaja. Es war sicher ohnehin schon zu spät.«
»Ja. Das war es wohl. Das ist es jedenfalls jetzt. Und jetzt will ich dich nicht mehr mit meinen Klagen quälen. Ich wollte dich nur für damals um Verzeihung bitten. Für das, was ich dir und Truls angetan habe. Verstehst du, ich hatte solche Angst, er könnte kaputtgemacht werden. Ich hatte doch erst vor wenigen Jahren meine

Kleine verloren – und dann wurde Truls immer mehr wie ein Mädchen, im Aussehen und im Benehmen, und davon wollte der Willy natürlich nichts hören, das kannst du dir ja denken. Und dann hab ich solche Angst bekommen. Ich war so verwirrt. Er sollte doch unser *Junge* sein, verstehst du. Und so, wie er sich benommen hat – ja, das war einfach ein rotes Tuch für den Willy. Und deshalb mußte ich etwas unternehmen. Das war das wohl das Schlimmste, was ich in meinem ganzen Leben angerichtet habe, das kann ich dir sagen. Bitte, verzeih mir, Yngve!«
»Danke. Wenn das ein Trost ist – ich habe dir nie etwas nachgetragen. Ich wußte doch, daß du... ziemlich verzweifelt warst und daß die meisten Mütter in dieser Situation dasselbe getan hätten. Eigentlich habe ich dir schon vor langer Zeit verziehen.«
Erst jetzt zitterten Bodil Einherjes Mundwinkel leicht – aber sie weinte nicht. Sie atmete einige Male ein und aus, dann konnte sie mich sogar anlächeln:
»Danke, Yngve. Du bist ein guter Mensch. Das hätte ich sofort begreifen sollen. Aber so ist es eben mit mir, verstehst du, alles kommt zu spät. Aber jetzt danke ich dir für deinen Besuch.«
»Ich möchte gern wiederkommen. Ich kann so oft kommen, wie du willst – wenn Truls das möchte, natürlich. Er wollte mir noch etwas sagen, als sein Hustenanfall kam. Deshalb will er mich sicher wenigstens noch einmal sehen. Hier hast du meine Telefonnummer. Ich wohne jetzt auf Nesodden, ich brauche zwar zwei Stunden, um herzukommen, aber ruf mich auf jeden Fall an – wenn er sich wohl genug fühlt, um Besuch zu bekommen.«
»Das mach ich. Ganz bestimmt. Und ich danke dir. Es war so schön, dich kennenzulernen, Yngve.«
»Ich bin auch froh, dich kennengelernt zu haben, Bodil. Wenn ich irgendwie helfen kann, dann ruf mich einfach an.«
»Danke. Das mach ich auf jeden Fall.«

Die Schrift an der Wand

Zwei Tage später rief Bodil Einherje mich an und sagte mir, daß Truls gestorben war.
Gestorben?
Das verstand ich nicht. Ich wollte es nicht akzeptieren. Eine solch himmelschreiende Ungerechtigkeit! Sie fragte, ob ich zur Beerdigung kommen wollte. Er sollte eingeäschert werden. Auf eigenen Wunsch. Ich wollte heißen Asphalt kotzen, aber es kamen nur Schleim und grüne Gülle.
Und dann lief ich einige Tage lang immer nur im Kreis, lief im Haus im Kreis, lief in mir selber im Kreis – während ich laut mit allen redete, die zuhören wollten. Aber das wollte nicht einmal Kissmus.
»Warum mußte er sterben? Warum gerade du, mein Truls? Wo bist du jetzt? Bist du im Himmel? Gott weiß. Bist du in... der Heißen Hölle? Neinneinnein! Die gibt es nur hier auf diesem verdammten Planeten. Und in der Brüllenden Finsternis kannst du nicht sein – die ist mein höchst privates exklusives Ferienparadies. Aber wo bist du jetzt? Ach Herrgott! Du bist doch wohl nicht... in Deines Vaters Haus gelandet? Im ewigen Walhalla? Zusammen mit allen anderen... o nein! Nicht da – bitte nicht, alle Guten Mächte! Das wäre wirklich ein Schicksal schlimmer als der Tod!
Oooooooooooooo!
Nimm ihn zurück, Allnatur!
Laß Truls zu Asche, Wind und Erde werden!«

Drei Menschen erschienen im Krematorium, Bodil und Tante Rigmor und ich. Herr Willy Einherje ließ sich nicht sehen. Das war der einzige Trost an der ganzen Vorstellung. Truls hatte es nicht geschafft, aus der Staatskirche auszutreten, der Arme. Und deshalb war ein Pastorrr zugegen. Der sprach lange und

geschwollen, aber ich hörte einfach nicht hin. Ich war so vollgestopft mit Valium, daß ich in Augen und Ohren Vaseline hatte – Gott sei Dank. Ansonsten war ich eingetrocknet und verschwitzt zugleich. Ein Gemüse. Fette, alte Kartoffel, die zusammen mit Truls hätte gebacken werden sollen.
Danach wollten sie mir ein Butterbrot und eine Tasse Kaffee spendieren, aber ich konnte einfach nicht mehr. Ich entschuldigte mich, so gut ich konnte und wünschte ihnen alles Gute. Und nun erzählte Bodil – die Mutter aller Schmerzen –, daß Truls zum Schluß nach mir gefragt hatte. Er hatte meinen Namen gerufen. Er mußte noch etwas erzählen. Aber er hatte so hohes Fieber gehabt und war so schwach gewesen, daß sie nicht verstanden hatte, was er zu sagen versuchte. Es war etwas mit einem Bild. Mehr hatte sie nicht begriffen – und dann hatte er wieder das Bewußtsein verloren. Und war gestorben.
Ich drückte ihnen die Hände und sagte »Danke«. Dann fuhr ich mit einem Taxi zu Else Somebody und leerte fast eine ganze Whiskyflasche, während ich mir über die letzte Botschaft meines Schönsten den Kopf zerbrach. Ein Bild? Was für ein Bild? Ich kapierte immer weniger. Und dann verlor auch ich das Bewußtsein. Endlich.

Und dann war offenbar wieder November. Vermutlich war ein Jahr vergangen. Ich konnte mich nur minimal daran erinnern, was passiert war – falls überhaupt etwas passiert war. Ich war die fetteste Mumie der Welt. Und meine Gehirnmasse war durch Baumwolle und Arsen ersetzt worden. Ausgestopfter Broilernerz, Broi-Broi! Die Motorik erledigte die Korrekturen – die ich noch nicht mal mehr hassen mochte. Es ging ganz automatisch.
Das einzige, was mich am Leben erhielt, war die Musik. Ich hörte viel Bruckner – und bildete mir ein, ihn völlig zu verstehen. Vielleicht tat ich das auch – wenn ich allein in dem riesigen Haus saß. Terje kam einmal pro Woche – und wir spielten Karten bis aufs Messer. Er gewann immer, und dann ging er wieder.
Aber dann fing ich an, wieder Klavierkonzerte zu hören. Mozarts vierzehntes und einundzwanzigstes und dreiundzwanzigstes und

nicht zuletzt das vierundzwanzigste. Und das siebenundzwanzigste. Diese Musik zog mich langsam und fast gegen meinen Willen nach oben. Ich mußte widerstrebend zugeben, daß ich trotz allem am Leben und einigermaßen bei Bewußtsein war. Das war ganz scheußlich.

Eines Nachmittags legte ich Beethovens Nummer fünf auf – Klavierkonzert, wohlgemerkt. Die Schicksalssymphonie war mir durch den abenteuerlichen Zweiten Weltkrieg meiner Eltern, den sie zwischen sich mit immer härterem Geschütz führten, auf ewig verleidet. Egal, wer von ihnen überleben würde, es würde ein saurer Sieg sein. Petrus würde vielleicht vierzehn Tage allein zurechtkommen und dann seiner innig verhaßten Ehegattin nachfolgen – in der seligen Hoffnung auf ein ewiges Walhalla. Für *die beiden* wäre das absolut der ideale Ort! Maria würde allein vielleicht ein oder zwei Monate aushalten – aber nicht länger. Und ich würde mich für keinen von ihnen opfern. Wir alle müssen ernten, was wir säen, und ich weigerte mich, Söldner auf ihrem vom Krieg verwüsteten Musterbetrieb zu sein. Sie hatten sich längst ein Haus in Lørenskog gebaut – mit einem viel zu großen Grundstück – und waren reichlich pathetisch geworden, die Alten. Mein Vater, der sein Leben lang aktiver Sozialdemokrat gewesen war, hatte für Politik nur noch ein verächtliches Schnauben übrig, und er ging auch nicht mehr zur Wahl. Zu allem Überfluß wurde er immer offener zum Rassisten – obwohl er Carl I. Hagen* noch mehr als andere Politiker verabscheute. »Dieser feminine Zuckerprinz!« sagte Petrus – klar an mich adressiert. Meine Mutter war auf ihre älteren Tage zur beinharten Feministin geworden. Sie haßte Petrus aus ganzem Herzen – und mich aus halbem.

»All men are created equal«, sagte Maria. »Weißt du, was das bedeutet? Das haben sich diese verdammten Amis ausgedacht. Es bedeutet: Alle Mannsbilder sind gleich! Das habt ihr selber gesagt!«

Ach ja. Ich besuchte sie nicht mehr oft. Ich glaube, ich war in fünf Jahren nur einmal bei ihnen. Von mir aus konnten sie in ihrem egoistischen Haß verkommen. Genau wie ich von meiner eigenen

---

* Carl I. Hagen: Franz Schönhubers sehr viel erfolgreicherer norwegischer Vetter

defekten Reinigungsanlage vergiftet wurde. Exit, Familien-Bande!

Ich hatte bei zwei Flaschen Bier wie ein Roboter Korrektur gelesen, als ich die Haustür hörte. Sicher war das Terje, der erschöpft von einem Zug durch die Gemeinde zurückkehrte, deshalb sah ich nicht auf, als er ins Wohnzimmer kam.

»Hei, Yngve!« sagte jemand – und jetzt blickte ich auf. Denn da stand kein anderer als Øystein, und er sah mich bekümmert an. Er wirkte erschöpft, hatte dunkle Ringe um die Augen.

»Himmel du bist das? Du siehst so ungewohnt aus. Bist du krank?«

»Nein. Bloß ein bißchen erkältet. Aber ich friere etwas. Hast du was Warmes?«

»Ich kann Kaffee machen. Oder Tee? Punsch?«

»Ja, vielleicht Punsch? Damit haben wir ja gute Erfahrungen.«

»Ja, das ist viele Jahre her. Laß uns hoffen, daß es diesmal besser geht, ja? Komm mit in die Küche. Ich hab noch eine Gewürzmischung von vor dem Vietnamkrieg und auch Rotwein – mit Mandeln und Rosinen und so sieht's weniger gut aus.«

»Macht nichts. Ich hoffe, ich komme nicht ungelegen. Ich muß mit dir reden.«

»Eigentlich bin ich ziemlich mies drauf, um ehrlich zu sein – aber es ist trotzdem sehr schön, dich zu sehen. Wie geht's le petit prince?«

»Ach, *dem* geht's gut. Vorläufig. Hast du den Brief gekriegt, in dem er sich fürs Geburtstagsgeschenk bedankt hat?«

»Aber sicher. Mit Zeichnungen und allem. Und daß er schon neun Jahre alt ist! Es war übrigens clever, ihn an meinem Geburtstag zu kriegen. Seiner ist der einzige Geburtstag, den ich nicht vergesse.«

»Ja. Und er vergißt dich auch nicht. Jedesmal, wenn ich nach Oslo fahre, will er mit.«

»Dann bring ihn doch mit. Es ist bestimmt schon zwei Jahre her.«

»Ja. Schön, daß du das sagst – kann sein, daß ich ihn bald mitbringe und endgültig hierbleibe.«

»Hä? Willst du... von Ragnhild wegziehen?«

»Ja. Sie hat einen anderen. Und das ist schon in Ordnung. Sie sind seit einem Jahr zusammen. Aber jetzt ist Ragnhild schwanger von ihm – und nun wollen sie heiraten.«

»Oijoi! Und dann mußt du wohl deine Hutschachtel packen?«

»Ja, ich kann einfach nicht im selben Haus wohnen wie dieser Heini. Er ist Anerbe auf dem Nachbarhof und hat große Pläne, die ganze Pracht zusammenzulegen.«

»Aber... ist Ragnhild denn einverstanden? Die stolze Feministin?«

»Ach, die ist bis über beide Ohren verliebt. Und ein größerer Betrieb bringt mehr Geld, dagegen hat auch eine stolze Feministin nichts...«

»Was für eine elende Geschichte!«

»Ja, und es kommt noch schlimmer.«

»Ach herrje. Nimm die Tassen, dann setzen wir uns ins Wohnzimmer. Du siehst wirklich aus, als ob du dringend was zum Aufwärmen brauchtest.«

Øystein ging voraus, und ich reicherte den Punsch mit Wodka an, ehe ich ihm folgte. Er sah wirklich total elend aus. Fertig. Ich ließ ihn in Ruhe trinken, bis er von selber weitersprach.

»Ach, das tut gut, Yngve. Das wärmt wirklich. Ich hab in der letzten Zeit so gefroren. Das kommt bloß von der Erkältung.«

»Hier, nimm noch eine Tasse.«

»Danke. Es ist so schwierig geworden, verstehst du. Ragnhild und ich haben wegen der Kinder keine schriftliche Abmachung getroffen, verstehst du, wir hatten doch mit so einer Situation nicht gerechnet. Wir wollten zusammen wohnen und die Kinder zusammen großziehen, und wenn einer von uns nebenbei noch ein Verhältnis haben wollte, dann war das in Ordnung. Nebenbei! Aber jetzt bin ich plötzlich das Verhältnis nebenbei. Ach, es ist fast nicht auszuhalten.«

»Nein. Das versteh ich gut. Aber das läßt sich wohl nicht ändern. Wollt ihr... die Kinder teilen? Du bist hier natürlich willkommen, schließlich ist es dein Haus...«

»Das ist ja gerade das Schreckliche. Ragnhild will nicht – sie will beide Kinder, Yngve und Sigrid.«

»Himmel! Aber kann sie das denn?«

»Aber sicher – jedenfalls für den Anfang! Ich werde vor Gericht gehen müssen, aber große Chancen hab ich nicht, sie ist ja schließlich keine schlechte Mutter. Es ist bloß so, daß *ich* Yngve aufgezogen habe. Ich stehe ihm in jeder Hinsicht näher. In den ersten Jahren hatte Ragnhild keine Zeit, und als Sigrid gekommen ist, war sie ihr einfach wichtiger. Und das ist sehr gut gelaufen. Yngve war eben mein Kind und Sigrid war Ragnhilds. Und er... er wird wirklich Schaden nehmen, wenn ich ausziehe – wenn ich weg bin. Und selbst wenn ich jedes Wochenende zu Besuch komme, dann verschwindet doch seine normale Sicherheit. Diesen Jon interessiert das alles nicht. Ich glaube, Ragnhild hat ihm unsere ganze Geschichte erzählt. Er... mag mich nicht – und das beruht auf Gegenseitigkeit.«

»Und du kannst dir nicht in der Nähe ein Haus nehmen?«

»Meinst du, ich hätte mir das nicht überlegt? Aber das geht nicht, das liegt am alten Hermann. Der hat mich vom ersten Moment an gehaßt – jetzt schwebt er wegen Jon auf Wolken –, und er hat soviel Macht, daß er verhindern kann, daß irgendwer mir auch nur einen Felsblock verkauft. Ich bin da im Dorf fertig. Ach, Yngve! Ich weiß mir einfach keinen Rat. Ich werde wohl meinen eigenen Sohn kidnappen müssen.«

Øystein brach auf dem Sofa zusammen. Ich setzte mich zu ihm, streichelte seine Haare und nahm ihn in den Arm. Ich hatte seit Jahren keinen anderen Menschen mehr berührt. Er war so anders geworden. So verletzlich. Jetzt war er heiß und verschwitzt – und weinte und weinte. Ich holte ein nasses Handtuch und wischte ihm das Gesicht ab. Er war nur noch Rotz und Tränen, und dann fing er an zu husten, und das hörte sich nicht gut an. Ich streichelte seinen Rücken, bis der Husten sich gelegt hatte, und dann wischte ich ihn noch einmal ab.

»Du bist viel zu heiß, Øystein, ich glaube, du hast Fieber. Möchtest du ein paar Aspirin?«

»Ja, danke. Aber das ist wirklich nicht der Rede wert. Ich bin schon seit Wochen erkältet. Das ist nicht gefährlich. Ach, du bist so lieb zu mir, Yngve! Du hast mich immer wichtig genommen – und ich dich. Ich hab dich immer lieb gehabt, verstehst du, und ich wollte dich damals nicht im Stich lassen. Aber ich war so verwirrt. Ich hab doch geglaubt, ich könnte zum Hetero werden, wenn ich das nur stark genug *wollte*. Aber das hab ich ja nicht geschafft. Ich war dir also nie... untreu. Ich habe nie mit Ragnhild geschlafen, verstehst du. Wir... wir haben das ganz einfach arrangiert. Sie hat von mir eine Schüssel mit warmem Sperma gekriegt, und dann ist sie schwanger geworden.

Ich bin dir also die ganze Zeit treu gewesen – schließlich bin ich doch mit dir verheiratet. Wir sind doch verheiratet, nicht wahr, Yngve? Aber verstehst du, ich kann einfach nicht ohne Yngve leben – ohne meinen Sohn, meine ich –, und er kommt nicht ohne mich zurecht. Er wird sterben, wenn sie ihn mir wegnehmen. Du mußt mir helfen, hörst du? Wir müssen ihn kidnappen, ehe es zu spät ist!«

»Aber sicher. Ich helfe dir, Øystein. Die werden dir deinen Jungen nicht wegnehmen dürfen!«

Das hier war nicht mehr nur Déjà-vu. Das hatte ich schon einmal erlebt. Øystein bekam wieder einen heulenden Anfall von Nervenfieber, genau wie damals, als er aus dem Urlaub mit dem Alten zurückgekommen war und gedacht hatte, ich würde ihn verlassen. Ich holte drei Aspirin und zehn Milligramm Valium, behauptete, das wäre fiebersenkend, und er bekam den ersten Schüttelfrost, als er sie geschluckt hatte.

»Du kriegst jetzt ein solides Fieber, merkst du das? Ich glaube, du legst dich besser ein bißchen hin. In mein Messingbett. Ich hole dir eine Decke, und dann leih ich dir einen warmen Schlafanzug, damit du richtig schön schwitzen kannst.«

»Aber ich hab jetzt keine Zeit zum Kranksein, verstehst du!«

»Du kannst jedenfalls bis morgen im Bett bleiben, ja? Jetzt komm, dann kannst du dich ein bißchen entspannen. Ich setz mich zu dir ans Bett, dann können wir weiterquatschen.«

»Du bist so lieb – ach, was ist mir kalt!«

Er konnte selber den Schlafanzug anziehen, während ich die Decke frisch bezog und ihn fest und lange drücken mußte, damit er zu zittern aufhörte. Es war seltsam, ihm wieder so nah zu sein. Er zitterte so hilflos und verzweifelt. Ich spürte mit jeder Faser, wie tief und innig ich ihn vermißt hatte. Ich wußte endlich, wie sehr ich ihn liebte. Er hatte völlig recht. Wir waren für immer verheiratet.

Als er nicht mehr zitterte, holte ich das Thermometer, und als ich

es einschob, murmelte er – genau wie beim letzten Mal –: »Das ist nicht gefährlich. Bin bloß ein bißchen erkältet...«
Dann drehte er sich auf die Seite und atmete schnell und angestrengt. Ich nahm seine Hand und spürte, daß mein Rückgrat sehr gerade wurde – und daß meine Haare sich sträubten und knisterten. Aber jetzt bekam ich keinen Nerzpelz, denn ich wußte, daß ich ganz ruhig bleiben mußte.
»Wie lange bist du schon erkältet? Warst du beim Arzt?«
»Nein, das ist nicht gefährlich. Ich bin seit zwei, drei Wochen verrotzt. Aber ich mach mir solche Sorgen, verstehst du...«
Ich wollte nicht einmal daran denken. *Nicht das!* Also riß ich mich zusammen, ehe ich das Thermometer nahm. Es zeigte einundvierzig drei! Ich ging zum Schreibtisch und rief den Notarzt an. Sie wollten so bald wie möglich kommen. Dann setzte ich mich wieder auf die Bettkante und wischte ihn mit dem Handtuch ab. Ich durfte nicht daran denken. *Das* konnte es nicht sein. Ganz unmöglich. Nicht Øystein!
Er döste weg, während sein Schweiß troff. Ich gab ihm ein bißchen Wasser, und da kam er zu sich und fing wieder an zu reden: »Du bist lieb, du. Warst du immer schon. Und ich... Nein! Ich war nicht ehrlich zu dir. Ich muß es sagen. Ich hab dich angelogen. Ich habe nicht... ich bin dir untreu gewesen, Yngve. Nur einmal. Mit einem, den ich in Kopenhagen kennengelernt habe, vor zwei Jahren. Ach, ich konnte es einfach nicht lassen. Er war so toll, verstehst du. Blond und hübsch. Er hat mich ein bißchen an dich in alten Tagen erinnert. Und er kannte dich sogar. Er war Norweger, verstehst du. Und er hatte ein Bild von *mir* bei dir gesehen, damals, als du in Elses Wohnung gewohnt hast. Und dann hab ich gedacht, wenn Yngve das kann, dann kann ich das auch! Aber es war überhaupt nicht gut – und nachher hab ich es bitter bereut. Denn ich bin doch mit dir verheiratet, nicht wahr? Aber er war so toll. Er hieß Truls. Sei doch nicht böse auf mich...«
Erst jetzt sah ich die Schrift an der Wand – in großen selbstleuchtenden Graffitibuchstaben:
HTLV 3 = AIDS = DER SICHERE HOFFNUNGSLOSE TOD
stand da.

Und für den längsten Moment meines Lebens war ich davon überzeugt, daß Øystein jetzt zum Tode verurteilt war. Und daß damit endlich auch Yngves Geschichte zu Ende war.

Aber dann konnte ich meinen Blick von diesen giftiggrünen Behauptungen losreißen, die mir die sensationslüsternen Revolverblätter aller Welt eingeredet hatten. Und jetzt hörte ich mich selber sagen, laut und fest und deutlich:

»*Nein!* Das stimmt einfach nicht. Es ist *nicht* so.«

Ich spürte, wie Øystein mein Handgelenk umklammerte, und als ich auf ihn hinunterblickte, wußte ich, daß er jedenfalls kein AIDS hatte. Er war erkältet und hatte ein Nervenfieber – und das hatte er schon einmal überlebt. Mit meiner guten Hilfe...

»Du darfst mich nicht verlassen, Yngve. Es war bloß ein... schwacher Moment. Nur dieses eine Mal. Er war einfach so toll. Bitte, sei mir nicht böse. Bitte!«

Ich beugte mich über ihn und nahm seine Hände in meine. Ich fühlte mich so stark! Und ich weiß, daß ich lächelte, als ich sagte:

»Aber nein, Øystein! Ich bin dir nicht böse. Hab keine Angst, alles geht gut. Und ich werde dich nie verlassen. Du bist mein Liebster, das weißt du. Und jetzt sind wir wieder zusammen. Für immer.«

Øystein erwiderte mein Lächeln.

Und dann küßte ich ihn – als ob es das allererste Mal wäre!

Inhalt:

Zweiter Teil:
Der eine kommt, der andere geht

Dritter Teil:
Dunkle Quellen